U0660039

晉去亭曾楊樓

金庸作品集

31

笑傲江湖

肆

金庸 著

图书在版编目（CIP）数据

笑傲江湖/金庸著. —广州：广州出版社，2009. 12（2023. 11重印）

ISBN 978-7-5462-0071-2

Ⅰ.①笑…　Ⅱ.①金…　Ⅲ.①侠义小说—中国—当代　Ⅳ.①I247.5

中国版本图书馆CIP数据核字（2009）第216554号

广东省版权局版权合同登记图字：19-2012-024号

朗声图书

本书版权由著作权人授权广州市朗声图书有限公司在中国大陆（不包括香港、澳门、台湾地区）专有使用

版权所有·侵权必究

敬告读者

为了维护读者、著作权人和出版发行者的合法权益，本书采用了新型数码防伪技术。正版图书的定价标示处及外包装盒上均贴有完好的防伪标签。刮开涂层，可见到一组数码，您可以通过两种途径查验真伪。

1. 拨打全国免费电话4008301315，按语音提示从左到右依次输入相应数码并按#键结束。
2. 扫描防伪标上的二维码，按提示输入相应数码。

读者如发现盗版图书，可向当地"扫黄打非"办公室、新闻出版局、公安机关、市场监督管理局等部门举报，或直接与我们联系。

联系电话：020-34297719　13570022400

我们对举报盗版、盗印、销售盗版图书等侵权行为的有功人员将予以重奖。

广州市朗声图书有限公司

衬页印章／屠倬「吾亦澹荡人」。屠倬（1781—1828），浙江钱塘人，诗、书、画、篆刻造诣俱深。「澹荡人」淡泊无争，自由散漫，当是令狐冲的性格。

左图／郑燮画竹：郑燮（1693—1765），江苏兴化人，号板桥居士，「扬州八怪」之一，为人狂傲不阿，极具风骨，做潍县知县时，不服上司命令，擅自赈济灾民而被罢官。这幅竹轴上题字云：「不过数片叶，满纸俱是节。万物要见根，非徒观半截。风雨不能摇，雪霜颇能涉。纸外更相寻，干云上天阙。」「节」是竹节，也是气节。竹向来比作君子，「万物要见根，非徒观半截」两句，也可算是对伪君子岳不群的讽喻。此图写竹有根，但其发展则非纸张所能限制。

1

掀天揭地之文，震電驚篇
之字，呵神禢罵鬼之談
田田之畫，畫工不在尋常
蹊徑中也。未畫以前，不立
一格，既畫以後，不留一格
茂林梁摩先師 板橋鄭燮

郑燮《兰竹》：
题字云：
「掀天揭地之文，
震电惊雷之字，
呵神骂鬼之谈，
无古无今之画，
固不在寻常蹊径中也。
未画以前，不立一格，
既画以后，不留一格。」
似可为「独孤九剑」
之剑法写照。

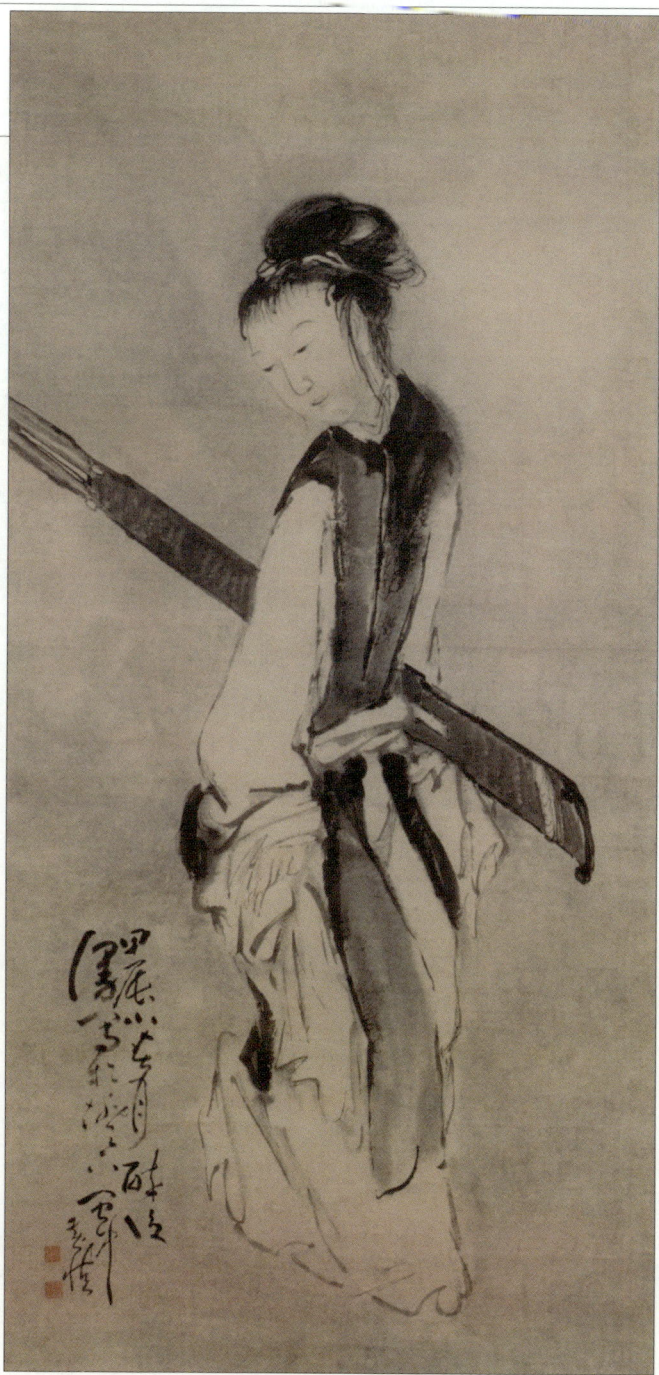

黄慎《携琴图轴》：

黄慎，福建宁化人，久寓扬州，清乾隆年间「扬州八怪」之一，好酒喜漫游。据说少年时在街头忽悟画法，急去店铺借纸笔作画。本图题字中说是醉后所作。图中女子当不及盈盈之美，然腼腆飘逸，神色或相仿佛。

明宋旭绘《五岳图卷》之「太华清秋」：描绘西岳华山清秋时节山林的风貌。

王履《华山图》册（之一）：

王履，元末明初医学家、画家，著有医书达百余卷。

《华山图》四十幅作于明洪武十六年，用笔秃劲凝重，布置茂密，意境深邃，自称「吾师心，心师目，目师华山」，注重写实。

《华山图》为王履传世仅存之作，在明代已负盛誉。

本图为华山「日月岩」。

仇英《吹箫引凤》：仇英，字实父，号十洲，明代绘画大师，吴门四家之一。萧史和弄玉的故事中的绸缪之意、逍遥之乐，也不知多少次缭绕在令狐冲与岳灵珊二人心底。

五岳真形图：嵩山石碑的拓片，是道家对五岳的解说。图中说，五岳均为仙人得道之处，各有岳神，每岳并各有副山。东岳泰山的副山是长白梁父二山，南岳衡山的副山是游山霍山，中岳嵩山的副山是女几少室，北岳恒山的副山是天涯崆峒，西岳华山的副山是终南太白。五岳岳神各有所主，因东岳岳神「主世界人民，官职，及定生死之期，兼注贵贱之分，长短之期」，所以在世人心目中特别重要。

目录

东方不败扑到杨莲亭身旁，把他抱起，轻轻放在床上，给他除了鞋袜，拉过绣被盖在身上，便似妻子服侍丈夫一般。

三十一　绣　花

　　杨莲亭冷冷的道："童百熊，在这成德殿上，怎容得你大呼小叫？见了教主，为什么不跪下？胆敢不称颂教主的文武圣德？"

　　童百熊仰天大笑，说道："我和东方兄弟交朋友之时，哪里有你这小子了？当年我和东方兄弟出死入生，共历患难，你这乳臭小子生也没生下来，怎轮得到你来和我说话？"

　　令狐冲侧过头去，此刻看得清楚，但见他白发披散，银髯戟张，脸上肌肉牵动，圆睁双眼，脸上鲜血已然凝结，神情甚是可怖。他双手双足都铐在铁铐之中，拖着极长的铁链，说到愤怒处，双手摆动，铁链发出铮铮之声。

　　任我行本来跪着不动，一听到铁链之声，在西湖底被囚的种种苦况突然间涌上心头，再也克制不住，身子颤动，便欲发难，却听得杨莲亭道："在教主面前胆敢如此无礼，委实狂妄已极。你暗中和反教大叛徒任我行勾结，可知罪吗？"

　　童百熊道："任教主是本教前任教主，身患不治重症，退休隐居，这才将教务交到东方兄弟手中，怎说得上是反教大叛徒？东方兄弟，你明明白白说一句，任教主怎么反教，怎么背叛本教了？"

　　杨莲亭道："任我行疾病治愈之后，便应回归本教，可是他却去少林寺中，和少林、武当、嵩山诸派的掌门人勾搭，那不是反教谋叛是什么？他为什么不前来参见教主，恭聆教主的指示？"

　　童百熊哈哈一笑，说道："任教主是东方兄弟的旧上司，武功见识，未必在东方兄弟之下。东方兄弟，你说是不是？"

杨莲亭大声喝道："别在这里倚老卖老了。教主待属下兄弟宽厚，不来跟你一般见识。你若深自忏悔，明日在总坛之中，向众兄弟说明自己的胡作非为，保证今后痛改前非，对教主尽忠，教主或许还可网开一面，饶你不死。否则的话，后果如何，你自己也知道。"

童百熊笑道："姓童的年近八十，早已活得不耐烦了，还怕什么后果？"

杨莲亭喝道："带人来！"紫衫侍者应道："是！"只听得铁链声响，押了十余人上殿，有男有女，还有几个儿童。

童百熊一见到这干人进来，登时脸色大变，提气暴喝："杨莲亭，大丈夫一身作事一身当，你拿我的儿孙来干什么？"他这一声呼喝，直震得各人耳鼓中嗡嗡作响。

令狐冲见居中而坐的东方不败身子震了一震，心想："这人良心未曾尽泯，见童百熊如此情急，不免心动。"

杨莲亭笑道："教主宝训第三条是什么？你读来听听！"童百熊重重"呸"了一声，并不答话。杨莲亭道："童家各人听了，哪一个知道教主宝训第三条的，念出来听听。"

一个十岁左右的男孩说道："文成武德、仁义英明教主宝训第三条：'对敌须狠，斩草除根，男女老幼，不留一人。'"杨莲亭道："很好，很好！小娃娃，十条教主宝训，你都背得出吗？"那男孩道："都背得出。一天不读教主宝训，就吃不下饭，睡不着觉。读了教主宝训，练武有长进，打仗有气力。"杨莲亭笑道："很对，这话是谁教你的？"那男孩道："爸爸教的。"杨莲亭指着童百熊道："他是谁？"那男孩道："是爷爷。"杨莲亭道："你爷爷不读教主宝训，不听教主的话，反而背叛教主，你说怎么样？"那男孩道："爷爷不对。每个人都应该读教主宝训，听教主的话。"

杨莲亭向童百熊道："你孙儿只是个十岁娃娃，尚且明白道理。你这大把年纪，怎地反而胡涂了？"

童百熊道："我只跟姓任的、姓向的二人说过一阵子话。他们要我背叛教主，我可没答允。童百熊说一是一，说二是二，决不会做对不起人的事。"他见到全家十余口长幼全被拿来，口气不由得软了下来。

　　杨莲亭道："你倘若早这么说，也不用这么麻烦了。现下你知错了么？"

　　童百熊道："我没有错。我没叛教，更没背叛教主。"

　　杨莲亭叹了口气，道："你既不肯认错，我可救不得你了。左右，将他家属带下去，从今天起，不得给他们吃一粒米，喝一口水。"几名紫衫侍者应道："是！"押了十余人便行。童百熊叫道："且慢！"向杨莲亭道："好，我认错便是。是我错了，恳求教主网开一面。"虽然认错，眼中如欲喷出火来。

　　杨莲亭冷笑道："刚才你说什么来？你说什么和教主共历患难之时，我生都没生下来，是不是？"童百熊忍气吞声，道："是我错了。"杨莲亭道："是你错了？这么说一句话，那可容易得紧啊。你在教主之前，为何不跪？"

　　童百熊道："我和教主当年是八拜之交，数十年来，向来平起平坐。"他突然提高嗓子说道："东方兄弟，你眼见老哥哥受尽折磨，怎地不开口，不说一句话？你要老哥哥下跪于你，那容易得很。只要你说一句话，老哥哥便为你死了，也不皱一皱眉。"

　　东方不败坐着一动不动。一时大殿之中寂静无声，人人都望着东方不败，等他开口。可是隔了良久，他始终没出声。

　　童百熊叫道："东方兄弟，这几年来，我要见你一面也难。你隐居起来，苦练《葵花宝典》，可知不知道教中故旧星散，大祸便在眉睫吗？"东方不败仍是默不作声。童百熊道："你杀我不打紧，折磨我不打紧，可是将一个威震江湖数百年的日月神教毁了，那可成了千古罪人。你为什么不说话？你是练功走了火，不会说话了，是不是？"

　　杨莲亭喝道："胡说！跪下了！"两名紫衫侍者齐声吆喝，飞脚往童百熊膝弯里踢去。

只听得砰砰两声响，两名紫衫侍者腿骨断折，摔了出去，口中狂喷鲜血。

童百熊叫道："东方兄弟，我要听你亲口说一句话，死也甘心。三年多来你不出一声，教中兄弟都已动疑。"杨莲亭怒道："动什么疑？"童百熊大声道："疑心教主遭人暗算，给服了哑药。为什么他不说话？为什么他不说话？"杨莲亭冷笑道："教主金口，岂为你这等反教叛徒轻开？左右，将他带了下去！"八名紫衫侍者应声而上。

童百熊大呼："东方兄弟，我要瞧瞧你，是谁害得你不能说话？"双手舞动，铁链挥起，双足拖着铁链，便向东方不败抢去。

八名紫衫侍者见他神威凛凛，不敢逼进。杨莲亭大叫："拿住他，拿住他！"殿下武士只在门口高声呐喊，不敢上殿。教中立有严规，教众若是携带兵刃踏入成德殿一步，那是十恶不赦的死罪。东方不败站起身来，便欲转入后殿。

童百熊叫道："东方兄弟，别走。"加快脚步。他双足给铁镣系住，行走不快，心中一急，摔了出去。他乘势几个筋斗，跟着向前扑出，和东方不败相去已不过百尺之遥。

杨莲亭大呼："大胆叛徒，行刺教主！众武士，快上殿擒拿叛徒。"

任我行见东方不败闪避之状极为巅预，而童百熊与他相距尚远，一时赶他不上，从怀中摸出三枚铜钱，运力于掌，向东方不败掷了过去。盈盈叫道："动手罢！"

令狐冲一跃而起，从绷带中抽出长剑。向问天从担架的木棍中抽出兵刃，分交任我行和盈盈，跟着用力一抽，担架下的绳索原来是一条软鞭。四个人展开轻功，抢将上去。

只听得东方不败"啊"的一声叫，额头上中了一枚铜钱，鲜血涔涔而下。任我行发射这三枚铜钱时和他相距甚远，掷中他额头时力道已尽，所受的只是一些肌肤轻伤。但东方不败号称武功天下第一，居然连这样的一枚铜钱也避不开，自是情理之所无。

任我行哈哈大笑，叫道："这东方不败是假货。"

向问天刷的一鞭，卷住了杨莲亭的双足，登时便将他拖倒。

东方不败掩面狂奔。令狐冲斜刺里兜过去，截住他去路，长剑一指，喝道："站住！"岂知东方不败急奔之下，竟不会收足，身子便向剑尖上撞来。令狐冲急忙缩剑，左掌轻轻拍出，东方不败仰天直摔了出去。

任我行纵身抢到，一把抓住东方不败后颈，将他提到殿口，大声道："众人听着，这家伙假冒东方不败，祸乱我日月神教，大家看清了他的嘴脸。"

但见这人五官相貌，和东方不败实在十分相似，只是此刻神色惶急，和东方不败平素那泰然自若、胸有成竹的神态，却有天壤之别。众武士面面相觑，都惊得说不出话来。

任我行大声道："你叫什么名字？不好好说，我把你脑袋砸得稀烂。"

那人只吓得全身发抖，颤声说道："小……小……人……人……叫……叫……叫……"

向问天已点了杨莲亭数处穴道，将他拉到殿口，喝道："这人到底叫什么名字？"

杨莲亭昂然道："你是什么东西，也配来问我？我认得你是反教叛徒向问天。日月神教早将你革逐出教，你凭什么重回黑木崖来？"

向问天冷笑道："我上黑木崖来，便是为了收拾你这奸徒！"右掌一起，喀的一声，将他左腿小腿骨斩断了。岂知杨莲亭武功平平，为人居然极是硬朗，喝道："你有种便将我杀了，这等折磨老子，算什么英雄好汉？"向问天笑道："有这等便宜的事？"手起掌落，喀的一声响，又将他右腿小腿骨斩断，左手一桩，将他顿在地下。

杨莲亭双足着地，小腿上的断骨戳将上来，剧痛可想而知，可是他竟然哼也不哼一声。

向问天大拇指一翘，赞道："好汉子！我不再折磨你便了。"在那假东方不败肚子上轻轻一拳，问道："你叫什么名字？"那人"啊"的大叫，说道："小……小……人……名……名叫……包……包……包……"向问天道："你姓包，是不是？"那人道："是……是……是……包……包……包……"结结巴巴的半天，也没说出叫包什么名字。

众人随即闻到一阵臭气，只见他裤管下有水流出，原来是吓得屎尿直流。

任我行道："事不宜迟，咱们去找东方不败要紧！"提起那姓包汉子，大声道："你们大家都瞧见了，此人冒充东方不败，扰乱我教。咱们这就要去查明真相。我是你们的真正教主任我行，你们认不认得？"

众武士均是二十来岁的青年，从未见过他，自是不识。自东方不败接任教主，手下亲信揣摩到他心意，相诫不提前任教主之事，因此这些武士连任我行的名字也没听见过，倒似日月神教创教数百年，自古至今便是东方不败当教主一般。众武士面面相觑，不敢接话。

上官云大声道："东方不败多半早给杨莲亭他们害死了。这位任教主，便是本教教主。自今而后，大伙儿须得尽忠于任教主。"说着便向任我行跪下，说道："属下参见任教主，教主千秋万载，一统江湖！"

众武士认得上官云是本教职位极高的大人物，见他向任我行参拜，又见东方教主确是冒充假货，而权势显赫的杨莲亭被人折断双腿，抛在地下，更无半分反抗之力，当下便有数人向任我行跪倒，说道："教主千秋万载，一统江湖！"其余众武士先后跟着跪倒。那"教主千秋万载，一统江湖"十字，大家每日里都说上好几遍，说来顺口纯熟之至。

任我行哈哈大笑，一时之间，志得意满，说道："你们严守上下黑木崖的通路，任何人不得上崖下崖。"众武士齐声答应。这时向问天已呼过紫衫侍者，将童百熊的铐镣打开。

童百熊关心东方不败的安危存亡，抓起杨莲亭的后颈，喝道："你……你……你一定害死了我那东方兄弟，你……你……"心情激动，喉头哽咽，两行眼泪流将下来。

杨莲亭双目一闭，不去睬他。童百熊一个耳光打过去，喝道："我那东方兄弟到底怎样了？"向问天忙叫："下手轻些！"但已不及，童百熊只使了三成力，却已将杨莲亭打得晕了过去。童百熊拼命摇晃他身子，杨莲亭双眼翻白，便似死了一般。

任我行向一干紫衫侍者道："有谁知道东方不败下落的，尽速禀告，重重有赏。"连问三句，无人答话。

霎时之间，任我行心中一片冰凉。他困囚西湖湖底十余年，除了练功之外，便是想像脱困之后，如何折磨东方不败，天下快事，无逾于此。哪知今日来到黑木崖上，找到的竟是个假货。显然东方不败早已不在人世，否则以他的机智武功，怎容得杨莲亭如此胡作非为，命人来冒充于他？而折磨杨莲亭和这姓包的混蛋，又有什么意味？

他向数十名散站殿周的紫衫侍者瞧去，只见有些人显得十分恐惧，有些惶惑，有些隐隐现着狡谲之色。任我行失望之余，烦躁已极，喝道："你们这些家伙，明知东方不败是个假货，却伙同杨莲亭欺骗教下兄弟，个个罪不容诛！"身子一晃，欺将过去，拍拍拍拍四声轻响，手掌到处，四名紫衫侍者哼也不哼一声，便即毙命。其余侍者骇然惊呼，四散逃开。任我行狞笑道："想逃！逃到哪里去？"拾起地下从童百熊身上解下来的铐镣铁链，向人丛中猛掷过去，登时血肉横飞，又有七八人毙命。任我行哈哈大笑，叫道："跟随东方不败的，一个都活不了！"

盈盈见父亲举止有异，大有狂态，叫道："爹爹！"过去牵住了他手。

忽见众侍者中走出一人，跪下说道："启禀教主，东方教……

东方不败并没有死!"

任我行大喜,抢过去抓住他肩头,问道:"东方不败没死?"那人道:"是! 啊!"大叫一声,晕了过去,原来任我行激动之下,用力过巨,竟捏碎了他双肩肩骨。任我行将他身子摇了几下,这人始终没有醒转。他转头向众侍者喝道:"东方不败在哪里? 快些带路! 迟得片刻,一个个都杀了。"

一名侍者跪下说道:"启禀教主,东方不败所居的处所十分隐秘,只有杨莲亭知道如何开启秘门。咱们把这姓杨的反教叛徒弄醒过来,他能带引教主前往。"

任我行道:"快取冷水来!"

这些紫衫侍者都是十分伶俐之徒,当即有五人飞奔出殿,却只三人回来,各自端了一盆冷水,其余两人却逃走了。三盆冷水都泼在杨莲亭头上。只见他慢慢睁开眼睛,醒了过来。

向问天道:"姓杨的,我敬重你是条硬汉,不来折磨于你。此刻黑木崖上下通路早已断绝,东方不败如非身有双翼,否则无法逃脱。你快带我们去找他,男子汉大丈夫,何必藏头露尾? 大家爽爽快快的作个了断,岂不痛快?"

杨莲亭冷笑道:"东方教主天下无敌,你们胆敢去送死,那是再好也没有了。好,我就带你们去见他。"

向问天对上官云道:"上官兄,我二人暂且做一下轿夫,抬这家伙去见东方不败。"说着抓起杨莲亭,将他放在担架上。上官云道:"是!"和向问天二人抬起了担架。杨莲亭道:"向里面走!"

向问天和上官云抬着他在前领路。任我行、令狐冲、盈盈、童百熊四人跟随其后。

一行人走到成德殿后,经过一道长廊,到了一座花园之中,走入西首一间小石屋。杨莲亭道:"推左首墙壁。"童百熊伸手一推,那墙原来是活的,露出一扇门来。里面尚有一道铁门。杨莲亭从身边摸出一串钥匙,交给童百熊,打开了铁门,里面是一条地道。

众人从地道一路向下。地道两旁点着几盏油灯，昏灯如豆，一片阴沉沉地。任我行心想："东方不败这厮将我关在西湖湖底，哪知道报应不爽，他自己也是身入牢笼。这条地道，比之孤山梅庄的也好不了多少。"哪知转了几个弯，前面豁然开朗，露出天光。众人突然闻到一阵花香，胸襟为之一爽。

从地道中出来，竟是置身于一个极精致的小花园中，红梅绿竹，青松翠柏，布置得极具匠心，池塘中数对鸳鸯悠游其间，池旁有四只白鹤。众人万料不到会见到这等美景，无不暗暗称奇。绕过一堆假山，一个大花圃中尽是深红和粉红的玫瑰，争芳竞艳，娇丽无俦。

盈盈侧头向令狐冲瞧去，见他脸孕笑容，甚是喜悦，低声问："你说这里好不好？"令狐冲微笑道："咱们把东方不败赶跑后，我和你在这里住上几个月，你教我弹琴，那才叫快活呢。"盈盈道："你这话可不是骗我？"令狐冲道："就怕我学不会，婆婆可别见怪。"盈盈嗤的一声，笑了出来。

两人观赏美景，便落了后，见向问天和上官云抬着杨莲亭已走进一间精雅的小舍，令狐冲和盈盈忙跟着进去。一进门，便闻到一阵浓冽花香，见房中挂着一幅仕女图，图中绘着三个美女，椅上铺了绣花锦垫。令狐冲心想："这是女子的闺房，怎地东方不败住在这里？是了，这是他爱妾的居所。他身处温柔乡中，不愿处理教务了。"

只听得内室一人说道："莲弟，你带谁一起来了？"声音尖锐，嗓子却粗，似是男子，又似女子，令人一听之下，不由得寒毛直竖。

杨莲亭道："是你的老朋友，他非见你不可。"

内室那人道："你为什么带他来？这里只有你一个人才能进来。除了你之外，我谁也不爱见。"最后这两句说得嗲声嗲气，显然是女子声调，但声音却明明是男人。

任我行、向问天、盈盈、童百熊、上官云等和东方不败都甚熟悉，这声音确然是他，只是恰如捏紧喉咙学唱花旦一般，娇媚做作，却又不像是开玩笑。各人面面相觑，尽皆骇异。

杨莲亭叹了口气道："不行啊，我不带他来，他便要杀我。我怎能不见你一面而死？"

房内那人尖声道："有谁这样大胆，敢欺侮你？是任我行吗？你叫他进来！"

任我行听他只凭一句话便料到是自己，不禁深佩他的才智，作个手势，示意各人进去。上官云掀起绣着一丛牡丹的锦缎门帷，将杨莲亭抬进，众人跟着入内。

房内花团锦簇，脂粉浓香扑鼻，东首一张梳妆台畔坐着一人，身穿粉红衣衫，左手拿着一个绣花绷架，右手持着一枚绣花针，抬起头来，脸有诧异之色。

但这人脸上的惊讶神态，却又远不如任我行等人之甚。除了令狐冲之外，众人都认得这人明明便是夺取了日月神教教主之位、十余年来号称武功天下第一的东方不败。可是此刻他剃光了胡须，脸上竟然施了脂粉，身上那件衣衫式样男不男、女不女，颜色之妖，便穿在盈盈身上，也显得太娇艳、太刺眼了些。

这样一位惊天动地、威震当世的武林怪杰，竟然躲在闺房之中刺绣！

任我行本来满腔怒火，这时却也忍不住好笑，喝道："东方不败，你在装疯吗？"

东方不败尖声道："果然是任教主！你终于来了！莲弟，你……你……怎么了？是给他打伤了吗？"扑到杨莲亭身旁，把他抱了起来，轻轻放在床上。东方不败脸上一副爱怜无限的神情，连问："疼得厉害吗？"又道："只是断了腿骨，不要紧的，你放心好啦，我立刻给你接好。"慢慢给他除了鞋袜，拉过薰得喷香的绣被，盖在他身上，便似一个贤淑的妻子服侍丈夫一般。

众人不由得相顾骇然，人人想笑，只是这情状太过诡异，却又笑不出来。珠帘锦帷、富丽灿烂的绣房之中，竟充满了阴森森的妖氛鬼气。

东方不败从身边摸出一块绿绸手帕，缓缓替杨莲亭拭去额头的汗水和泥污。杨莲亭怒道："大敌当前，你跟我这般婆婆妈妈干什么？你能打发得了敌人，再跟我亲热不迟。"东方不败微笑道："是，是！你别生气，腿上痛得厉害，是不是？真叫人心疼。"

如此怪事，任我行、令狐冲等皆是从所未见，从所未闻。男风娈童固是所在多有，但东方不败以堂堂教主，何以竟会甘扮女子，自居姜妇？此人定然是疯了。杨莲亭对他说话，声色俱厉，他却显得十分的"温柔娴淑"，人人既感奇怪，又有些恶心。

童百熊忍不住踏步上前，叫道："东方兄弟，你……你到底在干什么？"东方不败抬起头来，阴沉着脸，问道："伤害我莲弟的，也有你在内吗？"童百熊道："你为什么受杨莲亭这厮摆弄？他叫一个混蛋冒充了你，任意发号施令，胡作非为，你可知道么？"

东方不败道："我自然知道。莲弟是为我好，对我体贴。他知道我无心处理教务，代我操劳，那有什么不好？"童百熊指着杨莲亭道："这人要杀我，你也知道么？"东方不败缓缓摇头，道："我不知道。莲弟既要杀你，一定是你不好。那你为什么不让他杀了？"

童百熊一怔，仰起头来，哈哈大笑，笑声中尽是悲愤之意，笑了一会，才道："他要杀我，你便让他杀我，是不是？"

东方不败道："莲弟喜欢干什么，我便得给他办到。当世就只他一人真正待我好，我也只待他一个好。童大哥，咱们一向是过命的交情，不过你不应该得罪我的莲弟啊。"

童百熊满脸胀得通红，大声道："我还道你是失心疯了，原来你心中明白得很，知道咱们是好朋友，一向是过命的交情。"东方不败道："正是。你得罪我，那没有什么。得罪我莲弟，却是不行。"童百熊大声道："我已经得罪他了，你待怎地？这奸贼想杀我，可是未必能够如愿。"

东方不败伸手轻轻抚摸杨莲亭的头发，柔声道："莲弟，你想杀了他吗？"杨莲亭怒道："快快动手！婆婆妈妈的，令人闷煞。"东方不败笑道："是！"转头向童百熊道："童兄，今日咱们恩断义绝，须怪不了我。"

童百熊来此之前，已从殿下武士手中取了一柄单刀，当即退了两步，抱刀在手，立个门户。他素知东方不败武功了得，此刻虽见他疯疯癫癫，毕竟不敢有丝毫轻忽，抱元守一，凝目而视。

东方不败冷冷一笑，叹道："这可真教人为难了！童大哥，想当年在太行山之时，潞东七虎向我围攻。其时我练功未成，又被他们忽施偷袭，右手受了重伤，眼见得命在顷刻，若不是你舍命相救，做兄弟的又怎能活得到今日？"童百熊哼了一声，道："你竟还记得这些旧事。"东方不败道："我怎不记得？当年我接掌日月神教大权，朱雀堂罗长老心中不服，啰里啰唆，是你一刀将罗长老杀了。从此本教之中，再也没第二人敢有半句异言。你这拥戴的功劳，可着实不小啊。"童百熊气愤愤的道："只怪我当年胡涂！"

东方不败摇头道："你不是胡涂，是对我义气深重。我十一岁上就识得了你。那时我家境贫寒，全蒙你多年救济。我父母故世后无以为葬，丧事也是你代为料理的。"童百熊左手一摆，道："过去之事，提来干么？"东方不败叹道："那可不得不提。童大哥，做兄弟的不是没良心，不顾旧日恩义，只怪你得罪了我莲弟。他要取你性命，我这叫做无法可施。"童百熊大叫："罢了，罢了！"

突然之间，众人只觉眼前有一团粉红色的物事一闪，似乎东方不败的身子动了一动。但听得当的一声响，童百熊手中单刀落地，跟着身子晃了几晃。

只见童百熊张大了口，忽然身子向前直扑下去，俯伏在地，就此一动也不动了。他摔倒时虽只一瞬之间，但任我行等高手均已看得清楚，他眉心、左右太阳穴、鼻下人中四处大穴上，都有一个细小红点，微微有血渗出，显是被东方不败用手中的绣花针所刺。

任我行等大骇之下，不由自主都退了几步。令狐冲左手将盈盈一扯，自己挡在她身前。一时房中一片寂静，谁也没喘一口大气。

任我行缓缓拔出长剑，说道："东方不败，恭喜你练成了《葵花宝典》上的武功。"东方不败道："任教主，这部《葵花宝典》是你传给我的。我一直念着你的好处。"任我行冷笑道:"是吗? 因此你将我关在西湖湖底,教我不见天日。"东方不败道:"我没杀你,是不是? 只须我叫江南四友不送水给你喝,你能挨得十天半月吗?"任我行道:"这样说来,你待我还算不错了?"东方不败道:"正是。我让你在杭州西湖颐养天年。常言道,上有天堂,下有苏杭。西湖风景,那是天下有名的了,孤山梅庄,更是西湖景色绝佳之处。"

任我行哈哈一笑,道:"原来你让我在西湖湖底的黑牢中颐养天年,可要多谢你了。"

东方不败叹了口气,道:"任教主,你待我的种种好处,我永远记得。我在日月神教,本来只是风雷堂长老座下一名副香主,你破格提拔,连年升我的职,甚至连本教至宝《葵花宝典》也传了给我,指定我将来接替你为本教教主。此恩此德,东方不败永不敢忘。"

令狐冲向地下童百熊的尸体瞧了一眼,心想:"你刚才不断赞扬童长老对你的好处,突然之间,对他猛下杀手。现下你又想对任教主重施故技了。他可不会上你这个当。"

但东方不败出手实在太过迅捷,如电闪,如雷轰,事先又无半分朕兆,委实可怖可畏。令狐冲提起长剑,指住了他胸口,只要他四肢微动,立即便挺剑疾刺,只有先行攻击,方能制他死命,倘若让他占了先机,这房中又将有一人殒命了。任我行、向问天、上官云、盈盈四人也都目不转瞬的注视着东方不败,防他暴起发难。

只听东方不败又道:"初时我一心一意只想做日月神教教主,想什么千秋万载,一统江湖,于是处心积虑的谋你的位,翦除你的羽翼。向兄弟,我这番计谋,可瞒不过你。日月神教之中,除了任教主和我东方不败之外,要算你是个人才了。"

向问天手握软鞭,屏息凝气,竟不敢分心答话。

东方不败叹了口气,说道:"我初当教主,那可意气风发了,说什么文成武德,中兴圣教,当真是不要脸的胡吹法螺。直到后来修习《葵花宝典》，才慢慢悟到了人生妙谛。其后勤修内功，数年之后，终于明白了天人化生、万物滋长的要道。"

众人听他尖着嗓子说这番话，渐渐的手心出汗，这人说话有条有理，脑子十分清楚，但是这副不男不女的妖异模样，令人越看越是心中发毛。

东方不败的目光缓缓转到盈盈脸上，问道："任大小姐，这几年来我待你怎样？"盈盈道："你待我很好。"东方不败又叹了口气，幽幽的道："很好是谈不上，只不过我一直很羡慕你。一个人生而为女子，已比臭男子幸运百倍，何况你这般千娇百媚，青春年少。我若得能和你易地而处，别说是日月神教的教主，就算是皇帝老子，我也不做。"

令狐冲笑道："你若和任大小姐易地而处，要我爱上你这个老妖怪，可有点不容易！"

任我行等听他这么说，都是一惊。

东方不败双目凝视着他，眉毛渐渐竖起，脸色发青，说道："你是谁？竟敢如此对我说话，胆子当真不小。"这几句话音尖锐之极，显得愤怒无比。

令狐冲明知危机已迫在眉睫，却也忍不住笑道："是须眉男儿汉也好，是千娇百媚的姑娘也好，我最讨厌的，是男扮女装的老旦。"东方不败尖声怒道："我问你，你是谁？"令狐冲道："我叫令狐冲。"

东方不败怒色登敛，微微一笑，说道："啊！你便是令狐冲。我早想见你一见，听说任大小姐爱煞了你，为了你连头都割得下来，可不知是如何一位英俊的郎君。哼，我看也平平无奇，比起我那莲弟来，可差得远了。"

令狐冲笑道："在下没什么好处，胜在用情专一。这位杨君虽然英俊，就可惜太过喜欢拈花惹草，到处留情……"

东方不败突然大吼："你……你这混蛋，胡说什么？"一张脸胀得通红，突然间粉红色人影一晃，绣花针向令狐冲疾刺。

令狐冲说那两句话，原是要惹他动怒，但见他衣袖微摆，便即刷的一剑，向他咽喉疾刺过去。这一剑刺得快极，东方不败若不缩身，立即便会利剑穿喉。但便在此时，令狐冲只觉左颊微微一痛，跟着手中长剑向左荡开。

却原来东方不败出手之快，实是不可思议，在这电光石火的一刹那间，他已用针在令狐冲脸上刺了一下，跟着缩回手臂，用针挡开了令狐冲这一剑。幸亏令狐冲这一剑刺得也是极快，又是攻敌之所不得不救，而东方不败大怒之下攻敌，不免略有心浮气粗，这一针才刺得偏了，没刺中他的人中要穴。东方不败手中这枚绣花针长不逾寸，几乎是风吹得起，落水不沉，竟能拨得令狐冲的长剑直荡了开去，武功之高，当真不可思议。

令狐冲大惊之下，知道今日遇到了生平从所未见的强敌，只要一给对方有施展手脚的余暇，自己立时性命不保，当即刷刷刷刷连刺四剑，都是指向对方要害。

东方不败"咦"的一声，赞道："剑法很高啊。"左一拨，右一拨，上一拨，下一拨，将令狐冲刺来的四剑尽数拨开。令狐冲凝目看他出手，这绣花针四下拨挡，周身竟无半分破绽，当此之时，决不容他出手回刺，当即大喝一声，长剑当头直砍。东方不败右手大拇指和食指拈住绣花针，向上一举，挡住来剑，长剑便砍不下去。

令狐冲手臂微感酸麻，但见红影闪处，似有一物向自己左目戳来。此刻既已不及挡架，又不及闪避，百忙中长剑颤动，也向东方不败的左目急刺，竟是两败俱伤的打法。

这一下剑刺敌目，已是迹近无赖，殊非高手可用的招数，但令狐冲所学的"独孤剑法"本无招数，他为人又是随随便便，素来不以高手自居，危急之际更不暇细思，但觉左边眉心微微一痛，东方不败已跳了开去，避开了他这一剑。

令狐冲知道自己左眉已为他绣花针所刺中，幸亏他要闪避自己长剑这一刺，绣花针才失了准头，否则一只眼睛已给他刺瞎了，骇异之余，长剑便如疾风骤雨般狂刺乱劈，不容对方缓出手来还击一招。东方不败左拨右挡，兀自好整以暇的啧啧连赞："好剑法，好剑法！"

任我行和向问天见情势不对，一挺长剑，一挥软鞭，同时上前夹击。这当世三大高手联手出战，势道何等厉害，但东方不败两根手指拈着一枚绣花针，在三人之间穿来插去，趋退如电，竟没半分败象。上官云拔出单刀，冲上助战，以四敌一。斗到酣处，猛听得上官云大叫一声，单刀落地，一个筋斗翻了出去，双手按住右目，这只眼睛已被东方不败刺瞎。

令狐冲见任我行和向问天二人攻势凌厉，东方不败已缓不出手来向自己攻击，当下展动长剑，尽往他身上各处要害刺去。但东方不败的身形如鬼如魅，飘忽来去，直似轻烟。令狐冲的剑尖剑锋总是和他身子差着数寸。

忽听得向问天"啊"的一声叫，跟着令狐冲也是"嘿"的一声，二人身上先后中针。任我行所练的"吸星大法"功力虽深，可是东方不败身法快极，难与相触，二来所使兵刃是一根绣花针，无法从针上吸他内力。又斗片刻，任我行也是"啊"的一声叫，胸口、喉头都受到针刺，幸好其时令狐冲攻得正急，东方不败急谋自救，以致一针刺偏了准头，另一针刺得虽准，却只深入数分，未能伤敌。

四人围攻东方不败，未能碰到他一点衣衫，而四人都受了他的针刺。盈盈在旁观战，越来越担心："不知他针上是否喂有毒药，要是有毒，那可不堪设想！"但见东方不败身子越转越快，一团红影滚来滚去。任我行、向问天、令狐冲连声吆喝，声音中透着又是愤怒，又是惶急。三人兵刃上都是贯注了内力，风声大作。东方不败却不发出半点声息。

盈盈暗想："我若加入混战，只有阻手阻脚，帮不了忙，那可如何是好？看来东方不败以一敌三，还能取胜。"一瞥眼间，只见杨莲亭已坐在床上，凝神观斗，满脸关切之情。盈盈心念一动，慢慢移步走向床边，突然左手短剑一起，嗤的一声，刺在杨莲亭右肩。杨莲亭猝不及防，大叫一声。盈盈跟着又是一剑，斩在他的大腿之上。

杨莲亭这时已知她用意，是要自己呼叫出声，分散东方不败的心神，强忍疼痛，竟再也不哼一声。盈盈怒道："你叫不叫？我把你手指一根根的斩了下来。"长剑一颤，斩落了他右手的一根手指。不料杨莲亭十分硬气，虽然伤口剧痛，却没发出半点声息。

但杨莲亭的第一声呼叫已传入东方不败耳中。他斜眼见到盈盈站在床边，正在挥剑折磨杨莲亭，骂道："死丫头！"一团红云斗向盈盈扑去。

盈盈急忙侧头缩身，也不知是否能避得开东方不败刺来的这一针。令狐冲、任我行双剑向东方不败背上疾戳。向问天刷的一鞭，向杨莲亭头上砸去。东方不败不顾自己生死，反手一针，刺入了向问天胸口。

向问天只觉全身一麻，软鞭落地，便在此时，令狐冲和任我行两柄剑都插入了东方不败后心。东方不败身子一颤，扑在杨莲亭身上。

任我行大喜，拔出剑来，以剑尖指住他后颈，喝道："东方不败，今日终于……终于教你落在我手里。"剧斗之余，说话时气喘不已。

盈盈惊魂未定，双腿发软，身子摇摇欲坠。令狐冲抢过去扶住，只见细细一行鲜血，从她左颊流了下来。盈盈却道："你可受了不少伤。"伸袖在令狐冲脸上一抹，只见袖上斑斑点点，都是鲜血。令狐冲转头问向问天："受伤不重罢？"向问天苦笑道："死不了！"

东方不败背上两处伤口中鲜血狂涌，受伤极重，不住呼叫："莲弟，莲弟，这批奸人折磨你，好不狠毒！"

杨莲亭怒道："你往日自夸武功盖世，为什么杀不了这几个奸贼？"东方不败道："我已……我……"杨莲亭怒道："你什么？"东方不败道："我已尽力而为，他们……武功都强得很。"突然身子一晃，滚倒在地。任我行怕他乘机跃起，一剑斩在他左腿之上。

东方不败苦笑道："任教主，终于是你胜了，是我败了。"任我行哈哈大笑，道："你这大号，可得改一改罢？"东方不败摇头道："那也不用改。东方不败既然落败，也不会再活在世上。"他本来说话声音极尖，此刻却变得低沉起来，又道："倘若单打独斗，你是不能打败我的。"

任我行微一犹豫，说道："不错，你武功比我高，我很是佩服。"东方不败道："令狐冲，你剑法极高，但若单打独斗，也打不过我。"令狐冲道："正是。其实我们便是四人联手，也打你不过，只不过你顾着那姓杨的，这才分心受伤。阁下武功极高，不愧称得'天下第一'四字，在下十分钦佩。"

东方不败微微一笑，说道："你二位能这么说，足见男子汉大丈夫气概。唉，冤孽，冤孽，我练那《葵花宝典》，照着宝典上的秘方，自宫练气，炼丹服药，渐渐的胡子没有了，说话声音变了，性子也变了。我从此不爱女子，把七个小妾都杀了，却……却把全副心意放在杨莲亭这须眉男子身上。倘若我生为女儿身，那就好了。任教主，我……我就要死了，我求你一件事，请……你瞧在我这些年来善待你大小姐的份上……"

任我行问道："什么事？"东方不败道："请你饶了杨莲亭一命，将他逐下黑木崖去便是。"任我行笑道："我要将他千刀万剐，分一百天凌迟处死，今天割一根手指，明天割半根脚趾。"

东方不败怒叫："你……你好狠毒！"猛地纵起，向任我行扑去。

他重伤之余，身法已远不如先前迅捷，但这一扑之势仍是凌厉惊人。任我行长剑直刺，从他前胸通到后背。便在此时，东方不败手指一弹，绣花针飞了出去，插入了任我行右目。

任我行撤剑后跃，砰的一声，背脊撞在墙上，喀喇喇一响，一座墙被他撞塌了半边。盈盈忙抢前瞧父亲右眼，只见那枚绣花针正插在瞳仁之中。幸好其时东方不败手劲已衰，否则这针直贯入脑，不免性命难保，但这只眼珠恐怕终不免是废了。

盈盈伸指去抓绣花针的针尾，但钢针甚短，露出在外者不过一分，实无着手处。她转过身来，拾起东方不败抛下的绣花绷子，抽了一根丝线，款款轻送，穿入针鼻，拉住丝线，向外一拔。任我行大叫一声。那绣花针带着几滴鲜血，挂在丝线之下。

　　任我行怒极，飞腿猛向东方不败的尸身上踢去。尸身飞将起来，砰的一声响，撞在杨莲亭头上。任我行盛怒之下，这一腿踢出时使足了劲力，东方不败和杨莲亭两颗脑袋一撞，尽皆头骨破碎，脑浆迸裂。

　　任我行得诛大仇，重夺日月神教教主之位，却也由此而失了一只眼睛，一时喜怒交迸，仰天长笑，声震屋瓦。但笑声之中，却也充满了愤怒之意。

　　上官云道："恭喜教主，今日诛却大逆。从此我教在教主庇荫之下，扬威四海。教主千秋万载，一统江湖。"

　　任我行笑骂："胡说八道！什么千秋万载？"忽然觉得倘若真能千秋万载，一统江湖，确是人生至乐，忍不住又哈哈大笑。这一次大笑，那才是真的称心畅怀，志得意满。

　　向问天给东方不败一针刺中左乳下穴道，全身麻了好一会，此刻四肢才得自如，也道："恭喜教主，贺喜教主！"任我行笑道："这一役诛奸复位，你实占首功。"转头向令狐冲道："冲儿的功劳自然也不在小。"

　　令狐冲见到盈盈皎白如玉的脸颊上一道殷红的血痕，想起适才的恶战，兀自心有余悸，说道："若不是盈盈去对付杨莲亭，要杀东方不败，可当真不易。"顿了一顿，又道："幸好他绣花针上没喂毒。"

　　盈盈身子一颤，低声道："别说啦。这不是人，是妖怪。唉，我小时候，他常抱着我去山上采果子游玩，今日却变得如此下场。"

　　任我行伸手到东方不败衣衫袋中，摸出一本薄薄的旧册页，随手一翻，其中密密麻麻的写满了字。他握在手中扬了扬，说道："这本册子，便是《葵花宝典》了，上面注明，'欲练神功，引刀自宫'，老夫可不会没了脑子，去干这等傻事，哈哈，哈哈……"随即沉吟道："可是宝典上所载的武功实在厉害，任何学武之人，一见之后决不能不动心。那时候幸好我已学得'吸星大法'，否则跟着去练这宝典上的害人功夫，却也难说。"他在东方不败尸身上又踢了一脚，笑道："饶你奸诈似鬼，也猜不透老夫传你《葵花宝典》的用意。你野心勃勃，意存跋扈，难道老夫瞧不出来吗？哈哈，哈哈！"

令狐冲心中一寒："原来任教主以《葵花宝典》传他，当初便就没怀善意。两人尔虞我诈，各怀机心。"见任我行右目中不绝流出鲜血，张嘴狂笑，显得十分的面目狰狞，心下更感到一阵惊怖。

任我行伸手到东方不败胯下一摸，果觉他的两枚睾丸已然割去，笑道："这部《葵花宝典》要是教太监去练，那就再好不过。"将那《葵花宝典》放在双掌中一搓，功力到处，一本原已十分陈旧的册页登时化作碎片。他双手一扬，许多碎片随风吹到了窗外。

盈盈吁了一口气道："这种害人东西，毁了最好！"令狐冲笑道："你怕我去练么？"盈盈满脸通红，啐了一口，道："说话就没半点正经。"

盈盈取出金创药，替父亲及上官云敷了眼上的伤。各人脸上被刺的针孔，一时也难以计数。盈盈对镜一照，只见左颊上划了一道血痕，虽然极细，伤愈之后，只怕仍要留下些微痕迹，不由得郁郁不乐。

令狐冲道："你占尽了天下的好处，未免为鬼神所妒，脸上小小破一点相，那便后福无穷。"盈盈道："我占尽了什么天下的好处？"令狐冲道："你聪明美貌，武功高强，父亲是神教教主，自己又为天下豪杰所敬服。兼之身为女子，东方不败就羡慕得不得了。"盈盈给他逗得噗嗤一笑，登时将脸上受伤之事搁在一旁。

任我行等五人从东方不败的闺房中出来，经过花园、地道，回入殿中。

任我行传下号令，命各堂长老、香主，齐来会见。他坐入教主的座位，笑道："东方不败这厮倒有不少鬼主意，高高在上的坐着，下属和他相距既远，敬畏之心自是油然而生。这叫做什么殿啊？"

上官云道："启禀教主，这叫作'成德殿'，那是颂扬教主文成武德之意。"任我行呵呵而笑，道："文成武德！文武全才，那可不容易哪。"向令狐冲招招手，道："冲儿，你过来。"令狐冲走到他座位之前。

任我行道："冲儿，当日我在杭州，邀你加盟本教。其时我光身一人，甫脱大难，所许下的种种诺言，你都未必能信，此刻我已复得教主之位，第一件事便是旧事重提……"说到这里，右手在椅子扶手上拍了几拍，说道："这个位子，迟早都是你坐的，哈哈，哈哈！"

令狐冲道："教主，盈盈待我恩重如山，你要我做什么事，原是不该推辞。只是我已答应了人，有一件大事要办，加盟神教之事，请恕晚辈不能应命。"

任我行双眉渐渐竖起，阴森森的道："不听我吩咐，日后会有什么下场，你该知道！"

盈盈移步上前，挽住令狐冲的手，道："爹爹，今日是你重登大位的好日子，何必为这种小事伤神？他加盟本教之事，慢慢再说不迟。"

任我行侧着一只左目，向二人斜睨，鼻中哼了一声，道："盈盈，你就只要丈夫，不要老父了，是不是？"

向问天在旁陪笑道："教主，令狐兄弟是位少年英雄，性子执拗得很，待属下慢慢开导于他……"正说到这里，殿外有十余人朗声说道："玄武堂属下长老、堂主、副堂主，五枝香香主、副香主参见文成武德、仁义英明圣教主。教主中兴圣教，泽被苍生，千秋万载，一统江湖。"

任我行喝道："进殿！"只见十余条汉子走进殿来，一排跪下。

任我行以前当日月神教教主，与教下部属兄弟相称，相见时只是抱拳拱手而已，突见众人跪下，当即站起，将手一摆，道："不必……"心下忽想："无威不足以服众。当年我教主之位为奸人篡夺，便因待人太过仁善之故。这跪拜之礼既是东方不败定下了，我也不必取消。"当下将"多礼"二字缩住了不说，跟着坐了下来。

　　不多时，又有一批人入殿参见，向他跪拜时，任我行便不再站起，只点了点头。

　　令狐冲这时已退到殿口，与教主的座位相距已遥，灯光又暗，远远望去，任我行的容貌已颇为朦胧，心下忽想："坐在这位子上的，是任我行还是东方不败，却有什么分别？"

　　只听得各堂堂主和香主赞颂之辞越说越响，显然众人心怀极大恐惧，自知过去十余年来为东方不败尽力，言语之中，更不免有得罪前任教主之处，今日任教主重登大位，倘若要算旧帐，不知会受到如何惨酷的刑罚。更有一干新进，从来不知任我行是何等人，只知努力奉承东方不败和杨莲亭便可升职免祸，料想换了教主仍是如此，是以人人大声颂扬。

　　令狐冲站在殿口，太阳光从背后射来，殿外一片明朗，阴暗的长殿之中却是近百人伏在地下，口吐颂辞。他心下说不出厌恶，寻思："盈盈对我如此，她如真要我加盟日月神教，我原非顺她之意不可。等得我去了嵩山，阻止左冷禅当上五岳派的掌门，对方证大师和冲虚道长二位有了交代，再在恒山派中选出女弟子来接任掌门，我身一获自由，加盟神教，也可商量。可是要我学这些人的样，岂不是枉自为人？我日后娶盈盈为妻，任教主是我岳父，向他磕头跪拜，那是应有之义，可是什么'中兴圣教，泽被苍生'，什么'文成武德，仁义英明'，男子汉大丈夫整日价说这些无耻的言语，当真玷污了英雄豪杰的清白！我当初只道这些无聊的玩意儿，只是东方不败与杨莲亭所想出来折磨人的手段，但瞧这情形，任教主听着这些谀词，竟也欣然自得，丝毫不觉得肉麻！"

　　又想："当日在华山思过崖后洞石壁之上，见到魔教十长老所刻下的武功，曾想魔教前辈之中，着实有不少英雄好汉。若非如此，日月教焉能与正教抗衡百年，互争雄长，始终不衰？即以当世之士而论，向大哥、上官云、贾布、童百熊、孤山梅庄中的江南四友，哪一个不是奇材杰出之士？这样一群豪杰之士，身处威逼之下，每日不得不向一个人跪拜，口中念念有辞，心底暗暗诅咒。言者无耻，受者无礼。其实受者逼人行无耻之事，自己更加无耻。这等屈辱天下英雄，自己又怎能算是英雄好汉？"

只听得任我行洋洋得意的声音从长殿彼端传了出来，说道："你们以前都在东方不败手下服役，所干过的事，本教主暗中早已查得清清楚楚，一一登录在案。但本教主宽大为怀，既往不咎。今后只须大家尽忠本教主，本教主自当善待尔等，共享荣华富贵。"

瞬时之间，殿中颂声大作，都说教主仁义盖天，胸襟如海，大人不计小人过，众部属自当谨奉教主令旨，忠字当头，赴汤蹈火，万死不辞，立下决心，为教主尽忠到底。

任我行待众人说了一阵，声音渐渐静了下来，又道："但若有谁胆敢作逆造反，不服令旨，那便严惩不贷。一人有罪，全家老幼凌迟处死。"众人齐声道："属下万万不敢。"

令狐冲听这些人话声颤抖，显是十分害怕，暗道："任教主还是和东方不败一样，以恐惧之心威慑教众。众人面子上恭顺，心底却愤怒不服，这个'忠'字，从何说起？"

只听得有人向任我行揭发东方不败的罪恶，说他如何忠言逆耳，偏信杨莲亭一人，如何乱杀无辜，赏罚有私，爱听恭维的言语，祸乱神教。有人说他败坏本教教规，乱传黑木令，强人服食三尸脑神丸。另有一人说他饮食穷侈极欲，吃一餐饭往往宰三头牛、五口猪、十口羊。

令狐冲心道："一个人食量再大，又怎食得三头牛、五口猪、十口羊？他定是宴请朋友或是与众部属同食。东方不败身为一教之主，宰几头牛羊，又怎算是什么大罪？"

但听各人所提东方不败罪名，越来越多，也越来越加琐碎。有人骂他喜怒无常，哭笑无端；有人骂他爱穿华服，深居不出。更有人说他见识肤浅，愚蠢胡涂；另有一人说他武功低微，全仗装腔作势吓人，其实没半分真实本领。

令狐冲寻思："你们指骂东方不败如何如何，我也不知你们说得对不对。可是适才我们五人敌他一人，个个死里逃生，险些儿尽数命丧他绣花针下。倘若东方不败武功低微，世上更无一个武功高强之人了。当真是胡说八道之至。"

接着又听一人说东方不败荒淫好色，强抢民女，淫辱教众妻女，生下私生子无数。

令狐冲心想："东方不败为练《葵花宝典》中的奇功，早已自宫，什么淫辱妇女，生下私生子无数，哈哈，哈哈！"他想到这里，再也忍耐不住，不由得笑出声来。

这一纵声大笑，登时声传远近。长殿中各人一齐转过头来，向他怒目而视。

盈盈知道他闯了祸，抢过来挽住了他手，道："冲哥，他们在说东方不败的事，没什么听的，咱们到崖下逛逛去。"令狐冲伸了伸舌头，笑道："可别惹你爹爹生气。"

二人并肩而出，经过那座汉白玉的牌楼，从竹篮下挂了下去。

二人偎倚着坐在竹篮之中，眼见轻烟薄雾从身旁飘过，与崖上长殿中的情景换了另一个世界。令狐冲向黑木崖上望去，但见日光照在那汉白玉牌楼上，发出闪闪金光，心下感到一阵快慰："我终于离此而去，昨晚的事情便如做了一场恶梦。从此而后，说什么也不再踏上黑木崖来了。"

盈盈道："冲哥，你在想什么？"令狐冲道："你能和我一起去吗？"盈盈脸上一红，道："我们……我们……"令狐冲道："什么？"盈盈低头道："我们又没成婚，我……我怎能跟着你去？"令狐冲道："以前你不也和我一起在江湖行走？"盈盈道："那是迫不得已，何况，也因此惹起了不少闲言闲语。刚才爹爹说我……说我只向着你，不要爹爹了，倘若我跟了你去，爹爹一定大大的不高兴。爹爹受了这十几年牢狱之灾，性子很有些不同了，我想多陪陪他。只要你此心不渝，今后咱们相聚的日子可长着呢。"说到最后这两句话，声音细微，几不可闻。

恰好一团白云飘来，将竹篮和二人都裹在云中。令狐冲望出来时但觉朦朦胧胧，盈盈虽偎倚在他身旁，可是和她相距却又似极远，好像她身在云端，伸手不可触摸。

竹篮到得崖下，二人跨出篮外。盈盈低声道："你这就要去了？"令狐冲道："左冷禅邀集五岳剑派于三月十五聚会，推举五岳派的掌门。他野心勃勃，将不利于天下英雄。嵩山之会，我是必须去的。"盈盈点了点头，道："冲哥，左冷禅剑术非你敌手，但你须提防他诡计多端。"令狐冲应道："是。"

盈盈道："我本该跟你一起去，只不过我是魔教妖女，倘若和你同上嵩山，有碍你的大计。"她顿了一顿，黯然道："待得你当上了五岳派的掌门，名震天下，咱二人正邪不同，那……那……那可更加难了。"

令狐冲握住她手，柔声道："到这时候，难道你还信我不过么？"盈盈凄然一笑，道："信得过。"隔了一会，幽幽的道："只是我觉得，一个人武功越练越高，在武林中名气越来越大，往往性子会变。他自己并不知道，可是种种事情，总是和从前不同了。东方叔叔是这样，我担心爹爹，说不定也会这样。"令狐冲微笑道："你爹爹不会去练《葵花宝典》上的武功，那宝典早已给他撕得粉碎，便是想练，也不成了。"

盈盈道："我不是说武功，是说一个人的性子。东方叔叔就是不练《葵花宝典》，他当上了日月神教的教主，大权在手，生杀予夺，自然而然的会狂妄自大起来。"

令狐冲道："盈盈，你不妨担心别人，却决计不必为我担心。我生就一副浪子性格，永不会装模作样。就算我狂妄自大，在你面前，永远永远就像今天这样。"

盈盈叹了口气，道："那就好了。"

令狐冲忽然想起一事，说道："我俩的事，早已天下皆知。给你充军到东海荒岛的那些朋友们，可以让他们回来了罢？"盈盈微笑道："我就派人，坐船去接他们回来就是。"

令狐冲拉近她身子，轻轻搂了搂她，说道："我这就向你告辞。嵩山的大事一了，我便来寻你，自此而后，咱二人也不分开了。"盈盈眼中一亮，闪出异样的神采，低声道："但愿你事事顺遂，早日前来。我……我在这里日日夜夜望着。"令狐冲道："是了！"伸嘴在她脸颊上轻轻一吻。盈盈满脸飞红，娇羞无限，伸手推开了他。

令狐冲哈哈大笑，牵过马来，上马出了日月教。

嵩山绝巅独立天心，万峰在下。其时云开日朗，纤翳不生，北望遥见成皋玉门，黄河有如一线，西向隐隐见到洛阳伊阙，东南两方皆是重重叠叠的山峰。

三十二　并　派

　　不一日，令狐冲回到恒山。在山脚下守望的恒山弟子望见了，报上山去，群弟子齐来迎接。接着居于恒山别院中的群豪，也一窝蜂的涌过来相见。令狐冲问起别来情况。祖千秋道："启禀掌门人，男弟子们都住在别院，没一人敢上主峰，规矩得很。"令狐冲喜道："那就好极。"

　　仪和笑道："他们确是谁也没上主峰来，至于是否规矩得很，只怕未必。"令狐冲问："怎么？"仪和道："我们在主庵之中，白天晚上，总是听得通元谷中喧哗无比，没片刻安静。"令狐冲哈哈大笑，道："要这些朋友们有片刻安静，可就难了。"

　　令狐冲当下简略说了任我行夺回教主之位的事。群豪欢声雷动，叫嚷声响彻山谷。大家都想："任教主夺回大位，圣姑自然权重。大伙儿今后的日子一定好过得多。"

　　令狐冲上了见性峰，到无色庵中，在定闲等三位师太灵位前磕了头，与仪和、仪清等大弟子商议，离三月十五嵩山之会已无多日，恒山派该当首途去河南了。仪和等都说，为了对抗嵩山派的并派之议，带同通元谷群豪上嵩山固然声势浩大，但难免引得泰山、衡山、华山三派的非议，也让左冷禅多了反对恒山派的借口。仪和道："掌门师兄剑法上胜了左冷禅，出任五岳派掌门人就已顺理成章，但如通元谷的大批仁兄在旁，势必多生枝节。"令狐冲微笑道："咱们的主旨是让左冷禅吞并不了其余四派。我做恒山派掌门人已挺不像样，更不用说做五岳派掌门人了。大家都说不带通元谷这些仁兄们去嵩山，那么不带便是。"

他去通元谷悄悄向计无施、祖千秋、老头子三人说了。计无施等也说以不带通元谷群豪为妥，要令狐冲带同众女弟子先去，他三人自会向群豪解释明白。当晚令狐冲和群豪纵酒痛饮，喝得烂醉如泥，原定次日动身前赴嵩山，但酒醒时日已过午，一切都未收拾定当，只得顺延一日。到第二日早晨，令狐冲才率同一众女弟子向嵩山进发。

一行人行了数日，这天来到一处市镇，众人在一座破败的大祠堂中做饭休息。郑萼等七名女弟子出外四下查察，以防嵩山派又搞什么阴谋诡计。

过不多时，郑萼和秦绢飞步奔来，叫道："掌门师兄，快来看！"两人脸上满是笑容，显是见到了滑稽之极的事。仪和忙问："什么事？"秦绢笑道："师姊你自己去看。"

令狐冲等跟着她二人奔进一家客店，走到西边厢一间客房门外，只见一张炕上几人叠成一团，正是桃谷六仙。六人都是动弹不得。

令狐冲大为骇异，忙走进房中，将放在最上的桃根仙抱了下来，见他口中塞有一个麻核桃，便给他挖出。桃根仙立时破口大骂："你奶奶的，你十八代祖宗个个不得好死，十八代灰孙子个个生下来没屁股眼……"令狐冲笑道："喂，桃根仙大哥，我可没得罪你啊。"桃根仙道："我怎么会骂你？你别缠夹！这狗娘养的，老子见了他，将他撕成八块、十六块、三十四块……"令狐冲问道："你骂谁？"桃根仙道："他奶奶的，老子不骂他骂谁？"

令狐冲又将余下五人中堆得最高的桃花仙抱下，取出了他口中麻核。

麻核只取出一半，桃花仙便已急不及待，叽哩咕噜的含糊说话，待得麻核离口，便道："大哥，你说得不对，八块的一倍是十六块，十六块的一倍是三十二块，你怎么说是三十四块？"桃根仙道:"我偏偏喜欢说三十四块,却又怎地?我又没说是一倍?我心中想的是一倍加二。"桃花仙道:"为什么一倍加二?那可没有道理。"两人身上穴道尚未解开,只嘴巴一得自由,立即辩了起来。

令狐冲笑道:"两位且别吵,到底是怎么回事?"

桃花仙骂道:"不戒和不可不戒这两个臭和尚,他祖宗十八代个个是臭和尚!"

令狐冲笑道:"怎么骂起不戒大师来啦?"桃根仙道:"不骂他骂谁?你不告而别,祖千秋跟大伙儿一说,我六兄弟怎肯不去嵩山瞧热闹?自然跟了来啦。我们还要抢在你头里。走到这里,遇见了不可不戒这臭和尚,假装跟我们喝酒,又说见到六只狗子咬死一头大虫,骗我们出去瞧。哪知道他太师父不戒这臭和尚却躲在门角落里,冷不防把我们一个个都点了穴道,像堆柴草般堆在一起,说道我们如上嵩山,定要坏了令狐掌门的大事。他奶奶的,我们怎会坏你的大事?"

令狐冲这才明白,笑道:"这一次是桃谷六仙赢了,不戒大师输了。下次你们六兄弟见到他师徒俩,千万不能提起这件事,更不可跟他们二人动手。否则的话,天下英雄好汉问起原因,都知道不戒大师折在桃谷六仙手里,他面目无光,太丢人了。"桃根仙和桃花仙连连点头,说道:"下次见到这两个臭和尚,我们只装作没事人一般便了,免得他师徒俩难以做人。"令狐冲笑道:"赶快解开这几位的穴道要紧,他们可给憋得狠了。"当下伸手替桃花仙解了穴道,走出房外,带上了房门,以免听他六兄弟缠夹不清的争吵。

郑萼笑问:"掌门师兄,这六兄弟在干什么?"秦绢笑道:"他们在叠罗汉。"桃花仙登时便骂:"小尼姑,胡说八道,谁说我们是在叠罗汉?"秦绢笑道:"我可不是小尼姑。"桃根仙道:"你和小尼姑在一起,也就是小尼姑了。"秦绢道:"令狐掌门跟我们在一起,他也是小尼姑吗?"郑萼笑道:"你和我们在一起,那么你们六兄弟也都是小尼姑了。"

桃根仙和桃花仙无言以对，互相埋怨，都怪对方不好，以致弄得自己也变成了小尼姑。

令狐冲和仪和等在房外候了好半晌，始终不见桃谷六仙出来。令狐冲又推门入内，却见桃花仙笑吟吟的走来走去，始终没给五兄弟解开穴道。令狐冲哈哈大笑，忙伸手给五人都解了穴道，急速退出房外。但听得砰嘭、喀喇之声大作，房中已打成一团。

令狐冲笑嘻嘻的走开，转了个弯，行出数丈，便到了田边小路之上。但见一株桃树上生满了蓓蕾，只待春风一至，便即盛开，心想："这桃花何等娇艳，可是桃谷六仙却又这等颠三倒四，和桃花可拉不上半点干系。"

他闲步一会，心想六兄弟的架该打完了，不妨便去跟他们一起喝酒，忽听得身后脚步声轻响，有个女子声音叫道："令狐大哥！"令狐冲转过身来，见是仪琳。她走上前来，轻声道："我问你一句话，成不成？"令狐冲微笑道："当然成啊，什么事？"仪琳道："到底你喜欢任大小姐多些，还是喜欢你那个姓岳的小师妹多些？"

令狐冲一怔，微感尴尬，道："你怎么忽然问起这件事来？"仪琳道："是仪和、仪清师姊她们叫我问的。"令狐冲更感奇怪，微笑道："她们怎地想到要问这些话？"仪琳低下了头，道："令狐大哥，你小师妹的事，我从来没跟旁人说过。那日仪和师姊剑伤岳小姐，双方生了嫌隙。仪真、仪灵两位师姊奉你之命送去伤药，华山派非但不收，还把两位师姊轰了出来。大家怕惹你生气，也没敢跟你说。后来于嫂和仪文师姊又上华山去，报知你接任恒山掌门，却让华山派给扣了起来。"令狐冲微微一惊，道："你怎知道？"

仪琳忸怩道："是那田……不可不戒说的。"令狐冲道："田伯光？"仪琳道："正是。你去了黑木崖之后，师姊们叫他上华山去探听讯息。"令狐冲点头道："田伯光轻功了得，打探消息，不易为人发觉。他见到了报讯的两位师姊？"仪琳道："是。不过华山派看守得很严，他无法相救，好在两位师姊也没吃苦。再说，我写给他的条子上说，千万不可得罪了华山派，更加不得动手伤人，以免惹你生气。"令狐冲微笑道："你写了条子对他说，倒像是师父的派头！"仪琳脸上一红，道："我在见性峰，他在通元谷，有事通知他，只好写了条子，叫佛婆送去给他。"令狐冲笑道："是了，我是说笑话。田伯光又说些什么？"

仪琳道："他说见到一场喜事，你从前的师父招女婿……"突然之间，只见令狐冲脸色大变，她心下惊恐，便停了口。

令狐冲喉头哽住，呼吸艰难，喘着气道："你说好啦，不……不要紧。"听到自己语音干涩，几乎不像是自己说的话。

仪琳柔声道："令狐大哥，你别难过。仪和、仪清师姊她们都说，任大小姐虽是魔教中人，但容貌既美，武功又高，哪一点都比岳小姐强上十倍。"

令狐冲苦笑道："我难过什么？小师妹有了个好好的归宿，我欢喜还来不及呢。他……他……田伯光见到了我小师妹……"

仪琳道："田伯光说华山玉女峰上张灯结彩，热闹得很，各门各派中有不少人到贺。岳先生却没通知咱们恒山派，竟把咱们当作敌人看待。"

令狐冲点了点头。仪琳又道："于嫂和仪文师姊好意去华山报讯。他们不派人送礼，不来祝贺你接任掌门，那也罢了，干么却将报讯的使者扣住了不放？"令狐冲呆呆出神，没回答她的话。仪琳又道："仪和、仪清两位师姊说，他华山派行事不讲道理，咱们也不能太客气了。在嵩山见到了，咱们应该当众质问，叫他们放人。"令狐冲又点了点头。仪琳见他失神落魄的模样，叹了口气，柔声道："令狐大哥，你自己保重。"缓步走开。

令狐冲见她渐渐走远，唤道："师妹！"仪琳停步回头。令狐冲问道："和我师妹成亲的，是……是……"

仪琳点头道："是！是那个姓林的。"她快步走到令狐冲面前，拉住他右手衣袖，说道："令狐大哥，那姓林的没半分及得上你。岳小姐是个胡涂人，才肯嫁给他，师姊们怕你生气，一直没敢跟你说。可是桃谷六仙说，我爹爹和田伯光便在左近。田伯光见到了你，多半会跟你说。就算田伯光不说，再过几天，便上嵩山了，定会遇上岳小姐和她丈夫。那时你见到她改了装，穿着新媳妇的打扮，说不定……说不定……有碍大事。大家都说，倘若任大小姐在你身边，那就好了。众师姊叫我来劝劝你，别把那个胡涂的岳姑娘放在心上。"

令狐冲脸露苦笑，心想："她们都关心我，怕我伤心，因此一路上对我加意照顾。"忽觉手背上落上几滴水点，一侧头，只见仪琳正自流泪，奇道："你……你怎么了？"

仪琳凄然道："我怕见到你伤心的……伤心的模样，令狐大哥，你如要哭，就……就哭出声来好了。"

令狐冲哈哈一笑，道："我为什么要哭？令狐冲是个无行浪子，为师父师娘所不齿，早给逐出了师门。小师妹怎会……怎会……哈哈，哈哈！"纵声大笑，发足往山道上奔去。

这一番奔驰，直奔出二十余里，到了一处荒无人迹的所在，只觉悲从中来，不可抑制，扑在地下，放声大哭。哭了好一会，心中才稍感舒畅，寻思："我这时回去，双目红肿，若教仪和她们见了，不免笑话于我，不如晚上再回去罢。"但转念又想："我久出不归，她们定然担心。大丈夫要哭便哭，要笑便笑。令狐冲苦恋岳灵珊，天下知闻。她弃我有若敝屣，我若不伤心，反倒是矫情作假了。"

当下放开脚步，回到镇尾的破祠堂中。仪和、仪清等正散在各处找寻，见他回来，无不喜动颜色。桌上早已安排了酒菜，令狐冲自斟自饮，大醉之后，伏案而睡。

数日后到了嵩山脚下，离会期尚有两天。等到三月十五正日，令狐冲率同众弟子，一早动身上山。走到半山，四名嵩山弟子上来迎接，执礼甚恭，说道："嵩山末学后进，恭迎恒山派令狐掌门大驾，敝派左掌门在山上恭候。"又说："泰山、衡山、华山三派的师伯叔和师兄们，昨天便都已到了。令狐掌门和众位师姊到来，嵩山派上下尽感荣宠。"

令狐冲一路上山，只见山道上打扫干净，每过数里，便有几名嵩山弟子备了茶水点心，迎接宾客，足见嵩山派这次准备得甚是周到，但也由此可见，左冷禅对这五岳派掌门之位志在必得，决不容有人阻拦。

行了一程，又有几名嵩山弟子迎上来，和令狐冲见礼，说道："昆仑、峨嵋、崆峒、青城各派的掌门人和前辈名宿，今日都要聚会嵩山，参与五岳派推举掌门人大典。昆仑和青城派的各位都已到了。令狐掌门来得正好，大家都在山上候你驾到。"这几人眉宇之间颇有傲色，听他们语气，显然认为五岳派掌门一席，说什么也脱不出嵩山掌门的掌心。

行了一程，忽听得水声如雷，峭壁上两条玉龙直挂下来，双瀑并泻，屈曲回旋，飞跃奔逸。众人自瀑布之侧上峰。

嵩山派领路的弟子说道："这叫作胜观峰。令狐掌门，你看比之恒山景物却又如何？"令狐冲道："恒山灵秀而嵩山雄伟，风景都是挺好的。"那人道："嵩山位居天下之中，在汉唐二朝邦畿之内，原是天下群山之首。令狐掌门请看，这等气象，无怪历代帝王均建都于嵩山之麓了。"其意似说嵩山为群山之首，嵩山派也当为诸派的领袖。令狐冲微微一笑，道："不知我辈江湖豪士，跟帝王官吏拉得上什么干系？左掌门时常结交官府吗？"那人脸上一红，便不再说。

由此而上，山道越来越险，领路的嵩山派弟子一路指点，道："这是青冈峰，青冈坪。这是大铁梁峡，小铁梁峡。"铁梁峡之右尽是怪石，其左则是万仞深壑，渺不见底。一名嵩山弟子拾起一块大石抛下壑去，大石和山壁相撞，初时轰然如雷，其后声响极小，终至杳不可闻。仪和道："请问这位师兄，今日来到嵩山的有多少人啊？"那汉子道："少说也有二千人了。"仪和道："每一个客人上山，你们都投一块大石示威，过不多时，这山谷可让你们嵩山派给填满了。"那汉子哼了一声,并不答话。

转了一个弯,前面云雾迷蒙,山道上有十余名汉子手执兵刃,拦在当路。一人阴森森的道:"令狐冲几时上来?朋友们倘若见到,跟我瞎子说一声。"

令狐冲见说话之人须髯似戟,脸色阴森可怖,一双眼却是瞎的,再看其余各人时,竟个个都是瞎子,不由得心中一凛,朗声道:"令狐冲在此,阁下有何见教?"

他一说"令狐冲在此"五字,十几名瞎子立时齐声大叫大骂,挺着兵刃,便欲扑上,都骂:"令狐冲贼小子,你害得我好苦,今日这条命跟你拼了。"

令狐冲登时省悟:"那晚华山派荒庙遇袭,我以新学的独孤九剑剑法刺瞎了不少敌手的眼睛。这些人的来历一直猜想不出,此刻想来,自是嵩山派所遣,不料今日在此处重会。"眼见地势险恶,这些人倘若拼命,只要给其中一人抱住,不免一齐堕下万丈深谷。

又见引路的嵩山弟子嘴角含笑,一副幸灾乐祸之意,寻思:"我在龙泉铸剑谷所杀嵩山派人物着实不少,今日上得嵩山,可半分大意不得。"说道:"这些瞎朋友,是嵩山派门下的弟子吗?请阁下叫他们让路。"那嵩山弟子笑道:"他们不是敝派的。在下说出来的话管不了事。还是请令狐掌门自行打发的好。"

忽听得一人大声喝道:"老子先打发了你再说。"正是不戒和尚到了。他身后跟着不可不戒田伯光。不戒大踏步走上前去,一伸手,抓住两名嵩山弟子,向众瞎子投将过去,叫道:"令狐冲来也。"众瞎子挥兵刃乱砍乱劈,总算两名嵩山弟子武功不低,身在半空,仍能拔剑抵挡,大叫:"是嵩山派自己人,快让开了。"

众瞎子急忙闪避,乱成一团。不戒抢上前去,又抓住了两名嵩山弟子,喝道:"你不叫这些瞎子们让开,老子把你这两个混蛋抛了下去。"双臂运劲,将二人向天投去。不戒和尚臂力雄健无比,两名嵩山弟子给他投向半空,直飞上七八丈,登时魂飞魄散,齐声惨呼,只道这番定是跌入了下面万丈深谷,顷刻间便成为一团肉泥了。

不戒和尚待他二人跌落，双臂齐伸，又抓住了二人后颈，说道："要不要再来一次？"一名汉子忙道："不……不要了！"另一名嵩山弟子甚是乖觉，大声叫道："令狐冲，你往哪里逃？众位瞎子朋友，快追，快追！"十余名瞎子听了，信以为真，拔足便奔。

田伯光怒道："令狐掌门的名字，也是你这小子叫得的？"伸手拍拍两记耳光，大声呼唤："令狐大侠在这里！令狐掌门在这里！哪一个瞎子有种，便过来领教他的剑法。"

众瞎子受了嵩山弟子的怂恿，又想到双目被令狐冲刺瞎的仇怨，满腔愤怒，便在山道上守候，但听得两名嵩山弟子的惨呼，不由得心寒，跟着在山道上来回乱奔，双目不能见物，一时无所适从，茫然站立。

令狐冲、不戒、田伯光及恒山诸弟子从众瞎子身畔走过，更向上行。陡见双峰中断，天然现出一个门户，疾风从断绝处吹出，云雾随风扑面而至。不戒喝道："这叫作什么所在？怎地变哑巴了？"那嵩山弟子苦着脸道："这叫作朝天门。"

众人折向西北，又上了一段山路，望见峰顶的旷地之上，无数人众聚集。引路的数名嵩山弟子加快脚步，上峰报讯。跟着便听得鼓乐声响起，欢迎令狐冲等上峰。

左冷禅身披土黄色布袍，率领了二十名弟子，走上几步，拱手相迎。令狐冲此刻虽是恒山掌门，但先前一直叫他"左师伯"，毕竟是后辈，当下躬身行礼，说道："晚辈令狐冲，拜见嵩山掌门。"左冷禅道："多日不见，令狐世兄丰采尤胜往昔。世兄英俊年少而执掌恒山派门户，开武林中千古未有之局面，可喜可贺。"他向来冷口冷面，这时口中说"可喜可贺"，脸上神色，却绝无丝毫"可喜可贺"的模样。

令狐冲明白他言语中皮里阳秋，说什么"开武林中千古未有之局面"，其实是讽刺他以男子而做群尼的领袖，"英俊年少"四字，更是不怀好意，说道："晚辈奉定闲师太遗命，执掌恒山门户，志在为两位师太复仇雪恨。报仇大事一了，自当退位让贤。"他说着这几句话时，双目紧紧和左冷禅的目光相对，瞧他脸上是否现出惭色，抑或有愤怒憎恨之意，却见左冷禅脸上连肌肉也不牵动一下，说道："五岳剑派向来同气连枝，今后五派归一，定闲、定逸两位师太的血仇，不单是恒山之事，也是我五岳派之事。令狐兄弟有志于此，那好得很啊。"他顿了一顿，说道："泰山天门道兄、衡山莫大先生、华山岳先生，以及前来观礼道贺的不少武林朋友都已到达，请过去相见罢。"

令狐冲道："是。少林方证大师和武当冲虚道长到了没有？"左冷禅淡淡的道："他二位住得虽近，但自持身份，是不会来的。"说着向令狐冲瞪了一眼，目光中深有恨意。令狐冲一怔，便即省悟："我接任掌门，这两位武林前辈亲临道贺。左冷禅却以为他们今日不会来，因此不但恨上了方证大师和冲虚道长，对我可恨得更加厉害了。"

便在此时，忽见山道上两名黄衣弟子疾奔而上，全力快跑，显是身有急事。峰顶上诸人不约而同的都向这二人瞧去。不多时两人奔到左冷禅身前，禀道："恭喜师父，少林寺方丈方证大师、武当派掌门冲虚道长，率领两派门人弟子，正上山来。"

左冷禅道："他二位老人家也来了？那可客气得很啊。这可须得下去迎接了。"他语气似乎没将这件事放在心上。但令狐冲见到他衣袖微微颤动，心中喜悦之情毕竟难以尽掩。

在嵩山绝顶的群雄听到少林方证大师、武当冲虚道长齐到，登时耸动，不少人跟在左冷禅之后，迎下山去。令狐冲和恒山弟子避在一旁，让众人下山。

只见泰山派天门道人、衡山派莫大先生以及丐帮帮主、青城派掌门松风观观主余沧海等前辈名宿，果然都已到了。令狐冲和众人一一见礼，忽见黄墙后转出一群人来，正是师父、师娘和华山派一众师弟师妹。他心中一酸，快步抢前，跪下磕头，说道："令狐冲拜见两位老人家。"

岳不群身子一侧，冷冷的道："令狐掌门何以行此大礼？那不是笑话奇谈吗？"令狐冲拜毕站起，退立道侧。岳夫人眼圈一红，说道："听说你当了恒山派掌门。以后只须不再胡闹，也未始不能安身立命。"岳不群冷笑道："他不再胡闹？那是日头从西方出来了。他第一日当掌门，恒山派便收了成千名旁门左道的人物，那还不够胡闹？听说他又同大魔头任我行联手，杀了东方不败，让任我行重登魔教教主宝座。恒山派掌门人居然去参预魔教这等大事，还不算胡闹得到了家吗？"

令狐冲道："是，是。"不愿多说此事，岔开了话题："今日嵩山之会，瞧左师伯的用意，是要五岳剑派合而为一，合成一个五岳派。不知二位老人家意下如何？"岳不群问道："你意下如何？"令狐冲道："弟子……"岳不群微笑道："'弟子'二字，那是不用提了。你倘若还念着昔日华山之情，那就……那就……"微微沉吟，似乎以下的话不易措词。

令狐冲自被逐出华山门墙以来，从未见过岳不群对自己如此和颜悦色，忙道："你老人家有何吩咐，弟子……晚辈无有不遵。"

岳不群点头道："我也没什么吩咐。只不过我辈学武之人，最讲究的是正邪是非之辨。当日你不能再在华山派耽下去，并不是我和你师娘狠心，不能原宥你的过失，实在你是犯了武林的大忌。我虽将你自幼抚养长大，待你有如亲生儿子，却也不能徇私。"

令狐冲听到这里，眼泪涔涔而下，哽咽道："师父师娘的大恩，弟子粉身碎骨，也是难以报答。"岳不群轻拍他的肩头，意示安慰，又道："那日在少林寺中，闹到我师徒二人兵刃相见。我所使的那几招剑招，其中实含深意，盼你回心转意，重入我华山门墙。但你坚执不从，可令我好生心灰。"

令狐冲垂首道："那日在少林寺中胡作非为，弟子当真该死。如得重列师父门墙，原是弟子毕生大愿。"岳不群微笑道："这句话，只怕有些口是心非了。你身为恒山一派掌门，指挥号令，一任己意，那是何等风光，何等自在，又何必重列我夫妇门下？再说，以你此刻武功，我又怎能再做你师父？"说着向岳夫人瞧了一眼。

令狐冲听得岳不群口气松动，竟有重新收自己为弟子之意，心中喜不自胜，双膝一屈，便即跪下，说道："师父、师娘，弟子罪大恶极，今后自当痛改前非，遵奉师父、师娘的教诲。只盼师父、师娘慈悲，收留弟子，重列华山门墙。"

只听得山道上人声喧哗，群雄簇拥着方证大师和冲虚道人，上得峰来。岳不群低声道："你起来，这件事慢慢商量不迟。"令狐冲大喜，又磕了个头，道："多谢师父、师娘！"这才站起。

岳夫人又悲又喜，说道："你小师妹和你林师弟，上个月在华山已成……成了亲。"她口气颇有些担忧，生怕令狐冲所以如此急切的要重回华山，只是为了岳灵珊，一听到她嫁人的讯息，就算不发作吵嚷，那也非大失所望不可。

令狐冲心中一阵酸楚，微微侧头，向岳灵珊瞧去，只见她已改作了少妇打扮，衣饰颇为华丽，但容颜一如往昔，并无新嫁娘那种容光焕发的神情。

她目光和令狐冲一触，突然间满脸通红，低下头去。

令狐冲胸口便如给大铁锤重重打了一下，霎时间眼前金星乱冒，身子摇晃，站立不定，耳边隐隐听得有人说道："令狐掌门，你是远客，反先到了。少林寺和峻极禅院近在咫尺，老衲却来得迟了。"令狐冲觉得有人扶住了自己左臂，定了定神，见方证大师笑容可掬的站在身前，忙道："是，是！"拜了下去。

左冷禅朗声道："大伙儿不用多礼了。否则几千人拜来拜去，拜到明天也拜不完。请进禅院坐地。"

嵩山绝顶，古称"峻极"。嵩山绝顶的峻极禅院本是佛教大寺，近百年来却已成为嵩山派掌门的住所。左冷禅的名字中虽有一个"禅"字，却非佛门弟子，其武功近于道家。

群雄进得禅院，见院子中古柏森森，殿上并无佛像，大殿虽也极大，比之少林寺的大雄宝殿却有不如，进来还不到千人，已连院子中也站满了，后来者更无插足之地。

左冷禅朗声道："我五岳剑派今日聚会，承蒙武林中同道友好赏脸，光临者极众，大出在下意料之外，以致诸般供应，颇有不足，招待简慢，还望各位勿怪。"群豪中有人大声道："不用客气啦，只不过人太多，这里站不下。"左冷禅道："由此更上二百步，是古时帝皇封禅嵩山的封禅台，地势宽阔，本来极好。只是咱们布衣草莽，来到封禅台上议事，流传出去，有识之士未免要讥刺讽嘲，说咱们太过僭越了。"

古代帝皇为了表彰自己功德，往往有封禅泰山或封禅嵩山之举，向上天呈表递文，乃是国家盛事。这些江湖豪杰，又怎懂得"封禅"是怎么回事？只觉挤在这大殿中气闷之极，别说坐地，连呼口气也不畅快，纷纷说道："咱们又不是造反做皇帝，既有这等好所在，何不便去？旁人爱说闲话，去他妈的！"说话之间，已有数人冲出院门。

左冷禅道："既是如此，大伙儿便去封禅台下相见。"

令狐冲心想："左冷禅事事预备得十分周到，遇到商议大事之际，反让众人挤得难以转身，天下宁有是理？他自是早就想要众人去封禅台，只是不好意思自己出口，却由旁人来倡议而已。"又想："这封禅台不知是什么玩意儿？他说跟皇帝有关，他引大伙儿去封禅台，难道当真以皇帝自居么？方证大师和冲虚道长说他野心极大，混一了五岳剑派之后，便图扫灭日月教，再行并吞少林、武当。嘿嘿，他和东方不败倒是志同道合得很，'千秋万载，一统江湖'！"

他跟着众人，走到封禅台下，寻思："听师父的口气，是肯原有我的过失，准我重回华山门下。为什么师父从前十分严厉，今日却脸色甚好？是了，多半他打听之下，得知我在恒山行为端正，绝无秽乱恒山门户，心中欢喜。小师妹嫁了林师弟，他二位老人家对我又觉得有些过意不去，再加上师娘一再劝说，师父这才回心转意。今日左冷禅力图吞并四派，师父身为华山掌门，自要竭力抗拒。他待我好些，我就可以和他联手，力保华山一派。这一节我自当尽力，不负他老人家的期望，同时也保全了恒山派。"

封禅台为大麻石所建，每块大石都凿得极是平整，想像当年帝皇为了祭天祀福，不知驱使几许石匠，始成此巨构。令狐冲细看时，见有些石块上斧凿之印甚新，虽已涂抹泥苔，仍可看出是新近补上，显然这封禅台年深月久，颇已毁败，左冷禅曾命人好好修整过一番，只是着意掩饰，不免欲盖弥彰，反而令人看出来其居心不善。

群豪来到这嵩山绝顶，都觉胸襟大畅。这绝巅独立天心，万峰在下。其时云开日朗，纤翳不生。令狐冲向北望去，遥见成皋玉门，黄河有如一线，西向隐隐见到洛阳伊阙，东南两方皆是重重叠叠的山峰。

只见三个老者向着南方指指点点。一人说道："这是大熊峰，这是小熊峰，两峰笔立并峙的是双圭峰，三峰插云的是三尖峰。"另一位老者道："这一座山峰，便是少林寺所在的少室山。那日我到少林寺去，颇觉少室之高，但从此而望，少林寺原来是在嵩山脚下。"三名老者都大笑起来。令狐冲瞧这三人服色打扮并非嵩山派中人，口中却说这等言语，以山为喻，推崇嵩山，菲薄少林。再瞧这三人双目炯炯有光，内力大是了得，看来左冷禅这次约了不少帮手，若是有变，出手的不仅仅是嵩山一派而已。

只见左冷禅正在邀请方证大师和冲虚道长登上封禅台去。方证笑道："我们两个方外的昏庸老朽之徒，今日到来只是观礼道贺，却不用上台做戏，丢人现眼了。"左冷禅道："方丈大师说这等话，那是太过见外了。"冲虚道："宾客都已到来，左掌门便请勾当大事，不用老是陪着我们两个老家伙了。"

左冷禅道："如此遵命了。"向两人一抱拳，拾级走上封禅台。上了数十级，距台顶尚有丈许，他站在石级上朗声说道："众位朋友请了。"嵩山绝顶山风甚大，群豪又散处在四下里观赏风景，左冷禅这一句话却清清楚楚的传入了各人耳中。

众人一齐转过头来，纷纷走近，围到封禅台旁。

左冷禅抱拳说道："众位朋友瞧得起左某，惠然驾临嵩山，在下感激不尽。众位朋友来此之前，想必已然风闻，今日乃是我五岳剑派协力同心、归并为一派的好日子。"台下数百人齐声叫了起来："是啊，是啊，恭喜，恭喜！"左冷禅道："各位请坐。"

群雄当即就地坐下，各门各派的弟子都随着掌门人坐在一起。

左冷禅道："想我五岳剑派向来同气连枝，百余年来携手结盟，早便如同一家，兄弟忝为五派盟主，亦已多历年所。只是近年来武林中出了不少大事，兄弟与五岳剑派的前辈师兄们商量，均觉若非联成一派，统一号令，则来日大难，只怕不易抵挡。"

忽听得台下有人冷冷的道："不知左盟主和哪一派的前辈师兄们商量过了？怎地我莫某人不知其事？"说话的正是衡山派掌门人莫大先生。他此言一出，显见衡山派是不赞成合并的了。

左冷禅道："兄弟适才说道，武林中出了不少大事，五派非合而为一不可，其中一件大事，便是咱们五派中人，自相残杀戕害，不顾同盟义气。莫大先生，我嵩山派弟子大嵩阳手费师弟，在衡山城外丧命，有人亲眼目睹，说是你莫大先生下的毒手，不知此事可真？"

莫大先生心中一凛："我杀这姓费的，只有刘师弟、曲洋、令狐冲、恒山派一名小尼，以及曲洋的孙女亲眼所见。其中三人已死，难道令狐冲酒后失言，又或那小尼姑少不更事，走漏风声？"其时台下数千道目光，都集于莫大先生脸上。莫大先生神色自若，摇头说道："并无其事！谅莫某这一点儿微末道行，怎杀得了大嵩阳手？"

左冷禅冷笑道："若是正大光明的单打独斗，莫大先生原未必能杀得了我费师弟，但如忽施暗算，以衡山派这等百变千幻的剑招，再强的高手也难免着了道儿。我们细查费师弟尸身上伤痕，创口是给人捣得稀烂了，可是落剑的部位却改不了啊，那不是欲盖弥彰吗？"

莫大先生心中一宽，摇头道："你妄加猜测，又如何作得准？"心想原来他只是凭费彬尸身上的剑创推想，并非有人泄漏，我跟他来个抵死不认便了。但这么一来，衡山派与嵩山派总之已结下了深仇，今日是否能生下嵩山，可就难说得很。

左冷禅续道："我五岳剑派合而为一，是我五派立派以来最大的大事。莫大先生，你我均是一派之主，当知大事为重，私怨为轻。只要于我五派有利，个人的恩怨也只好搁在一旁了。莫兄，这件事你也不用太过担心，费师弟是我师弟，等我五派合并之后，莫兄和我也是师兄弟了。死者已矣，活着的人又何必再逞凶杀，多造杀孽？"他这番话听来平和，含意却着实咄咄逼人，意思显是说，倘若莫大先生赞同合派，那么杀死费彬之事便一笔勾销，否则自是非清算不可。他双目瞪视莫大先生，问道："莫兄，你说是不是呢？"莫大先生哼了一声，不置可否。

左冷禅皮笑肉不笑的微微一笑，说道："南岳衡山派于并派之议，是无异见了。东岳泰山派天门道兄，贵派意思如何？"

天门道人站起身来，声若洪钟的说道："泰山派自祖师爷东灵道长创派以来，已三百余年。贫道无德无能，不能发扬光大泰山一派，可是这三百多年的基业，说什么也不能自贫道手中断绝。这并派之议，万万不能从命。"

泰山派中一名白须道人站了起来，朗声说道："天门师侄这话就不对了。泰山一派，四代共有四百余众，可不能为了你一个人的私心，阻挠了利于全派的大业。"众人见这白须道人脸色枯槁，说话中气却十分充沛。有人识得他的，便低声相告："他是玉玑子，是天门道人的师叔。"

天门道人脸色本就甚是红润，听得玉玑子这么说，更是胀得满脸通红，大声道："师叔你这话是什么意思？师侄自从执掌泰山门户以来，哪一件事不是为了本派的声誉基业着想？我反对五派合并，正是为了保存泰山一派，那又有什么私心了？"玉玑子嘿嘿一笑，说道："五派合并，行见五岳派声势大盛，五岳派门下弟子，哪一个不沾到光？只是师侄你这掌门人却做不成了。"天门道人怒气更盛，大声道："我这掌门人，做不做有什么干系？只是泰山一派，说什么也不能在我手中给人吞并。"玉玑子道："你嘴上说得漂亮，心中却就是为了放不下掌门人的名位。"

天门道人怒道："你真道我是如此私心？"一伸手，从怀中取出了一柄黑黝黝的铁铸短剑，大声道："从此刻起，我这掌门人是不做了。你要做，你去做去！"

众人见这柄短剑貌不惊人，但五岳剑派中年纪较长的，都知是泰山派创派祖师东灵道人的遗物，近三百年来代代相传，已成为泰山派掌门人的信物。

玉玑子退了一步，冷笑道："你倒舍得？"天门道人怒道："为什么舍不得？"玉玑子道："既是如此，那就给我！"右手疾探，已抓住了天门道人的手中铁剑。天门道人全没料到他竟会真的取剑，一怔之下，铁剑已被玉玑子夺了过去。他不及细思，刷的一声，抽出了腰间长剑。

玉玑子飞身退开，两条青影晃处，两名老道仗剑齐上，拦在天门道人面前，齐声喝道："天门，你以下犯上，忘了本门的戒条么？"

天门道人看这二人时，却是玉磬子、玉音子两个师叔。他气得全身发抖，叫道："二位师叔，你们亲眼瞧见了，玉玑……玉玑师叔刚才干什么来！"

玉音子道："我们确是亲眼瞧见了。你已把本派掌门人之位，传给了玉玑师兄，退位让贤，那也好得很啊。"玉磬子道："玉玑师兄既是你师叔，眼下又是本派掌门人，你仗剑行凶，对他无礼，这是欺师灭祖、犯上作乱的大罪。"天门道人眼见两个师叔无理偏袒，反而指责自己的不是，怒不可遏，大声道："我只是一时的气话，本派掌门人之位，岂能如此草草……草草传授，就算要让人，他……他……他妈的，我也决不能传给玉玑。"急怒之余，竟忍不住口出秽语。玉音子喝道："你说这种话，配不配当掌门人？"

泰山派人群中一名中年道人站起身来，大声说道："本派掌门向来是俺师父，你们几位师叔祖在捣什么鬼？"这中年道人法名建除，是天门道人的第二弟子。跟着又有一人站起来喝道："天门师兄将掌门人之位交给了俺师父，这里嵩山绝顶数千对眼睛都见到了，数千对耳朵都听到了，难道是假的？天门师兄刚才说道：'从此刻起，我这掌门人是不做了，你要做，你去做去！'你没听见吗？"说这话的是玉玑子的弟子。

泰山派中一百几十人齐叫："旧掌门退位，新掌门接位！旧掌门退位，新掌门接位！"天门道人是泰山派的长门弟子，他这一门声势本来最盛，但他五六个师叔暗中联手，突然同时跟他作对，泰山派来到嵩山的二百来人中，倒有一百六十余人和他敌对。

玉玑子高高举起铁剑，说道："这是东灵祖师爷的神兵。祖师爷遗言：'见此铁剑，如见东灵'，咱们该不该听祖师爷的遗训？"一百多名道人大声呼道："掌门人说得对！"又有人叫道："逆徒天门犯上作乱，不守门规，该当擒下发落。"

令狐冲见了这般情势，料想这均是左冷禅暗中布置。天门道人性子暴躁，受不起激，三言两语，便堕入了彀中。此时敌方声势大盛，天门又乏应变之才，徒然暴跳如雷，却是一筹莫展。令狐冲举目向华山派人群中望去，见师父负手而立，脸上丝毫不动声色，心想："玉玑子他们这等搞法，师父自是大大的不以为然，但他老人家目前并不想插手干预，当是暂且静观其变。我一切唯他老人家马首是瞻便了。"

玉玑子左手挥了几下，泰山派的一百六十余名道人突然散开，拔出长剑，将其余五十多名道人围在垓心，被围的自然都是天门座下的徒众了。天门道人怒吼："你们真要打？那就来拼个你死我活。"玉玑子朗声道："天门听着：泰山派掌门有令，叫你弃剑降服，你服不服东灵祖师爷的铁剑遗训？"天门怒道："呸，谁说你是本派的掌门人了?"玉玑子叫道:"天门座下诸弟子,此事与你们无干,大家抛下兵刃,过来归顺,那便概不追究,否则严惩不贷。"

建除道人大声道:"你若能对祖师爷的铁剑立下重誓,决不让祖师爷当年辛苦缔造的泰山派在江湖中除名,那么大家拥你为本派掌门,原也不妨。但若你一当掌门,立即将本派出卖给嵩山派,那可是本派的千古罪人,你就死了,也无面目去见祖师爷。"

玉音子道:"你后生小子,凭什么跟我们'玉'字辈的前人说话?五派合并,嵩山派还不是一样的除名?五岳派这'五岳'二字,就包括泰山在内,又有什么不好了?"

天门道人道:"你们暗中捣鬼,都给左冷禅收买了。哼,哼!要杀我可以,要我答应归降嵩山,那是万万不能。"

玉玑子道:"你们不服掌门人的铁剑号令,小心顷刻间身败名裂,死无葬身之地。"天门道人道:"忠于泰山派的弟子们,今日咱们死战到底,血溅嵩山。"站在他身周的群弟子齐声呼道:"死战到底,决不投降。"他们人数虽少,但个个脸上现出坚毅之色。玉玑子倘若挥众围攻,一时之间未必能将他们尽数杀了。封禅台旁聚集了数千位英雄好汉,少林派方证大师、武当派冲虚道人这些前辈高人,也决不能让他们以众欺寡,干这屠杀同门的惨事。玉玑子、玉磬子、玉音子等数人面面相觑,一时拿不定主意。

忽听得左侧远处有人懒洋洋的道:"老子走遍天下,英雄好汉见得多了,然而说过了话立刻就赖的狗熊,倒是少见。"众人一齐向声音来处瞧去,只见一个麻衣汉子斜倚在一块大石旁,左手拿着一顶范阳斗笠,当扇子般在面前搧风。这人身材瘦长,眯着一双细眼,一脸不以为然的神气。众人都不知他的来历,也不知道他这几句话是在骂谁。只听他又道:"你明明已把掌门让了给人家,难道说过的话便是放屁?天门道人,你名字中这个'天'字,只怕得改一改,改个'屁'字,那才相称。"玉玑子等才知他是在相助己方,都笑了起来。

天门怒道:"是我泰山派自己的事,用不着旁人多管闲事。"那麻衣汉子仍懒洋洋的道："老子见到不顺眼之事，那闲事便不得不管。今日是五岳剑派并派为一的好日子，你这牛鼻子却在这里拔剑使刀，大呼小叫，败人清兴，当真是放屁之至。"

突然间众人眼一花，只见这麻衣汉子斗然跃起身来，迅捷无比的冲进了玉玑子等人的圈子，左手斗笠一起，便向天门道人头顶劈落。天门道人竟不招架，挺剑往他胸口刺去。那人倏地一扑，从天门道人的胯下钻过，右手据地，身子倒了转来，砰的一声，足跟重重的踢中了天门道人背心。这几下招数怪异之极，峰上群英聚集，各负绝艺，但这汉子所使的招数，众人却都是见所未见，闻所未闻。天门猝不及防，登时给他踢中了穴道。

天门身侧的几名弟子各挺长剑向那汉子刺去。那汉子哈哈一笑，抓住天门后心，挡向长剑，众弟子缩剑不迭。那汉子喝道："再不抛剑，我把这牛鼻子的脑袋给扭了下来。"说着右手揪住了天门头顶的道髻。天门空负一身武功，给他制住之后，竟全然动弹不得，一张红脸已变得铁青。瞧这情势，那汉子只消双手用力一扭，天门的颈骨立时会给他扭断了。

建除道："阁下忽施偷袭，不是英雄好汉之所为。阁下尊姓大名。"那人左手一扬，拍的一声，打了天门道人一个耳光，懒洋洋的道："谁对我无礼，老子便打他师父。"天门道人的众弟子见师尊受辱，无不又惊又怒，各人挺着长剑，只消同时攒刺，这麻衣汉子当场便得变成一只刺猬，但天门道人为他所制，投鼠忌器，谁也不敢妄动。一名青年骂道："你这狗畜生……"那汉子举起手来，拍的一声，又打了天门一记耳光，说道："你教出来的弟子，便只会说脏话吗？"

突然之间，天门道人哇的一声大叫，脑袋一转，和那麻衣汉子面对着面，口中一股鲜血直喷了出来。那汉子吃了一惊，待要放手，已然不及。霎时之间，那汉子满头满脸都给喷满了鲜血，便在同时，天门道人双手环转，抱住了他头颈，但听得喀的一声，那人颈骨竟被硬生生的折断。天门道人右手一抬，那人直飞了出去，拍的一声响，跌在数丈之外，扭曲得几下，便已死去。

天门道人身材本就十分魁梧，这时更是神威凛凛，满脸都是鲜血，令人见之生怖。过了一会，他猛喝一声，身子一侧，倒在地下。原来他被这汉子出其不意的突施怪招制住，又当众连遭侮辱，气愤难当之际，竟甘舍己命，运内力冲断经脉，由此而解开被封的穴道，奋力一击，杀毙敌人，但自己经脉俱断，也活不成了。

天门座下众弟子齐叫"师父"，抢去相扶，见他已然气绝，登时大哭起来。

人丛中忽然有人说道："左掌门，你派了'青海一枭'这等人物来对付天门道长，未免太过份了罢？"众人向说话之人瞧去，见是个形貌猥琐的老者，有人认得他名叫何三七，常自挑了副馄饨担，出没三湘五泽市井之间。被天门道人击毙的那汉子到底是何来历，谁也不知，听何三七说叫做"青海一枭"。"青海一枭"是何来头，知道的人却也不多。

左冷禅道："这可是笑话奇谈了，这位季兄，和在下今天是初次见面，怎能说是在下所派？"何三七道："左掌门和'青海一枭'或许相识不久，但和这人的师父'白板煞星'，交情定然大非寻常。"

这"白板煞星"四字一出口，人丛中登时轰的一声。令狐冲依稀记得，许多年前，师娘曾提到"白板煞星"的名字。那时岳灵珊还只六七岁，不知为什么事哭闹不休，岳夫人吓她道："你再哭，'白板煞星'来捉你去了。"令狐冲便问："'白板煞星'是什么东西？"岳夫人道："'白板煞星'是个大恶人，专捉爱哭的小孩子去咬来吃。这人没有鼻子，脸孔是平的，好像一块白板那样。"当时岳灵珊一害怕，便不哭了。令狐冲想起往事，凝目向岳灵珊望去，只见她眼望远处青山，若有所思，眉目之间微带愁容，显然没留心到何三七提及"白板煞星"这名字，恐怕幼时听岳夫人说过的话，也早忘了。

令狐冲心想："小师妹新婚燕尔，林师弟是她心中所爱，该当十分欢喜才是，又有什么不如意事了？难道小夫妇两个闹别扭吗？"眼见林平之站在她身边，脸上神色颇为怪异，似笑非笑，似怒非怒。令狐冲又是一惊："这是什么神气？我似乎在谁脸上见过的。"但在什么地方见过，却想不起来。

只听得左冷禅道："玉玑道兄，恭喜你接任泰山派掌门。于五岳剑派合并之议，道兄高见若何？"众人听得左冷禅不答何三七的问话，顾左右而言他，那么于结交"白板煞星"一节，是默认不辩了。"白板煞星"的恶名响了二三十年，但真正见过他、吃过他苦头的人，却也没有几个，似乎他的恶名主要还是从形貌丑怪而起，然从他弟子"青海一枭"的行止瞧来，自然师徒都非正派人物。

玉玑子手执铁剑，得意洋洋的说道："五岳剑派并而为一，于我五派上下人众，惟有好处，没半点害处。只有像天门道人那样私心太重之人，贪名恋栈，不顾公益，那才会创议反对。左盟主，在下执掌泰山派门户，于五派合并的大事，全心全意赞成。泰山全派，决在你老人家麾下效力，跟随你老人家之后，发扬光大五岳派的门户。倘若有人恶意阻挠，我泰山派首先便容他们不得。"

泰山派中百余人轰然应道："泰山派全派尽数赞同并派，有人妄持异议，泰山全派誓不与之干休。"这些人同声高呼，虽然人数不多，但声音整齐，倒也震得群山鸣响。令狐冲心想："他们显然是事先早就练熟了的，否则纵然大家赞同并派，也决不能每一个字都说得一模一样。"又听玉玑子的语气，对左冷禅老人家前、老人家后的，恭敬万分，料想左冷禅若不是暗中已给了他极大好处，便是曾以毒辣手段，制得他服服贴贴。

天门道人座下的徒众眼见师尊惨死，大势已去，只好默不作声，有人咬牙切齿的低声咒诅，有人握紧了拳头，满脸悲愤之色。

左冷禅朗声道："我五岳剑派之中，衡山、泰山两派，已然赞同并派之议，看来这是大势所趋，既然并派一举有百利而无一害，我嵩山派自也当追随众位之后，共襄大举。"

令狐冲心下冷笑："这件事全是你一人策划促成，嘴里却说得好不轻松漂亮，居然还是追随众人之后，倒像别人在创议，而你不过是依附众意而已。"

只听左冷禅又道："五派之中，已有三派同意并派，不知恒山派意下如何？恒山派前掌门定闲师太，曾数次和在下谈起，于并派一事，她老人家是极力赞成的。定静、定逸两位师太，也均持此见。"

恒山派众黑衣女弟子中，一个清脆的声音说道："左掌门，这话可不对了。我们掌门人和两位师伯、师叔圆寂之前，对并派之议痛心疾首，极力反对。三位老人家所以先后不幸逝世，就是为了反对并派。你怎可擅以己见，加之于她三位老人家身上？"众人齐向说话之人瞧去，见是个圆脸女郎。这姑娘是能言善道的郑萼，她年纪尚轻，别派人士大都不识。

左冷禅道："你师父定闲师太武功高强，见识不凡，实是我五岳剑派中最最了不起的人物，老夫生平深为佩服。只可惜在少林寺中不幸为奸徒所害。倘若她老人家今日尚在，这五岳派掌门一席，自是非她莫属。"他顿了一顿，又道："当日在下与定闲、定静、定逸三位师太谈及并派之事，在下就曾极力主张，并派之事不行便罢，倘若如议告成，则五岳派的掌门一席，必须请定闲师太出任。当时定闲师太虽然谦逊推辞，但在下全力拥戴，后来定闲师太也就不怎么坚辞了。唉，可叹，可叹，这样一位佛门女侠，竟然大功未成身先死，丧身少林寺中，实令人不胜叹息。"他连续两次提及少林寺，言语之中，隐隐将害死定闲师太的罪责加之于少林寺。就算害死她的不是少林派中人，但少林寺为武学圣地，居然有人能在其中害死这样两位武学高人，则少林派纵非串谋，也逃不了纵容凶手、疏于防范之责。

忽然有个粗糙的声音说道："左掌门此言差矣。当日定闲师太跟我说道，她老人家本来是想推举你做五岳派掌门的。"

左冷禅心头一喜，向那人瞧去，见那人马脸鼠目，相貌十分古怪，不知是谁，但身穿黑衫，乃是恒山派中的人物，他身旁又站着五个容貌类似、衣饰相同之人，却不知道六人便是桃谷六仙。他心中虽喜，脸上不动声色，说道："这位尊兄高姓大名？定闲师太当时虽有这等言语，但在下与她老人家相比，那可万万不及了。"

先前说话之人乃是桃根仙，他大声道："我是桃根仙，这五个都是我的兄弟。"左冷禅道："久仰，久仰。"桃枝仙道："你久仰我们什么？是久仰我们武功高强呢，还是久仰我们见识不凡？"左冷禅心想："撕裂成不忧的，原来是这么六个浑人。"念在桃根仙为自己捧场的份上，便道："六位武功高强，见识不凡，我都是久仰的。"

桃干仙道："我们的武功，也没有什么，六人齐上，比你左盟主高些，单打独斗，就差得远了。"桃花仙道："但说到见识，可真比你左掌门高得不少。"左冷禅皱起眉头，哼了一声，道："是吗？"桃花仙道："半点不错。当日定闲师太便这么说。"桃叶仙道："定闲师太和定静师太、定逸师太三位老人家在庵中闲话，说起五岳剑派合并之事。定逸师太说道：'五岳剑派不并派便罢，倘要并派，须得请嵩山派左冷禅先生来当掌门。'这一句话，你信不信？"左冷禅心下暗喜，说道："那是定逸师太瞧得起在下，我可不敢当。"

桃根仙道："你别忙欢喜。定静师太却道：'当世英雄好汉之中，嵩山派左掌门也算得是位人物，倘若由他来当五岳派掌门人，倒也是一时之选。只不过他私心太重，胸襟太窄，不能容物，如果是他当掌门，我座下这些女弟子们，苦头可吃得大了。'"桃干仙接着道："定闲师太便说：'以大公无私而言，倒有六位英雄在此。他们不但武功高强，而且见识不凡，足可当得五岳派的掌门人。'"

左冷禅冷笑道："六位英雄？是哪六位？"桃花仙道："那便是我们六兄弟了。"

此言一出，山上数千人登时轰然大笑。这些人虽然大半不识桃谷六仙，但瞧他们形貌古怪，神态滑稽，这时更自称英雄，说什么"武功高强，见识不凡"，自是忍不住好笑。

桃枝仙道："当时定闲师太一提到'六位英雄'四字，定静、定逸两位师太立即便想到是我们六兄弟，当下一齐鼓掌喝采。那时候定逸师太说什么来？兄弟，你记得吗？"桃实仙道："我当然记得。那时候定逸师太说道：'桃谷六仙嘛，比之少林寺方证大师，见识是差一些了。比之武当派冲虚道长，武功是有所不及了。但在五岳剑派中，倒也无人能及。两位师姊，你们以为如何？'定静师太便道：'我却以为不然。定闲师妹的武功见识，决不在桃谷六仙之下。只可惜咱们是女流之辈，又是出家人，要做五岳派掌门，做五岳派数千位英雄好汉的首领，总是不便。所以啊，咱们还是推举桃谷六仙为是。'"桃叶仙道："定闲师太当下连连点头，说道：'五岳剑派如果真要并派，若不是由他六兄弟出任掌门，势必难以发扬光大，昌大门户。'"

令狐冲越听越好笑，情知桃谷六仙是在故意与左冷禅捣乱。左冷禅既妄造死者的言语，桃谷六仙依样葫芦，以子之矛，攻子之盾，左冷禅倒也无法可施。

嵩山上群雄之中，除了嵩山一派以及为左冷禅所笼络的人物之外，对于五岳并派一举，大都颇具反感。有的高瞻远瞩之士如方证方丈、冲虚道长等人，深恐左冷禅羽翼一成，便即为祸江湖；有的眼见天门道人惨死，而左冷禅咄咄逼人，深感憎恶；更有的料想五岳并派之后，五岳派声势大张，自己这一派不免相形见绌；而如令狐冲等恒山派中人，料得定闲等三位师太是为左冷禅所害，只盼诛他报仇，自然敌意更盛。众人耳听得桃谷六仙胡说八道，却又说得似模似样，左冷禅几乎无法辩驳，大都笑吟吟的颇以为喜，年青的更笑出声来。

忽然有个粗豪的声音说道："桃谷六怪，恒山派定闲师太说这些话，有谁听到了？"

桃根仙道："恒山派的几十名女弟子都是亲耳听到的。郑姑娘，你说是不是？"

郑萼忍住了笑，正色道："不错。左掌门，你说我师父赞成五派合并，那些言语，又有谁听到了？恒山派的师姊师妹们，左掌门说的话，有谁听见咱们师尊说过没有？"百余名女弟子齐声答道："没听见过。"有人大声道："多半是左掌门自己捏造出来的。"更有一名女弟子道："和左掌门相比，我师父还是对桃谷六仙推许多些。我们随侍三位老人家多年，岂有不知师尊心意之理？"

众人轰笑声中，桃枝仙大声道："照啊，我们并没说谎，是不是？后来定闲师太又道：'五派合并，掌门人只有一个，他桃谷六仙共有六人，却是请谁来当的好？'兄弟，定静师太却怎么说啊？"桃花仙道："这个……嗯，是了，定静师太说道：'五派虽然并而为一，但泰山、衡山、华山、恒山、嵩山这东南西北中五岳，却是并不到一块的。左冷禅又不是玉皇大帝，难道他还能将五座大山搬在一起吗？请桃谷六仙中的五兄弟分驻五山，剩下一个做总掌门也就是了。'"桃叶仙道："不错！定逸师太便说：'师姊此见甚是。原来桃谷六仙的父母当年甚有先见，知道日后左冷禅要合并五岳剑派，因此生下他六个兄弟来，既不是五个，又不是七个，佩服啊佩服！'"

群雄一听，登时笑声震天。

左冷禅筹划这一场五岳并派，原拟办得庄严隆重，好教天下英雄齐生敬畏之心，不料斜刺里钻了这六个惫懒家伙出来，插科打诨，将一个盛大的典礼搞得好似一场儿戏，心下之恼怒实非言语所能形容，只是他乃嵩山之主，可不能随便发作，只得强忍气恼，暗暗打定了主意："一待大事告成，若不杀了这六个无赖，我可真不姓左了。"

桃实仙突然放声大哭，叫道："不行，不行！我六兄弟自出娘胎，从来寸步不离，这一做五岳派掌门，从此要分驻五岳，那可不干，万万的不干。"他哭得情意真切，恰似五岳派掌门名位已定，他六兄弟面临生离死别之境了。

桃干仙道："六弟不须烦恼，咱们六人是不能分开的，兄弟固然舍不得，做哥哥的也是舍不得。但既然众望所归，这五岳派掌门又非我们六兄弟来做不可，我们只好反对五岳派合而为一了。"桃根仙等五人齐声道："对，对，五岳剑派一如现状，并他作甚？"

桃实仙破涕为笑，说道："就算真的要并，也得五岳派中将来有了一位大英雄大豪杰，比我六兄弟见识更高，武功更强，也如我六兄弟那样的众望所归。有这样的人来做掌门，那时再并不迟。"

左冷禅眼见再与这六个家伙纠缠下去，只有越闹越糟，须以快刀斩乱麻手法，截断他们的话头，当下朗声说道："恒山派的掌门，到底是你们六位大英雄呢，还是另有其人？恒山派的事，你们六位大英雄作得了主呢，还是作不了主？"

桃枝仙道："我们六位大英雄要当恒山派掌门，本来也无不可。但想到嵩山派掌门是你左老弟，我们六人一当恒山掌门，便得和你姓左的相提并论，未免有点，嘿嘿，这个……那个……"桃花仙道："和他相提并论，我们六位大英雄当然是大失身份，因此上这恒山派掌门人之位，只好请令狐冲来勉为其难了。"

左冷禅只气得七窍生烟，冷冷的道："令狐掌门，你执掌恒山派门户，于贵派门下却不好生约束，任由他们在天下英雄之前胡说八道，出丑露乖。"

令狐冲微笑道："这六位桃兄说话天真烂漫，心直口快，却不是瞎造谣言之人。他们转述本派先掌门定闲师太的遗言，当比派外之人的胡说八道靠得住些。"

左冷禅哼了一声，道："五岳剑派今日并派，贵派想必是要独持异议了？"

令狐冲摇头道："恒山派却也不是独持异议。华山派掌门岳先生，是在下启蒙传艺的恩师，在下今日虽然另归别派，却不敢忘了昔日恩师的教诲。"左冷禅道："这么说来，你仍听从华山岳先生的话？"令狐冲道："不错，我恒山派与华山派并肩携手，协力同心。"

左冷禅转头瞧向华山派人众，说道："岳先生，令狐掌门不忘你旧日对他的恩义，可喜可贺。阁下于五派合并之举，赞成也罢，反对也罢，令狐掌门都唯你马首是瞻。但不知阁下尊意若何？"

岳不群道："承左盟主询及，在下虽于此事曾细加考虑，但要作出一个极为妥善周详的抉择，却亦不易。"

一时峰上群雄的数千对目光都向他望去，许多人均想："衡山派势力孤弱，泰山派内哄分裂，均不足与嵩山派相抗。此刻华山、恒山两派联手，再加上衡山派，当可与嵩山派一较短长了。"

只听岳不群说道："我华山创派二百余年，中间曾有气宗、剑宗之争，众位武林前辈都知道的。在下念及当日两宗自相残杀的惨状，至今兀自不寒而栗……"

令狐冲寻思："师父曾说，华山气剑二宗之争，是本派门户之羞，实不足为外人道，为什么他此刻却当着天下英雄公然谈论？"又听得岳不群语声尖锐，声传数里，每说一句话，远处均有回音，心想："师父修习'紫霞神功'，又到了更高的境界，说话声音，内力的运用，都跟从前不同了。"

岳不群续道："因此在下深觉武林中的宗派门户，分不如合。千百年来，江湖上仇杀斗殴，不知有多少武林同道死于非命，推原溯因，泰半是因门户之见而起。在下常想，倘若武林之中并无门户宗派之别，天下一家，人人皆如同胞手足，那么种种流血惨剧，十成中至少可以减去九成。英雄豪杰不致盛年丧命，世上也少了许许多多无依无靠的孤儿寡妇。"

他这番话中充满了悲天悯人之情，极大多数人都不禁点头。有人低声说道："华山岳不群人称'君子剑'，果然名不虚传，深具仁者之心。"

方证大师合什而道："善哉，善哉！岳居士这番言语，宅心仁善。武林中人只要都如岳居士这般想法，天下的腥风血雨，刀兵纷争，便都泯于无形了。"

岳不群道："大师过奖了。在下的一些浅见，少林寺历代高僧大德，自然早已想到过。以少林寺在武林中的声望地位，登高一呼，各家各派中的高明卓识之士，闻风响应，千百年来必能有所建树。固然各家各派武术源流不同，修习之法大异，要武学之士不分门户派别，那是谈何容易？但'君子和而不同'，武功尽可不同，却大可和和气气。可是直至今日，江湖上仍是派别众多，或明争，或暗斗，无数心血性命，都耗费于无谓的意气之争。既然历来高明之士，都知门户派别的纷歧大有祸害，为什么不能痛下决心，予以消除？在下大惑不解，于此事苦思多年，直至前几日，才恍然大悟，明白了其中的关窍所在。此事关系到武林全体同道的生死祸福，在下不敢自秘，谨提出请各位指教。"

群雄纷纷道："请说，请说。""岳先生的见地，定然是很高明的。""不知到底是什么原因？""要清除门户派别之见，那可是难于登天了！"

岳不群待人声一静，说道："在下潜心思索，发觉其中道理，原来在于一个'急'字与'渐'字的差别。历来武林中的有心人，盼望消除门户派别，往往操之过急，要一举而将天下所有宗派门户之间的界限，尽数消除。殊不知积重难返，武林中的宗派，大者数十，小者过千，每个门户都有数十年乃至千百年的传承，要一举而消除之，确是难于登天。"

左冷禅道："以岳先生的高见，要消除宗派门户之别，那是绝不可能了？如此说来，岂不令人失望？"

岳不群摇头道："虽然艰难万分，却也非绝无可能。在下适才言道，其间差别，在于缓急之不同。常言道得好，欲速则不达。只须方针一变，天下同道协力以赴，期之以五十年、一百年，决无不成之理。"

左冷禅叹道："五十年、一百年，这里的英雄好汉，十之八九是尸骨已寒了。"

岳不群道："吾辈只须尽力，事功是否成于我手，却不必计较。所谓前人种树后人凉，咱们只是种树，让后人得享清凉之福，岂非美事？再说，五十年、一百年，乃是期于大成，若说小有成就，则十年八年之间，也已颇有足观。”

左冷禅道：“十年八年便有小成，那倒很好。却不知如何共策进行？”

岳不群微微一笑，说道：“左盟主眼前所行，便是大有福于江湖同道的美事。咱们要一举而泯灭门户宗派之见，那是无法办到的。但各家各派如择地域相近，武功相似，又或相互交好，先行尽量合并，则十年八年之内，门户宗派便可减少一大半。咱们五岳剑派合成五岳派，就可为各家各派树一范例，成为武林中千古艳称的盛举。”

他此言一出，众人都叫了起来：“原来华山派赞成五派合并。”

令狐冲更是大吃一惊，心道：“料不到师父竟然赞成并派。我说过恒山派唯华山派马首是瞻，师父说赞成并派，我可不能食言。”心中焦急，举目向方证大师与冲虚道人望去，只见二人都摇了摇头，神色颇为沮丧。

左冷禅一直担心岳不群会力持异议，此人能言善辩，江湖上声名又好，不能对他硬来，万料不到他竟会支持并派，当真大喜过望，说道：“嵩山派赞成五派合并，老实说，本来只是念到众志成城的道理，只觉合则力强，分则力弱。但今日听了岳先生一番大道理，令在下茅塞顿开，方知原来五派合并，于武林前途有这等重大关系，却不单单是于我五派有利之事了。”

岳不群道：“我五派合并之后，如欲张大己力，以与各家门派争雄斗胜，那么只有在武林中徒增风波，于我五岳派固然未必有什么好处，于江湖同道更是祸多于福。因此并派的宗旨，必须着眼于‘息争解纷’四字之上。在下推测同道友好的心情，以为我五派合并之后，于别派或有不利，此点诸位大可放心。”

群雄听了他这几句话，有的似乎松了口气，有的却是将信将疑。

左冷禅道：“如此说来，华山派是赞成并派的？”

岳不群道：“正是。”他顿了顿，眼望令狐冲，说道：“恒山派令狐掌门，以前曾在华山门下，在下与他曾有二十年师徒之情。他出了华山门墙之后，承他不弃，仍念念不忘昔日在下对他的情谊，盼望与在下终于同居一派。在下今日已答应于他，要同归一派，亦不是难事。"说到这里，脸上露出笑容。

令狐冲胸口一震，登时醒悟："他答应我重入他门下，原来并非回归华山，而是五派合并之后，我和师父、师娘又在一派之中，那也好得很啊。"又想："听师父适才言道：五派合并，宗旨当在'息争解纷'四字，如果真是如此，五派合并倒是好事而非坏事了。看来前途之吉凶，在于五岳派是照我师父的宗旨去做呢，还是照左冷禅的宗旨去做。如果我华山、恒山两派协力同心，再加上衡山派，以及泰山派中的一些道友，我们三派半对抗嵩山派和泰山派的半数，未始不能占到赢面。"

令狐冲心下思潮起伏，听得左冷禅道："恭贺岳先生与令狐掌门，自今日起，贤师徒重归同一门派，那真是天大的喜事。"群雄中便有数百人跟着鼓掌叫好。

突然间桃枝仙大声说道："这件事不妥，不妥，大大的不妥。"桃干仙道："为什么不妥？"桃枝仙道："这恒山派的掌门，本来是我六兄弟做的，是不是？"桃干仙等五人齐声应道："是！"桃枝仙道："后来我们客气，因此让给了令狐冲来做，是不是？让给令狐冲做，有一个条款，便是要他为定闲、定静、定逸三位师太报仇，是不是？"他问一句，桃干仙等五人都答道："是！"

桃枝仙道："可是杀害定闲师太她们三位的，却在五岳剑派之中，依我看来，多半是个若非姓左、便是姓右之人，又或是不左不右、姓中之人，如果令狐冲加入了五岳派，和这个姓左姓右又或姓中之人，变成了同门师兄弟，如何还可动刀动枪，为定闲师太报仇？"桃谷五仙齐声道："半点也不错。"

左冷禅心下大怒，寻思："你这六个家伙如此当众辱我，再留你们多活几个时辰，只怕更将有不少胡言乱语说了出来。"

只听桃根仙又道:"如果令狐冲不替定闲师太报仇,便做不得恒山派掌门,是不是?如果他不是恒山派掌门,便拿不得恒山派的主意,是不是?如果他拿不得恒山派的主意,那么恒山派是否加入五岳派,便不能由令狐冲来说话了,是不是?"他问一句,桃谷五仙又齐声答一句:"是!"

桃干仙道:"一派不能没有掌门,令狐冲既然做不得恒山派掌门,便须另推高明,是不是?恒山派中有哪六位英雄武功高强,识见不凡,当年定闲师太固然早有定评,连五岳剑派左盟主刚才也说:'六位武功高强,见识不凡,我都是久仰的',是不是?"

桃干仙这么问,他五兄弟便都答一声:"是!"问的人声音越来越响,答的人也是越答越起劲。与会的群雄一来确是觉得好笑,二来见到有人与嵩山派捣蛋,多少有些幸灾乐祸的心情,颇有人跟着起哄,数十人随着桃谷五仙齐声叫道:"是!"

当岳不群赞成五派合并之后,令狐冲心中便即大感混乱,这时听桃谷六仙胡说八道的捣乱,内心深处颇觉欢喜,似乎这六兄弟正在设法替自己解围脱困,但再听一会,突然奇怪:"桃谷六仙说话素来缠夹,前言不对后语,可是来到嵩山之后,每一句竟都含有深意。刚才这些言语似乎是强辞夺理,可是事先早有伏笔,教人难以辩驳,和他们平素乱扯一顿的情形大不相同。难道暗中另有高人在指点吗?"

只听得桃花仙道:"恒山派中这六位武功卓绝、识见不凡的大英雄是谁,各位不是蠢人,想来也必知道,是不是?"百余人笑着齐声应道:"是!"桃花仙道:"天下是非自有公论,公道自在人心。请问各位,这六位大英雄是谁?"二百余人在大笑声中说道:"自然是你们桃谷六仙了。"

桃根仙道:"照啊,如此说来,恒山派掌门的位子,我们六兄弟只好当仁不让,勉为其难,德高望重,众望所归,水到渠成,水落石出,高山滚鼓,门户大开……"

他越说越是不知所云,群雄无不捧腹大笑。

嵩山派中不少人大声吆喝起来："你六个家伙在这里捣什么乱？快跟我滚下山去。"

桃枝仙道："奇哉怪也！你们嵩山派千方百计的要搞五派合并，我恒山派的六位大英雄赏光来到嵩山，你们居然要赶我们下去。我们六位大英雄一走，恒山派其余的小英雄、女英雄们，自然跟着也都下了嵩山，你们这五派合并，便稀哩呼噜，搞不成了。好！恒山派的朋友们，咱们都下山去，让他们搞四派合并。左冷禅爱做四岳派掌门，便由他做去。咱们恒山派可不凑这个热闹。"

仪和、仪清等女弟子对左冷禅恨之入骨，听桃枝仙这么一说，立时齐声答应，纷纷呼叫："咱们走罢！"

左冷禅一听，登时发急，心想："恒山派一走，五岳派变了四岳派。自古以来，天下便是五岳，决无缺一而成四岳之理。就算四派合并，我当了四岳派的掌门，说起来也无光采。非但没有威风，反而成为武林中的笑柄了。"当即说道："恒山派的众位朋友，有话慢慢商量，何必急在一时？"

桃根仙道："是你的狐群狗党、虾兵蟹将大声吆喝，要赶我们下去，可不是我们自己要走。"

左冷禅哼了一声，向令狐冲道："令狐掌门，咱们学武之人，说话一诺千金，你说过要以岳先生的意旨为依归，那可不能说过了不算。"

令狐冲举目向岳不群望去，见他满脸殷切之状，不住向自己点头；令狐冲转头又望方证大师和冲虚道人，却见他二人连连摇头，正没做道理处，忽听得岳不群道："冲儿，我和你向来情若父子，你师娘更是待你不薄，难道你就不想和我们言归于好，就同从前那样吗？"

令狐冲听了这句话，霎时之间热泪盈眶，更不思索，朗声说道："师父、师娘，孩儿所盼望的便是如此。你们赞同五派合并，孩儿不敢违命。"他顿了顿，又道："可是，三位师太的血海深仇……"

岳不群朗声道："恒山派定闲、定静、定逸三位师太不幸遭人暗算，武林同道，无不痛惜。今后咱们五派合并，恒山派的事，也便是我岳某人的事。眼前首要急务，莫过于查明真凶，然后以咱们五派之力，再请此间所有武林同道协助，那凶手便是金刚不坏之身，咱们也把他砍成了肉泥。冲儿，你不用过虑，这凶手就算是我五岳派中的顶尖儿人物，咱们也决计放他不过。"这番话大义凛然，说得又是斩钉截铁，绝无回旋余地。

恒山派众女弟子登时喝采。仪和高声叫道："岳先生之言不错。尊驾若能主持大局，替我们三位师尊报得血海深仇，恒山上下，尽皆深感大德。"

岳不群道："这事着落在我身上，三年之内，岳某人若不能为三位师太报仇，武林同道便可说我是无耻之徒，卑鄙小人。"

他此言一出，恒山派女弟子更是大声欢呼，别派人众也不禁鼓掌喝采。

令狐冲寻思："我虽决心为三位师太报仇，但要限定时日，却是不能。大家疑心左冷禅是凶手，但如何能够证明？就算将他制住逼问，他也决不承认。师父何以能说得这般肯定？是了，他老人家定然已确知凶手是谁，又拿到了确切证据，则三年之内自能对付他。"他先前随同岳不群赞成并派，还怕恒山派的弟子们不愿，此刻见她们大声欢呼，无人反对，心中为之一宽，朗声道："如此极好。我师父岳先生已然说过，只要查明戕害三位师太的真凶是谁，就算他是五岳派中的顶尖儿人物，也决计放他不过。左掌门，你赞同这句话吗？"

左冷禅冷冷的道："这句话很对啊。我为什么不赞成？"

令狐冲道："今日天下众英雄在此，大伙儿都听见了，只要查到害死三位师太的主凶是谁，是他亲自下手也好，是指使门下弟子所干的也好，不论他是什么尊长前辈，人人得而诛之。"群雄之中，倒有一半人轰声附和。

左冷禅待人声稍静，说道："五岳剑派之中，东岳泰山，南岳衡山，西岳华山，北岳恒山，中岳嵩山，五派一致同意并派。那么自今而后，这五岳剑派的五个名字，便不再在武林出现了。我五派的门人弟子，都成为新的五岳派门下。"

他左手一挥，只听得山左山右鞭炮声大作，跟着砰拍、砰拍之巨响不绝，许多大炮仗升入天空，庆祝"五岳派"正式开山立派。群雄你瞧瞧我，我瞧瞧你，脸上都露出笑容，均想："左冷禅预备得如此周到，五岳剑派合派之举，自是势在必行。倘时今日合派不成，这嵩山绝顶，只怕腥风血雨，非有一场大厮杀不可。"峰上硝烟弥漫，纸屑纷飞，鞭炮声越来越响，谁都无法说话，直过了良久良久，鞭炮声方歇。

便有若干江湖豪士纷纷向左冷禅道贺，看来这些或是嵩山派事先邀来助拳的，或是眼见五岳合派已成，左冷禅声势大张，当即抢先向他奉承讨好的。左冷禅口中不住谦逊，冷冰冰的脸上居然也露出一二丝笑容。

忽听得桃根仙说道："既然五岳剑派并成了一个五岳派，我桃谷六仙也就顺其自然，这叫做识时务者为俊杰。"

左冷禅心道："你这六怪来到峰上之后，只这句话才像人话。"

桃干仙道："不论哪一个门派，都有个掌门人。这五岳派的掌门人，由谁来当好？如果大伙一致推举桃谷六仙，我们也只好当仁不让了。"桃枝仙道："适才岳先生言道：五派合并，乃是为了武林的公益，不是为谋私利。既是如此，虽然当这五岳派掌门责任重大，事务繁多，我六兄弟也只好勉为其难了。"桃叶仙长长叹了口气，说道："大伙儿都这么热心，我六兄弟焉可袖手旁观，不为江湖上同道出一番力气？"他六人你吹我唱，便似众人已公举他六兄弟作了五岳派掌门人一般。

嵩山派中一名身材高大的老者大声说道："是谁推举你们作五岳派掌门人了？这般疯疯癫癫的胡说，太不成话了！"这是左冷禅的师弟"托塔手"丁勉。嵩山派中登时许多人都鼓噪起来，有一人说："今日若不是五派合并的大喜日子，将你们六个疯子的十二条腿都砍了下来。"丁勉又道："令狐掌门，这六个疯子尽是在这里胡闹，你也不管管。"

桃花仙大声道："你叫令狐冲作'令狐掌门'，你举他为五岳派掌门人吗？适才左冷禅说过，恒山派啦，华山派啦，这些名字在武林中从此不再留存，你既叫他作令狐掌门，心中自然认他是五岳派掌门人了。"

桃实仙道："要令狐冲做五岳派掌门，虽然比我六兄弟差着一筹，但不得已而求其次，也可将就将就。"桃根仙提高嗓子，叫道："嵩山派提名令狐冲为五岳派掌门人，大伙儿以为如何？"只听得百余名女子娇声叫好，那自然都是恒山派的女弟子了。

丁勉只因顺口叫了声"令狐掌门"，给桃谷六仙抓住了话柄，不由得尴尬万分，满脸通红，不知如何是好，只是说："不，不！我……我不是……不是这个意思，我没提名令狐冲做五岳派掌门……"

桃干仙道："你说不是要令狐冲做五岳派掌门，那么定然认为，非由桃谷六仙出马不可了。阁下既如此抬爱，我六兄弟却之不恭，居之有愧。"桃枝仙道："这样罢，咱们不妨先做上一年半载，待得大局已定，再行退位让贤，亦自不妨。"桃谷五仙道："对，对，这也不失为折衷之策。"

左冷禅冷冷的道："六位说话真多，在这嵩山绝顶放言高论，将天下英雄视若无物，让别人也来说几句话行不行？"

桃花仙道："行，行，为什么不行？有话请说，有屁请放。"他说了这"有屁请放"四字，一时之间，封禅台下一片寂静，谁也没有出声，免得一开口就变成放屁。

过了好一会，左冷禅才道："众位英雄，请各抒高见。这六个疯子胡说八道，大家不必理会，免得扫了清兴。"

桃谷六仙六鼻齐吸，嗤嗤有声，说道："放屁甚多，不算太臭。"

嵩山派中站出一名瘦削的老者，朗声说道："五岳剑派同气连枝，联手结盟，近年来均由左掌门为盟主。左掌门统率五派已久，威望素著，今日五派合并，自然由左盟主为我五岳派掌门人，若是换作旁人，有谁能服？"当年曾参与衡山刘正风金盆洗手之会的，都认得这人名叫陆柏。他和丁勉、费彬三人曾残杀刘正风的满门，甚是心狠手辣。

桃花仙道："不对，不对！五派合并，乃是推陈出新的盛举，这个掌门人嘛，也得破旧立新，除旧更新，换一个新人。"桃实仙道："正是。倘若仍由左冷禅当掌门，那是换汤不换药，没半分新气象，然则五派又何必合并？"桃枝仙道："这五岳派的掌门人，谁都可以做，就是左冷禅不能做。"桃干仙道："以我高见，不如大家轮流来做。一个人做一天，今天你做，明天我做，个个有份，决不落空。那叫做公平交易，老少无欺，货真价实，皆大欢喜。"桃根仙鼓掌道："这法子妙极，那应当由年纪最小的小姑娘轮起。我推恒山派的秦绢秦家小妹妹，做五岳派今天的掌门人。"

恒山派一众女弟子情知桃谷六仙如此说法，旨在和左冷禅捣蛋，都是大声叫好。

千余名事不关己、只盼越乱越好之辈，便也随着起哄。一时嵩山绝顶又是乱成一团。

铮的一声轻响，双剑剑尖竟在半空中抵住了，溅出星星火花，两柄长剑弯成了弧形，跟着二人左手推出，双掌相交，同时借力飘了开去。

三十三　比　剑

泰山派一名老道朗声道："五岳派掌门一席，自须推举一位德才并备、威名素著的前辈高人担任，岂有轮流来做之理？"这人语声高亢，众人在一片嘈杂之中，仍听得清清楚楚。

桃枝仙道："德才兼备，威名素著？够得上这八字考语的，武林之中，我看也只有少林寺方丈方证大师了。"

每当桃谷六仙说话之时，旁人无不嘻笑，谁也没当他们是一回事，但此刻桃枝仙提到方证大师的名字，顷刻之间，嵩山绝顶之上的数千人登时鸦雀无声。方证大师武功高强，慈悲侠义，于武林中纷争向来主持公道，数十年来人所共仰，而少林派声势极盛，又是武林中的第一门派，这"德才兼备，威名素著"八个字加在他的身上，谁都没有丝毫异议。

桃根仙大声道："少林寺方证方丈，算不算得是德才具备，威名素著？"数千人齐声应道："算得！"桃根仙道："好了，那是众口一词，众望所归。比之我们桃谷六仙的众望所归，方证大师的众望所归，那是更加众望所归些。既是如此，这五岳派的掌门人，便请方证大师担任。"

嵩山派与泰山派中登时便有不少人叫道："胡说八道！方证大师是少林派的掌门人，跟我们五岳派有什么相干？"

桃枝仙道："刚才这位老道说要请一位德才兼备、威名素著的前辈高人来做掌门，我好容易找到了一位，这位方证大师难道不是德才兼备？难道不是威名素著？又难道不是前辈高人？依你们所说，方证大师无德无才，全无威名，他老人家是后辈低人？真正岂有此理！哪一个胆敢这么说，不要他做掌门人，我桃谷六仙跟他拼命。"

桃干仙道："方证大师做掌门已做了几十年，少林派的掌门人也做得，为什么五岳派的掌门人便做不得？难道五岳派今天便已盖过了少林派？哪一个大胆狂徒，敢说方证大师不会做掌门人，不配做掌门人？"

泰山派的玉玑子皱眉道："方证大师德高望重，那是谁都敬重的，可是今日我们是在推举五岳派的掌门人。方证大师乃是贵客，怎可将他老人家拉扯在一起？"

桃干仙道："方证大师不能做五岳派掌门人，依你说，是为了少林派和五岳派无关。"玉玑子道："正是。"桃干仙道："少林派为什么和五岳派无关？我说关系大得很呢！五岳派是哪五派？"玉玑子道："阁下是明知故问了。五岳派便是嵩山、泰山、华山、衡山、恒山五派。"

桃花仙和桃实仙齐声道："错了，错了！适才左冷禅言道，五岳剑派合并之后，什么嵩山派、泰山派之名不再留存，怎地你又重提五派之名？"桃叶仙道："足见他对原来宗派念念不忘，恋派成狂，一有机缘，便图复辟，要将好好一个五岳派打得稀巴烂，重建泰山派的雄风，再整日观峰的威名。"

群雄中不少人都笑出声来，均想："莫看这桃谷六仙疯疯癫癫，但只要有人说错了半句话，立即给他们抓住，再也难以脱身。"他们哪知桃谷六仙打从两三岁起能说话以来，便即互相辩驳不休，专捉兄弟中说话的漏洞，数十年来习以为常，再加上六个脑袋齐用，六张嘴巴齐开，旁人焉是他六兄弟的对手？

玉玑子脸上青一阵、红一阵，只道："五岳派中有了你们六个宝贝，也叫倒霉。"

桃花仙道："你说五岳派倒霉，那是瞧不起五岳派，不愿自居于五岳派之中。"桃实仙道："我们五岳派第一日开山立派，你便立心诅咒，说他倒霉。五岳派将来张大门户，要在武林中扬眉吐气，与少林、武当鼎足而三，成为江湖上人所共仰的大门派。玉玑道长，你为什么不存好心，今天来说这等不吉利的话？"桃叶仙道："足见玉玑道人身在五岳，心在泰山，只盼五岳派开派不成，第一天便摔个大筋斗，如此用心，我五岳派如何容得了他？"

江湖上学武之人，过的是在刀口上舐血的日子，于这吉祥兆头，忌讳最多。各人听桃谷六仙这么一说，均觉言之有理，玉玑子在今天这个好日子中说五岳派倒霉，确是大大不该。连左冷禅心中也对玉玑子这话颇为不满。玉玑子自知说错了话，当下默不作声，暗自气恼。

桃干仙道："我说少林派和嵩山有关，玉玑道人却说无关。到底是有关无关？是你对还是我对？"玉玑道人气愤愤的道："你爱说有关，便算有关好了。"桃干仙道："哈，天下之事，抬不过一个理字。少林寺是在哪一座山中？嵩山派又是在哪一座山中？"桃花仙道："少林寺在少室山，嵩山派在太室山，少室太室，都属嵩山，是不是？为什么说少林派与嵩山无关？"这一句倒确非强辞夺理，群雄听得一齐点头。

桃枝仙道："适才岳先生言道，各派合并，可以减少江湖上的门户纷争，他所以赞成五岳并派，便是为此。他又言道，各派可择武功相近，或是地域相邻，互求合并。说到地域之近，无过于少林和嵩山。两大门派，同在一山之中。少林派和嵩山派若不合并，那么岳先生的说话，未免怕有点迹近放……放……放那个……一种气了。"

群雄听得他强行将那个"屁"字忍住，都是哈哈大笑起来，心中却都觉得，少林和嵩山合并，未免匪夷所思，可是桃枝仙的说话，却也是言之成理，是顺着岳不群先前一片大道理推论下来的。令狐冲暗暗称奇："桃谷六仙要抓别人话中的岔子，那是拿手好戏，但这一番话却料想他们说不出来。却不知是谁在旁提示指点？"

桃干仙道："方证大师众望所归，本来大伙儿要请他老人家当五岳派掌门人。只是有人提出，方证大师不属五岳派。那么只须少林与五岳派合并，成为一个'少林五岳派'，方证大师便可成为这个新派的掌门人了。"桃根仙道："正是。当今之世，要找一位比方证大师更合式的掌门人，那是谁也没有法子。"桃实仙道："我桃谷六仙服了方证大师，难道还有旁人不服的？"

桃花仙道："若有人不服的，不妨站出来，和我桃谷六仙较量较量。打赢了桃谷六仙，不妨再和方证大师较量较量。打赢了方证大师，再和少林派中达摩堂、罗汉堂、戒律院、藏经阁的众位大师高手较量较量。打赢了少林派达摩堂、罗汉堂、戒律院、藏经阁的众位大师高手，可以再和武当派的冲虚道长较量较量……"桃实仙道："五哥，怎么要和武当派的冲虚道长较量较量？"桃花仙道："武当派和少林派的两位掌门人是过命的交情，同荣共辱。有人打赢了少林派的方证大师，武当派的冲虚道长岂有不出头之理？"桃叶仙道："正是，一点儿也不错，打赢了武当派的掌门冲虚道长，再来和我们桃谷六仙较量较量。"

桃根仙道："咦，他和我们桃谷六仙已经较量过了，怎么又要较量较量？"桃叶仙道："第一次我们打输了，桃谷六仙难道就此甘心认输？自然是死缠烂打，阴魂不散，跟那些臭王八蛋再来较量较量。"

群雄听了，尽皆大笑，有的怪声叫好，有的随着起哄。

玉玑子心头恼怒，再也不可抑止，纵身而出，手按剑柄，叫道："桃谷六怪，我玉玑子便是不服，要和你们较量较量。"桃根仙道："咱们大伙儿都是五岳派门下，动起手来，岂不是自相残杀？"玉玑子道："你们说话太多，神憎鬼厌。五岳派门下少了你们六个人，大家乐得眼目清凉，耳根清净。"桃干仙道："好啊，你手按剑柄，心中动了杀机，只想拔出剑来，擦擦擦擦擦擦六声，砍了我们六兄弟的脑袋？"玉玑子哼了一声，给他来个默认，目光中杀气更盛。桃枝仙道："今日我五派合并，第一天你泰山派便动手杀了我恒山派的六大高手，五岳派今后怎说得上齐心协力，和衷共济？"

玉玑子心想此言倒是不错，今日倘若杀了这六人，只怕以后纷争无穷，恒山派中势必定有人为他六兄弟报仇，当下强忍怒气，说道："你们既知道要齐心协力，和衷共济，那么有碍大局的胡说八道，便不可再说。"将长剑抽出剑鞘尺许，刷的一声，送回剑鞘。

桃叶仙道："倘若是有益于光大五岳派前途，有利于全体武林同道的好话呢？"玉玑子冷笑道："哼，谅你们也说不出那种话来！"桃花仙道："五岳派的掌门人由谁来当，这件事是不是与我派前途、武林同道的祸福大有关连？我六兄弟苦口婆心，想推举一位众望所归的前辈高人来当掌门，你总是存了私心，想叫那个给了你三千两黄金、四个美女的人来做掌门。"玉玑子大怒，喝道："胡说八道！谁说有人给了我三千两黄金、四个美女？"桃花仙道："嗯，我说错了数目，也是有的，不是三千两，定是四千两了。不是四名美女，那么不是三名，便是五名。是谁给你，难道你不知道吗？你想推举谁做掌门，便是谁给你了。"

玉玑子刷的一声，拔出了长剑，喝道："你再胡言乱语，我便叫你血溅当场。"

桃花仙哈哈一笑，昂首挺胸，向他走了过去，说道："你用卑鄙手段，害死了泰山派掌门人天门道人，还想继续害人吗？天门道人已给你害得血溅当场，戕害同门，原是你的拿手好戏，你倒在我身上试试看。"说着一步步向玉玑子走去。

玉玑子长剑挺出，厉声喝道："停步！你再向前走一步，我便不客气了。"桃花仙笑道："难道你现下对我客气得很吗？这嵩山绝顶，又不是你玉玑子私有之地，我偏偏要迈迈方步，东走西行，你又管得着我？"说着又向前走了几步，和玉玑子相距已不过数尺。

玉玑子看到他丑陋的长长马脸，露出一副焦黄牙齿，裂嘴而笑，厌憎之情大生，长剑一挺，嗤的一声响，便向桃花仙胸口刺去。

桃花仙急忙闪避，骂道："臭贼，你真……真打啊！"玉玑子已深得泰山派剑术精髓，一剑既出，二剑随至，剑招迅疾无伦。桃花仙说话之间，已连避了他四剑。但玉玑子剑招越来越快，桃花仙手忙脚乱，哇哇大叫，想要抽出腰间短铁棍招架，却缓不出手来。剑光闪烁之中，噗的一声响，桃花仙左肩中剑。

便在此时，玉玑子长剑脱手，飞上半天，跟着身子离地，双手双脚已被桃根、桃干、桃枝、桃叶四仙分别抓住。这一下兔起鹘落，变化迅速之极。但见黄影一闪，挟着一道剑光，有人挥剑向桃枝仙头顶砍落。桃实仙早已护持在旁，伸短铁棍架住。那人又是一剑向桃根仙胸口刺去。桃花仙抽铁棍挡开，看那人时，正是嵩山派掌门左冷禅。

左冷禅知道桃谷六仙虽然说话乱七八糟，身上却实负惊人艺业，当年在华山绝顶，曾将自己所派去的华山剑宗高手成不忧撕成四截，一见玉玑子为他六兄弟所擒，知道只要相救稍迟，玉玑子立遭裂体之厄，是以自己虽是主人身份，实不宜随便出手，当此危急之际，也只得拔剑相救。他两剑急攻桃枝仙和桃根仙，用意是在迫使二人放手退避，不料桃谷六仙相互配合得犹如天衣无缝，四人抓住敌人手脚，余下二人便在旁护持，左冷禅这两剑招式精奇，势道凌厉，还是分别给桃实仙和桃花仙架开了。其时玉玑子生死系于一线，在这一霎之间，左冷禅已从桃实仙、桃花仙出手相架的招式与内力之中，知道要迫退二人，至少须在六招以外，待得拆到六招，玉玑子早给四人撕裂，当下长剑圈转，剑光闪烁。

只听得玉玑子大叫一声，脑袋摔在地下。桃根仙、桃枝仙手中各握一只断手，桃干仙手中握着一只断脚，只有桃叶仙手中所握着的那只脚，仍连在玉玑子身上。原来左冷禅知道无法在这瞬息之间迫得桃谷六仙放手，只有当机立断，砍断了玉玑子的双手和一只足踝，使得桃谷四仙无法将他撕裂，那是毒蛇螫手、壮士断腕之意。左冷禅切断了他三肢，料想桃谷六仙不会再难为这个废人，当即冷笑一声，退了开去。

桃枝仙道："咦，左冷禅，你送黄金美女给玉玑子，要他助你做掌门，为什么反来断他手脚，是想杀他灭口吗？"桃根仙道："他怕我们把玉玑子撕成四块，因此出手相救，那全是会错意了。"桃实仙道："自作聪明，可叹，可笑。我们抓住玉玑子，只不过跟他开开玩笑。今日是五岳派开山立派的好日子，又有谁敢胡乱杀人了？"桃花仙道："玉玑子确想杀我，但我们念及同门之谊，怎能杀他？只不过将他抛上天空，摔将下来，又再接住，吓他一吓。左冷禅出手如此鲁莽，脑筋胡涂得紧。"

桃叶仙拖着只剩独脚、全身是血的玉玑子，走到左冷禅身前，松开了玉玑子的左脚，连连摇头，说道："左冷禅，你下手太过毒辣，怎地将一个好好的玉玑子伤成这般模样？他没了双手，只有一只独脚，今后叫他如何做人？"

左冷禅怒气填膺，心想："刚才我只要出手迟得片刻，玉玑子早给你们撕成四块，哪里还有命在？这会儿却来说这风凉话！只是无凭无据，一时却说不明白。"

桃根仙道："左冷禅要杀玉玑子，一剑刺死了他，倒也干净，却断了他双手一足，叫他不生不死，当真残忍，可说是大大的不仁。"桃干仙道："大家都是五岳派中的同门，便有什么事过不去，也可好好商量，为什么下手如此毒辣？没半点同门的义气。"

"托塔手"丁勉大声道："你们六个怪人，动不动便将人撕成四块。左掌门出手相救玉玑子道长，正是瞧在同门的份上，你们却来胡说。"

桃枝仙道："我们明明跟玉玑子开玩笑，左冷禅却信以为真，真假难辨，是非不分，那是不智之极。"桃叶仙道："男子汉大丈夫，一人作事一身当。你既然伤了玉玑子，便当直承其事，却又闪闪缩缩，意图抵赖，竟无半分勇气。殊不知这嵩山绝顶，数千位英雄好汉，众目睽睽，个个见到玉玑子的手足是你砍断的，难道还能赖得了吗？"桃花仙道："不仁、不义、不智、不勇，五岳派的掌门人，能由这样的人来充当吗？左冷禅，你也未免太过异想天开了。"说罢，六兄弟一齐摇头。

其实左冷禅若不以精妙绝伦的剑法斩断玉玑子的双手一足，这个做了泰山派掌门还不到一个时辰的道人，当时便被撕成四截了。封禅台旁的一流高手自然都看出来，心下不免称赞左冷禅剑法精妙，应变神速。但桃谷六仙如此振振有辞的说来，旁人却也难以辩驳。知道左冷禅吃了冤枉的，肚里暗自好笑；没看出其中原由的，均觉左冷禅此举若非过于鲁莽，便是十分的凶狠毒辣，脸上均有不满之色。

令狐冲与桃谷六仙相处日久，深知他们为人，寻思："今日桃谷六仙所说的话，句句击中左冷禅的要害。他六兄弟的脑筋怎能如此清楚？多半暗中另行有人指点。"当下慢慢走近桃谷六仙身旁，想察看到底是哪位高人隐身其侧，但见桃谷六仙聚在一起，身边并无旁人，五兄弟正在手忙脚乱的替桃花仙肩头止血。令狐冲转过头来，向西首瞧去，耳中忽然传来细若蚊鸣的声音："冲哥，你是在找我吗？"

令狐冲又惊又喜，声音虽细，但清清楚楚，正是盈盈的声音。他微微侧头，向声音来处瞧去，只见一名身材臃肿的虬髯大汉倚在一块大石之旁，懒洋洋的伸手在头上搔痒。在这嵩山绝顶之上，如这般的虬髯大汉少说也有一二百人，谁都没加注意，令狐冲略一凝神，突然从那大汉的眼光之中，看到了一丝又狡狯又妩媚的笑意。他大喜之下，向她走去。

盈盈传音说道："别过来，不可拆穿了西洋镜。"这声音如一缕细丝，远远传来，钻入他耳中。令狐冲当即停步，心想："我倒不知你有这样的传音功夫，定然又是你父亲的一项秘传了。"立时明白："桃谷六仙所说的那些话，原来都是你教他们的，难怪这六个粗胚，居然讲出什么不仁不义、不智不勇的话来？"心下喜悦，忍不住要发泄，大声道："桃谷七仙的话，当真有理。我本来只道桃谷只有六仙，哪知道还有一位又聪明、又美丽的七仙女桃萼仙！"

群雄听得令狐冲突然开口，说的言语却如此不伦不类，尽皆愕然。

盈盈传音道："这当口事关重大，你是恒山派掌门，可别胡说八道。左冷禅此刻狼狈万分，正是你当五岳派掌门的好机会。"

令狐冲心中一凛，暗道："盈盈乔装改扮来到嵩山，原来要助我当五岳派掌门。她是日月教教主之女，是此间正教门下的死敌，倘若给人发觉了，那可危险之极。她干冒奇险，一心助我在武林中得享大名，对我如此深情，我……我……我真不知如何报答？"

只听得桃根仙道："方证大师这样的前辈高人，你们不愿让他做掌门人。玉玑子断手断脚，左冷禅不仁不义，自然都不能做掌门了。我们便推举一位剑术当世第一的少年英雄，来做五岳派掌门人。有哪一个不服的，不妨来领教领教他的剑法。"他说到这里，左掌摊开，向令狐冲一摆。

桃干仙道："这位令狐少侠，原是恒山派掌门，与华山派岳先生渊源极深，跟衡山派莫大先生又是好友。五岳剑派之中，已有三派是一定拥戴他的了。"桃枝仙道："泰山派门下的群道并非都是胡涂虫，自然也是拥戴他的多，反对他的少。"桃叶仙道："五岳派中人人使剑，谁的剑法最高，谁就理所当然、不可不戒的做掌门人。"他说了"理所当然"四字，顺口便加上"不可不戒"，也不理会通与不通。桃花仙按住肩头伤口，说道："左冷禅，你倘若不服，不妨便和令狐少侠比比剑。谁赢了，谁做五岳派掌门。这叫做比剑夺帅！"

此次来到嵩山的群雄，除了五岳剑派门下以及方证大师、冲虚道人这等有心之人外，大都是存着瞧热闹之心。此刻各人均知五派合并，已成定局，争夺之鹄的，当在掌门人一席。这些江湖上好汉最怕的是长篇大论的争执，适才桃谷六仙跟左冷禅瞎缠，只因说得有趣，倒不气闷，但若个个似岳不群那么满口仁义道德，说到太阳落山，还是没了没完，那可闷死人了，是以众人一听到桃花仙说出"比剑夺帅"四字，登时轰天价叫起好来。群豪上得山来，见到天门道人自戕毙敌，左冷禅剑断三肢，这两幕看得人惊心动魄，可说此行已然不虚，但如五岳派中众高手为争夺掌门人而大战一场，好戏纷呈，那可更加过瘾了。因此群雄鼓掌喝采，甚是真诚热烈。

令狐冲心想："我答应方证大师和冲虚道长，力阻左冷禅为五岳派掌门，以免他为祸武林。只要师父做了掌门，他老人家大公无私，自然人人心悦诚服。除了他老人家之外，五岳剑派中，又有谁配当此重任？"朗声道："眼前有一位最适宜的前辈，怎地大家忘了？五岳派若不由君子剑岳先生来当掌门人，哪里还找得出第二位来？岳先生武功既高，识见更是卓超。他老人家为人仁义，众所周知，否则怎地会得了'君子剑'三字的外号？我恒山派推举岳先生为五岳派掌门。"他说了这番话，华山派的群弟子登时大声鼓掌喝采。

嵩山派中有人说道："岳先生虽然不错，比之左掌门却总是逊着一等。"有人道："左掌门是五岳剑派盟主，已当了这么多年，由他老人家出任五岳派掌门，那是顺理成章之事。又何必另推旁人？"又有人道："以我之见，五岳派掌门当然由左掌门来当，另外可设四位副手，由岳先生、莫大先生、令狐少侠、玉……玉……玉……那个玉磬子或是玉音道长分别担任，那就妥当得很了。"

桃枝仙叫道："玉玑子还没死呢，他断了两只手一只脚，你们就不要他了？"

桃叶仙道："比剑夺帅，比剑夺帅！谁的武功高，谁就做掌门！"

千余名江湖汉子跟着叫嚷："对！对！比剑夺帅，比剑夺帅！"

令狐冲心想："今日的局面，必须先将左冷禅打倒，断了嵩山派众人的指望，否则我师父永远做不了五岳派掌门。"当下仗剑而出，叫道："左先生，天下英雄在此，众口一辞，要咱们比剑夺帅。在下和你二人抛砖引玉，先来过过招如何？"暗自思忖："左冷禅的阴寒掌力十分厉害，我拳脚上功夫可跟他天差地远，但剑法决计不会输他。我赢了左冷禅之后，再让给师父，谁也没有话说。就算莫大先生要争，他也未必胜得了师父。泰山派的两大高手一死一伤，不会有什么好手剩下了。就算我剑法也不是左冷禅的对手，但也得在千余招之后方才落败，大耗他内力之后，师父再下场跟他相斗，那便颇有胜望。"他长剑虚劈两剑，说道："左先生，咱们五岳剑派门下，人人都使剑，在剑上分胜败便了。"他这么说，那是先行封住了左冷禅的口，免得他提出要比拳脚、比掌法。

群雄纷纷喝采："令狐少侠快人快事，就在剑上比胜败。""胜者为掌门，败者听奉号令，公平交易，最妙不过。""左先生，下场去比剑啊。有什么顾忌，怕输么？""说了这半天话，有什么屁用？早就该动手打啦。"

一时嵩山绝顶之上，群雄叫嚷声越来越响，人数一多，人人跟着起哄，纵然平素极为老成持重之辈，也忍不住大叫大吵。这些人只是左冷禅邀来的宾客，五岳派由谁出任掌门，如何决定掌门席位，本来跟他们毫不相干，他们原也无由置喙，但比武夺帅，大有热闹可瞧，大家都盼能多看几场好戏。这股声势一成，竟然喧宾夺主，变得若不比武，这掌门人便无法决定了。

令狐冲见众人附和己见，心下大喜，叫道："左先生，你如不愿和在下比剑，那么当众宣布决不当这五岳派的掌门人，那也不妨。"

群雄纷纷叫嚷："比剑，比剑！不比的不是英雄，乃是狗熊！"

嵩山派中不少人均知令狐冲剑法精妙，左冷禅未必有胜他的把握，但要说左冷禅不能跟他比剑，却也举不出什么正大光明的理由，一时都皱起了眉头，默不作声。

喧哗声中，一个清亮的声音拔众而起："各位英雄众口一辞，都愿五岳派掌门人一席，以比剑决定，我们自也不能拂逆了众位的美意。"说话之人正是岳不群。

群雄叫道："岳先生言之不差，比剑夺帅，比剑夺帅。"

岳不群道："比剑夺帅，原也是一法，只不过我五岳剑派合而为一，本意是减少门户纷争，以求武林中同道和睦友爱，因此比武只可点到为止，一分胜败便须住手，切不可伤残性命。否则可大违我五派合并的本意了。"

众人听他说得头头是道，都静了下来。有一大汉说道："点到为止固然好，但刀剑不生眼睛，真有死伤，那也是自己晦气，怪得谁来？"又有一人道："倘若怕死怕伤，不如躲在家里抱娃娃，又何必来夺这五岳派的掌门？"群雄都轰笑起来。岳不群道："话虽如此，总是以不伤和气为妙。在下有几点浅见，说出来请各位参详参详。"

有人叫道："快动手打，又说些什么了？"另有人道："别瞎捣乱，且听岳先生说什么话。"先前那人道："谁捣乱了？你回家问你大妹子去！"那边跟着也对骂了起来。

岳不群道："哪一个有资格参与比武夺帅，可得有个规定……"他内力充沛，一出声说话，便将污言对骂之人的声音压了下来，只听他继续道："比武夺帅，这帅是五岳派之帅，因此若不是五岳派门下，不论他有通天本领，可也不能见猎心喜，一时手痒，下场角逐。否则的话，争的是'武功天下第一'的名号，却不是为决定五岳派掌门了。"

群雄都道："对！不是五岳派门下，自然不能下场比武。"也有人道："大伙儿乱打一起，争那'武功天下第一'的名号，可也不错啊。"这人显是胡闹，旁人也没加理会。

岳不群道："至于如何比武，方不致伤残人命，不伤同门和气，请左先生一抒宏论。"

左冷禅冷冷的道："既然动上了手，定要不可伤残人命，不得伤了同门和气，那可为难得紧。不知岳先生有何高见？"

岳不群道："在下以为，最好是请方证大师、冲虚道长、丐帮解帮主、青城派余观主等几位德高望重的武林前辈出作公证。谁胜谁败，由他们几位评定，免得比武之人缠斗不休。咱们只分高下，不决生死。"

方证道："善哉，善哉！'只分高下，不决生死'这八个字，便消弭了无数血光之灾，左先生意下如何？”

左冷禅道：“这是大师对敝派慈悲眷顾，自当遵从。原来的五岳剑派五派，每一派只能派出一人比武夺帅，否则每一派都出数百人，不知比到何年何月，方有结局。”

群雄虽觉五岳剑派每派只出一人比武，五派便只有五人，未免太不热闹。但这五派若都是掌门人出手，他本派中人决不会有人向他挑战。只听得嵩山派中数百人大声附和，旁人也就没有异议。

桃枝仙忽道：“泰山派的掌门人是玉玑子，难道由他这个断手断足的牛鼻子来比武夺帅么？”桃叶仙道：“他断手断足，为什么便不能参与比武？他还剩下一只独脚，大可起飞脚踢人。”群雄听了，无不大笑。

泰山派的玉音子怒道：“你这六个怪物，害得我玉玑子师兄成了残废，还在这里出言讥笑，终须叫你们一个个也都断手断足。有种的，便来跟你道爷单打独斗，比试一场。”说着挺剑而出，站在当场。这玉音子身形高瘦，气宇轩昂，这么出来一站，风度俨然，道袍随风飘动，更显得神采飞扬。群雄见了，不少人大声喝采。

桃根仙道：“泰山派中，由你出来比武夺帅吗？”桃叶仙道：“是你同门公举的呢，还是你自告奋勇？”玉音子道：“跟你又有什么相干？”桃叶仙道：“当然相干。不但相干，而且大大的相干，非常相干之至。如果是泰山派公举你出来比武夺帅，那么你落败之后，泰山派中第二人便不能再来比武。”玉音子道：“第二人不能出来比武，那便如何？”

忽然泰山派中有人说道：“玉音子师弟并非我们公举，如果他败了，泰山派另有好手，自然可再出手。”正是玉磬子。桃花仙道：“哈哈，另有好手，只怕便是阁下了？”玉磬子道：“不错，说不定便是你道爷。”桃实仙叫道：“大家请看，泰山派中又起内哄，天门道人死了，玉玑道人伤了，这玉磬、玉音二人，又争着做泰山派的新掌门。”

玉音子道："胡说八道！"玉磬子却冷笑着数声，并不说话。桃花仙道："泰山派中，到底是哪一个出来比武？"玉磬子和玉音子齐声道："是我！"桃根仙道："好，你们哥儿俩自己先打一架，且看是谁强些。嘴上说不清，打架定输赢。"

玉磬子越众而出，挥手道："师弟，你且退下，可别惹得旁人笑话。"玉音子道："为什么会惹得旁人笑话？玉玑师兄身受重伤，我要替他报仇雪恨。"玉磬子道："你是要报仇呢，还是比武夺帅？"玉音子道："凭咱们这点儿微末道行，还配当五岳派掌门吗？那不是痴心妄想？我泰山派众人，早就已一致主张，请嵩山左盟主为五岳派掌门，我哥儿俩又何必出来献丑？"玉磬子道："既然如此，你且退下，泰山派眼前以我居长。"玉音子冷笑道："哼，你虽居长，可是平素所作所为，服得了人吗？上下人众，都听你话么？"

玉磬子勃然变色，厉声道："你说这话，是何用意？你不理长幼之序，欺师灭祖，本派门规第一条怎么说？"玉音子道："哈哈，你可别忘了，咱们此刻都已是五岳派门下，大伙儿同年同月同时一齐入五岳派，有什么长幼之序？五岳派门规还未订下，又有什么第一条、第二条？你动不动提出泰山派门规来压人，只可惜这当儿却只有五岳派，没有泰山派了。"玉磬子无言可对，左手食指指着玉音子鼻子，气得只是说："你……你……你……"

千余名汉子齐声大叫："上去打啊，哪个本事高强，打一架便知道了。"玉磬子手中长剑不住晃动，却不上前。他虽是师兄，但平素沉溺酒色，武功剑法比之玉音子已大有不如。此后五岳剑派合并，但五岳派人众必将仍然分居五岳，每一处名山定有一人为首。玉磬子、玉音子二人自知本事与左冷禅差得甚远，原无作五岳派掌门的打算，但颇想回归本山之后，便为泰山之长。这时群雄怂恿之下，师兄弟势必兵戎相见，玉磬子可不敢贸然动手，只是在天下英雄之前为玉音子所屈，心中却也不甘；何况这么一来，左掌门多半会派玉音子为泰山之长，从此听他号令，终身抬不起头来了。一时之间，师兄弟二人怒目相向，僵持不决。

突然人群中一个尖利的声音说道："我看泰山派武功的精要，你二人谁都摸不着半点边儿，偏有这么厚脸皮，在这里啰唆争吵，虚耗天下英雄的时光。"

众人向说话之人瞧去，见是个长身玉立的青年，相貌俊美，但脸色青白，嘴角边微带冷嘲，正是华山派的林平之。有人识得他的，便叫了出来："这是华山派岳先生的新女婿。"

令狐冲心道："林师弟向来甚是拘谨，不多说话，不料士别三日，便当刮目相看，竟在天下英雄之前，出言讥讽这两个贼道。"适才玉磬子、玉音子二道与玉玑子狼狈为奸，逼死泰山派掌门人天门道人，向左冷禅谄媚讨好，令狐冲心中对二道极是不满，听得林平之如此辱骂，颇为痛快。

玉音子道："我摸不着泰山派武功的边儿，阁下倒摸得着了？却要请阁下施展几手泰山派武功，好让天下英雄开开眼界。"他特别将"泰山派"三字说得极响，意思说，你是华山派弟子，武功再强，也只是华山派的，决不会连我泰山派的武功也会练。

林平之冷笑一声，说道："泰山派武功博大精深，岂是你这等认贼为父、戕害同门的不肖之徒所能领略……"岳不群喝道："平儿，玉音道长乃是长辈，不得无礼！"林平之应道："是！"

玉音子怒道："岳先生，你调教的好徒儿，好女婿！连泰山派的武功如何，他也能来胡言乱语。"

突然一个女子的声音道："你怎知他是胡言乱语？"一个俊俏的少妇越众而出，长裙拂地，衣带飘风，鬓边插着一朵小小红花，正是岳灵珊。她背上负着一柄长剑，右手反过去握住剑柄，说道："我便以泰山派的剑法，会会道长的高招。"

玉音子认得她是岳不群的女儿，心想岳不群这番大力赞同五派合并，左冷禅言语神情中对他甚是客气，倒也不敢得罪了她，微微一笑，说道："岳姑娘大喜，贫道没有来贺，讨一杯喜酒喝，难道为此生我的气了吗？贵派剑法精妙，贫道向来是十分佩服的。但华山派门人居然也会使泰山派剑法，贫道今日还是首次得闻。"

岳灵珊秀眉一轩，道："我爹爹要做五岳派掌门人，对五岳剑派每一派的剑法，自然都得钻研一番。否则的话，就算我爹爹打赢了四派掌门人，那也只是华山派独占鳌头，算不得是五岳派真正的掌门人。"

此言一出，群雄登时耸动。有人道："岳先生要做五岳派掌门人？"有人大声道："难道泰山、衡山、嵩山、恒山四派的武功，岳先生也都会吗？"

岳不群朗声道："小女信口开河，小孩儿家的话，众位不可当真。"

岳灵珊却道："嵩山左师伯，如果你能以泰衡华恒四派剑法，分别打败我四派好手，我们自然服你做五岳派掌门。否则你嵩山派的剑法就算独步天下，也不过嵩山派的剑法十分高明而已，跟别的四派，终究拉不上干系。"

群雄均想：这话确然不错。如果有人精擅五岳剑派各派剑法，以他来做五岳派掌门，自是再合适不过。可是五岳剑派每一派的剑法，都是数百年来经无数好手呕心沥血锻炼而成。有人纵得五派名师分别传授，经数十年苦练，也未必能学全五派的全部剑法，而各派秘招绝艺，都是非本派弟子不传，如说一人而能同时精擅五岳派剑法，决计无此可能。

左冷禅却想："岳不群的女儿为什么说这番话？其中必有用意。难道岳不群当真痰迷了心窍，想跟我争夺这五岳派掌门人之位吗？"

玉音子道："原来岳先生已然精通五派剑法，那可是自从五岳剑派创派以来，从所未有的大事。贫道便请岳姑娘指点指点泰山派的剑法。"

岳灵珊道："甚好！"刷的一声，从背上剑鞘中拔出了长剑。

玉音子心下大是着恼："我比你父亲还长着一辈，你这女娃娃居然敢向我拔剑！"他只道岳不群定会出手阻拦，就算真要动手，华山派中也只有岳不群夫妇才堪与自己匹敌，岂知岳不群只是摇头叹息，说道："小孩子家不知天高地厚。玉音、玉磬两位前辈，乃是泰山派的一等一好手。你要用泰山派剑法跟他们过招，那不是自讨苦吃吗？"

玉音子心中一凛："岳不群居然叫女儿用泰山剑法跟我过招。"一瞥眼间，只见岳灵珊右手长剑斜指向下，左手五指正在屈指而数，从一数到五，握而成拳，又将拇指伸出，次而食指，终至五指全展，跟着又屈拇指而屈食指，再屈中指，登时大吃一惊："这女娃娃怎地懂得这一招'岱宗如何'？"

玉音子在三十余年前，曾听师父说过这一招"岱宗如何"的要旨，这一招可算得是泰山派剑法中最高深的绝艺，要旨不在右手剑招，而在左手的算数。左手不住屈指计算，算的是敌人所处方位、武功门派、身形长短、兵刃大小，以及日光所照高低等等，计算极为繁复，一经算准，挺剑击出，无不中的。当时玉音子心想，要在顷刻之间，将这种种数目尽皆算得清清楚楚，自知无此本领，其时并未深研，听过便罢。他师父对此术其实也未精通，只说："这招'岱宗如何'使起来太过艰难，似乎不切实用，实则威力无俦。你既无心详参，那是与此招无缘，也只好算了。你的几个师兄弟都不及你细心，他们更不能练。可惜本派这一招博大精深、世无其匹的剑招，从此便要失传了。"玉音子见师父并未勉强自己苦练苦算，暗自欣喜，此后在泰山派中也从未见人练过，不料事隔数十年，竟见岳灵珊这样一个年轻少妇使了出来，霎时之间，额头上出了一片汗珠。

他从未听师父说过如何对付此招，只道自己既然不练，旁人也决不会使这奇招，自无需设法拆解，岂知世事之奇，竟有大出于意料之外者。情急智生，自忖："我急速改变方位，审高伏低，她自然算我不准。"当即长剑一晃，向右滑出三步，一招"朗月无云"，转过身来，身子微矮，长剑斜刺，离岳灵珊右肩尚有五尺，便已圈转，跟着一招"峻岭横空"，去势奇疾而收剑极快。只见岳灵珊站在原地不动，右手长剑的剑尖不住晃动，左手五指仍是伸屈不定。玉音子展开剑势，身随剑走，左边一拐，右边一弯，越转越急。

这路剑法叫做"泰山十八盘"，乃泰山派昔年一位名宿所创，他见泰山三天门下十八盘处羊肠曲折，五步一转，十步一回，势甚险峻，因而将地势融入剑法之中，与八卦门的"八卦游身掌"有异曲同工之妙。泰山"十八盘"越盘越高，越行越险，这路剑招也是越转越加狠辣。玉音子每一剑似乎均要在岳灵珊身上对穿而过，其实自始至终，并未出过一招真正的杀着。

他双目所注，不离岳灵珊左手五根手指的不住伸屈。昔年师父有言："这一招'岱宗如何'，可说是我泰山剑法之宗，击无不中，杀人不用第二招。剑法而到这地步，已是超凡入圣。你师父也不过是略知皮毛，真要练到精绝，那可谈何容易？"想到师父这些话，背上冷汗一阵阵的渗了出来。

那泰山"十八盘"，有"缓十八、紧十八"之分，十八处盘旋较缓，另外十八处盘旋甚紧，一步高一步，所谓"后人见前人履底，前人见后人发顶"。泰山派这路剑法，纯从泰山这条陡道的地势中化出，也是忽缓忽紧，回旋曲折。

令狐冲见岳灵珊既不挡架，也不闪避，左手五指不住伸屈，似乎在计算数目，不由得心下大急，只想大叫："小师妹，小心！"但这五个字塞在喉头，始终叫不出来。

玉音子这路剑法将要使完，长剑始终不敢递到岳灵珊身周二尺之处。岳灵珊长剑倏地刺出，一连五剑，每一剑的剑招皆苍然有古意。玉磬子失声叫道："'五大夫剑！'"泰山有松极古，相传为秦时所封之"五大夫松"，虬枝斜出，苍翠相掩。玉磬子、玉音子的师伯祖曾由此而悟出一套剑法来，便称之为"五大夫剑"。这套剑法招数古朴，内藏奇变，玉磬子二十余年前便已学得精熟，但眼见岳灵珊这五招似是而非，与自己所学颇有不同，却显然又比原来剑法高明得多，正惊诧间，岳灵珊突然纤腰一弯，挺剑向他刺去，叫道："这也是你泰山派的剑法吗？"

玉磬子急忙举剑相架，叫道："'来鹤清泉'，如何不是泰山剑法，不过……"这一招虽然架开，却已惊得出了一身冷汗，敌剑之来，方位与自己所学大不相同，这一剑险些便透胸而过。岳灵珊道："是泰山剑法就好！"刷的一声，反手砍向玉音子。玉磬子道："石关回马！你使得不……不大对……"岳灵珊道："剑招名字，你记得倒熟。"长剑展开，刷刷两剑，只听玉音子"啊"的一声大叫，右胸口中了一剑。几乎便在同一刹那，玉磬子右膝中剑，一个踉跄，右腿一屈，跪了下来，急忙以剑支地撑起，力道用得猛了，剑尖又刚好撑在一块麻石之上，拍的一响，长剑断为两截，口中兀自说道："'快活三'！不过……不过……"

岳灵珊一声冷笑，将长剑反手插入背上剑鞘。

旁观群雄轰然叫好。这样一位年轻美貌的少妇，竟在举手投足之间，以泰山派剑法将两位泰山派高手杀败，剑法之妙，令人看得心旷神怡，这一番采声，当真山谷鸣响。

左冷禅与嵩山派的几名高手对望一眼，都大为疑虑："这女娃娃所使确是泰山剑法。然而其中大有更改，剑招老练狠辣，决非这女娃娃所能琢磨而得，定是岳不群暗中练就了传授于她。要练成这路剑法，不知要花多少时日，岳不群如此处心积虑，其志决不在小。"

玉音子突然大叫："你……你……这不是'岱宗如何'！"他于中剑受伤之后，这才省悟，岳灵珊只不过摆个"岱宗如何"的架子，其实并非真的会算，否则的话，她一招即已取胜，又何必再使"五大夫剑"、"来鹤清泉"、"石关回马"、"快活三"等等招术？更气人的是，她竟将泰山派的剑招在关键处忽加改动，自己和师哥二人仓卒之际，不及多想，自然而然以数十年来练熟了的剑招拆解，而她出剑方位陡变，以致师兄弟俩双双中计落败。倘若她使的是别派剑法，不论招式如何精妙，凭着自己剑术上的修为，决不能输了给这娇怯怯的少妇。但她使的确是泰山派剑法，却又不是假的，心中又是惭愧气恼，又是惊惶诧异，更有三分上了当的不服气。

令狐冲眼见岳灵珊以这几招剑法破敌，心下一片迷茫，忽听得背后有人低声道："令狐公子，这几招剑法是你教她的？"令狐冲回过头来，见说话的是田伯光，便摇了摇头。田伯光微笑道："那日在华山顶上，你和我动手，记得你便曾使过这一招来鹤清什么的，只不过那时你还没使熟。"

令狐冲神色茫然，宛如不闻。当岳灵珊一出手，他便瞧了出来，她所使的乃是华山思过崖后洞石壁上所刻的泰山派剑法。但自己在后洞石壁上发现剑招石刻之事，并未与人提过，当日离开思过崖，记得已将后洞的洞口掩好，岳灵珊怎会发现？转念又想："我既能发现后洞，小师妹当然也能发现。何况我已在无意中打开了洞口，小师妹便易找得多了。"

他在华山思过崖后洞，见到石壁上所刻五岳剑法的绝招，以及魔教诸长老破解各家剑法的法门，虽于所刻招数记得颇熟，但这些招数叫作什么名字，却全然不知。眼见岳灵珊最后三剑使得犹似行云流水，大有善御者驾轻车而行熟路之意，三剑之间击伤泰山派两名高手，将石壁上的剑招发挥得淋漓尽致，心下也是暗自赞叹。又听得玉磬子说了"快活三"三字，想起当年曾随师父去过泰山，过水帘洞后，一条长长的山道斜坡，名为"快活三"，意思说连续三里，顺坡而下，走起来十分快活，想不到这连环三剑，竟是从这条斜坡化出。

一个瘦削的老者缓步而出，说道："岳先生精擅五岳剑派各派剑法，实是武林中从所未有。老朽潜心参研本派剑法，有许多处所无法明白，今日正好向岳先生请教。"他左手拿着一把抚摩得晶光发亮的胡琴，右手从琴柄中慢慢抽出一柄剑身极细的短剑，正是衡山派掌门莫大先生。

岳灵珊躬身道："莫师伯手下留情。侄女胡乱学得几手衡山派剑法，请莫师伯指点。"

莫大先生口说"今日正好向岳先生请教"，原是向岳不群索战，不料岳灵珊一句话便接了过去，还言明是用衡山派剑法。莫大先生江湖上威名素著。群雄适才又听得左冷禅言道，嵩山派好手大嵩阳手费彬便死在他的剑下，均想："难道岳灵珊以泰山剑法伤了两名泰山派高手，又能以衡山剑法与他对敌？"

莫大先生微笑道："很好，很好！了不起，了不起！"岳灵珊道："侄女如敌不过莫师伯，再由我爹爹下场。"莫大先生喃喃的道："敌得过的，敌得过的！"短剑慢慢指出，突然间在空中一颤，发出嗡嗡之声，跟着便是嗡嗡两剑。岳灵珊举剑招架，莫大先生的短剑如鬼如魅，竟然已绕到了岳灵珊背后。

岳灵珊急忙转身，耳边只听得嗡嗡两声，眼前有一团头发飘过，却是自己的头发已被莫大先生削了一截下来。她大急之下，心念电转："他这是手下留情，否则适才这一剑已然杀了我。他既不伤我，便可和他对攻。"当下更不理会对方剑势来路，刷刷两剑，分向莫大先生小腹与额头刺去。

莫大先生微微一惊："这两招'泉鸣芙蓉'、'鹤翔紫盖'，确是我衡山派绝招，这小姑娘如何学得了去？"

衡山七十二峰，以芙蓉、紫盖、石廪、天柱、祝融五峰最高。衡山派剑法之中，也有五路剑法，分别以这五座高峰为名。莫大先生眼见适才岳灵珊所出，均是"一招包一路"的剑法，在一招之中，包含了一路剑法中数十招的精要。"芙蓉剑法"三十六招，"紫盖剑法"四十八招。"泉鸣芙蓉"与"鹤翔紫盖"两招剑法，分别将芙蓉剑法、紫盖剑法每一路数十招中的精奥之处，融会简化而入一招，一招之中有攻有守，威力之强，为衡山剑法之冠，是以这五招剑法，合称"衡山五神剑"。

众人只听得铮铮铮之声不绝，不知两人谁攻谁守，也不知在顷刻之间两人已拆了几招。

莫大先生事事谋定而后动，"比剑夺帅"之议既决，他便即筹思对策。他绝无半分要当五岳派掌门人之念，更知不是左冷禅和令狐冲的敌手，但身为衡山掌门，不能自始至终龟缩不出。他气恼玉磬子为虎作伥，逼死天门道人，本拟和这道人一拼，岂知泰山三子一上来便先后受伤，于是剩下的对手便只岳不群一人。他在少林寺中，已将岳不群的武功瞧得清清楚楚，自己不致输了于他，但上来动手的竟是岳不群的女儿。岳灵珊会使衡山派剑法，他已是一惊，而她所使的更是衡山剑法中最上乘的"一招包一路"，更令他心中尽是惊惧惶惑。

莫大先生的师祖和师叔祖，当年在华山绝顶与魔教十长老会斗，双双毙命。其时莫大先生的师父年岁尚轻，芙蓉、紫盖等五路剑法是学全了，但"一招包一路"的"泉鸣芙蓉"、"鹤翔紫盖"那五招衡山神剑，却只知了个大概。莫大先生自然也未得师父详加传授指点。岂知此刻竟会在别派一个年轻女子剑底显了出来。虽然岳灵珊那两招只得剑形而未得其意，否则的话，莫大先生心神激荡之际，在第二招上便已落败。

他好容易接过了这两招，只见岳灵珊长剑晃动，正是一招"石廪书声"，跟着又是一招"天柱云气"。那"天柱剑法"主要是从云雾中变化出来，极尽诡奇之能事，动向无定，不可捉摸。莫大先生一见岳灵珊使出"天柱云气"，他见机极快，当即不架而走。所谓不架而走，那不过说得好听，其实是打不过而逃跑。只是他剑法变化繁复，逃走之际，短剑东刺西削，使人眼花缭乱，不知他已是在使三十六策中的上策。

他知衡山五大神剑之中，除了"泉鸣芙蓉"、"鹤翔紫盖"、"石廪书声"、"天柱云气"之外，最厉害的一招叫做"雁回祝融"。衡山五高峰中，以祝融峰最高，这招"雁回祝融"，在衡山五神剑中也是最为精深。莫大先生的师父当年说到这一招时，含糊其词，并说自己也不大清楚，如果岳灵珊再使出这一招来，自己纵不丧命当场，那也非大大出丑不可。他脚下急闪，短剑急挥，心念急转："她虽学到了奇招，看来只会呆使，不会随机应变。说不得，只好冒险跟她拼上一拼，否则莫大今后也不用再在江湖上混了。"

眼见岳灵珊脚步微一迟疑，知她一时之间拿不定主意，到底要追呢还是不追，莫大先生暗叫："惭愧！毕竟年轻人没见识。"岳灵珊以这招"天柱云气"逼得莫大先生转身而逃，他虽然掩饰得高明，似乎未呈败象，但武功高明之士，人人都已见到他不敌而走的窘态。倘若岳灵珊立时收剑行礼，说道："莫师伯，承让！侄女得罪。"那么胜败便已分了。莫大先生何等身份地位，岂能败了一招之后，再转身与后辈女子缠斗？可是岳灵珊竟然犹豫，实是莫大先生难得之极的良机。

但见岳灵珊笑靥甫展，樱唇微张，正要说话，莫大先生手中短剑嗡嗡作响，向她直扑过去。这几下急剑，乃是莫大先生毕生功力之所聚，剑发琴音，光环乱转，霎时之间已将岳灵珊裹在一团剑光之中。岳灵珊一声惊呼，连退了几步。莫大先生岂容她缓出手来，施展那招"雁回祝融"？他手中短剑越使越快，一套"百变千幻云雾十三式"有如云卷雾涌，旁观者不由得目为之眩，若不是群雄觉得莫大先生颇有以长凌幼、以男欺女之嫌，采声早已大作。

当岳灵珊使出"泉鸣芙蓉"等几招时，令狐冲更无怀疑，她这几路剑法，是从华山思过崖后洞的石壁上学来的，寻思："小师妹为什么会到思过崖去？师父、师娘对她甚是疼爱，当然不会罚她在这荒僻的危崖上静坐思过。就算她犯了什么重大过失，师父、师娘也不过严加斥责而已。思过崖与华山主峰相距不近，地形又极凶险，即令是一个寻常女弟子，也不会罚她孤零零的去住在崖上。难道是林师弟被罚到崖上思过，小师妹每日去送饭送茶，便像她从前待我那样吗？"想到此处，不由得心口一热。

又想："林师弟沉默寡言，循规蹈矩，宛然便是一位'小君子剑'。他正因此而得到师父、师娘和小师妹的欢心，怎会犯错而被罚到崖上思过？不会，不会，决计不会。"猛然想起："难道小师妹……小师妹……"内心深处突然浮起一个念头，可是这念头太过荒唐，刚浮入脑海，便即压下，一时心中恍恍惚惚，到底是个什么念头，自己也不大清楚。

便在此时，只听得岳灵珊"啊"的一声惊呼，长剑脱手斜飞，左足一滑，仰跌在地。莫大先生手中短剑伸出，指向她的左肩，笑道："侄女请起，不用惊慌！"

突然间拍的一声响，莫大先生手中短剑断折，却是岳灵珊从地下拾起了两块圆石，左手圆石砸在莫大先生剑上，那短剑剑身甚细，一砸之下，立即断成两截。跟着岳灵珊右手的圆石向左急掷。莫大先生兵刃断折，吃了一惊，又见她将一块圆石向左掷出，左侧并无旁人，此举甚是古怪，不明其意。蓦地里那圆石竟然飞了转来，撞在莫大先生右胸。砰的一声，跟着喀喇几响，他胸口肋骨登时有数根撞断，一张口，鲜血直喷。

这几下变幻莫测，岳灵珊的动作又是快得甚奇，每一下却又干净利落，众人尽皆呆了。人人都看得分明，莫大先生占了先机之后，不再进招，只说："侄女请起，不用惊慌。"那原是长辈和晚辈过招占胜后应有之义。可是岳灵珊拾起圆石所使的那两招，却实有鬼神莫测之机。令狐冲却明白，岳灵珊这两招，正是当年魔教长老破解衡山剑法的绝招。不过石壁上所刻人形所使的是一对铜锤。岳灵珊以圆石当铜锤使，要拆招久战，当然不行，但一招间掷出飞回，只要练成了运力的巧劲，圆石与铜锤并无二致。

岳不群飞身入场，拍的一声响，打了岳灵珊一个耳光，喝道："莫大师伯明明让你，你何敢对他老人家无礼？"弯腰扶起莫大先生，说道："莫兄，小女不知好歹，小弟当真抱歉之至。尚请原谅。"

莫大先生苦笑道："将门虎女，果然不凡。"说了这两句话，又是哇的一声，一口鲜血喷出。衡山派两名弟子奔了出来，将他扶回。岳不群怒目向女儿瞪了一眼，退在一旁。

令狐冲见岳灵珊左边脸颊登时肿起，留下了五个手指印，足见她父亲这一掌打得着实不轻。岳灵珊眼泪涔涔而下，可是嘴角微撇，神情颇为倔强。令狐冲便即想起："从前我和她同在华山，她有时顽皮，受到师父师娘的责骂，心中委屈，便是这么一副又可怜又可爱的神气。那时我必千方百计的哄得她欢喜。小师妹最开心的，莫过于和我比剑而胜，只不过我必须装得似模似样，似乎真的偶一疏忽而给她占了先机，决不能让她看出是故意让她……"

想到这里，脑海中一个本来十分模糊的念头，突然之间，显得清晰异常："她怎么会到思过崖去？多半她是在婚前婚后，思念昔日我对她的深情，因而孤身来到崖上，缅怀旧事。后洞的入口我本是用石子封砌好了的，若非在崖上长久逗留，不易发现。如此说来，她在崖上所留时间不短，去了也不止一次。"转头向林平之瞥了一眼，寻思："林师弟和她新婚，该当喜气洋洋，心花怒放才是。为什么他始终神色郁郁？小师妹给她父亲当众打了一掌，他做丈夫的既不过去劝慰，也无关心之状，未免太过不近人情。"

他想岳灵珊为了挂念自己而到思过崖去追忆昔情，只是他一厢情愿的猜测，可是他似乎已迷迷惘惘的见到，岳灵珊如何在崖上泪如雨下，如何痛悔嫁错了林平之，如何为了辜负自己的一片深情而伤心不已。一抬头，只见岳灵珊正在弯腰拾剑，泪水滴在青草之上，一根青草因泪水的滴落而弯了下去，令狐冲胸口一阵冲动："我当然要哄得她破涕为笑！"在他眼中看出来，这嵩山绝顶的封禅台侧，已成为华山的玉女峰，数千名江湖好汉，不过是一棵棵树木，便只一个他刻骨相思、倾心而恋的意中人，为了受到父亲的责打而在哭泣。他一生之中，曾哄过她无数次，今日怎可置之不理？

他大踏步而出，说道："小师……小……"随即想起，要哄得她欢喜，必须真打，一颗心扑通扑通的跳动，说道："你胜了泰山、衡山两派掌门人，剑法非同小可。我恒山派心下不服，你能以恒山派剑法，和我较量较量么？"

岳灵珊缓缓转身，一时却不抬头，似在思索什么，过了好一会，这才慢慢抬起头来，突然间脸上一红。令狐冲道："岳先生本领虽高，但居然能尽通五岳剑派各派剑法，我可难以相信。"岳灵珊抬起头来，说道："你本来也不是恒山派的，今日为恒山掌门，不是也精通了恒山派剑法吗？"脸颊上兀自留着泪水。

令狐冲听她这几句话语气甚和，颇有友善之意，心下喜不自胜，暗道："我定要装得极像，不可让她瞧出来我是故意容让。"说道："'精通'二字，可不敢说。但我已在恒山多时，恒山派剑法应当习练。此刻我以恒山派剑法领教，你也当以恒山派剑法拆解。倘若所使剑法不是恒山一派，那么虽胜亦败，你意下如何？"他已打定了主意，自己剑法比她高明得多，那是众所周知之事，倘若假装落败，别人固然看得出，连岳灵珊也不会相信，只有斗到后来，自己突然在无意之间，以一招"独孤九剑"或是华山派的剑法将她击败，那时虽然取胜，亦作败论，人人不会怀疑。

岳灵珊道："好，咱们便比划比划！"提起长剑，划了个半圈，斜斜向令狐冲刺去。

只听得恒山派一群女弟子中，同时响起了"咦"的一声。群雄之中便有不识得恒山派剑法的，听得这些女弟子这声惊呼，而呼叫中显是充满了钦佩之意，也已即知岳灵珊这招确是恒山剑法，而且招式着实不凡。

她所使的，正是思过崖后洞的招式，而这招式，却是令狐冲曾传过恒山派女弟子的。

令狐冲挥剑挡开。他知道恒山派剑法以圆转为形，绵密见长，每一招剑法中都隐含阴柔之力，与人对敌之时，往往十招中有九招都是守势，只有一招才乘虚突袭。他与恒山派弟子相处已久，又亲眼见过定静师太数次与敌人斗剑，这时施展出来的，招招成圆，余意不尽，显然已深得恒山派剑法的精髓。

方证大师、冲虚道长、丐帮帮主、左冷禅等人于恒山剑法均熟识已久，眼见令狐冲并非恒山派出身，却将恒山剑法使得中规中矩，于极平凡的招式之中暗蓄锋芒，深合恒山派武功"绵里藏针"的要诀，无不暗赞。他们都知数百年来恒山门下均以女尼为主，出家人慈悲为本，女流之辈更不宜妄动刀剑，学武只是为了防身。这"绵里藏针"诀，便如是暗藏钢针的一团棉絮。旁人倘若不加触犯，棉絮轻柔温软，于人无忤，但若以手力捏，棉絮中所藏钢针便刺入手掌；刺入的深浅，并非决于钢针，而决于手掌上使力的大小。使力小则受伤轻，使力大则受伤重。这武功要诀，本源便出于佛家因果报应、业缘自作、善恶由心之意。

令狐冲学过"独孤九剑"后，于各式武功皆能明其要旨。他所使剑法原是重意不重招，这时所使的恒山剑法，方位变化与原来招式颇有歧异，但恒山剑意却清清楚楚的显了出来。各家高手虽然识得恒山剑法，但所知的只是大要，于细微曲折处的差异自是不知，是以见到令狐冲的剑意，均想："这少年身为恒山掌门，果然不是幸致！原来早得定闲、定静诸师太的真传。"只有恒山派门下弟子仪和、仪清等人，才看出他所使招式与师传并不相符。但招式虽异，于本门剑法的含意，却只有体会得更加深切。

令狐冲和岳灵珊二人所使的恒山派剑法，均是从思过崖后洞中学来，但令狐冲剑法根柢比岳灵珊强得太多，加之他与恒山派师徒相处日久，所知恒山派剑法的范围，自非岳灵珊所及。二人一交上剑，若不是令狐冲故意相让，只在数招之间便即胜了。拆到三十余招后，岳灵珊从石壁上学来的剑招已穷，只好从头再使。好在这套剑法精妙繁复，使动时圆转如意，一招与一招之间绝少斧凿之痕，从第一招到三十六招，便如是一气呵成的一式大招。她剑招重复，除了令狐冲也学过石壁剑法之外，谁也看不出来。

岳灵珊的剑招使得绵密，令狐冲依法与之拆解。两人所学剑招相同，俱是恒山派剑法的精华，打来丝丝入扣，极是悦目动人。旁观群雄看得高兴，忍不住喝采。

有人道："令狐冲是恒山派掌门，这路剑法使得如此精采，也没什么希奇。岳家姑娘明明是华山派的，怎么也会使恒山剑法？"有人道："令狐冲本来也是岳先生的门下，还是华山派的大弟子呢，否则他怎么也会使这路剑法了？若不是岳先生一手亲授，两个人怎会拆解得这等合拍？"又有人道："岳先生精通华山、泰山、衡山、恒山四派剑法，看来于嵩山剑法也必熟悉。这五岳派掌门人一席，那是非他莫属了。"另一人道："那也不见得。嵩山左掌门的剑法比岳先生高得多。武功之道，贵精不贵多，你就算于天下武功无所不会，通统都是三脚猫，又有什么用处？左掌门单是一路嵩山剑法，便能击败岳先生的五派剑法。"先一人道："你又怎么知道了？当真是大言不惭。"那人怒道："什么大言不惭？你有种，咱们便来赌五十两银子。"先一人道："什么有种没种？咱们赌一百两。现银交易，输了赖的便是恒山派门下。"那人道："好，赌一百两！什么恒山派门下？"先一人道："哪个赖的，便是尼姑！"那人"呸"的一声，在地下吐了一口痰。

这时岳灵珊出招越来越快，令狐冲瞧着她婀娜的身形，想起昔日同在华山练剑的情景，渐渐的神思恍惚，不由得痴了，眼见她一剑刺到，顺手还了一招。不想这一招并非恒山派剑法。岳灵珊一怔，低声道："青梅如豆！"跟着还了一剑，削向令狐冲额间。令狐冲也是一呆，低声道："柳叶似眉。"

他二人于所拆的恒山剑法，只知其式不知其名，适才交换的这两招，却不是恒山剑法，而是两人在华山练剑时共创的"冲灵剑法"。"冲"是令狐冲，"灵"是岳灵珊，是二人好玩而共同钻研出来的剑术。令狐冲的天份比师妹高得多，不论做什么事都喜不拘成法，别创新意，这路剑法虽说是二人共创，十之八九却是令狐冲想出来的。当时二人武功造诣尚浅，这路剑法中也并没什么厉害的招式，只是二人常在无人处拆解，练得却十分纯熟。令狐冲无意间使了一招"青梅如豆"，岳灵珊便还了一招"柳叶似眉"。两人原无深意，可是突然之间，脸上都是一红。令狐冲手上不缓，还了一招"雾中初见"，岳灵珊随手便是一招"雨后乍逢"。这套剑法，二人在华山已不知拆过了多少遍，但怕岳先生、岳夫人知道后责骂，从不让第三人知晓，此刻却情不自禁，在天下英雄之前使了出来。

这一接上手，顷刻间便拆了十来招，不但令狐冲早已回到了昔日华山练剑的情景之中，连岳灵珊心里，也渐渐忘却了自己此刻是已嫁之身，是在数千江湖汉子之前，为了父亲的声誉而出手试招，眼中所见，只是这个倜傥潇洒的大师哥，正在和自己试演二人合创的剑法。

令狐冲见她脸上神色越来越柔和，眼中射出喜悦的光芒，显然已将适才给父亲打了记耳光的事淡忘了，心想："今天我见她一直郁郁不乐，容色也甚憔悴，现下终于高兴起来了。唉，但愿这套冲灵剑法有千招万招，一生一世也使不完。"自从他在思过崖上听得岳灵珊口哼福建小调以来，只有此刻，小师妹对他才像从前这般相待，不由欢喜无限。

又拆了二十来招，岳灵珊长剑削向他左腿，令狐冲左足飞起，踢向她剑身。岳灵珊剑刃一沉，砍向他足面。令狐冲长剑急攻她右腰，岳灵珊剑锋斜转，当的一声，双剑相交，剑尖震起。二人同时挺剑急刺向前，同时疾刺对方咽喉，出招迅疾无比。

瞧双剑去势，谁都无法挽救，势必要同归于尽，旁观群雄都忍不住惊叫。却听得铮的一声轻响，双剑剑尖竟在半空中抵住了，溅出星星火花，两柄长剑弯成弧形，跟着二人双手一推，双掌相交，同时借力飘了开去。这一下变化谁都料想不到，这两把长剑竟有如此巧法，居然在疾刺之中，会在半空中相遇而剑尖相抵，这等情景，便有数千数万次比剑，也难得碰到一次，而他二人竟然在生死系于一线之际碰到了。

殊不知双剑如此在半空中相碰，在旁人是数千数万次比剑不曾遇上一次，他二人却是练了数千数万次要如此相碰，而终于练成了的。这招剑法必须二人同使，两人出招的方位力道又须拿捏得分毫不错，双剑才会在迅疾互刺的一瞬之间剑尖相抵，剑身弯成弧形。这剑法以之对付旁人，自无半分克敌制胜之效，在令狐冲与岳灵珊，却是一件又艰难又有趣的玩意。二人练成招数之后，更进一步练得剑尖相碰，溅出火花。

当他二人在华山上练成这一招时，岳灵珊曾问，这一招该当叫作什么。令狐冲道："你说叫什么好？"岳灵珊笑道："双剑疾刺，简直是不顾性命，叫作'同归于尽'罢？"令狐冲道："同归于尽，倒似你我有不共戴天之仇似的，还不如叫作'你死我活'！"岳灵珊啐道："为什么我死你活？你死我活才对。"令狐冲道："我本来说是'你死我活'。"岳灵珊道："你啊我啊的，缠夹不清，这一招谁都没死，便叫作'同生共死'好了。"令狐冲拍手叫好。岳灵珊一想"同生共死"这四字太过亲热，一撤剑，掉头便跑了。

旁观群雄见二人在必死之境中逃了出来，实是惊险无比，手中无不捏了把冷汗，连那一声喝采也都忘了。那日在少林寺中，岳不群与令狐冲拔剑动手，为了劝他重归华山门下，也曾使过几招"冲灵剑法"，但这一招却没使过。岳不群虽曾在暗中窥看二人练剑，得知冲灵剑法的招式，却并未花下心血时间去练这招既无聊又无用的"同生共死"。因此连方证、冲虚、左冷禅等人见到这一招时，也都大吃一惊。盈盈心中的惊骇，更是不在话下。

只见他二人在半空中轻身飘开，俱是嘴角含笑，姿态神情，便似裹在一团和煦的春风之中。两人挺剑再上，随即又斗在一起。二人在华山创制这套剑法时，师兄妹间情投意合，互相依恋，因之剑招之中，也是好玩的成份多，而凶杀的意味少。此刻二人对剑，不知不觉之间，都回想到从前的情景，出剑转慢，眉梢眼角，渐渐流露出昔日青梅竹马的柔情。这与其说是"比剑"，不如说是"舞剑"，而"舞剑"两字，又不如"剑舞"之妥贴，这"剑舞"却又不是娱宾，而是为了自娱。

突然间人丛中"嘿"的一声，有人冷笑。岳灵珊一惊，听得出是丈夫林平之的声音，心中一寒："我和大师哥如此打法，那可不对。"长剑一圈，自下而上，斜斜撩出一剑，势劲力疾，姿式美妙已极，却是华山派"玉女剑十九式"中的一式。

林平之那一声冷笑，令狐冲也听见了，眼见岳灵珊立即变招，来剑毫不容情，再不像适才使冲灵剑法那样充满了缠绵之意。他胸口一酸，种种往事，霎时间都涌向心头，想起自己被师父罚去思过崖面壁思过，小师妹每日给自己送饭，一日大雪，二人竟在山洞共处一宵；又想起小师妹生病，二人相别日久，各怀相思之苦，但便在此时，不知如何，林平之竟讨得了她的欢心，自此之后，两人之间隔膜日深一日；又想起那日小师妹学得师娘所授的"玉女剑十九式"后，来崖上与自己试招，自己心中酸苦，出手竟不容让……

这许许多多念头，都是一瞬之间在他脑海中电闪而过，便在此时，岳灵珊长剑已撩到他胸前。令狐冲脑中混乱，左手中指弹出，铮的一声轻响，正好弹在她长剑之上。岳灵珊把捏不住，长剑脱手飞出，直射上天。

令狐冲一指弹出，暗叫一声："糟糕！"只见岳灵珊神色苦涩，似乎勉强要笑，却哪里笑得出来？当日令狐冲在思过崖上，便是以这么一弹，将她宝爱的"碧水剑"弹入深谷之中，二人由此而生芥蒂，不料今日又是旧事重演。这些日子来，他有时静夜自思，早知所以弹去岳灵珊的长剑，其实是自己在喝林平之的醋，激情汹涌，难以克制，自不免自怨自艾。岂知今日听得林平之的冷笑之声，眼见岳灵珊神态立变，自己又旧病复发。当日在思过崖上，他一指已能将岳灵珊手中长剑弹脱，此刻身上内力，与其时相去不可道里计，但见那长剑直冲上天，一时竟不落下。

他心念电转："我本要败在小师妹手里，哄得她欢喜。现下我却弹去了她长剑，那是故意在天下英雄之前削她面子，难道我竟以这等卑鄙手段，去报答小师妹待我的情义？"一瞥之间，只见那长剑正自半空中向下射落，当即身子一晃，叫道："好恒山剑法！"似是竭力闪避，其实却是将身子往剑尖凑将过去，噗的一声响，长剑从他左肩后直插了进去。令狐冲向前一扑，长剑竟将他钉在地下。

这一下变故来得突兀无比，群雄发一声喊，无不惊得呆了。

岳灵珊惊道："你……大师哥……"只见一名虬髯汉子冲将上来，拔出长剑，抱起了令狐冲。令狐冲肩背上伤口中鲜血狂涌，恒山派十余名女弟子围了上去，竞相取出伤药，给他敷治。岳灵珊不知他生死如何，奔过去想看。剑光晃动，两柄长剑拦住去路，一名尼姑喝道："好狠心的女子！"岳灵珊一怔，退了几步，一时不知如何是好。

只听得岳不群纵声长笑，朗声说道："珊儿，你以泰山、衡山、恒山三派剑法，力败三派掌门，也算难得！"

岳灵珊长剑脱手，群雄明明见到是给令狐冲伸指弹落，但令狐冲为她长剑所伤，却也是事实。这一招到底是否恒山剑法，谁也说不上来。他二人以冲灵剑法相斗之时，旁人早已看得全然摸不着头脑，眼见这路剑法招数稚拙，全无用处，偏偏又舞得这生好看；最后这一招变生不测，谁都为这突如其来的结局所震惊，这时听岳不群称赞女儿以三派剑法打败三派掌门，想来岳灵珊这招长空落剑，定然也是恒山剑法了。虽然有人怀疑，觉得这与恒山剑法大异其趣，但无法说得出其来龙去脉，也不便公然与岳不群辩驳。

岳灵珊拾起地下长剑，只见剑身上血迹殷然。她心中怦怦乱跳，只是想："不知他性命如何？只要他能不死，我便……我便……"

左冷禅慢慢提起长剑，剑尖对准了他胸口。岳不群双手反背拢入袖中，目不转瞬的盯住剑尖。左冷禅右手衣袖鼓了起来，犹似吃饱了风的帆篷一般。

三十四　夺　帅

　　群豪纷纷议论声中，一个洪亮的声音说道："华山一派，在岳先生精心钻研之下，连泰山、衡山、恒山诸派剑法也都通晓，不但通晓，而且精绝，实令人赞叹不已。这五岳派掌门一席，若不是岳先生来担任，普天下更选不出第二位了。"说话之人衣衫褴褛，正是丐帮解帮主。他与方证、冲虚两人心意相同，也早料到左冷禅将五岳剑派并而为一，势必不利于武林同道，迟早会惹到丐帮头上，以彬彬君子的岳不群出任五岳派掌门，远胜于野心勃勃的左冷禅。丐帮自来在江湖中潜力极强，丐帮帮主如此说，等闲之人便不敢贸然而持异议。

　　忽听一人冷森森的道："岳姑娘精通泰山、衡山、恒山三派剑法，确是难能可贵，若能以嵩山剑法胜得我手中长剑，我嵩山全派自当奉岳先生为掌门。"说话的正是左冷禅。他说着走到场中，左手在剑鞘上一按，嗤的一声响，长剑在剑鞘中跃出，青光闪动，长剑上腾，他右手伸处，挽住了剑柄。这一手悦目之极，而左手一按剑鞘，便能以内力逼出长剑，其内功之深，当真罕见罕闻。嵩山门下弟子固然大声欢呼，别派群雄也是采声雷动。

　　岳灵珊道："我……我只出一十三剑，十三剑内倘若胜不得左师伯……"左冷禅心中大怒："你这小女娃敢公然接我剑招，已是大胆之极，居然还限定十三招。你如此说，直是将我姓左的视若无物。"冷冷的道："倘若你十三招内取不了姓左的项上人头，那便如何？"岳灵珊道："我……我怎能是左师伯的对手？侄女只不过学到十三招嵩山派剑法，是爹爹亲手传我的，想在左师伯手下印证印证。"左冷禅哼了一声。岳灵珊道："我爹爹说，这一十三招嵩山剑法，虽是嵩山派的高明招数，但在我手下使将出来，只怕一招之间，便给左师伯震飞了长剑，要再使第二招也是艰难。"左冷禅又是哼了一声，不置可否。

岳灵珊初说之时，声音发颤，也不知是酣斗之余力气不足，还是与左冷禅这样一位武林大豪面对面说话，不禁害怕，说到此时，声音渐渐平静，续道："我对爹爹说：'左师伯是嵩山派中第一高手，当然绝无疑问，但他未必是我五岳剑派中的第一高手。他武功再高，也未必能如爹爹这样，精通五岳剑派的剑法。'我爹爹说道：'精通二字，谈何容易？为父的也不过粗知皮毛而已。你若不信，你初学乍练、三脚猫般的嵩山剑法，能在左师伯威震天下的嵩山剑法之前使得上三招，我就夸你是乖女儿了。'"

左冷禅冷笑道："如果你在三招之内将左某击败，那你更是岳先生的乖女儿了。"

岳灵珊道："左师伯剑法通神，乃嵩山派数百年罕见的奇材，侄女刚得爹爹传授，学得几招嵩山剑法，如何敢有此妄想？爹爹叫我接左师伯三招，侄女却痴心妄想，盼望能在左师伯跟前，使上一十三招嵩山派剑法，也不知是否能够如愿。"

左冷禅心想："别说一十三招，要是我让你使上了三招，姓左的已然面目无光。"伸出左手拇指、食指、中指三根手指，握住了剑尖，右手一松，长剑突然弹起，剑柄在前，不住晃动，说道："进招罢！"

左冷禅露了这手绝技，群雄登时为之耸动。左手使剑已然极不顺手，但他竟以三根手指握住剑尖，以剑柄对敌，这比之空手入白刃更要艰难十倍，以手指握住剑尖，剑刃只须稍受震荡，便割伤了自己手指，哪里还用得上力？他使出这手法，固然对岳灵珊十分轻蔑，心中却也大是恼怒，存心要以惊世骇俗的神功威震当场。

岳灵珊见他如此握剑，心中不禁一寒，寻思："他这是什么武功，爹爹可没教过。"心下隐隐生了怯意，又想："事已如此，怕有何用？"百忙中向恒山派群弟子瞥了一眼，见她们仍是围成一团，没听见哭声，料想令狐冲受伤虽重，性命却是无碍。当下长剑一立，举剑过顶，弯腰躬身，使一招"万岳朝宗"，正是嫡系正宗的嵩山剑法。

这一招含意甚是恭敬，嵩山群弟子都轰的一声，颇感满意。嵩山弟子和本派长辈拆招，必须先使此招，意思说并非敢和前辈动手，只是请你老人家指教。左冷禅微一点头，心道："你居然会使此招，总算是乖觉的，看在这一招份上，我不让你太过出丑便了。"

岳灵珊一招"万岳朝宗"使罢，突然间剑光一吐，长剑化作一道白虹，向左冷禅直刺过来。这一招端严雄伟，正是嵩山剑法的精要所在，但饶是左冷禅于嵩山派剑法"内八路，外九路"、一十七路长短、快慢各路剑法尽皆通晓，却也从来没有见过。他心头一震："这一招是什么招数？我嵩山派一十七路剑法之中，似乎没一招比得上，这可奇了。"他不但是嵩山派的宗师，亦是当代武学大家，一见到本派这一招雄奇精奥的剑招，自要看个明白。眼见岳灵珊这一剑刺来，内力并不强劲，只须刺到自己身前数寸处，自己以手指一弹，立时可将她长剑震飞，不妨看清楚这一招的后着，是否尚有古怪变化。但见岳灵珊这一剑刺到他胸口尚有尺许，便已缩转，一斜身，长剑圈转，向他左肩削落。

这一剑似是嵩山剑法中的"千古人龙"，但"千古人龙"清隽过之，无其古朴；又似是"叠翠浮青"，但较之"叠翠浮青"，却胜其轻灵而输其雄杰；也有些像是"玉井天池"，可是"玉井天池"威仪整肃，这一招在岳灵珊这样一个年轻女子剑下使将出来，另具一股端丽飘逸之态。

左冷禅眼光何等敏锐，对嵩山剑法又是毕生浸淫其间，每一招每一式的精粗利弊，纵是最最细微曲折之处，也无不了然于胸，这时突然见到岳灵珊这一招中蕴藏了嵩山剑法中数大名招的长处，似乎尚能补足各招中所含破绽，不由得手心发热，又是惊奇，又是欢喜，便如陡然见到从天上掉下来一件宝贝一般。

当年五岳剑派与魔教十长老两度会战华山，五派好手死伤殆尽，五派剑法的许多精艺绝招，随五派高手而逝。左冷禅会集本派残存的耆宿，将各人所记得的剑招，不论精粗，尽数录了下来，汇成一部剑谱。这数十年来，他去芜存菁，将本派剑法中种种不够狠辣的招数，不够堂皇的姿式，一一修改，使得本派一十七路剑招完美无缺。他虽未创设新的剑路，却算得是整理嵩山剑法的大功臣。此刻陡然间见到岳灵珊所使的嵩山剑法，却是本派剑谱中所未载，而比之现有嵩山剑法的诸式剑招，显得更为博大精深，不由得欢喜赞叹，看出了神。

倘若这剑法是在一个劲敌手下使出，比如是任我行或令狐冲，又或是方证大师、冲虚道人，左冷禅自当全神贯注的迎敌，纵见对方剑招精绝，也只有竭力应付，哪有余暇来细看敌手剑法？但岳灵珊内力低浅，殊不足畏，真到危急关头，随时可以震去她的长剑，当下打起精神，潜心观察她剑势的法度变化。

群雄眼见岳灵珊长剑飞舞，每一招都是离对方身子尺许而止，似是故意容让，又似是心存畏惧，左冷禅却呆呆不动，脸上神色忽喜忽忧，倒像是失魂落魄一般。如此比武，实是从所未见。群雄你望望我，我瞧瞧你，都是惊奇不已。

只有嵩山派门下群弟子，个个目不转瞬的凝神观看，生怕漏过了一招半式。岳灵珊这几招嵩山剑法，正是从思过崖后洞石壁上学来。石壁上所刻招式共有六七十招，岳不群细心参研后，料想其中的四十余招左冷禅多半会使，另有数招虽然精采，却尚不足以动其心目，只有这一十三招，倘若陡然使出，定要令他张口结舌，说什么也要瞧个究竟不可。石壁上所刻招式，毕竟是死的，未能极尽变化，岳灵珊只依样葫芦的使出，但左冷禅看后，所有前招后着，自行在脑中加以补足，越想越觉无穷无尽。

岳灵珊堪堪将这一十三招使完，第十四招又是从头使起。左冷禅心念一动："再看下去呢，还是将她长剑震飞？"这两件事在他都是轻而易举，若要继续观看，岳灵珊剑招再高，毕竟也伤他不得；要震飞她兵刃，那也只是举手之劳。可是要在这两件事中作一抉择，却大非易事。霎时之间，在他心中转过了无数念头："这些嵩山剑法如此奇妙，过了此刻，日后只怕再也没机缘见到。要杀伤了这小妮子容易，可是这些剑法，却再从何处得见？我又怎能去求岳先生试演？但我如容她继续使下去，显得左某人奈何不了华山门下一个年轻女子，于我脸面何存？啊哟，只怕已过了一十三招！"

一想到"一十三招"这四字，领袖武林的念头登时压倒了钻研武学的心意，左手三根手指一转，手中长剑翻了上来，当的一声响，与岳灵珊的长剑一撞，喀喀喀十余声轻响过去，岳灵珊手中只剩了一个剑柄，剑刃寸断，折成数十截掉在地下。

岳灵珊纵身反跃，倒退数丈，朗声道："左师伯，侄女在你老人家跟前，已使了几招嵩山剑法？"左冷禅闭住双目，将岳灵珊所使的那些剑招，一招招在心中回想了一遍，睁开眼来，说道："你使了一十三招！很好，不容易。"岳灵珊躬身行礼，道："多承左师伯手下容情，得让侄女在你面前班门弄斧，使了一十三招嵩山剑法。"

左冷禅以绝世神功，震断了岳灵珊手中长剑，群雄无不叹服。只是岳灵珊先前有言，要在左冷禅面前施展一十三招嵩山剑招，大多数人想来，就算她能使三招，也已不易，决计无法使到一十三招，不料左冷禅忽似心智失常，竟容她使到第十四招上，方始出手。各人心下暗自骇异，有人还想到了歪路上去，只道左冷禅是个好色之徒，见到对手是个美貌少妇，便给她迷得失魂落魄。

嵩山派中一名瘦削老者走了出来，正是"仙鹤手"陆柏，朗声道："左掌门神功盖世，众所共见，兼且雅量高致，博大能容。这位岳大小姐学得了我嵩山派剑法一些皮毛，便在他老人家面前妄自卖弄。左掌门直等她技穷，这才一击而将之制服。足见武学之道，贵精不贵多，不论哪一门哪一派的武功，只须练到登峰造极之境，皆能在武林中矫然自立……"

他说到这里，群雄都不禁点头。这一番话，正打中了各人心坎。这些江湖汉子除了极少数高手之外，所学的均只一派武功，陆柏说武学贵精不贵多，众人自表赞同，这些人于这个"精"字是否能够做到，固然难说得很，至于"多"，那是决计多不了的。

陆柏续道："这位岳大小姐仗着一点小聪明，当别派同道练剑之时，暗中窥看，偷学到了一些剑法，便自称是精通五岳剑派的各派剑法。其实各派武功均有秘传的师门心法，偷看到一些招式的外形，如何能说到'精通'二字？"群雄又是点头，均想："偷学别派武功，原是武林中的大忌。这笔帐其实该当算在岳不群头上。"那老者又道："倘若一见到旁人使出几下精妙的招式，便学了过来，自称是精通了这一派的武功，武林之中，哪里还有什么独门秘技、还有什么精妙绝招？你偷我的，我偷你的，岂不是一塌胡涂了？"

他说到这里，群雄中便有许多人轰笑起来。岳灵珊以衡山剑法打败莫大先生，以恒山剑法打败令狐冲，对方不免有容让之意，但她以泰山剑法力败玉磬子和玉音子，却是真真实实的功夫。她所使的石壁剑招比玉磬子、玉音子所学为精，又攻了他们一个出其不意，仍不免有取巧之意，然剑法较精，便该得胜，所取巧者，只是假装会使"岱宗如何"这一招而已，这事除了泰山派中少数高手之外，谁也不知。可是群雄不愿见到旁人通晓各派武功，人同此心，陆柏这么一说，登时便有许多人随声附和，倒不仅以嵩山弟子为然。

陆柏见一番话博得众人赞赏，神情极是得意，提高了嗓子说道："所以哪，这五岳派掌门一席，实非左掌门莫属。也由此可知，一家之学而练到炉火纯青的境地，那可比贪多嚼不烂的大杂烩高明得多了。"他这几句话，直是明指岳不群而言。嵩山派中便有数十名青年弟子跟着叫好起哄。陆柏道："五岳剑派之中，若有谁自信武功胜得了左掌门的，便请出来，一显身手。"他接连说了两遍，无人接腔。

本来桃谷六仙必定会出来胡说八道一番，但此时盈盈正急于救治令狐冲，再也无暇指点桃谷六仙去跟嵩山派捣蛋。桃根仙等六人面面相觑，一时拿不定主意，该当如何才好。

"托塔手"丁勉大声道："既然无人向左掌门挑战，左掌门众望所归，便请出任我五岳派的掌门人。"左冷禅假意谦逊，说道："五岳派中人才济济，在下无德无能，可不敢当此重任。"嵩山派第七太保汤英鹗朗声道："五岳派掌门一席，位高任重，务请左掌门勉为其难，替五岳派门下千余弟子造福，也替江湖同道尽力。请左掌门登坛！"

只听得锣鼓之声大作，爆竹又是连串响起，都是嵩山弟子早就预备好了的。

爆竹劈拍声中，嵩山派众弟子以及左冷禅邀来助阵壮威的朋友齐声呐喊："请左掌门登台，请左掌门登台！"

左冷禅纵起身子，轻飘飘落在封禅台上。他身穿杏黄色布袍，其时夕阳即将下山，日光斜照，映射其身，显得金光灿烂，大增堂皇气象。他抱拳转身，向台下众人作了个四方揖，说道："既承众位朋友推爱，在下倘若再不答允，出任艰巨，倒显得过于保身自爱，不肯为武林同道尽力了。"嵩山门下数百人欢声雷动，大力鼓掌。

忽听得一个女子声音说道："左师伯，你震断了我的长剑，就这样，便算是五岳派的掌门人吗？"说话的正是岳灵珊。

左冷禅道："天下英雄在此，大家原说好比剑夺帅。岳小姐如能震断我手中长剑，则大伙儿奉岳小姐为五岳派掌门，亦无不可。"

岳灵珊道："要胜过左师伯，侄女自然无此能耐，但咱们五岳派之中，武功胜过左师伯的，未必就没有了。"

左冷禅在五岳派诸人之中，真正忌惮的只有令狐冲一人，眼见他与岳灵珊比剑而身受重伤，心头早就已放下一块大石，这时听岳灵珊如此说，便道："以岳小姐之见，五岳派中武功剑法胜过在下的，是令尊呢、令堂呢，还是尊夫？"嵩山群弟子又都轰笑起来。

岳灵珊道："我夫君是后辈，比之左师伯不免要逊一筹。我妈妈的剑法自可与左师伯旗鼓相当。至于我爹爹，想来比左师伯要高明些。"

嵩山群弟子怪声大作，有的猛吹口哨，有的顿足擂地。

左冷禅对着岳不群道："岳先生，令爱对阁下的武功，倒是推许得很呢。"

岳不群道："小女孩儿口没遮拦，左兄不必当真。在下的武功剑法，比之少林派方证大师、武当派冲虚道长，以及丐帮解帮主诸位前辈英雄，那可是望尘莫及。"左冷禅脸上登时变色。岳不群提到方证大师等三人，偏就不提左冷禅的名字，人人都听了出来，那显是自承比他高明。丁勉道："比之左掌门却又如何？"岳不群道："在下和左兄神交多年，相互推重。嵩山华山两派剑法，各擅胜场，数百年来从未分过高下。丁兄这一句话，在下可难答得很了。"丁勉道："听岳先生的口气，倒似乎自以为比左掌门强着些儿？"

岳不群道："子曰：'君子无所争，必也，射乎！'较量武功高低，自古贤者所难免，在下久存向左师兄讨教之心。只是今日五岳派新建，掌门人尚未推出，在下倘若和左师兄比剑，倒似是来争做这五岳派掌门一般，那不免惹人闲话了。"左冷禅道："岳兄只消胜得在下手中长剑，五岳派掌门一席，自当由岳兄承当。"岳不群摇手道："武功高的，未必人品也高。在下就算胜得了左兄，也不见得能胜过五岳派中其余高手。"他口中说得谦逊，但每一句话扣得极紧，始终显得自己比左冷禅高上一筹。

左冷禅越听越怒，冷冷的道："岳兄'君子剑'三字，名震天下。'君子'二字，人所共知。这个'剑'字到底如何，却是耳闻者多，目睹者少。今日天下英雄毕集，便请岳兄露一手高明剑法，也好让大伙儿开开眼界！"

许多人都大叫起来："到台上去打，到台上去打。""光说不练，算什么英雄好汉？""上台比剑，分个强弱，自吹自擂有什么用？"

岳不群双手负在背后，默不作声，脸上神情肃穆，眉间微有忧意。

左冷禅在筹谋合并五岳剑派之时，于四派中高手的武功根柢，早已了然于胸，自信四派中无一能胜得过自己，这才不遗余力的推动其事。否则若有人武功强过于他，那么五岳剑派合并之后，掌门人一席反为旁人夺去，岂不是徒然为人作嫁？岳不群剑法高明，修习"紫霞神功"造诣已颇不低，那是他所素知。他怂恿封不平、成不忧等剑宗好手上华山明争，又遣十余异派好手赴药王庙伏击，虽然所谋不成，却已摸清了岳不群武功的底细。待得在少林寺中亲眼见到他与令狐冲相斗，更大为放心，他剑法虽精，毕竟非自己敌手，岳不群脚踢令狐冲，反而震断了右腿，则内功修为亦不过尔尔。只是令狐冲一个后生小子突然剑法大进，却始料所不及，然总不能为了顾忌这无行浪子，就此放弃这筹划了十数年的大计，何况令狐冲所长者只是剑术，拳脚功夫平庸之极，当真比武动手，剑招倘若不胜，大可同时再出拳掌，便立时能取他性命，待见令狐冲甘愿伤在岳灵珊剑底，天下事便无足虑。

左冷禅这时听得岳不群父女俩口出大言，心想："你不知如何，学到了五岳剑派一些失传的绝招，便狂妄自大起来。你若在和我动手之际，突然之间使将出来，倒可吓人一跳，可是偏偏行错了一着棋，叫你女儿先使，我既已有备，复有何用？"又想："此人极工心计，若不当着一众豪杰之前打得他从此抬不起头来，则此人留在我五岳派中，必有后患。"说道："岳兄，天下英雄都请你上台，一显身手，怎地不给人家面子？"

岳不群道："左兄既如此说，在下恭敬不如从命。"当下一步一步的拾级上台。

群雄见有好戏可看，都鼓掌叫好。

岳不群拱手道："左兄，你我今日已份属同门，咱们切磋武艺，点到为止，如何？"

左冷禅道："兄弟自当小心，尽力不要伤到了岳兄。"

嵩山派众门人叫了起来："还没打就先讨饶，不如不用打了。""刀剑不生眼睛，一动上手，谁保得了你不死不伤？""若是害怕，趁早乖乖的服输下台，也还来得及。"

岳不群微微一笑，朗声道："刀剑不生眼睛，一动上手，难免死伤，这话不错。"转头向华山派群弟子道："华山门下众人听着：我和左师兄是切磋武艺，绝无仇怨，倘若左师兄失手杀了我，或是打得我身受重伤，乃是激斗之际，不易拿捏分寸，大伙儿不可对左师伯怀恨，更不可与嵩山门下寻仇生事，坏了我五岳派同门的义气。"岳灵珊等都高声答应。

左冷禅听他如此说，倒颇出于意料之外，说道："岳兄深明大义，以本派义气为重，那好得很啊。"

岳不群微笑道："我五派合并为一，那是十分艰难的大事。倘若因我二人论剑较技，伤了和气，五岳派同门大起纷争，那可和并派的原意背道而驰了。"

左冷禅道："不错！"心想："此人已生怯意，我正可乘势一举而将其制服。"

高手比武，内劲外招固然重要，而胜败之分，往往只差在一时气势之盛衰，左冷禅见他示弱，心下暗暗欢喜，刷的一声响，抽出了长剑。这一下长剑出鞘，竟然声震山谷。原来他潜运内力，长剑出鞘之时，剑刃与剑鞘内壁不住相撞，震荡而发巨声。不明其理之人，无不骇异。嵩山门人又大声喝起采来。

岳不群将长剑连剑鞘从腰间解下，放在封禅台一角，这才慢慢将剑抽了出来。单从二人拔剑的声势姿式看来，这场比剑可说高下已分，大可不必比了。

令狐冲给长剑插入肩胛，自背直透至前胸，受伤自是极重。盈盈看得分明，心急之下，顾不得掩饰自己身份，抢过去拔起长剑，将他抱起。恒山派众女弟子纷纷围了上来。仪和取出"白云熊胆丸",手忙脚乱的倒出五六颗丸药,喂入令狐冲口里。盈盈早已伸指点了他前胸后背伤口四周的穴道,止住鲜血迸流。仪清和郑萼分别以"天香断续胶"搽在他伤口上。掌门人受伤,群弟子哪里会有丝毫吝惜?敷药唯恐不多,将千金难买的灵药,当作石灰烂泥一般,厚厚的涂上他伤口。

令狐冲受伤虽重,神智仍是清醒,见到盈盈和恒山弟子情急关切,登感歉仄:"为了哄小师妹一笑,却累得盈盈和恒山众师姊妹如此担惊受怕。"当下强露笑容,说道:"不知怎地,一个不小心,竟让……竟让这剑给伤了。不……不要紧的。不用……不用……"

盈盈道:"别作声。"她虽尽量放粗了喉咙,毕竟女音难掩。恒山弟子听得这个虬髯汉子话声娇嫩,均感诧异。

令狐冲道:"我……我瞧瞧……瞧瞧……"仪清应道:"是。"将挡在他身前的两名师妹拉开,让他观看岳灵珊与左冷禅比剑。此后岳灵珊施展嵩山剑法,左冷禅震断她剑刃,以及左冷禅与岳不群同上封禅台,他都模模糊糊的看在眼里。

岳不群长剑指地,转过身来,脸露微笑,与左冷禅相距约有二丈。

其时群雄尽皆屏息凝气,一时嵩山绝顶之上,寂静无声。

令狐冲却隐隐听到一个极低的声音在诵念经文:"若恶兽围绕,利牙爪可怖,念彼观音力,疾走无边方。蚖蛇及蝮蝎,气毒烟火然,念彼观音力,寻声自回去。云雷鼓掣电,降雹澍大雨,念彼观音力,应时得消散。众生被困厄,无量苦逼身,观音妙智力,能救世间苦……"令狐冲听到念经声中所充满的虔诚和热切之情,便知是仪琳又在为自己向观世音祈祷,求恳这位救苦救难的菩萨解除自己的苦楚。许多日子以前,在衡山城郊,仪琳曾为他诵念这篇经文。这时他并未转头去看,但当时仪琳那含情脉脉的眼光,温雅秀美的容貌,此刻又清清楚楚的出现在眼前。他心中涌起一片柔情:

"不但是盈盈，还有这仪琳小师妹，都将我看得比自己性命还重。我纵然粉身碎骨，也难报答深恩。"

左冷禅见岳不群横剑当胸，左手捏了个剑诀，似是执笔写字一般，知道这招华山剑法的"诗剑会友"，是华山派与同道友好过招时所使的起手式，意思说，文人交友，联句和诗，武人交友则是切磋武艺。使这一招，是表明和对手绝无怨仇敌意，比剑只决胜败，不可性命相搏。左冷禅嘴角边也现出一丝微笑，说道："不必客气。"心想："岳不群号称君子，我看还是伪君子的成份较重。他对我不露丝毫敌意，未必真是好心，一来是心中害怕，二来是叫我去了戒惧之意，漫不经心，他便可突下杀手，打我一个措手不及。"他左手向外一分，右手长剑向右掠出，使的是嵩山派剑法"开门见山"。他使这一招，意思说要打便打，不用假惺惺的装腔作势，那也含有讽刺对方是伪君子之意。

岳不群吸一口气，长剑中宫直进，剑尖不住颤动，剑到中途，忽然转而向上，乃是华山剑法的一招"青山隐隐"，端的是若有若无，变幻无方。

左冷禅一剑自上而下的直劈下去，真有石破天惊的气势。旁观群豪中不少人都"咦"的一声，叫了出来。本来嵩山剑法中并无这一招，左冷禅是借用了拳脚中的一个招式，以剑为掌，突然使出。这一招"独劈华山"，甚是寻常，凡是学过拳脚的无不通晓。

五岳剑派数百年声气互通，嵩山剑法中别说并无此招，就算本来就有，碍在华山派的名字，也当舍弃不用，或是变换其形。此刻左冷禅却有意化成剑招，自是存心要激怒岳不群。嵩山剑法原以气势雄伟见长，这一招"独劈华山"，招式虽平平无奇，但呼的一声响，从空中疾劈而下，确有开山裂石的声势，将嵩山剑法之所长发挥得淋漓尽致。

岳不群侧身闪过，斜刺一剑，还的是一招"古柏森森"。左冷禅见他法度严谨，不求有功，但求无过，正是久战长斗之策，对自己"开门见山"与"独劈华山"这两招中的含意,绝未显出愠怒,心想此人确是劲敌,我若再轻视于他,乱使新招,别让他占了先机,当下长剑自左而右急削过去,正是一招嵩山派正宗剑法"天外玉龙"。

嵩山群弟子都学过这一招,可是有谁能使得这等奔腾矫夭,气势雄浑?但见他一柄长剑自半空中横过,剑身似曲似直,长剑便如一件活物一般,登时采声大作。

别派群雄来到嵩山之后,见嵩山派门人又打锣鼓,又放爆竹,左冷禅不论说什么话,都是鼓掌喝采,群相附和,人人心中都不免有厌恶之情。但此刻听到嵩山弟子大声喝采,却觉实是理所当然,将自己心意也喝了出来。左冷禅这一招"天外玉龙",将一柄死剑使得如灵蛇,如神龙,不论是使剑或是使别种兵刃的,无不赞叹。泰山、衡山等派中的名宿高手一见此招,都不禁暗自庆幸:"幸亏此刻在封禅台上和他对敌的,是岳不群而不是我!"

只见左岳二人各使本派剑法,斗在一起。嵩山剑气象森严,便似千军万马奔驰而来,长枪大戟,黄沙千里;华山剑轻灵机巧,恰如春日双燕飞舞柳间,高低左右,回转如意。岳不群一时虽未露败象,但封禅台上剑气纵横,嵩山剑法占了八成攻势。岳不群的长剑尽量不与对方兵刃相交,只是闪避游斗,眼见他剑法虽然精奇,但单仗一个"巧"字,终究非嵩山剑法堂堂之阵、正正之师的敌手。

似他二人这等武学宗师,比剑之时自无一定理路可循。左冷禅将一十七路嵩山剑法夹杂在一起使用。岳不群所用剑法较少,但华山剑法素以变化繁复见长,招数亦自层出不穷。再拆了二十余招,左冷禅忽地右手长剑一举,左掌猛然击出,这一掌笼罩了对方上盘三十六处要穴,岳不群若是闪避,立时便受剑伤。只见他脸上紫气大盛,也伸出左掌,与左冷禅击来的一掌相对,砰的一声响,双掌相交。岳不群身子飘开,左冷禅却端立不动。岳不群叫道:"这掌法是嵩山派武功吗?"

令狐冲见他二人对掌,"啊"的一声,叫了出来,极是关切。

他知左冷禅的阴寒内力厉害无比,以任我行内功之深厚,中了他内力之后,发作时情势仍十分凶险,竟使得四人都变成了雪人。岳不群虽久练气功,终究不及任我行,只要再对数掌,就算不致当场冻僵,也定然抵受不住。

左冷禅笑道:"这是在下自创的掌法,将来要在五岳派中选择弟子,量才传授。"岳不群道:"原来如此,那可要向左兄多讨教几招。"左冷禅道:"甚好。"心想:"他华山派的'紫霞神功'倒也了得,接了我的'寒冰神掌'之后,居然说话声音并不颤抖。"当下舞动长剑,向岳不群刺去。岳不群仗剑封住,数招之后,砰的一声,又是双掌相交。岳不群长剑圈转,向左冷禅腰间削去。左冷禅竖剑挡开,左掌加运内劲,向他背心直击而下,这一掌居高临下,势道奇劲。岳不群反转左掌一托,拍的一声轻响,双掌第三次相交。岳不群矮着身子,向外飞了出去。

左冷禅左手掌心中但觉一阵疼痛,举手一看,只见掌心中已刺了一个小孔,隐隐有黑血渗出。他又惊又怒,骂道:"好奸贼,不要脸!"心想岳不群在掌中暗藏毒针,冷不防在自己掌心中刺了一针,渗出鲜血既现黑色,自是针上喂毒,想不到此人号称"君子剑",行事却如此卑鄙。他吸一口气,右手伸指在自己左肩上点了三点,不让毒血上行,心道:"这区区毒针,岂能奈何得了我?只是此刻须当速战,可不能让他拖延时刻了。"当下长剑如疾风骤雨般攻了过去。岳不群挥剑还击,剑招也变得极为狠辣猛恶。

这时候暮色苍茫,封禅台上二人斗剑不再是较量高下,竟是性命相搏,台下人人都瞧了出来。方证大师说道:"善哉,善哉!怎地突然之间,戾气大作?"

数十招过去,左冷禅见对方封得严密,担心掌中毒质上行,剑力越运越劲。岳不群左支右绌,似是抵挡不住,突然间剑法一变,剑刃忽伸忽缩,招式诡奇绝伦。

台下群雄大感诧异,纷纷低声相询:"这是什么剑法?"问者尽管问,答者却是无言可对,只是摇头。

令狐冲倚在盈盈身上，突然见到师父使出的剑法既快又奇，与华山派剑法大相径庭，心下甚是诧异，一转眼间，却见左冷禅剑法一变，所使剑招的路子与师父竟然极为相似。

二人攻守趋避，配合得天衣无缝，便如同门师兄弟数十年来同习一套剑法，这时相互在拆招一般。二十余招过去，左冷禅着着进逼，岳不群不住倒退。令狐冲最善于查察旁人武功中的破绽，眼见师父剑招中的漏洞越来越大，情势越来越险，不由得大为焦急。

眼见左冷禅胜势已定，嵩山派群弟子大声呐喊助威。左冷禅一剑快似一剑，见对方剑法散乱，十招之内便可将他手中兵刃击飞，不禁心中暗喜，手上更是连连催劲。果然他一剑横削，岳不群举剑挡格，手上劲力颇为微弱，左冷禅回剑疾撩，岳不群把捏不住，长剑直飞上天。嵩山派弟子欢声雷动。

蓦地里岳不群空手猱身而上，双手擒拿点拍，攻势凌厉之极。他身形飘忽，有如鬼魅，转了几转，移步向西，出手之奇之快，直是匪夷所思。左冷禅大骇，叫道："这……这……这……"奋剑招架。岳不群的长剑落了下来，插在台上，谁都没加理会。

盈盈低声道："东方不败！"令狐冲心中念头相同，此时师父所使的，正是当日东方不败持绣花针和他四人相斗的功夫。他惊奇之下，竟忘了伤处剧痛，站起身来。旁边一只小手伸了过来，托在他腋下，他全然不觉；一双妙目怔怔的瞧着他，他也茫无所知。

这时嵩山绝顶之上，数千对眼睛，只有一双眼睛才不瞧左岳二人相斗。自始至终，仪琳的眼光未有片刻离开过令狐冲的身子。

猛听得左冷禅一声长叫，岳不群倒纵出去，站在封禅台的西南角，离台边不到一尺，身子摇晃，似乎便要摔下台去。左冷禅右手舞动长剑，越使越急，使的尽是嵩山剑法，一招接一招，护住了全身前后左右的要穴。但见他剑法精奇，劲力威猛，每一招都激得风声虎虎，许多人都喝起采来。

过了片刻，见左冷禅始终只是自行舞剑，并不向岳不群进攻，情形似乎有些不对。

他的剑招只是守御，绝不向岳不群攻击半招，如此使剑，倒似是独自练功一般，哪里是应付劲敌的打法？突然之间，左冷禅一剑刺出，停在半空，不再收回，微微侧头，似在倾听什么奇怪的声音。只见他双眼中流下两道极细的血线，横过面颊，直挂到下颏。

人丛中有人说道："他眼睛瞎了！"

这一声说得并不甚响，左冷禅却大怒起来，叫道："我没有瞎，我没有瞎！哪一个狗贼说我瞎了？岳不群，岳不群你这奸贼，有种的，就过来和你爷爷再战三百回合。"他越叫越响，声音中充满了愤怒、痛楚和绝望，便似是一头猛兽受了致命重伤，临死时全力嗥叫。

岳不群站在台角，只是微笑。

人人都看了出来，左冷禅确是双眼给岳不群刺瞎了，自是尽皆惊异无比。

只有令狐冲和盈盈，才对如此结局不感诧异。岳不群长剑脱手，此后所使的招术，便和东方不败的武功大同小异。那日在黑木崖上，任我行、令狐冲、向问天、上官云四人联手和东方不败相斗，尚且不敌，直到盈盈转而攻击杨莲亭，这才侥幸得手，饶是如此，任我行终究还是被刺瞎了一只眼睛，当时生死所差，只是一线。岳不群身形之飘忽迅捷，比之东方不败虽然颇有不如，但料到单打独斗，左冷禅非输不可，果然过不多时，他双目便被针刺瞎。

令狐冲见师父得胜，心下并不喜悦，反而突然感到说不出的害怕。岳不群性子温和，待他向来亲切，他自小对师父挚爱实胜于敬畏。后来师父将他逐出门墙，他也深知自己行事乖张任性，实是罪有应得，只盼能得师父师娘宽恕，从未生过半分怨怼之意。但这时见到师父大袖飘飘的站在封禅台边，神态儒雅潇洒，不知如何，心中竟然生起了强烈的憎恨。或许由于岳不群所使的武功，令他想到了东方不败的怪模怪样，也或许他觉得师父胜得殊不正大光明，他呆了片刻，伤口一阵剧痛，便即颓然坐倒。

盈盈和仪琳同时伸手扶住，齐问："怎样？"

令狐冲摇了摇头，勉强露出微笑，道："没……没什么。"

只听得左冷禅又在叫喊："岳不群，你这奸贼，有种的便过来决一死战，躲躲闪闪的，真是无耻小人！你……你过来，过来再打！"

嵩山派中汤英鹗说道："你们去扶师父下来。"

两名大弟子史登达和狄修应道："是！"飞身上台，说道："师父，咱们下去罢！"

左冷禅叫道："岳不群，你不敢来吗？"

史登达伸手去扶，说道："师……"

突然间寒光一闪，左冷禅长剑一剑从史登达左肩直劈到右腰，跟着剑光带过，狄修已齐胸而断。这两剑势道之凌厉，端的是匪夷所思，只是闪电般一亮，两名嵩山派大弟子已被斩成四截。

台下群雄齐声惊呼，尽皆骇然。

岳不群缓步走到台中，说道："左兄，你已成残废，我也不会来跟你一般见识。到了此刻，你还想跟我争这五岳派掌门吗？"

左冷禅慢慢提起长剑，剑尖对准了他胸口。岳不群手中并无兵器，他那柄长剑从空中落下后，兀自插在台上，在风中微微晃动。岳不群双手拢在大袖之中，目不转瞬的盯住胸口三尺外的剑尖。剑尖上的鲜血一滴滴的掉在地下，发出轻轻的嗒嗒声响。左冷禅右手衣袖鼓了起来，犹似吃饱了风的帆篷一般，左手衣袖平垂，与寻常无异，足见他全身劲力都集中到右臂之上，内力鼓荡，连衣袖都欲胀裂，直是非同小可。这一剑之出，自是雷霆万钧之势。

突然之间，白影急晃，岳不群向后滑出丈余，立时又回到了原地，一退一进，竟如常人一霎眼那么迅捷。他站立片刻，又向左后方滑出丈余，跟着快迅无伦的回到原处，以胸口对着左冷禅的剑尖。人人都看得清楚，左冷禅这乾坤一掷的猛击，不论如何厉害，终究不能及于岳不群之身。

左冷禅心中无数念头纷至沓来，这一剑倘若不能直刺入岳不群胸口，只要给他闪避了过去，自己双眼已盲，那便只有任其宰割的份儿，想到自己花了无数心血，筹划五派合并，料不到最后霸业为空，功败垂成，反中暗算，突然间心中一酸，热血上涌，哇的一声，一口鲜血直喷出来。

岳不群微一侧身，早已避在一旁，脸上忍不住露出笑容。

左冷禅右手一抖，长剑自中而断，随即抛下断剑，仰天哈哈大笑，笑声远远传了出去，山谷为之鸣响。长笑声中，他转过身来，大踏步下台，走到台边时左脚踏空，但心中早就有备，右足踢出，飞身下台。

嵩山派几名弟子抢过去，齐叫："师父，咱们一齐动手，将华山派上下斩为肉泥。"

左冷禅朗声道："大丈夫言而有信！既说是比剑夺帅，各凭本身武功争胜，岳先生武功远胜左某，大伙儿自当奉他为掌门，岂可更有异言？"

他双目初盲之时，惊怒交集，不由得破口大骂，但略一宁定，便即恢复了武学大宗师的身份气派。群雄见他拿得起，放得下，的是一代豪雄，无不佩服。否则以嵩山派人数之众，所约帮手之盛，又占了地利，若与华山派群殴乱斗，岳不群武功再高，也难以抵敌。

五岳剑派和来到嵩山看热闹的人群之中，自有不少趋炎附势之徒，听左冷禅这么说，登时大声欢呼："岳先生当五岳派掌门，岳先生当五岳派掌门！"华山派的一门弟子自是叫喊得更加起劲，只是这变故太过出于意料之外，华山门人实难相信眼前所见乃是事实。

岳不群走到台边，拱手说道："在下与左师兄比武较艺，原盼点到为止。但左师兄武功太高，震去了在下手中长剑，危急之际，在下但求自保，下手失了分寸，以致左师兄双目受损，在下心中好生不安。咱们当寻访名医，为左师兄治疗。"

台下有人说道："刀剑不生眼睛，哪能保得绝无损伤。"另一人道："阁下没有赶尽杀绝，足见仁义。"岳不群道："不敢!"他拱手不语，也无下台之意。台下有人叫道："哪一个想做五岳派掌门，上台去较量啊。"另一人道："哪一个招子太亮，上台去请岳先生剜了出来，也无不可。"数百人齐声叫喊："岳先生当五岳派掌门，岳先生当五岳派掌门!"

岳不群待人声稍静，朗声说道："既是众位抬爱，在下也不敢推辞。五岳派今日新创，百废待举，在下只能总领其事。衡山的事务仍请莫大先生主持。恒山事务仍由令狐冲贤弟主持。泰山事务请玉磬、玉音两位道长，再会同天门师兄的门人建除道长，三人共同主持。嵩山派的事务嘛，左师兄眼睛不便，却须斟酌……"

岳不群顿了一顿，眼光向嵩山派人群中射去，缓缓说道："依在下之见，暂时请汤英鹗汤师兄、陆柏陆师兄，会同左师兄，三位一同主理日常事务。"陆柏大出意料之外，说道："这个……这个……"嵩山门人与别派人众也都甚是诧异。汤英鹗长期来做左冷禅的副手，那也罢了，陆柏适才一直出言与岳不群为难，冷嘲热讽，甚是无礼，不料岳不群居然不计前嫌，指定他会同主领嵩山派的事务。嵩山派门人本来对左冷禅双目被刺一事极为忿忿，许多人正欲俟机生事，但听岳不群派汤英鹗、陆柏、左冷禅三人料理嵩山事务，然则嵩山派一如原状，岳不群不来强加干预，登时气愤稍平。

岳不群道："咱们五岳剑派今日合派，若不和衷同济，那么五派合并云云，也只有虚名而已。大家今后都是份属同门，再也休分彼此。在下无德无能，暂且执掌本门门户，种种兴革，还须和众位兄弟从长计议，在下不敢自专。现下天色已晚，各位都辛苦了，便请到嵩山本院休息，喝酒用饭!"群雄齐声欢呼，纷纷奔下峰去。

岳不群下得台来，方证大师、冲虚道人等都过来向他道贺。方证和冲虚本来担心左冷禅混一五岳派后，野心不息，更欲吞并少林、武当，为祸武林。各人素知岳不群乃谦谦君子，由他执掌五岳一派门户，自是大为放心，因之各人的道贺之意均十分诚恳。

方证大师低声道："岳先生，此刻嵩山门下，只怕颇有人心怀叵测，欲对施主不利。常言道得好，害人之心不可有，防人之心不可无。施主身在嵩山，可须小心在意。"岳不群道："是，多谢方丈大师指点。"方证道："少室山与此相距只咫尺之间，呼应极易。"岳不群深深一揖，道："大师美意，岳某铭感五中。"

他又向冲虚道人、丐帮解帮主等说了几句话，快步走到令狐冲跟前，问道："冲儿，你的伤不碍事么？"自从他将令狐冲逐出华山以来，这是第一次如此和颜悦色叫他"冲儿"。令狐冲却心中一寒，颤声道："不……不打紧。"岳不群道："你便随我同去华山养伤，和你师娘聚聚如何？"岳不群如在几个时辰前提出此事，令狐冲自是大喜若狂，答应之不暇，但此刻竟大为踌躇，颇有些怕上华山。岳不群道："怎么样？"令狐冲道："恒山派的金创药好，弟子……弟子养好了伤，再来拜见师父师娘。"

岳不群侧头凝视他脸，似要查察他真正的心意，过了好一会，才道："那也好！你安心养伤，盼你早来华山。"令狐冲道："是！"挣扎着想站起来行礼。岳不群伸手扶住他右臂，温言道："不用啦！"令狐冲身子一缩，脸上不自禁的露出了惧意。岳不群哼的一声，眉间闪过一阵怒色，但随即微笑，叹道："你小师妹还是跟从前一样，出手不知轻重，总算没伤到你要害！"跟着和仪和、仪清等恒山派二大弟子点头招呼，这才慢慢转过身来。

数丈外有数百人等着，待岳不群走近，纷纷围拢，大赞他武功高强，为人仁义，处事得体，一片谄谀奉承声中，簇拥着下峰。

令狐冲目送着师父的背影在山峰边消失，各派人众也都走下峰去，忽听得背后一个女子声音说道："伪君子！"

令狐冲身子一晃，伤处剧烈疼痛，这"伪君子"三字，便如是一个大铁椎般，在他当胸重重一击，霎时之间，他几乎气也喘不过来。

月色如水，泻在一条又宽又直的官道上，轻烟薄雾，笼罩在道旁树梢，野花香气忽浓忽淡，微风拂面。令狐冲久未饮酒，此刻情怀，却如微醺薄醉一般。

三十五　复　仇

天色渐黑，封禅台旁除恒山派外已无旁人。仪和问道："掌门师兄，咱们也下去吗？"她仍叫令狐冲"掌门师兄"，显是既不承认五派合并，更不承认岳不群是本派掌门。令狐冲道："咱们便在这里过夜，好不好？"只觉和岳不群离开得越远越好，实不愿再到嵩山本院和他见面。

他此言一出，恒山派许多女弟子都欢呼起来，人同此心，谁都不愿下去。当日在福州城中，她们得悉师长有难，曾求华山派援手，岳不群不顾"五岳剑派，同气连枝"之义，一口拒绝，恒山弟子对此一直耿耿于怀。今日令狐冲又为岳灵珊所伤，自是人人气愤，待见岳不群夺得了五岳派掌门之位，各人均是不服，在这封禅台旁露宿一宵，倒是耳目清净。

仪清道："掌门师兄不宜多动，在这里静养最好。只是这位大哥……"说时眼望盈盈。

令狐冲笑道："这位不是大哥，是任大小姐。"盈盈一直扶着令狐冲，听他突然泄露自己身份，不由得大羞，急忙抽身站起，逃出数步。令狐冲不防，身子向后便仰。仪琳站在他身旁，一伸手，托住他的左肩，叫道："小心了！"

仪和、仪清等早知盈盈和令狐冲恋情深挚，非比寻常。一个为情郎少林寺舍命，一个为她率领江湖豪士攻打少林寺。令狐冲就任恒山派掌门人，这位任大小姐又亲来道贺，击破了魔教的奸谋，可说大有惠于恒山派，听得眼前这个虬髯大汉竟然便是任大小姐，都是惊喜交集。恒山众弟子心目中早就将这位任大小姐当作是未来的掌门夫人，相见之下，甚是亲热。当下仪和等取出干粮、清水，分别吃了，众人便在封禅台旁和衣而卧。

令狐冲重伤之余，神困力竭，不久便即沉沉睡去。睡到中夜，忽听得远处有女子声音喝道："什么人？"令狐冲虽受重伤，内力极厚，一听之下，便即醒转，知是巡查守夜的恒山弟子盘问来人。听得有人答道："五岳派同门，掌门人岳先生座下弟子林平之。"守夜的恒山弟子问道："黑夜来此，为了何事？"林平之道："在下约得有人在封禅台下相会，不知众位师姊在此休息，多有得罪。"言语甚为有礼。

便在这时，一个苍老的声音从西首传来："姓林的小子，你在这里伏下五岳派同门，想倚多为胜，找老道的麻烦吗？"令狐冲认出是青城派掌门余沧海，微微一惊："林师弟与余沧海有杀父杀母的大仇，约他来此，当是索还这笔血债了。"

林平之道："恒山众师姊在此歇宿，我事先并不知情。咱们另觅处所了断，免得骚扰了旁人清梦。"余沧海哈哈大笑，说道："免得骚扰旁人清梦？嘿嘿，你扰都扰了，却在这里装滥好人。有这样的岳父，便有这样的女婿。你有什么话，爽爽快快的说了，大家好安稳睡觉。"林平之冷冷的道："要安稳睡觉，你这一生是别妄想了。你青城派来到嵩山的，连你共有三十四人。我约你一齐前来相会，干么只来了三个？"

余沧海仰天大笑，说道："你是什么东西？也配叫我这样那样么？你岳父新任五岳派掌门，我是瞧在他脸上，才来听你有什么话说。你有什么屁，赶快就放。要动手打架，那便亮剑，让我瞧瞧你林家的辟邪剑法，到底有什么长进。"

令狐冲慢慢坐起身来，月光之下，只见林平之和余沧海相对而立，相距约有三丈。令狐冲心想："那日我在衡山负伤，这余矮子想一掌将我击死，幸得林师弟仗义，挺身而出，这才救了我一命。

倘若当日余矮子一掌打在我身上，令狐冲焉有今日？林师弟入我华山门下之后，武功自是大有进境，但与余矮子相比，毕竟尚有不逮。他约余矮子来此，想必师父、师娘定然在后相援。但若师父师娘不来，我自也不能袖手不理。"

余沧海冷笑道："你要是有种，便该自行上我青城山来寻仇，却鬼鬼祟祟的约我到这里来，又在这里伏下一批尼姑，好一齐向老道下手，可笑啊可笑。"

仪和听到这里，再也忍耐不住，朗声说道："姓林的小子跟你有恩有仇，和我们恒山派有什么相干？你这矮道人便会胡说八道。你们尽可拼个你死我活，咱们只是看热闹。你心中害怕，可不用将恒山派拉扯在一起。"她对岳灵珊大大不满，爱屋及乌，恨屋也及乌，连带的将岳灵珊的丈夫也憎厌上了。

余沧海与左冷禅一向交情不坏，此次左冷禅又先后亲自连写了两封信，邀他上山观礼，兼壮声势。余沧海来到嵩山之时，料定左冷禅定然会当五岳派掌门，因此虽与华山派门人有仇，却丝毫不放在心上，哪知这五岳派掌门一席竟会给岳不群夺了去，大为始料所不及，觉得在嵩山殊无意味，即晚便欲下山。

青城派一行从嵩山绝顶下来之时，林平之走到他身旁，低声相约，要他今晚子时，在封禅台畔相会。林平之说话虽轻，措词神情却无礼已极，令他难以推托。余沧海寻思："你华山派新掌五岳派门户，气焰不可一世，但你羽翼未丰，五岳派内四分五裂，我也不来怕你。只是须得提防你邀约帮手，对我群起而攻。"他故意赴约稍迟，跟在林平之身后，看他是否有大批帮手，眼见林平之竟孤身上峰赴约。他暗暗心喜，本来带齐了青城派门人，当下只带了两名弟子上峰，其余门人则散布峰腰，一见到有人上峰应援，便即发声示警。

上得峰来，见封禅台旁有多人睡卧，余沧海暗暗叫苦，心想："三十老娘，倒绷婴儿。我只去查他有无带同大批帮手上峰，没想到他大批帮手早在峰顶相候。老道身入伏中，可得筹划脱身之计。"

他素知恒山派的武功剑术决不在青城派之下，虽然三位前辈师太圆寂，令狐冲又身受重伤，此刻恒山派中人材凋零，并无高手，但毕竟人多势众，如果数百名尼姑结成剑阵围攻，那可棘手得紧。待听得仪和如此说，虽然直呼自己为"矮子"，好生无礼，但言语之中显是表明两不相助，不由得心中一宽，说道："各位两不相助，那是再好不过。大家不妨把眼睛睁得大大的，且看我青城派的剑术，与华山派剑法相较却又如何。"顿了一顿，又道："各位别以为岳不群侥幸胜得嵩山左师兄，他的剑法便如何了不起。武林中各家各派，各有各的绝技，华山剑法未必就能独步天下。以我看来，恒山剑法就比华山高明得多。"

他这几句话的弦外之意，恒山门人如何听不出来，仪和却不领他的情，说道："你们两个，要打便爽爽快快的动手，半夜三更在这里叽哩咕噜，扰人清梦，未免太不识相。"

余沧海心下暗怒，寻思："今日老道要对付姓林的小子，又落了单，不能跟你们这些臭尼姑算帐。日后你恒山门人在江湖上撞在老道手中，总教你们有苦头吃的。"他为人极是小气，一向又自尊自大惯了的，武林后辈见到他若不恭恭敬敬的奉承，他已老大不高兴，仪和如此说话，倘在平时，他早就大发脾气了。

林平之走上两步，说道："余沧海，你为了觊觎我家剑谱，害死我父母双亲，我福威镖局中数十口人丁，都死在你青城派手下，这笔血债，今日要鲜血来偿。"

余沧海气往上冲，大声道："我亲生孩儿死在你这小畜生手下，你便不来找我，我也要将你这小狗千刀万剐。你托庇华山门下，以岳不群为靠山，难道就躲得过了？"呛啷一声，长剑出鞘。这日正是十五，皓月当空，他身子虽矮，剑刃却长。月光与剑光映成一片，溶溶如水，在他身前晃动，只这一拔剑，气势便大是不凡。

恒山弟子均想："这矮子成名已久，果然非同小可。"

林平之仍不拔剑，又走上两步，与余沧海相距已只丈余，侧头瞪视着他，眼睛中如欲迸出火来。

余沧海见他并不拔剑，心想："你这小子倒也托大，此刻我只须一招'碧渊腾蛟'，长剑挑起，便将你自小腹而至咽喉，划一道两尺半的口子。只不过你是后辈，我可不便先行动手。"喝道："你还不拔剑？"他蓄势以待，只须林平之手按剑柄，长剑抽动，不等他长剑出鞘，这一招"碧渊腾蛟"便剖了他肚子。恒山弟子那就只能赞他出手迅捷，不能说他突然偷袭。

令狐冲眼见余沧海手中长剑的剑尖不住颤动，叫道："林师弟，小心他刺你小腹。"

林平之一声冷笑，蓦地里疾冲上前，当真是动如脱兔，一瞬之间，与余沧海相距已不到一尺，两人的鼻子几乎要碰在一起。这一冲招式之怪，无人想像得到，而行动之快，更是难以形容。他这么一冲，余沧海的双手，右手中的长剑，便都已到了对方的背后。他长剑无法弯过来戳刺林平之的背心，而林平之左手已拿住了他右肩，右手按上了他心房。

余沧海只觉"肩井穴"上一阵酸麻，右臂竟无半分力气，长剑便欲脱手。

眼见林平之一招制住强敌，手法之奇，恰似岳不群战胜左冷禅时所使的招式，路子也是一模一样，令狐冲转过头来，和盈盈四目交视，不约而同的低呼："东方不败！"两人都从对方的目光之中，看到了惊恐和惶惑之意。显然，林平之这一招，便是东方不败当日在黑木崖所使的功夫。

林平之右掌蓄劲不吐，月光之下，只见余沧海眼光中突然露出极大的恐惧。林平之心中说不出的快意，只觉倘若一掌将这大仇人震死了，未免太过便宜了他。便在此时，只听得远处岳灵珊的声音响了起来："平弟，平弟！爹爹叫你今日暂且饶他。"

她一面呼唤，一面奔上峰来。见到林平之和余沧海面对面的站着，不由得一呆。她抢前几步，见林平之一手已拿住余沧海的要穴，一手按在他胸口，便嘘了口气，说道："爹爹说道，余观主今日是客，咱们不可难为了他。"

林平之哼的一声，搭在余沧海"肩井穴"的左手加催内劲。余沧海穴道中酸麻加甚，但随即觉察到，对方内力实在平平无奇，苦在自己要穴受制，否则以内功修为而论，和自己可差得远了，一时之间，心下悲怒交集，明明对方武功稀松平常，再练十年也不是自己对手，偏偏一时疏忽，竟为他怪招所乘，一世英名固然付诸流水，而且他要报父母大仇，多半不听师父的吩咐，便即取了自己性命。

　　岳灵珊道："爹爹叫你今日饶他性命。你要报仇，还怕他逃到天边去吗？"

　　林平之提起左掌，拍拍两声，打了余沧海两个耳光。余沧海怒极，但对方右手仍然按在自己心房之上，这少年内力不济，但稍一用劲，便能震坏自己心脉，这一掌如将自己就此震死，倒也一了百了，最怕的是他以第四五流的内功，震得自己死不死，活不活，那就惨了。在一刹那间他权衡轻重利害，竟不敢稍有动弹。

　　林平之打了他两记耳光，一声长笑，身子倒纵出去，已离开他有三丈远近，侧头向他瞪视，一言不发。余沧海挺剑欲上，但想自己以一代宗主，一招之间便落了下风，众目睽睽之下若再上前缠斗，那是痞棍无赖的打法，较之比武而输，更是羞耻百倍，虽跨出了一步，第二步却不再踏出。林平之一声冷笑，转身便走，竟也不去理睬妻子。

　　岳灵珊顿了顿足，一瞥眼见到令狐冲坐在封禅台之侧，当即走到他身前，说道："大师哥，你……你的伤不碍事罢？"令狐冲先前一听到她的呼声，心中便已怦怦乱跳，这时更加心神激荡，说道："我……我……我……"仪和向岳灵珊冷冷的道："你放心，死不了！"岳灵珊听而不闻，眼光只是望着令狐冲，低声说道："那剑脱手，我……我不是有心想伤你的。"令狐冲道："是，我当然知道，我当然知道……我……我……我当然知道。"他向来豁达洒脱，但在这小师妹面前，竟是呆头呆脑，变得如木头人一样，连说了三句"我当然知道"，直是不知所云。岳灵珊道："你受伤很重，我十分过意不去，但盼你不要见怪。"令狐冲道："不，不会，我当然不会怪你。"岳灵珊幽幽叹了口气，低下了头，轻声道："我去啦!"令狐冲道："你……你要去了吗?"失望之情，溢于言表。

岳灵珊低头慢慢走开，快下峰时，站定脚步，转身说道："大师哥，恒山派来到华山的两位师姊，爹爹说我们多有失礼，很对不起。我们一回华山，立即向两位师姊陪罪，恭送她们下山。"

令狐冲道："是，很好，很……很好!"目送她走下山峰，背影在松树后消失，忽然想起，当时在思过崖上，她天天给自己送酒送饭，离去之时，也总是这么依依不舍，勉强想些说话出来，多讲几句才罢，直到后来她移情于林平之，情景才变。

他回思往事，情难自己，忽听得仪和一声冷笑，说道："这女子有什么好? 三心二意，待人没半点真情，跟咱们任大小姐相比，给人家提鞋儿也不配。"

令狐冲一惊，这才想起盈盈便在身边，自己对小师妹如此失魂落魄的模样，当然都给她瞧在眼里了，不由得脸上一阵发热。只见盈盈倚着封禅台的一角，似在打盹，心想："只盼她是睡着了才好。"但盈盈如此精细，怎会在这当儿睡着? 令狐冲这么想，明知是自己欺骗自己，讪讪的想找几句话来跟她说，却又不知说什么好。

对付盈盈，他可立刻聪明起来，这时既无话可说，最好便是什么话都不说，但更好的法子，是将她心思引开，不去想刚才的事，当下慢慢躺倒，忽然轻轻哼了一声，显得触到背上的伤痛。盈盈果然十分关心，过来低声问道："碰痛了吗?"令狐冲道："还好。"伸过手去，握住了她手。盈盈想要甩脱，但令狐冲抓得很紧。她生怕使力之下，扭痛了他伤口，只得任由他握着。令狐冲失血极多，疲困殊甚，过了一会，迷迷糊糊的也就睡着了。

次晨醒转，已是红日满山。众人怕惊醒了他，都没敢说话。令狐冲觉得手中已空，不知什么时候，盈盈已将手抽回了，但她一双关切的目光却凝视着他脸。令狐冲向她微微一笑，坐起身来，说道："咱们回恒山去罢！"

这时田伯光已砍下树木，做了个担架，当下与不戒和尚二人抬起令狐冲，走下峰来。众人行经嵩山本院时，只见岳不群站在门口，满脸堆笑的相送，岳夫人和岳灵珊却不在其旁。令狐冲道："师父，弟子不能向你老人家叩头告别了。"岳不群道："不用，不用。等你养好伤后，咱们再行详谈。我做这五岳派掌门，没什么得力之人匡扶，今后仗你相助的地方正多着呢。"令狐冲勉强一笑。不戒和田伯光抬他行走如飞，顷刻间走得远了。

山道之上，尽是这次来嵩山聚会的群豪。到得山脚，众人雇了几辆骡车，让令狐冲、盈盈等人乘坐。

傍晚时分，来到一处小镇，见一家茶馆的木棚下坐满了人，都是青城派的，余沧海也在其内。他见到恒山弟子到来，脸上变色，转过了身子。小镇上别无茶馆饭店，恒山众人便在对面屋檐下的石阶上坐下休息。郑萼和秦绢到茶馆中去张罗了热茶来给令狐冲喝。

忽听得马蹄声响，大道上尘土飞扬，两乘马急驰而来。到得镇前，双骑勒定，马上一男一女，正是林平之和岳灵珊夫妇。林平之叫道："余沧海，你明知我不肯干休，干么不赶快逃走？却在这里等死？"

令狐冲在骡车中听得林平之的声音，问道："是林师弟他们追上来了？"秦绢坐在车中正服侍他喝茶，当下卷起车帷，让他观看车外情景。

余沧海坐在板凳之上，端起了一杯茶，一口口的呷着，并不理睬，将一杯茶喝干，才道："我正要等你前来送死。"

林平之喝道："好！"这"好"字刚出口，便即拔剑下马，反手挺剑刺出，跟着飞身上马，一声吆喝，和岳灵珊并骑而去。站在街边的一名青城弟子胸口鲜血狂涌，慢慢倒下。

林平之这一剑出手之奇，实是令人难以想像。他拔剑下马，显是向余沧海攻去。余沧海见他拔剑相攻，正是求之不得的事，心下暗喜，料定一和他斗剑，便可取其性命，以报昨晚封禅台畔的奇耻大辱，日后岳不群便来找自己的晦气，理论此事，那也是将来的事了。哪料到对方的这一剑竟会在中途转向，快如闪电般刺死一名青城弟子，便即策马驰去。余沧海惊怒之下，跃起追击，但对方二人坐骑奔行迅速，再也追赶不上。

林平之这一剑奇幻莫测，迅捷无伦，令狐冲只看得咋舌不下，心想："这一剑若是向我刺来，如果我手中没有兵刃，那是决计无法抵挡，非给他刺死不可。"他自忖以剑术而论，林平之和自己相差极远，可是他适才这一招如此快法，自己却确无拆解之方。

余沧海指着林平之马后的飞尘，顿足大骂，但林平之和岳灵珊早已去得远了，哪里还听得到他的骂声？他满腔怒火，无处发泄，转身骂道："你们这些臭尼姑，明知姓林的要来，便先行过来为他助威开路。好，姓林的小畜生逃走了，有胆子的，便过来决一死战。"恒山弟子比青城派人数多上数倍，兼之有不戒和尚、盈盈、桃谷六仙、田伯光等好手在内，倘若动手，青城派决无胜望。双方强弱悬殊，余沧海不是不知，但他狂怒之下，虽然向来老谋深算，这时竟也按捺不住。

仪和当即抽出长剑，怒道："要打便打，谁还怕了你不成？"

令狐冲道："仪和师姊，别理会他。"

盈盈向桃谷六仙低声说了几句话。桃根仙、桃干仙、桃枝仙、桃叶仙四人突然间飞身而起，扑向系在凉棚上的一匹马。

那马便是余沧海的坐骑。只听得一声嘶鸣，桃谷四仙已分别抓住那马的四条腿，四下里一拉，豁啦一声巨响，那马竟被撕成了四片，脏腑鲜血，到处飞溅。这马腿高身壮，竟然被桃谷四仙以空手撕裂，四人膂力之强，实是罕见。青城派弟子无不骇然变色，连恒山门人也都吓得心下怦怦乱跳。

盈盈说道："余老道，姓林的跟你有仇。我们两不相帮，只是袖手旁观，你可别牵扯上我们。当真要打，你们不是对手，大家省些力气罢。"

余沧海一惊之下，气势怯了，刷的一声，将长剑还入鞘中，说道："大家既是河水不犯井水，那就各走各路，你们先请罢。"盈盈道："那可不行，我们得跟着你们。"余沧海眉头一皱，问道："那为什么？"盈盈道："实不相瞒，那姓林的剑法太怪，我们须得看个清楚。"令狐冲心头一凛，盈盈这句话正说中了他的心事，林平之剑术之奇，连"独孤九剑"也无法破解，确是非看个清楚不可。

　　余沧海道："你要看那小子的剑法，跟我有什么相干？"这句话一出口，便知说错了，自己与林平之仇深似海，林平之决不会只杀一名青城弟子，就此罢手，定然又会再来寻仇。恒山派众人便是要看林平之如何使剑，如何来杀戮他青城派的人众。

　　任何学武之人，一知有奇特的武功，定欲一睹为快，恒山派人人使剑，自不肯放过这大好机会。只是他们跟定了青城派，倒似青城派已成待宰的羔羊，只看屠夫如何操刀一割，世上欺人之甚，岂有更逾于此？他心下大怒，便欲反唇相稽，话到口边，终于强行忍住，鼻孔中哼了一声，心道："这姓林的小子只不过忽使怪招，卑鄙偷袭，两次都攻了我一个措手不及，难道他还有什么真实本领？否则的话，他又怎么不敢跟我正大光明的动手较量？好，你们跟定了，叫你们看得清楚，瞧道爷怎地一剑一剑，将这小畜生斩成肉酱。"

　　他转过身来，回到凉棚中坐定，拿起茶壶来斟茶，只听得嗒嗒嗒之声不绝，却是右手发抖，茶壶盖震动作声。适才林平之在他跟前，他镇定如恒，慢慢将一杯茶呷干，浑没将大敌当前当一回事，可是此刻心中不住说："为什么手发抖？为什么手发抖？"勉力运气宁定，茶壶盖总是不住的发响。他门下弟子只道是师父气得厉害，其实余沧海内心深处，却知自己实在是害怕之极，林平之这一剑倘若刺向自己，决计抵挡不了。

　　余沧海喝了一杯茶后，心神始终不能宁定，吩咐众弟子将死去的弟子抬了，到镇外荒地掩埋，余人便在这凉棚中宿歇。镇上居民远远望见这一伙人斗殴杀人，早已吓得家家闭门，谁敢过来瞧上一眼？

　　恒山派一行散在店铺与人家的屋檐下。盈盈独自坐在一辆骡车之中，与令狐冲的骡车离得远远地。虽然她与令狐冲的恋情早已天下知闻，但她腼腆之情，竟不稍减。恒山女弟子替令狐冲敷伤换药，她正眼也不去瞧。郑萼、秦绢等知她心意，不断将令狐冲伤势情形说给她听，盈盈只微微点头，不置一辞。

　　令狐冲细思林平之这一招剑法，剑招本身并没什么特异，只是出手实在太过突兀，事先绝无半分朕兆，这一招不论向谁攻出，就算是绝顶高手，只怕也难以招架。当日在黑木崖上围攻东方不败，他手中只持一枚绣花针，可是四大高手竟然无法与之相抗，此刻细想，并非由于东方不败内功奇高，也不是由于招数极巧，只是他行动如电，攻守进退，全然出于对手意料之外。林平之在封禅台旁制住余沧海，适才出剑刺死青城弟子，武功路子便与东方不败一模一样，而岳不群刺瞎左冷禅双目，显然也便是这一路功夫。辟邪剑法与东方不败所学的《葵花宝典》系出同源，料来岳不群与林平之所使的，自然便是"辟邪剑法"了。

　　念及此处，不禁摇头，喃喃道："辟邪，辟邪！辟什么邪？这功夫本身便邪得紧。"心想："当今之世，能对付得这门剑法的，恐怕只有风太师叔。我伤愈之后，须得再上华山，去向风太师叔请教，求他老人家指点破解之法。风太师叔说过不见华山派的人，我此刻可已不是华山派了。"又想："东方不败已死。岳不群是我师父，林平之是我师弟，他二人决计不会用这剑法来对付我，然则又何必去钻研破解这路剑法的法门？"突然间想起一事，猛地坐起身来，一动之下，骡车一震，伤口登时奇痛，忍不住哼了一声。

　　秦绢站在车旁，忙问："要喝茶吗？"令狐冲道："不要。小师妹，请你去请任姑娘过来。"秦绢答应了。

　　过了一会，盈盈随着秦绢过来，淡淡问道："什么事？"

　　令狐冲道："我忽然想起了一件事。你爹爹曾说，你教中那部

《葵花宝典》，是他传给东方不败的。当时我总道《葵花宝典》上所载的功夫，一定不及你爹爹自己修习的神功，可是……"盈盈道："可是我爹爹的武功，后来却显然不及东方不败，是不是？"令狐冲道："正是。这其中的缘由，我可不明白了。"学武之人见到武学奇书，决无自己不学而传给旁人之理，就算是父子、夫妻、师徒、兄弟、至亲至爱之人，也不过是共同修习。舍己为人，那可大悖常情。

盈盈道："这事我也问过爹爹。他说：第一，这部宝典上的武功是学不得的，学了大大有害。第二，他也不知宝典上的武功学成之后，竟有如此厉害。"令狐冲道："学不得的？那为什么？"盈盈脸上一红，道："为什么学不得，我哪里知道？"顿了一顿，又道："东方不败如此下场，有什么好？"

令狐冲"嗯"了一声，内心隐隐觉得，师父似乎正在走上东方不败的路子。他这次击败左冷禅，夺到五岳派掌门人之位，令狐冲殊无丝毫欢喜之情。"千秋万载，一统江湖"，黑木崖上所见情景、所闻谀辞，在他心中，似乎渐渐要与岳不群连在一起了。

盈盈低声道："你静静的养伤，别胡思乱想，我去睡了。"令狐冲道："是。"掀开车帷，只见月光如水，映在盈盈脸上，突然之间，心下只觉十分的对她不起。盈盈慢慢转过身去，忽道："你那林师弟，穿的衣衫好花。"说了这句话，走向自己骡车。

令狐冲微觉奇怪："她说林师弟穿的衣衫好花，那是什么意思？林师弟刚做新郎，穿的是新婚时的衣饰，那也没什么希奇。这女孩子，不注意人家的剑法，却去留神人家的衣衫，真是有趣。"他一闭眼，脑海中出现的只是林平之那一剑刺出时的闪光，到底林平之穿的是什么花式的衣衫，可半点也想不起来。

睡到中夜，远远听得马蹄声响，两乘马自西奔来，令狐冲坐起身来，掀开车帷，但见恒山弟子和青城人众一个个都醒了转来。恒山众弟子立即七个一群，结成了剑阵，站定方位，凝立不动。青城人众有的冲向路口，有的背靠土墙，远不若恒山弟子的镇定。

大路上两乘马急奔而至，月光下望得明白，正是林平之夫妇。林平之叫道："余沧海，你为了想偷学我林家的辟邪剑法，害死了我父母。现下我一招一招的使给你看，可要瞧仔细了。"他将马一勒，飞身下马，长剑负在背上，快步向青城人众走来。

令狐冲一定神，见他穿的是一件翠绿衫子，袍角和衣袖上都绣了深黄色的花朵，金线滚边，腰中系着一条金带，走动时闪闪生光，果然是十分的华丽灿烂，心想："林师弟本来十分朴素，一做新郎，登时大不相同了。那也难怪，少年得意，娶得这样的媳妇，自是兴高采烈，要尽情的打扮一番。"

昨晚在封禅台侧，林平之空手袭击余沧海，正是这么一副模样，此时青城派岂容他故技重施？余沧海一声呼喝，便有四名弟子挺剑直上，两把剑分刺他左胸右胸，两把剑分自左右横扫，斩其双腿。

桃谷六仙看得心惊，忍不住呼叫。三个人叫道："小子，小心！"另外三个叫道："小心，小子！"

林平之右手伸出，在两名青城弟子手腕上迅速无比的一按，跟着手臂回转，在斩他下盘的两名青城弟子手肘上一推，只听得四声惨呼，两人倒了下来。这两人本以长剑刺他胸膛，但给他在手腕上一按，长剑回转，竟插入了自己小腹。林平之叫道："辟邪剑法，第二招和第三招！看清楚了罢？"转身上鞍，纵马而去。

青城人众惊得呆了，竟没上前追赶。看另外两名弟子时，只见一人的长剑自下而上的刺入了对方胸膛，另一人也是如此。这二人均已气绝，但右手仍然紧握剑柄，是以二人相互连住，仍直立不倒。

林平之这么一按一推，令狐冲看得分明，又是惊骇，又是佩服，心道："高明之极，这确是剑法，不是擒拿。只不过他手中没有持剑而已。"

月光映照之下，余沧海矮矮的人形站在四具尸体之旁，呆呆出神。青城群弟子围在他的身周，离得远远地，谁都不敢说话。

隔了良久，令狐冲从车中望出去，见余沧海仍是站立不动，他的影子却渐渐拉得长了，这情景说不尽的诡异。有些青城弟子已走了开去，有些坐了下来，余沧海仍是僵了一般。令狐冲心中突然生起一阵怜悯之意，这青城派的一代宗匠给人制得一筹莫展，束手待毙，不自禁的代他难过。

睡意渐浓，便合上了眼，睡梦中忽觉辚车驰动，跟着听得吆喝之声，原来已然天明，众人启行上道。他从车帷边望出去，笔直的大道上，青城派师徒有的乘马，有的步行，瞧着他们零零落落的背影，只觉说不出的凄凉，便如是一群待宰的牛羊，自行走入屠场一般。他想："这群人都知林平之定会再来，也都知道决计无法与之相抗，倘若分散逃走，青城一派就此毁了。难道林平之找上青城山去，松风观中竟然无人出来应接？"

中午时分，到了一处大镇甸上，青城人众在酒楼中吃喝，恒山派群徒便在对面的饭馆打尖。隔街望见青城师徒大块肉大碗酒的大吃大喝，群尼都是默不作声。各人知道，这些人命在旦夕，多吃得一顿便是一顿。

行到未牌时分，来到一条江边，只听得马蹄声响，林平之夫妇又纵马驰来。仪和一声口哨，恒山人众都停了下来。

其时红日当空，两骑马沿江奔至。驰到近处，岳灵珊先勒定了马，林平之继续前行。余沧海一挥手，众弟子一齐转身，沿江南奔。林平之哈哈大笑，叫道："余矮子，你逃到哪里去？"纵马冲来。

余沧海猛地回身一剑，剑光如虹，向林平之脸上刺去。这一剑势道竟如此厉害，林平之似乎吃了一惊，急忙拔剑挡架。青城群弟子纷纷围上。余沧海一剑紧似一剑，忽而窜高，忽而伏低，这个六十左右的老者，此刻矫健犹胜少年，手上剑招全采攻势。八名青城弟子长剑挥舞，围绕在林平之马前马后，却不向马匹身上砍斩。

令狐冲看得几招，便明白了余沧海的用意。林平之剑法的长处，在于变化莫测，迅若雷电，他骑在马上，这长处便大大打了个折扣，如要骤然进攻，只能身子前探，胯下的坐骑可不能像他一般趋退若神，令人无所捉摸。八名青城弟子结成剑网，围在马匹周围，旨在迫得林平之不能下马。令狐冲心想："青城掌门果非凡庸之辈，这法子极是厉害。"

林平之剑法变幻，甚是奇妙，但既身在马上，余沧海便尽自抵敌得住，令狐冲又看了数招，目光便射向远处的岳灵珊，突然间全身一震，大吃一惊。

只见六名青城弟子已围住了她，将她慢慢挤向江边。跟着她所乘马匹肚腹中剑，长声悲嘶，跳将起来，将她从马背上摔了下来。岳灵珊身子一侧，架开削来的两剑，站起身来。六名青城弟子奋力进攻，犹如拼命一般，令狐冲认得有侯人英和洪人雄两人在内。侯人英左手使剑，仍极悍勇。岳灵珊虽学过思过崖后洞石壁上所刻的五派剑法，青城派剑法却没学过。石壁上的剑招对她而言，都是太过高明，她其实并未真正学会，只是经父亲指点后，略得形似而已。在封禅台侧以泰山剑法对付泰山派好手，以衡山剑法对付衡山派掌门，令对方大吃一惊，颇具先声夺人的镇慑之势，但以之对付青城弟子，却无此效。

令狐冲只看得数招，便知岳灵珊无法抵挡，正焦急间，忽听得"啊"的一声长叫，一名青城弟子的左臂被岳灵珊以一招衡山剑法的巧招削断。令狐冲心中一喜，只盼这六名弟子就此吓退，岂知其余五人固没退开半步，连那断了左臂之人，也如发狂般扑上。岳灵珊见他全身浴血，神色可怖，吓得连退数步，一脚踏空，摔在江边的碎石滩上。

令狐冲惊呼一声，叫道："不要脸，不要脸！"忽听盈盈说道："那日咱们对付东方不败，也就是这个打法。"不知在什么时候，她已到了身边。令狐冲心想不错，那日黑木崖之战，己方四人已然败定，幸亏盈盈转而进攻杨莲亭，分散了东方不败的心神，才致他死命。此刻余沧海所使的正便是这个计策，他们如何击毙东方不败，余沧海自然不知，只是情急智生，想出来的法子竟然不谋而合。料想林平之见到爱妻遇险，定然分心，自当回身去救，不料他全力和余沧海相斗，竟然全不理会妻子身处奇险。

岳灵珊摔倒后便即跃起，长剑急舞。六名青城弟子知道青城一派的存亡，自己的生死，决于是否能在这一役中杀了对手，都不顾性命的进逼。那断臂之人已抛去长剑，着地打滚，右臂向岳灵珊小腿揽去。岳灵珊大惊，叫道："平弟，平弟，快来助我！"

林平之朗声道："余矮子要瞧辟邪剑法，让他瞧个明白，死了也好闭眼！"奇招迭出，只压得余沧海透不过气来。他辟邪剑法的招式，余沧海早已详加钻研，尽数了然于胸，可是这些并无多大奇处的招式之中，突然间会多了若干奇妙之极的变化，更以犹如雷轰电闪般的手法使出，只逼得余沧海怒吼连连，越来越是狼狈。余沧海知道对手内力远不如己，不住以剑刃击向林平之的长剑，只盼将之震落脱手，但始终碰它不着。

令狐冲大怒，喝道："你……你……你……"他本来还道林平之给余沧海缠住了，分不出手来相救妻子，听他这么说，竟是没将岳灵珊的安危放在心上，所重视的只是要将余沧海戏弄个够。这时阳光猛烈，远远望见林平之嘴角微斜，脸上露出又是兴奋又是痛恨的神色，想见他心中充满了复仇的快意。若说像猫儿捉到了老鼠，要先残酷折磨，再行咬死，猫儿对老鼠却决无这般痛恨和恶毒。

岳灵珊又叫："平弟，平弟，快来！"声嘶力竭，已然紧急万状。林平之道："这就来啦，你再支持一会儿，我得把辟邪剑法使全了，好让他看个明白。余矮子跟我们原没怨仇，一切都是为了这'辟邪剑法'，总得让他把这套剑法有头有尾的看个分明，你说是不是？"他慢条斯理的说话，显然不是说给妻子听，而是在对余沧海说，还怕对方不明白，又加了一句："余矮子，你说是不是？"他身法美妙，一剑一指，极尽都雅，神态之中，竟大有华山派女弟子所学"玉女剑十九式"的风姿，只是带着三分阴森森的邪气。

令狐冲原想观看他辟邪剑法的招式，此刻他向余沧海展示全豹，正是再好不过的机会。但他挂念岳灵珊的安危，就算料定日后林平之定会以这路剑招来杀他，也决无余裕去细看一招，耳听得岳灵珊连声急叫，再也忍耐不住，叫道："仪和师姊，仪清师姊，你们快去救岳姑娘。她……她抵挡不住了。"

仪和道："我们说过两不相助，只怕不便出手。"

武林中人最讲究"信义"二字。有些旁门左道的人物，尽管无恶不作，但一言既出，却也是决无反悔，倘若食言而肥，在江湖上颇为人所不齿。连田伯光这等采花大盗，也得信守诺言。令狐冲听仪和这么说，知道确是实情，前晚在封禅台之侧，她们就已向余沧海说得明白，决不插手，如果此刻有人上前相救岳灵珊，那确是大大损及恒山一派的令誉，不由得心中大急，说道："这……这……"叫道："不戒大师呢？田伯光呢？"

秦绢道："他二人昨天便跟桃谷六仙一起走了，说道瞧着余矮子的模样太也气闷，要去喝酒。再说，他们八个也都是恒山派的……"

盈盈突然纵身而出，奔到江边，腰间一探，手中已多了两柄短剑，朗声说道："你们瞧清楚了，我是日月神教任教主之女，任盈盈便是，可不是恒山派的。你们六个大男人，合手欺侮一个女流之辈，教人看不过去。任姑娘路见不平，这桩事得管上一管。"

令狐冲见盈盈出手，不禁大喜，吁了一口长气，只觉伤口剧痛，坐倒车中。

青城六弟子对盈盈之来，竟全不理睬，仍拼命向岳灵珊进攻。岳灵珊退得几步，噗的一声，左足踩入了江水之中。她不识水性，一足入水，心中登时慌了，剑法更是散乱。便在此时，只觉左肩一痛，被敌人刺了一剑。那断臂人乘势扑上，伸右臂揽住了她右腿。岳灵珊长剑砍下，中其背心，那断臂人张嘴往她腿上狠命咬落。岳灵珊眼前一黑，心道："我就这么死了？"遥见林平之斜斜刺出一剑，左手捏着剑诀，在半空中划个弧形，姿式俊雅，正自好整以暇的卖弄剑法。她心头一阵气苦，险些晕去，突然间眼前两把长剑飞起，跟着扑通、扑通声响，两名青城弟子摔入了江中。岳灵珊意乱神迷，摔倒在地。

盈盈舞动短剑，十余招间，余下五名青城弟子尽皆受伤，兵刃脱手，只得退开。盈盈将那垂死的独臂人踢开，将岳灵珊拉起，只见她下半身浸入江中，裙子尽湿，衣裳上溅满了鲜血，当下扶着她走上江岸。

只听得林平之叫道："我林家的辟邪剑法，你们都看清楚了吗？"剑光闪处，围在他马旁的一名青城弟子眉心中剑。他哈哈大笑，叫道："方人智，你这恶贼，如此死法，可便宜了你！"他一提缰绳，坐骑从正在倒下去的方人智身上跃过，驰了出来。

余沧海筋疲力竭，哪敢追赶？

林平之勒马四顾，突然叫道："你是贾人达！"纵马向前。贾人达本就远远缩在一旁，见他追来，大叫一声，转身狂奔。林平之却也并不急赶，纵马缓缓追上，长剑挺出，刺中他右腿。贾人达扑地摔倒。林平之一提缰绳，马蹄便往他身上踏去。贾人达长声惨呼，一时却不得便死。林平之大笑声中，拉转马头，又纵马往他身上践踏，来回数次，贾人达终于寂无声息。

林平之更不再向青城派众人多瞧一眼，纵马驰到岳灵珊和盈盈的身边，向妻子道："上马！"

岳灵珊向他怒目而视，过了一会，咬牙说道："你自己去好了。"林平之问道："你呢？"岳灵珊道："你管我干什么？"林平之向恒山派群弟子瞧了一眼，冷笑一声，双腿一夹，纵马绝尘而去。

盈盈决计料想不到，林平之对他新婚妻子竟会如此绝情，不禁愕然，说道："林夫人，你到我车中歇歇。"岳灵珊泪水盈眶，竭力忍住不让眼泪流下，呜咽道："我……我不去。你……你为什么要救我？"盈盈道："不是我救你，是你大师哥令狐冲要救你。"岳灵珊心中一酸，再也忍耐不住，眼泪涌出，说道："你……请你借我一匹马。"盈盈道："好。"转身去牵了一匹马过来。岳灵珊道："多谢，你……你……"跃上马背，勒马转向东行，和林平之所去方向相反，似是回向嵩山。

余沧海见她驰过，颇觉诧异，但也没加理会，心想："过了一夜，这姓林的小畜生又会来杀我们几人，要将我众弟子一个个都杀了，叫我孤另另的一人，然后再向我下手。"

令狐冲不忍看余沧海这等失魂落魄的模样，说道："走罢！"赶车的应道："是！"一声吆喝，鞭子在半空中虚击一记，拍的一响，骡子拖动车子，向前行去。令狐冲"咦"的一声。他见岳灵珊向东回转，心中自然而然的想随她而去，不料骡车却向西行。他心中一沉，却不能吩咐骡车折向东行，掀开车帷向后望去，早已瞧不见她的背影，心头沉重："她身上受伤，孤身独行，无人照料，那便如何是好？"忽听得秦绢说道："她回去嵩山，到她父母身边，甚是平安，你不用担心。"

令狐冲心下一宽，道："是。"心想："秦师妹心细得很，猜到了我的心思。"

次日中午，一行人在一家小饭店中打尖。这饭店其实算不上是什么店，只是大道旁的几间草棚，放上几张板桌，供过往行人喝茶买饭。恒山派人众涌到，饭店中便没这许多米，好在众人带得有米，连锅子碗筷等等也一应俱备，当下便在草棚旁埋锅造饭。

令狐冲在车中坐得久了，甚是气闷，在恒山派金创药内服外敷之下，伤势已好了许多，郑萼与秦绢二人携扶着他，下车来在草棚中坐着休息。

他眼望东边，心想："不知小师妹会不会来？"

只见大道上尘土飞扬，一群人从东而至，正是余沧海等一行。青城派人众来到草棚外，也即坐下做饭打尖。余沧海独自坐在一张板桌之旁，一言不发，呆呆出神。显然他自知命运已然注定，对恒山派众人也不回避忌惮，当真是除死无大事，不论恒山派众人瞧见他如何死法，都没什么相干。

过不多久，西首马蹄声响，一骑马缓缓行来，马上乘客锦衣华服，正是林平之。他在草棚外勒定了马，见青城派众人对他正眼也不瞧上一眼，各人自顾煮饭的煮饭，喝茶的喝茶。这情形倒大出他意料之外，当下哈哈一笑，说道："你们不动手，我一样的要杀人。"跃下马来，在马臀上一拍，那马踱了开去，自去吃草。他见草棚中尚有两张空着的板桌，便去一张桌旁坐下。

他一进草棚，令狐冲便闻到一股浓冽的香气，但见林平之的服色考究之极，显是衣衫上都薰了香，帽子上缀着一块翠玉，手上戴了只红宝石戒指，每只鞋头上都缝着两枚珍珠，直是家财万贯的豪富公子打扮，哪里像是个武林人物？

令狐冲心想："他家里本来开福威镖局，原是个极有钱的富家公子。在江湖上吃了几年苦，现下学成了本事，那是要好好享用一番了。"只见他从怀中取出一块雪白的绸帕，轻轻抹了抹脸。他相貌俊美，这几下取帕、抹脸、抖衣，简直便如是戏台上的花旦。林平之坐定后，淡淡的道："令狐兄，你好！"令狐冲点了点头，道："你好！"

林平之侧过头去，见一名青城弟子捧了一壶热茶上来，给余沧海斟茶，说道："你叫于人豪，是不是？当年到我家来杀人，便有你的份儿。你便化成了灰，我也认得。"于人豪将茶壶往桌上重重一放，倏地回身，手按剑柄，退后两步，说道："老子正是于人豪，你待怎地？"他说话声音虽粗，却是语音发颤，脸色铁青。林平之微微一笑，道："英雄豪杰，青城四秀！你排第三，可没半点豪杰的气概，可笑啊可笑。"

"英雄豪杰，青城四秀"，是青城派武功最强的四名弟子，侯人英、洪人雄、于人豪、罗人杰。其中罗人杰已在湘南回雁楼头为令狐冲所杀，其余三人都在眼前。林平之又冷笑一声，说道："那位令狐兄曾道：'狗熊野猪，青城四兽'，他将你们比作野兽，那还是看得起你们了。依我看来，哼哼，只怕连禽兽也不如。"

于人豪又怕又气，脸色更加青了，手按剑柄，这把剑却始终没拔将出来。

便在此时，东首传来马蹄声响，两骑马快奔而至，来到草棚前，前面一人勒住了马。众人回头一看，有的人"咦"的一声，叫了出来。前面马上坐的是个身材肥矮的驼子，正是外号"塞北明驼"的木高峰。后面一匹马上所乘的却是岳灵珊。

令狐冲一见到岳灵珊，胸口一热，心中大喜，却见岳灵珊双手被缚背后，坐骑的缰绳也是牵在木高峰手中，显是被他擒住了，忍不住便要发作，转念又想："她丈夫便在这里，何必要我外人强行出头？倘若她丈夫不理，那时再设法相救不迟。"

林平之见到木高峰到来，当真如同天上掉下无数宝贝来一般，喜悦不胜，寻思："害死我爹爹妈妈的，也有这驼子在内，不料阴差阳错，今日他竟会自己送将上来，真叫做老天爷有眼。"

木高峰却不识得林平之。那日在衡山刘正风家中，二人虽曾相见，但林平之装作了个驼子，脸上贴满了膏药，与此刻这样一个玉树临风般的美少年，自是浑不相同，后来虽知他是假装驼子，却也没见过他真面目。木高峰转头向岳灵珊道："难得有许多朋友在此，咱们走罢。"他见到青城和恒山两派人众，心下颇为忌惮，料想有人会出手相救岳灵珊，不如及早远离的为是。他一声吆喝，纵马便行。

早一日岳灵珊受伤独行，想回到嵩山爹娘身畔，但行不多时，便遇上了木高峰。木高峰心眼儿极窄，那日与岳不群较量内功不胜，后来林震南夫妇又被他救了去，心下引为奇耻大辱，后来听得林震南的儿子林平之投入华山门下，又娶岳不群之女为妻，料想这部《辟邪剑谱》自然也带入了华山门下，更是气恼万分。五岳派开宗立派，他也得到了消息，只是五岳剑派中人素来瞧他不起，左冷禅也没给他请柬。他心中气不过，伏在嵩山左近，只待五岳派门人下山，若是成群结队，有长辈同行，他便不露面，只要有人落了单，他便要暗中料理几个，以泄心中之愤。但见群雄纷纷下山，都是数十人、数百人同行，欲待下手，不得其便，好容易见到岳灵珊单骑奔来，当即上前截住。

岳灵珊武功本就不及木高峰，加之身上受伤，木高峰又是忽施偷袭，占了先机，终于被他所擒。木高峰听她口出恫吓之言，说是岳不群的女儿，更是心花怒放，当下想定主意，要将她藏在一个隐秘之所，再要岳不群用《辟邪剑谱》来换人。一路上纵马急行，不料却撞见了青城、恒山两派人众。

岳灵珊心想："此刻若教他将我带走了，哪里还有人来救我？"顾不得肩头伤势，斜身从马背上摔了下来。木高峰喝道："怎么啦？"跃下马来，俯身往岳灵珊背上抓去。

令狐冲心想林平之决不能眼睁睁的瞧着妻子为人所辱，定会出手相救，哪知林平之全不理会，从左手衣袖中取出一柄泥金柄折扇，轻轻挥动，一个翡翠扇坠不住晃动。其时三月天时，北方冰雪初销，哪里用得着扇子？他这么装模作样，显然只不过故示闲暇。

木高峰抓着岳灵珊背心，说道："小心摔着了。"手臂一举，将她放上马鞍，自己跃上马背，又欲纵马而行。

林平之说道："姓木的，这里有人说道，你的武功甚是稀松平常，你以为如何？"

木高峰一怔，眼见林平之独坐一桌，既不似青城派的，也不似是恒山派的，一时摸不清他的来路，便问："你是谁？"林平之微笑道："你问我干什么？说你武功稀松平常的，又不是我。"木高峰道："是谁说的？"林平之拍的一声，扇子合了拢来，向余沧海一指，道："便是这位青城派的余观主。他最近看到了一路精妙剑术，乃是天下剑法之最，好像叫作辟邪剑法。"

木高峰一听到"辟邪剑法"四字，精神登时大振，斜眼向余沧海瞧去，只见他手中捏着茶杯，呆呆出神，对林平之的话似是听而不闻，便道："余观主，恭喜你见到了辟邪剑法，这可不假罢？"

余沧海道："不假！在下确是从头至尾、一招一式都见到了。"木高峰又惊又喜，从马背上一跃而下，坐到余沧海的桌畔，说道："听说这剑谱给华山派的岳不群得了去，你又怎地见到了？"余沧海道："我没见到剑谱，只见到有人使这路剑法。"木高峰道："哦，原来如此。辟邪剑法有真有假，福州福威镖局的后人，就学得了一套他妈的辟邪剑法，使出来可教人笑掉了牙齿。你所见到的，想必是真的了？"余沧海道："我也不知是真是假，使这路剑之人，便是福州福威镖局的后人。"木高峰哈哈大笑，说道："枉为你是一派宗主，连剑法的真假也分不出。福威镖局的那个林震南，不就是死在你手下的吗？"余沧海道："辟邪剑法的真假，我确然分不出。你木大侠见识高明，定然分得出了。"

木高峰素知这矮道人武功见识，俱是武林中第一流的人才，忽然说这等话，定是别有深意，他嘿嘿嘿的干笑数声，环顾四周，只见每个人都在瞧着他，神色甚是古怪，倒似自己说错了极要紧的话一般，便道："倘若给我见到，好歹总分辨得出。"

余沧海道："木大侠要看，那也不难。眼前便有人会使这路剑法。"木高峰心中一凛，眼光又向众人一扫，见到林平之神情最是漫不在乎，问道："是这少年会使吗？"余沧海道："佩服，佩服！木大侠果然眼光高明，一眼便瞧了出来。"

木高峰上上下下的打量林平之，见他服饰华丽，便如是个家财豪富的公子哥儿，心想："余矮子这么说，定有阴谋诡计要对付我。对方人多，好汉不吃眼前亏，不用跟他们纠缠，及早动身的为是，只要岳不群的女儿在我手中，不怕他不拿剑谱来赎。"当即打个哈哈，说道："余矮子，多日不见，你还是这么爱开玩笑。驼子今日有事，恕不奉陪了。辟邪剑法也好，降魔剑法也好，驼子从来就没放在心上，再见了。"这句话一说完，身子弹起，已落上马背，身法敏捷之极。

便在这时，众人只觉眼前一花，似乎见到林平之跃了出去，拦在木高峰的马前，但随即又见他折扇轻摇，坐在板桌之旁，却似从未离座。众人正诧异间，木高峰一声吆喝，催马便行。但令狐冲、盈盈、余沧海这等高手，却清清楚楚见到林平之曾伸手向木高峰的坐骑点了两下，定是做了手脚。

果然那马奔出几步，蓦地一头撞在草棚的柱上。这一撞力道极大，半边草棚登时塌了下来。余沧海一跃而起，纵出棚外。令狐冲与林平之等人头上都落满了麦秆茅草。郑萼伸手替令狐冲拨开头上柴草。林平之却毫不理会，目不转睛的瞪视着木高峰。

木高峰微一迟疑，纵下马背，放开了缰绳。那马冲出几步，又是一头撞在一株大树上，一声长嘶，倒在地下，头上满是鲜血。这马的行动如此怪异，显是双眼盲了，自是林平之适才以快速无伦的手法刺瞎了马眼。

林平之用折扇慢慢拨开自己左肩上的茅草，说道："盲人骑瞎马，可危险得紧哪！"

木高峰哈哈一笑，说道："你这小子嚣张狂妄，果然有两下子。余矮子说你会使辟邪剑法，不妨便使给老爷瞧瞧。"

林平之道："不错，我确是要使给你看。你为了想看我家的辟邪剑法，害死了我爹爹妈妈，罪恶之深，与余沧海也不相上下。"

木高峰大吃一惊，没想到眼前这公子哥儿便是林震南的儿子，暗自盘算："他胆敢如此向我挑战，当然是有恃无恐。他五岳剑派已联成一派，这些恒山派的尼姑，自然都是他的帮手了。"心念一动，回手便向岳灵珊抓去，心想："敌众我寡，这小娘儿原来是他老婆，挟制了她，这小子还不服服贴贴吗？"

突然背后风声微动，一剑劈到。木高峰斜身闪开，却见这一剑竟是岳灵珊所劈。原来盈盈已割断了缚在她手上的绳索，解开了她身上被封的穴道，再将一柄长剑递在她手中。岳灵珊一剑将木高峰逼开，只觉伤口剧痛，穴道被封了这么久，四肢酸麻，心下虽怒，却也不再追击。

林平之冷笑道："枉为你也是成名多年的武林人物，竟如此无耻。你若想活命，爬在地下向爷爷磕三个响头，叫三声'爷爷'，我便让你多活一年。一年之后，再来找你如何？"

木高峰仰天打个哈哈，说道："你这小子，那日在衡山刘正风家中，扮成了驼子，向我磕头，大叫'爷爷'，拼命要爷爷收你为徒。爷爷不肯，你才投入了岳老儿的门下，骗到了一个老婆，是不是呢？"

林平之不答，目光中满是怒火，脸上却又大有兴奋之色，折扇一拢，交于左手，右手撩起袍角，跨出草棚，直向木高峰走去。风过处，人人都闻到一阵香气。

忽听得啊啊两声响，青城派中于人豪、吉人通脸色大变，胸口鲜血狂涌，倒了下去。旁人都不禁惊叫出声，明明眼见他要出手对付木高峰，不知如何，竟会拔剑刺死了于吉二人。他拔剑杀人之后，立即还剑入鞘，除了令狐冲等几个高手之外，但觉寒光一闪，就没瞧清楚他如何拔剑，更不用说见他如何挥剑杀人了。

令狐冲心头闪过一个念头："我初遇田伯光的快刀之时，也是难以抵挡，待得学了独孤九剑，他的快刀在我眼中便已殊不足道。然而林平之这快剑，田伯光只消遇上了，只怕挡不了他三剑。我呢？我能挡得了几剑？"霎时之间，手掌中全是汗水。

木高峰在腰间一掏，抽出一柄剑。他这把剑的模样可奇特得紧，弯成一个弧形，人驼剑亦驼，乃是一柄驼剑。林平之微微冷笑，一步步向他走去。突然间木高峰大吼一声，有如狼嗥，身子扑前，驼剑划了个弧形，向林平之胁下勾到。林平之长剑出鞘，反刺他前胸。这一剑后发先至，既狠且准，木高峰又是一声大吼，身子弹了出去，只见他胸前棉袄破了一道大缝，露出胸膛上的一丛黑毛。林平之这一剑只须再递前两寸，木高峰便是破胸开膛之祸。

众人"哦"的一声，无不骇然。

木高峰这一招死里逃生，可是这人凶悍之极，竟无丝毫畏惧之意，吼声连连，连人和剑的向林平之扑去。

林平之连刺两剑，当当两声，都给驼剑挡开。林平之一声冷笑，出招越来越快。木高峰窜高伏低，一柄驼剑使得便如是一个剑光组成的钢罩，将身子罩在其内。林平之长剑刺入，和他驼剑相触，手臂便一阵酸麻，显然对方内力比自己强得太多，稍有不慎，长剑还会给他震飞。这么一来，出招时便不敢托大，看准了他空隙再以快剑进袭。木高峰只是自行使剑，一柄驼剑运转得风雨不透，竟然不露丝毫空隙。林平之剑法虽高，一时却也奈何他不得。但如此打法，林平之毕竟是立于不败之地，纵然无法伤得对方，木高峰可并无还手的余地。各高手都看了出来，只须木高峰一有还击之意，剑网便会露出空隙，林平之快剑一击之下，他绝无抵挡之能。这般运剑如飞，最耗内力，每一招都是用尽全力，方能使后一招与前一招如水流不断，前力与后力相续。可是不论内力如何深厚，终不能永耗不竭。

在那驼剑所交织的剑网之中，木高峰吼声不绝，忽高忽低，吼声和剑招相互配合，神威凛凛。林平之几次想要破网直入，总是给驼剑挡了出来。

余沧海观看良久，忽见剑网的圈子缩小了半尺，显然木高峰的内力渐有不继。他一声清啸，提剑而上，刷刷刷急攻三剑，尽是指向林平之的背心要害。林平之回剑挡架。木高峰驼剑挥出，疾削林平之的下盘。按理说，余沧海与木高峰两个成名前辈，合力夹击一个少年，实是大失面子。但恒山派众人一路看到林平之戕杀青城弟子，下手狠辣，绝不容情，余沧海非他敌手，这时眼见二大高手合力而攻，均不以为奇，反觉是十分自然之事。木余二人若不联手，如何抵挡得了林平之势若闪电的快剑？

既得余沧海联手，木高峰剑招便变，有攻有守。三人堪堪又拆了二十余招，林平之左手一圈，倒转扇柄，蓦地刺出，扇子柄上突出一枝寸半长的尖针，刺在木高峰右腿"环跳穴"上。木高峰吃了一惊，驼剑急掠，只觉左腿穴道上也是一麻。他不敢再动，狂舞驼剑护身，双腿渐渐无力，不由自主的跪下来。

林平之哈哈大笑，叫道："你这时候跪下磕头，未免迟了！"说话之时，向余沧海急攻三招。

木高峰双腿跪地，手中驼剑丝毫不缓，急砍急刺。他知已然输定，每一招都是与敌人同归于尽的拼命打法。初战时他只守不攻，此刻却豁出了性命，变成只攻不守。

余沧海知道时不我与，若不在数招之内胜得对手，木高峰一倒，自己孤掌难鸣，一柄剑使得有如狂风骤雨一般。突然间只听得林平之一声长笑，他双眼一黑，再也瞧不见什么，跟着双肩一凉，两条手臂离身飞出。

只听得林平之狂笑叫道："我不来杀你！让你既无手臂，又无眼睛，一个人独闯江湖。你的弟子、家人，我却要杀得一个不留，教你在这世上只有仇家，并无亲人。"余沧海只觉断臂处剧痛难当，心中却十分明白："他如此处置我，可比一剑杀了我残忍万倍。我这等活在世上，便是一个丝毫不会武功之人，也可任意凌辱折磨于我。"他辨明声音，举头向林平之怀中撞去。

林平之纵声大笑，侧身退开。他大仇得报，狂喜之余，未免不够谨慎，两步退到了木高峰身边。木高峰驼剑狂挥而来，林平之竖剑挡开，突然间双腿一紧，已被木高峰牢牢抱住。

林平之吃了一惊，眼见四下里数十名青城弟子扑将上来，双腿力挣，却挣不脱木高峰手臂犹似铁圈般的紧箍，当即挺剑向他背上驼峰直刺下去。波的一声响，驼峰中一股黑水激射而出，腥臭难当。

这一下变生不测，林平之双足急登，欲待跃开闪避，却忘了双腿已被木高峰抱住，登时满脸都被臭水喷中，只痛得大叫起来。这些臭水竟是剧毒之物。原来木高峰驼背之中，竟然暗藏毒水皮囊。林平之左手挡住了脸，闭着双眼，挥剑在木高峰身上乱砍乱斩。

这几剑出手快极，木高峰绝无闪避余裕，只是牢牢抱住林平之的双腿。便在这时，余沧海凭着二人叫喊之声，辨别方位，扑将上来，张嘴便咬，一口咬住林平之右颊，再也不放。三人缠成一团，都已神智迷糊。青城派弟子提剑纷向林平之身上斩去。

令狐冲在车中看得分明，初时大为惊骇，待见林平之被缠，青城群弟子提剑上前，急叫："盈盈，盈盈，你快救他。"

盈盈纵身上前，短剑出手，当当当响声不绝，将青城群弟子挡在数步之外。

木高峰狂吼之声渐歇，林平之兀自一剑一剑的往他背上插落。余沧海全身是血，始终牢牢咬住了林平之的面颊。过了好一会，林平之左手用力一推，将余沧海推得飞了出去，他同时一声惨呼，但见他右颊上血淋淋地，竟被余沧海硬生生的咬下了一块肉来。木高峰早已气绝，却仍紧紧抱住林平之的双腿。林平之左手摸准了他手臂的所在，提剑一划，割断了他两条手臂，这才得脱纠缠。盈盈见到他神色可怖，不由自主的倒退了几步。

青城弟子纷纷拥到师父身旁施救，也不再来理会这个强仇大敌了。

忽听得青城群弟子哭叫："师父，师父！""师父死了，师父死了！"众人抬了余沧海的尸身，远远逃开，唯恐林平之再来追杀。

林平之哈哈大笑，叫道："我报了仇啦，我报了仇啦！"

恒山派众弟子见到这惊心动魄的变故，无不骇然失色。

岳灵珊慢慢走到林平之的身畔，说道："平弟，恭喜你报了大仇。"林平之仍是狂笑不已，大叫："我报了仇啦，我报了仇啦。"岳灵珊见他紧闭着双目，道："你眼睛怎样了？那些毒水得洗一洗。"林平之一呆，身子一晃，险些摔倒。岳灵珊伸手托在他腋下，扶着他一步一拐的走入草棚，端了一盆清水，从他头上淋下去。林平之纵声大叫，声音惨厉，显然痛楚难当。

站在远处的青城群弟子都吓了一跳，又逃出了几步。

令狐冲道："小师妹，你拿些伤药去，给林师弟敷上。扶他到我们的车中休息。"岳灵珊道："多……多谢。"林平之大声道："不要！要他卖什么好！姓林的是死是活，跟他有什么相干？"令狐冲一怔，心想："我几时得罪你了？为什么你这么恨我？"岳灵珊柔声道："恒山派的治伤灵药，天下有名，难得……"林平之怒道："难得什么？"岳灵珊叹了口气，又将一盆清水轻轻从他头顶淋下。这一次林平之却只哼了一声，咬紧牙关，没再呼叫，说道："他对你这般关心，你又一直说他好，为什么不跟了他去？你还理我干么？"

恒山群弟子听了他这句话，尽皆相顾失色。仪和大声道："你……你……竟敢说这等不要脸的话？"仪清忙拉了拉她袖子，劝道："师姊，他伤得这么样子，心情不好，何必跟他一般见识？"仪和怒道："呸！我就是气不过……"

这时岳灵珊拿了一块手帕，正在轻按林平之面颊上的伤口。林平之突然右手用力一推，岳灵珊全没防备，立时摔了出去，砰的一声，撞在草棚外的一堵土墙上。

令狐冲大怒，喝道："你……"但随即想起，他二人是夫妻，夫妻间口角争执，甚至打架，旁人也不便干预，何况听林平之的言语，显是对自己颇有疑忌，自己一直苦恋小师妹，林平之当然知道，他重伤之际，自己更不能介入其间，当即强行忍住，但已气得全身发抖。

林平之冷笑道："我说话不要脸？到底是谁不要脸了？"手指草棚之外，说道："这姓余的矮子、姓木的驼子，他们想得我林家的辟邪剑法，便出手硬夺，害死我父亲母亲，虽然凶狠毒辣，也不失为江湖上恶汉光明磊落的行径，哪像……哪像……"回身指向岳灵珊，续道："哪像你的父亲君子剑岳不群，却以卑鄙奸猾的手段，来谋取我家的剑谱。"

岳灵珊正扶着土墙，慢慢站起，听他这么说，身子一颤，复又坐倒，颤声道："哪……哪有此事？"

林平之冷笑道："无耻贱人！你父女俩串谋好了，引我上钩。华山派掌门的岳大小姐，下嫁我这穷途末路、无家可归的小子，那为了什么？还不是为了我林家的《辟邪剑谱》。剑谱既已骗到了手，还要我姓林的干什么？"

岳灵珊"啊"的一声，哭了出来，哭道："你……冤枉好人，我若有此意，教我……教我天诛地灭。"

林平之道："你们暗中设下奸计，我初时蒙在鼓里，毫不明白。此刻我双眼盲了，反而更加看得清清楚楚。你父女俩若非有此存心，为什么……为什么……"

岳灵珊慢慢走到他身畔，说道："你别胡思乱想，我对你的心，跟从前没半点分别。"林平之哼了一声。岳灵珊道："咱们回去华山，好好的养伤。你眼睛好得了也罢，好不了也罢。我岳灵珊有三心两意，教我……教我死得比这余沧海还惨。"林平之冷笑道："也不知你心中又在打什么鬼主意，来对我这等花言巧语。"

岳灵珊不再理他，向盈盈道："姊姊，我想跟你借一辆大车。"盈盈道："自然可以。要不要请两位恒山派的姊姊送你们一程？"岳灵珊不住呜咽，道："不……不用了，多……多谢。"盈盈拉过一辆车来，将骡子的缰绳和鞭子交在她手里。

岳灵珊扶着林平之的手臂，道："上车罢！"林平之显是极不愿意，但双目不能见物，实是寸步难行，迟疑了一会，终于跃入车中。岳灵珊咬牙跳上赶车的座位，向盈盈点了点头示谢，鞭子一挥，赶车向西北行去，向令狐冲却始终一眼不瞧。

令狐冲目送大车越走越远，心中一酸，眼泪便欲夺眶而出，心想："林师弟双目已盲，小师妹又受了伤。他二人无依无靠，漫漫长路，如何是好？倘若青城派弟子追来寻仇，怎生抵敌？"眼见青城群弟子裹了余沧海的尸身，放上马背，向西南方行去，虽和林平之、岳灵珊所行方向相反，焉知他们行得十数里后，不会折而向北，又向林、岳夫妇赶去？

再琢磨林平之和岳灵珊二人适才那一番话，只觉中间实藏着无数隐情，夫妻间的恩怨爱憎，虽非外人所得与闻，但林岳二人婚后定非和谐，当可断言；想到小师妹青春年少，父母爱如掌珠，同门师兄弟对她无不敬重爱护，却受林平之这等折辱，不自禁的流下泪来。

当日众人只行出十余里，便在一所破祠堂中歇宿。令狐冲睡到半夜，好几次均为噩梦所缠，昏昏沉沉中忽听得一缕微声钻入耳中，有人在叫："冲哥，冲哥！"令狐冲嗯了一声，醒了过来，只听得盈盈的声音道："你到外面来，我有话说。"

令狐冲忙即坐起，走到祠堂外，只见盈盈坐在石级上，双手支颐，望着白云中半现的月亮。令狐冲走到她身边，和她并肩而坐。夜深人静，四下里半点声息也无。

过了好一会，盈盈道："你在挂念小师妹？"令狐冲道："是。许多情由，令人好生难以明白。"盈盈道："你担心她受丈夫欺侮？"令狐冲叹了口气，道："他夫妻俩的事，旁人又怎管得了？"盈盈道："你怕青城弟子赶去向他们生事？"令狐冲道："青城弟子痛于师仇，又见到他夫妇已然受伤，赶去意图加害，那也是情理之常。"盈盈道："你怎地不设法前去相救？"令狐冲又叹了口气，道："听林师弟的语气，对我颇有疑忌之心。我虽好意援手，只怕更伤了他夫妻间的和气。"

盈盈道："这是其一。你心中另有顾虑，生怕令我不快，是不是？"令狐冲点了点头，伸出手去握住她左手，只觉她手掌甚凉，柔声道："盈盈，在这世上，我只有你一人，倘若你我之间也生了什么嫌隙，那做人还有什么意味？"

盈盈缓缓将头倚了过去，靠在他肩头上，说道："你心中既这样想，你我之间，又怎会生什么嫌隙？事不宜迟，咱们就追赶前去，别要为了避什么嫌疑，致贻终生之恨。"

令狐冲霎然而惊："致贻终生之恨，致贻终生之恨！"似乎眼见数十名青城弟子正围在林平之、岳灵珊所乘大车之旁，数十柄长剑正在向车中乱刺狠戳，不由得身子一颤。

盈盈道："我去叫醒仪和、仪清两位姊姊，你吩咐她们自行先回恒山，咱们暗中护送你小师妹一程，再回白云庵去。"

仪和与仪清见令狐冲伤势未愈，颇不放心，然见他心志已决，急于救人，也不便多劝，只得奉上一大包伤药，送着他二人上车驰去。

当令狐冲向仪和、仪清吩咐之时，盈盈站在一旁，转过了头，不敢向仪和、仪清瞧上一眼，心想自己和令狐冲孤男寡女，同车夜行，只怕为她二人所笑，直到骡车行出数里，这才吁了口气，颊上红潮渐退。

她辨明了道路，向西北而行，此去华山，只是一条官道，料想不会岔失。拉车的是匹健骡，脚程甚快，静夜之中，只听得车声辚辚，蹄声得得，更无别般声息。

令狐冲心下好生感激，寻思："她为了我，什么都肯做。她明知我牵记小师妹，便和我同去保护。这等红颜知己，令狐冲不知是前生几世修来？"

盈盈赶着骡子，疾行数里，又缓了下来，说道："咱们暗中保护你师妹、师弟。他们倘若遇上危难，咱们被迫出手，最好不让他们知道。我看咱们还是易容改装的为是。"令狐冲道："正是。你还是扮成那个大胡子罢！"盈盈摇摇头道："不行了。在封禅台侧我现身扶你，你小师妹已瞧在眼里了。"令狐冲道："那改成什么才好？"

盈盈伸鞭指着前面一间农舍，说道："我去偷几件衣服来，咱二人扮成一……一……两个乡下兄妹罢。"她本想说"一对"，话到口边，觉得不对，立即改为"两个"。令狐冲自己听了出来，知她最害羞，不敢随便出言说笑，只微微一笑。盈盈正好转过头来，见到他的笑容，脸上一红，问道："有什么好笑？"令狐冲微笑道："没什么？我是在想，倘若这家乡下人没年轻女子，只是一位老太婆，一个小孩儿，那我又得叫你婆婆了。"

盈盈噗哧一笑，记起当日和令狐冲初识，他一直叫自己婆婆，心中感到无限温馨，跃下骡车，向那农舍奔去。

令狐冲见她轻轻跃入墙中，跟着有犬吠之声，但只叫得一声，便没了声息，想是给盈盈一脚踢晕了。过了好一会，见她捧着一包衣物奔了出来，回到骡车之畔，脸上似笑非笑，神气甚是古怪，突然将衣物往车中一抛，伏在车辕之上，哈哈大笑。

令狐冲提起几件衣服，月光下看得分明，竟然便是老农夫和老农妇的衣服，尤其那件农妇的衫子十分宽大，镶着白底青花的花边，式样古老，并非年轻农家姑娘或媳妇的衣衫。这些衣物中还有男人的帽子，女装的包头，又有一根旱烟筒。

盈盈笑道："你是令狐半仙，猜到这乡下人家有个婆婆，只可惜没孩儿……"说到这里便红着脸住了口。令狐冲微笑道："原来他们是兄妹二人，这两兄妹当真要好，一个不娶，一个不嫁，活到七八十岁，还是住在一起。"盈盈笑着啐了一口，道："你明知不是的。"令狐冲道："不是兄妹么？那可奇了。"

盈盈忍不住好笑，当下在骡车之后，将老农妇的衫裙罩在衣衫之上，又将包头包在自己头顶，双手在道旁抓些泥尘，抹在自己脸上，这才帮着令狐冲换上老农的衣衫。令狐冲和她脸颊相距不过数寸，但觉她吹气如兰，不由得心中一荡，便想伸手搂住她亲上一亲，只是想到她为人极是端严，半点亵渎不得，要是冒犯了她，惹她生气，有何后果，那可难以料想，当即收摄心神，一动也不敢动。

他眼神突然显得异样、随又庄重克制之态，盈盈都瞧得分明，微笑道："乖孙子，婆婆这才疼你。"伸出手掌，将满掌泥尘往他脸上抹去。令狐冲闭住眼，只感她掌心温软柔滑，在自己脸上轻轻的抹来抹去，说不出的舒服，只盼她永远的这么抚摸不休。过了一会，盈盈道："好啦，黑夜之中，你小师妹一定认不出，只是小心别开口。"令狐冲道："我头颈中也得抹些尘土才是。"

盈盈笑道："谁瞧你头颈了？"随即会意，令狐冲是要自己伸手去抚摸他的头颈，弯起中指，在他额头轻轻打个爆栗，回身坐在车夫位上，一声嗯哨，赶骡便行，突然间忍不住好笑，越笑越响，竟然弯住了腰，身子难以坐直。

令狐冲微笑道："你在那乡下人家见到了什么？"

盈盈笑道："不是见到了好笑的事。那老公公和老婆婆是……是夫妻两个……"令狐冲笑道："原来不是兄妹，是夫妻两个。"盈盈道："你再跟我胡闹，不说了。"令狐冲道："好，他们不是夫妻，是兄妹。"

盈盈道："你别打岔，成不成？我跳进墙去，一只狗叫了起来，我便将狗子拍晕了。哪知这么一叫，便将那老公公和老婆婆吵醒了。老婆婆说：'阿毛爹，别是黄鼠狼来偷鸡。'老公公说：'老黑又不叫了，不会有黄鼠狼的。'老婆婆忽然笑了起来，说道：'只怕那黄鼠狼学你从前的死样，半夜三更摸到我家里来时，总带一块牛肉、骡肉来喂狗。'"

令狐冲微笑道："这老婆婆真坏，她绕着弯儿骂你是黄鼠狼。"他知盈盈最是腼腆，她说到那老农夫妇当年的私情，自己只有假装不懂，她或许还会说下去，否则自己言语中只须带上一点儿情意，她立时便住口了。

盈盈笑道："那老婆婆是在说他们没成亲时的事……"说到这里，挺腰一提缰绳，骡子又快跑起来。令狐冲道："没成亲时怎样啦？他们一定规矩得很，半夜三更就是一起坐在大车之中，也一定不敢抱一抱，亲一亲。"盈盈呸了一声，不再说了。令狐冲道："好妹子，亲妹子，他们说些什么，你说给我听。"盈盈微笑不答。

黑夜之中，但听得骡子的四只蹄子打在官道之上，清脆悦耳。令狐冲向外望去，月色如水，泻在一条又宽又直的官道上，轻烟薄雾，笼罩在道旁树梢，骡车缓缓驶入雾中，远处景物便看不分明，盈盈的背脊也裹在一层薄雾之中。其时正当初春，野花香气忽浓忽淡，微风拂面，说不出的欢畅。令狐冲久未饮酒，此刻情怀，却正如微醺薄醉一般。

盈盈脸上一直带着微笑，她在回想那对老农夫妇的谈话：

老公公道："那一晚屋里半两肉也没有，只好到隔壁人家偷一只鸡杀了，拿到你家来喂你的狗。那只狗叫什么名字啊？"老婆婆道："叫大花。"老公公道："对啦，叫大花。它吃了半只鸡，乖乖的一声不出，你爹爹、妈妈什么也不知道。咱们的阿毛，就是这一晚有了的。"老婆婆道："你就知道自己快活，也不理人家死活。后来我肚子大了，爹爹把我打得死去活来。"老公公道："幸亏你肚子大了，否则的话，你爹怎肯把你嫁给我这穷小子？那时候哪，我巴不得你肚子快大！"老婆婆忽然发怒，骂道："你这死鬼，原来你是故意的，你一直瞒着我，我……我决不能饶你。"老公公道："别吵，别吵！阿毛也生了孩子啦，你还吵什么？"

当下盈盈生怕令狐冲记挂，不敢多听，偷了衣服物品便走，在桌上放了一大锭银子。她轻手轻脚，这一对老夫妇一来年老迟钝，二来说得兴起，竟浑不知觉。

盈盈想着他二人的说话，突然间面红过耳，庆幸好得是在黑夜之中，否则教令狐冲见到自己脸色，那真不用做人了。

她不再催赶骡子，大车行得渐渐慢了，行了一程，转了个弯，来到一座大湖之畔。湖旁都是垂柳，圆圆的月影倒映湖中，湖面水波微动，银光闪闪。

盈盈轻声问道："冲哥，你睡着了吗？"令狐冲道："我睡着了，我正在做梦。"盈盈道："你在做什么梦？"令狐冲道："我梦见带了一大块牛肉，摸到黑木崖上，去喂你家的狗。"盈盈笑道："你人不正经，做的梦也不正经。"

两人并肩坐在车中，望着湖水。令狐冲伸过右手，按在盈盈左手的手背上。盈盈的手微微一颤，却不缩回。令狐冲心想："若得永远如此，不再见到武林中的腥风血雨，便是叫我做神仙，也没这般快活。"

盈盈道："你在想什么？"令狐冲将适才心中所想说了出来。盈盈反转左手，握住了他右手，说道："冲哥，我真是快活。"令狐冲道："我也是一样。"盈盈道："你率领群豪攻打少林寺，我虽然感激，可也没此刻欢喜。倘若我是你的好朋友，陷身少林寺中，你为了江湖上的义气，也会奋不顾身前来救我。可是这时候你只想到我，没想到你小师妹……"

她提到"你小师妹"四字，令狐冲全身一震，脱口而出："啊哟！咱们快些赶去！"

盈盈轻轻的道："直到此刻我才相信，在你心中，你终于是念着我多些，念着你小师妹少些。"她轻拉缰绳，转过骡头，骡车从湖畔回上了大路，扬鞭一击，骡子快跑起来。

这一口气直赶出了二十余里，骡子脚力已疲，这才放缓脚步。转了两个弯，前面一望平阳，官道旁都种满了高粱，溶溶月色之下，便似是一块极大极大的绿绸，平铺于大地。极目远眺，忽见官道彼端有一辆大车似乎停着不动。令狐冲道："这辆大车，好像就是林师弟他们的。"盈盈道："咱们慢慢上去瞧瞧。"任由骡子缓步向前，与前车越来越近。

行了一会，才察觉前车其实也在行进，只是行得慢极，又见骡子之旁另有一人步行，竟是林平之，赶车之人看背影便是岳灵珊。

令狐冲好生诧异，伸出手去一勒缰绳，不令骡子向前，低声道："那是干什么?"盈盈道："你在这里等着，我过去瞧瞧。"若是赶车上前，立时便给对方发觉，须得施展轻功，暗中偷窥。令狐冲很想同去，但伤处未愈，轻功提不起来，只得点头道："好。"

盈盈轻跃下车，钻入了高粱丛中。高粱生得极密，一入其中，便在白天也看不到人影，只是其时高粱杆子尚矮，叶子也未茂密，不免露头于外。她弯腰而行，辨明蹄声的所在，赶上前去，在高粱丛中与岳灵珊的大车并肩而行。

只听得林平之说道："我的剑谱早已尽数交给你爹爹了，自己没私自留下一招半式，你又何必苦苦的跟着我?"岳灵珊道："你老是疑心我爹爹图你的剑谱，当真好没来由。你凭良心说，你初入华山门下，那时又没什么剑谱，可是我早就跟你……跟你很好了，难道也是别有居心吗?"林平之道："我林家的辟邪剑法天下知名，余沧海、木高峰他们在我爹爹身上搜查不得，便来找我。我怎知你不是受了爹爹、妈妈的嘱咐，故意来向我卖好?"岳灵珊呜咽道："你真要这么想，我又有什么法子?"

林平之气忿忿的道："难道是我错怪了你? 这《辟邪剑谱》，你爹爹不是终于从我手中得去了吗? 谁都知道，要得《辟邪剑谱》，总须向我这姓林的小子身上打主意。余沧海、木高峰，哼哼，岳不群，有什么分别了？只不过岳不群成则为王，余沧海、木高峰败则为寇而已。"

岳灵珊怒道："你如此损我爹爹，当我是什么人了？若不是……若不是……哼哼……"

林平之站定了脚步，大声道："你要怎样？若不是我瞎了眼，受了伤，你便要杀我，是不是？我一双眼睛又不是今天才瞎的。"

岳灵珊道："原来你当初识得我，跟我要好，就是瞎了眼睛。"勒住缰绳，骡车停了下来。

林平之道："正是！我怎知你如此深谋远虑，为了一部《辟邪剑谱》，竟会到福州来开小酒店？青城派那姓余的小子欺侮你，其实你武功比他高得多，可是你假装不会，引得我出手。哼，林平之，你这早瞎了眼睛的浑小子，凭这一手三脚猫的功夫，居然胆敢行侠仗义，打抱不平？你是爹娘的心肝肉儿，他们若不是有重大图谋，怎肯让你到外边抛头露面、干这当垆卖酒的低三下四勾当？"

岳灵珊道："爹爹本是派二师哥去福州的。是我想下山来玩儿，定要跟着二师哥去。"

林平之道："你爹爹管治门人弟子如此严厉，倘若他认为不妥，便任你跪着哀求三日三夜，也决计不会准许。自然因为他信不过二师哥，这才派你在旁监视。"

岳灵珊默然，似乎觉得林平之的猜测，也非全然没有道理，隔了一会，说道："你信也好，不信也好，总之我到福州之前，从未听见过'辟邪剑谱'四字。爹爹只说，大师哥打了青城弟子，双方生了嫌隙，现下青城派人众大举东行，只怕于我派不利，因此派二师哥和我去暗中查察。"

林平之叹了口气，似乎心肠软了下来，说道："好罢，我便再信你一次。可是我已变成这个样子，你跟着我又有什么意思？你我仅有夫妻之名，并无夫妻之实。你还是处女之身，这就回头……回头到令狐冲那里去罢！"

盈盈一听到"你我仅有夫妻之名，并无夫妻之实，你还是处女之身"这句话，不由得吃了一惊，心道："那是什么缘故？"随即羞得满面通红，连脖子中也热了，心想："女孩儿家去偷听人家夫妻的私话，已大大不该，却又去想那是什么缘故，真是……真是……"转身便行，但只走得几步，好奇心大盛，再也按捺不住，当即停步，侧耳又听，但心下害怕，不敢回到先前站立处，和林岳二人便相隔远了些，但二人的话声仍清晰入耳。

　　只听岳灵珊幽幽的道："我只和你成亲三日，便知你心中恨我极深，虽和我同房，却不肯和我同床。你既然这般恨我，又何必……何必……娶我？"林平之叹了口气，说道："我没恨你。"岳灵珊道："你不恨我？那为什么日间假情假意，对我亲热之极，一等晚上回到房中，连话也不跟我说一句？爸爸妈妈几次三番查问你待我怎样，我总是说你很好，很好，很好……哇……"说到这里，突然纵声大哭。

　　林平之一跃上车，双手握住她肩膀，厉声道："你说你爹妈几次三番的查问，要知道我待你怎样，此话当真？"岳灵珊呜咽道："自然是真的，我骗你干么？"林平之问道："明明我待你不好，从来没跟你同床。那你又为什么说很好？"岳灵珊泣道："我既然嫁了你，便是你林家的人了。只盼你不久便回心转意。我对你一片真心，我……我怎可编排自己夫君的不是？"

　　林平之半晌不语，只是咬牙切齿，过了好一会，才慢慢的道："哼，我只道你爹爹顾念着你，对我还算手下留情，岂知全仗你从中遮掩。你若不是这么说，姓林的早就死在华山之巅了。"

　　岳灵珊抽抽噎噎的道："哪有此事？夫妻俩新婚，便有些小小不和，做岳父的岂能为此而将女婿杀了？"

　　盈盈听到这里，慢慢向前走了几步。

　　林平之恨恨的道："他要杀我，不是为我待你不好，而是为我学了辟邪剑法。"

　　岳灵珊道："这件事我可真不明白了。你和爹爹这几日来所使的剑法古怪之极，可是威力却又强大无比。爹爹打败左冷禅，夺得五岳派掌门，你杀了余沧海、木高峰，难道……难道这当真便是辟邪剑法吗？"

林平之道："正是！这便是我福州林家的辟邪剑法！当年我曾祖远图公以这七十二路剑法威慑群邪，创下'福威镖局'的基业，天下英雄，无不敬仰，便是由此。"他说到这件事时，声音也响了起来，语音中充满了得意之情。

岳灵珊道："可是，你一直没跟我说已学会了这套剑法。"林平之道："我怎么敢说？令狐冲在福州抢到了那件袈裟，毕竟还是拿不去，只不过录着剑谱的这件袈裟，却落入了你爹爹手中……"岳灵珊尖声叫道："不，不会的！爹爹说，剑谱给大师哥拿了去，我曾求他还给你，他说什么也不肯。"林平之哼的一声冷笑。岳灵珊又道："大师哥剑法厉害，连爹爹也敌他不过，难道他所使的不是辟邪剑法？不是从你家的《辟邪剑谱》学的？"

林平之又是一声冷笑，说道："令狐冲虽然奸猾，但比起你爹爹来，可又差得远了。再说，他的剑法乱七八糟，怎能和我家的辟邪剑法相比？在封禅台侧比武，他连你也比不过，在你剑底受了重伤，哼哼，又怎能和我家的辟邪剑法相比？"岳灵珊低声道："他是故意让我的。"林平之冷笑道："他对你的情义可深着哪！"

这句话盈盈倘若早一日听见，虽然早知令狐冲比剑时故意容让，仍会恼怒之极，可是今宵两人良夜同车，湖畔清谈，已然心意相照，她心中反而感到一阵甜意："他从前确是对你很好，可是现下却待我好得多了。这可怪不得他，不是他对你变心，实在是你欺侮得他太也狠了。"

岳灵珊道："原来大师哥所使的不是辟邪剑法，那为什么爹爹一直怪他偷了你家的《辟邪剑谱》？那日爹爹将他逐出华山门墙，宣布他罪名之时，那也是一条大罪。这么说来，我……我可错怪他了。"林平之冷笑道："有什么错怪？令狐冲又不是不想夺我的剑谱，实则他确已夺去了。只不过强盗遇着贼爷爷，他重伤之后，晕了过去，你爹爹从他身上搜了出来，乘机赖他偷了去，以便掩人耳目，这叫做贼喊捉贼……"岳灵珊怒道："什么贼不贼的，说得这么难听！"林平之道："你爹爹做这种事，就不难听？他做得，我便说不得？"

岳灵珊叹了口气，说道："那日在向阳巷中，这件袈裟是给嵩山派的坏人夺了去的。大师哥杀了这二人，将袈裟夺回，未必是想据为己有。大师哥气量大得很，从小就不贪图旁人的物事。爹爹说他取了你的剑谱，我一直有些怀疑，只是爹爹既这么说，又见大师哥剑法突然大进，连爹爹也及不上，这才不由得不信。"

盈盈心道："你能说这几句话，不枉了冲郎爱你一场。"

林平之冷笑道："他这么好，你为什么又不跟他去？"岳灵珊道："平弟，你到此刻，还是不明白我的心。大师哥和我从小一块儿长大，在我心中，他便是我的亲哥哥一般。我对他敬重亲爱，只当他是兄长，从来没当他是情郎。自从你来到华山之后，我跟你说不出的投缘，只觉一刻不见，心中也是抛不开，放不下，我对你的心意，永永远远也不会变。"

林平之道："你和你爹爹原有些不同，你……你更像你妈妈。"语气转为柔和，显然对岳灵珊的一片真情，心中也颇为感动。

两人半晌不语，过了一会，岳灵珊道："平弟，你对我爹爹成见很深，你们二人今后在一起也不易和好的了。我是嫁鸡……我……我总之是跟定了你。咱们还是远走高飞，找个隐僻的所在，快快活活过日子。"

林平之冷笑道："你倒想得挺美。我这一杀余沧海、木高峰，已闹得天下皆知，你爹爹自然知道我已学了辟邪剑法，他又怎能容得我活在世上？"

岳灵珊叹道："你说我爹爹谋你的剑谱，事实俱在，我也不能为他辩白。但你口口声声说，为了你学过辟邪剑法，他定要杀你，天下焉有是理？《辟邪剑谱》本是你家之物，你学这剑法，乃是天经地义，理所当然。我爹爹就算再不通情理，也决不能为此杀你。"

林平之道："你这么说，只因为你既不明白你爹爹为人，也不明白这《辟邪剑谱》到底是什么东西。"岳灵珊道："我虽对你死心塌地，可是对你的心，我实在也不明白。"林平之道："是了，你不明白！你不明白！你何必要明白？"说到这里，语气又暴躁起来。

岳灵珊不敢再跟他多说，道："嗯，咱们走罢！"林平之道："上哪里去？"岳灵珊道："你爱去哪里，我也去哪里。天涯海角，总是和你在一起。"林平之道："你这话当真？将来不论如何，可都不要后悔。"岳灵珊道："我决心和你好，决意嫁你，早就打定了一辈子的主意，哪里还会后悔？你的眼睛受伤，又不是一定治不好，就算真的难以复元，我也是永远陪着你，服侍你，直到我俩一起死了。"

这番话情意真挚，盈盈在高粱丛中听着，不禁心中感动。

林平之哼了一声，似乎仍是不信。岳灵珊轻声说道："平弟，你心中仍然疑我。我……我……今晚什么都交了给你，你……你总信得过我了罢。我俩今晚在这里洞房花烛，做真正的夫妻，从而后，做……真正的夫妻……"她声音越说越低，到后来已几不可闻。

盈盈又是一阵奇窘，心想："到了这时候，我再听下去，以后还能做人吗？"当即缓步移开，暗骂："这岳姑娘真不要脸！在这阳关大道之上，怎能……怎能……呸！"

猛听得林平之一声大叫，声音甚是凄厉，跟着喝道："滚开！别过来！"盈盈大吃一惊，心道："干什么了？为什么这姓林的这么凶？"跟着便听得岳灵珊哭了出来。林平之喝道："走开，走开！快走得远远的，我宁可给你父亲杀了，不要你跟着我。"岳灵珊哭道："你这样轻贱于我……到底……到底我做错了什么……"林平之道："我……我……"顿了一顿，又道："你……你……"但又住口不说。

岳灵珊道："你心中有什么话，尽管说个明白。倘若真是我错了，即或是你怪我爹爹，不肯原谅，你明白说一句，也不用你动手，我立即横剑自刎。"刷的一声响，拔剑出鞘。

盈盈心道："她这可要给林平之逼死了，非救她不可！"快步走回，离大车甚近，以便抢救。

林平之又道："我……我……"过了一会，长叹一声，说道："这不是你的错，是我自己不好。"岳灵珊抽抽噎噎的哭个不停，又羞又急，又是气苦。林平之道："好，我跟你说了便是。"岳灵珊泣道："你打我也好，杀我也好，就别这样教人家不明不白。"林平之道："你既对我并非假意，我也就明白跟你说了，好教你从此死了这心。"岳灵珊道："为什么？"

林平之道："为什么？我林家的辟邪剑法，在武林中向来大大有名。余沧海和你爹爹都是一派掌门，自身原以剑法见长，却也要千方百计的来谋我家的剑谱。可是我爹爹的武功却何以如此不济？他任人欺凌，全无反抗之能，那又为什么？"岳灵珊道："或者因为公公他老人家天性不宜习武，又或者自幼体弱。武林世家的子弟，也未必个个武功高强的。"林平之道："不对。我爹爹就算剑法不行，也不过是学得不到家，内功根柢浅，剑法造诣差。可是他所教我的辟邪剑法，压根儿就是错的，从头至尾，就不是那一回事。"岳灵珊沉吟道："这……这可就奇怪得很了。"

林平之道："其实说穿了也不奇怪。你可知我曾祖远图公，本来是什么人？"岳灵珊道："不知道。"林平之道："他本来是个和尚。"岳灵珊道："原来是出家人。有些武林英雄，在江湖上创下了轰轰烈烈的事业，临到老来看破世情，出家为僧，也是有的。"林平之道："不是。我曾祖不是老了才出家，他是先做和尚，后来再还俗的。"岳灵珊道："英雄豪杰，少年时做过和尚，也不是没有。明朝开国皇帝太祖朱元璋，小时候便曾在皇觉寺出家为僧。"

盈盈心想："岳姑娘知道丈夫心胸狭窄，不但没一句话敢得罪他，还不住口的宽慰。"

只听岳灵珊又道："咱们曾祖远图公少年时曾出过家，想必是公公对你说的。"林平之道："我爹爹从未说过，恐怕他也不会知

1256

道。我家向阳巷老宅的那座佛堂，那一晚我和你一起去过。"岳灵珊道："是。"林平之道："这《辟邪剑谱》为什么抄录在一件袈裟上？只因为他本来是和尚，见到剑谱之后，偷偷的抄在袈裟上，盗了出来。他还俗之后，在家中起了一座佛堂，没敢忘了礼敬菩萨。"岳灵珊道："你的推想很有道理。可是，也说不定是有一位高僧，将剑谱传给了远图公，这套剑谱本来就是写在袈裟上的。远图公得到这套剑谱，手段本就光明正大。"

林平之道："不是的。"岳灵珊道："你既这么推测，想必不错。"林平之道："不是我推测，是远图公亲笔写在袈裟上的。"岳灵珊道："啊，原来如此。"林平之道："他在剑谱之末注明，他原在寺中为僧，以特殊机缘，从旁人口中闻此剑谱，录于袈裟之上。他郑重告诫，这门剑法太过阴损毒辣，修习者必会断子绝孙。尼僧习之，已然甚不相宜，大伤佛家慈悲之意，俗家人更万万不可研习。"岳灵珊道："可是他自己竟又学了。"林平之道："当时我也如你这么想，这剑法就算太过毒辣，不宜修习，可是远图公习了之后，还不是一般的娶妻生子，传种接代？"岳灵珊道："是啊。不过也可能是他先娶妻生子，后来再学剑法。"

林平之道："决计不是。天下习武之人，任你如何英雄了得，定力如何高强，一见到这剑谱，决不可能不会依法试演一招。试了第一招之后，决不会不试第二招；试了第二招后，更不会不试第三招。不见剑谱则已，一见之下，定然着迷，再也难以自拔，非从头至尾修习不可。就算明知将有极大祸患，那也是一切都置之脑后了。"

盈盈听到这里，心想："爹爹曾道，这《辟邪剑谱》，其实和我教的《葵花宝典》同出一源，基本原理并无二致，无怪岳不群和这林平之的剑法，竟然和东方不败如此近似。"又想："爹爹说道，《葵花宝典》上的功夫习之有损无益。他知道学武之人一见到内容精深的武学秘籍，纵然明知习之有害，却也会陷溺其中，难以自拔。他根本自始就不翻看宝典，那自是最明智的上上之策。"脑中忽然闪过一个念头："那他为什么传给了东方不败？"

想到这一节，自然而然的就会推断："原来当时爹爹已瞧出东方不败包藏祸心，传他宝典是有意陷害于他。向叔叔却还道爹爹颠颠顸蒙瞳，给东方不败蒙在鼓里，空自着急。其实以爹爹如此精明厉害之人，怎会长期的如此胡涂？只不过人算不如天算，东方不败竟然先下手为强，将爹爹捉了起来，囚入西湖湖底。总算他心地还不是坏得到家，倘若那时竟将爹爹一刀杀了，或者吩咐不给饮食，爹爹哪里还有报仇雪恨的机会？其实我们能杀了东方不败，那也是侥幸之极的事，若无冲郎在旁援手，爹爹、向叔叔、上官云和我四人，一上来就给东方不败杀了。又若无杨莲亭在旁乱他心神，东方不败仍是不败。"

想到这里，不由得觉得东方不败有些可怜，又想："他囚禁了我爹爹之后，待我着实不薄，礼数周到。我在日月神教之中，便和公主娘娘无异。今日我亲生爹爹身为教主，我反无昔时的权柄风光。唉，我今日已有了冲郎，还要那些劳什子的权柄风光干什么？"

回思往事，想到父亲的心计深沉，不由得暗暗心惊："直到今天，爹爹还是没答允将散功的法门传授冲郎。冲郎体内积贮了别人的异种真气，不加发散，祸胎越结越巨，迟早必生大患。爹爹说道，只须他入了我教，不但立即传他此术，还宣示教众，立他为教主的承继之人，可是冲郎偏偏不肯低头屈从，当真是为难得很。"一时喜，一时忧，悄立于高粱丛中，虽说是思潮杂沓，但想来想去，总是归结在令狐冲身上。

这时林平之和岳灵珊也是默默无言。过了好一会，听得林平之说道："远图公一见剑谱之后，当然立即就练。"岳灵珊道："这套剑法就算真有祸患，也决不会立即发作，总是在练了十年八年之后，才有不良后果。远图公娶妻生子，自是在祸患发作之前的事了。"林平之道："不……是……的。"这三个字拖得很长，可是语意中并无丝毫犹疑，顿了一顿，道："我初时也如你这般想，只过得几天，便知不然。我爷爷决不能是远图公的亲生儿子，多半是远图公领养的。远图公娶妻生子，只是为了掩人耳目。"

岳灵珊"啊"的一声，颤声道："掩人耳目？那……那为了什么？"

林平之哼了一声不答，过了一会，说道："我见到剑谱之时，和你好事已近。我几次三番想要等到和你成亲之后，真正做了夫妻，这才起始练剑。可是剑谱中所载的招式法门，非任何习武之人所能抗拒。我终于……我终于……自宫习剑……"

岳灵珊失声道："你……你自……自宫练剑？"林平之阴森森的道："正是。这《辟邪剑谱》的第一道法诀，便是：'武林称雄，挥剑自宫'。"岳灵珊道："那……那为什么？"林平之道："练这辟邪剑法，自练内功入手。若不自宫，一练之下，立即欲火如焚，登时走火入魔，僵瘫而死。"岳灵珊道："原来如此。"语音如蚊，几不可闻。

盈盈心中也道："原来如此！"这时她才明白，为什么东方不败一代枭雄，武功无敌于天下，却身穿妇人装束，拈针绣花，而对杨莲亭这样一个虬髯魁梧、俗不可耐的臭男人，却又如此着迷，原来为了练这邪门武功，他已成了不男不女之身。

只听得岳灵珊轻轻啜泣，说道："当年远图公假装娶妻生子，是为了掩人耳目，你……你也是……"林平之道："不错，我自宫之后，仍和你成亲，也是掩人耳目，不过只是要掩你爹爹一人的耳目。"

岳灵珊呜呜咽咽的只是低泣。林平之道："我一切都跟你说了，你痛恨我入骨，这就走罢。"岳灵珊哽咽道："我不恨你，你是为情势所逼，无可奈何。我只恨……只恨当年写下那《辟邪剑谱》之人，为什么……为什么要这样害人。"林平之嘿嘿一笑，说道："这位前辈英雄，是个太监。"

岳灵珊"嗯"了一声，说道："然则……然则我爹爹……也是……也是像你这样……"林平之道："既练此剑法，又怎能例外？你爹爹为一派掌门，倘若有人知道他挥剑自宫，传将出去，岂不是腾笑江湖？因此他如知我习过这门剑法，非杀我不可。他几次三番查问我对你如何，便是要确知我有无自宫。假如当时你稍有怨怼之情，我这条命早已不保了。"岳灵珊道："现下他是知道了。"林平之道："我杀余沧海，杀木高峰，数日之内，便将传遍武林，天下皆知。"言下甚是得意。岳灵珊道："照这么说，只怕……只怕我爹爹真的放你不过，咱们到哪里去躲避才好？"

林平之奇道："咱们？你既已知道我这样了，还愿跟着我？"岳灵珊道："这个自然。平弟，我对你一片心意，始终……始终如一。你的身世甚是可怜……"她一句话没说完，突然"啊"的一声叫，跃下车来，似是给林平之推了下来。

只听得林平之怒道："我不要你可怜，谁要你可怜了？林平之剑术已成，什么也不怕。等我眼睛好了之后，林平之雄霸天下，什么岳不群、令狐冲，什么方证和尚、冲虚道士，都不是我的对手。"

盈盈心下暗怒："等你眼睛好了？哼，你的眼睛好得了吗？"对林平之遭际不幸，她本来颇有恻然之意，待听到他对妻子这等无情无义，又这等狂妄自大，不禁颇为不齿。

岳灵珊叹了口气，道："你总得先找个地方，暂避一时，将眼睛养好了再说。"林平之道："我自有对付你爹的法子。"岳灵珊道："这件事既然说来难听，你自然不会说，爹爹也不用担心你。"林平之冷笑道："哼，对你爹爹的为人，我可比你明白得多了。明天我一见到有人，立即便说及此事。"岳灵珊急道："那又何必？你这不是……"林平之道："何必？这是我保命全身的法门。我逢人便说，不久自然传入你爹爹耳中。岳不群既知我已然说了出来，便不能再杀我灭口，他反而要千方百计的保全我性命。"岳灵珊道："你的想法真是希奇。"林平之道："有什么希奇？你爹爹是否自宫，一眼是瞧不出来的。他胡子落了，大可用漆黏上去，旁人不免将信将疑。但若我忽然不明不白的死了，人人都会说是岳不群所杀，这叫做欲盖弥彰。"岳灵珊叹了口气，默不作声。

盈盈寻思："林平之这人心思甚是机敏，这一着委实厉害。岳姑娘夹在中间，可为难得很了。这么一来，她父亲不免声名扫地，但如设法阻止，却又危及丈夫性命。"

林平之道："我纵然双眼从此不能见物，但父母大仇得报，一生也决不后悔。当日令狐冲传我爹爹遗言，说向阳巷老宅中祖宗的遗物，千万不可翻看，这是曾祖传下来的遗训。现下我是细看过了，虽然没遵照祖训，却报了父母之仇。若非如此，旁人都道我林家的辟邪剑法浪得虚名，福威镖局历代总镖头都是欺世盗名之徒。"

岳灵珊道："当时爹爹和你都疑心大师哥，说他取了你林家的《辟邪剑谱》，说他捏造公公的遗言……"林平之道："就算是我错怪了他，却又怎地？当时连你自己，也不是一样的疑心？"岳灵珊轻轻叹息一声，说道："你和大师哥相识未久，如此疑心，也是人情之常。可是爹爹和我，却不该疑他。世上真正信得过他的，只有妈妈一人。"

盈盈心道："谁说只有你妈妈一人？"

林平之冷笑道："你娘也真喜欢令狐冲。为了这小子，你父母不知口角了多少次。"岳灵珊讶道："我爹爹妈妈为了大师哥口角？我爹妈是从来不口角的，你怎么知道？"林平之冷笑道："从来不口角？那只是装给外人看看而已。连这种事，岳不群也戴起伪君子的假面具。我亲耳听得清清楚楚，难道会假？"岳灵珊道："我不是说假，只是十分奇怪。怎么我没听到，你听到了？"林平之道："现下说与你知，也不相干。那日在福州，嵩山派的两人抢了那袈裟去。那两人给令狐冲杀死，袈裟自然是令狐冲得去了。可是当他身受重伤、昏迷不醒之际，我搜他身上，袈裟却已不知去向。"岳灵珊道："原来在福州城中，你已搜过大师哥身上。"林平之道："正是，那又怎样？"岳灵珊道："没什么。"

盈盈心想："岳姑娘以后跟着这奸狡凶险、暴躁乖戾的小子，这一辈子，苦头可有得吃了。"忽然又想："我在这里这么久了，冲郎一定挂念。"侧耳倾听，不闻有何声息，料想他定当平安无事。

只听林平之续道："袈裟既不在令狐冲身上，定是给你爹娘取了去。从福州回到华山，我潜心默察，你爹爹掩饰得也真好，竟半点端倪也瞧不出来。你爹爹那时得了病，当然，谁也不知道他是一见袈裟上的《辟邪剑谱》之后，立即便自宫练剑。旅途之中众人聚居，我不敢去窥探你父母的动静，一回华山，我每晚都躲在你爹娘卧室之侧的悬崖上，要从他们的谈话之中，查知剑谱的所在。"岳灵珊道："你每天晚上都躲在那悬崖上？"

林平之道："正是。"岳灵珊又重复问了一句："每天晚上？"盈盈听不到林平之的回答，想来他是点了点头。只听得岳灵珊叹道："你真有毅力。"林平之道："为报大仇，不得不然。"岳灵珊低低应了声："是。"

只听林平之道："我接连听了十几晚，都没听到什么异状。有一天晚上，听得你妈妈说道：'师哥，我觉得你近来神色不对，是不是练那紫霞神功有些儿麻烦？可别太求精进，惹出乱子来。'你爹笑了一声，说道：'没有啊，练功顺利得很。'你妈道：'你别瞒我，为什么你近来说话的嗓子变了，又尖又高，倒像女人似的。'你爹道：'胡说八道！我说话向来就是这样的。'我听得他说这句话，嗓声就尖得很，确像是个女子在大发脾气。你妈道：'还说没变？你一生之中，就从来没对我这样说过话。我俩夫妇多年，你心中有什么解不开的事，何以瞒我？'你爹道：'有什么解不开的事？嗯，嵩山之会不远，左冷禅意图吞并四派，其心昭然若揭。我为此烦心，那也是有的。'你妈道：'我看还不止于此。'你爹又生气了，尖声道：'你便是瞎疑心，此外更有什么？'你妈道：'我说了出来，你可别发火。我知道你是冤枉了冲儿。'你爹道：'冲儿？他和魔教中人交往，和魔教那个姓任的姑娘结下私情，天下皆知，有什么冤枉他的？'"

盈盈听他转述岳不群之言，提到自己，更有"结下私情，天下皆知"八字，脸上微微一热，但随即心中涌起一股柔情。

只听林平之续道："你妈说道：'他和魔教中人结交，自是没冤枉他。我说你冤枉他偷了平儿的《辟邪剑谱》。'你爹道：'难道剑谱不是他偷的？他剑术突飞猛进，比你比我还要高明，你又不是没见过？'你妈道：'那定是他另有际遇。我断定他决计没拿《辟邪剑谱》。冲儿任性胡闹，不听你我的教训，那是有的。但他自小光明磊落，决不做偷偷摸摸的事。自从珊儿跟平儿要好，将他撇下之后，他这等傲性之人，便是平儿双手将剑谱奉送给他，他也决计不收。'"

盈盈听到这里，心中说不出的欢喜，真盼立时便能搂住了岳夫人，好好感谢她一番，心想不枉你将冲郎从小抚养长大，华山全派，只有你一人，才真正明白他的为人；又想单凭她这几句话，他日若有机缘，便须好好报答她才是。

林平之续道："你爹哼了一声，道：'你这么说，咱们将令狐冲这小子逐出门墙，你倒似好生后悔。'你妈道：'他犯了门规，你执行祖训，清理门户，无人可以非议。但你说他结交左道，罪名已经够了，何必再冤枉他偷盗剑谱？其实你比我还明白得多。你明知他没拿平儿的《辟邪剑谱》。'你爹叫了起来：'我怎么知道？我怎么知道？'"

林平之的声音也是既高且锐，仿效岳不群尖声怒叫，静夜之中，有如厉枭夜啼，盈盈不由得毛骨悚然。

隔了一会，才听他续道："你妈妈缓缓的道：'你自然知道，只因为这部剑谱，是你取了去的。'你爹怒声吼叫：'你……你说……是我……'但只说了几个字，突然住口。你妈声音十分平静，说道：'那日冲儿受伤昏迷，我替他止血治伤之时，见到他身上有件袈裟，写满了字，似乎是剑法之类。第二次替他换药，那件袈裟已经不见了，其时冲儿仍然昏迷未醒。这段时候之中，除了你我二人，并无别人进房。这件袈裟可不是我拿的。'"

岳灵珊哽咽道："我爹爹……我爹爹……"林平之道："你爹几次插口说话，但均只含糊不清的说了一两个字，便没再说下去。你妈妈语声渐转柔和，说道：'师哥，我华山一派的剑术，自有独到的造诣，紫霞神功的气功更是不凡，以此与人争雄，自亦足以树名声于江湖，原不必再去另学别派剑术。只是近来左冷禅野心大炽，图并四派。华山一派在你手中，说什么也不能沦亡于他手中。咱们联络泰山、恒山、衡山三派，到时以四派斗他一派，我看还是占了六成赢面。就算真的不胜，大伙儿轰轰烈烈的剧斗一场，将性命送在嵩山，也就是了，到了九泉之下，也不致愧对华山派的列祖列宗。'"

盈盈听到这里，心下暗赞："这位岳夫人确是女中须眉，比她丈夫可有骨气得多了。"

只听岳灵珊道："我妈这几句话，可挺有道理呀。"林平之冷笑道："可是其时你爹爹已拿了我的剑谱，早已开始修习，哪里还肯听师娘的劝？"他突然称一句"师娘"，足见在他心中，对岳夫人还是不失敬意，继续道："你爹爹那时说道：'你这话当真是妇人之见。逞这等匹夫之勇，徒然送了性命，华山派还是给左冷禅吞了，死了之后，未必就有脸面去见华山派列祖列宗。'你妈半晌不语，叹道：'你苦心焦虑，为了保全本派，有些事我也不能怪你。只是……只是那辟邪剑法练之有损无益，否则的话，为什么林家子孙都不学这剑法，以致被人家逼得走投无路？我劝你还是悬崖勒马，及早别学了罢。'你爹爹大声道：'你怎知我在学辟邪剑法？你……你……在偷看我吗？'你妈道：'我又何必偷看这才知道？'你爹大声道：'你说，你说！'他说得声嘶力竭，话音虽响，却显得颇为气馁。

"你妈道：'你说话的声音，就已经全然变了，人人都听得出来，难道你自己反而不觉得？'你爹还在强辩：'我向来便是如此。'你妈道：'每天早晨，你被窝里总是落下了许多胡须……'你爹尖叫一声：'你瞧见了？'语音甚是惊怖。你妈叹道：'我早瞧见了，一直不说。你黏的假须，能瞒过旁人，却怎瞒得过和你做了几十年夫妻的枕边之人？'你爹见事已败露，无可再辩，隔了良久，问道：'旁人还有谁知道了？'你妈道：'没有。'你爹问：'珊儿呢？'你妈道：'她不会知道的。'你爹道：'平之自然也不知了？'

你妈道：'不知。'你爹道：'好，我听你的劝，这件袈裟，明儿咱们就设法交给平之，再慢慢想法替令狐冲洗刷清白。这路剑法，我今后也不练了。'你妈十分欢喜，说道：'那当真再好也没有。不过这剑谱于人有损，岂可让平儿见到？还是毁去了的为是。'"

岳灵珊道："爹爹当然不肯答允了。要是他肯毁去了剑谱，一切都不会是这个样子。"

林平之道："你猜错了。你爹爹当时说道：'很好，我立即毁去剑谱！'我大吃一惊，便想出声阻止，剑谱是我林家之物，管他有益有害，你爹爹可无权毁去。便在此时，只听得窗子呀的一声打开，我急忙缩头，眼前红光一闪，那件袈裟飘将下来，跟着窗子又即关上。眼看那袈裟从我身旁飘过，我伸手一抓，差了数尺，没能抓到。其时我只知父母之仇是否能报，系于是否能抓到袈裟，全将生死置之度外，我右手搭在崖上，左脚拼命向外一勾，只觉脚尖似乎碰到了袈裟，立即缩将回来，当真幸运得紧，竟将那袈裟勾到了，没落入天声峡下的万仞深渊中。"

盈盈听他说得惊险，心想："你若没能将袈裟勾到，那才真是幸运得紧呢。"

岳灵珊道："妈妈只道爹爹将剑谱掷入了天声峡中，其实爹爹早将剑法记熟，袈裟于他已然无用，却让你因此而学得了剑法，是不是？"林平之道："正是。"

岳灵珊道："那是天意如此。冥冥之中，老天爷一切早有安排，要你由此而报公公、婆婆的大仇。那……那……那也很好。"

林平之道："可是有一件事，我这几天来几乎想破了头，也是难以明白。为什么左冷禅也会使辟邪剑法？"岳灵珊"嗯"了一声，语音冷漠，显然对左冷禅会不会使辟邪剑法，全然没放在心上。林平之道："你没学过这路剑法，不知其中的奥妙所在。那一日左冷禅与你爹爹在封禅台上大战，斗到最后，两人使的全是辟邪剑法。只不过左冷禅的剑法全然似是而非，每一招都似故意要输给你爹爹，总算他剑术根柢奇高，每逢极险之处，急变剑招，才得避过，但后来终于给你爹爹刺瞎了双眼。倘若……嗯……倘若他使嵩山剑法，被你爹爹以辟邪剑法所败，那并不希奇。辟邪剑法无敌于天下，原非嵩山剑法之所能匹敌。左冷禅没有自宫，练不成真正的辟邪剑法，那也不奇。我想不通的是，左冷禅这辟邪剑法却是从哪里学来的，为什么又学得似是而非?"他最后这几句话说得迟疑不定，显是在潜心思索。

盈盈心想："没有什么可听的了。左冷禅的辟邪剑法，多半是从我教偷学去的。他只学了些招式，却不懂这无耻的法门。东方不败的辟邪剑法比岳不群还厉害得多。你若见了，管教你就有三个脑袋，一起都想破了，也想不通其中的道理。"

她正欲悄悄退开，忽听得远处马蹄声响，二十余骑在官道上急驰而来。

只见岳灵珊的坟上茁发了几枚青草的嫩芽，令狐冲心想：“小师妹坟上也生青草了。她在坟中，却又不知如何？”忽听得背后传来几下清幽的箫声。

三十六　伤　逝

　　盈盈生怕令狐冲有失，急展轻功，赶到大车旁，说道："冲哥，有人来了！"

　　令狐冲笑道："你又在偷听人家杀鸡喂狗了，是不是？怎地听了这么久？"盈盈呸了一声，想到刚才岳灵珊确是便要在那大车之中，和林平之"做真正夫妻"，不由得满脸发烧，说道："他们……他们在说修习……修习辟邪剑法的事。"令狐冲道："你说话吞吞吐吐，一定另有古怪，快上车来，说给我听，不许隐瞒抵赖。"盈盈道："不上来！好没正经。"令狐冲笑道："怎么好没正经？"盈盈道："不知道！"这时蹄声更加近了，盈盈道："听人数是青城派没死完的弟子，果真是跟着报仇来啦！"

　　令狐冲坐起身来，说道："咱们慢慢过去，时候也差不多了。"盈盈道："是。"她知令狐冲对岳灵珊关心之极，既有敌人来袭，他受伤再重，也是非过去援手不可，何况任由他一人留在车中，自己出手救人，也不放心，当下扶着他跨下车来。

　　令狐冲左足踏地，伤口微觉疼痛，身子一侧，碰了碰车辕。拉车的骡子一直悄无声息，大车一动，只道是赶它行走，头一昂，便欲嘶叫。盈盈短剑一挥，一剑将骡头切断，干净利落之极。令狐冲轻声赞道："好！"他不是赞她剑法快捷，以她这等武功，快剑一挥，骡头便落，毫不希奇，难得的是当机立断，竟不让骡子发出半点声息。至于以后如何拉车，如何赶路，那是另一回事了。

令狐冲走了几步，听得来骑蹄声又近了些，当即加快步子。盈盈寻思："他要抢在敌人头里，走得快了，不免牵动伤口。我如伸手抱他负他，岂不羞人？"轻轻一笑，说道："冲哥，可要得罪了。"不等令狐冲回答，右手抓住他背后腰带，左手抓住他衣领，将他身子提了起来，展开轻功，从高粱丛中疾行而前。令狐冲又是感激，又是好笑，心想自己堂堂恒山派掌门，给她这等如提婴儿般抓在手里，倘若教人见了，当真颜面无存，但若非如此，只怕给青城派人众先到，小师妹立遭凶险，她此举显然是深体自己心意。

盈盈奔出数十步，来骑马蹄声又近了许多。她转头望去，只见黑暗中一列火把高举，沿着大道驰来，说道："这些人胆子不小，竟点了火把追人。"令狐冲道："他们拼死一击，什么都不顾了，啊哟，不好！"盈盈也即想起，说道："青城派要放火烧车。"令狐冲道："咱们上去截住了，不让他们过来。"盈盈道："不用心急，要救两个人，总还办得到。"令狐冲知她武功了得，青城派中余沧海已死，余人殊不足道，当下也放宽了心。

盈盈抓着令狐冲，走到离岳灵珊大车的数丈处，扶他在高粱丛中坐好，低声道："你安安稳稳的坐着别动。"

只听得岳灵珊在车中说道："敌人快到了，果然是青城派的鼠辈。"林平之道："你怎知道？"岳灵珊道："他们欺我夫妻受伤，竟人人手执火把追来，哼，肆无忌惮之极。"林平之道："人人手执火把？"岳灵珊道："正是。"林平之多历患难，心思缜密，可比岳灵珊机灵得多，忙道："快下车，鼠辈要放火烧车！"岳灵珊一想不错，道："是！否则要这许多火把干什么？"一跃下车，伸手握住林平之的手。林平之跟着也跃了下来。两人走出数丈，伏在高粱丛中，与令狐冲、盈盈两人所伏处相距不远。

蹄声震耳，青城派众人驰近大车，先截住了去路，将大车团团围住。一人叫道："林平之，你这狗贼，做乌龟么？怎地不伸出头来？"众人听得车中静寂无声，有人道："只怕是下车逃走了。"只见一个火把划过黑暗，掷向大车。

忽然车中伸出一只手来，接住了火把，反掷出来。

青城众人大哗，叫道："狗贼在车里！狗贼在车里！"

车中突然有人伸手出来，接住火把反掷，令狐冲和盈盈自是大出意料之外，想不到大车之中另有强援。岳灵珊却更大吃一惊，她和林平之说了这许久话，全没想到车中竟有旁人，眼见这人掷出火把，手势极劲，武功显是颇高。

青城弟子掷出八个火把，那人一一接住，一一还掷，虽然没伤到人，余下青城弟子却也不再投掷火把，只远远围着大车，齐声呐喊。火光下人人瞧得明白，那只手干枯焦黄，青筋突起，是老年人之手。有人叫道："不是林平之！"另有人道："也不是他老婆。"有人叫道："龟儿子不敢下车，多半也受了伤。"

众人犹豫半响，见车中并无动静，突然间发一声喊，二十余人一涌而上，各挺长剑，向大车中插去。

只听得波的一声响，一人从车顶跃出，手中长剑闪烁，窜到青城派群弟子之后，长剑挥动，两名青城弟子登时倒地。这人身披黄衫，似是嵩山派打扮，脸上蒙了青布，只露出精光闪闪的一双眼珠，出剑奇快，数招之下，又有两名青城弟子中剑倒地。

令狐冲和盈盈双手一握，想的都是同一个念头："这人使的又是辟邪剑法。"但瞧他身形绝不是岳不群。两人又是同一念头："世上除了岳不群、林平之、左冷禅三人之外，居然还有第四人会使辟邪剑法。"

岳灵珊低声道："这人所使的，似乎跟你的剑法一样。"林平之"咦"的一声，奇道："他……他也会使我的剑法？你可没看错？"

片刻之间，青城派又有三人中剑。但令狐冲和盈盈都已瞧了出来，这人所使剑招虽是辟邪剑法，但闪跃进退固与东方不败相去甚远，亦不及岳不群和林平之的神出鬼没，只是他本身武功甚高，远胜青城诸弟子，加上辟邪剑法的奇妙，以一敌众，仍大占上风。

岳灵珊道："他剑法好像和你相同，但出手没你快。"林平之吁了口气，道："出手不快，便不合我家剑法的精义。可是……可是，他是谁？为什么会使这剑法？"

酣斗声中，青城弟子中又有一人被他长剑贯胸，那人大喝一声，抽剑出来，将另一人拦腰斩为两截。余人心胆俱寒，四下散开。那人一声呼喝，冲出两步。青城弟子中有人"啊"的一声叫，转头便奔，余人泄了气，一窝蜂的都走了。有的两人一骑，有的不及乘马，步行飞奔，刹那间走得不知去向。

那人显然也颇为疲累，长剑拄地，不住喘气。令狐冲和盈盈从他喘息之中，知道此人适才一场剧斗，为时虽暂，却已大耗内力，多半还已受了颇重的暗伤。

这时地下有七八个火把仍在燃烧，火光闪耀，明暗不定。

这黄衫老人喘息半晌，提起长剑，缓缓插入剑鞘，说道："林少侠、林夫人，在下奉嵩山左掌门之命，前来援手。"他语音极低，嗓声嘶哑，每一个字都说得含糊不清，似乎口中含物，又似舌头少了一截，声音从喉中发出。

林平之道："多谢阁下相助，请教高姓大名。"说着和岳灵珊从高粱丛中出来。

那老人道："左掌门得悉少侠与夫人为奸人所算，受了重伤，命在下护送两位前往稳妥之地，治伤疗养，担保令岳无法找到。"

令狐冲、盈盈、林平之、岳灵珊均想："左冷禅怎会知道其中诸般关节？"

林平之道："左掌门和阁下美意，在下甚是感激。养伤一节，在下自能料理，却不敢烦劳尊驾了。"那老人道："少侠双目为塞北明驼毒液所伤，不但复明甚难，而且此人所使毒药极为阴狠厉害，若不由左掌门亲施刀圭药石，只怕……只怕……少侠的性命亦自难保。"

林平之自中了木高峰的毒水后，双目和脸上均是麻痒难当，恨不得伸指将自己眼珠挖了出来，以大耐力，方始强行克制，知道此人所言非虚，沉吟道："在下和左掌门无亲无故，左掌门如何这等眷爱？阁下若不明言，在下难以奉命。"

那老人嘿嘿一笑，说道："同仇敌忾，那便如同有亲有故一般了。左掌门的双目为岳不群所伤。阁下双目受伤，推寻源由，祸端也是从岳不群身上而起。岳不群既知少侠已修习辟邪剑法，少侠便避到天涯海角，他也非追杀你不可。他此时身为五岳派掌门，权势熏天，少侠一人又如何能与之相抗？何况……何况……嘿嘿，岳不群的亲生爱女，便朝夕陪在少侠身畔，少侠便有通天本领，也难防床头枕边的暗算……"

岳灵珊突然大声道："二师哥，原来是你！"

她这一声叫了出来，令狐冲全身一震。他听那老者说话，声音虽然十分含糊，但语气听来甚熟，发觉是个相稔之人，听岳灵珊一叫，登时省悟，此人果然便是劳德诺。只是先前曾听岳灵珊说道，劳德诺已在福州为人所杀，以致万万想不到是他，然则岳灵珊先前所云的死讯并非事实。

只听那老者冷冷的道："小丫头倒也机警，认出了我的声音。"他不再以喉音说话，语音清晰，确是劳德诺。

林平之道："二师哥，你在福州假装为人所杀，然则……然则八师哥是你杀的？"

劳德诺哼了一声，说道："不是。英白罗这小孩儿，我杀他干么？"

岳灵珊大声道："还说不是呢？他……他……小林子背上这一剑，也是你砍的。我一直还冤枉了大师哥。哼，你做得好事，你又另外杀了一个老人，将他面目剁得稀烂，把你的衣服套在死人身上，人人都道你是给人害死了。"劳德诺道："你所料不错，若非如此，岳不群岂能就此轻易放过了我？但林少侠背上这一剑，却不是我砍的。"岳灵珊道："不是你？难道另有旁人？"

劳德诺冷冷的道："那也不是旁人，便是你的令尊大人。"岳灵珊叫道："胡说！自己干了坏事，却来含血喷人。我爹爹好端端

· 1273 ·

地，为什么要砍平弟？"劳德诺道："只因为那时候，你爹爹已从令狐冲身上得到了《辟邪剑谱》。这剑谱是林家之物，岳不群第一个要杀的，便是你的平弟。林平之倘若活在世上，你爹爹怎能修习辟邪剑法？"

岳灵珊一时无语，在她内心，知道这几句话甚是有理，但想到父亲竟会对林平之忽施暗算，总是不愿相信。她连说几句"胡说八道"，说道："就算我爹爹要害平弟，难道一剑会砍他不死？"

林平之忽道："这一剑，确是岳不群砍的，二师哥可没说错。"

岳灵珊道："你……你……你也这么说？"

林平之道："岳不群一剑砍在我背上，我受伤极重，情知无法还手，倒地之后，立即装死不动。那时我还不知暗算我的竟是岳不群，可是昏迷之中，听到八师哥的声音，他叫了句：'师父！'八师哥一句'师父'，救了我的性命，却送了他自己的性命。"岳灵珊惊道："你说八师哥也……也……也是我爹爹杀的？"林平之道："当然是啦！我只听得八师哥叫了'师父'之后，随即一声惨呼。我也就晕了过去，人事不知了。"

劳德诺道："岳不群本来想在你身上再补一剑，可是我在暗中窥伺，当下轻轻咳嗽了一声。岳不群不敢逗留，立即回入屋中。林兄弟，我这声咳嗽，也可说是救了你的性命。"

岳灵珊道："如果……如果我爹爹真要害你，以后……以后机会甚多，他怎地又不动手了？"林平之冷冷的道："我此后步步提防，教他再也没下手的机会。那倒也多亏了你，我成日和你在一起，他想杀我，就没这么方便。"岳灵珊哭道："原来……原来……你所以娶我，既是为了掩人耳目，又……又……不过将我当作一面挡箭牌。"

林平之不去理她，向劳德诺道："劳兄，你几时和左掌门结交上了？"劳德诺道："左掌门是我恩师，我是他老人家的第三弟子。"林平之道："原来你改投了嵩山派门下。"劳德诺道："不是改投嵩山门下。我一向便是嵩山门下，只不过奉了恩师之命，投入华山，用意是在查察岳不群的武功，以及华山派的诸般动静。"

令狐冲恍然大悟。劳德诺带艺投师，本门中人都是知道的，但他所演示的原来武功驳杂平庸，似是云贵一带旁门所传，万料不到竟是嵩山高弟。原来左冷禅意图吞并四派，蓄心已久，早就伏下了这着棋子；那么劳德诺杀陆大有、盗紫霞神功的秘谱，自是顺理成章，再也没什么希奇了。只是师父为人机警之极，居然也会给他瞒过。

林平之沉思片刻，说道："原来如此，劳兄将紫霞神功秘笈和《辟邪剑谱》从华山门中带到嵩山，使左掌门习到这路剑法，功劳不小。"

令狐冲和盈盈都暗暗点头，心道："左冷禅和劳德诺所以会使辟邪剑法，原来由此。林平之的脑筋倒也动得甚快。"

劳德诺恨恨的道："不瞒林兄弟说，你我二人，连同我恩师，可都栽在岳不群这恶贼手下了。这人阴险无比，咱们都中了他的毒计。"林平之道："嘿，我明白了。劳兄盗去的《辟邪剑谱》，已给岳不群做了手脚，因此左掌门和劳兄所使的辟邪剑法，有些不大对头。"

劳德诺咬牙切齿的道："当年我混入华山派门下，原来岳不群一起始便即发觉，只是不动声色，暗中留意我的作为。岳不群所录的《辟邪剑谱》上，所记的剑法虽妙，却都似是而非，更缺了修习内功的法门。他故意将假剑谱让我盗去，使我恩师所习剑法不全。一到生死决战之际，他引我恩师使此剑法，以真剑法对假剑法，自是手操胜券了。否则五岳派掌门之位，如何能落入他手？"

林平之叹了口气，道："岳不群奸诈凶险，你我都堕入了他的彀中。"

劳德诺道："我恩师十分明白事理，虽然给我坏了大事，却无一言一语责怪于我，可是我做弟子的却于心何安？我便拼着上刀山、下油锅，也要杀了岳不群这奸贼，为恩师报仇雪恨。"这几句话语气激愤，显得心中怨毒奇深。

林平之嗯了一声。劳德诺又道："我恩师坏了双眼，此时隐居嵩山西峰。西峰上另有十来位坏了双目之人，都是给岳不群与令狐冲害的。林兄弟随我去见我恩师，你是福州林家辟邪剑门的唯一传人，便是辟邪剑门的掌门，我恩师自当以礼相待，好生相敬。你双目能够治愈，那是最好，否则和我恩师隐居在一起，共谋报此大仇，岂不甚妙？"

这番话只说得林平之怦然心动，心想自己双目为毒液所染，自知复明无望，所谓治愈云云，不过是自欺自慰，自己和左冷禅都是失明之人，同病相怜，敌忾同仇，原是再好不过，只是素知左冷禅手段厉害，突然对自己这样好，必然另有所图，便道："左掌门一番好意，在下却不知何以为报。劳兄是否可以先加明示？"

劳德诺哈哈一笑，说道："林兄弟是明白人，大家以后同心合力，自当坦诚相告。我在岳不群那里取了一本不尽不实的剑谱去，累我师徒大上其当，心中自然不甘。我一路上见到林兄弟大施神威，以奇妙无比的剑法杀木高峰，诛余沧海，青城小丑，望风披靡，显是已得辟邪剑法真传，愚兄好生佩服，抑且艳羡得紧……"林平之已明其意，说道："劳兄之意，是要我将《辟邪剑谱》的真本取出来让贤师徒瞧瞧？"劳德诺道："这是林兄弟家传秘本，外人原不该妄窥。但今后咱们歃血结盟，要合力扑杀岳不群。林兄弟倘若双目完好，年轻力壮，自亦不惧于他。但以今日局面，却只有我恩师及愚兄都学到了辟邪剑法，三人合力，才有诛杀岳不群的指望，林兄弟莫怪。"

林平之心想：自己双目失明，实不知何以自存，何况若不答应，劳德诺便即用强，杀了自己和岳灵珊二人，劳德诺此议倘是出于真心，于己实利多于害，便道："左掌门和劳兄愿与在下结盟，在下是高攀了。在下家破人亡，失明残废，虽是由余沧海而起，但岳不群的阴谋亦是主因，要诛杀岳不群之心，在下与贤师徒一般无异。你我既然结盟，这《辟邪剑谱》，在下何敢自秘，自当取出供贤师徒参阅。"

劳德诺大喜，道："林兄弟慷慨大量，我师徒得窥《辟邪剑谱》真诀，自是感激不尽，今后林兄弟永远是我嵩山派上宾。你我情同手足，再也不分彼此。"林平之道："多谢了。在下随劳兄到得嵩山之后，立即便将剑谱真诀，尽数背了出来。"劳德诺道："背了出来？"

林平之道："正是。劳兄有所不知，这剑谱真诀，本由我家曾祖远图公录于一件袈裟之上。这件袈裟给岳不群盗了去，他才得窥我家剑法。后来阴错阳差，这袈裟又落在我手中。小弟生怕岳不群发觉，将剑谱苦记背熟之后，立即将袈裟毁去。倘若将袈裟藏在身上，有我这样一位贤妻相伴，姓林的焉能活到今日？"

岳灵珊在旁听着，一直不语，听到他如此讥讽，又哭了起来，泣道："你……你……"

劳德诺在车中曾听到他夫妻对话，情知林平之所言非虚，便道："如此甚好，咱们便同回嵩山如何？"林平之道："很好。"劳德诺道："须当弃车乘马，改行小道，否则途中撞上了岳不群，咱们可还不是他的对手。"他略略侧头，问岳灵珊道："小师妹，你是帮父亲呢？还是帮丈夫？"

岳灵珊收起了哭声，说道："我是两不相帮！我……我是个苦命人，明日去落发出家，爹爹也罢，丈夫也罢，从此不再见面了。"

林平之冷冷的道："你到恒山去出家为尼，正是得其所哉。"岳灵珊怒道："林平之，当日你走投无路之时，若非我爹爹救你，你早已死在木高峰的手下，焉能得有今日？就算我爹爹对你不起，我岳灵珊可没对你不起。你说这话，那是什么意思？"

林平之道："什么意思？我是要向左掌门表明心迹。"声音极是凶狠。

突然之间，岳灵珊"啊"的一声惨呼。

令狐冲和盈盈同时叫道："不好！"从高粱丛中跃了出来。令狐冲大叫："林平之，别害小师妹。"

劳德诺此刻最怕的，便是岳不群和令狐冲二人，一听到令狐冲的声音，不由得魂飞天外，当即抓住林平之的左臂，跃上青城弟子骑来的一匹马，双腿力夹，纵马狂奔。

令狐冲挂念岳灵珊的安危，不暇追敌，只见岳灵珊倒在大车的车夫座位上，胸口插了一柄长剑，探她鼻息，已是奄奄一息。

令狐冲大叫："小师妹，小师妹。"岳灵珊道："是……是大师哥么？"令狐冲喜道："是……是我。"伸手想去拔剑，盈盈忙伸手一格，道："拔不得。"

令狐冲见那剑深入半尺，已成致命之伤，这一拔出来，立即令她气绝而死，眼见无救，心中大恸，哭了出来，叫道："小……小师妹！"

岳灵珊道："大师哥，你陪在我身边，那很好。平弟……平弟，他去了吗？"令狐冲咬牙切齿，哭道："你放心，我一定杀了他，给你报仇。"岳灵珊道："不，不！他眼睛看不见，你要杀他，他不能抵挡。我……我……我要到妈妈那里去。"令狐冲道："好，我送你去见师娘。"盈盈听她话声越来越微，命在顷刻，不由得也流下泪来。

岳灵珊道："大师哥，你一直待我很好，我……我对你不起。我……我就要死了。"令狐冲垂泪道："你不会死的，咱们能想法子治好你。"岳灵珊道："我……我这里痛……痛得很。大师哥，我求你一件事，你……千万要答允我。"令狐冲握住她左手，道："你说，你说，我一定答允。"岳灵珊叹了口气，道："你……你……不肯答允的……而且……也太委屈了你……"声音越来越低，呼吸也越是微弱。

令狐冲道："我一定答允的，你说好了。"岳灵珊道："你说什么？"令狐冲道："我一定答允的，你要我办什么事，我一定给你办到。"岳灵珊道："大师哥，我的丈夫……平弟……他……他……瞎了眼睛……很是可怜……你知道么？"令狐冲道："是，我知道。"岳灵珊道："他在这世上，孤苦伶仃，大家都欺侮……欺侮他。

大师哥……我死了之后，请你尽力照顾他，别……别让人欺侮了他……"

令狐冲一怔，万想不到林平之毒手杀妻，岳灵珊命在垂危，竟然还是不能忘情于他。令狐冲此时恨不得将林平之抓来，将他千刀万剐，日后要饶了他性命，也是千难万难，如何肯去照顾这负心的恶贼？

岳灵珊缓缓的道："大师哥，平弟……平弟他不是真的要杀我……他怕我爹爹……他要投靠左冷禅，只好……只好刺我一剑……"

令狐冲怒道："这等自私自利、忘恩负义的恶贼，你……你还念着他？"

岳灵珊道："他……他不是存心杀我的，只不过……只不过一时失手罢了。大师哥……我求求你，求求你照顾他……"月光斜照，映在她脸上，只见她目光散乱无神，一对眸子浑不如平时的澄澈明亮，雪白的腮上溅着几滴鲜血，脸上全是求恳的神色。

令狐冲想起过去十余年中，和小师妹在华山各处携手共游，有时她要自己做什么事，脸上也曾露出过这般祈恳的神气，不论这些事多么艰难，多么违反自己的心愿，可从来没拒却过她一次。她此刻的求恳之中，却又充满了哀伤，她明知自己顷刻间便要死去，再也没机会向令狐冲要求什么，这是最后一次的求恳，也是最迫切的一次求恳。

霎时之间，令狐冲胸中热血上涌，明知只要一答允，今后不但受累无穷，而且要强迫自己做许多绝不愿做之事，但眼见岳灵珊这等哀恳的神色和语气，当即点头道："是了，我答允便是，你放心好了。"

盈盈在旁听了，忍不住插嘴道："你……你怎可答允？"

岳灵珊紧紧握着令狐冲的手，道："大师哥，多……多谢你……我……我这可放心……放心了。"她眼中忽然发出光采，嘴角边露出微笑，一副心满意足的模样。

令狐冲见到她这等神情，心想："能见到她这般开心，不论多大的艰难困苦，也值得为她抵受。"

忽然之间，岳灵珊轻轻唱起歌来。令狐冲胸口如受重击，听她唱的正是福建山歌，听到她口中吐出了"姊妹，上山采茶去"的曲调，那是林平之教她的福建山歌。当日在思过崖上心痛如绞，便是为了听到她口唱这山歌。她这时又唱了起来，自是想着当日与林平之在华山两情相悦的甜蜜时光。

她歌声越来越低，渐渐松开了抓着令狐冲的手，终于手掌一张，慢慢闭上了眼睛。歌声止歇，也停住了呼吸。

令狐冲心中一沉，似乎整个世界忽然间都死了，想要放声大哭，却又哭不出来。他伸出双手，将岳灵珊的身子抱了起来，轻轻叫道："小师妹，小师妹，你别怕！我抱你到你妈妈那里去，没有人再欺侮你了。"

盈盈见到他背上殷红一片，显是伤口破裂，鲜血不住渗出，衣衫上的血迹越来越大，但当此情景，又不知如何劝他才好。

令狐冲抱着岳灵珊的尸身，昏昏沉沉的迈出了十余步，口中只说："小师妹，你别怕，别怕！我抱你去见师娘。"突然间双膝一软，扑地摔倒，就此人事不知了。

迷糊之中，耳际听到几下丁冬、丁冬的清脆琴声，跟着琴声宛转往复，曲调甚是熟习，听着说不出的受用。他只觉全身没半点力气，连眼皮也不想睁开，只盼永远永远听着这琴声不断。琴声果然绝不停歇的响了下去，听得一会，令狐冲迷迷糊糊的又睡着了。

待得二次醒转，耳中仍是这清幽的琴声，鼻中更闻到芬芳的花香。他慢慢睁开眼来，触眼尽是花朵，红花、白花、黄花、紫花，堆满眼前，心想："这是什么地方？"听得琴声几个转折，正是盈盈常奏的《清心普善咒》，侧过头来，见到盈盈的背影，她坐在地下，正自抚琴。他渐渐看清楚了置身之所，似乎是在一个山洞之中，阳光从洞口射进来，自己躺在一堆柔软的草上。

令狐冲想要坐起，身下所垫的青草簌簌作声。琴声戛然而止，盈盈回过头来，满脸都是喜色。她慢慢走到令狐冲身畔坐下，凝望着他，脸上爱怜横溢。

刹那之间，令狐冲心中充满了幸福之感，知道自己为岳灵珊惨死而晕了过去，盈盈将自己救到这山洞中，心中突然又是一阵难过，但逐渐逐渐，从盈盈的眼神中感到了无比温馨。两人脉脉相对，良久无语。

令狐冲伸出左手，轻轻抚摸盈盈的手背，忽然间从花香之中，闻到一些烤肉的香气。盈盈拿起一根树枝，树枝上穿着一串烤熟了的青蛙，微笑道："又是焦的！"令狐冲大笑了起来。两人都想到了那日在溪边捉蛙烧烤的情景。

两次吃蛙，中间已经过了无数变故，但终究两人还是相聚在一起。

令狐冲笑了几声，心中一酸，又掉下泪来。盈盈扶着他坐了起来，指着山洞外一个新坟，低声道："岳姑娘便葬在那里。"令狐冲含泪道："多……多谢你了。"盈盈缓缓摇了摇头，道："不用多谢。各人有各人的缘份，也各有各的业报。"令狐冲心下暗感歉仄，说道："盈盈，我对小师妹始终不能忘情，盼你不要见怪。"

盈盈道："我自然不会怪你。如果你当真是个浮滑男子，负心薄幸，我也不会这样看重你了。"低声道："我开始……开始对你倾心，便因在洛阳绿竹巷中，隔着竹帘，你跟我说怎样恋慕你的小师妹。岳姑娘原是个好姑娘，她……她便是和你无缘。如果你不是从小和她一块儿长大，多半她一见你之后，便会喜欢你的。"

令狐冲沉思半晌，摇了摇头，道："不会的。小师妹崇仰我师父，她喜欢的男子，要像她爹爹那样端庄严肃，沉默寡言。我只是她的游伴，她从来……从来不尊重我。"盈盈道："或许你说得对。正好林平之就像你师父一样，一本正经，却满肚子都是机心。"令狐冲叹了口气，道："小师妹临死之时，还不信林平之是真的要杀她，还是对他全心相爱，那……那也很好。她并不是伤心而死。我想过去看看她的坟。"

盈盈扶着他手臂，走出山洞。令狐冲见那坟虽以乱石堆成，却大小石块错落有致，殊非草草，坟前坟后都是鲜花，足见盈盈颇花了一番功夫，心下暗暗感激。坟前竖着一根削去了枝叶的树干，树皮上用剑尖刻着几个字："华山女侠岳灵珊姑娘之墓"。

令狐冲又怔怔的掉下泪来，说道："小师妹或许喜欢人家叫她林夫人。"盈盈道："林平之如此无情无义，岳姑娘泉下有灵，明白了他的歹毒心肠，不会愿做林夫人了。"心道："你不知她和林平之的夫妻有名无实，并不是什么夫妻。"

令狐冲道："那也说得是。"只见四周山峰环抱，处身之所是在一个山谷之中，树林苍翠，遍地山花，枝头啼鸟唱和不绝，是个十分清幽的所在。盈盈道："咱们便在这里住些时候，一面养伤，一面伴坟。"令狐冲道："好极了。小师妹独自个在这荒野之地，她就算是鬼，也很胆小的。"盈盈听他这话甚痴，不由得暗暗叹了口气。

两人便在这翠谷之中住了下来，烤蛙摘果，倒也清净自在。令狐冲所受的只是外伤，既有恒山派的治伤灵药，兼之内功深厚，养了二十余日，伤势已痊愈了八九。盈盈每日教他奏琴，令狐冲本极聪明，潜心练习，进境也是甚速。

这日清晨起来，只见岳灵珊的坟上苗发了几枚青草的嫩芽，令狐冲怔怔的瞧着这几枚草芽，心想："小师妹坟上也生青草了。她在坟中，却又不知如何？"

忽听得背后传来几下清幽的箫声，他回过头来，只见盈盈坐在一块岩石之上，手中持箫正自吹奏，所奏的便是《清心普善咒》。他走将过去，见那箫是根新竹，自是盈盈用剑削下竹枝，穿孔调律，制成了洞箫。他搬过瑶琴，盘膝坐下，跟着她的曲调奏了起来。渐渐的潜心曲中，更无杂念，一曲既罢，只觉精神大爽。两人相对一笑。

盈盈道："这曲《清心普善咒》你已练得熟了，从今日起，咱们来练那《笑傲江湖曲》如何？"令狐冲道："这曲子如此难奏，不知什么时候才跟得上你。"盈盈微笑道："这曲子乐旨深奥，我也有许多地方不明白。但这曲子有个特异之处，何以如此，却难以索解，似乎若是二人同奏，互相启发，比之一人独自摸索，进步一定要快得多。"令狐冲拍手道："是了，当日我听衡山派刘师叔，与魔……与日月教的曲长老合奏此曲，琴箫之声共起鸣响，确是动听无比。这一首曲子，据刘师叔说，原是为琴箫合奏而作的。"盈盈道："你抚琴，我吹箫，咱们慢慢一节一节的练下去。"

令狐冲微笑道："只可惜这是箫，不是瑟，琴瑟和谐，那就好了。"盈盈脸上一红，道："这些日子没听你说风言风语，只道是转性了，却原来还是一般。"令狐冲做个鬼脸，知道盈盈性子最是腼腆，虽然荒山空谷，孤男寡女相对，却从来不许自己言行稍有越礼，再说句笑话，只怕她要大半天不理自己，当下凑过去看她展开琴箫之谱，静心听她解释，学着奏了起来。

抚琴之道原非易事，《笑傲江湖曲》曲旨深奥，变化繁复，更是艰难，但令狐冲秉性聪明，既得明师指点，而当日在洛阳绿竹巷中就已起始学奏，此后每逢闲日，便即习练，时日既久，自有进境。此刻合奏，初时难以合拍，慢慢的终于也跟上去了，虽不能如曲刘二人之曲尽其妙，却也略有其意境韵味。

此后十余日中，两人耳鬓厮磨，合奏琴箫，这青松环绕的翠谷，便是世间的洞天福地，将江湖上的刀光血影，渐渐都淡忘了。两人都觉得若能在这翠谷中偕老以终，再也不被卷入武林中斗殴仇杀之中，那可比什么都快活了。

这日午后，令狐冲和盈盈合奏了大半个时辰，忽觉内息不顺，无法宁静，接连奏错了几处，心中着急，指法更加乱了。盈盈道："你累吗？休息一会再说。"令狐冲道："累倒不累，不知怎的，觉得有些烦躁。我去摘些桃子来，晚上再练琴。"盈盈道："好，可别走远了。"

令狐冲知道山谷东南有许多野桃树，其时桃实已熟，当下分草拂树，行出八九里，来到野桃树下，纵身摘了两枚桃子，二次纵起时又摘了三枚。眼见桃子已然熟透，树下已掉了不少，数日间便会尽数自落，在地下烂掉，当下一口气摘了数十枚，心想："我和盈盈吃了桃子之后，将桃核种在山谷四周，数年后桃树成长，翠谷中桃花灿烂，那可多美？"

忽然间想起了桃谷六仙："这山谷四周种满桃树，岂不成为桃谷？我和盈盈岂不变成了桃谷二仙？日后我和她生下六个儿子，那不是小桃谷六仙？那小桃谷六仙倘若便如那老桃谷六仙一般，说话缠夹不清，岂不糟糕？"

想到这里，正欲纵声大笑，忽听得远处树丛中簌的一声响。令狐冲立即伏低，藏身长草之中，心想："老是吃烤蛙野果，嘴也腻了，听这声音多半是只野兽，若能捉到一只羚羊野鹿，也好教盈盈惊喜一番。"思念未定，便听得脚步声响，竟是两个人行走之声。令狐冲吃了一惊："这荒谷中如何有人？定是冲着盈盈和我来了。"

便在此时，听得一个苍老的声音说道："你没弄错吗？岳不群那厮确会向这边来？"令狐冲惊讶更甚："他们是追我师父来了，那是什么人？"另一个声音低沉之人道："史香主四周都查察过了。岳不群的女儿女婿突然在这一带失踪，各处市镇码头、水陆两道，都不见这对小夫妇的踪迹，定是躲在这一带山谷中养伤。岳不群早晚便会寻来。"

令狐冲心中一酸，寻思："原来他们知道小师妹受伤，却不知她已经死了，自是有不少人在寻觅她的下落，尤其是师父师娘。若不是这山谷十分偏僻，早就该寻到这里了。"

只听那声音苍老之人道："倘若你所料不错，岳不群早晚会到此处，咱便在山谷入口处设伏。"那声音低沉之人道："就算岳不群不来，咱们布置好了之后，也能引他过来。"那老者拍了两下手掌，道："此计大妙，薛兄弟，瞧你不出，倒还是智多星呢。"那姓薛的笑道："葛长老说得好。属下蒙你老人家提拔，你老人家有什么差遣，自当尽心竭力，报答你老的恩典。"

令狐冲心下恍然："原来是日月教的，是盈盈的手下。最好他们走得远远地，别来骚扰我和盈盈。"又想："此刻师父武功大进，他们人数再多，也决计不是师父的敌手。师父精明机警，武林中无人能及，凭他们这点儿能耐，想要诱我师父上当，那真是鲁班门前弄大斧了。"

忽听得远处有人拍拍拍的击了三下手掌，那姓薛的道："杜长老他们也到了。"葛长老也拍拍拍的击了三下。脚步声响，四人快步奔来，其中二人脚步沉滞，奔到近处，令狐冲听了出来，这二人抬着一件什么物事。

葛长老喜道："杜老弟，抓到岳家小妞儿了？功劳不小哪。"一个声音洪亮之人笑道："岳家倒是岳家的，是大妞儿，可不是小妞儿。"葛长老"咦"了一声，显是惊喜交集，道："怎……怎……拿到了岳不群的老婆？"

令狐冲这一惊非同小可，立即便欲扑出救人，但随即记起身上没带剑。他手无长剑，武功便不敌寻常高手，心下暗暗着急，只听那杜长老道："可不是吗？"葛长老道："岳夫人剑法了得，杜兄弟怎地将她拿到？啊，定是使了迷药。"杜长老笑道："这婆娘失魂落魄，来到客店之中，想也不想，倒了一碗茶便喝。人家说岳不群的老婆宁中则如何了不起，却原来是草包一个。"

令狐冲心下恼怒，暗道："我师娘听说爱女受伤失踪，数十天遍寻不获，自然是心神不定，这是爱女心切，哪里是草包一个？你们辱我师娘，待会教你们一个个都死于我剑下。"寻思："怎能夺到一柄长剑就好了。没剑，刀也行。"

只听那葛长老道："咱们既将岳不群的婆娘拿到手，事情就大大好办了。杜兄弟，眼下之计，是如何将岳不群引来。"杜长老道："引来之后，却又如何？"葛长老微一踌躇，道："咱们以这婆娘作为人质，逼他弃剑投降。料那岳不群夫妻情深义重，决计不敢反抗。"杜长老道："葛兄之言有理，就只怕这岳不群心肠狠毒，夫妻间情不深，义不重，那可就有点儿棘手。"葛长老道："这个……

这个……嗯，薛兄弟，你看如何？"那姓薛的道："在两位长老之前，原挨不上属下说话……"

正说到这里，西首又有一人接连击掌三下。杜长老道："包长老到了。"片刻之间，两人自西如飞奔来，脚步极快。葛长老道："莫长老也到了。"

令狐冲暗暗叫苦："从脚步声听来，这二人似乎比这葛杜二人武功更高。我赤手空拳，如何才救得师娘？"

只听葛杜二长老齐声说道："包莫二兄也到了，当真再好不过。"葛长老又道："杜兄弟立了一件大功，拿到了岳不群的婆娘。"一个老者喜道："妙极，妙极！两位辛苦了。"葛长老道："那是杜兄弟的功劳。"那老者道："大家奉教主之命出来办事，不论是谁的功劳，都是托教主的洪福。"令狐冲听这老者的声音有些耳熟，心想："莫非当日在黑木崖上曾经见过的？"他运起内功，听得到各人说话，却不敢探头查看。魔教中的长老都是武功高手，自己稍一动弹，只怕便给他们查觉了。

葛长老道："包莫二兄，我正和杜兄弟在商议，怎生才诱得岳不群到来，擒他到黑木崖去。"另一名长老道："你们想到了什么计较？"

葛长老道："我们一时还没想到什么良策，包莫二兄到来，定有妙计。"先一名老者说道："五岳剑派在嵩山封禅台争夺掌门之位，岳不群刺瞎左冷禅双目，威震嵩山，五岳剑派之中，再也没人敢上台向他挑战。听说这人已得了林家辟邪剑法的真传，非同小可，咱们须得想个万全之策，可不能小觑了他。"杜长老道："正是。咱们四人合力齐上，虽然未必便输于他，却也无必胜之算。"莫长老道："包兄，你胸中想已算定，便请说出来如何？"

那姓包的长老道："我虽已想到一条计策，但平平无奇，只怕三位见笑了。"莫葛杜三长老齐道："包兄是本教智囊，想的计策，定是好的。"包长老道："这其实是个笨法子。咱们掘个极深的陷坑，上面铺上树枝青草，不露痕迹，然后点了这婆娘的穴道，将她放在坑边，再引岳不群到来。他见妻子倒地，自必上前相救，咕咚……扑通……啊哟，不好……"他一面说，一面打手势。三名长老和其余四人都哈哈大笑起来。

莫长老笑道："包兄此计大妙。咱们自然都埋伏在旁，只等岳不群跌下陷坑，四件兵刃立即封住坑口，不让他上跃。否则这人武功高强，怕他没跌入坑底，便跃了上来。"包长老沉吟道："但这中间尚有难处。"莫长老道："什么难处？啊，是了，包兄怕岳不群剑法诡异，跌入陷阱之后，咱们仍然封他不住？"包长老道："莫兄料得甚是。这次教主派咱们办事，所对付的，是个合并了五岳剑派的大高手。咱们若得为教主殉身，原是十分荣耀之事，只不过却损了神教与教主的威名。常言道得好：量小非君子，无毒不丈夫。既是对付君子，便当下些毒手。看来咱们还须在陷阱之中，加上些物事。"杜长老道："包长老之言，大合我心。这'百花消魂散'，兄弟身边带得不少，大可尽数撒在陷阱上的树枝草叶之中。那岳不群一入陷阱，立时会深深吸一口气……"四人说到这里，又都齐声哄笑。

包长老道："事不宜迟，便须动手。这陷阱却设在何处最好？"葛长老道："自此向西三里，一边是参天峭壁，另一边下临深渊，唯有一条小道可行，岳不群不来则已，否则定要经过这条小道。"包长老道："甚好，大家过去瞧瞧。"说着拔足便行，余人随后跟去。

令狐冲心道："他们挖掘陷阱，非一时三刻之间所能办妥，我得赶快去通知盈盈，取了长剑，再来救师娘不迟。"待魔教众人走远，悄悄循原路回去。

行出数里，忽听得嗒嗒嗒的掘地之声，心想："怎么他们是在此处掘地？"藏身树后，探头一张，果见四名魔教的教众在弓身掘地，几个老者站在一旁。此刻相距近了，见到一个老者的侧面，心下微微一凛："原来这人便是当年在杭州孤山梅庄中见过的鲍大楚。什么包长老，却是鲍长老。那日任我行在西湖脱困，第一个收服的魔教长老，便是这鲍大楚。"令狐冲曾见他出手制服黄钟公，知他武功甚高；心想师父出任五岳派掌门，摆明要和魔教为难，魔教自不能坐视，任我行派出来对付他的，只怕尚不止这一路四个长老。见这四人用一对铁戟、一对钢斧，先斫松了土，再用手扒土，抄了出来，心想："他们明明说要到那边峭壁去挖掘陷阱，却怎么改在此处？"微一凝思，已明其理："峭壁旁都是岩石，要挖陷阱，谈何容易？这葛长老是个无智之人，随口瞎说。"但这么一来，阻住了去路，令他无法回去取剑了。眼见四人以临敌交锋用的兵刃来挖土掘地，甚是不便，陷阱非片刻间能掘成，他却又不敢离师娘太远，绕道回去取剑。

忽听葛长老笑道："岳不群年纪已经不小，他老婆居然还是这般年轻貌美。"杜长老笑道："相貌自然不错，年轻却不见得了。我瞧早四十出头了。葛兄若是有兴，待拿住了岳不群，禀明教主，便要了这婆娘如何？"葛长老笑道："要了这婆娘，那可不敢，拿来玩玩，倒是不妨。"

令狐冲大怒，心道："无耻狗贼，胆敢辱我师娘，待会一个个教你们不得好死。"听葛长老笑得甚是猥亵，忍不住探头张望，只见这葛长老伸出手来，在岳夫人脸颊上拧了一把。岳夫人被点要穴，无法反抗，一声也不能出。魔教众人都哈哈大笑起来。杜长老笑道："葛兄这般猴急，你有没胆子就在这里玩了这个婆娘？"令狐冲怒不可遏，这姓葛的倘真对师娘无礼，尽管自己手中无剑，也要和这些魔教奸人拼个死活。

只听葛长老淫笑道："玩这婆娘，有什么不敢？但若坏了教主大事，老葛便有一百个脑袋，也不够砍。"鲍大楚冷冷的道："如此最好。葛兄弟、杜兄弟，你两位轻功好，便去引那岳不群到来，预计再过一个时辰，这里一切便可布置就绪。"葛杜二长老齐声道："是！"纵身向北而去。

二人去后，空谷之中便听得挖地之声，偶尔莫长老指挥几句。令狐冲躲在草丛之中，大气也不敢透，心想："我这么久没回，盈盈定然挂念，必会出来寻我。她听到掘地声，过来察看，自会救我师娘。这些魔教中的长老，见到任大小姐到来，怎敢违抗？冲着任教主、向大哥和盈盈的面子，我能不与魔教人众动手，自是再好不过。"想到此处，反觉等得越久越好，那好色的葛长老既已离去，师娘已无受辱之虞。

耳听得众人终于掘好陷阱，放入柴草，撒了迷魂毒药，再在陷阱上盖以乱草，鲍大楚等六人分别躲入旁边的草丛之中，静候岳不群到来。令狐冲轻轻拾起一块大石头，拿在手里，心道："等得师父过来，倘若走近陷阱，我便将石头投上陷阱口上柴草。石头落入陷阱，师父一见，自然惊觉。"

其时已是初夏，幽谷中蝉声此起彼和，偶有小鸟飞鸣而过，此外更无别般声音。令狐冲将呼吸压得极缓极轻，倾听岳不群和葛杜二长老的脚步声。

过了半个多时辰，忽听得远处一个女子声音"啊"的一声叫，正是盈盈，令狐冲心道："盈盈已发现了外人到来。不知她见到了我师父，还是葛杜二长老？"跟着听得脚步声响，两人一前一后，疾奔而来，听得盈盈不住叫唤："冲哥，冲哥，你师父要杀你，千万不可出来。"令狐冲大吃一惊："师父为什么要杀我？"

只听盈盈又叫："冲哥快走，你师父要杀你。"她全力呼唤，显是要令狐冲闻声远走。叫唤声中，只见她头发散乱，手提长剑，快步奔来，岳不群空着双手，在后追赶。

眼见盈盈再奔得十余步，便会踏入陷阱，令狐冲和鲍大楚等均十分焦急，一时不知如何是好。突然间岳不群电闪而出，左手拿住了盈盈后心，右手随即抓住她双手手腕，将她双臂反在背后。盈盈登时动弹不得，手一松，长剑落地。岳不群这一下出手快极，令狐冲和鲍大楚固不及救援，盈盈本来武功也是甚高，竟无闪避抗拒之能，一招间便给他擒住。

令狐冲大惊，险些叫出声来。盈盈仍在叫唤："冲哥快走，你师父要杀你！"令狐冲热泪涌入眼眶，心想："她只顾念我的危险，全不念及自己。"

岳不群左手一松，随即伸指在盈盈背上点了几下，封了她穴道，放开右手，让她委顿在地。便在此时，他一眼见到岳夫人躺在地下，毫不动弹，岳不群吃了一惊，但立时料到，左近定然隐伏重大危险，当下并不走到妻子身边，只不动声色的四下察看，一时不见异状，便淡淡的道："任大小姐，令狐冲这恶贼杀我爱女，你也有一份吗？"

令狐冲又是大吃一惊："师父说我杀了小师妹，这话从哪里说起？"

盈盈道："你女儿是林平之杀的，跟令狐冲有什么相干？你口口声声说令狐冲杀了你女儿，当真冤枉好人。"岳不群哈哈一笑，道："林平之是我女婿，难道你不知道？他们新婚燕尔，何等恩爱，岂有杀妻之理？"盈盈道："林平之投靠嵩山派，为了取信于左冷禅，表明确是与你势不两立，因此将你女儿杀了。"

岳不群又是哈哈一笑，说道："胡说八道。嵩山派？这世上还有什么嵩山派？嵩山一派早已并入五岳派之中。武林之中，嵩山派已然除名，林平之又怎能去投靠嵩山派？再说，左冷禅是我属下，林平之又不是不知。他不追随身为五岳派掌门的岳父，却去投靠一个瞎了双眼、自身难保的左冷禅，天下再蠢的蠢人，也不会干这种事。"

盈盈道："你不相信，那也由得你。你找到了林平之，自己问他好了。"

岳不群语音突转严峻，说道："眼前我要找的不是林平之，而是令狐冲。江湖上人人都道，令狐冲对我女儿非礼，我女儿力拒淫贼，被杀身亡。你编了一大篇谎话出来，为令狐冲隐瞒，显是与他狼狈为奸。"盈盈哼了一声，嘿嘿几下冷笑。岳不群道："任大小姐，令尊是日月教教主，我对你本来不会难为，但为了逼迫令狐冲出来，说不得，只好在你身上加一点儿小小刑罚。我要先斩去你左手手掌，然后斩去你右手手掌，再斩去你的左脚，再斩去你的右脚。令狐冲这恶贼若还有半点良心，便该现身。"盈盈大声道："料你也不敢，你动了我身上一根头发，我爹爹将你五岳派杀得鸡犬不留。"

岳不群笑道："我不敢吗？"说着从腰间剑鞘中慢慢抽出长剑。

令狐冲再也忍耐不住，从草丛中冲了出来，叫道："师父，令狐冲在这里！"

盈盈"啊"的一声，忙道："快走，快走！他不敢伤我的。"

令狐冲摇了摇头，走近几步，说道："师父……"岳不群厉声道："小贼，你还有脸叫我'师父'？"令狐冲目中含泪，双膝跪地，颤声道："皇天在上，令狐冲对岳姑娘向来敬重，决不敢对她有分毫无礼。令狐冲受你夫妇养育的大恩，你要杀我，便请动手。"

盈盈大急，叫道："冲哥，这人半男半女，早已失了人性，你还不快走！"

岳不群脸上蓦地现出一股凌厉杀气，转向盈盈，厉声道："你这话是什么意思？"

盈盈道："你为了练辟邪剑法，自……自……自己搞得半死半活，早已如鬼怪一般。冲哥，你记得东方不败么？他们都是疯子，你别当他们是常人。"她只盼令狐冲赶快逃走，明知这么说，岳不群定然放不过自己，却也顾不得了。

岳不群冷冷的道："你这些怪话，是从哪里听来的？"

盈盈道："是林平之亲口说的。你偷了林平之的《辟邪剑谱》，你当他不知道么？你将那件袈裟投入峡谷，那时候林平之躲在你窗外，伸手捡了去，因此他……他也练成了辟邪剑法，若非如此，他怎能杀得了木高峰和余沧海？他自己怎样练成辟邪剑法，自然知道你是怎样练成的。冲哥，你听这岳不群说话的声音，就像女子一般。他……他和东方不败一样，早已失却常性了。"她曾听到林平之和岳灵珊在大车中的说话，令狐冲却没听到。她知令狐冲始终敬爱师父，不愿更增他心中难过，这番话又十分不便出口，是以数月来一直不提。但此刻事机紧迫，只好抖露出来，要令狐冲知道，眼前的人并不是什么武林中的宗师掌门，不过是个失却常性的怪人，与疯子岂可讲什么恩义交情？

岳不群目光中杀气大盛，恶狠狠的道："任大小姐，我本想留你一条性命，但你说话如此胡闹，却容你不得了。这是你自取其死，可别怪我。"

盈盈叫道："冲哥，快走，快走！"

令狐冲知道师父出手快极，长剑一颤之下，盈盈便没了性命，眼见岳不群长剑提起，作势便欲刺出，大叫："你要杀人，便来杀我，休得伤她。"

岳不群转过头来，冷笑道："你学得一点三脚猫的剑法，便以为能横行江湖么？拾起剑来，教你死得心服。"令狐冲道："万万不敢……不敢与师……与你动手？"岳不群大声道："到得今日，你还装腔作势干什么？那日在黄河舟中，五霸冈上，你勾结一般旁门左道，故意削我面子，其时我便已决意杀你，隐忍至今，已是便宜了你。在福州你落入我手中，若不是碍着我夫人，早教你这小贼见阎王去了。当日一念之差，反使我女儿命丧于你这淫贼之手。"令狐冲急得只叫："我没有……我没有……"

岳不群怒喝："拾起剑来！你只要能胜得我手中长剑，便可立时杀我，否则我也决不饶你。这魔教妖女口出胡言，我先废了她！"说着举剑便往盈盈颈中斩落。

令狐冲左手一直拿着一块石头，本意是要用来相救岳不群，免他落入陷阱，此时无暇多想，立时掷出石头，往岳不群胸口投去。岳不群侧身避开。令狐冲着地一滚，拾起盈盈掉在地下的长剑，挺剑刺向岳不群的右腋。倘若岳不群这一剑是刺向令狐冲，他便束手就戮，并不招架，但岳不群听得盈盈揭破自己的秘密，惊怒之下，这剑竟是向她斩落，令狐冲不能不救。岳不群挡了三剑，退开两步，心下暗暗惊异，适才挡这三招，已震得他手臂隐隐发麻。当日师徒二人虽曾在少林寺中拆到千招以上，但令狐冲剑上始终没真正催动内力，此刻事急，这三剑却没再容让。

令狐冲将岳不群一逼开，反手便去解盈盈的穴道。盈盈叫道："别管我，小心！"白光一闪，岳不群长剑已然刺到。令狐冲见过东方不败、岳不群、林平之三人的武功，知道对方出手如鬼如魅，迅捷无伦，待得看清楚来招破绽，自身早已中剑，当下长剑反挑，疾刺岳不群的小腹。

岳不群双足一弹，向后反跃，骂道："好狠的小贼！"其实岳不群虽将令狐冲自幼抚养长大，竟不明白他的为人，倘若他不理令狐冲的反击，适才这一剑直刺到底，已然取了令狐冲的性命。令狐冲使的虽是两败俱伤、同归于尽的打法，实则他决不会真的一剑刺入师父小腹。岳不群以己之心度人，立即跃开，失却了一个伤敌的良机。

岳不群数招不胜，出剑更快，令狐冲打起精神，与之周旋。初时他尚想倘若败在师父手下，自己死了固不足惜，但盈盈也必为他所杀，而且盈盈出言伤他，死前定遭惨酷折磨，是以奋力酣斗，一番心意，全是为了回护盈盈。拆到数十招后，岳不群变招繁复，令狐冲凝神接战，渐渐的心中一片空明，眼光所注，只是对方长剑的一点剑尖。独孤九剑，敌强愈强。那日在西湖湖底囚室与任我行比剑，任我行武功之高，世所罕有，但不论他剑招如何腾挪变化，令狐冲的独孤九剑之中，定有相应的招数随机衍生，或攻或守，与之针锋相对。此时令狐冲已学得吸星大法，内力比之当日湖底比剑又已大进。岳不群所学的辟邪剑法剑招虽然怪异，毕竟修习的时日甚浅，远不及令狐冲研习独孤九剑之久，与东方不败之所学相比，那是更加不如了。

斗到一百五六十招后，令狐冲出剑已毫不思索，而以岳不群剑招之快，令狐冲亦全无思索之余地。林家辟邪剑法虽然号称七十二招，但每一招各有数十着变化，一经推衍，变化繁复之极。倘若换作旁人，纵不头晕眼花，也必为这万花筒一般的剑法所迷，无所措手，但令狐冲所学的独孤九剑全无招式可言，随敌招之来而自然应接。敌招倘若只有一招，他也只有一招，敌招有千招万招，他也有千招万招。

然在岳不群眼中看来，对方剑法之繁，更远胜于己，只怕再斗三日三夜，也仍有新招出来，想到此处，不由得暗生怯意，又想："任家这妖女揭破了我练剑的秘密，今日若不杀得此二人，此事传入江湖，我焉有脸面再为五岳派的掌门？已往种种筹谋，尽数付于流水了。但林平之这小贼既对任家妖女说了，又怎不对别人说，这……这可……"心下焦急，剑招更加狠了。他虑意既生，剑招便略有窒碍。辟邪剑法原是以快取胜，百余招急攻未能奏效，剑法上的锐气已不免顿挫，再加心神微分，剑上威力便即大减。

令狐冲心念一动，已瞧出了对方剑法中破绽的所在。

独孤九剑的要旨，在于看出敌手武功中的破绽，不论是拳脚刀剑，任何一招之中都必有破绽，由此乘虚而入，一击取胜。那日在黑木崖上与东方不败相斗，东方不败只握一枚绣花针，可是身如电闪，快得无与伦比，虽然身法与招数之中仍有破绽，但这破绽瞬息即逝，待得见到破绽，破绽已然不知去向，决计无法批亢捣虚，攻敌之弱。是以合令狐冲、任我行、向问天、盈盈四大高手之力，无法胜得了一枚绣花针。令狐冲此后见到岳不群与左冷禅在封禅台上相斗，林平之与木高峰、余沧海、青城群弟子相斗。他这些日子来苦思破解这剑招之法，总是有一不可解的难题，那便是对方剑招太快，破绽一现即逝，难加攻击。

此刻堪堪与岳不群斗到将近二百招，只见他一剑挥来，右腋下露出了破绽。岳不群这一招先前已经使过，本来以他剑招之变化复杂，在二百招内不该重复，但毕竟重复了一次，数招之后，岳不群长剑横削，左腰间露出破绽，这一招又是重复使出。

斗然之间，令狐冲心中灵光连闪："他这辟邪剑法于极快之际，破绽便不成其为破绽。然而剑招中虽无破绽，剑法中的破绽却终于给我找到了。这破绽便是剑招不免重复。"

天下任何剑法，不论如何繁复多变，终究有使完之时，倘若仍不能克敌制胜，那么先前使过的剑招自不免再使一次。不过一般名家高手，所精的剑法总有十路八路，每路数十招，招招有变，极少有使到千余招后仍未分胜败的。岳不群所会的剑法虽众，但知令狐冲的剑法实在太强，又熟知华山派的剑法，除了辟邪剑法，决无别的剑法能胜得了他。他数招重复，令狐冲便已想到了取胜之机，心下暗喜。

岳不群见到他嘴角边忽露微笑，暗暗吃惊："这小贼为什么要笑？难道他已有胜我的法子？"当下潜运内力，忽进忽退，绕着令狐冲身子乱转，剑招如狂风骤雨一般，越来越快。

盈盈躺在地下，连岳不群的身影也瞧不清楚，只看得头晕眼花，胸口烦恶，只欲作呕。

又斗得三十余招后，只见岳不群左手前指，右手一缩，令狐冲知道他那一招要第三次使出。其时久斗之下，令狐冲新伤初愈，已感神困力倦，情知局势凶险无比，在岳不群这如雷震、如电闪的快招攻击之下，只要稍有疏虞，自己固然送了性命，更令盈盈大受荼毒，是以一见他这一招又将使出，立即长剑一送，看准了对方右腋，斜斜刺去，剑尖所指，正是这一招破绽所在。那正是料敌机先、制敌之虚。

岳不群这一招虽快，但令狐冲一剑抢了在头里，辟邪剑法尚未变招，对方剑招已刺到腋下，挡无可挡，避无可避，岳不群一声尖叫，声音中充满了又惊又怒、又是绝望之意。

令狐冲剑尖刺到对方腋下，猛然间听到他这一下尖锐的叫喊，立时惊觉："我可斗得昏了，他是师父，如何可以伤他？"当即凝剑不发，说道："胜败已分，咱们快救了师娘，这就……这就分手了罢！"

岳不群脸如死灰，缓缓点头，说道："好！我认输了。"

令狐冲抛下长剑，回头去看盈盈。突然之间，岳不群一声大喝，长剑电闪而前，直刺令狐冲左腰。令狐冲大骇之下，忙伸手去拾长剑，哪里还来得及，噗的一声，剑尖已刺中他后腰。幸好令狐冲内力深厚，剑尖及体时肌肉自然而然的一弹，将剑尖滑得偏了，剑锋斜入，没伤到要害。

岳不群大喜，拔出剑来，跟着又是一剑斩下，令狐冲急忙滚开数尺。岳不群抢上来挥剑猛斫，令狐冲又是一滚，当的一声，剑刃砍在地下，与他脑袋相去不过数寸。

岳不群提起长剑，一声狞笑，长剑高高举起，抢上一步，正待这一剑便将令狐冲脑袋砍落，斗然间足底空了，身子直向地底陷落。他大吃一惊，慌忙吸一口气，右足着地，待欲纵起，刹那间天旋地转，已是人事不知，腾的一声，落入了陷阱。

令狐冲死里逃生，左手按着后腰伤口，挣扎着坐了起来。

只听得草丛中有数人同时叫道："大小姐！圣姑！"几个人奔了出来，正是鲍大楚、莫长老等六人。鲍大楚先抢到陷阱之旁，屏住呼吸，倒转刀柄，在岳不群头顶重重一击，就算他内力了得，迷药迷他不久，这一击也当令他昏迷半天。

令狐冲急忙抢到盈盈身边，问道："他……他封了你哪几处穴道？"盈盈道："你……你……你不碍……不碍事么？"她惊骇之下，说话颤抖，难以自制，只听到牙关相击，格格作声。令狐冲道："死不了，别……别怕。"盈盈大声道："将这恶贼斩了！"鲍大楚应道："是！"令狐冲忙道："别伤他性命！"盈盈见他情急，便道："好，那么快……快擒住他。"她不知陷阱中已布有迷药，只怕岳不群又再纵上，各人不是他对手。

鲍大楚道："遵命！"他决不敢说这陷阱是自己所掘，自己等六人早就躲在一旁，否则何以大小姐为岳不群所困之时，各人贪生怕死，竟不敢出来相救，此事追究起来，势将担当老大干系，只好假装是刚于此时恰好赶到。他伸手揪住岳不群的后领提起，出手如风，连点他身上十二处大穴，又取出绳索，将他手足紧紧绑缚。迷药、击打、点穴、捆缚，连加了四道束缚，岳不群本领再大，也难以逃脱了。

令狐冲和盈盈凝眸相对，如在梦寐。隔了好久，盈盈才哇的一声哭了出来。令狐冲伸过手去，搂住了她，这番死里逃生，只觉人生从未如此之美，问明了她被封穴的所在，替她解开，一眼瞥见师娘仍躺在地上，叫声："啊哟！"忙抢过去扶起，解开她穴道，叫道："师娘，多有得罪。"

适才一切情形，岳夫人都清清楚楚的瞧在眼里，她深知令狐冲的为人，对岳灵珊自来敬爱有加，当她犹似天上神仙一般，决不敢有丝毫得罪，连一句重话也不会对她说，若说为她舍命，倒是毫不希奇，至于什么逼奸不遂、将之杀害，简直荒谬绝伦。何况眼见他和盈盈如此情义深重，岂能更有异动？他出剑制住丈夫，忍手不杀，而丈夫却对他忽施毒手，行径卑鄙，纵是左道旁门之士，亦不屑为，堂堂五岳派掌门，竟然出此手段，当真令人齿冷，刹那间万念俱灰，淡淡的问道："冲儿，珊儿真是给林平之害死的？"

令狐冲心中一酸，泪水滚滚而下，哽咽道："弟子……我……我……"岳夫人道："他不当你是弟子，我却仍旧当你是弟子。只要你喜欢，我仍然是你师娘。"令狐冲心中感激，拜伏在地，叫道："师娘！师娘！"岳夫人抚摸他头发，眼泪也流了下来，缓缓的道："那么这位任大小姐所说不错，林平之也学了辟邪剑法，去投靠左冷禅，因此害死了珊儿？"令狐冲道："正是。"

岳夫人哽咽道："你转过身来，我看看你的伤口。"令狐冲应道："是。"转过身来。岳夫人撕破他背上衣衫，点了他伤口四周的穴道，说道："恒山派的伤药，你还有么？"令狐冲道："有的。"盈盈到他怀中摸了出来，交给岳夫人。岳夫人揩拭了他伤口血迹，敷上伤药，从怀里取出一条洁白的手巾，按在他伤口上，又在自己裙子上撕下布条，替他包扎好了。令狐冲向来当岳夫人是母亲，见她如此对待自己，心下大慰，竟忘了创口疼痛。

岳夫人道："将来杀林平之为珊儿报仇，这件事，自然是你去办了。"令狐冲垂泪道："小师妹……小师妹……临终之时，求孩儿照料林平之。孩儿不忍伤她之心，已答允了她。这件事……这件事可真为难得紧。"岳夫人长长叹了口气，道："冤孽！冤孽！"又道："冲儿，你以后对人，不可心地太好了！"

令狐冲道："是！"突然觉得后颈中有热热的液汁流下，回过头来，只见岳夫人脸色惨白，吃了一惊，叫道："师娘，师娘！"忙站起身来扶住岳夫人时，只见她胸前插了一柄匕首，对准心脏刺入，已然气绝毙命。令狐冲惊得呆了，张嘴大叫，却一点声音也叫不出来。

盈盈也是惊骇无已，毕竟她对岳夫人并无情谊，只是惊讶悼惜，并不伤心，当即扶住了令狐冲。过了好一会，令狐冲才哭出声来。

鲍大楚见他二人少年情侣，遭际大故，自有许多情话要说，不敢在旁打扰，又怕盈盈追问这陷阱的由来，六人须得商量好一番瞒骗她的言词，当下提起了岳不群，和莫长老等远远退开。

令狐冲道："他……他们要拿我师父怎样？"盈盈道："你还叫他师父？"令狐冲道："唉，叫惯了。师娘为什么要自尽？她为……为什么要自杀？"盈盈恨恨的道："自然是为了岳不群这奸人了。嫁了这样卑鄙无耻的丈夫，若不杀他，只好自杀。咱们快杀了岳不群，给你师娘报仇。"

令狐冲踌躇道："你说要杀了他？他终究曾经是我师父，养育过我。"盈盈道："他虽是你师父，曾于你有养育之恩，但他数度想害你，恩仇早已一笔勾销。你师娘对你的恩义，你却未报。你师娘难道不是死在他的手中吗？"令狐冲叹了口气，凄然道："师娘的大恩，那是终身难报的了。就算岳不群和我之间恩仇已了，我总是不能杀他。"

盈盈道："没人要你动手。"提高嗓子，叫道："鲍长老！"

鲍大楚大声答应："是，大小姐。"和莫长老等过来。盈盈道："是我爹爹差你们出来办事的吗？"鲍大楚垂手道："是，教主令旨，命属下同葛、杜、莫三位长老，带领十名兄弟，设法捉拿岳不群回坛。"盈盈道："葛杜二人呢？"鲍大楚道："他们于两个多时辰之前，出去诱引岳不群到来，至今未见，只怕……只怕……"盈盈道："你去搜一搜岳不群身上。"鲍大楚应道："是！"过去搜检。

他从岳不群怀中取出一面锦旗，那是五岳剑派的盟旗，十几两金银，另有两块铜牌。鲍大楚声音愤激，大声道："启禀大小姐：葛杜二长老果然已遭了这厮毒手，这是二位长老的教牌。"说着提起脚来，在岳不群腰间重重踢了一脚。

令狐冲大声道："不可伤他。"鲍大楚恭恭敬敬的应道："是。"

盈盈道："拿些冷水来，浇醒了他。"莫长老取过腰间水壶，拔开壶塞，将冷水淋在岳不群头上。过了一会，岳不群呻吟一声，睁开眼来，只觉头顶和腰间剧痛，又呻吟了一声。

盈盈问道："姓岳的，本教葛杜二长老，是你杀的？"鲍大楚拿着那两块铜牌，在手中抛了几抛，铮铮有声。

岳不群料知无幸，骂道："是我杀的。魔教邪徒，人人得而诛之。"鲍大楚本欲再踢，但想令狐冲跟教主交情极深，又是大小姐的未来夫婿，他说过"不可伤他"，便不敢违命。盈盈冷笑道："你自负是正教掌门，可是干出来的事，比我们日月神教教下邪恶百倍，还有脸来骂我们是邪徒。连你夫人也对你痛心疾首，宁可自杀，也不愿再和你做夫妻，你还有脸活在世上吗？"岳不群骂道："小妖女胡说八道！我夫人明明是给你们害死的，却来诬赖，说她是自杀。"

盈盈道："冲哥，你听他的话，可有多无耻。"令狐冲嗫嚅道："盈盈，我想求你一件事。"盈盈道："你要我放他？只怕是缚虎容易纵虎难。此人心计险恶，武功高强，日后再找上你，咱们未必再有今日这般幸运。"令狐冲道："今日放他，我和他师徒之情已绝。他的剑法我已全盘了然于胸，他胆敢再找上来，我教他决计讨不了好去。"

盈盈明知令狐冲决不容自己杀他，只要令狐冲此后不再顾念旧情，对岳不群也就无所畏惧，说道："好，今日咱们就饶他一命。鲍长老、莫长老，你们到江湖之上，将咱们如何饶了岳不群之事四处传播。又说岳不群为了练那邪恶剑法，自残肢体，不男不女，好教天下英雄众所知闻。"鲍大楚和莫长老同声答应。

岳不群脸如死灰，双眼中闪动恶毒光芒，但想到终于留下了一条性命，眼神中也混和着几分喜色。

盈盈道："你恨我，难道我就怕了？"长剑几挥，割断了绑缚住他的绳索，走近身去，解开了他背上一处穴道，右手手掌按在他嘴上，左手在他后脑一拍。岳不群口一张，只觉嘴里已多了一枚丸药，同时觉得盈盈右手两指已捏住了自己鼻孔，登时气为之室。

盈盈替岳不群割断绑缚、解开他身上被封穴道之时，背向令狐冲，遮住了他眼光，以丸药塞入岳不群口中，令狐冲也就没瞧见，只道她看在自己份上放了师父，心下甚慰。

岳不群鼻孔被塞，张嘴吸气，盈盈手上劲力一送，登时将那丸药顺着气流送入他腹中。

岳不群一吞入这枚丸药，只吓得魂不附体，料想这是魔教中最厉害的"三尸脑神丹"，早就听人说过，服了这丹药后，每年端午节必须服食解药，以制住丹中所裹尸虫，否则尸虫脱困而钻入脑中，嚼食脑髓，痛楚固不必言，而且狂性大发，连疯狗也有所不如。饶是他足智多谋，临危不乱，此刻身当此境，却也额上汗出如浆，脸如土色。

盈盈站直身子，说道："冲哥，他们下手太重，这穴道点得很狠，余下两处穴道，稍待片刻再解，免得他难以抵受。"令狐冲道："多谢你了。"盈盈嫣然一笑，心道："我暗中做了手脚，虽是骗你，却是为了你好。"过了一会，料知岳不群腹中丸药渐化，已无法运功吐出，这才再替他解开余下的两处穴道，俯身在他耳边低声道："每年端午节时之前，你上黑木崖来，我有解药给你。"

岳不群听了这句话，确知适才所服当真是"三尸脑神丹"了，不由得全身发抖，颤声道："这……这是三尸……三尸……"

盈盈格格一笑，大声道："不错，恭喜阁下。这等灵丹妙药，制炼极为不易，我教下只有身居高位、武功超卓的头号人物，才有资格服食。鲍长老，是不是?”

鲍大楚躬身道："谢教主的恩典，这神丹曾赐属下服过。属下忠心不二，奉命唯谨，服了神丹后，教主信任有加，实有说不尽的好处。教主千秋万载，一统江湖。"

令狐冲吃了一惊，问道："你给我师……给他服了三尸脑神丹?”

盈盈笑道："是他自己忙不迭的张口吞食的，多半他肚子饿得狠了，什么东西都吃。岳不群，以后你出力保护冲哥和我的性命，于你大为有益。"

岳不群心下恨极，但想："倘若这小妖女遭逢意外，给人害死，我……我可就惨了。甚至她性命还在，受了重伤，端午节之前不能回到黑木崖，我又到哪里去找她? 又或者她根本就不想给我解药……"想到这里，忍不住全身发抖，虽然一身神功，竟是难以镇定。

令狐冲叹了口气，心想盈盈出身魔教，行事果然带着三分邪气，但此举其实是为了自己着想，可也怪不得她。

盈盈向鲍大楚道："鲍长老，你去回禀教主，说道五岳派掌门岳先生已诚心归服我教，服了教主的神丹，再也不会反叛。"鲍大楚先前见令狐冲定要释放岳不群，正自发愁，生怕回归总坛之后教主怪责，待见岳不群被逼服食"三尸脑神丹"，登时大喜，当下喜孜孜的应道："全仗大小姐主持，方得大功告成，教主他老人家必定十分欢喜。教主中兴圣教，泽被苍生。"盈盈道："岳先生既归我教，那么于他名誉有损之事，外边也不能提了。他服食神丹之事，更半句不可泄漏。此人在武林中位望极高，智计过人，武功了得，教主必有重用他之处。"鲍大楚应道："是，谨遵大小姐吩咐。"

令狐冲见到岳不群这等狼狈的模样，不禁恻然，虽然他此番意欲相害，下手狠辣，但过去二十年中，自己自幼至长，皆由他和师娘养育成人，自己一直当他是父亲一般，突然间反脸成仇，心中甚是难过，要想说几句话相慰，喉头便如鲠住了一般，竟说不出来。

盈盈道："鲍长老、莫长老，两位回到黑木崖上，请替我问爹爹安好，问向叔叔好，待得……待得他……他令狐公子伤愈，我们便回总坛来见爹爹。"

倘若换作了另一位姑娘，鲍大楚定要说："盼公子早日康复，和大小姐回黑木崖来，大伙儿好尽早讨一杯喜酒喝。"对于年少情侣，此等言语极为讨好，但对盈盈，他却哪里敢说这种话？向二人正眼也不敢瞧上一眼，低头躬身，板起了脸，唯唯答应，一副诚惶诚恐的神气，生怕盈盈疑心他腹中偷笑。这位姑娘为了怕人嘲笑她和令狐冲相爱，曾令不少江湖豪客受累无穷，那是武林中众所周知之事。他不敢多耽，当即向盈盈和令狐冲告辞，带同众人而去，告别之时，对令狐冲的礼貌比之对盈盈尤更敬重了三分。他老于江湖，历练人情，知道越是对令狐冲礼敬有加，盈盈越是欢喜。

盈盈见岳不群木然而立，说道："岳先生，你也可以去了。尊夫人的遗体，你带去华山安葬吗？"岳不群摇了摇头，道："相烦二位，便将她葬在小山之旁罢！"说着竟不向二人再看一眼，快步而去，顷刻间已在树丛之后隐没，身法之快，实所罕见。

黄昏时分，令狐冲和盈盈将岳夫人的遗体在岳灵珊墓旁葬了，令狐冲又大哭了一场。

次日清晨，盈盈问道："冲哥，你伤口怎样？"令狐冲道："这一次伤势不重，不用担心。"盈盈道："那就好了。咱俩住在这里，已为人所知。我想等你休息几天，咱们换一个地方。"令狐冲道："那也好。小师妹有妈妈相伴，也不怕了。"心下酸楚，叹道："我师父一生正直，为了练这邪门剑法，这才性情大变。"

盈盈摇头道："那也未必。当日他派你小师妹和劳德诺到福州去开小酒店，想谋取《辟邪剑谱》，就不见得是君子之所为。"令狐冲默然，这件事他心中早就曾隐隐约约的想到过，却从来不敢好好的去想一想。

盈盈又道："这其实不是辟邪剑法，该叫作'邪门剑法'才对。这剑谱流传江湖，遗害无穷。岳不群还活在世上，林平之心中也记着一部，不过我猜想，他不会全本背给左冷禅和劳德诺听。林平之这小子心计甚深，岂肯心甘情愿的将这剑谱给人？"令狐冲道："左冷禅和林平之眼睛都盲了，劳德诺却眼睛不瞎，占了便宜。这三人都是十分聪明深沉，聚在一起，勾心斗角，不知结果如何。以二对一，林平之怕要吃亏。"

盈盈道："你真要想法子保护林平之吗？"令狐冲瞧着岳灵珊的墓，说道："我实不该答应小师妹去保护林平之。这人猪狗不如，我恨不得将他碎尸万段，如何又能去帮他？只是我答应过小师妹的，倘若食言，她在九泉之下，也是难以瞑目。"盈盈道："她活在世上之时，不知道谁真的对她好，死后有灵，应该懂了。她不会再要你去保护林平之的！"

令狐冲摇头道："那也难说。小师妹对林平之一往情深，明知他对自己存心加害，却也不忍他身遭灾祸。"

盈盈心想："这倒不错，换作了我，不管你待我如何，我总是全心全意的待你好。"

令狐冲在山谷中又将养了十余日，新伤已大好了，说道须到恒山一行，将掌门之位传给仪清，此后心无挂碍，便可和盈盈浪迹天涯，择地隐居。

盈盈道："那林平之的事，你又如何向你过世的小师妹交代？"令狐冲摇头道："这是我最头痛的事，你最好别提，待我见机行事便是。"盈盈微微一笑，不再说了。

两人在两座坟前行了礼，相偕离去。

但见两个影子一模一样，都是穿着宽襟大袖的女子衣衫，头上梳髻也是殊无分别，竟然便是自己的化身，令狐冲吓得似乎连心也停止了跳动。

三十七　迫娶

　　令狐冲和盈盈出得山谷，行了半日，来到一处市镇，到一家面店吃面。

　　令狐冲筷子上挑起长长几根面条，笑吟吟的道："我和你还没拜堂成亲……"盈盈登时羞得满脸通红，嗔道："谁和你拜堂成亲了？"令狐冲微笑道："将来总是要成亲的。你如不愿，我捉住了你拜堂。"盈盈似笑非笑的道："在山谷中倒是乖乖的，一出来就来说这些不正经的疯话。"令狐冲笑道："终身大事，最是正经不过。盈盈，那日在山谷之中，我忽然想起，日后和你做了夫妻，不知生几个儿子好。"盈盈站起身来，秀眉微蹙，道："你再说这些话，我不跟你一起去恒山啦。"令狐冲笑道："好，好，我不说，我不说。因为那山谷中有许多桃树，倒像是个桃谷，要是有六个小鬼在其间鬼混，岂不是变了小桃谷六仙？"

　　盈盈坐了下来，问道："哪里来六个小鬼？"一语出口，便即省悟，又是令狐冲在说风话，白了他一眼，低头吃面，心中却十分甜蜜。

　　令狐冲道："我和你同上恒山，有些心地龌龊之徒，还以为我和你已成夫妻，在他自己的脏肚子里胡说八道，只怕你不高兴。"这一言说中了盈盈的心事，道："正是。好在我现下跟你都穿了乡下庄稼人的衣衫，旁人未必认得出。"令狐冲道："你这般花容月貌，不论如何改扮，总是惊世骇俗。旁人一见，心下暗暗喝采：

'嘿，好一个美貌乡下大姑娘，怎地跟着这一个傻不楞登的臭小子，岂不是一朵鲜花插在牛粪上了？'待得仔细多看上几眼，不免认出这朵鲜花原来是日月神教的任大小姐，这堆牛粪呢，自然是大蒙任小姐垂青的令狐冲了。"盈盈笑道："阁下大可不用如此谦虚。"

令狐冲道："我想，咱们这次去恒山，我先乔装成个毫不起眼之人，暗中察看。如果太平无事，我便独自现身，将掌门之位传了给人，然后和你在什么秘密地方相会，一同下山，神不知，鬼不觉，岂不是好？"

盈盈听他这么说，知他是体贴自己，甚是喜欢，笑道："那好极了，不过你上恒山去，尤其是去见那些师太，只好自己剃光了头，也扮成个师太，旁人才不起疑。冲哥，来，我就给你乔装改扮，你扮成个小尼姑，只怕倒也俊俏得紧。"令狐冲连连摇手，道："不成，不成。一见尼姑，逢赌必输。令狐冲扮成尼姑，今后可倒足了大霉，那决计不成。"盈盈笑道："大丈夫能屈能伸，却偏有这许多忌讳。我非剃光你的头不可。"

令狐冲笑道："扮尼姑倒也不必了，但要上见性峰，扮女人却是势在必行。只是我一开口说话，就给听出来是男人。我倒有个计较，你可记得恒山磁窑口翠屏山悬空寺中的一个人吗？"盈盈一沉吟，拍手道："妙极，妙极！悬空寺中有个又聋又哑的仆妇，咱们在悬空寺上打得天翻地覆，她半点也听不到。问她什么，她只是呆呆的瞧着你。你想扮成这人？"令狐冲道："正是。"盈盈笑道："好，咱们去买衣衫，就给你乔装改扮。"

盈盈用二两银子向一名乡妇买了一头长发，细心梳好了，装在令狐冲头上，再让他换上农妇装束，宛然便是个女子，再在脸上涂上黄粉，画上七八粒黑痣，右腮边贴了块膏药。令狐冲对镜一看，连自己也认不出来。盈盈笑道："外形是像了，神气却还不似，须得装作痴痴呆呆、笨头笨脑的模样。"令狐冲笑道："痴痴呆呆的神气最是容易不过，那压根儿不用装，笨头笨脑，原是令狐冲的本色。"盈盈道："最要紧的是，旁人倘若突然在你身后大声吓你，千万不能露出马脚。"

一路之上，令狐冲便装作那个又聋又哑的仆妇，先行练习起来。二人不再投宿客店，只在破庙野祠中住宿。盈盈时时在他身后突发大声，令狐冲竟充耳不闻。不一日，到了恒山脚下，约定三日后在悬空寺畔聚头。令狐冲独自上见性峰去，盈盈便在附近游山玩水。

到得见性峰峰顶，已是黄昏时分，令狐冲寻思："我若径行入庵，仪清、郑萼、仪琳师妹她们心细的人多，察看之下，不免犯疑。我还是暗中窥探的好。"当下找个荒僻的山洞，睡了一觉，醒来时月已中天，这才奔往见性峰主庵无色庵。

刚走近主庵，便听得铮铮铮数下长剑互击之声，令狐冲心中一动："怎么来了敌人？"一摸身边暗藏的短剑，纵身向剑声处奔去。兵刃撞击声从无色庵旁十余丈外的一间瓦屋中发出，瓦屋窗中透出灯光。令狐冲奔到屋旁，但听兵刃撞击声更加密了，凑眼从窗缝中一张，登时放心，原来是仪和与仪琳两师姊妹正在练剑，仪清和郑萼二人站着旁观。

仪和与仪琳所使的，正是自己先前所授、学自华山思过崖后洞石壁上的恒山剑法。二人剑法已颇为纯熟。斗到酣处，仪和出剑渐快，仪琳略一疏神，仪和一剑刺出，直指前胸，仪琳回剑欲架，已然不及，"啊"的一声轻叫。仪和长剑的剑尖已指在她心口，微笑道："师妹，你又输了。"

仪琳甚是惭愧，低头道："小妹练来练去，总是没什么进步。"仪和道："比之上次已有进步了，咱们再来过。"长剑在空中虚劈一招。仪清道："小师妹累啦，就和郑师妹去睡罢，明日再练不迟。"仪琳道："是。"收剑入鞘，向仪和、仪清行礼作别，拉了郑萼的手推门出外。她转过身时，令狐冲见她容色憔悴，心想："这个小师妹心中总是不快乐。"

仪和掩上了门，和仪清二人相对摇了摇头，待听得仪琳和郑萼脚步声已远，说道："我看小师妹总是静不下心来。心猿意马，那是咱们修道人的大忌，不知怎生劝劝她才好。"仪清道："劝是很难劝的，总须自悟。"仪和道："我知道她为什么不能心静，她心中老是想着……"仪清摇手道："佛门清净之地，师姊别说这等话。若不是为了急于报师父的大仇，让她慢慢自悟，原亦不妨。"

仪和道："师父常说：世上万事皆须随缘，半分勉强不得；尤其收束心神，更须循序渐进，倘若着意经营，反易堕入魔障。我看小师妹外和内热，乃是性情中人，身入空门，于她实不相宜。"仪清叹了口气，道："这一节我也何尝没想到，只是……只是一来我派终须有佛门中人接掌门户，令狐师兄曾一再声言，他代掌门户只是一时的权宜之计；更要紧的是，岳不群这恶贼害死我们师父、师叔……"

令狐冲听到这里，大吃一惊："怎地是我师父害死她们的师父、师叔？"

只听仪清续道："不报这深恨大仇，咱们做弟子的寝食难安。"仪和道："我只有比你更心急，好，赶明儿我加紧督促她练剑便了。"仪清道："常言道：欲速则不达，却别逼得她太过狠了。我看小师妹近日精神越来越差。"仪和道："是了。"两师姊妹收起兵刃，吹灭灯火，入房就寝。

令狐冲悄立窗外，心下疑思不解："她们怎么说我师父害死了她们的师父、师叔？又为什么为报师仇，为了有人接掌恒山门户，便须督促仪琳小师妹日夜勤练剑法？"凝思半晌，不明其理，慢慢走开，心想："日后询问仪和、仪清两位师姊便是。"猛见地下自己的影子缓缓晃动，抬头望月，只见月亮斜挂树梢，心中陡然闪过一个念头，险些叫出声来，心道："我早该想到了。为什么她们早就明白此事，我却一直没想到？"

闪到近旁小屋的墙外，靠墙而立，以防恒山派中有人见到自己身影，这才静心思索，回想当日在少林寺中定闲、定逸两位师太毙命的情状：

其时定逸师太已死，定闲师太嘱咐我接掌恒山门户之后，便即逝去，言语中没显露害死她们的凶手是谁。检视之下，二位师太身上并无伤痕，并非受了内伤，更不是中毒，何以致死，甚是奇怪，只是不便解开她们衣衫，详查伤处。

后来离少林寺出来，在雪野山洞之中，盈盈说在少林寺时曾解开二位师太的衣衫查伤，见到二人心口都有一粒针孔大的红点，是被人用针刺死。当时我跳了起来，说道："毒针？武林之中，有谁是使毒针的？"盈盈说道："爹爹和向叔叔见闻极广，可是他们也不知道。爹爹又说，这针并非毒针，乃是一件兵刃，刺入要害，致人死命。只是刺入定闲师太心口那一针，略略偏斜了些。"我说："是了，我见到定闲师太之时，她还没断气。这针既是当胸刺入，那就并非暗算，而是正面交锋。那么害死两位师太的，定是武功绝顶的高手。"盈盈道："我爹爹也这么说。既有了这条线索，要找到凶手，想亦不难。"当时我伸掌在山洞石壁上用力一拍，大声道："盈盈，我二人有生之年，定当为两位师太报仇雪恨。"盈盈道："正是。"

令狐冲双手反按墙壁，身子不禁发抖，心想："能使一枚小针而杀害这两位高手师太，若不是练了《葵花宝典》的，便是练了辟邪剑法的。东方不败一直在黑木崖顶闺房中绣花，不会到少林寺来杀人，以他武功，也决不会针刺定闲师太而一时杀她不了。左冷禅所练的辟邪剑法是假的。那时候林师弟初得剑谱未久，未必已练成剑法，甚至还没得到剑谱……"回想当日在雪地里遇到林平之与岳灵珊的情景，心想："不错，那时候林平之说话未变雌声，不管他是否已得剑谱，辟邪剑法总是尚未练成。"

想到此处，额头上冷汗涔涔而下，那时候能以一枚细针、正面交锋而害死恒山派两大高手，武功却又高不了定闲师太多少，一针不能立时致她死命，那只有岳不群一人。又想起岳不群处心积虑，要做五岳派的掌门，竟能让劳德诺在门下十余年之久，不揭穿他的来历，末了让他盗了一本假剑谱去，由此轻轻易易的刺瞎左冷禅双目。定闲、定逸两位师太极力反对五派合并，岳不群乘机下手将其除去，少了并派的一大阻力，自是在情理之中。定闲师太为什么不肯吐露害她的凶手是谁？自然由于岳不群是他的师父之故。倘若凶手是左冷禅或东方不败，定闲师太又何以不说？

令狐冲又想到当时在山洞中和盈盈的对话。他在少林寺给岳不群重重踢了一脚，他并未受伤，岳不群腿骨反断，盈盈大觉奇怪。她说她父亲想了半天，也想不出其中原因，令狐冲吸了不少外人的内功，固然足以护体，但必须自加运用方能伤人，不像自己所练成的内功，不须运使，自能将对方攻来的力道反弹出去。此刻想来，岳不群自是故意做作，存心做给左冷禅看的，那条腿若非假断，便是他自己以内力震断，好让左冷禅瞧在眼里，以为他武功不过尔尔，不足为患，便可放手进行并派。左冷禅花了无数心血力气，终于使五派合并，到得头来，却是为人作嫁，给岳不群一伸手就将成果取了去。

这些道理本来也不难明，只是他说什么也不会疑心到师父身上，或许内心深处，早已隐隐想到，但一碰到这念头的边缘，心思立即避开，既不愿去想，也不敢去想，直至此刻听到了仪和、仪清的话，这才无可规避。

自己一生敬爱的师父，竟是这样的人物，只觉人生一切，都是殊无意味，一时打不起精神到恒山别院去查察，便在一处僻静的山坳里躺下睡了。

次日清晨，令狐冲到得通元谷时，天已大明。他走到小溪之旁，向溪水中照映自己改装后的容貌，又细看身上衣衫鞋袜，一无破绽，这才走向别院。他绕过正门，欲从边门入院，刚到门边，便听得一片喧哗之声。

只听得院子里许多人大声喧叫："真是古怪！他妈的，是谁干的？""什么时候干的？怎么神不知，鬼不觉，手脚可真干净利落！""这几人武功也不坏啊，怎地着了人家道儿，哼也不哼一声?"令狐冲知道发生了怪事,从边门中挨进去,只见院子中和走廊上都站满了人,眼望一株公孙树的树梢。

令狐冲抬头一看,大感奇怪,心中的念头也与众人所叫嚷的一般无异,只见树上高高挂着八人,乃是仇松年、张夫人、西宝和尚、玉灵道人这一伙七人,另外一人是"滑不留手"游迅。八人显是都被点了穴道,四肢反缚,吊在树枝上荡来荡去,离地一丈有余,除了随风飘荡,半分动弹不得。八人神色之尴尬,实是世所罕见。两条黑蛇在八人身上蜿蜒游走,那自是"双蛇恶乞"严三星的随身法宝了。这两条蛇盘到严三星身上,倒也没什么,游到其他七人身上时,这些人气愤羞惭的神色之中,又加上几分害怕厌恶。

人丛中跃起一人,正是夜猫子"无计可施"计无施。他手持匕首,纵上树干,割断了吊着"桐柏双奇"的绳索。这两人从空中摔下,那矮矮胖胖的老头子伸手接住,放在地上。片刻之间,计无施将八人都救下来,解开了各人被封的穴道。

仇松年等一得自由,立时污言秽语的破口大骂。只见众人都是眼睁睁的瞧着自己,有的微笑,有的惊奇。有人说道:"已!"有人说道:"阴!"有人说道:"小!"有人说道:"命!"张夫人一侧头,只见仇松年等七人额头上都用朱笔写着一个字,有的是"已",有的是"阴"字,料想自己额头也必有字,当即伸手去抹。

祖千秋已推知就里,将八人额头的八个字串起来,说道:"阴谋已败,小心狗命!"余人一听不错,纷纷说道:"阴谋已败,小心狗命!"

西宝和尚大声骂道:"什么阴谋已败,你奶奶的,小心谁的狗命?"玉灵道人忙摇手阻止,在掌心中吐了一大口唾沫,伸手去擦额头的字。

祖千秋道:"游兄,不知八位如何中了旁人的暗算,可能赐告吗?"游迅微微一笑,说道:"说来惭愧,在下昨晚睡得甚甜,不知如何,竟给人点了穴道,吊在这高树之上。那下手的恶贼,多半使用'五更鸡鸣还魂香'之类迷药,否则兄弟本领不济,遭人暗算,那也罢了，像玉灵道长、张夫人这等智勇兼备的人物，如何也着了道儿？"张夫人哼了一声，道："正是如此。"不愿与旁人多说，忙入内照镜洗脸，玉灵道人等也跟了进去。

群豪议论不休，啧啧称奇，都道："游迅之言不尽不实。"有人道："大伙儿数十人在堂内睡觉，若放迷香，该当数十人一起迷倒才是，怎会只迷倒他们几个？"众人猜想那"阴谋已败"的阴谋，不知是何所指，种种揣测都有，莫衷一是。有人道："不知将这八人倒吊高树的那位高手是谁？"

有人笑道："幸亏桃谷六怪今番没到，否则又有得乐子了。"另一人道："你怎知不是桃谷六仙干的？这六兄弟古里古怪，多半便是他们做的手脚。"祖千秋摇头道："不是，不是，决计不是。"先一人道："祖兄如何得知？"祖千秋笑道："桃谷六仙武功虽高，肚子里的墨水却有限得很，那'阴谋'二字，担保他们就不会写。"

群豪哈哈大笑，均说言之有理。各人谈论的都是这件趣事，没人对令狐冲这呆头呆脑的仆妇多瞧上一眼。

令狐冲心中只是在想："这八人想搞什么阴谋？那多半是意欲不利于我恒山派。"

这日午后，忽听得有人在外大叫："奇事，奇事，大家来瞧啊！"群豪涌了出去。令狐冲慢慢跟在后面，只见别院右首里许外有数十人围着，群豪急步奔去。令狐冲走到近处，听得众人正自七张八嘴的议论。有十余人坐在山脚下，面向山峰，显是被点中了穴道，动弹不得，山壁上用黄泥写着八个大字，又是"阴谋已败，小心狗命"。

当下有人将那十余人转过身来，赫然有爱吃人肉的漠北双熊在内。

计无施走上前去，在漠北双熊背上推拿了几下，解开了他们哑穴，但余穴不解，仍是让他们动弹不得，说道："在下有一事不明，可要请教。请问二位到底参与了什么密谋，大伙儿都想知道。"群豪都道："对，对！有什么阴谋，说出来大家听听。"

黑熊破口大骂："操他奶奶的十八代祖宗，有什么阴谋，阴他妈龟儿子的谋！"祖千秋道："那么众位是给谁点倒的，总可以说出来让大伙儿听听罢。"白熊道："老子知道就好了。老子好端端在山边散步，背心一麻，就着了乌龟孙子王八蛋的道儿。是英雄好汉，就该真刀真枪的打上一架，在人家背后偷袭，算什么人物？"

祖千秋道："两位既不肯说，也就罢了。这件事既已给人揭穿，我看是干不成了，只是大伙儿不免要多留心留心。"有人大声道："祖兄，他们不肯吐露，就让他们在这山脚边饿上三天三夜。"另一人道："不错，解铃还由系铃人。你如放了他们，那位高人不免将你怪上了，也将你点倒，吊将起来，可不是玩的。"计无施道："此言不错。众位兄台，在下不是袖手旁观，实在有点胆寒。"

黑熊、白熊对望了一眼，都大骂起来，只是骂得不着边际，可也不敢公然骂计无施这一干人的祖宗，否则自己动弹不得，对方若要动粗，却无还手之力。

计无施笑着拱拱手，说道："众位请了。"转身便行。余人围着指指点点，说了一会子话，慢慢都散开了。

令狐冲慢慢踱回，刚到院子外，听得里面又有人叫嚷嘻笑。一抬头间，见公孙树上又倒吊着二人，一个是不可不戒田伯光，另一个却是不戒和尚。令狐冲心下大奇："不戒大师是仪琳小师妹的父亲，田伯光是小师妹的弟子。他二人说什么也不会来跟恒山派为难。恒山派有难，他们定会奋力援手。怎地也给人吊在树上？"心中原来十分确定的设想，突然间给全部推翻，脑海中闪过一个念头："不戒大师天真烂漫，与人无忤，怎会给人倒吊高树，定是有人和他恶作剧了。要擒住不戒大师，非一人之力可办，多半便是桃谷六仙。"但想到祖千秋先前的言语，说桃谷六仙写不出"阴谋"二字，确也甚是有理。

他满腹疑窦，慢慢走进院子去，只见不戒和尚与田伯光身上都垂着一条黄布带子，上面写得有字。不戒和尚身上那条带上写道：

"天下第一负心薄幸、好色无厌之徒。"田伯光身上那条带上写道："天下第一大胆妄为、办事不力之人。"令狐冲第一个念头便是："这两条带子挂错了。不戒和尚怎会是'好色无厌之徒'？这'好色无厌'四字，该当送给田伯光才是。至于'大胆妄为'四字，送给不戒和尚倒还贴切，他不戒杀，不戒荤，做了和尚，敢娶尼姑，自是大胆妄为之至，不过'办事不力'，又不知从何说起？"但见两根布带好好的系在二人颈中，垂将下来，又不像是匆忙中挂错了的。

群豪指指点点，笑语评论，大家也都说："田伯光贪花好色，天下闻名，这位大和尚怎能盖得过他？"

计无施与祖千秋低声商议，均觉大是蹊跷，知道不戒和尚和令狐冲交情甚好，须得将二人救下来再说。当下计无施纵身上树，将二人手足上被缚的绳索割断，解开了二人穴道。不戒与田伯光都是垂头丧气，和仇松年、漠北双熊等人破口大骂的情状全然不同。计无施低声问道："大师怎地也受这无妄之灾？"

不戒和尚摇了摇头，将布条缓缓解下，对着布条上的字看了半晌，突然间顿足大哭。

这一下变故，当真大出群豪意料之外，众人语声顿绝，都呆呆的瞧着他。只见他双拳捶胸，越哭越伤心。

田伯光劝道："太师父，你也不用难过。咱们失手遭人暗算，定要找了这个人来，将他碎尸万段……"他一言未毕，不戒和尚反手一掌，将他打得直跌出丈许之外，几个踉跄，险些摔倒，半边脸颊登时高高肿起。不戒和尚骂道："臭贼！咱们给吊在这里，当然是罪有应得，你……你……你好大的胆子，想杀死人家啊。"田伯光不明就里，听太师父如此说，擒住自己之人定是个大有来头的人物，竟连太师父也不敢得罪他半分，只得唯唯称是。

不戒和尚呆了一呆，又捶胸哭了起来，突然间反手一掌，又向田伯光打去。田伯光身法极快，身子一侧避开，叫道："太师父！"

不戒和尚一掌没打中，也不再追击，顺手回过掌来，拍的一声，打在院中的一张石凳之上，只击得石屑纷飞。他左手一掌，右手一掌，又哭又叫，越击越用力，十余掌后，双掌上鲜血淋漓，石凳也给他击得碎石乱崩，忽然间喀喇一声，石凳裂为四块。

群豪无不骇然，谁也不敢哼上一声，倘若他盛怒之下，找上了自己，一击中头，谁的脑袋能如石凳般坚硬？祖千秋、老头子、计无施三人面面相觑，半点摸不着头脑。

田伯光眼见不对，说道："众位请照看着太师父。我去相请师父。"

令狐冲寻思："我虽已乔装改扮，但仪琳小师妹心细，别要给她瞧出了破绽。"他扮过军官，扮过乡农，但都是男人，这次扮成女人，实在说不出的别扭，心中绝无自信，生怕露出了马脚。当下去躲在后园的一间柴房之中，心想："漠北双熊等人兀自被封住穴道，猜想计无施、祖千秋等人之意，当是晚间去窃听这些人的谈论。我且好好睡上一觉，半夜里也去听上一听。"耳听得不戒和尚号啕之声不绝，又是惊奇，又是好笑，迷迷糊糊的便即入睡。

醒来时天已入黑，到厨房中去找些冷饭菜来吃了。又等良久，耳听得人声渐寂，于是绕到后山，慢慢踱到漠北双熊等人被困之处，远远蹲在草丛之中，侧耳倾听。

不久便听得呼吸之声此起彼伏，少说也有二十来人散在四周草木丛中，令狐冲暗暗好笑："计无施他们想到要来偷听，旁人也想到了，聪明人还真不少。"又想，"计无施毕竟了得，他只解了漠北双熊这两个吃人肉粗胚的哑穴，却不解旁人的哑穴，否则漠北双熊一开口说话，便会给同伙中精明能干之辈制止。"

只听得白熊不住口的在詈骂："他奶奶的，这山边蚊子真多，真要把老子的血吸光了才高兴，我操你臭蚊虫的十八代祖宗。"黑熊笑道："蚊子只是叮你，却不来叮我，不知是什么缘故。"白熊骂道："你的血臭的，连蚊子也不吃。"黑熊笑道："我宁可血臭，好过给几百只蚊子在身上叮。"白熊又是"直娘贼，龟儿子"的大骂起来。

白熊骂了一会，说道："穴道解开之后，老子第一个便找夜猫子算帐，把这龟蛋点了穴道，将他大腿上的肉一口口咬下来生吃。"黑熊笑道："我却宁可吃那些小尼姑们，细皮白肉，嫩得多了。"白熊道："岳先生吩咐了的，尼姑们要捉到华山去，可不许吃。"黑熊笑道："几百个尼姑，吃掉三四个，岳先生也不会知道。"

令狐冲大吃一惊："怎么是师父吩咐了的？怎么要他们将恒山派弟子捉到华山去？这个'大阴谋'，自然是这件事了。可是他们又怎么会听我师父的号令？"

忽听得白熊高声大骂："乌龟儿子王八蛋！"黑熊怒道："你不吃尼姑便不吃，干么骂人？"白熊道："我骂蚊子，又不是骂你。"

令狐冲满腹疑团，忽听得背后草丛中脚步声响，有人慢慢走近，心想："这人别要踏到我身上来才好。"那人对准了他走来，走到他身后，蹲了下来，轻轻拉他衣袖。令狐冲微微一惊："是谁？难道认了我出来？"回过头来，朦胧月光之下，见到一张清丽绝俗的脸庞，正是仪琳。他又惊又喜，心想："原来我的行迹早给她识破了。要扮女人，毕竟不像。"仪琳头一侧，小嘴努了努，缓缓站起身来，仍是拉着他衣袖，示意和他到远处说话。

令狐冲见她向西行去，便跟在她身后。两人一言不发，径向西行。仪琳沿着一条狭狭的山道，走出了通元谷，忽然说道："你又听不见人家的说话，挤在这是非之地，那可危险得紧。"她几句话似乎并不是向他而说，只是自言自语。令狐冲一怔，心道："她说我听不见人家说话，那是什么意思？她说的是反话，还是真的认我不出？"又想仪琳从来不跟自己说笑，那么多半是认不出了，只见她折而向北，渐渐向着磁窑口走去，转过了一个山坳，来到了一条小溪之旁。

仪琳轻声道："我们老是在这里说话，你可听厌了我的话吗？"跟着轻轻一笑，说道："你从来就听不见我的话，哑婆婆，倘若你能听见我说话，我就不会跟你说了。"

令狐冲听仪琳说得诚挚，知她确是将自己认作了悬空寺中那个又聋又哑的仆妇。他童心大起，心道："我且不揭破，听她跟我说些什么。"仪琳牵着他衣袖，走到一株大柳树下的一块长石之旁，坐了下来。令狐冲跟着坐下，侧着身子，背向月光，好教仪琳瞧不见自己的脸，寻思："难道我真的扮得很像，连仪琳也瞒过了？是了，黑夜之中，只须有三分相似，她便不易分辨。盈盈的易容之术，倒也了得。"

仪琳望着天上眉月，幽幽叹了口气。令狐冲忍不住想问："你小小年纪，为什么有这许多烦恼？"但终于没出声。仪琳轻声道："哑婆婆，你真好，我常常拉着你来，向你诉说我的心事，你从来不觉厌烦，总是耐心的等着，让我爱说多少，便说多少。我本来不该这样烦你，但你待我真好，便像我自己亲生的娘一般。我没有娘，倘若我有个妈妈，我敢不敢向她这样说呢？"

令狐冲听到她说是倾诉自己心事，觉得不妥，心想："她要说什么心事？我骗她吐露内心秘密，可太也对不住她，还是快走的为是。"当即站起身来。仪琳拉住了他袖子，说道："哑婆婆，你……你要走了吗？"声音中充满失望之情。令狐冲向她望了一眼，只见她神色凄楚，眼光中流露出恳求之意，不由得心下软了，寻思："小师妹形容憔悴，满腹心事，倘若无处倾诉，老是闷在心里，早晚要生重病。我且听她说说，只要她始终不知是我，也不会害羞。"当下又缓缓坐了下来。

仪琳伸手搂住他脖子，说道："哑婆婆，你真好，就陪我多坐一会儿。你不知道我心中可有多闷。"

令狐冲心想："令狐冲这一生可交了婆婆运，先前将盈盈错认作是婆婆，现下又给仪琳错认是婆婆。我叫了人家几百声婆婆，现在她叫还我几声，算是好人有好报。"

仪琳道："今儿我爹爹险些儿上吊死了，你知不知道？他给人吊在树上，又给人在身上挂了一根布条儿，说他是'天下第一负心薄幸、好色无厌之徒'。我爹爹一生，心中就只有我妈妈一人，什么好色无厌，那是从何说起？那人一定胡里胡涂，将本来要挂在田伯光身上的布条，挂错在爹爹身上了。其实挂错了，拿来掉过来就是，可用不着上吊自尽哪。"

令狐冲又是吃惊，又是好笑："怎么不戒大师要自尽？她说他险些儿上吊死了，那么定是没死。两根布条上写的都不是好话，既然拿了下来，怎么又去掉转来挂在身上？这小师妹天真烂漫，真是不通世务之至。"

仪琳说道："田伯光赶上见性峰来，要跟我说，偏偏给仪和师姊撞见了，说他擅闯见性峰，不问三七二十一，提剑就砍，差点没要了他的性命，可也真是危险。"

令狐冲心想："我曾说过，别院中的男子若不得我号令，任谁不许上见性峰。田兄名声素来不佳，仪和师姊又是个急性子人，一见之下，自然动剑。只是田兄武功比她高得多，仪和可杀不了他。"他正想点头同意，但立即警觉："不论她说什么话，我赞同也好，反对也好，决不可点头或摇头。那哑婆婆决不会听到她的说话。"

仪琳续道："田伯光待得说清楚，仪和师姊已砍了十七八剑，幸好她手下留情，没真的杀了他。我一得到消息，忙赶到通元谷来，却已不见爹爹，一问旁人，都说他在院子中又哭又闹，生了好大的气，谁也不敢去跟他说话，后来就不见了。我在通元谷中四下寻找，终于在后山一个山坳里见到了他，只见他高高挂在树上。我着急得很，忙纵上树去，见他头颈中有一条绳，勒得快断气了，真是菩萨保佑，幸好及时赶到。我将他救醒了，他抱着我大哭。我见他头颈中仍是挂着那根布条，上面写的仍是'天下第一负心薄幸'什么的。我说：'爹爹，这人真坏，吊了你一次，又吊你第二次。挂错了布条，他又不掉转来。'

"爹爹一面哭，一面说道：'不是人家吊，是我自己上吊的。我……我不想活了。'我劝他说：'爹爹，那人定是突然之间向你偷袭，你不小心着了他的道儿，那也不用难过。咱们找到他，叫他讲个道理出来，他如说得不对，咱们也将他吊了起来，将这条布条挂在他头颈里。'爹爹道：'这条布条是我的，怎可挂在旁人身上？天下第一负心薄幸、好色无厌之徒，乃是我不戒和尚。哪里还有人胜得过我的？小孩儿家，就会瞎说。'哑婆婆，我听他这么说，心中可真奇了，问道：'爹爹，这布条没挂错么？'爹爹说：'自然没挂错。我……我对不起你娘，因此要悬树自尽，你不用管我，我真的不想活了。'"

令狐冲记得不戒和尚曾对他说过，他爱上了仪琳的妈妈，只因她是个尼姑，于是为她而出家做了和尚。和尚娶尼姑，真是希奇古怪之至。他说他对不起仪琳的妈妈，想必是后来移情别恋，因此才自认是"负心薄幸、好色无厌"，想到此节，心下渐渐有些明白了。

仪琳道："我见爹爹哭得伤心，也哭了起来。爹爹反而劝我，说道：'乖孩子，别哭，别哭。爹爹倘若死了，你孤苦伶仃的在这世上，又有谁来照顾你？'他这样说，我哭得更加厉害了。"她说到这里，眼眶中泪珠莹然，神情极是凄楚，又道："爹爹说道：'好啦，好啦！我不死就是，只不过也太对不住你娘。'我问：'到底你怎样对不住我娘？'爹爹叹了口气，说道：'你娘本来是个尼姑，你是知道的了。我一见到你娘，就爱得她发狂，说什么也要娶她为妻。你娘说："阿弥陀佛，起这种念头，也不怕菩萨嗔怪。"我说："菩萨要怪，就只怪我一人。"你娘说："你是俗家人，娶妻生子，理所当然。我身入空门，六根清净，再动凡心，菩萨自然要责怪了，可怎会怪到你？"我一想不错，是我决意要娶你娘，可不是你娘一心想嫁我。倘若让菩萨怪上了她，累她死后在地狱中受苦，我如何对得住她？因此我去做了和尚。菩萨自然先怪我，就算下地狱，咱们夫妻也是一块儿去。'"

令狐冲心想："不戒大师确是个情种，为了要担负菩萨的责怪，这才去做和尚，既然如此，不知后来又怎会变心？"

仪琳续道："我就问爹爹：'后来你娶了妈妈没有？'爹爹说：'自然娶成了，否则怎会生下你来？千不该，万不该，那日你生下来才三个月，我抱了你在门口晒太阳。'我说：'晒太阳又有什么不对了？'爹爹说：'事情也真不巧，那时候有个美貌少妇，骑了马经过门口，看见我大和尚抱了个女娃娃，觉得有些奇怪，向咱们瞧了几眼，赞道："好美的女娃娃！"我心中一乐，说道："你也美得很啊。"那少妇向我瞪了一眼，问道："你这女娃娃是哪里偷来的？"我说："什么偷不偷的？是我和尚自己生的。"那少妇忽然大发脾气，骂道："我好好问你，你几次三番向我取笑，可不是活得不耐烦了？"我说："取什么笑？难道和尚不是人，就不会生孩子？你不信，我就生给你看。"哪知道那女人凶得很，从背上拔出剑来，便向我刺来，那不是太不讲道理吗？'"

令狐冲心想："不戒大师直言无忌，说的都是真话，但听在对方耳里，却都成为无礼调笑。他既然娶妻生女，怎地又不还俗？大和尚抱了个女娃娃，原是不伦不类。"

仪琳道："我说：'这位太太可也太凶了。我明明是你生的，又没骗她，干么好端端地便拔剑刺人？'爹爹道：'是啊，当时我一闪避开，说道："你怎地不分青红皂白，便动刀剑？这女娃娃不是我生的，难道是你生的？"那女人脾气更大了，向我连刺三剑。她几剑刺我不中，出剑更快了。我当然不怕她，就怕她伤到了你，她刺到第八剑上，我飞起一脚，将她踢了个筋斗。她站起身来，大骂我："不要脸的恶和尚，无耻下流，调戏妇女。"

"'就在这时候，你妈妈从河边洗了衣服回来，站在旁边听着。那女人骂了几句，气愤愤的骑马走了，掉在地上的剑也不要了。我转头跟你娘说话。她一句也不答，只是哭泣。我问她为什么事，她总是不睬。第二天早晨，你娘就不见了。桌上有一张纸，写着八个字。你猜是什么字？那便是"负心薄幸，好色无厌"这八个字了。我抱了你到处去找她，可哪里找得到。'

"我说：'妈妈听了那女人的话，以为你真的调戏了她。'爹爹说：'是啊，那不是冤枉吗？可是后来我想想，那也不全是冤枉，因为当时我见到那个女人，心中便想："这女子生得好俊。"你想：

我既然娶了你妈妈做老婆，心中却赞别个女人美貌，不但心中赞，口中也赞，那不是负心薄幸、好色无厌么？'"

令狐冲心道："原来仪琳师妹的妈妈醋劲儿这般厉害。当然这中间大有误会，但问个明白，不就没事了？"

仪琳道："我说：'后来找到了妈妈没有？'爹爹说：'我到处寻找，可哪里找得到？我想你妈是尼姑，一定去了尼姑庵中，一处处庵堂都找遍了。这一日，找到了恒山派的白云庵，你师父定逸师太见你生得可爱，心中欢喜，那时你又在生病，便叫我将你寄养在庵中，免得我带你在外奔波，送了你一条小命。'"

一提到定逸师太，仪琳又不禁泫然，说道："我从小没了妈妈，全仗师父抚养长大，可是师父给人害死了，害死她的，却是令狐大哥的师父，你瞧这可有多为难。令狐大哥跟我一样，也是自幼没了妈妈，由他师父抚养长大的。不过他比我还要苦些，不但没了妈妈，连爹爹也没有。他自然敬爱他的师父，我要是将他师父杀了，为我师父报仇，令狐大哥可不知有多伤心。我爹爹又说：他将我寄养在白云庵中之后，找遍了天下的尼姑庵，后来连蒙古、西藏、关外、西域，最偏僻的地方都找到了，始终没打听到半点我娘的音讯。想起来，我娘定是怪我爹爹调戏女人，第二天便自尽了。哑婆婆，我妈妈出家时，是在菩萨面前发过誓的，身入空门之后，决不再有情缘牵缠，可是终于拗不过爹爹，嫁了给他，刚生下我不久，便见他调戏女人，给人骂'无耻下流'，当然生气。她是个性子十分刚烈的女子，自己以为一错再错，只好自尽了。"

仪琳长长叹了口气，续道："我爹爹说明白这件事，我才知道，为什么他看到'天下第一负心薄幸、好色无厌之徒'这布条时，如此伤心。我说：'妈妈写了这张字条骂你，你时时拿给人家看么？怎么别人竟会知道？'爹爹道：'当然没有！我对谁也没说。这种事说了出来，好光采吗？这中间有鬼，定是你妈妈的鬼魂找上了我，她要寻我报仇，恨我玷污了她清白，却又去调戏旁的女子。否则挂在我身上的布条，旁的字不写，怎么偏偏就写上这八个字？

我知道她是在向我索命，很好，我就跟她去就是了。'

"爹爹又道：'反正我到处找你妈妈不到，到阴世去和她相会，那也正是求之不得。可惜我身子太重，上吊了片刻，绳子便断了，第二次再上吊，绳子又断了。我想拿刀抹脖子，那刀子明明在身边的，忽然又找不到了，真是想死也不容易。'我说：'爹爹，你弄错啦，菩萨保佑，叫你不可自尽，因此绳子会断，刀子会不见。否则等我找到时，你早已死啦。'爹爹说：'那也不错，多半菩萨罚我在世上还得多受些苦楚，不让我立时去阴世和你妈妈相见。'我说：'先前我还道是田伯光的布条跟你掉错了，因此你生这么大的气。'爹爹说：'怎么会掉错？不可不戒以前对你无礼，岂不是"胆大妄为"？我叫他去做媒，要令狐冲这小子来娶你，他推三阻四，总是办不成，那还不是"办事不力"？这八字评语挂在他身上，真是再合式也没有了。'我说：'爹爹，你再叫田伯光去干这等无聊之事，我可要生气了。令狐大哥先前喜欢的是他小师妹，后来喜欢了魔教的任大小姐。他虽然待我很好，但从来就没将我放在心上。'"

令狐冲听仪琳这么说，心下颇觉歉然。她对自己一片痴心，初时还不觉得，后来却渐渐明白了，但自己确然如她所说，先是喜欢岳家小师妹，后来将一腔情意转到了盈盈身上。这些时候来亡命江湖，少有想到仪琳的时刻。

仪琳道："爹爹听我这么说，忽然生起气来，大骂令狐大哥，说道：'令狐冲这小子，有眼无珠，当真连不可不戒也不如。不可不戒还知道我女儿美貌，令狐冲却是天下第一大笨蛋。'他骂了许多粗话，难听得很，我也学不上来。他说：'天下第一大瞎子是谁？不是左冷禅，而是令狐冲。左冷禅眼睛虽然给人刺瞎了，令狐冲可比他瞎得更厉害。'哑婆婆，爹爹这样说是很不对的，他怎么可以这样骂令狐大哥？我说：'爹爹，岳姑娘和任大小姐都比女儿美貌百倍，孩儿怎么及得上人家？再说，孩儿已然身入空门，只是感激令狐大哥舍命相救的恩德，以及他对我师父的好处，孩儿才时

时念着他。我妈妈说得对，皈依佛门之后，便当六根清净，再受情缘牵缠，菩萨是要责怪的。'

"爹爹说：'身入空门，为什么就不可以嫁人？如果天下的女人都身入空门，再不嫁人生儿子，世界上的人都没有了。你娘是尼姑，她可不是嫁了给我，又生下你来吗？'我说：'爹爹，咱们别说这件事了，我……我宁可当年妈妈没生下我这个人来。'"

她说到这里，声音又有些哽咽，过了一会，才道："爹爹说，他一定要去找令狐大哥，叫他娶我。我急了，对他说，要是他对令狐大哥提这等话，我永远不跟他说一句话，他到见性峰来，我也决不见他。田伯光要是向令狐大哥提这等无聊言语，我要跟仪清、仪和师姊她们说，永远不许他踏上恒山半步。爹爹知道我说得出做得到，呆了半晌，叹了一口气，一个人走了。哑婆婆，爹爹这么一去，不知什么时候再来看我？又不知他会不会再自杀？真叫人挂念得紧。后来我找到田伯光，叫他跟着爹爹，好好照料他，说完之后，看到有许多人偷偷摸摸的走到通元谷外，躲在草丛之中，不知干什么。我悄悄跟着过去瞧瞧，却见到了你。哑婆婆，你不会武功，又听不见人家说话，躲在那里，倘若给人家见到了，那是很危险的，以后可千万别再跟着人家去躲在草丛里了。你还道是捉迷藏吗？"

令狐冲险些笑了出来，心想："这个小师妹孩子气得很，只当人家也是孩子。"

仪琳道："这些日子中，仪和、仪清两位师姊总是督着我练剑。秦绢小师妹跟我说，她曾听到仪和、仪清她们好几位大师姊商议。大家说，令狐大哥将来一定不肯做恒山派掌门。岳不群是我们的杀师大仇，我们自然不能并入五岳派，奉他为我们掌门，因此大家叫我做掌门人。哑婆婆，我可半点也不相信。但秦师妹赌咒发誓，说一点也不假。她说，几位大师姊都说，恒山派仪字辈的群尼之中，令狐大哥对我最好，如果由我做掌门，定然最合令狐大哥的心意。她们所以决定推举我，全是为了令狐大哥。她们盼我练好剑术，杀了岳不群，那时做恒山派掌门，谁也没异议了。她这样解释，我才信了。不过这恒山派的掌门，我怎么做得来？我的剑法再练十年，也及不上仪和、仪清师姊她们，要杀岳不群，那是更加办不到了。我本来心中已乱，想到这件事，心下更加乱了。哑婆婆，你瞧我怎么办才是？"

令狐冲这才恍然："她们如此日以继夜的督促仪琳练剑，原来是盼她日后继我之位，接任恒山派掌门，委实用心良苦，可也是对我的一番厚意。"

仪琳幽幽的道："哑婆婆，我常跟你说，我日里想着令狐大哥，夜里想着令狐大哥，做梦也总是做着他。我想到他为了救我，全不顾自己性命；想到他受伤之后，我抱了他奔逃；想到他跟我说笑，要我说故事给他听；想到在衡山县那个什么群玉院中，我……我……跟他睡在一张床上，盖了同一条被子。哑婆婆，我明知你听不见，因此跟你说这些话也不害臊。我要是不说，整天憋在心里，可真要发疯了。我跟你说一会话，轻轻叫着令狐大哥的名字，心里就有几天舒服。"她顿了一顿，轻轻叫道："令狐大哥，令狐大哥！"

这两声叫唤情致缠绵，当真是蕴藏刻骨相思之意，令狐冲不由得身子一震。他早知道这小师妹对自己极好，却想不到她小小心灵中包藏着的深情，竟如此惊心动魄，心道："她待我这等情意，令狐冲今生如何报答得来？"

仪琳轻轻叹息，说道："哑婆婆，爹爹不明白我，仪和、仪清师姊她们也不明白我。我想念令狐大哥，只是忘不了他，我明知道这是不应该的。我是身入空门的女尼，怎可对一个男人念念不忘的日思夜想，何况他还是本门的掌门人？我日日求观音菩萨救我，请菩萨保佑我忘了令狐大哥。今儿早晨念经，念着救苦救难观世音菩萨的名字，我心中又在求菩萨，请菩萨保佑令狐大哥无灾无难，逢凶化吉，保佑他和任家大小姐结成美满良缘，白头偕老，一生一世都快快活活。我忽然想，为什么我求菩萨这样，求菩萨那样，菩萨听着也该烦了。从今而后，我只求菩萨保佑令狐大哥一世快乐逍遥。他最喜欢快乐逍遥，无拘无束，但盼任大小姐将来不要管着他才好。"

她出了一会神，轻声念道："南无救苦救难观世音菩萨，南无救苦救难观世音菩萨。"

她念了十几声，抬头望了望月亮，道："我得回去了，你也回去罢。"从怀中取出两个馒头，塞在令狐冲手中，道："哑婆婆，今天为什么你不瞧我，你不舒服么？"待了一会，见令狐冲不答，自言自语："你又听不见，我却偏要问你，可真是傻了。"慢慢转身去了。

令狐冲坐在石上，瞧着她的背影隐没在黑暗之中，她适才所说的那番话，一句句在心中流过，想到回肠荡气之处，当真难以自已，一时不由得痴了。

也不知坐了多少时候，无意中向溪水望了一眼，不觉吃了一惊，只见水中两个倒影并肩坐在石上。他只道眼花，又道是水波晃动之故，定睛一看，明明是两个倒影。霎时间背上出了一阵冷汗，全身僵了，又怎敢回头？

从溪水中的影子看来，那人在身后不过二尺，只须一出手立时便制了自己死命，但他竟吓得呆了，不知向前纵出。这人无声无息来到身后，自己全无知觉，武功之高，难以想像，登时便起了个念头："鬼！"想到是鬼，心头更涌起一股凉意，呆了半晌，才又向溪水中瞧去。溪水流动，那月下倒影朦朦胧胧的看不清楚，但见两个影子一模一样，都是穿着宽襟大袖的女子衣衫，头上梳髻，也是殊无分别，竟然便是自己的化身。

令狐冲更加惊骇惶怖，似乎吓得连心也停止了跳动，突然之间，也不知从哪里来的一股勇气，猛地里转过头来，和那"鬼魅"面面相对。

这一看清楚，不禁倒抽了一口凉气，眼见这人是个中年女子，认得便是悬空寺中那个又聋又哑的仆妇，但她如何来到身后，自己浑不觉察，实在奇怪之极。他惧意大消，讶异之情却丝毫不减，说道："哑婆婆，原来……原来是你，这可……这可吓了我一大跳。"但听得自己的声音发颤，又甚是嘶哑。只见那哑婆婆头髻上横插一根荆钗，穿一件淡灰色布衫，竟和自己打扮全然相同。他定了定神，强笑道："你别见怪。任大小姐记性真好，记得你穿戴的模样，给我这一乔装改扮，便和你是双胞姊妹一般了。"

他见哑婆婆神色木然，既无怒意，亦无喜色，不知心中在想些什么，寻思："这人古怪得紧，我扮成她的模样，给她看见了，这地方不宜多耽。"当即站起身来，向哑婆婆一揖，说道："夜深了，就此别过。"转身向来路走去。

只走出七八步，突见迎面站着一人，拦住了去路，便是那个哑婆婆，却不知她使什么身法，这等无影无踪、无声无息的闪了过来。东方不败在对敌时身形犹如电闪，快速无伦，但总尚有形迹可寻，这个婆婆却便如是突然间从地下涌出来一般。她身法虽不及东方不败的迅捷，但如此无声无息，实不似活人。

令狐冲大骇之下，知道今晚是遇到了高人，自己什么人都不扮，偏偏扮成了她的模样，的确不免惹她生气，当下又深深一揖，说道："婆婆，在下多有冒犯，这就去改了装束，再来悬空寺谢罪。"那哑婆婆仍是神色木然，不露丝毫喜怒之色。令狐冲道："啊，是了！你听不到我说话。"俯身伸指，在地上写道："对不起，以后不敢。"站起身来，见她仍然呆呆站立，对地下的字半眼也不瞧。令狐冲指着地下大字，大声道："对不起，以后不敢！"那婆婆一动也不动。令狐冲连连作揖，比划手势，作解衣除发之状，又抱拳示歉，那婆婆始终纹丝不动。令狐冲无计可施，搔了搔头皮，道："你不懂，我可没法子了。"侧过身子，从那婆婆身畔绕过。

他左足一动，那婆婆身子微晃，已挡在他身前。令狐冲暗吸一口气，说道："得罪！"向右跨了一步，突然间飞身而起，向左侧窜了出去。左足刚落地，那婆婆已挡在身前，拦住了去路。他连窜数次，越来越快，那婆婆竟始终挡在他面前。令狐冲急了，伸出左手向她肩头推去，那婆婆右掌疾斩而落，切向他手腕。

令狐冲急忙缩手，他自知理亏，不敢和她相斗，只盼及早脱身，一低头，想从她身侧闪过，身形甫动，只觉掌风飒然，那婆婆已一掌从头顶劈到。令狐冲斜身闪让，可是这一掌来得好快，拍的一声，肩头已然中掌。那婆婆身子也是一晃，原来令狐冲体内的"吸星大法"生出反应，竟将这一掌之力吸了过去。那婆婆倏然左手伸出，两根鸡爪般又瘦又尖的指尖向他眼中插来。

令狐冲大骇，忙低头避过，这一来，背心登时露出了老大破绽，幸好那婆婆也怕了他的"吸星大法"，竟不敢乘隙击下，右手一弯，向上勾起，仍是挖他眼珠。显然她打定主意，专门攻击他眼珠，不论他的"吸星大法"如何厉害，手指入眼，总是非瞎不可，柔软的眼珠也决不会吸取旁人功力。令狐冲伸臂挡格，那婆婆回转手掌，五指成抓，抓向他左眼。令狐冲忙伸左手去格，那婆婆右手飞指已抓向他的右耳。这几下兔起鹘落，势道快极，每一招都是古里古怪，似是乡下泼妇与人打架一般，可是既阴毒又快捷，数招之间，已逼得令狐冲连连倒退。那婆婆的武功其实也不甚高，所长者只是行走无声，偷袭快捷，真实功夫固然远不及岳不群、左冷禅，连盈盈也比她高明得多。但令狐冲拳脚功夫更差，若不是那婆婆防着他的"吸星大法"，不敢和他手脚相碰，令狐冲早已接连中掌了。

又拆数招，令狐冲知道若不出剑，今晚已难以脱身，当即伸手入怀去拔短剑。他右手刚碰到剑柄，那婆婆出招快如电闪，连攻了七八招，令狐冲左挡右格，更没余暇拔剑。那婆婆出招越来越毒辣，明明无怨无仇，却显是硬要将他眼珠挖了出来。令狐冲大喝一声，左掌遮住了自己双眼，右手再度入怀拔剑，拼着给她打上一掌，踢上一脚，便可拔出短剑。

便在此时，头上一紧，头发已给抓住，跟着双足离地，随即天旋地转，身子在半空中迅速转动，原来那婆婆抓着他头发，将他甩得身子平飞，急转圈子，越来越快。令狐冲大叫："喂，喂，你干什么？"伸手乱抓乱打，想去拿她手臂，突然左右腋下一麻，已给她点中了穴道，跟着后心、后腰、前胸、头颈几处穴道中都给她点中了，全身麻软，再也动弹不得。那婆婆兀自不肯停手，将他身子不绝旋转，令狐冲只觉耳际呼呼风响，心想："我一生遇到过无数奇事，但像此刻这般倒霉，变成了一个大陀螺给人玩弄，却也从所未有。"

那婆婆直转得他满天星斗，几欲昏晕，这才停手，拍的一声，将他重重摔在地下。

令狐冲本来自知理亏，对那婆婆并无敌意，但这时给她弄得半死不活，自是大怒，骂道："臭婆娘当真不知好歹，我倘若一上来就拔剑，早在你身上戳了几个透明窟窿。"

那婆婆冷冷的瞧着他，脸上仍是木然，全无喜怒之色。

令狐冲心道："打是打不来了，若不骂个爽快，未免太也吃亏。但此刻给她制住，如果她知我在骂人，自然有苦头给我吃。"当即想到了一个主意，笑嘻嘻地骂道："贼婆娘，臭婆娘，老天爷知道你心地坏，因此将你造得天聋地哑，既不会笑，又不会哭，像白痴一样，便是做猪做狗，也胜过如你这般。"他越骂越恶毒，脸上也就越是笑得欢畅。他本来只是假笑，好让那婆婆不疑心自己是在骂她，但骂到后来，见那婆婆全无反应，此计已售，不由得大为得意，真的哈哈大笑起来。

那婆婆慢慢走到他身边，一把抓住他头发，着地拖去。她渐行渐快，令狐冲穴道被点，知觉不失，身子在地下碰撞磨擦，好不疼痛，口中叫骂不停，要笑却是笑不出来了。那婆婆拖着他直往山上行去，令狐冲侧头察看地形，见她转而向西，竟是往悬空寺而去。

令狐冲这时早已知道，不戒和尚、田伯光、漠北双熊、仇松年等人着了道儿，多半都是她做的手脚，要神不知、鬼不觉的突然将人擒住，除了她如此古怪的身手，旁人也真难以做到，只是自己曾来过悬空寺，见了这聋哑婆婆竟一无所觉，可说极笨。连方证大师、冲虚道长、盈盈、上官云这等大行家，见了她也不起疑，这哑婆婆的掩饰功夫实在做得极好。转念又想："这婆婆如也将我高高挂在通元谷的公孙树上，又在我身上挂一块布条，说我是天下第一大淫棍之类，我身为恒山派掌门，又穿着这样一身不伦不类的女人装束，这个脸可丢得大了。幸好她是拖我去悬空寺，让她在寺中吊打一顿，不致公然出丑，也就罢了。"想到今晚虽然倒霉，但不致在恒山别院中高挂示众，倒也算是不幸中的大幸，又想："不知她是否知晓我的身份，莫非瞧在我恒山掌门的份上，这才优待三分？"

一路之上，山石将他撞得全身皮肉之伤不计其数，好在脸孔向上，还没伤到五官。到得悬空寺，那婆婆将他直向飞阁上拖去，直拖上左首灵龟阁的最高层。令狐冲叫声："啊哟，不好！"灵龟阁外是座飞桥，下临万丈深渊，那婆婆只怕要将自己挂在飞桥之上。这悬空寺人迹罕至，十天半月中难得有人到来，这婆婆若是将自己挂在那里，不免活生生的饿死，这滋味可大大不妙了。

那婆婆将他在阁中一放，径自下阁去了。令狐冲躺在地下，推想这恶婆娘到底是什么来头，竟无半点头绪，料想必是恒山派的一位前辈名手，便如是于嫂一般的人物，说不定当年是服侍定静、定闲等人之师父的。想到此处，心下略宽："我既是恒山掌门，她总有些香火之情，不会对我太过为难。"但转念又想："我扮成了这副模样，只怕她认我不出。倘若她以为我也是张夫人之类，故意扮成了她的样子，前来卧底，意图不利于恒山，不免对我'另眼相看'，多给我些苦头吃，那可糟得很了。"

也不听见楼梯上脚步响声，那婆婆又已上来，手中拿了绳索，将令狐冲手脚反缚了，又从怀中取出一根黄布条子，挂在他颈中。令狐冲好奇心大起，要想看看那布条上写些什么，可是便在此时，双眼一黑，已给她用黑布蒙住了双眼。令狐冲心想："这婆婆好生机灵，明知我急欲看那布条，却不让看。"又想："令狐冲是无行浪子，天下知名，这布条上自不会有什么好话，不用看也知道。”

只觉手腕脚踝上一紧，身子腾空而起，已给高高悬挂在横梁之上。令狐冲怒气冲天，又大骂起来，他虽爱胡闹，却也心细，寻思：“我一味乱骂，毕竟难以脱身，须当慢慢运气，打通穴道，待得一剑在手，便可将她也制住了。我也将她高高挂起，再在她头颈中挂一根黄布条子，那布条上写什么字好？天下第一大恶婆！不好，称她天下第一，说不定她心中反而欢喜，我写‘天下第十八恶婆’，让她想破了脑袋也猜不出，排名在她之上的那十七个恶婆究竟是些什么人。”侧耳倾听，不闻呼吸之声，这婆婆已下阁去了。

挂了两个时辰，令狐冲已饿得肚中咕咕作声，但运气之下，穴道渐通，心下正自暗喜，忽然间身子一晃，砰的一声，重重摔在楼板之上，竟是那婆婆放松了绳索。但她何时重来，自己浑没半点知觉。那婆婆扯开了蒙在他眼上的黑布，令狐冲颈中穴道未通，无法低头看那布条，只见到最底下一字是个“娘”字。他暗叫“不好！”心想她写了这个“娘”字，定然当我是个女人，她写我是淫徒、浪子，都没什么，将我当作女子，那可大大的糟糕。

只见那婆婆从桌上取过一只碗来，心想：“她给我喝水，还是喝汤？最好是喝酒！”突然间头上一阵滚热，大叫一声：“啊哟！”这碗中盛的竟是热水，照头淋在他头顶。

令狐冲大骂：“贼婆娘，你干什么？”只见她从怀中取出一柄剃刀，令狐冲吃了一惊，但听得嗤嗤声响，头皮微痛，那婆婆竟在给他剃头。令狐冲又惊又怒，不知这疯婆子是何用意，过不多时，一头头发已给剃得干干净净，心想：“好啊，令狐冲今日做了和尚。啊哟，不对，我身穿女装，那是做了尼姑。”突然间心中一寒：“盈盈本来开玩笑，说叫我扮作尼姑，这一语成谶，只怕大事不妙。说不定这恶婆娘已知我是何人，认为大男人做恒山派掌门大大不妥，不但剃了我头，还要……还要将我阉了，便似不可不戒一般，教我无法秽乱佛门清净之地。这女人忠于恒山派，发起疯来，什么事都做得出。啊哟，令狐冲今日要遭大劫，'武林称雄，引刀自宫'，可别去练辟邪剑法。"

那婆婆剃完了头，将地下的头发扫得干干净净。令狐冲心想事势紧急，疾运内力，猛冲被封的穴道，正觉被封的几处穴道有些松动，忽然背心、后腰、肩头几处穴道一麻，又给她补了几指。令狐冲长叹一声，连"恶婆娘"三字也不想骂了。

那婆婆取下他颈中的布条，放在一旁，令狐冲这才看见，布条上写道："天下第一大瞎子，不男不女恶婆娘"。他登时暗暗叫苦："原来这婆娘装聋作哑，她是听得见说话的，否则不戒大师说我是天下第一大瞎子，她又怎会知道？若不是不戒大师跟女儿说话时她在旁偷听，便是仪琳跟我说话之时，她在旁偷听，说不定两次她都偷听了。"当即大声道："不用假扮了，你不是聋子。"但那婆婆仍是不理，径自伸手来解他衣衫。

令狐冲大惊，叫道："你干什么？"嗤的一声响，那婆婆将他身上女服撕成两半，扯了下来。令狐冲惊叫："你要是伤了我一根毫毛，我将你斩成肉酱。"转念一想："她将我满头头发都剃了，岂只伤我毫毛而已？"

那婆婆取过一块小小磨刀石，蘸了些水，将那剃刀磨了又磨，伸指一试，觉得满意了，放在一旁，从怀中取出一个瓷瓶，瓶上写着"天香断续胶"五字。令狐冲数度受伤，都曾用过这恒山派治伤灵药，一见到这瓷瓶，不用看瓶上的字，也知是此伤药，另有一种"白云熊胆丸"，用以内服。果然那婆婆跟着又从怀中取出一个瓷瓶，赫然便是"白云熊胆丸"。那婆婆再从怀里取出了几根白布条子出来，乃是裹伤用的绷带。令狐冲旧伤已愈，别无新伤，那婆婆如此安排，摆明是要在他身上新开一两个伤口了，心下只暗暗叫苦。

那婆婆安排已毕，双目凝视令狐冲，隔了一会，将他身子提起，放在板桌之上，又是神色木然的瞧着他。令狐冲身经百战，纵然身受重伤，为强敌所困，亦无所惧，此刻面对着这样一个老婆婆，却是说不出的害怕。那婆婆慢慢拿起剃刀，烛火映上剃刀，光芒闪动，令狐冲额头的冷汗一滴滴的落在衣襟之上。

突然之间，他心中闪过了一个念头，更不细思，大声道："你是不戒和尚的老婆！"

那婆婆身子一震，退了一步，说道："你——怎——么——知——道？"声音干涩，一字一顿，便如是小儿初学说话一般。

令狐冲初说那句话时，脑中未曾细思，经她这么一问，才去想自己为什么知道，冷笑一声，道："哼，我自然知道，我早就知道了。"心下却在迅速推想："我为什么知道？我为什么知道？是了，她挂在不戒大师颈中字条上写'天下第一负心薄幸、好色无厌之徒'。这'负心薄幸、好色无厌'八字评语，除了不戒大师自己之外，世上只有他妻子方才知晓。"大声道："你心中还是念念不忘这个负心薄幸、好色无厌之徒，否则他去上吊，为什么你要割断他上吊的绳子？他要自刎，为什么你要偷了他的刀子？这等负心薄幸、好色无厌之徒，让他死了，岂不干净？"

那婆婆冷冷的道："让他——死得这等——爽快，岂不——便宜了——他？"令狐冲道："是啊，让他这十几年中心急如焚，从关外找到藏边，从漠北找到西域，到每一座尼姑庵去找你，你却躲在这里享清福，那才算没便宜了他！"那婆婆道："他罪有——应得，他娶我为妻，为什么——调戏女子？"令狐冲道："谁说他调戏了？人家瞧你的女儿，他也瞧了瞧人家，又有什么不可以？"那婆婆道："娶了妻的，再瞧女人，不可以。"

令狐冲觉得这女人无理可喻，说道："你是嫁过人的女人，为什么又瞧男人？"那婆婆怒道："我几时瞧男人？胡说八道！"令狐冲道："你现在不是正瞧着我吗？难道我不是男人？不戒和尚只不过瞧了女人几眼，你却拉过我头发，摸过我头皮。我跟你说，男女授受不亲，你只要碰一碰我身上的肌肤，便是犯了清规戒律。幸好你只碰到我头皮，没摸到我脸，否则观音菩萨一定不会饶你。"他想这女人少在外间走动，不通世务，须得吓她一吓，免得她用剃刀在自己身上乱割乱划。

那婆婆道："我斩下你的手脚脑袋，也不用碰到你身子。"令狐冲道："要斩脑袋，只管请便。"那婆婆冷笑道："要我杀你，可也没这般容易。现下有两条路，任你自择。一条是你快快娶仪琳为妻，别害得她伤心而死。你如摆臭架子不答应，我就阉了你，叫你做个不男不女的怪物。你不要仪琳，也就娶不得第二个不要脸的坏女人。"她十多年来装聋作哑，久不说话，口舌已极不灵便，说了这会子话，言语才流畅了些。

令狐冲道："仪琳固然是个好姑娘，难道世上除了她之外，别的姑娘都是不要脸的坏女人？"那婆婆道："差不多了，好也好不到哪里去。你到底答不答应，快快说来。"

令狐冲道："仪琳小师妹是我的好朋友，她如知道你如此逼我，她可要生气的。"那婆婆道："你娶了她为妻，她欢喜得很，什么气都消了。"令狐冲道："她是出家人，发过誓不能嫁人的。一动凡心，菩萨便要责怪。"那婆婆道："倘若你做了和尚，菩萨便不只怪她一人了。我给你剃头，难道是白剃的么？"

令狐冲忍不住哈哈大笑，说道："原来你给我剃光了头，是要我做和尚，以便娶小尼姑为妻。你老公从前这样干，你就叫我学他的样。"那婆婆道："正是。"令狐冲笑道："天下光头秃子多得很，剃光了头，并不就是和尚。"那婆婆道："那也容易，我在你脑门上烧几个香疤便是。秃头不一定是和尚，秃头而又烧香疤，那总是和尚了。"说着便要动手。令狐冲忙道："慢来，慢来。做和尚要人家心甘情愿，哪有强迫之理？"那婆婆道："你不做和尚，便做太监。"

令狐冲心想：这婆婆疯疯癫癫，只怕什么事都做得出，须得先施缓兵之计，说道："你叫我做太监之后，忽然我回心转意了，想娶仪琳小师妹为妻，那怎么办？不是害了我二人一世吗？"那婆婆怒道："咱们学武之人，做事爽爽快快，一言而决，又有什么三心两意、回心转意的？和尚便和尚，太监便太监！男子汉大丈夫，怎可拖泥带水?"令狐冲笑道:"做了太监,便不是男子汉大丈夫了。"那婆婆怒道:"咱们在谈论正事,谁跟你说笑?"

令狐冲心想:"仪琳小师妹温柔美貌,对我又是深情一片,但我心早已属于盈盈,岂可相负?这婆婆如此无理见逼,大丈夫宁死不屈。"说道:"婆婆,我问你,一个男子汉负心薄幸、好色无厌,好是不好?"那婆婆道:"那又何用多问?这种人比猪狗也不如,枉自为人。"令狐冲道:"是了。仪琳小师妹人既美貌,对我又好,为什么我不娶她为妻?只因我早已与另一位姑娘有了婚姻之约。这位姑娘待我恩重如山,令狐冲就算全身皮肉都给你割烂了,我也决不负她。倘若辜负了她,岂不是变成了天下第一负心薄幸、好色无厌之徒?不戒大师这个'天下第一'的称号,便让我令狐冲给抢过来了。"

那婆婆道:"这位姑娘,便是魔教的任大小姐,那日魔教教众在这里将你围住了,便是她出手相救的,是不是?"令狐冲道:"正是,这位任大小姐你是亲眼见过的。"那婆婆道:"那容易得很,我叫任大小姐抛弃了你,算是她对你负心薄幸,不是你对她负心薄幸,也就是了。"令狐冲道:"她决不会抛弃我的。她肯为我舍了性命,我也肯为她舍了性命。我不会对她负心,她也决不会对我负心。"

那婆婆道:"只怕事到临头,也由不得她。恒山别院中臭男人多得很,随便找一个来做她丈夫就是了。"令狐冲大声怒喝:"胡说八道!"

那婆婆道:"你说我办不到吗?"走出门去,只听得隔房开门之声,那婆婆重又回进房来,手中提着一个女子,手足被缚,正便是盈盈。

令狐冲大吃一惊,没料到盈盈竟也已落入这婆娘的手中,见她身上并无受伤的模样,略略宽心,叫道:"盈盈,你也来了。"盈盈微微一笑,说道:"你们的说话,我都听见啦。你说决不对我负心薄幸,我听着很是欢喜。"那婆婆喝道:"在我面前,不许说这等不要脸的话。小姑娘，你要和尚呢，还是要太监？"盈盈脸上一红，道："你的话才真难听。"

那婆婆道："我仔细想想，要令狐冲这小子抛了你，另娶仪琳，他是决计不肯的了。"令狐冲大声喝采："你开口说话以来，这句话最有道理。"那婆婆道："那我老人家做做好事，就让一步，便宜了令狐冲这小子，让他娶了你们两个。他做和尚，两个都娶；做太监，一个也娶不成。只不过成亲之后，你可不许欺侮我的乖女儿，你们两头大，不分大小。你年纪大着几岁，就让仪琳叫你姊姊好了。"

令狐冲道："我……"他只说了个"我"字，哑穴上一麻，已给她点得说不出话来。那婆婆跟着又点了盈盈的哑穴，说道："我老人家决定了的事，不许你们啰里啰唆的打岔。让你这小和尚娶两个如花如玉的老婆，还有什么话好说？哼，不戒这老贼秃，有什么用？见到女儿害相思病，空自干着急，我老人家一出手就马到成功。"说着飘身出房。

令狐冲和盈盈相对苦笑，说话固不能说，连手势也不能打。令狐冲凝望着她，其时朝阳初升，日光从窗外照射进来，桌上的红烛兀自未熄，不住晃动，轻烟的影子飘过盈盈皓如白玉的脸，更增丽色。

只见她眼光射向抛在地下的剃刀，转向板凳上放着的药瓶和绷带，脸上露出嘲弄之意，显然在取笑他："好险，好险！"但立即眼光转开，低垂下来，脸上罩了一层红晕，知道这种事固然不能说，连想也不能想。

令狐冲见到她娇羞无那，似乎是做了一件大害羞事而给自己捉到一般，不禁心中一荡，不由自主的想："倘若我此刻身得自由，我要过去抱她一抱，亲她一亲。"

只见她眼光慢慢转将上来，与令狐冲的眼光一触，赶快避开，粉颊上红晕本已渐消，突然间又是面红过耳。令狐冲心想："我对盈盈当然坚贞不二。那恶婆娘逼我和仪琳小师妹成亲，为求脱身，只好暂且敷衍，待得她解了我穴道，我手中有剑，还怕她怎的？这恶婆娘拳脚功夫虽好，和左冷禅、任教主他们相比，那还差得很远。剑上功夫决计不是我敌手。她胜在轻手轻脚，来去无声，突施偷袭，教人猝不及防。若是真打，盈盈会胜她三分，不戒大师也比她强些。"

他想得出神，眼光一转，只见盈盈又在瞧着自己，这一次她不再害羞，显是没再想到太监的事。见她眼光斜而向上，嘴角含笑，那是在笑自己的光头，不想太监而在笑和尚了。

令狐冲哈哈大笑，可是没能笑出声来，但见盈盈笑得更加欢了，忽见她眼珠转了几转，露出狡猾的神色，左眼眨了一下，又眨一下。令狐冲未明她的用意，只见她左眼又是眨了两下，心想："连眨两下，那是什么意思？啊，是了，她在笑我要娶两个老婆。"当即左眼眨了一下，收起笑容，脸上神色甚是严肃，意思说："只娶你一个，决无二心。"盈盈微微摇头，左眼又眨了两下，意思似是说："娶两个就两个好了！"

令狐冲又摇了摇头，左眼眨了一眨。他想将头摇得大力些，以示坚决，只是周身穴道被点得太多，难以出力，脸上神气，却是诚挚之极。盈盈微微点头，眼光又转到剃刀上去，再缓缓摇了摇头。令狐冲双目凝视着她。盈盈的眼光慢慢移动，和他相对。

两人相隔丈许，四目交视，忽然间心意相通，实已不必再说一句话，反正于对方的情意全然明白。娶不娶仪琳无关紧要，是和尚是太监无关紧要。两人死也好，活也好，既已有了两心如一的此刻，便已心满意足，眼前这一刻便是天长地久，纵然天崩地裂，这一刻也已拿不去、销不掉了。

两人脉脉相对，也不知过了多少时候，忽听得楼梯上脚步声响，有人走上阁来，两人这才从情意缠绵、消魂无限之境中醒了过来。

只听得一个少女清脆的声音道："哑婆婆，你带我来干什么？"正是仪琳的声音。听得她走进隔房，坐了下来，那婆婆显然陪着她在一起，但听不到她丝毫行动之声。过了一会，听得那婆婆慢慢的道："你别叫我哑婆婆，我不是哑的。"

仪琳一声尖叫，极是惊讶，颤声说道："你……你……你……你不……不哑了？你好了？"那婆婆道："我从来就不是哑巴。"仪琳道："那……那么你从前也不聋，听……听得见我……我的话？"语声中显出极大的惊恐。那婆婆道："孩子，你怕什么？我听得见你的说话，那可不更好么？"令狐冲听到她语气慈和亲切，在跟亲生女儿说话时，终于露出了爱怜之意。

但仪琳仍是十分惊惶，颤声道："不，不！我要去了！"那婆婆道："你再坐一会，我有件很要紧的事跟你说。"仪琳道："不，我……我不要听。你骗我，我只当你都听不见，我……我才跟你说那些话，你骗我。"她语声哽咽，已是急得哭了出来。

那婆婆轻拍她的肩膀，柔声道："好孩子，别担心。我不是骗你，我怕你闷出病来，让你说了出来，心里好过些。我来到恒山，一直就扮作又聋又哑，谁也不知道，并不是故意骗你。"仪琳抽抽噎噎的哭泣。那婆婆又柔声道："我有一件最好的事跟你说，你听了一定很欢喜的。"仪琳道："是我爹爹的事吗？"那婆婆道："你爹爹，哼，我才不管他呢，是你令狐大哥的事。"仪琳颤声道："你别提……别提他，我……我永远不跟你提他了。我要去念经啦！"那婆婆道："不，你耽一会，听我说完。你令狐大哥跟我说，他心里其实爱你得紧，比爱那个魔教任大小姐，还要胜过十倍。"

令狐冲向盈盈瞧了一眼，心下暗骂："臭婆娘，撒这漫天大谎！"

仪琳叹了口气，轻声道："你不用哄我。我初识得他时，令狐大哥只爱他小师妹一人，爱得要命，心里便只一个小师妹。后来他小师妹对他不起，嫁了别人，他就只爱任大小姐一人，也是爱得要命，心里便只一个任大小姐。"

令狐冲和盈盈目光相接，心头均是甜蜜无限。

那婆婆道："其实他一直在偷偷喜欢你，只不过你是出家人，他又是恒山派掌门，不能露出这个意思来。现下他下了大决心，许下大愿心，决意要娶你，因此先落发做了和尚。"仪琳又是一声惊呼，道："不……不……不会的，不可以的，不能够！你……你叫他别做和尚。"那婆婆叹道："来不及啦，他已经做了和尚。他说，不管怎么，一定要娶你为妻。倘若娶不成，他就自尽，要不然就去做太监。"

仪琳道："做太监？我师父曾说，这是粗话，我们出家人不能说的。"那婆婆道："太监也不是粗话，那是服侍皇帝、皇后的低三下四之人。"仪琳道："令狐大哥最是心高气傲，不愿受人拘束，他怎肯去服侍皇帝、皇后？我看他连皇帝也不愿做，别说去服侍皇帝了。他当然不会做太监。"那婆婆道："做太监也不是真的去服侍皇帝、皇后，那只是个比喻。做太监之人，是不会生养儿女的。"仪琳道："我可不信。令狐大哥日后和任大小姐成亲，自然会生好几个小宝宝。他二人都这么好看，生下来的儿女，一定可爱得很。"

令狐冲斜眼相睨，但见盈盈双颊晕红，娇羞中喜悦不胜。

那婆婆生气了，大声道："我说他不会生儿子，就是不会生。别说生儿子，娶老婆也不能。他发了毒誓，非娶你不可。"仪琳道："我知道他心中只有任大小姐一个。"那婆婆道："他任大小姐也娶，你也娶。懂了吗？一共娶两个老婆。这世上的男人三妻四妾都有，别说娶两个了。"仪琳道："不会的。一个人心中爱了什么人，他就只想到这个人，朝也想，晚也想，吃饭时候、睡觉时候也想，怎能够又去想第二个人？好像我爹爹那样，自从我妈走了之后，他走遍天涯海角，到处去寻她。天下女子多得很，如果可以娶两个女人，我爹爹怎地又不另娶一个？"

那婆婆默然良久，叹道："他……他从前做错了事，后来心中懊悔，也是有的。"

仪琳道："我要去啦。婆婆，你要是向旁人提到令狐大哥他……他要娶我什么的，我可不能活了。"那婆婆道："那又为什么？他说非娶你不可，你难道不喜欢么？"仪琳道："不，不！我时时想着他，时时向菩萨求告，要菩萨保佑他逍遥快活，只盼他无灾无难，得如心中所愿，和任大小姐成亲。婆婆，我只是盼他心中欢喜。我从来没盼望他来娶我。"那婆婆道："他倘若娶不成你，他就决不会快活，连做人也没有乐趣了。"仪琳道："都是我不好，只道你听不见，向你说了这许多令狐大哥的话。他是当世的大英雄、大豪杰，我只是个什么也不懂，什么也不会的小尼姑。他说过的，'一见尼姑，逢赌必输'，见了我都会倒霉，怎会娶我？我皈依佛门，该当心如止水，再也不能想这种事。婆婆，你以后提也别提，我……我以后也决不见你了。"

那婆婆急了，道："你这小丫头莫名其妙。令狐冲已为你做了和尚，他说非娶你不可，倘若菩萨责怪，那就只责怪他。"仪琳轻轻叹了口气，道："他和我爹爹也一般想么？一定不会的。我妈妈聪明美丽，性子和顺，待人再好不过，是天下最好的女人。我爹爹为她做和尚，那是应该的，我……我可连妈妈的半分儿也及不上。"

令狐冲心下暗笑："你这个妈妈，聪明美丽固然不见得，性子和顺更是不必谈起。和你自己相比，你妈妈才半分儿不及你呢。"

那婆婆道："你怎知道？"仪琳道："我爹爹每次见我，总是说妈妈的好处，说她温柔斯文，从来不骂人，不发脾气，一生之中，连蚂蚁也没踏死过一只。天下所有最好的女人加在一起，也及不上我妈妈。"那婆婆道："他……他真的这样说？只怕是……是假的。"说这两句话时声音微颤，显是心中颇为激动。仪琳道："当然是真的。我是他女儿，爹爹怎么会骗我？"

霎时之间，灵龟阁中寂静无声，那婆婆似是陷入了沉思之中。

仪琳道："哑婆婆，我去了。我今后再也不见令狐大哥啦，我只是每天求观世音菩萨保佑他。"只听得脚步声响，她轻轻的走下楼去。

过了良久良久，那婆婆似乎从睡梦中醒来，低低的自言自语："他说我是天下最好的女人？他走遍天涯海角，到处在找我？那么，他其实并不是负心薄幸、好色无厌之徒？"突然间提高嗓子，叫道："仪琳，仪琳，你在哪里？"但仪琳早已去得远了。

　　那婆婆又叫了两声，不闻应声，急速抢下楼去。她赶得十分急促，但脚步声仍是细微如猫，几不可闻。

左冷禅眼睛虽瞎，应变仍是奇速，向后倒纵出去，口中大声咒骂。盈盈一弯腰，拾起一柄长剑。

三十八　聚　歼

令狐冲和盈盈你瞧着我，我瞧着你，一时之间百感交集。阳光从窗中照射过来，剃刀上一闪一闪发光。令狐冲心想："想不到这场厄难，竟会如此渡过？"

忽然听得悬空寺下隐隐有说话之声，相隔远了，听不清楚。过得一会，听得有人走近寺来，令狐冲叫道："有人！"这一声叫出，才知自己哑穴已解。人身上哑穴点得最浅，他内力较盈盈为厚，竟然先自解了。盈盈点了点头。令狐冲想伸展手足，兀自动弹不得。但听得有七八人大声说话，走进悬空寺，跟着拾级走上灵龟阁来。

只听一人粗声粗气的道："这悬空寺中鬼也没有一个，却搜什么？可也忒煞小心了。"正是头陀仇松年。西宝和尚道："上边有令，还是照办的好。"

令狐冲急速运气冲穴，可是他的内力主要得自旁人，虽然浑厚，却不能运用自如，越着急，穴道越是难解。但听得严三星道："岳先生说成功之后，将辟邪剑法传给咱们，我看这话有九分靠不住。这次来到恒山干事，虽然大功告成，但立功之人如此众多，咱们又没出什么大力气，他凭什么要单单传给咱们？"

说话之间，几人已上得楼来，一推开阁门，突然见到令狐冲和盈盈二人手足被缚，吊在梁上，不禁齐声惊呼。

"滑不留手"游迅道："任大小姐怎地在这里？唔，还有一个和尚。"张夫人道："谁敢对任大小姐如此无礼？"走到盈盈身边，便去解她的绑缚。游迅道:"张夫人,且慢,且慢!"张夫人道:"什么且慢?"游迅道:"这可有点奇哉怪也。"玉灵道人突然叫道:"咦,这不是和尚,是……是令狐掌门令狐冲。"

几个人一齐转头,向令狐冲瞧去,登时认了出来。这八人素来对盈盈敬畏,对令狐冲也十分忌惮,当下面面相觑,一时没了主意。严三星和仇松年突然同时说道:"大功一件!"玉灵道人道:"正是。他们抓到些小尼姑,有什么希罕?拿到恒山派的掌门,那才是大大的功劳。这一下,岳先生非传我们辟邪剑法不可。"张夫人问道:"那怎么办?"八人心中转的都是一般念头:"倘若将任大小姐放了,别说拿不到令狐冲,咱们几人立时便性命不保,那怎么办?"但在盈盈积威之下,若说不去放她,却又万万不敢。

游迅笑嘻嘻的道:"常言道得好,量小非君子,无毒不丈夫。不做君子,那也罢了,不做大丈夫,未免可惜!可惜得很!"玉灵道人道:"你说是乘机下手,杀人灭口?"游迅道:"我没说过,是你说的。"张夫人厉声道:"圣姑待咱们恩重,谁敢对她不敬,我第一个就不答应。"仇松年道:"你到这时候再放她,难道她还会领咱们的情?她又怎肯让咱们擒拿令狐冲?"张夫人道:"咱们好歹也入过恒山派的门,欺师叛门,是谓不义。"说着伸手便去解盈盈的绑缚。

仇松年厉声喝道:"住手!"张夫人怒道:"你说话大声,吓唬人吗?"仇松年刷的一声,戒刀出鞘。张夫人动作极是迅捷,怀中抽出短刀,将盈盈手足上的绳索两下割断。她想盈盈武功极高,只须解开她的绑缚,七人便群起而攻,也无所惧。刀光闪处,仇松年一刀已砍了过来。张夫人短刀嗤嗤有声,连刺三刀,将仇松年逼退了两步。

余人见盈盈绑缚已解,心下均有惧意,退到门旁,便欲争先下楼,但见盈盈摔在地下,竟不跃起,才知她穴道被点,又都慢慢回来。

游迅笑嘻嘻的道:"我说呢,大家是好朋友,为什么要动刀子，那不是太伤和气吗？"仇松年叫道："任大小姐穴道一解，咱们还有命吗？"持刀又向张夫人扑去，戒刀对短刀，登时打得十分激烈。仇松年身高力大，戒刀又极沉重，但在张夫人贴身肉搏之下，这头陀竟占不到丝毫便宜。游迅笑道："别打，别打，有话慢慢商量。"拿着折扇，走近相劝。仇松年喝道："滚开，别碍手碍脚！"游迅笑道："是，是！"转过身来，突然间右手一抖，张夫人一声惨呼，游迅手中那柄钢骨折扇已从她喉头插入。游迅笑道："大家自己人，我劝你别动刀子，你一定不听，那不是太不讲义气了吗？"折扇一抽，张夫人喉头鲜血疾喷出来。

这一着大出各人意料之外，仇松年一惊退开，骂道："他妈的，龟儿子原来帮我。"

游迅笑道："不帮你，又帮谁？"转过身来，向盈盈道："任大小姐，你是任教主的千金，大家瞧在你爹爹份上，都让你三分。不过大家对你又敬又怕，还是为了你有'三尸脑神丹'的解药。把这解药拿了过来，你圣姑也就不足道了。"六人都道："对，对，拿了她解药，杀了她灭口。"玉灵道人道："大伙儿先得立一个誓，这件事倘若有人泄漏半句，身上的'三尸脑神丹'立时便即发作。"这几人眼见已非杀盈盈不可，但一想到任我行，无不惊怖，这事如果泄漏了出去，江湖虽大，可无容身之所。当下七人一齐起誓。

令狐冲知道他们一起完誓，便会动刀杀了盈盈，急运内功在几处被封穴道上冲了几下，却全无动静。他心中一急，向盈盈瞧去，只见她一双妙目凝望自己，眼神中全无惧色，当即心中一宽："反正总是要死，我二人同时毕命，也好得很。"

仇松年向游迅道："动手啊。"游迅道："仇头陀向来行事爽快，最有英雄气概，还是请仇兄动手。"仇松年骂道："你不动手，我先宰了你。"游迅笑道："仇兄既然不敢，那么严兄出手如何？"仇松年骂道："你奶奶的，我为什么不敢？今日老子就是不想杀人。"玉灵道人道："不论是谁动手都是一样，反正没人会说出去。"西宝和尚道："既然都是一样，那么就请道兄出手好了。"严三星道："有什么推三阻四的？打开天窗说亮话，大伙儿谁也信不过谁，大家都拔出兵刃来，同时往任大小姐身上招呼。"这些人虽然都是穷凶极恶之辈，但临到决意要杀盈盈了，还是不敢对她有什么轻侮的言语。

游迅道："且慢，让我先取了解药在手再说。"仇松年道："为什么让你先取？你拿在手中，便来要胁旁人，让我来取。"游迅道："给你拿了，谁敢说你不会要胁？"玉灵道人道："别挨时候了！挨到她穴道解了，那可糟糕。先杀人，再分药！"刷的一声，拔出了长剑。余人纷纷取出兵刃，围在盈盈身周。

盈盈眼见大限已到，目不转睛的瞧着令狐冲，想着这些日子来和他同过的甜蜜时光，嘴边现出了温柔微笑。

严三星叫道："我叫一二三，大家同时下手，一、二、三！"他"三"字一出口，七件兵刃同时向盈盈身上递去。哪知七件兵刃递到她身边半尺之处，不约而同的都停住不前。

仇松年骂道："胆小鬼，干么不敢杀过去？就想旁人杀了她，自己不落罪名！"西宝和尚道："你胆子倒大得很，你的戒刀可也没砍下！"七人心中各怀鬼胎，均盼旁人先将盈盈杀了，自己的兵刃上不用溅血，要杀这个向来敬畏之人，可着实不易。仇松年道："咱们再来！这一次谁的兵刃再停着不动，那便是龟儿子王八蛋，婊子养的，猪狗不如！我来叫一二三。一——二——"

这"三"字尚未出口，令狐冲叫道："辟邪剑法！"

七人一听，立即回头，倒有四人齐声问道："什么？"岳不群以辟邪剑法在封禅台上刺瞎左冷禅，轰传武林，这七人艳羡之极，这些时候来日思夜想，便是这《辟邪剑谱》。

令狐冲念道："辟邪剑法，剑术至尊。先练剑气，再练剑神。气神基定，剑法自精。剑气如何养，剑神如何生？奇功兼妙诀，皆在此中寻。"他念一句，七人向他移近半步，念得六七句，七个人都已离开盈盈身畔，走到了他身边。

仇松年听他住口不念，问道："这……这便是《辟邪剑谱》

吗?"令狐冲道:"不是辟邪剑谱,难道是邪辟剑谱?"仇松年道:"你念下去。"令狐冲念道:"练气之道,首在意诚,凝意集思,心田无尘……"念到这里便不念了。西宝和尚催道:"念下去,念下去。"玉灵道人却口舌微动,跟着念诵,用心记忆:"练气之道,首在意诚,凝意集思,心田无尘。"

其实令狐冲从未见过《辟邪剑谱》,他所念的,只是华山剑法的歌诀,将"华山之剑,至轻至灵"这八字改成了"辟邪剑法,剑术至尊"而已。这本是岳不群所传的"气宗"歌诀,因此有什么"先练剑气,再练剑神"的词句。否则令狐冲读书不多,识得的字便已有限,仓卒之际,如何能出口成章,这等似模似样?但仇松年等人一来没听过华山剑法的歌诀,二来心中念念不忘于辟邪剑法,已如入魔一般,一听有人背诵辟邪剑法的歌诀,个个神魂颠倒,哪里还有余暇来细思剑谱的真假?

令狐冲继续念道:"绵绵泊泊,剑气充盈,辟邪剑出,杀个干净……"这"杀个干净"四字,是他信口胡诌的,华山剑诀中并无这等说法,他念到此处,说道:"这个,这个……下面好像是'杀不干净,剑法不灵',又好像不是,有点记不清楚了。"

西宝和尚等齐问:"剑谱在哪里?"令狐冲道:"这剑谱……可决不是在我身上。"一面说,一面眼望自己腹部。这句话当真是"此地无银三百两",他一言既出,两只手同时伸入他怀中摸去,一只是西宝和尚的,一只是仇松年的。突然间两人齐声惨叫,西宝和尚脑浆迸裂,仇松年背上一枝长剑贯胸而出,却是分别遭了严三星和玉灵道人的毒手。

严三星冷笑道:"大伙儿辛辛苦苦的找这《辟邪剑谱》,好容易剑谱出现,这两个龟蛋却想独占,天下有这等便宜事?"砰砰两声,飞腿将两人尸体踢了开去。

令狐冲初时假装念诵《辟邪剑谱》,只是眼见盈盈命在顷刻,情急智生,将众人引开,只盼拖延时刻,自己或盈盈被点的穴道得能解开,没想到此计十分灵验,不但引开了七人,而且逗得他们自相残杀，七人中只剩下了五人，不由得暗暗心喜。

游迅道："这剑谱是否真在令狐冲身上，谁也没瞧见，咱们自己先砍杀起来，未免太心急了些……"他一言未毕，严三星已翻着怪眼，恶狠狠的瞪着他，说道："你说我们心急，你心中不服，是不是？只怕你想独吞剑谱了？"游迅道："独吞是不敢，像这位大和尚般脑袋瓜子开花，有什么好玩？不过这剑谱天下闻名，大伙儿一齐开开眼界，总是想的。"桐柏双奇齐声道："不错，谁也不能独吞，要瞧便一起瞧。"

严三星向游迅道："好，那么你去这小子怀中，将剑谱取出来。"游迅摇头微笑，说道："在下决无独吞之意，也不敢先睹为快。严兄取了出来，让在下瞧上几眼，也就心满意足了。"严三星向玉灵道人道："那么你去取！"玉灵道人道："还是严兄去取的好。"严三星向桐柏双奇二人望去，二人也都摇了摇头。严三星怒道："你们四个龟蛋打的是什么主意，难道我不明白？你们想老子去取剑谱，乘机害了老子，姓严的可不上这个当。"五人面面相觑，登成僵持之局。

令狐冲生怕他们又去加害盈盈，说道："你们且不用忙，让我再记一记看，嗯，辟邪剑出，杀个干净，杀不干净，剑法不灵……不对，不对，剑法不灵，何必独吞？糟糕，糟糕，这剑谱深奥得很，说什么也记不全。"

那五人一心一意志在得到剑谱，怎听得出这剑诀的语句粗陋不文，反而更加心痒难搔。严三星单刀一扬，喝道："要我去这小子怀中取剑谱，那也不难。你们四人都退到门外去，免得龟儿子不存好心，我一伸手，刀剑拐杖，便招呼到老子后心。"桐柏双奇一言不发，便退到了门外。游迅笑嘻嘻的也退了出去。玉灵道人略一迟疑，退了几步。严三星喝道："你两只脚都站到门槛外面去！"玉灵道人道："你吆喝什么？老子爱出去便出去，不爱出去，你管得着吗？"话虽如此，终于还是走到了门槛之外。四人目不转睛的监视着他，料想这灵龟阁悬空而筑，若要脱身，楼梯是必经之途，不怕他取得剑谱之后飞上天去。

严三星转过身来，背向令狐冲，两眼凝视着门外的四人，唯恐他们暴起发难，向自己袭击，反转左手，到令狐冲怀中摸索，摸了一会，不觉有何书册，当下将单刀横咬在口，左手抓住令狐冲胸口，伸右手去摸。左手只这么一使劲，登时觉得内力突然外泄，他一惊之下，急忙缩手，岂知那只手却如黏在令狐冲肌肤上一般，竟然缩不回来。他越加吃惊，急忙运力外夺，越运劲，内力外泄越快。他拼命挣扎，内力便如河堤决口般奔泻出去。

令狐冲于危急之际，忽有敌人内力源源自至，心中大喜，说道："你何必制住我心脉？我将剑诀背给你听便是了。"嘴唇乱动，作说话之状。玉灵道人等在门外见了，还道他真在背诵剑谱，自己一句也听不到，岂不太也吃亏，当即一涌而入，抢到令狐冲身前。令狐冲道："是了，这本便是剑谱，你取出来给大家瞧瞧罢！"可是严三星的左手黏在他身上，哪里伸得出来？玉灵道人只道严三星已抓住了剑谱，不即取出，自是意欲独吞，当即伸手也往令狐冲怀中抓去，一碰到令狐冲的肌肤，内力外泄，一只手也给黏住了。

令狐冲叫道："喂，喂，你们两个不用争，将剑谱撕烂了，大家都看不成！"

桐柏双奇互相使了个眼色，黄光闪处，两根黄金拐杖当空击下，严三星和玉灵道人登时脑浆迸裂而死。两人一死，内力消散，两只手掌离开令狐冲身体，尸横就地。

令狐冲突然得到二人的内力，这是来自被封穴道之外的劲力，不因穴道被封而有窒滞，自外向内一加冲击，被封的穴道登时解了。他原来的内力何等深厚，微一使力，手上所绑绳索立即崩断，伸手入怀，握住了短剑剑柄，说道："剑谱在这里，哪一位来取罢。"

桐柏双奇脑筋迟钝，对他双手脱缚竟不以为异，听他说愿意交出剑谱，大喜之下，一齐伸手来接。突然间白光一闪，拍拍两声，两人的右手一同齐腕而断，手掌落地。两人一声惨叫，向后跃开。

令狐冲崩断脚上绳索，飞身跃在盈盈面前，向游迅道："剑法一灵，杀个干净！游兄，你要不要瞧瞧这剑谱？"

饶是游迅老奸巨猾，这时也已吓得面如土色，颤声道："谢谢，我……我不要瞧了。"

令狐冲笑道："不用客气，瞧上一瞧，那也不妨的。"伸左手在盈盈背心和腰间推拿数下，解开了她被封的穴道。

游迅全身簌簌簌的抖个不住，说道："令狐公……公子……令狐大……大……大侠，你你……你……"双膝一屈，跪倒在地，说道："小人罪该万死，多说……多说也是无用，圣姑和掌门人但有所命，小人火里火里去，水里水里去……"令狐冲笑道："练那辟邪剑法，第一步功夫是很好玩的，你这就做起来罢！"游迅连连磕头，说道："圣姑和掌门人宽洪大量，武林中众所周知，今日让小人将功赎罪，小人定当往江湖之上，大大宣扬两位圣德……不，不，不……"他一说到"圣德"二字，这才想起，自己在惊惶中又闯了大祸，盈盈最恼的就是旁人在背后说她和令狐冲的短长，待要收口，已然不及。

盈盈见桐柏双奇并肩而立，两人虽都断了一只手掌，血流不止，但脸上竟无惧色，问道："你二人是夫妻么？"

桐柏双奇男的叫周孤桐，女的叫吴柏英。周孤桐道："今日落在你手，要杀要剐，我二人不会皱一皱眉头，你多问什么？"盈盈倒喜欢他的傲气，冷冷的道："我问你们二人是不是夫妻。"吴柏英道："我和他并不是正式夫妻，但二十年来，比人家正式夫妻还更加要好些。"盈盈道："你二人之中，只有一人可以活命。你二人都少了一手一足，又少了……"想到自己父亲和他二人一样，也是少了一只眼睛，便不说下去了，顿一顿，道："你二人这就动手，杀了对方，剩下的一人便自行去罢！"

桐柏双奇齐声道："很好！"黄光闪动，二人翻起黄金拐杖，便往自己额头击落。

盈盈叫道："且慢！"右手长剑，左手短剑同时齐出，往二人拐杖上格去，铮铮两声，只觉肩臂皆麻，双剑险些脱手，才将两根拐杖格开，但左手劲力较弱，吴柏英的拐杖还是擦到了额头，登时鲜血长流。

周孤桐大声道："我杀了自己，圣姑言出如山，即便放你，有什么不好？"吴柏英道："当然是我死你活，那又有什么可争的？"

盈盈点头道："很好，你二人夫妻情重，我好生相敬，两个都不杀。快将断手处伤口包了起来。"两人一听大喜，抛下拐杖，抢上去为对方包扎伤口。盈盈道："但有一事，你两个须得遵命办理。"周吴二人齐声答应。盈盈道："下山之后，即刻去拜堂成亲。两个人在一起，不做夫妻，成……成……"她本想说"成什么样子"，但立即想到自己和令狐冲在一起，也未拜堂成亲，不由得满脸飞红。周吴二人对望了一眼，一齐躬身相谢。

游迅道："圣姑大恩大德，不但饶命不杀，还顾念到你们的终身大事。你小两口儿当真福命不小。我早知圣姑她老人家待下属最好。"盈盈道："你们这次来到恒山，是奉了谁的号令？有什么图谋？"游迅道："小人是受了华山岳不群那狗头的欺骗，他说是奉了神教任教主的黑木令旨，要将恒山群尼一齐擒拿到黑木崖去，听由任教主发落。"盈盈问道："岳不群手中有黑木令？"游迅道："是，是！属下仔细看过，他拿的确是日月神教的黑木令，否则属下对教主和圣姑忠心耿耿，又怎会听岳不群这狗头的话？"盈盈寻思："岳不群怎会有我教的黑木令？啊，是了，他服了三尸脑神丹，自当听我爹爹号令，这是爹爹给他的。"又问："岳不群又说：成事之后，他传你们辟邪剑法，是不是？"

游迅连连磕头，说道："岳不群这狗头就会骗人，谁也不会当真信了他的。"盈盈道："你们说这次来恒山干事，大功告成，到底怎样了？"游迅道："有人在山上的几口井中都下了迷药，将恒山派的众位师父一起都迷倒了。别院中许多未知内情的人，也都给迷倒了。这当儿已然首途往黑木崖去。"

令狐冲忙问："可杀伤了人没有？"游迅答道："杀死了八九个

人，都是别院中的。他们没给迷倒，动手抵抗，便给杀了。"令狐冲问："是哪几个人？"游迅道："小人叫不出他们名字。令狐大侠你老……老人家的好朋友都不在其内。"令狐冲点点头，放下了心。

盈盈道："咱们下去罢。"令狐冲道："好。"拾起地下西宝和尚所遗下的长剑，笑道："见到那恶婆娘，可得好好跟她较量一下。"

游迅道："多谢圣姑和令狐掌门不杀之恩。"盈盈道："何必这么客气？"左手一挥，短剑脱手飞出，噗的一声，从游迅胸口插入，这一生奸猾的"滑不留手"游迅登时毙命。

两人并肩走下楼来，空山寂寂，唯闻鸟声。

盈盈向令狐冲瞧了一眼，不禁噗嗤一声，笑了出来。令狐冲叹道："令狐冲削发为僧，从此身入空门。女施主，咱们就此别过。"盈盈明知他是说笑，但情之所钟，关心过切，不由得身子一颤，抓住他手臂，道："冲哥，你别……别跟我说这等笑话，我……我……"适才她飞剑杀游迅，眼睛也不眨一下，这时语声中却大现惧意。令狐冲心下感动，左手在自己光头上打了个爆栗，叹道："但世上既有这样一位如花似玉的娘子，大和尚只好还俗。"

盈盈嫣然一笑，说道："我只道杀了游迅之后，武林中便无油腔滑调之徒，从此耳根清净，不料……嘻嘻！"令狐冲笑道："你摸一摸我这光头，那也是滑不留手。"盈盈脸上一红，啐了一口，道："咱们说正经的。恒山群弟子给掳上了黑木崖后，再要相救，那就千难万难了，而且也大伤我父女之情……"

令狐冲道："更加是大伤我翁婿之情。"盈盈横了他一眼，心中却甜甜的甚为受用。令狐冲道："事不宜迟，咱们得赶将上去，拦路救人。"盈盈道："赶尽杀绝，别留下活口，别让我爹爹知道，也就是了。"她走了几步，叹了口气。

令狐冲明白她的心事，这等大事要瞒过任我行的耳目，那是谈何容易，但自己既是恒山派掌门，恒山门人被俘，如何不救？她是打定主意向着自己，纵违父命，也是在所不惜了。他想事已至此，须当有个了断，伸出左手去握住了她右手。盈盈微微一挣，但见四下里无一人，便让他握住了手。令狐冲道："盈盈，你的心事，我很明白。此事势将累你父女失和，我很是过意不去。"盈盈微微摇头，说道："爹爹倘若顾念着我，便不该对恒山派下手。不过，我猜想他对你倒也不是心存恶意。"

令狐冲登时省悟，说道："是了。你爹爹擒拿恒山派弟子，用意是在胁迫我加盟日月神教。"盈盈道："正是。爹爹其实很喜欢你，何况你又是他神功大法的唯一传人。"令狐冲道："我决不愿加盟神教，什么'千秋万载，一统江湖'，什么'文成武德，泽被苍生'这些肉麻话，我听了就要作呕。"盈盈道："我知道，因此从来没劝过你一句。如果你入了神教，将来做了教主，一天到晚听这种恭维肉麻话，那就……那就不会是现在这样子了。唉，爹爹重上黑木崖，他整个性子很快就变了。"

令狐冲道："可是咱们也不能得罪了你爹爹。"伸出右手，将她左手也握住了，说道："盈盈，救出恒山门人之后，我和你立即拜堂成亲，也不必理会什么父母之命，媒妁之言。我和你退出武林，封剑隐居，从此不问外事，专生儿子。"

盈盈初时听他说得一本正经，脸上晕红，心下极喜，听到最后一句话时，吃了一惊，运力一挣，将他双手摔开了。

令狐冲笑道："做了夫妻，难道不生儿子?"盈盈嗔道："你再胡说八道，我三天不跟你说话。"令狐冲知她说得出，做得到，伸了伸舌头，说道："好，笑话少说，赶办正事要紧。咱们得上见性峰去瞧瞧。"

两人展开轻功，径上见性峰来，见无色庵中已无一人，众弟子所居之所也只余空房，衣物零乱，刀剑丢了一地。幸好地下并无血迹，似未伤人。两人又到通元谷别院中察看，也不见有人。桌上酒肴杂陈，令狐冲酒瘾大发，却哪敢喝上一口，说道："肚子饿得狠了，快到山下去喝酒吃饭。"

盈盈撕下令狐冲长衣上的一块衣襟，替他包在头上。令狐冲笑道："这才像样，否则大和尚拐带良家少女，到处乱闯，太也不成体统。"到得山下，已是未牌时分，好容易找到一家小饭店，这才吃了个饱。

两人辨明去黑木崖的路径，提气疾赶，奔出一个多时辰，忽听得山后隐隐传来一阵阵喝骂之声，停步一听，似是桃谷六仙。两人寻声赶去，渐渐听得清楚，果然便是桃谷六仙。盈盈悄声道："不知这六个宝贝在跟谁争闹？"

两人转过山坳，隐身树后，只见桃谷六仙口中吆喝，围住了一人，斗得甚是激烈。那人倏来倏往，身形快极，唯见一条灰影在六兄弟间穿插来去，竟然便是仪琳之母、悬空寺中假装聋哑的那个婆婆。跟着拍拍声响，桃根仙和桃实仙哇哇大叫，都给她打中了一记耳光。令狐冲大喜，低声道："六月债，还得快，我也来剃她的光头。"手按剑柄，只待桃谷六仙不敌，便跃出报仇。

但听得拍拍之声密如联珠，六兄弟人人给她打了好多下耳光。桃谷六仙怒不可遏，只盼抓住她手足，将她撕成四块。但这婆婆行动快极，如鬼如魅，几次似乎一定抓住了，却总是差着数寸，给她避开，顺手又是几记耳光。但那婆婆也瞧出六人厉害，只怕使劲稍过，打中一二人后，便给余人抓住。又斗一阵，那婆婆知道难以取胜，展开双掌，拍拍劈劈打了四人四记耳光，突然向后跃出，转身便奔。她奔驰如电，一刹那间已在数丈之外，桃谷六仙齐声大呼，再也追赶不上。

令狐冲横剑而出，喝道："往哪里逃？"白光闪动，挺剑指向她的咽喉。这一剑直攻要害，那婆婆吃了一惊，急忙缩头躲过。令狐冲斜剑刺她右肩，那婆婆无可闪避，只得向后急退两步。令狐冲一剑逼得她又退了一步。他长剑在手，那婆婆如何是他之敌？刷刷刷三剑，迫得她连退五步，若要取她性命，这婆婆早已一命呜呼了。

桃谷六仙欢呼声中，令狐冲长剑剑尖已指往她胸口。桃根仙等四人一扑而上，抓住了她四肢，提将起来。令狐冲喝道："别伤她性命!"桃花仙提掌往她脸上打去。令狐冲喝道:"将她吊起来再说。"桃根仙道:"是,拿绳来,拿绳来。"

但六人身边均无绳索,荒野之间更无找绳索处,桃花仙和桃干仙四头寻觅。突然间手中一松,那婆婆一挣而脱,在地下一滚,冲了出去,正想奔跑,突觉背上微微刺痛,令狐冲笑道:"站着罢!"长剑剑尖轻戳她后心肌肤。那婆婆骇然变色,只得站住不动。

桃谷六仙奔将上来,六指齐出,分点了那婆婆肩胁手足的六处穴道。桃干仙摸着给那婆婆打得肿起了的面颊,伸手便欲打还她耳光。令狐冲心想看在仪琳的面上,不应让她受殴,说道:"且慢,咱们将她吊了起来再说。"桃谷六仙听得要将她高高吊起,大为欢喜,当下便去剥树皮搓绳。

令狐冲问起六人和她相斗的情由。桃枝仙道:"咱六兄弟正在这里大便,便得兴高采烈之际,忽然这婆娘狂奔而来,问道:'喂,你们见到一个小尼姑没有?'她说话好生无礼,又打断了咱们大便的兴致……"盈盈听他说得肮脏,皱了眉头,走了开去。

令狐冲笑道:"是啊,这婆娘最是不通人情世故。"桃叶仙道:"咱们自然不理她,叫她滚开。这婆娘出手便打人,大伙儿就这样打了起来。本来我们自然一打便赢,只不过屁股上大便还没抹干净,打起来不大方便。令狐兄弟,若不是你及时赶到,差些儿还让她给逃了去。"桃花仙道:"那倒未必,咱们让她先逃几步,然后追上,教她空欢喜一场。"桃实仙道:"桃谷六仙手下,不逃无名之将,那一定是会捉回来的。"桃根仙道:"这是猫捉老鼠之法,放它逃几步,再扑上去捉回来。"令狐冲笑道:"一猫捉六鼠尚且捉到了,何况六猫捉一鼠,那自是手到擒来。"桃谷六仙听得令狐冲附和其说,尽皆大喜。说话之间,已用树皮搓成了绳索,将那婆婆手足反缚了,吊在一株高树之上。

令狐冲提起长剑,在那树上一掠而下,削下七八尺长的一片,提剑在树干上划了七个大字:"天下第一醋坛子"。桃根仙问道:"令狐兄弟,这婆娘为什么是天下第一醋坛子,她喝醋的本领十分了得么？我偏不信，咱们放她下来，我就来跟她比划比划！"令狐冲笑道："醋坛子是骂人的话。桃谷六仙英雄无敌，义薄云天，文才武略，众望所归，岂是这恶婆娘所能及？那也不用比划了。"桃谷六仙咧开了嘴合不拢来，都说："对，对，对！"

令狐冲问道："你们到底见到仪琳师妹没有？"桃枝仙道："你问的是恒山派那个美貌小尼姑吗？小尼姑没见到，大和尚倒见到两个。"桃干仙道："一个是小尼姑的爸爸，一个是小尼姑的徒弟。"令狐冲问道："在哪里？"桃叶仙道："这二人过去了约莫一个时辰，本来约我们到前面镇上喝酒。我们说大便完了就去，哪知这恶婆娘前来缠夹不清。"

令狐冲心念一动，道："好，你们慢慢来，我先去镇上。你们六位大英雄，不打被缚之将，要是去打这恶婆娘的耳光，有损六位大英雄的名头。"桃谷六仙齐声称是。令狐冲当即和盈盈快步而行。

盈盈笑道："你没剃光她的头发，总算是瞧在仪琳小师妹的份上，报仇只报三分。"

行出十余里后，到了一处大镇甸上，寻到第二家酒楼，便见不戒和尚与田伯光二人据案而坐。二人一见令狐冲和盈盈，"啊"的一声，跳将起来，不胜之喜。不戒忙叫添酒添菜。

令狐冲问起见到有何异状。田伯光道："我在恒山出了这样一个大丑，没脸再耽下去，求着太师父急急离开。那通元谷中是再也不能去了。"

令狐冲心想，原来他们尚不知恒山派弟子被掳之事，向不戒和尚道："大师，我拜托你办一件事，行不行？"不戒道："行啊，有什么不行？"令狐冲道："不过此事十分机密，你这位徒孙可不能参与其事。"不戒道："那还不容易？我叫他走得远远地，别来碍老子的事就是了。"

令狐冲道："此去向东南十余里处，一株高树之上，有人给绑了起来，高高吊起……"不戒"啊"的一声，神色古怪，身子微微发抖。令狐冲道:"那人是我的朋友,请你劳驾去救他一救。"不戒道:"那还不容易?你自己却怎地不救?"令狐冲道:"不瞒你说,这是个女子。"他向盈盈努努嘴,道:"我和任大小姐在一起,多有不便。"不戒哈哈大笑,道:"我明白了,你是怕任大小姐喝醋。"盈盈向他二人瞪了一眼。

令狐冲一笑,说道:"那女人的醋劲儿才大着呢,当年她丈夫向一位夫人瞧了一眼,赞了一句,说那夫人美貌,那女人就此不告而别,累得她丈夫天涯海角,找了她十几年。"不戒越听眼睛睁得越大,连声道:"这……这……这……"喘息声越来越响。令狐冲道:"听说她丈夫找到这时候,还是没找到。"

正说到这里,桃谷六仙嘻嘻哈哈的走上楼来。不戒恍若不见,双手紧紧抓住令狐冲的手臂,道:"当……当真?"令狐冲道:"她跟我说,她丈夫倘若找到了她,便是跪在面前,她也不肯回心转意。因此你一放下她,她立刻就跑。这女子身法快极,你一眨眼,她就溜得不见了。"不戒道:"我决不眨眼,决不眨眼。"令狐冲道:"我又问她,为什么不肯跟丈夫相会。她说她丈夫是天下第一负心薄幸、好色无厌之徒,就再相见,也是枉然。"

不戒大叫一声,转身欲奔,令狐冲一把拉住,在他耳边低声道:"我教你一个秘诀,她就逃不了啦。"不戒又惊又喜,呆了一呆,突然双膝跪地,咚咚咚磕了三个响头,大声道:"令狐兄弟,不,令狐掌门,令狐祖宗,令狐师父,你快教我这秘诀,我拜你为师。"

令狐冲忍笑道:"不敢,不敢,快快请起。"拉了他起来,在他耳边低声道:"你从树上放她下来,可别松她绑缚,更不可解她穴道,抱她到客店之中,住一间店房。你倒想想,一个妇道人家,怎么样才不会逃出店房?"不戒伸手搔头,踌躇道:"这个……这个可不大明白。"令狐冲低声道:"你先剥光她衣衫,再解她穴道。她赤身露体,怎敢逃出店去?"不戒大喜,叫道:"好计,好计!令狐师父,你大恩大德……"不等话说完,呼的一声,从窗子中跳落街心，飞奔而去。

桃根仙道："咦，这和尚好奇怪，他干什么去了？"桃枝仙道："他定是尿急，迫不及待。"桃叶仙道："那他为什么要向令狐兄弟磕头，大叫师父？难道年纪这么大了，拉尿也要人教？"桃花仙道："拉尿跟年纪大小，有什么干系？莫非三岁小儿拉尿，便要人教？"

盈盈知道这六人再说下去多半没有好话，向令狐冲一使眼色，走下楼去。

令狐冲道："六位桃兄，素闻六位酒量如海，天下无敌，你们慢慢喝，兄弟量浅，少陪了。"桃谷六仙听他称赞自己酒量，大喜之下，均想若不喝上几坛，未免有负雅望，大叫："先拿六坛酒来！""你酒量跟我们自然差得远了。""你们先走罢，等我们喝够，只怕要等到明天这个时候。"

令狐冲只一句话，便摆脱了六人的纠缠，走到酒楼下。盈盈抿嘴笑道："你撮合人家夫妻，功德无量，只不过教他的法儿，未免……未免……"说着脸上一红，转过了头。令狐冲笑嘻嘻的瞧着她，只不作声。

两人步出镇外，走了一段路，令狐冲只是微笑，不住瞧她。盈盈嗔道："瞧什么？没见过？"令狐冲笑道："我是在想，那恶婆娘将你和我吊在梁上，咱们一报还一报，将她吊在树上。她剃光我头发，我叫她丈夫剥光她衣衫，那也是一报还一报。"盈盈嗤的一笑，道："这也叫做一报还一报？"令狐冲笑道："只盼不戒大师不要卤莽，这次夫妻俩破镜重圆才好。"盈盈笑道："你小心着，下次再给那恶婆娘见到，你可有得苦头吃了。"令狐冲笑道："我助她夫妻团圆，她多谢我还来不及呢。"说着又向盈盈瞧了几眼，笑了一笑，神色甚是古怪。盈盈道："又笑什么了？"令狐冲道："我在想不戒大师夫妻重逢，不知说什么话。"

盈盈道："那你怎地老是瞧着我？"忽然之间，明白了令狐冲的用意，这浪子在想不戒大师在客店之中，脱光了他妻子的衣衫，他心中想的是此事，却眼睁睁的瞧着自己，用心之不堪，可想而知，霎时间红晕满颊，挥手便打。

令狐冲侧身一避，笑道："女人打老公，便是恶婆娘！"

正在此时，忽听得远处嘘溜溜的一声轻响，盈盈认得是本教教众传讯的哨声，左手食指竖起，按在唇上，右手做个手势，便向哨声来处奔去。

两人奔出数十丈，只见一名女子正自西向东快步而来。当地地势空旷，无处可避。那人见了盈盈，一怔之下，忙上前行礼，说道："神教教下天风堂香主桑三娘，拜见圣姑。教主千秋万载，一统江湖。"盈盈点了点头，接着东首走出一个老者，快步走近，也向盈盈躬身行礼，说道："秦伟邦参见圣姑，教主中兴圣教，泽被苍生。"

盈盈道："秦长老，你也在这里。"秦伟邦道："是！小人奉教主之命，在这一带打探消息。桑香主，可探听到什么讯息？"桑三娘道："启禀圣姑、秦长老：今天一早，属下在临风驿见到嵩山派的六七十人，一齐前赴华山。"秦伟邦道："他们果然是去华山！"盈盈问道："嵩山派人众，去华山干什么？"秦伟邦道："教主他老人家得到讯息，华山派岳不群做了五岳派掌门之后，便欲不利于我神教，日来召集五岳派各派门人弟子，前赴华山。看他的用意，似是要向我黑木崖大举进袭。"

盈盈道："有这等事？"心想："这秦伟邦老奸巨猾，擒拿恒山门人之事，多半便是他奉了爹爹之命，在此主持。他却推得干干净净。只是那桑三娘的话，似非捏造，看来中间另有别情。"说道："令狐公子是恒山派掌门，怎地他不知此事，那可有些奇了。"

秦伟邦道："属下查得泰山、衡山两派的门人，已陆续前赴华山，只恒山派未有动静。向左使昨天传来号令，说道鲍大楚长老率同下属，已进恒山别院查察动静，命属下就近与之连络。属下正在等候鲍长老的讯息。"

盈盈和令狐冲对望一眼，均想："鲍大楚混入恒山别院，多半属实。这秦伟邦却并未隐瞒，难道他所说不假？"

秦伟邦向令狐冲躬身行礼，说道："小人奉命行事，请令狐掌门恕罪则个。"令狐冲抱拳还礼，说道："我和任大小姐，不日便要成婚……"盈盈满面通红，"啊"的一声，却也不否认。令狐冲续道："秦长老是奉我岳父之命，我们做小辈的自当担代。"秦伟邦和桑三娘满面堆欢，笑道："恭喜二位。"盈盈转身走开。秦伟邦道："向左使一再叮嘱鲍长老和在下，不可对恒山门人无礼，只能打探讯息，决计不得动粗，属下自当凛遵。"

突然他身后有个女子声音笑道："令狐公子剑法天下无双，向左使叫你们不可动武，那是为你们好。"令狐冲一抬头，只见树丛中走出一个女子，正是五毒教教主蓝凤凰，笑道："大妹子，你好。"蓝凤凰向令狐冲道："大哥，你也好。"转头向秦伟邦道："你向我拱手便拱手，却为什么要皱起了眉头？"

秦伟邦道："不敢。"他知道这女子周身毒物，极不好惹，抢前几步，向盈盈道："此间如何行事，请圣姑示下。"盈盈道："你们照着教主令旨办理便了。"秦伟邦躬身道："是。"与桑三娘二人向盈盈等三人行礼道别。

蓝凤凰待他二人去远，说道："恒山派的尼姑们都给人拿去了，你们还不去救？"令狐冲道："我们正从恒山追赶来，一路上却没见到踪迹。"蓝凤凰道："这不是去华山的路，你们走错了路啦。"令狐冲道："去华山？她们是给擒去了华山？你瞧见了？"

蓝凤凰道："昨儿早在恒山别院，我喝到茶水有些古怪，也不说破，见别人纷纷倒下，也就假装给迷药迷倒。"令狐冲笑道："向五仙教蓝教主使药，那不是自讨苦吃吗？"蓝凤凰嫣然一笑，道："这些王八蛋当真不识好歹。"令狐冲道："你不还敬他们几口毒药？"蓝凤凰道："那还有客气的？有两个王八蛋还道我真的晕倒了，过来想动手动脚，当场便给我毒死了。余人吓得再也不敢过来，说道我就算死了，也是周身剧毒。"说着格格而笑。

令狐冲道："后来怎样？"蓝凤凰道："我想瞧他们捣什么鬼，就一直假装昏迷不醒。后来这批王八蛋从见性峰上掳了许多小尼姑下来，领头的却是你的师父岳先生。大哥，我瞧你这个师父很不成样子，你是恒山派的掌门，他却率领手下，将你的徒子徒孙、老尼姑小尼姑，一古脑儿都捉了去，岂不是存心拆你的台？"

令狐冲默然。蓝凤凰道："我瞧着气不过，当场便想毒死了他。后来想想，不知你意下如何，真要毒死他，也不忙在一时。"令狐冲道："你顾着我的情面，可多谢你啦。"蓝凤凰道："那也没什么。我听他们说，乘着你不在恒山，快快动身，免得给你回山时撞到。又有人说，这次不巧得很，你不在山上，否则一起捉了去，岂不少了后患？哼哼！"令狐冲道："有你大妹子在场，他们想要拿我，可没这么容易。"

蓝凤凰甚是得意，笑道："那是他们运气好，倘若他们胆敢动你一根毫毛，我少说也毒死他们一百人。"转头向盈盈道："任大小姐，你别喝醋。我只当他亲兄弟一般。"盈盈脸上一红，微笑道："令狐公子也常向我提到你，说你待他真好。"蓝凤凰大喜，道："那好极啦！我还怕他在你面前不敢提我的名字呢。"

盈盈问道："你假装昏迷，怎地又走了出来？"蓝凤凰道："他们怕我身上有毒，都不敢来碰我。有人说不如一刀将我杀了，又说放暗器射我几下，可是口中说得起劲，谁也不敢动手，一窝蜂的便走了。我跟了他们一程，见他们确是去华山，便出来到处找寻大哥，要告知你们这讯息。"令狐冲道："这可真要多谢你啦，否则我们赶去黑木崖，扑了个空，待得回头再找，那些老尼姑、小尼姑、不老不小的中尼姑，可都已经吃了大亏啦。事不宜迟，咱们便去华山。"

三人当下折而向西，兼程急赶，但一路之上竟没见到半点线索。令狐冲和盈盈都是心下嘀咕，均想："一行数百之众，一路行来，定然有人瞧见，饭铺客店之中，也必留下形迹，难道他们走的不是这条路？"

第三日上，在一家小饭铺中见到了四名衡山派门人。令狐冲这时已改了装扮，这四人并未认出。令狐冲等暗中跟着一听他们说话，果然是去华山的。瞧他们兴高采烈的模样，倒似山上有大批金银珍宝，等候他们去拾取一般。听其中一人道："幸好黄师兄够交情，传来讯息，又亏得咱们在山西，就近赶去，只怕还来得及。衡山老家那些师兄弟们，这次可错过良机了。"另一人道："咱们还是越早赶到越好。这种事情，时时刻刻都有变化。"

令狐冲想要知道他们这么性急赶去华山，到底有何图谋，但这四人始终一句也不提及。蓝凤凰问道："要不要将他们毒倒了，拷问一番？"令狐冲想起衡山掌门莫大先生待自己甚厚，不便欺侮他的门人，说道："咱们尽快赶上华山，一看便知，却不须打草惊蛇。"

数日后三人到了华山脚下，已是黄昏。令狐冲自幼在华山长大，于周遭地势自是极为熟悉，说道："咱们从后山小径上山，不会遇到人。"华山之险，五岳中为最，后山小径更是陡极峻极，一大半竟无道路可行。好在三人都武功高强，险峰峭壁，一般的攀援而上，饶是如此，到得华山绝顶却也是四更时分了。

令狐冲带着二人，径往正气堂，只见黑沉沉的一片，并无灯火，伏在窗下倾听，亦无声息，再到群弟子居住之处查看，屋中竟似无人。令狐冲推窗进去，晃火折一看，房中果然空荡荡地，桌上地下都积了灰尘，连查数房，都是如此，显然华山群弟子并未回山。

蓝凤凰大不是味儿，说道："难道上了那些王八蛋的当？他们说是要来华山，却去了别处？"令狐冲惊疑不定，想起那日攻入少林寺，也是扑了个空，其后却迭遇凶险，难道岳不群这番又施故智？但此刻已方只有三人，纵然被围，脱身也是极易，就怕他们将恒山弟子困在极隐僻之处，这几日一耽搁，再也找不到了。

三人凝神倾听，唯闻松涛之声，满山静得出奇。蓝凤凰道："咱们分头找找，一个时辰之后，再在这里相会。"令狐冲道："好！"他想蓝凤凰使毒本事高明之极，没有人敢加伤害，但还叮嘱一句："旁人你也不怕，但若遇到我师父，他出剑奇快，须得小心！"蓝凤凰见他说得恳切，昏黄灯火之下，关心之意，见于颜色，不由得心中感动，道："大哥，我自理会得。"推门而出。

令狐冲带着盈盈，又到各处去查察一遍，连天琴峡岳不群夫妇的居室也查到了，始终不见一人。令狐冲道："这事当真蹊跷，往日我们华山派师徒全体下山，这里也总留下看门扫地之人，怎地此刻山上一人也无？"

最后来到岳灵珊的居室。那屋子便在天琴峡之侧，和岳不群夫妇的住所相隔甚近。令狐冲来到门前，想起昔时常到这里来接小师妹出外游玩，或同去打拳练剑，今后却再也无可得见了，不禁热泪盈眶。他伸手推了推门，板门闩着，一时犹豫不定。盈盈跃过墙头，拔下门闩，将门开了。

两人走进室内，点着桌上蜡烛，只见床上、桌上也都积满了灰尘，房中四壁萧然，连女儿家梳妆镜奁之物也无。令狐冲心想："小师妹与林师弟成婚后，自是另有新房，不再在这里住，日常用物，都带过去了。"随手拉开抽屉，只见都是些小竹笼、石弹子、布玩偶、小木马等等玩物，每一样物事，不是令狐冲给她做的，便是当年两人一起玩过的，难为她尽数整整齐齐的收在这里。令狐冲心头一痛，再也忍耐不住，泪水扑簌簌的直掉下来。

盈盈悄没声的走到室外，慢慢带上了房门。

令狐冲在岳灵珊室中留恋良久，终于狠起心肠，吹灭烛火，走出屋来。

盈盈道："冲哥，这华山之上，有一处地方和你大有干系，你带我去瞧瞧。"令狐冲道："嗯，你说的是思过崖。好，咱们去看看。"微微出神，说道："却不知风太师叔是不是仍在那边？"当下在前带路，径赴思过崖。这地方令狐冲走得熟了，虽然路程不近，但两人走得极快，不多时便到了。

上得崖来，令狐冲道："我在这山洞……"忽听得铮铮两响，洞中传出兵刃相交之声。两人都吃了一惊，快步奔近，跟着听得有人大叫一声，显是受了伤。令狐冲拔出长剑，当先抢过，只见原先封住的后洞洞口已然打开，透出火光。

令狐冲和盈盈纵身走进后洞，不由得心中打了个突，但见洞中点着数十根火把，少说也有二百来人，都在凝神观看石壁上所刻剑招和武功家数。人人专心致志，竟无半点声息。令狐冲和盈盈听得惨呼之时，料想进洞之后，眼前若非漆黑一团，那么定是血肉横飞的惨烈搏斗，岂知洞内火把照映，如同白昼，竟站满了人。后洞地势颇宽，虽站着二百余人，仍不见挤迫，但这许多人鸦雀无声，有如僵毙了一般，陡然见到这等诡异情景，不免大吃一惊。

盈盈身子微向右靠，右肩和令狐冲左肩相并。令狐冲转过头来，只见她脸色雪白，眼中略有惧意，便伸出左手，轻轻搂住她腰。只见这些人衣饰各别，一凝神间，便瞧出是嵩山、泰山、衡山三派的门人弟子。其中有些是头发花白的中年人，也有白须苍苍的老者，显然这三派中许多名宿前辈也已在场，华山和恒山两派的门人却不见在内。

三派人士分别聚观，各不混杂，嵩山派人士在观看壁上嵩山派的剑招，泰山与衡山两派均分别观看己派的招数。令狐冲登时想起，道上遇到那四名衡山弟子，说道得到讯息，赶来华山，当真是莫大的运气，原来是得悉华山后洞石壁刻有衡山派精妙剑招，得有机会观看。一凝神间，只见衡山派人群中一人白发萧然，呆呆的望着石壁，正是莫大先生，令狐冲一时拿不定主意，是否要上前拜见。

忽听得嵩山派人群中有人厉声喝道："你不是嵩山弟子，干么来瞧这图形？"说话的是个身穿土黄衫子的老者，他向着一个身材魁梧的中年人怒目而视，手中长剑斜指其胸。那中年人笑道："我几时瞧这图形了？"嵩山派那老者道："你还想赖？你是什么门派的？你要偷学嵩山剑法，那也罢了，干么细看那些破我嵩山剑法的招数？"他这么一呼喝，登时便有四五名嵩山门人转过身来，围在那中年人四周，露刃相向。

那中年人道："我于贵派剑法一窍不通，看了这些破法，又有何用？"嵩山派那老者道："你细看对付嵩山派剑法的招数，便是不怀好意。"那中年人手按剑柄，说道："五岳派掌门岳先生盛情高谊，准许我们来观摩石壁上的剑法，可没限定哪些招数准看，哪一些不准看。"嵩山派那老者道："你想不利我嵩山派，便容你不得。"那中年人道："五派归一，此刻只有五岳派，哪里更有嵩山派？若不是五派归一，岳先生也不会容许阁下在华山石洞之中观看剑法。"此言一出，那老者登时语塞。一名嵩山弟子伸手在那中年人肩后推去，喝道："你倒嘴利得很。"那中年人反手勾住他手腕甩出，那嵩山弟子一个跟跄跌开。

便在此时，泰山派中忽然有人大声喝道："你是谁？穿了我泰山派的服饰，混在这里偷看泰山剑法。"只见一名身穿泰山派服饰的少年急奔向外。洞门边闪出一人，喝道："站住了，什么人在此捣乱？"那少年挺剑刺出，跟着疾冲而前。拦门者左手伸出，抓他眼珠，那少年急退一步。拦门者右手如风，又插向他眼珠。那少年长剑在外，难以招架，只得又退了一步。拦门者右腿横扫，那少年纵起闪避，砰的一声，胸口已然中掌，仰天摔倒，后面奔上两名泰山派弟子，将他擒住。

那时嵩山派中已有四名门人围住了那中年人，长剑霍霍急攻。那中年人出手凌厉，但剑法不属五岳剑派，几名旁观的嵩山弟子叫了起来："这家伙不是五岳剑派的，是混进来的奸细。"两起打斗一生，寂静的山洞之中立时大乱。

令狐冲心想："我师父招呼这些人来此，未必有什么善意。我去告知莫师伯，请他率领门人退出。那些衡山派剑招，出洞之后，让我告知他便了。"当即挨着石壁，在阴影中向莫大先生走去。只走出数丈，忽听得轰隆隆一声大响，犹如山崩地裂一般。

众人惊呼声中，令狐冲急忙转身，只见洞口泥沙纷落，他顾不得去找莫大先生，急欲奔向盈盈，但众人乱走狂窜，刀剑急舞，洞中尘土飞扬，瞧不见盈盈身在何处。他从人丛中挤了过去，闪身避开几次横里砍来的刀剑，抢到洞口，不由得叫一声苦，只见一块数万斤重的大石掉在洞口，已将洞门牢牢堵死，仓皇一瞥之下，似乎并无出入的孔隙。

他大叫："盈盈，盈盈！"似乎听得盈盈在远处答应了一声，却好像是在山洞深处，但二百余人大叫大嚷，无法听清，心想："盈盈怎地反而到了里面？"一转念间，立时省悟："是了，大石掉下之时，盈盈站在洞口，她不肯自己逃命，只是挂念着我。我冲向山洞口去找她，她却冲进洞来找我。"当下转身又回进洞来。

洞中原有数十根火把，当大石掉下之时，众人一乱，有的随手将火把丢开，有的失手落地，已然熄灭了大半，满洞尘土，望出去惟见黄蒙蒙一片。只听众人骇声惊叫："洞口给堵死了！洞口给堵死了！"又有人怒叫："是岳不群这奸贼的阴谋！"另有人道："正是，这奸贼骗咱们来看他妈的剑法……"

数十人同时伸手去推那大石。但这大石便如一座小山相似，虽然数十人一齐使力，却哪里推得动分毫？又有人叫道："快，快从地道中出去。"早有人想到此节，二十余人你推我拥，挤在地道口边。那地道是当年魔教的大力神魔以巨斧所开，只容一人进入，二十余人挤在一起，如何走得进去？这一乱，火把又熄灭了十余根。

人群中两名大汉用力挤开旁人，冲向地道口，并肩而前。地道口甚窄，两人砰的一撞，谁也无法进去。右首那人左手挥处，左首大汉一声惨呼，胸口已为一柄匕首插入，右首的大汉顺手将他推开，便钻入了地道。余人你推我拥，都想跟人。

令狐冲不见盈盈，心下惶急，又想："魔教十长老个个武功奇高，却中了暗算，葬身于此。我和盈盈今日不知能否得脱此难？这件事倘若真是我师父安排的，那可凶险得紧。"

眼见众人在地道口推拥撕打，惊怖焦躁之下，突然动了杀机："这些家伙碍手碍脚，须得将他们一个个都杀了，我和盈盈方得从容脱身。"挺起长剑，便欲挥剑杀人，只见一个少年蹲在地下，双手乱抓头发，全身发抖，脸如土色，显是害怕之极，令狐冲顿生怜悯，寻思："我和他是同遭暗算的难友，该当同舟共济才是，怎可杀他泄愤？"长剑本已提起，当下又斜斜的横在胸前。

只听得地道口二十余人纵声大叫："快进去！""怎么不动了？""爬不进去吗？""拖他出来！"那爬进地道的大汉双足在外，似乎里面也是此路不通，可是却也不肯退出。两个人俯身分执那大汉双足，用力向外拉扯。突然间数十人齐声惊呼，拉出来的竟是一具无头尸体，颈口鲜血直冒，这大汉的首级竟然在地道内给人割去了。

便在此时，令狐冲见到山洞角落中有一个人坐在地下，昏暗火光下依稀便是盈盈，他大喜之下，奔将过去，只跨出两步，七八人急冲过来，阻住了去路。这时洞中已然乱极，诸人都如失却了理性，没头苍蝇般瞎窜，有的挥剑狂砍，有的捶胸大叫，有的相互扭打，有的在地下爬来爬去。

令狐冲挤出了几步，双足忽然给人牢牢抱住。他伸手在那人头上猛击一拳，那人大声惨叫，却死不放手。令狐冲喝道："你再不放手，我杀你了。"突然间小腿上一痛，竟给那人张口咬住。令狐冲又惊又怒，眼见众人皆如疯了一般，山洞中火把越来越少，只有两根尚自点燃，却已掉在地下，无人执拾。他大声叫道："拾起火把，拾起火把。"一名胖大道人哈哈大笑，抬起脚来，踏熄了一根火把。令狐冲提起长剑，将咬住他小腿那人拦腰斩断，突然间眼前一黑，什么也看不见了，原来最后一枝火把也已熄灭。

火把一熄，洞中诸人霎时间鸦雀无声，均为这突如其来的变故吓得手足无措，但只过得片刻，狂呼叫骂之声大作。

令狐冲心道："今日局面已然有死无生，天幸是和盈盈死在一起。"念及此节，心下不惧反喜，对准了盈盈的所在，摸将过去。走出数步，斜刺里忽然有人奔将过来，猛力和他一撞。这人内力既高，这一撞之势又十分凌厉。令狐冲给他撞得跌出两步，转了半个圈子，急忙转身，又向盈盈所坐处慢慢走去，耳中所闻，尽是呼喝哭叫，数十柄刀剑挥舞碰撞。

众人身处黑暗，心情惶急，大都已如半疯，人人危惧，便均舞动兵刃，以求自保。有些老成持重或定力极高之人，原可镇静应变，但旁人兵刃乱挥，山洞中挤了这许多人，黑暗中又无可闪避，除了也舞动兵刃护身之外，更无他法。但听得兵刃碰撞、惨呼大叫之声不绝，跟着有人呻吟咒骂，自是发于伤者之口。

令狐冲耳听得身周都是兵刃劈风之声，他剑法再高，也是无法可施，每一瞬间都会被不知从哪里砍来的刀剑所伤。他心念一动，立即挥动长剑，护住上盘，一步一步的挨向洞壁，只要碰到了石壁，靠壁而行，便可避去许多危险，适才见到似是盈盈的那人倚壁而坐，这般摸将过去，当可和她会合。从他站立处走向石壁相距虽只数丈，可是刀如林，剑如雨，当真是寸寸凶险，步步惊魂。

令狐冲心想："要是死在一位武林高手手下，倒也心甘。现下情势，却是随时随刻都会莫名其妙的呜呼哀哉，杀死我的，说不定只是个会些粗浅武功的笨蛋。纵然独孤大侠复生，遇上这等情景，只怕也是一筹莫展了。"一想到独孤求败，心中陡地一亮："是了，今日的局面，不是我给人莫名其妙的杀死，便是我将人莫名其妙的杀死。多杀一人，我给人杀死的机会便少了一分。"长剑一抖，使出"独孤九剑"中的"破箭式"，向前后左右点出。剑式一使开，便听得身周几人惨叫倒地，跟着感到长剑又刺入一人身子，忽听得"啊"的一声轻呼，是个女子声音。令狐冲大吃一惊，手一软，长剑险些跌出，心中怦怦乱跳："莫非是盈盈，难道我杀了盈盈！"纵声大叫："盈盈，盈盈，是你吗？"

可是那女子再无半点声息。本来盈盈的声音他听得极熟，这声轻呼是不是她所发，原是极易分辨，但山洞中杂声齐作，这女子一声呼叫又是甚轻，他关心过切，脑子乱了，只觉似乎是盈盈，又似乎不是她。他再叫了几声，仍不闻答应，俯身去摸地下，突然间飞来一脚，重重踢中了他臀部。令狐冲向前直飞，身在半空之时，左腿上一痛，给人打了一鞭。

他伸出左手，曲臂护头，砰的一声，手臂连头一齐撞上山壁，落了下来，只觉头上、臂上、腿上、臀上，无处不痛，全身骨节似欲散开一般。他定了定神，又叫了两声"盈盈"，自己听得声音嘶哑，好似哭泣一般。他心下气苦，大叫："我杀了盈盈，我杀了盈盈！"挥动长剑，上前连杀数人。

喧闹声中，忽听得铮铮两声响，正是瑶琴之音。这两声琴音虽轻，但听在令狐冲耳里，直如霹雳一般惊心动魄。他狂喜之下，大叫："盈盈，盈盈！"登时便欲向琴音奔去，但随即想到，琴音来处相距甚远，这十余丈路走将过去，比之在江湖上行走十万里还凶险百倍，要走完这十几丈路而居然能得不死，实是难上加难。这琴音当然发自盈盈，她既健在，自己可不能贸然送死，如果两人不能手挽手的齐死，在九泉之下将饮恨无穷了。

他退回两步，背脊靠住石壁，心想："这所在安全得多。"忽觉风声劲急，有人挥舞兵刃，疾冲过来。令狐冲一剑刺出，但长剑甫动，心中便知不妙。

"独孤九剑"的要旨，在于一眼见到对方招式中的破绽，便即乘虚而入，后发先至，一招制胜，但在这漆黑一团的山洞之中，连敌人也见不到，何况他的招式，更何况他招式中的破绽？处此情景，"独孤九剑"便全无用处。令狐冲长剑只递出一尺，急忙向左闪避，只听得喀喇声响，跟着砰的一声，又是"啊"的一声惨叫，推想起来，定是那人的兵刃先撞上了石壁，折断的兵刃却刺入了他身子。

令狐冲耳听得那人更无声息，料想已死，寻思："在黑暗之中，我剑术虽高，亦与庸手无异，只好暂且忍耐，俟机再和盈盈相聚。"但听得兵刃舞动声和呼喊声已弱了不少，自是在这片刻之间已有多人伤亡。他长剑急速在身前挥动，组成一道剑网，以防突然有人攻至。瑶琴声时断时续，然只是一个个单音，不成曲调，令狐冲又担心起来："莫非盈盈受了伤？又不然弹琴的并不是她？但如不是她，别人又怎会有琴？"

过得良久，呼喝声渐止，地下有不少人在呻吟咒骂，偶尔有兵刃相交吆喝之声，均是发自山洞靠壁之处。令狐冲心道："剩下来没死的，都已靠壁而立。这些人必是武功较高、心思较细的好手。"他忍不住叫道："盈盈，你在哪里？"对面琴声铮铮数响，似是回答。

令狐冲飞身而前，左足落地时只觉足底一软，踏在一人身上，跟着风声劲急，地下一柄兵刃撩将上来，总算他内力奇厚，虽然见不到对方兵刃的来势，却也能及时察觉，左足一使劲，倒跃退回石壁，寻思："地下躺满了人，有的受伤未死，可走不过去。"

但听得风声呼呼，都是背靠石壁之人在舞动兵刃护身，这一刻时光中，又有几人或死或伤。忽听得一个苍老的声音说道："众位朋友，咱们中了岳不群的奸计，身陷绝地，该当同心协力，以求脱险，不可乱挥兵器，自相残杀。"许多人齐声应道："正是，正是！"令狐冲听这声音，似有六七十人。这些人都已身靠石壁，站立不动，一来本就较为镇静，二来一时暂无性命之忧，便能冷静下来想上一想。

那老者道："贫道是泰山派玉钟子，请各位收起刀剑。大伙儿便在黑暗之中撞到别人，也决不可出手伤人。众位朋友，能答应吗？"众人轰然说道："正该如此。"便听得兵刃挥舞之声停了下来。有几人还在舞动刀剑的，隔了一会，也都先后住手。

玉钟子道："再请大家发个毒誓。如在山洞中出手伤人，那便葬身于此，再也不能重见天日。贫道泰山玉钟子，先立此誓。"余人都立了誓，均想："这位玉钟子道长极有见识。大伙同心协力，或者尚能脱险，否则像适才这般乱砍乱杀，非同归于尽不可。"玉钟子道："很好！请各位自报姓名。"当下便有人道："在下衡山派某某。""在下泰山派某某。""在下嵩山派某某。"却没听到莫大先生报名说话。

众人说了后，令狐冲道："在下恒山派令狐冲。"群豪"哦"的一声，都道："恒山掌门令狐大侠在此，那好极了。"言语中都大有欣慰之意。令狐冲心想："我是糟极了，有什么好极了？"他自然明白，群豪知他武功高强，有他在一起，便多了几分脱险之望。

玉钟子道："请问令狐掌门，贵派何以只掌门孤身一人来？"这人老谋深算，疑他暗中意欲不利于众人。令狐冲出身于华山，是岳不群的首徒，此事天下皆知，困身于这山洞绝地的，华山与恒山两派数百弟子中，只有他一人，未免惹人生疑。令狐冲道："在下另有一个同伴……"忍不住又叫："盈……"只叫得一个"盈"字，立即想起："盈盈是日月教教主的独生爱女，正邪双方，自来势同水火，不可在这事上另生枝节。"当即住口。

玉钟子道："哪几位身边有火折的，先将火把点燃起来。"众人大声欢呼："是极，是极！""大家都胡涂了，怎地不早想到？""快点火把！"其实适才这一番大混乱中，人人只求自保，哪有余暇去点火把？只须火光一现，立时便给旁人杀了。

但听得哒哒数响，有人取出火刀火石打火，数点火星爆了出来，黑暗中特别显得明亮，纸媒一点燃，山洞中又是一阵欢呼。令狐冲一瞥之间，只见山洞石壁周围都站满了人，身上脸上大都溅满鲜血，有的手中握着刀剑，兀自在身前缓缓挥动，这些人自是特别谨慎小心，虽听大家发了毒誓，却信不过旁人。令狐冲迈步向对面山壁走去，要去找寻盈盈。

突然之间，人丛中有人大喝一声："动手！"七八人手挥长剑，从地道口杀了出来。群豪大叫："什么人？"纷纷抽出兵刃抵御，几个回合之间，点燃了的火折又已熄灭。

令狐冲一个箭步，跃向对面石壁，只觉右首似有兵刃砍来，黑暗中不知如何抵挡，只得往地下一扑，当的一声响，一柄单刀砍上石壁。他想："此人未必真要杀我，黑暗中但求自卫而已。"当下伏地不动，那人虚砍了几刀，也就住手。

只听有人叫道："将一众狗崽子们尽数杀了，一个活口也别留下！"十余人齐声答应。跟着六七人叫了起来："是左冷禅！左冷禅！"又有人叫道："师父，弟子在这里！"

令狐冲听那发号施令的声音确是左冷禅，心想："怎么他在这里？这陷阱原来是这老贼布置的，并不是我师父。"岳不群虽然数次意欲杀他，但二十多年来师徒而兼父子的亲情，在他心中已是根深蒂固，无法泯灭，一想到这个大奸谋的主持人并非岳不群，便不自禁的感到欣慰，倘若死在左冷禅手下，比给师父害死是快活百倍了。

只听左冷禅阴森森的道："亏你们还有脸叫我师父？没禀明我，便擅自到华山来，欺师叛门，我门下岂容得你们这些恶徒？"一个洪亮的声音说道："师父，弟子得到讯息，华山思过崖石洞中刻有本派的精妙剑招，生怕回山禀明师父之后再来，往返费时，石壁上剑招已为旁人毁去，是以忙不迭的赶来，看了剑法之后，自然立即回山，将剑招禀告师父。"

左冷禅道："你欺我双目失明，早已不将我瞧在眼内，学到精妙剑法之后，还会认我是师父吗？岳不群要你们立誓效忠于他，才让你们入洞来观看剑招，此事可是有的？"那嵩山弟子道："是，弟……弟子该死，但只是一时的权宜之计。咱们五岳剑派合而为一，他是掌门人，听他号令，也……也是应当的。没料到这奸贼行此毒计，将我们都困在这里。"又一人道："师父，请你老人家领我们脱困，大家去找岳不群这奸贼算帐。"

左冷禅哼了一声，说道："你打的好如意算盘。"他顿了一顿，又道："令狐冲，你也到了这里，却是来干什么了？"令狐冲道："这是我的故居，我要来便来！阁下却来干什么了？"左冷禅冷冷的道："死到临头，对长辈还是这般无礼。"令狐冲道："你暗使阴谋，陷害天下英雄，人人得而诛之，还算是我长辈？"左冷禅道："平之，你去将他宰了！"

黑暗中有人应道："是！"正是林平之的声音。

令狐冲心下暗惊："原来林平之也在这里。他和左冷禅都是瞎了眼的，这些日子来，他们定已熟习盲目使剑，以耳代目，听风辨器之术自是练得极精。在黑暗之中，形势倒转，变成了我是瞎子，他们反而不是瞎子，却如何是他们之敌？"但觉背上冷汗直流下来。

只听林平之道："令狐冲，你在江湖上呼风唤雨，出尽了风头，今日却死在我的手里，哈哈，哈哈！"笑声中充满了阴森森的寒意，一步步走将过来。适才令狐冲和左冷禅对答，站立之处，已给林平之听得清清楚楚。山洞中一片寂静，唯闻林平之脚步之声，他每跨出一步，令狐冲便知自己是向鬼门关走近了一步。

突然有人叫道："且慢！这令狐冲刺瞎了我眼睛，叫老子从此不见天日，让我来杀这恶贼。"十余人随声附和，一齐快步走来。

令狐冲心头一震，知是那天夜间在破庙外为自己刺瞎的一十五人，那日前赴嵩山参预五派归一之时，在嵩山道上曾遇到过。这群人瞎眼已久，以耳代目的本事自必更为高明，一个林平之已然抵御不了，再加上这一十五人，那更加不是对手了。耳听得脚步声响，他悄悄向左首滑开几步，但听得嗒嗒嗒数响，几柄长剑刺在他先前站立处的石壁上。幸好这十余人同时进攻，步声杂沓，将他的脚步声掩盖了，谁也不知他已移向何处。

令狐冲俯下身来，在地下摸到一柄长剑，掷了出去，呛啷一声响，撞上石壁。十余名瞎子冲过去，兵刃声响起，和人斗了起来。只听得呼叫之声不绝，片刻间有六七人中刃毙命，这些人本来武功均甚不弱，但黑暗中目不见物，就绝非这群瞎子的对手。

令狐冲乘着呼声大作，更向左滑行数步，摸到石壁上无人，悄悄蹲下，寻思："左冷禅带了林平之和这群瞎子到来，自是要仗着黑暗无光之便，将我等一批人尽数歼灭。只是他如何知道此处有这样一个山洞？"一转念间，便已恍然："是了！当日小师妹在封禅台侧，以此处石壁上所刻的绝招，打败泰山、衡山两派高手，在左冷禅面前施展嵩山剑法，以恒山剑法与我比剑。她既到这里来过，林平之自然知道。"想到了小师妹，心头一阵酸痛。

只听得林平之叫道："令狐冲，你不敢现身，缩头缩尾，算什么好汉？"令狐冲怒气上冲，忍不住便要挺身而出，和他决个死战，但立时按捺住了，心想："大丈夫能屈能伸，岂可跟他逞这血气之勇？我没找到盈盈，决不能这般轻易就死。"又想："我曾答应小师妹，要照料林平之，倘若冲出去和他搏斗，给他杀了固然不值得，将他杀了也是不对。"

左冷禅喝道："将山洞中所有的叛徒、奸细尽数杀了，谅那令狐冲也无处可躲！"

顷刻之间，兵刃相交声和呼喊之声大作。

令狐冲蹲在地下，一时倒无人向他攻击。他侧耳倾听盈盈的声音，寻思："盈盈聪明心细，远胜于我，此刻危机四伏，自然不会再发琴音，只盼适才这一剑不是刺中她才好。"只听得群豪与众瞎子斗得甚是剧烈，一面恶斗，一面喝骂，时闻"滚你奶奶的"之声。

这"滚你奶奶的"五字听来甚是刺耳，通常骂人，总是说"去你妈的"，或"操你奶奶的"，有时也有人骂"滚你妈的王八蛋"，却绝少有人骂"滚你奶奶的"，寻思："难道这是哪一省特别的骂人土话？"再听片刻，发觉这"滚你奶奶的"五字往往是两人同骂，而这五字一出口，兵刃相交声便即止歇，若是一人喝骂，那便打斗不休。他一想之下，便即明白："原来那是众瞎子辨别同道的暗语。"黑暗之中乱砍乱杀，难分友敌，众瞎子定是事先约好，出招时先骂一句"滚你奶奶的"。两人齐骂，便是同伴，否则便可杀戮。这五字向来无人使用，不知暗语的敌人决不会以此骂人。

他一想明此点，当即站起身来，持剑当胸，但听得"滚你奶奶的"之声越来越多，兵刃相交声和呼喝声渐渐止歇，显是泰山、衡山、嵩山三派已给杀戮殆尽。令狐冲一直没听到盈盈的声音，既担心她先前给自己杀了，又欣幸没遭到众瞎子的毒手，又想："嵩山弟子得悉华山石洞中有本派精妙剑招，赶来瞧瞧，亦是人情之常，只不过来不及先行禀告，左冷禅便将他们赶尽杀绝，未免太过辣手。他用意自是要取我性命，既然无法一一分辨，索性连他门下只犯了这一点儿小过的弟子也都杀了。"

又过片刻，打斗声已然止歇。左冷禅道："大伙儿在洞中交叉来去，砍杀一阵。"

众瞎子答应了，但听得剑声呼呼，此来彼往。有两柄剑砍到令狐冲身前，令狐冲举剑架开，沙哑着嗓子骂了两声"滚你奶奶的"，居然无人察觉。约莫过了一盏茶时分，除了众瞎子的叫骂声与金刃劈空声外，更无别的声息。令狐冲却急得几乎哭了出来，只想大叫："盈盈，盈盈，你在哪里？"

左冷禅喝道："住手！"众瞎子收剑而立。左冷禅哈哈大笑，说道："一众叛徒，都已清除，这些人好不要脸，为了想学剑招，居然向岳不群这恶贼立誓效忠。令狐冲这小贼，自然也是命丧剑底了！哈哈！哈哈！令狐冲，令狐冲，你死了没有？"

令狐冲屏息不语。

左冷禅道："平之，今日终于除了你平生最讨厌之人，那可志得意满了罢？"林平之道："全仗左兄神机妙算，巧计安排。"令狐冲心道："他和左冷禅兄弟相称。左冷禅为了要得他的《辟邪剑谱》，对他可客气得很啊。"左冷禅道："若不是你知道另有秘道进这山洞，咱们难以手刃大仇。"

林平之道："只可惜混乱之中，我没能亲手杀了令狐冲这小贼。"令狐冲心想："我从来没得罪过你，何以你对我如此憎恨？"左冷禅低声道："不论是谁杀他，都是一样。咱们快些出去。料想岳不群这当儿正守在山洞外，乘着天色未明，咱们一拥而上，黑夜中大占便宜。"林平之道："正是！"

只听得脚步声响，一行人进了地道，脚步声渐渐远去，过得一会，便无声息了。

令狐冲低声道："盈盈，你在哪里？"语音中带着哭泣。忽听得头顶有人低声道："我在这里，别作声！"令狐冲喜极，双足一软，坐倒在地。

当众瞎子挥剑乱砍之时，最安全的地方莫过于躲在高处，让兵刃砍刺不到，原是一个极浅显的道理，但众人面临生死关头，神智一乱，竟然计不及此。

盈盈纵身跃下，令狐冲抢将上去，掷下长剑，将她搂在怀里。两人都是喜极而泣。令狐冲轻吻她面颊，低声道："刚才可真吓死我了。"盈盈在黑暗中亦不闪避，轻轻的道："你骂人'滚你奶奶的'，我却听得出是你的声音。"令狐冲忍不住笑了出来，问道："你真一点也没受伤吗？"盈盈道："没有。"令狐冲道："先前我听着琴声，倒不怎么担心。但后来想到我曾刺中了一个女子，而琴声又断断续续，不成腔调，似乎你受了重伤，到后来更一点声息也没有了，那可真不知如何是好。"

盈盈微笑道："我早跃到了上面，生怕给人察觉，又不能出声招呼你，只好投掷一枚枚铜钱，击打那留在地下的瑶琴，盼你省悟。"令狐冲吁了口气，说道："原来如此。我竟始终想不到，该打，该打！"拿起她的手来，轻击自己面颊，笑道："你嫁了这样一个蠢材，也算是任大小姐倒足了大霉。我一直奇怪，倘若是你拨弄瑶琴，怎么会不弹一句《清心普善咒》，又或是《笑傲江湖之曲》？"

盈盈让他搂抱着，说道："我若能在黑暗中用金钱镖击打瑶琴，弹出曲调，那变成仙人了。"令狐冲笑道："你本来就是仙人。"盈盈听他语含调笑，身子一挣，便欲脱开他的怀抱，令狐冲紧紧抱住了她不放，问道："后来怎地不发钱镖弹琴了？"盈盈笑道："我穷得要命，身边没多少钱，投得几次，就没钱了。"令狐冲叹道："可惜这山洞中既没钱庄，又没当铺，任大小姐没钱使，竟然无处挪借。"盈盈又是一笑，道："后来我连头上金钗、耳上珠环都发出了。待得那些瞎子动手杀人，他们耳音极灵，我就不敢再投掷什么了。"

突然之间，地道口有人阴森森的一声冷笑。

令狐冲和盈盈都是"啊"的一声惊呼，令狐冲左手环抱盈盈，右手抓起地下长剑，喝道："什么人？"只听一人冷冷的道："令狐大侠，是我！"正是林平之的声音。但听得地道中脚步声响，显是一群瞎子去而复回。

令狐冲暗骂自己太也粗心大意，左冷禅老奸巨猾，怎能说去便去？定是伏在地道之中，窃听山洞内动静。自己若是孤身一人，原可跟他耗上些时候，再谋脱身，但和盈盈相互关怀太切，劫后重逢，喜极忘形，再也没想到强敌极可能并未远去，而是暗伺于外。

盈盈伸手在令狐冲腋下一提，低声道："上去！"两人同时跃起。盈盈先前曾在一块凸出的岩石上歇足，知道凸岩的所在，黑暗中候准了劲道，稳稳落上。令狐冲却踏了个空，又向下落。盈盈抓住他手臂，将他拉了上去。这凸岩只不过三四尺见方，两人挤在一起，不易站稳。令狐冲心想："盈盈见机好快，咱二人居高临下，便不易为众瞎子所围攻。"

只听左冷禅道："两个小鬼跃到了上面。"林平之道："正是！"左冷禅道："令狐冲，你在上面躲一辈子吗？"

令狐冲不答，心想我一出声，便让你们知道了我立足之处。他右手持剑，左手环抱着盈盈的纤腰。盈盈左手握着短剑，右手伸过来也抱住了他腰。两人心下大慰，只觉得既能同在一起，就算立时死了，亦无所憾。

左冷禅喝道："你们的眼珠是谁刺瞎的，难道忘了吗？"十余名瞎子齐声大吼，跃起来挥剑乱刺。令狐冲和盈盈一声不响，众瞎子都刺了个空，待得第二次跃起，一名瞎子已扑到凸岩数尺之外。令狐冲听得他跃起的风声，一剑刺出，正中其胸。那瞎子大叫一声，摔下地来。这么一来，众人已知他二人藏身的所在，六七人同时跃起，挥剑刺出。令狐冲和盈盈虽然瞧不见众瞎子身形，但凸岩离地二丈有余，有人跃近时风声甚响，极易辨别，两人各出一剑，又刺死了二人。众瞎子仰头叫骂，一时不敢再上来攻击。

僵持片刻，突然风声劲急，两人分从左右跃起，令狐冲和盈盈出剑挡刺，铮铮两声，四剑空中相交。令狐冲右臂一酸，长剑险些脱手，知道来袭的便是左冷禅本人。盈盈"啊"的一声，肩头中剑，身子一晃。令狐冲左臂忙运力拉住她。那两人二次跃起，又再攻来。

令狐冲长剑刺向攻击盈盈的那人，双剑一交，那人长剑变招快极，顺着剑锋直削下来。令狐冲知道对手定是林平之，不及挡架，百忙中头一低，俯身让过，只觉冷风飒然，林平之一剑削向盈盈。他身在半空，凭着一跃之势竟然连变三招，这辟邪剑法实是凌厉无伦。

令狐冲生怕他伤到盈盈，搂着她一跃而下，背靠石壁，挥剑乱舞。猛听得左冷禅一声长笑，挺剑而进，当的一声响，又是长剑相交。令狐冲身子一震，觉得有股内力从长剑中传了过来，不由得机伶伶的打个冷战，蓦地想起，那日任我行在少林寺中以"吸星大法"吸了左冷禅的内力，岂知左冷禅的阴寒内力十分厉害，险些儿反将任我行冻死。此刻他故技重施，可不能上他的当，急忙运力向外一送，只觉对方一股大力回夺，不由自主的手指一松，长剑脱手飞出。

令狐冲一身本领，全在一柄长剑，当即俯身，伸手往地下摸去，山洞中死了二百余人，满地都是兵器，随便拾起一柄刀剑，都可以挡得一时，自己和盈盈在这山洞中变成了瞎子，受这十几名瞎而不瞎之人围攻，原无幸存之理，但无论如何，总是不甘任由宰割。他一摸之下，摸到的是个死人脸蛋，冷冰冰的又湿又黏，急忙搂着盈盈退了两步，铮铮两声，盈盈挥短剑架开了刺来的两剑，跟着呼的一响，盈盈手中短剑又被击飞。

令狐冲大急，俯身又是一摸，入手似是根短棍，危急中哪容细思，只觉劲风扑面，有剑削来，当即举棍一挡，嗒的一声响，那短棍被敌剑削去了一截。

令狐冲一低头让过长剑，突然之间，眼前出现了几星光芒。这几星光芒极是微弱，但在这黑漆一团的山洞之中，便如是天际现出一颗明星，敌人身形剑光，隐约可辨。

令狐冲和盈盈不约而同的一声欢呼。眼见左冷禅又一剑刺到，令狐冲举短棍便往左冷禅咽喉挑去，那正是敌人剑招中破绽的所在。不料左冷禅眼睛虽瞎，应变仍是奇速，一个"鲤跃龙门"，向后倒纵了出去，口中大声咒骂。

盈盈一弯腰，拾起一柄长剑，从令狐冲手里接过短棍，将长剑交了给他，舞动短棍，洞中闪动点点青光。令狐冲精神大振，生死关头，出手岂能容情，骂一句"滚你奶奶的"，刺死一名瞎子。他手中出剑可比嘴里骂人迅速得多，只骂了六声"滚你奶奶的"，已将洞中十二名瞎子尽数刺死。有几个瞎子脑筋迟钝，听他大骂"滚你奶奶的"，心想既是自己人，何必再打？还没想明白一半，已然咽喉中剑，滚向鬼门关去见他奶奶去了。

左冷禅和林平之不明其中道理，齐问："有火把?"声带惊惶。

令狐冲喝道："正是!"向左冷禅连攻三剑。

左冷禅听风辨器，三剑挡开，令狐冲但觉手臂酸麻，又是一阵寒气从长剑传将过来，一转念间，当即凝剑不动。左冷禅听不到他的剑声，心下大急，疾舞长剑，护住周身要穴。

令狐冲仗着盈盈手中短棍头上发出的微光，慢慢转过剑来，慢慢指向林平之的右臂，一寸寸的伸将过去。林平之侧耳倾听他剑势来路，可是令狐冲这剑是一寸寸的缓缓递去，哪里听得到半点声音？眼见剑尖和他右臂相差不过半尺，突然向前一送，嗤的一声，林平之上臂筋骨齐断。

林平之大叫一声，长剑脱手，和身扑上。令狐冲刷刷两声，分刺他左右两腿。林平之于大骂声中摔倒在地。

令狐冲回过身来，凝望左冷禅，极微弱的光芒之下，但见他咬牙切齿，神色狰狞可怖，手中长剑急舞。他剑上的绝招妙着虽然层出不穷，但在"独孤九剑"之下，无处不是破绽。令狐冲心想："此人是挑动武林风波的罪魁祸首，须容他不得!"一声清啸，长剑起处，左冷禅眉心、咽喉、胸口三处一一中剑。

令狐冲跃开两步，挽住了盈盈的手，只见左冷禅呆立半晌，扑地而倒，手中长剑倒转过来，刺入自己小腹，对穿而出。

两人定了定神，去看盈盈手中那短棍时，光芒太弱，却看不清楚。两人身上均无火折，令狐冲生怕林平之又再反扑，在他左臂补了一剑，削断他的筋脉，这才去死人身上掏摸火刀火石，连摸两人，怀中都是空空如也，登时想起，骂道："滚你奶奶的，瞎子自然不会带火刀火石。"摸到第五个死人，才寻到了火刀火石，打着了火点燃纸媒。

两人同时"啊"的一声，叫了出来。

只见盈盈手中握着的竟是一根白骨，一头已被削尖！

盈盈一呆之下，将白骨摔在地下，笑骂："滚你……"只骂了两个字，觉得出口不雅，抿嘴住口。

令狐冲恍然大悟，说道："盈盈，咱们两条性命，是神教这位前辈搭救的。"盈盈奇道："神教的前辈？"令狐冲道："当年神教十长老攻打华山，都给堵在这山洞之中，无法脱身，饮恨而终，遗下了十具骷髅。这根大腿骨，却不知是哪一位长老的。我无意中拾起来一挡，天幸又让左冷禅削去了一截，死人骨头中有鬼火磷光，才使咱二人瞎子开眼。"

盈盈吁了口长气，向那根白骨躬身道："原来是本教前辈，可得罪了。"

令狐冲又取过几根纸媒，将火点旺，再点燃了两根火把，道："不知莫师伯怎样了？"纵声叫道："莫师伯，莫师伯！"却不闻丝毫声息。令狐冲心想莫师伯对自己爱护有加，今日惨死洞中，心下甚是难过，放眼洞中遍地尸骸，一时实难找到莫大先生的尸身，心想："此刻未脱险地，不能多耽。我必当回来，找到莫师伯遗体，好好安葬。"回身拉住了林平之胸口，向地道中走去。

盈盈知他答应过岳灵珊，要照料林平之，当下也不说什么，拾起山洞角落里那具已打穿了几个洞的瑶琴，跟随其后。

二人从这条当年大力神魔以巨斧所开的窄道中一步步出去。令狐冲提剑戒备，心想左冷禅极工心计，既将山洞的出口堵死，必定派人守住这窄道，以防螳螂捕蝉、黄雀在后，另有人再将他堵在洞内。但走到窄道尽头，更不再见有人。

令狐冲轻轻推开遮住出口的石板，陡觉亮光耀眼，原来在山洞中出死入生的恶斗良久，不觉时刻之过，天早已亮了。他见外洞中空荡荡地并无一人，当即拉了林平之纵身而出，盈盈跟着出来。

令狐冲手中有剑，眼中见光，身在空处，那才是真正的出了险境，一口新鲜空气吸入胸中，当真说不出的舒畅。

盈盈问道："从前你师父罚你在这里思过，就住在这个石洞里么？"令狐冲笑道："正是。你看怎么样？"盈盈微微一笑，道："我看你在这里思的不是过，而是你那……"她本来想说"你那小师妹"，但想何必提到岳灵珊而惹他伤心，当即住口。

令狐冲道："风太师叔便住在左近，不知他老人家身子是否安健。我一直好生想念。他本来说过，决计不见华山派之人，但我早就不是华山派的了。"盈盈道："是。咱们快去参见。"令狐冲还剑入鞘，放下林平之，挽住了盈盈的手，并肩出洞。

"千秋万载，一统江湖！"之声震动天地，教众一齐拜伏在地。阳光照射在任我行脸上、身上，这日月神教教主威风凛凛，宛若天神。

三十九　拒　盟

　　刚出洞口，突然间头顶黑影晃动，似有什么东西落下，令狐冲和盈盈同时纵起闪避，岂知一张极大的渔网竟兜头将两人罩住。两人大吃一惊，忙拔剑去割渔网，割了几下，竟然纹丝不动。便在此时，又有一张渔网从高处撒下，罩在二人身上。

　　山洞顶上跃下一人，手握绳索，用力拉扯，收紧渔网。令狐冲脱口叫道："师父！"原来那人却是岳不群。

　　岳不群将渔网越收越紧。令狐冲和盈盈便如两条大鱼一般，给裹缠在网里，初时尚能挣扎，到后来已动弹不得。盈盈惊惶之下，不知如何是好，一瞥眼间，忽见令狐冲脸带微笑，神情甚是得意，心想："莫非他有脱身之法？"

　　岳不群狞笑道："小贼，你得意洋洋的从洞中出来，可没料到大祸临头罢？"令狐冲道："那也没什么大祸临头。一个人总要死的，和我爱妻死在一起，那就开心得很了。"盈盈这才明白，原来他脸露喜容，是为了可和自己同死，惊惶之意顿消，感到了一阵甜蜜喜慰。令狐冲道："你只能便这样杀死我二人，可不能将我夫妻分开，一一杀死。"岳不群怒道："小贼，死在眼前，还在说嘴！"将绳索又在他二人身上绕了几转，捆得紧紧地。

　　令狐冲道："你这张渔网，是从老头子那里拿来的罢。你待我当真不错，明知我二人不愿分开，便用绳索缚得我夫妻如此紧法。你从小将我养大，明白我的心意，这世上的知己，也只有你岳先生一人了。"他嘴里尽说俏皮话,只盼拖延时刻,看有什么方法能够脱险,又盼风清扬突然现身相救。

岳不群冷笑道:"小贼,从小便爱胡说八道,这贼性儿至今不改。我先割了你的舌头,免得你死后再进拔舌地狱。"左足飞起,在令狐冲腰眼中踢了一脚,登时点了他的哑穴,令他做声不得,说道:"任大小姐,你要我先杀他呢,还是先杀你?"

盈盈道:"那又有什么分别?我身边三尸脑神丹的解药,可只有三颗。"

岳不群登时脸上变色。他自被盈盈逼着吞服"三尸脑神丹"后,日思夜想,只是如何取得解药。他候准了良机,在他二人甫脱险境、欣然出洞、最不提防之际突撒金丝渔网,将他们罩住。本来打的主意,是将令狐冲和盈盈先行杀死,再到她身上搜寻解药,此刻听她说身上只有三颗解药,那么将他二人杀死后,自己也只能活三年,而且三年之后尸虫入脑,狂性大发,死得苦不堪言,此事倒是煞费思量。

他虽养气功夫极好,却也忍不住双手微微颤动,说道:"好,那么咱们做一个交易。你将制炼解药之法跟我说了,我便饶你二人不死。"盈盈一笑,淡淡的道:"小女子虽然年轻识浅,却也知道君子剑岳先生的为人。阁下如果言而有信,也不会叫作君子剑了。"岳不群道:"你跟着令狐冲没得到什么好处,就学会了贫嘴贫舌。那制炼解药之方,你是决计不肯说的了?"盈盈道:"自然不说。三年之后,我和冲郎在鬼门关前恭候大驾,只是那时阁下五官不全,面目全非,也不知是否能认得你。"

岳不群背上登时感到一阵凉意,明白她所谓"五官不全,面目全非",是指自己毒发之时,若非全身腐烂,便是自己将脸孔抓得稀烂,思之当真不寒而栗,怒道:"我就算面目全非,那也是你早我三年。我也不杀你,只是割去你的耳朵鼻子,在你雪白的脸蛋上划他十七八道剑痕,且看你那多情多义的冲郎,是不是还爱你这个人不像人、鬼不像鬼的丑八怪。"刷的一声,抽出了长剑。

盈盈"啊"的一声，惊叫了出来。她死倒不怕，但若给岳不群毁得面目犹似鬼怪一般，让令狐冲瞧在眼里，虽死犹有余恨。令狐冲给点了哑穴，手足尚能动弹，明白盈盈的心意，以手肘碰了碰她，随即伸起右手两根手指，往自己眼中插去。盈盈又是"啊"的一声，急叫："冲哥，不可！"

岳不群并非真的就此要毁盈盈的容貌，只不过以此相胁，逼她吐露解药的药方，令狐冲倘若自坏双目，这一步最厉害的棋子也无效了。他出手迅疾无比，左臂一探，隔着渔网便抓住了令狐冲的右腕，喝道："住手！"

两人肌肤一触，岳不群便觉自己身上的内力向外直泻，叫声"啊哟！"忙欲挣脱，但自己手掌却似和令狐冲手腕黏住了一般。令狐冲一翻手，抓住了他手掌，岳不群的内力更源源不绝的汹涌而出。岳不群大惊，右手挥剑往他身上斩去。令狐冲手一抖，拖过他的身子，这一剑便斩在地下。岳不群内力疾泻，第二剑待欲再砍，已然疲软无力，几乎连手臂也抬不起来。他勉力举剑，将剑尖对准令狐冲的眉心，手臂和长剑不断颤抖，慢慢插将下来。

盈盈大惊，想伸指去弹岳不群的长剑，但双臂都压在令狐冲身下，渔网又缠得极紧，出力挣扎，始终抽不出手来。令狐冲左手给盈盈压住了，也是移动不得，眼见剑尖慢慢刺落，忽想："我以慢剑之法杀左冷禅，伤林平之，此刻师父也以此法杀我，报应好快。"

岳不群只觉内力飞快消逝，而剑尖和令狐冲眉心相去也只数寸，又是欢喜，又是焦急。

忽然身后一个少女的声音尖声叫道："你……你干什么？快撤剑！"脚步声起，一人奔近。岳不群眼见剑尖只须再沉数寸，便能杀了令狐冲，此时自己生死也是系于一线，如何肯即罢手？拼着余力，使劲一沉，剑尖已触到令狐冲眉心，便在此时，后心一凉，一柄长剑自他背后直刺至前胸。

那少女叫道："令狐大哥，你没事罢？"正是仪琳。

令狐冲胸口气血翻涌，答不出话来。盈盈道："小师妹，令狐大哥没事。"仪琳喜道："那才好了！"怔了一怔，惊道："是岳先生！我……我杀了他！"盈盈道："不错。恭喜你报了杀师之仇。请你解开渔网，放我们出来。"

仪琳道："是，是！"眼见岳不群俯伏在地，剑伤处鲜血渗出，吓得全身都软了，颤声道："是……是我杀了他？"抓起绳索想解，双手只是发抖，使不出力，说什么也解不开。

忽听得左首有人叫道："小尼姑，你杀害尊长，今日教你难逃公道！"一名黄衫老者仗剑奔来，却是劳德诺。

令狐冲叫声："啊哟！"盈盈叫道："小师妹，快拔剑抵挡。"

仪琳一呆之下，从岳不群身上拔出长剑。劳德诺刷刷刷三剑快攻，仪琳挡了三剑，第三剑从她左肩掠过，划了一道口子。

劳德诺剑招越使越快，有几招依稀便是辟邪剑法，只是没学得到家，仅略具其形，出剑之迅疾，和林平之也相差甚远。本来劳德诺经验老到，剑法兼嵩山、华山两派之长，新近又学了些辟邪剑法，仪琳原不是他的对手。好在仪和、仪清等盼她接任恒山掌门，这些日子来督导她勤练令狐冲所传的恒山派剑法绝招，武功颇有进境，而劳德诺的辟邪剑法乍学未精，偏生急欲试招，夹在嵩山、华山两派的剑法中使将出来，反而驳杂不纯，使得原来的剑法打了个折扣。

仪琳初上手时见敌人剑法极快，心下惊慌，第三剑上便伤了左肩，但想自己要是败了，令狐冲和盈盈未脱险境，势必立时遭难，心想他要杀令狐大哥，不如先将我杀了，既抱必死之念，出招时便奋不顾身。劳德诺遇上她这等拼命的打法，一时倒也难以取胜，口中乱骂："小尼姑，你他妈的好狠！"

盈盈见仪琳一鼓作气，勉力支持，斗得久了，势必落败，当下滚动身子，抽出左手，解开了令狐冲的穴道，伸手入怀，摸出短剑。令狐冲叫道："劳德诺，你背后是什么东西？"

劳德诺经验老到，自不会凭令狐冲这么一喝，便转头去看，以致给敌人以可乘之机。他对令狐冲的呼喝置之不理，加紧进击。盈盈握着短剑，想要从渔网孔中掷出，但仪琳和劳德诺近身而搏，倘若准头稍偏，说不定便掷中了她，一时踌躇不发。忽听得仪琳"啊"的一声叫，左肩又中了一剑。第一次受伤甚轻，这一剑却深入数寸，青草地下登时溅上鲜血。

令狐冲叫道："猴子，猴子，啊，这是六师弟的猴子。乖猴儿，快扑上去咬他，这是害死你主人的恶贼。"

劳德诺为了盗取岳不群的"紫霞神功"秘笈，杀死华山派六弟子陆大有。陆大有平时常带着一只小猴儿，放在肩头，身死之后，这只猴儿也就不知去向。此刻他突然听到令狐冲呼喝，不由得心中发毛："这畜生倘若扑上来咬我，倒是碍手碍脚。"侧身反手一剑，向身后砍去，却哪里有什么猴子了？便在这时，盈盈短剑脱手，呼的一声，射向他后颈。劳德诺一伏身，短剑从他头顶飞过，突觉左脚足踝上一紧，已被一根绳索缠住，绳索向后急拉，登时身不由主的扑倒。原来令狐冲眼见劳德诺伏低避剑，正是良机，来不及解开渔网，便将渔网上的长绳甩了出去，缠住他左足，将他拉倒。令狐冲和盈盈齐叫："快杀，快杀！"

仪琳挥剑往劳德诺头顶砍落。但她既慈心，又胆小，初时杀岳不群，只是为了要救令狐冲，情急之下，挥剑直刺，浑没想到要杀人，此刻长剑将要砍到劳德诺头上，心中一软，剑锋略偏，擦的一声响，砍在他的右肩上。劳德诺琵琶骨立被砍断，长剑脱手，他生怕仪琳第二剑又再砍落，忍痛跳起，挣脱渔网绳索，飞也似的向崖下逃去。

突然山崖边冲上二人，当先一个女子喝道："喂，刚才是你骂我女儿吗？"正是仪琳之母、在悬空寺中假装聋哑的那个婆婆。劳德诺飞腿向她踢去。那婆婆侧身避过，拍的一声，重重打了他一记耳光，喝道："你骂'你他妈的好狠'，她的妈妈就是我，你敢骂我？"

令狐冲叫道："截住他，截住他！别让他走了！"那婆婆伸掌本欲往劳德诺头上击落，听得令狐冲这么呼喝，叫道："天杀的小鬼，我偏要放他走！"侧身一让，在劳德诺屁股上踢了一脚。劳德诺如得大赦，直冲下山。

那婆婆身后跟着一人，正是不戒和尚，他笑嘻嘻的走近，说道："什么地方不好玩，怎地钻进渔网里来玩啦？"仪琳道："爹，快解开渔网，放了令狐大哥和任大小姐。"那婆婆沉着脸道："这小贼的帐还没跟他算，不许放！"

令狐冲哈哈大笑，叫道："夫妻上了床，媒人丢过墙。你们俩夫妻团圆，怎不谢谢我这个大媒？"那婆婆在他身上踢了一脚，骂道："我谢你一脚！"令狐冲笑着叫道："桃谷六仙，快来救我！"

那婆婆最是忌惮桃谷六仙，一惊之下，回过头来。令狐冲从渔网孔中伸出手来，解开了绳索的死结，让盈盈钻了出来，自己待要出来，那婆婆喝道："不许出来！"

令狐冲笑道："不出来就不出来。渔网之中，别有天地。大丈夫能屈能伸，屈则进网，伸则出网，何足道哉，我令狐冲……"正想胡说八道下去，一瞥眼间，见岳不群伏尸于地，脸上笑容登时消失，突然间热泪盈眶，跟着泪水便直泻下来。

那婆婆兀自在发怒，骂道："小贼！我不狠狠揍你一顿，难消心头之恨！"左掌一扬，便向令狐冲右颊击去。仪琳叫道："妈，别……别……"令狐冲右手一抬，手中已多了一柄长剑，却是当他瞧着岳不群的尸身伤心出神之际，盈盈塞在他手中的。他长剑一指，刺向那婆婆的右肩要穴，逼得她退了一步。那婆婆更加生气，身形如风，掌劈拳击，肘撞腿扫，顷刻间连攻七八招。令狐冲身在渔网之中，长剑随意挥洒，每一剑都是指向那婆婆的要害，只是每当剑尖将要碰到她身子时，立即缩转。这"独孤九剑"施展开来，天下无敌，令狐冲若不容让，那婆婆早已死了七八次。又拆了数招，那婆婆自知自己武功和他差得太远，长叹一声，住手不攻，脸上神色极是难看。

不戒和尚劝道："娘子，大家是好朋友，何必生气？"

那婆婆怒道："要你多嘴干什么？"一口气无处可出，便欲发泄在他身上。

令狐冲抛下长剑，从渔网中钻了出来，笑道："你要打我出气，我让你打便了！"那婆婆提起手掌，拍的一声，重重打了他一个耳光，令狐冲"哎唷"一声叫，竟不闪避。那婆婆怒道："你干么不避？"令狐冲道："我避不开，有什么法子？"那婆婆呸的一声，心知他是瞧在仪琳份上，让了自己，左掌已然提起，却不再打下了。

盈盈拉着仪琳的手，说道："小师妹，幸得你及时赶到相救。你怎么来的？"仪琳道："我和众位师姊，都给他（说着向岳不群的尸身一指）……他的手下人捉了来，我和三位师姊给关在一个山洞之中，刚才爹爹和妈妈救了我出来。爹爹、妈妈和我，还有不可不戒和那三位师姊，大家分头去救其余众位师姊。我走在崖下，听得上面有人说话，似是令狐大哥的声音，便赶上来瞧瞧。"盈盈道："我和他各处找寻，一个也没有见到，却原来你们是给关在山洞中。"

令狐冲道："刚才那个黄袍老贼是个极大的坏人，给他逃走了，那可心有不甘。"拾起地下长剑，道："咱们快追。"

一行五人走下思过崖，行不多久，便见田伯光和七名恒山派弟子从山谷中攀援而上，其中有仪清在内。相会之下，各人甚是欣喜。令狐冲心想："华山上的地形，天下只怕没几人能比我更熟的。我不知这山谷下另有山洞，田兄是外人，反而知道，这可奇了？"拉一拉田伯光的袖子，两人堕在众人之后。令狐冲道："田兄，华山的幽谷之中另有秘洞，连我也不知道，你却找得到，令人好生佩服。"

田伯光微微一笑，说道："那也没什么希奇。"令狐冲道："啊，是了，原来你擒住了华山弟子，逼问而得。"田伯光道："那倒不是。"令狐冲道："然则你何以得知，倒要请教。"田伯光神色忸怩，微笑道："这事说来不雅，不说也罢。"令狐冲更加好奇了，不闻不快，笑道："你我都是江湖上的浮浪子弟，又有什么雅了？快说出来听听。"田伯光道："在下说了出来，令狐掌门请勿见责。"令狐冲笑道："你救了恒山派的众位师姊师妹，多谢你还来不及，岂有见怪之理？"田伯光低声道："不瞒你说，在下一向有个坏脾气，你是知道的了。自从太师父剃光了我头，给我取个法名叫作'不可不戒'之后，那色戒自是不能再犯……"令狐冲想到不戒和尚惩戒他的古怪法子，不由脸露微笑。田伯光知道他心中在想什么，脸上一红，续道："但我从前学到的本事，却没忘记，不论相隔多远，只要有女子聚居之处，在下……在下便觉察得到。"令狐冲大奇，问道："那是什么法子？"田伯光道："我也不知是什么法子，好像能够闻到女人身上的气息，与男人不同。"

令狐冲哈哈大笑，道："据说有些高僧有天眼通、天耳通，田兄居然有'天鼻通'。"田伯光道："惭愧，惭愧！"令狐冲笑道："田兄这本事，原是多做坏事，历练而得，想不到今日用来救我恒山派的弟子。"

盈盈转过头来，想问什么事好笑，见田伯光神色鬼鬼祟祟，料想不是好事，便即住口。

田伯光突然停步，道："这左近似乎又有恒山派弟子。"他用力嗅了几嗅，向山坡下的草丛走去，低头寻找，过了一会，一声欢呼，手指地下，叫道："在这里了！"他所指处堆着十余块大石，每一块都有二三百斤重，当即搬开了一块。不戒和令狐冲过去相助，片刻间将十几块大石都搬开了，底下是块青石板。三人合力将石板掀起，露出一个洞来，里面躺着几个尼姑，果然都是恒山派弟子。

仪清和仪琳忙跳下洞去，将同门扶了出来，扶出几人后，里面还有，每一个都已奄奄一息。众人忙将被囚的恒山弟子拉出，只见仪和、郑萼、秦绢等均在其内，这地洞中竟藏了三十余人，再过得一两天，非尽数死在其内不可。

令狐冲想起师父下手如此狠毒，不禁为之寒心，赞田伯光道：

"田兄，你这项本事当真非同小可，这些师姊妹们深藏地底，你竟嗅得出来，实在令人好生佩服。"田伯光道："那也没什么希奇，幸好其中有许多俗家的师伯、师叔……"令狐冲道："师伯、师叔？啊，是了，你是仪琳小师妹的弟子。"田伯光道："倘若被囚的都是出家的师叔伯们，我便查不出了。"令狐冲道："原来俗家人和出家人也有分别。"田伯光道："这个自然。俗家女子身上有脂粉香气。"令狐冲这才恍然。

众人七手八脚的施救，仪清、仪琳等用帽子舀来山水，一一灌饮。幸好那山洞有缝隙可以通气，恒山众弟子又都练有内功，虽然已委顿不堪，尚不致有性命之忧。仪和等修为较深的，饮了些水后，神智便先恢复。

令狐冲道："咱们救出的还不到三股中的一股，田兄，请你大显神通，再去搜寻。"

那婆婆横眼瞪视田伯光，甚是怀疑，问道："这些人给关在这里，你怎知道？多半囚禁她们之时，你便在一旁，是不是？"田伯光忙道："不是，不是！我一直随着太师父，没离开他老人家身边。"那婆婆脸一沉，喝道："你一直随着他？"田伯光暗叫不妙，心想他老夫妇破镜重圆，一路上又哭又笑，又打骂，又亲热，都给自己暗暗听在耳里，这位太师娘老羞成怒，那可十分糟糕，忙道："这大半年来，弟子一直随着太师父，直到十天之前，这才分手，好容易今日又在华山相聚。"那婆婆将信将疑，问道："然则这些尼姑们给关在这地洞里，你又怎么知道？"田伯光道："这个……这个……"一时找不到饰辞，甚感窘迫。

便在这时，忽听得山腰间数十枝号角同时呜呜响起，跟着鼓声蓬蓬，便如是到了千军万马一般。

众人尽皆愕然。盈盈在令狐冲耳边低声道："是我爹爹到了！"令狐冲"啊"了一声，想说："原来是我岳父大人大驾光临。"但内心隐隐觉得不妥，那句话便没出口。

皮鼓擂了一会，号角声又再响起。那婆婆道："是官兵到来么？"

突然间鼓声和号角声同时止歇，七八人齐声喝道："日月神教文成武德、泽被苍生任教主驾到！"这七八人都是功力十分深厚的内家高手，齐声呼喝，山谷鸣响，群山之间，四周回声传至："任教主驾到！任教主驾到！"威势慑人，不戒和尚等都为之变色。

回音未息，便听得无数声音齐声叫道："千秋万载，一统江湖！任教主中兴圣教，寿与山齐！"听这声音少说也有二三千人。四下里又是一片回声："中兴圣教，寿与山齐！中兴圣教，寿与山齐！"

过了一会，叫声止歇，四下里一片寂静，有人朗声说道："日月神教文成武德、泽被苍生任教主有令：五岳剑派掌门人暨门下诸弟子听者：大伙齐赴朝阳峰石楼相会。"他朗声连说了三遍，稍停片刻，又道："十二堂正副香主，率领座下教众，清查诸峰诸谷，把守要道，不许闲杂人等胡乱行走。不奉号令者格杀不论！"登时便有二三十人齐声答应。

令狐冲和盈盈对望了一眼，心下明白，那人号令清查诸峰诸谷，把守要道，是逼令五岳剑派诸人非去朝阳峰会见任教主不可。令狐冲心想："他是盈盈之父，我不久便要和盈盈成婚，终须去见任教主一见。"当下向仪和等人道："咱们同门师姊妹尚有多人未曾脱困，请这位田兄带路，尽快去救了出来。任教主是任小姐的父亲，想来也不致难为咱们。我和任小姐先去东峰，众位师姊会齐后，大伙到东峰相聚。"仪和、仪清、仪琳等答应了，随着田伯光去救人。

那婆婆怒道："他凭什么在这里大呼小叫？我偏不去见他，瞧这姓任的如何将我格杀勿论。"令狐冲知她性子执拗，难以相劝，就算劝得她和任我行相会，言语中也多半会冲撞于他，反为不美，当下向不戒和尚夫妇行礼告别，与盈盈向东峰行去。

令狐冲道："华山最高的三座山峰是东峰、南峰、西峰，尤以东西两峰为高。东峰正名叫作朝阳峰，你爹爹选在此峰和五岳剑派群豪相会，当有令群豪齐来朝拜之意。你爹爹叫五岳剑派众人齐赴朝阳峰，难道诸派人众这会儿都在华山吗？"

盈盈道："五岳剑派之中，岳先生、左冷禅、莫大先生三位掌门人今天一日之中逝世，泰山派没听说有谁当了掌门人，五大剑派中其实只剩下你一位掌门人了。"令狐冲道："五派精英，除了恒山派外，其余大都已死在思过崖后洞之内，而恒山派众弟子又都困顿不堪，我怕……"盈盈道："你怕我爹爹乘此机会，要将五岳剑派一网打尽？"

令狐冲点点头，叹了口气，道："其实不用他动手，五岳剑派也已没剩下多少人了。"

盈盈也叹了口气，道："岳先生诱骗五岳剑派好手，齐到华山来看石壁剑招，企图清除各派中武功高强之士，以便他稳做五岳派掌门人，别派无人能和他相争。这一着棋本来甚是高明，不料左冷禅得到了讯息，乘机邀集一批瞎子，想在黑洞中杀他。"令狐冲道："你说左冷禅想杀的是我师父，不是我？"盈盈道："他料不到你会来的。你剑术高明之极，早已超越石壁上所刻的招数，自不会到这洞里来观看剑招。咱们走进山洞，只是碰巧而已。"

令狐冲道："你说得是。其实左冷禅和我也没什么仇怨。他双眼给我师父刺瞎，五岳派掌门之位又给他夺去，那才是切骨之恨。"

盈盈道："想来左冷禅事先一定安排了计策，要诱岳先生进洞，然后乘黑杀他，又不知如何，这计策给岳先生识破了，他反而守在洞口，撒渔网罩人。当真是螳螂捕蝉，黄雀在后。眼下左冷禅和你师父都已去世，这中间的原因，只怕无人得知了。"

令狐冲凄然点了点头。盈盈道："岳先生诱骗五岳剑派诸高手到来，此事很久以前便已下了伏笔。那日在嵩山比武夺帅，你小师妹施展泰山、衡山、嵩山、恒山各派的精妙剑招，四派高手，无不目睹，自是人人心痒难搔。只有恒山派的弟子们，你已将石壁上剑招相授，她们并不希罕。泰山、衡山、嵩山三派的门人弟子，当然到处打听岳小姐这些剑招从何得来。岳先生暗中稍漏口风，约定日子，开放后洞石壁，这三派的好手，还不争先恐后的涌来么？"令狐冲道："咱们学武之人，一听到何处可以学到高妙武功，就算干冒生死大险，也是非来不可的，尤其是本派的高招，那更加是不见不休。因此像莫大师伯那样随随便便、与世无争的高人，却也会丧生洞中。"

盈盈道："岳先生料想你恒山派不会到来，是以另行安排，用迷药将众人蒙倒，一起擒上华山来。"令狐冲道："我不明白师父为什么这般大费手脚，把我门下这许多弟子擒上山来？路远迢迢，很容易出事。当时便将她们都在恒山上杀了，岂不干脆？"他顿了一顿，说道："啊，我明白了，杀光了恒山派弟子，五岳派中便少了恒山一岳。师父要做五岳派掌门人，少了恒山派，他这五岳派掌门人非但美中不足，简直名不副实。"

盈盈道："这自是一个原因，但我猜想，另有一个更大的原因。"令狐冲道："那是什么？"盈盈道："最好当然是能够擒到你，便可和我换一样东西。否则的话，将你门下这些弟子们尽数擒来，向你要挟。我不能袖手旁观，那样东西也只好给他换人。"令狐冲恍然，一拍大腿，道："是了。我师父是要三尸脑神丹的解药。"盈盈道："岳先生被逼吞食此药之后，自是日夜不安，急欲解毒。一日不解，一日难以安心。他知道只有从你身上打算，才能取得解药。"

令狐冲道："这个自然。我是你的心肝宝贝，也只有用我，才能向你换到解药。"盈盈啐了一口，道："他用你来向我换药，我才不换呢。解药药材采集极难，制炼更是不易，那是无价之宝，岂能轻易给他。"令狐冲道："常言道：易求无价宝，难得有情郎。"盈盈红晕满颊，低声道："老鼠上天平，自称自赞，也不害羞。"说话之间，两人已走上一条极窄的山道。

这山道笔直向上，甚是陡峭，两人已不能并肩而行。盈盈道："你先走。"令狐冲道："还是你先走，倘若摔下来，我便抱住你。"

盈盈道："不，你先走，还不许你回头瞧我一眼，婆婆说过的话，你非听不可。"说着笑了起来。令狐冲道："好，我就先走。要是我摔下来，你可得抱住我。"盈盈忙道："不行，不行！"生怕他假装失足，跟自己闹着玩，当下先上了山道。盈盈见他虽然说笑，却是神情郁郁，一笑之后，又现凄然之色，知他对岳不群之死甚难释然，一路上顺着他说些笑话，以解愁闷。

转了几个弯，已到了玉女峰上，令狐冲指给她看，哪一处是玉女的洗脸盆，哪一处是玉女的梳妆台。盈盈情知这玉女峰定是他和岳灵珊当年常游之所，生怕更增他伤心，匆匆一瞥便即快步走过，也不细问。

再下一个坡，便是上朝阳峰的小道。只见山岭上一处处都站满了哨岗，日月教的教众衣分七色，随着旗帜进退，秩序井然，较之昔日黑木崖上的布置，另有一番森严气象。令狐冲暗暗佩服："任教主胸中果是大有学问。那日我率领数千人众攻打少林寺，弄得乱七八糟，一塌胡涂，哪及日月教这等如身使臂、如臂使指，数千人犹如一人？东方不败自也是一个十分了不起的人物，只是后来神智错乱，将教中大事都交了杨莲亭，黑木崖上便徒见肃杀，不见威势了。"

日月教的教众见到盈盈，都恭恭敬敬的躬身行礼，对令狐冲也是极尽礼敬。旗号一级级的自峰下打到峰腰，再打到峰顶，报与任我行得知。

令狐冲见那朝阳峰自山峰脚下起，直到峰顶，每一处险要之所都布满了教众，少说也有二千来人。这一次日月教倾巢而出，看来还招集了不少旁门左道之士，共襄大举。五岳剑派的众位掌门人就算一个也不死，五派的好手又都聚在华山，事先倘若未加周密部署，仓卒应战，只怕也是败多胜少，此刻人才凋零，更是绝不能与之相抗的了。眼见任我行这等声势，定是意欲不利于五岳剑派，反正事已至此，自己独木难支大厦，一切只好听天由命，行一步算一步。任我行真要杀尽五岳剑派，自己也不能苟安偷生，只好仗剑奋战，恒山派弟子一齐死在这朝阳峰上便了。

他虽聪明伶俐，却无甚智谋，更不工心计，并无处大事、应剧变之才，眼见恒山全派尽已身入罗网，也想不出什么保派脱身之计，一切顺其自然，听天由命。又想盈盈和任教主是骨肉之亲，她最多是两不相助，决不能帮着自己，出什么计较来对付自己父亲。当下对朝阳峰上诸教众弓上弦、刀出鞘的局面，只是视若无睹，和盈盈说些不相干的笑话。

盈盈却早已愁肠百结，她可不似令狐冲那般拿得起、放得下，一路上思前想后，苦无良策，寻思："冲郎是个天不怕、地不怕之人，天塌下来，他也只当被盖。我总得帮他想个法子才好。"料想父亲率众大举而来，决无好事，局面如此险恶，也只有随机应变，且看有无两全其美的法子。

两人缓缓上峰，一踏上峰顶，猛听得号角响起，砰砰砰放铳，跟着丝竹鼓乐之声大作，竟是盛大欢迎贵宾的安排。令狐冲低声道："岳父大人迎接东床娇客回门来啦！"盈盈白了他一眼，心下甚是愁苦："这人什么都不放在心上，这当口还有心思说笑。"

只听得一人纵声长笑，朗声说道："大小姐、令狐兄弟，教主等候你们多时了。"一个身穿紫袍的瘦长老者迈步近前，满脸堆欢，握住了令狐冲的双手，正是向问天。

令狐冲和他相见，也是十分欢喜，说道："向大哥，你好，我常常念着你。"

向问天笑道："我在黑木崖上，不断听到你威震武林的好消息，为你干杯遥祝，少说也已喝了十大坛酒。快去参见教主。"携着他手，向石楼行去。

那石楼是在东峰之上，巨石高耸，天然生成一座高楼一般，石楼之东便是朝阳峰绝顶的仙人掌。那仙人掌是五根擎天而起的大石柱，中指最高。只见指顶放着一张太师椅，一人端坐椅中，正是任我行。

盈盈走到仙人掌前，仰头叫了声："爹爹！"

令狐冲躬身下拜，说道："晚辈令狐冲，参见教主。"

任我行呵呵大笑，说道："小兄弟来得正好，咱们都是一家人了，不必多礼。今日本教会见天下英豪，先叙公谊，再谈家事。贤……贤弟一旁请坐。"

令狐冲听他说到这个"贤"字时顿了一顿，似是想叫出"贤婿"来，只是名分未定，改口叫了"贤弟"，瞧他心中于自己和盈盈的婚事十分赞成，又说什么"咱们都是一家人"，说什么"先叙公谊，再谈家事"，显是将自己当作了家人。他心中欢喜，站起身来，突然之间，丹田中一股寒气直冲上来，全身便似陡然间堕入了冰窖，身子一颤，忍不住发抖。盈盈吃了一惊，抢上几步，问道："怎样？"令狐冲道："我……我……"竟说不出话来。

任我行虽高高在上，但目光锐利，问道："你和左冷禅交过手了吗？"令狐冲点点头。任我行笑道："不碍事。你吸了他的寒冰真气，待会散了出来，便没事了。左冷禅怎地还不来？"盈盈道："左冷禅暗设毒计，要加害令狐大哥和我，已给令狐大哥杀了。"

任我行"哦"了一声，他坐得甚高，见不到他的脸色，但这一声之中，显是充满了失望之情。盈盈明白父亲心意，他今日大张旗鼓，威慑五岳剑派，要将五派人众尽数压服，左冷禅是他生平大敌，无法亲眼见到他屈膝低头，不免大是遗憾。

她伸左手握住令狐冲的右手，助他驱散寒气。令狐冲的左手却给向问天握住了。两人同时运功，令狐冲便觉身上寒冷渐渐消失。那日任我行和左冷禅在少林寺中相斗，吸了他不少寒冰真气，以致雪地之中，和令狐冲、向问天、盈盈三人同时成为雪人。但这次令狐冲只是长剑相交之际，略中左冷禅的真气，为时极暂，又非自己吸他，所受寒气也颇有限，过了片刻，便不再发抖，说道："好了，多谢！"

任我行道："小兄弟，你一听我召唤，便上峰来见我，很好，很好！"转头对向问天道："怎地其余四派人众，到这时还不见到来？"

向问天道："待属下再行催唤！"左手一挥，便有八名黄衫老者一列排在峰前，齐声唤道："日月神教文成武德、泽被苍生任教主有令：泰山、衡山、华山、嵩山四派上下人等，速速上朝阳峰来相会。各堂香主尽速催请，不得有误。"这八名老者都是内功深厚的高手，齐声呼喝，声音远远传了出去，诸峰尽闻。但听得东南西北各处，有数十个声音答应："遵命。教主千秋万载，一统江湖！"那自是日月教各堂香主的应声了。

任我行微笑道："令狐掌门，且请一旁就座。"

令狐冲见仙人掌的西首排着五张椅子，每张椅上都铺了锦缎，分为黑白青红黄五色，锦缎上各绣着一座山峰。北岳恒山尚黑，黑缎上用白色丝线绣的正是见性峰。眼见绣工精致，单是这一张椅披，便显得日月教这一次布置周密之极。五岳剑派本以中岳嵩山居首，北岳恒山居末，但座位的排列却倒了转来，恒山派掌门人的座位放在首席，其次是西岳华山，嵩山派排在最后，自是任我行抬举自己，有意羞辱左冷禅。反正左冷禅、岳不群、莫大先生、天门道人均已逝世，令狐冲也不谦让，躬身道："告坐！"坐入那张黑缎为披的椅中。

朝阳峰上众人默然等候。过了良久，向问天又指挥八名黄衫老者再唤了一遍，仍不见有人上来。向问天道："这些人不识抬举，迟迟不来参见教主，先招呼自己人上来罢！"八名黄衫老者齐声唤道："五湖四海、各岛各洞、各帮各寨、各山各堂的诸位兄弟，都上朝阳峰来，参见教主。"

他们这"主"字一出口，峰侧登时轰雷也似的叫了出来："遵命！"呼声声震山谷，令狐冲不禁吓了一跳，听这声音，少说也有二三万人。这些人暗暗隐伏，不露半点声息，猜想任我行的原意，是要待五岳剑派人众到齐之后，出其不意的将这数万人唤了出来，以骇人声势，压得五岳剑派再也不敢兴反抗之念。霎时之间，朝阳峰四面八方涌上无数人来。人数虽多，却不发出半点喧哗。各人分立各处，看来事先早已操演纯熟。上峰来的约有二三千人，当是左道绿林中的首领人物，其余属下，自是在峰腰相候了。

令狐冲一瞥之下，见蓝凤凰、祖千秋、老头子、计无施等都在其内。这些人或受日月教管辖，或一向与之互通声气。当日令狐冲率领群豪攻打少林寺，这些人大都曾经参加。众人目光和令狐冲相接，都是微笑示意，却谁也不出声招呼，除了沙沙的脚步声外，数千人来到峰上，更无别般声息。

向问天右手高举，划了个圆圈。数千人一齐跪倒，齐声说道："江湖后进参见神教文成武德、泽被苍生圣教主！圣教主千秋万载，一统江湖！"这些人都是武功高强之士，用力呼唤，一人足可抵得十个人的声音。最后说到"圣教主千秋万载，一统江湖"之时，日月教教众，以及聚在山腰里的群豪也都一齐叫了起来，声音当真是惊天动地。

任我行巍坐不动，待众人呼毕，举手示意，说道："众位辛苦了，请起！"

数千人齐声说道："谢圣教主！"一齐站了起来。

令狐冲心想："当时我初上黑木崖，见到教众奉承东方不败那般无耻情状，忍不住肉麻作呕。不料任教主当了教主，竟然变本加厉，教主之上，还要加上一个'圣'字，变成了圣教主。只怕文武百官见了当今皇上，高呼'我皇万岁万万岁'，也不会如此卑躬屈膝。我辈学武之人，向以英雄豪杰自居，如此见辱于人，还算是什么顶天立地的好男儿、大丈夫？"想到此处，不由气往上冲，突然之间，丹田中一阵剧痛，眼前发黑，几乎晕去。

他双手抓住椅柄，咬得下唇出血，知道自从学了"吸星大法"后，虽然立誓不用，但刚才在山洞口给岳不群以渔网罩住，生死系于一线，只好将这邪法使了出来，吸了岳不群的内力，自己却已大受其害。他强行克制，使得口中不发呻吟之声。

但他满头大汗，全身发颤，脸上肌肉扭曲、痛苦之极的神情，却是谁都看得出来。祖千秋等都目不转睛的瞧着他，甚是关怀。

盈盈走到他身后，低声道："冲哥，我在这里。"在群豪数千对眼睛注视之下，她只能说这么一声，却也已羞得满脸通红。令狐冲回过头来，向她瞧了一眼，心下稍觉好过了些。

他随即想起那日任我行在杭州说过的话，说道他学了这"吸星大法"后，得自旁人的异种真气聚在体内，总有一日要发作出来，发作时一次厉害过一次。任我行当年所以给东方不败篡了教主之位，便因困于体内的异种真气，苦思化解之法，以致将余事尽数置之度外，才为东方不败所乘。任我行因于西湖湖底十余年，潜心钻研，悟得了化解之法，却要令狐冲加盟日月教，方能授他此术。

其时令狐冲坚不肯允，乃是自幼受师门教诲，深信正邪不两立，决计不肯与魔教同流合污。后来见到左冷禅等正教大宗师的所作所为，其奸诈凶险处，比之魔教亦不遑多让，这正邪之分便看得淡了。有时心想，倘若任教主定要我入教，才肯将盈盈许配于我，那么马马虎虎入教，也就是了。他本性便随遇而安，什么事都不认真，入教也罢，不入教也罢，原也算不上什么大事。

但那日在黑木崖上，见到一众豪杰好汉对东方不败和任我行两位教主如此卑屈，口中说的尽是言不由衷的肉麻奉承，不由得大起反感，心想倘若我入教之后，也须过这等奴隶般的日子，当真枉自为人，大丈夫生死有命，偷生乞怜之事，令狐冲可决计不干。此刻更见到任我行作威作福，排场似乎比皇帝还要大着几分，心想当日你在湖底黑狱之中，是如何一番光景，今日却将普天下英雄折辱得人不像人，委实无礼已极。

正思念间，忽听得有人朗声说道："启禀圣教主，恒山派门下众弟子来到。"

令狐冲一凛，只见仪和、仪清、仪琳等一干恒山弟子，相互扶持，走上峰来。不戒和尚夫妇和田伯光也跟随在后。鲍大楚朗声道："众位朋友请去参见圣教主。"

仪清等见令狐冲坐在一旁，知道任我行是他的未来岳丈，心想虽然正邪不同，但瞧在掌门人的面上，以后辈之礼相见便了，当下走到仙人掌前，躬身行礼，说道："恒山派后学弟子，参见任教主！"鲍大楚喝道："跪下磕头！"仪清朗声道："我们是出家人，拜佛、拜菩萨、拜师父，不拜凡人！"鲍大楚大声道："圣教主不是凡人，他老人家是神仙圣贤，便是佛，便是菩萨！"仪清转头向令狐冲瞧去。令狐冲摇了摇头。

仪清道："要杀便杀，恒山弟子，不拜凡人！"

不戒和尚哈哈大笑，叫道："说得好，说得好！"向问天怒道："你是哪一门哪一派的？到这里来干什么？"他眼见恒山派弟子不肯向任我行磕头，势成僵局，倘若去为难这干女弟子，于令狐冲脸上便不好看，当即去对付不戒和尚，以分任我行之心，将磕头之事混过去便是。不戒和尚笑道："和尚是大庙不收、小庙不要的野和尚，无门无派，听见这里有人聚会，便过来瞧瞧热闹。"向问天道："今日日月神教在此会见五岳剑派，闲杂人等，不得在此啰唆，你下山去罢！"向问天这么说，那是冲着令狐冲的面子，可算得已颇为客气，他见不戒和尚和恒山派女弟子同来，料想和恒山派有些瓜葛，不欲令他过份难堪。

不戒笑道："这华山又不是你们魔教的，我要来便来，要去便去，除了华山派师徒，谁也管我不着。"这"魔教"二字，大犯日月教之忌，武林中人虽在背后常提"魔教"，但若非公然为敌，当着面决不以此相称。不戒和尚心直口快，说话肆无忌惮，听得向问天喝他下山，十分不快，哪管对方人多势众，竟是毫无惧色。

向问天转向令狐冲道："令狐兄弟，这癫和尚和贵派有什么干系？"

令狐冲胸腹间正痛得死去活来，颤声答道："这……这位不戒大师……"

任我行听不戒公然口称"魔教"，极是气恼，只怕令狐冲说出跟这和尚大有渊源，可就不便杀他，不等令狐冲说毕，便即喝道："将这疯僧毙了！"八名黄衣长老齐声应道："遵命！"八人拳掌齐施，便向不戒攻了过去。

不戒叫道："你们恃人多吗?"只说得几个字，八名长老已然攻到。那婆婆骂道："好不要脸!"窜入人群，和不戒和尚靠着背，举掌迎敌。那八名长老都是日月教中第一等的人才，武功与不戒和那婆婆均在伯仲之间，以八对二，数招间便占上风。田伯光拔出单刀，仪琳提起长剑，加入战团。他二人武功显是远逊，八长老中二人分身迎敌，田伯光仗着刀快，尚能抵挡得一阵，仪琳却被对方逼得气都喘不过来，若不是那长老见她穿着恒山派服色，瞧在令狐冲脸上容让几分，早便将她杀了。

　　令狐冲弯腰左手按着肚子，右手抽出长剑，叫道："且……且慢!"抢入战团，长剑颤动，连出八招，迫退了四名长老，转过身来，又是八剑。这一十六招"独孤剑法"，每一招都指向各长老的要害之处。八名长老给他逼得手忙脚乱，又不敢当真和他对敌，纷纷退了开去。令狐冲俯身蹲在地下，说道："任……任教主，请瞧在我面上，让……让他们……"下面两个"去罢"，再也说不出口。

　　任我行见了这等情景，料想他体内异种真气发作，心知女儿非此人不嫁，自己原也爱惜他的人才，自己既无儿子，便盼他将来接任神教教主之位，当下点了点头，说道："既是令狐掌门求情，今日便网开一面。"

　　向问天身形一晃，双手连挥，已分别点了不戒夫妇、田伯光和仪琳四人的穴道。他出手之快，实是神乎其技，那婆婆虽然身法如电，竟也逃不开他的手脚。令狐冲惊道："向……向……"向问天笑道："你放心，圣教主已说过网开一面。"转头叫道："来八个人!"便有八名青衫教徒越众而出，躬身道："谨奉向左使吩咐!"向问天道："四个男的，四个女的。"当下四名男教徒退下，四名女教徒走上前来。

　　向问天道："这四人出言无状，本应杀却。圣教主宽大为怀，瞧着令狐掌门脸面，不予处分。将他们背到峰下，解穴释放。"八人恭身答应。向问天低声嘱咐："是令狐掌门的朋友，不得无礼。"那八人应道："是!"背负着四人，下峰去了。

令狐冲和盈盈见不戒等四人逃过了杀身之厄，都舒了口长气。令狐冲颤声道："多……多谢！"蹲在地下，再也站不起来。他适才连攻一十六招，虽将八名长老逼开，但这八名长老个个武功精湛，他这剑招又不能伤到他们，使这一十六招虽只瞬息间事，却也已大耗精力，胸腹间疼痛更是厉害。

向问天暗暗担心，脸上却不动声息，笑道："令狐兄弟，有点不舒服么？"他和令狐冲当年力斗群雄，义结金兰，虽然相聚日少，但这份交情却是生死不渝。他携住令狐冲的手，扶他到椅上坐下，暗输真气，助他抗御体内真气的剧变。

令狐冲心想自己身有"吸星大法"，向问天如此做法，无异让自己吸取他的功力，忙用力挣脱他手，说道："向大哥，不可！我……我已经好了。"

任我行说道："五岳剑派之中，只有恒山一派前来赴会。其余四派师徒，竟胆敢不上峰来，咱们可不能客气了。"

便在此时，上官云快步奔上峰来，走到仙人掌前，躬身说道："启禀圣教主：在思过崖山洞之中，发现数百具尸首。嵩山派掌门人左冷禅便在其内，尚有嵩山、衡山、泰山诸派好手，不计其数，似是自相残杀而死。"任我行"哦"的一声，道："衡山派掌门人莫大哪里去了？"上官云道："属下仔细检视，尸首中并无莫大在内，华山各处也没发现他踪迹。"

令狐冲和盈盈又感欣慰，又是诧异，两人对望了一眼，均想："莫大先生行事神出鬼没，居然能够脱险，猜想他当时多半是躺在尸首堆中装假死，直到风平浪静，这才离去。"

只听上官云又道："泰山派的玉磬子、玉音子等都死在一起。"任我行大是不快，说道："这……这从何说起？"上官云又道："在那山洞之外，又有一具尸首。"任我行忙问："是谁？"上官云道："属下检视之后，确知是华山派掌门，也就是新近夺得五岳派掌门之位的君子剑岳不群岳先生。"他知道令狐冲将来在本教必将执掌重权，而岳不群是他受业师父，因此言语中就客气了些。

任我行听得岳不群也已死了，不由得茫然若失，问道："是……是谁杀死他的？"上官云道："属下在思过崖山洞中检视之时，听得后洞口有争斗之声，出去一看，见是一群华山派门人和泰山派的道人在剧烈格斗，都说对方害死了本派师父。双方打得很是厉害，死伤不少。现下已均拿在峰下，听由圣教主发落。"

任我行沉吟道："岳不群是给泰山派杀死的？泰山派中哪有如此好手？"

恒山派中仪清朗声道："不！岳不群是我恒山派中一位师妹杀死的。"任我行道："是谁？"仪清道："便是刚才下峰去的仪琳小师妹。岳不群害死我派掌门师父和定逸师叔，本派上下，无不恨之切骨。今日菩萨保佑，掌门师父和定逸师叔有灵，借着本派一个武功低微的小师妹之手，诛此元凶巨恶。"

任我行道："嗯，原来如此！那也算得是天网恢恢，疏而不漏了。"语气之中，显得十分意兴萧索。

向问天和众长老等你瞧瞧我，我瞧瞧你，均感甚是没趣。此番日月教大举前来华山，事先布置周详异常，不但全教好手尽出，更召集了属下各帮、各寨、各洞、各岛群豪，准拟一举而将五岳剑派尽数收服。五派如不肯降服，便即聚而歼之。从此任我行和日月神教威震天下。再挑了少林、武当两派，正教中更无一派能与抗手，千秋万载、一统江湖的基业，便于今日在华山朝阳峰上轰轰烈烈的奠下了。不料左冷禅、岳不群以及泰山派中的几名前辈尽皆自相残杀而死，莫大先生不知去向，四派的后辈弟子也没剩下多少。任我行殚精竭虑的一番巧妙策划，竟然尽皆落空。

任我行越想越怒，大声道："将五岳剑派那些还没死光的狗崽子，都给我押上峰来。"上官云应道："是！"转身下去传令。

令狐冲体内的异种真气闹了一阵，渐渐静了下来，听得任我行说"五岳剑派那些还没死光的狗崽子"，虽然他用意并不是在骂自己，但恒山派毕竟也在五岳剑派之列，心下老大没趣。

过了一会，只听得吆喝之声，日月教的两名长老率领教众，押着嵩山、泰山、衡山、华山四派的三十三名弟子，来到峰上。华山派弟子本来不多，嵩山、泰山、衡山三派这次来到华山的好手十九都已战死。这三十三名弟子不但都是无名之辈，而且个个身上带伤，若非日月教教众扶持，根本就无法上峰。

　　任我行一见大怒，不等各人走近，喝道："要这些狗崽子干什么？带了下去，都带了下去！"那两名长老应道："谨遵圣教主令旨。"将三十三名受伤的四派弟子带下峰去。

　　任我行空口咒骂了几句，突然哈哈长笑，说道："这五岳剑派叫做天作孽，不可活，不劳咱们动手，他们窝里反自相残杀，从此江湖之上，再也没他们的字号了。"

　　向问天和十长老一齐躬身说道："这是圣教主洪福齐天，跳梁小丑，自行殒灭。"

　　向问天又道："五岳剑派之中，恒山派却是一枝独秀，矫矫不群，那都是令狐掌门领导有方之故。今后恒山派和咱们神教同气连枝，共享荣华。恭喜圣教主得了一位少年英侠之中举世无双的人才，作为臂助。"

　　任我行道："正是，向左使说得好。令狐小兄弟，从今日起，你这恒山一派可以散了。门下的众位师太和女弟子们，愿意到我们黑木崖去，固是欢迎得紧，否则仍留恒山，那也不妨。这恒山下院，算是你副教主的一支亲兵罢，哈哈，哈哈！"仰天长笑，声震山谷。

　　众人听到"副教主"三字，都是一呆，随即欢声雷动，四面八方都叫了起来："令狐大侠出任我教副教主，真是好极了！""恭喜圣教主得个好帮手！""恭喜圣教主，恭喜副教主！""圣教主万岁，副教主九千岁！"诸教众眼见令狐冲既将做教主的女婿，又当上了副教主，他日教主之位自然非他莫属，知他为人随和，日后各人多半不必再像目前这般日夕惴惴，唯恐大祸临头。其余江湖豪士有一大半曾随令狐冲攻打少林寺，和他同过患难，又或受过盈盈的赐药之恩，欢呼拥戴之意，都是发自衷诚。

向问天笑道："恭喜副教主，咱们先喝一次欢迎你加盟的喜酒，跟着便喝你跟大小姐成亲的喜酒。这叫做好事成双，喜上加喜。"

令狐冲心中却是一片迷惘，只知此事万万不可，却不知如何推辞才是；又想自己倘若力辞不就，与盈盈结褵之望便此绝了，任我行一怒之下，自己便有杀身之祸。自己死不足惜，但恒山全派弟子，只怕一个个都会丧身于此。该当立即推辞，还是暂且答应下来，让恒山众弟子脱了险再说？他缓缓转过头去，向恒山派众弟子瞧去，只见有的脸现怒色，有的垂头丧气，有的大是惶惑，不知如何是好。

只听得上官云朗声道："咱们以圣教主为首、副教主为副，挑少林，克武当，昆仑、峨嵋不攻自下，再要灭了丐帮，也不过举手之劳。圣教主千秋万载，一统江湖！副教主寿比南山，福泽无穷！"

令狐冲心中本来好生委决不下，听上官云赠了自己八字颂词，什么"寿比南山，福泽无穷"，比之任我行的"千秋万载，一统江湖"似乎是差了一级，但也不过是"九千岁"与"万岁"之别，若是当了副教主，这八字颂词，只怕就此永远跟定了自己，想到此处，觉得十分滑稽，忍不住噗的一声，笑了出来。

这一声笑显是大有讥刺之意，人人都听了出来，霎时间朝阳峰上一片寂静。

向问天道："令狐掌门，圣教主以副教主之位相授，那是普天下武林中一人之下、万人之上的高位，快去谢过了。"

令狐冲心中突然一片明亮，再无犹豫，站起身来，对着仙人掌朗声说道："任教主，晚辈有两件大事，要向教主陈说。"

任我行微笑道："但说不妨。"

令狐冲道："第一件，晚辈受恒山派前掌门定闲师太的重托，出任恒山掌门，纵不能光大恒山派门户，也决不能将恒山一派带入日月神教，否则将来九泉之下，有何面目去见定闲师太？这是第一件。第二件乃是私事，我求教主将令爱千金，许配于我为妻。"

众人听他说到第一件事时，觉得事情要糟，但听他跟着说的第二件事，竟是公然求婚，无不相顾莞尔。

任我行哈哈一笑，说道："第一件事易办，你将恒山派掌门之位，交给一位师太接充便是。你自己加盟神教之后，恒山派是不是加盟，尽可从长计议。第二件呢，你和盈盈情投意合，天下皆知，我当然答允将她配你为妻，那又何必担心？哈哈，哈哈！"

众人随声附和，都大声欢笑起来。

令狐冲转头向盈盈瞧了一眼，见她红晕双颊，脸露喜色，待众人笑了一会，朗声说道："承教主美意，邀晚辈加盟贵教，且以高位相授，但晚辈是个素来不会守规矩之人，若入了贵教，定然坏了教主大事。仔细思量，还望教主收回成议。"

任我行心中大怒，冷冷的道："如此说来，你是决计不入神教了？"

令狐冲道："正是！"这两字说得斩钉截铁，绝无半分转圜余地。

一时朝阳峰上，群豪尽皆失色。

任我行道："你体内积贮的异种真气，今日已发作过了。此后多则半年，少则三月，又将发作，从此一次比一次厉害，化解之法，天下只我一人知道。"令狐冲道："当日在杭州梅庄，以及在少室山脚下雪地之中，教主曾言及此事。晚辈适才尝过这异种真气发作为患的滋味，确是犹如身历万死。但大丈夫涉足江湖，生死苦乐，原也计较不了这许多。"

任我行哼了一声，道："你倒说得嘴硬。今日你恒山派都在我掌握之中，我便一个也不放你们活着下山，那也易如反掌。"

令狐冲道："恒山派虽然大都是女流之辈，却也无所畏惧。教主要杀，我们誓死周旋便是。"

仪清伸手一挥，恒山派众弟子都站到了令狐冲身后。仪清朗声道："我恒山派弟子唯掌门之命是从，死无所惧。"众弟子齐道："死无所惧！"郑萼道："敌众我寡，我们又入了圈套，日后江湖上好汉终究知道，我恒山派如何力战不屈。"

任我行怒极，仰天大笑，说道："今日杀了你们，倒说是我暗设埋伏，以计相害。令狐冲，你带领门人弟子，回去恒山，一个月内，我必亲上见性峰来。那时恒山之上若能留下一条狗、一只鸡，算是我姓任的没种。"

教众大声呐喊："圣教主千秋万载，一统江湖！杀得恒山之上，鸡犬不留！"

以日月教的声势，要上见性峰去屠灭恒山派，较之此刻立即动手，相差者也不过多一番跋涉而已。不论恒山派回去之后如何布置防备，日月教定能将之杀得干干净净。以前五岳剑派和日月教为敌，五派互为支援，一派有难，四派齐至，饶是如此，百余年来也只能维持一个不胜不败的局面。目下五岳剑派中只剩下一派，自然决计无法和日月教相抗。这一节恒山派众人无不了然。任我行说要将恒山派杀得鸡犬不留，决非大言。

其实在任我行心中，此刻却已另有一番计较，令狐冲剑术虽精，毕竟孤掌难鸣，恒山一派，已不足为患。他挂在心上的，其实是少林与武当两派，心想令狐冲回去，定然向少林与武当求援，这两派也必尽遣高手，上见性峰去相助。他偏偏不攻恒山，却出其不意的突袭武当，再在少室山与武当山之间设下三道厉害的埋伏。武当山与少林寺相距不过数百里，武当有事，自然就近通知少林。这时少林寺的高手一大半已去了恒山，余下的定然倾巢而出，前赴武当相援。那时日月神教一举挑了少林派的根本重地，先将少林寺烧了，然后埋伏尽起，前后夹击，将赴武当应援的少林僧众歼灭，再重重围困武当山，却不即进攻。等到恒山上的少林、武当两派好手得知讯息，千里奔命，赶来武当，日月神教以逸待劳，半路伏击，定可得手。此后攻武当、灭恒山，已是易如反掌了。

他在这霎时之间，已定下除灭少林、武当两大劲敌的大计，在心中反覆盘算，料想十九可成。令狐冲不肯入教，虽然削了自己脸面，但正因此一来，反而成就了日月神教一统江湖的大业，心中欢喜，实是难以形容。

令狐冲向盈盈道："盈盈，你是不能随我去的了？"盈盈早已珠泪盈眶，这时再也不能忍耐，泪水从面颊上直流下来，说道："我若随你而去恒山，乃是不孝；倘若负你，又是不义。孝义难以两全，冲哥，冲哥，自今而后，勿再以我为念。反正你……"令狐冲道："怎样？"盈盈道："反正你已命不久长，我也决不会比你多活一天。"

令狐冲笑道："你爹爹已亲口将你许配于我。他是千秋万载、一统江湖的圣教主，岂能言而无信？我就和你在此拜堂成亲，结为夫妻如何？"

盈盈一怔，她虽早知令狐冲是个胆大妄为、落拓不羁之徒，却也料不到他竟会说出这等话来，不由得满脸通红，说道："这……这如何可以？"

令狐冲哈哈大笑，说道："那么咱们就此别过。"

他深知盈盈的心意，待任我行率众攻打恒山，将自己杀死之后，她必自杀殉情，此事势所必然，无法劝阻。倘若此刻她能破除世俗之见，肯与自己在这朝阳峰上结成夫妻，同归恒山，得享数日燕尔新婚之乐，然后携手同死，更无余恨。但此举太过惊世骇俗，我浪子令狐冲固可行之不疑，却决非这位拘谨腼腆的任大小姐所肯为，何况这么一来，更令她负了不孝之名。当下哈哈一笑，向任我行抱拳行礼，又向向问天及诸长老作个四方揖，说道："令狐冲在见性峰上，恭候诸位大驾！"说着转身便走。

向问天道："且慢！取酒来！令狐兄弟，今日不大醉一场，更无后期。"令狐冲笑道："妙极，妙极！向大哥确是我的知己。"日月教此番来到华山，事先详加筹划，百物具备，向问天一声"酒来"，便有属下教众捧过几坛酒来，打开坛盖，斟在碗中。向问天和令狐冲各干一碗。

人丛中走出一个矮胖子来，却是老头子，说道："令狐公子，你大恩大德，小老儿永远不忘，今日来敬你一碗。"说着举起碗喝干。他只是日月教管辖的一名江湖散人，和向问天的地位不可同日而语。令狐冲今日不肯入教，公然得罪任我行，老头子这样一个小脚色居然敢来向他敬酒，只怕转眼间便有杀身之祸。他重义轻生，自是已将生死置之度外。群豪见他如此大胆，无不暗暗佩服。

跟着祖千秋、计无施、蓝凤凰、黄伯流等人一个个过来敬酒。令狐冲酒到碗干，眼见来敬酒的好汉仍是络绎不绝，心想："这许多朋友如此瞧得起我，令狐冲这一生也不枉了，却又何必害了他们的性命？"举起大碗，说道："众位朋友，令狐冲已不胜酒力，今日不能再喝了。众位前来攻打恒山之时，我在恒山脚下斟满美酒，大家喝醉了再打！"说着将手中一碗酒干了。群豪齐叫："令狐掌门，快人快语！"有人叫道："喝醉了酒，胡里胡涂乱打一场，倒也有趣。"

令狐冲将酒碗往地下一掷，醉醺醺的往峰下走去。仪清、仪和等恒山群弟子跟随下峰。

当群豪和令狐冲饮酒之时，任我行只是微笑不语，心中却在细细盘算，在少林与武当之间的三道埋伏该当如何安排；如何佯攻恒山，方能引得少林、武当两派高手前去赴援；攻武当山如何网开一面，好让武当派中有人出外向少林寺求援；又须做得如何似模似样，方能令得对方最工心计之人也瞧不破其中机关。待得令狐冲大醉下山，他破武当、克少林的诸般细节，在心中已然大致盘算就绪。又想："这些家伙当着我面，竟敢向令狐冲小子敬酒，这笔帐慢慢再算。眼前用人之际，暂且隐忍不发，待得少林、武当、恒山三派齐灭之后，今日向令狐冲敬酒之人，一个个都没好下场。"

忽听得向问天道："大家听了：圣教主明知令狐冲倔强顽固，不受抬举，却仍然好言相劝，固是圣教主宽大为怀，爱惜人才，但另有一番深意，却非令狐冲这一介莽夫所能知。咱们今日不费吹灰之力，灭了嵩山、泰山、华山、衡山四派，日月神教，威名大振！"

诸教众齐声呼叫："圣教主千秋万载，一统江湖！"

向问天待众人叫声一停，续道："武林中尚有少林、武当两派，是本教的心腹之患；圣教主正是要着落在令狐冲身上，安排巧计，扫荡少林，诛灭武当。圣教主算无遗策，成竹在胸。他老人家算定令狐冲不肯入教，果然是不肯入教。大家向令狐冲敬酒，便是出于圣教主事先嘱咐！"

教众一听，心中均道："原来如此！"又都大叫："圣教主千秋万载，一统江湖。"

向问天追随任我行多年，深知他的为人，自己一时激于义气，向令狐冲敬酒，此事定为他所不喜，自己倒还罢了，其余众人也跟着敬酒，势不免有杀身之祸，当即编了一番言语出来，以全他颜面，也盼凭着这几句话，能救得老头子、计无施等诸人的性命。这么一说，众人敬酒之事非但于任我行的威严一无所损，反而更显得他高瞻远瞩，料事如神。

任我行听向问天如此说法，心下甚喜，暗想："毕竟向左使随我多年，明白我的心意。然而他虽知我要扫荡少林，诛灭武当，如何灭法，他终究猜想不到。这个大方略此后一步步的行将出来，事先连他也不让知晓。"

上官云大声说道："圣教主智珠在握，天下大事，都早在他老人家的算计之中。他老人家说什么，大伙儿就干什么，再也没有错的。"鲍大楚道："圣教主只要小指头儿抬一抬，咱们水里水里去，火里火里去，万死不辞。"秦伟邦道："为圣教主办事，就算死十万次，也比胡里胡涂的活着快活得多。"又一人道："众兄弟都说，一生之中，最有意思的就是这几天了，咱们每天都能见到圣教主。见圣教主一次，浑身有劲，心头火热，胜于苦练内功十年。"另一人道："圣教主光照天下，犹似我日月神教泽被苍生，又如大旱天降下的甘霖，人人见了欢喜，心中感恩不尽。"又有一人道："古往今来的大英雄、大豪杰、大圣贤中，没一个能及得上圣教主的。孔夫子的武功哪有圣教主高强？关王爷是匹夫之勇，哪有圣教主的智谋？诸葛亮计策虽高，叫他提一把剑来，跟咱们圣教主比比剑法看？"

诸教众齐声喝采，叫道："孔夫子、关王爷、诸葛亮，谁都比不上我们圣教主！"

鲍大楚道："咱们神教一统江湖之后，把天下文庙中的孔夫子神像搬出来，又把天下武庙中关王爷的神像请出来，请他们两位让让位，供上咱们圣教主的长生禄位！"

上官云道："圣教主活一千岁，一万岁！咱们的子子孙孙，十八代的灰孙子，都在圣教主麾下听由他老人家驱策。"

众人齐声高叫："圣教主千秋万载，一统江湖！千秋万载，一统江湖！"

任我行听着属下教众谀词如潮，虽然有些言语未免荒诞不经，但听在耳中，着实受用，心想："这些话其实也没错。诸葛亮武功固然非我敌手，他六出祁山，未建尺寸之功，说到智谋，难道又及得上我了？关云长过五关、斩六将，固是神勇，可是若和我单打独斗，又怎能胜得我的'吸星大法'？孔夫子弟子不过三千，我属下教众何止三万？他率领三千弟子，栖栖皇皇的东奔西走，绝粮在陈，束手无策。我率数万之众，横行天下，从心所欲，一无阻难。孔夫子的才智和我任我行相比，却又差得远了。"

但听得"千秋万载，一统江湖！千秋万载，一统江湖！"之声震动天地，站在峰腰的江湖豪士跟着齐声呐喊，四周群山均有回声。任我行踌躇满志，站起身来。

教众见他站起，一齐拜伏在地。霎时之间，朝阳峰上一片寂静，更无半点声息。

阳光照射在任我行脸上、身上，这日月神教教主威风凛凛，宛若天神。

任我行哈哈大笑，说道："但愿千秋万载，永如今……"说到那"今"字，突然声音哑了。他一运气，要将下面那个"日"字说了出来，只觉胸口抽搐，那"日"字无论如何说不出口。他右手按胸，要将一股涌上喉头的热血压将下去，只觉头脑晕眩，阳光耀眼。

椅套上绣了九条金龙，捧着中间一个刚从大海中升起的太阳。椅套四周边缘缀着不少明珠、钻石，诸般翡翠宝石。

四十　曲　谐

　　令狐冲大醉下峰，直至午夜方醒。酒醒后，始知身在旷野之中，恒山群弟子远远坐着守卫。令狐冲头痛欲裂，想起自今而后，只怕和盈盈再无相见之期，不由得心下大痛。

　　一行人来到恒山见性峰上，向定闲、定静、定逸三位师太的灵位祭告大仇已报。众人料想日月教旦夕间便来攻山，一战之后，恒山派定必覆灭，好在胜负之数，早已预知，众人反而放宽胸怀，无所担心。不戒夫妇、仪琳、田伯光等四人在华山脚下便已和众人相会，一齐来到恒山。众人均想，就算勤练武功，也不过多杀得几名日月教的教众，于事毫无补益，大家索性连剑法也不练了。虔诚之人每日里勤念经文，余人满山游玩。恒山派本来戒律精严，朝课晚课，丝毫无怠，这些日子中却得轻松自在一番。

　　过得数日，见性峰上忽然来了十名僧人，为首的是少林寺方丈方证大师。

　　令狐冲正在主庵中自斟自饮，击桌唱歌，自得其乐，忽听方证大师到来，不由得又惊又喜，忙抢出相迎。方证大师见他赤着双脚，鞋子也来不及穿，满脸酒气，微笑道："古人倒履迎宾，总还记得穿鞋。令狐掌门不履相迎，待客之诚，更胜古人了。"

　　令狐冲躬身行礼，说道："方丈大师光降，令狐冲不曾远迎，实深惶恐。方生大师也来了。"方生微微一笑。令狐冲见其余八名僧人都是白须飘动，叩问法号，均是少林寺"方"字辈的高僧。令狐冲将众位高僧迎入庵中，在蒲团上就座。

这主庵本是定闲师太清修之所，向来一尘不染，自从令狐冲入居后，满屋都是酒坛、酒碗，乱七八糟。令狐冲脸上一红，说道："小子无状，众位大师勿怪。"

方证微笑道："老僧今日拜山，乃为商量要事而来，令狐掌门不必客气。"顿了一顿，说道："听说令狐掌门为了维护恒山一派，不受日月教副教主之位，固将性命置之度外，更甘愿割舍任大小姐这等生死同心的爱侣，武林同道，无不钦仰。"

令狐冲一怔，心想："我不愿为了恒山一派而牵累武林同道，不许本派弟子泄漏此事，以免少林、武当诸派来援，大动干戈，多所杀伤。不料方证大师还是得到了讯息。"说道："大师谬赞，令人好生惭愧。晚辈和日月教任教主之间，恩怨纠葛甚多，说之不尽。有负任大小姐恩义，事出无奈，大师不加责备，反加奖勉，晚辈万万不敢当。"

方证大师道："任教主要率众来和贵派为难。今日嵩山、泰山、衡山、华山四派俱已式微，恒山一派别无外援，令狐掌门却不遣人来敝寺传讯，莫非当我少林派僧众是贪生怕死、不顾武林义气之辈？"

令狐冲站起说道："决计不敢。当年晚辈不自检点，和日月教首脑人物结交，此后种种祸事，皆由此起。晚辈自思一人作事一人当，连累恒山全派，已然心中不安，如何再敢惊动大师和冲虚道长？倘若少林、武当两派仗义来援，损折人手，晚辈之罪，可万死莫赎了。"

方证微笑道："令狐掌门此言差矣。魔教要毁我少林、武当与五岳剑派，百余年前便已存此心，其时老衲都未出世，和令狐掌门又有何干？"

令狐冲点头道："先师昔日常加教诲，自来正邪不两立，魔教和我正教各派连年相斗，仇怨极重。晚辈识浅，只道双方各让一步，便可化解，殊不知任教主与晚辈渊源虽深，到头来终于仍须兵戎相见。"

方证道："你说双方各让一步，便可化解，这句话本来是不错的。日月教和我正教各派连年相斗，其实也不是有什么非拼个你死我活的原因，只是双方首领都想独霸武林，意欲诛灭对方。那日老衲与冲虚道长、令狐掌门三人在悬空寺中晤谈，深以嵩山左掌门混一五岳剑派为忧，便是怕他这独霸武林的野心。"说着叹了口长气，缓缓的道："听说日月教教主有句话，说什么'千秋万载，一统江湖'，既存此心，武林中如何更有宁日？江湖上各帮各派宗旨行事，大相径庭。一统江湖，万不可能。"

令狐冲深然其说，点头道："方丈大师说得甚是。"

方证道："任教主既说一个月之内，要将恒山之上杀得鸡犬不留。他言出如山，决无更改。现下少林、武当、昆仑、峨嵋、崆峒各派的好手，都已聚集在恒山脚下了。"

令狐冲吃了一惊，"啊"的一声，跳起身来，说道："有这等事？诸派前辈来援，晚辈蒙然不知，当真该死之极。"恒山派既知魔教一旦来攻，人人均无幸理，什么放哨、守御等等尽属枉费力气，是以将山下的哨岗也早都撤了。令狐冲又道："请诸位大师在山上休息，晚辈率领本门弟子，下山迎接。"方证摇头道："此番各派同舟共济，携手抗敌，这等客套也都不必了，大伙儿一切都已有安排。"

令狐冲应道："是。"又问："不知方丈大师何以得知日月教要攻恒山？"方证道："老衲接到一位前辈的传书，方才得悉。"令狐冲道："前辈？"心想方证大师在武林中辈份极高，如何更有人是他的前辈。方证微微一笑，道："这位前辈，是华山派的名宿，曾经教过令狐掌门剑法的。"

令狐冲大喜，叫道："风太师叔！"方证道："正是风前辈。这位风前辈派了六位朋友到少林寺来，示知令狐掌门当日在朝阳峰上的言行。这六位朋友说话有点缠夹不清，不免有些啰唆，又喜互相争辩，但说了几个时辰，老衲耐心听着，到后来终于也明白了。"说到这里，忍不住微笑。令狐冲笑道："是桃谷六仙？"方证笑道：

"正是桃谷六仙。"

令狐冲喜道："晚辈到了华山后，便想去拜见风太师叔，但诸种事端，纷至沓来，直至下山，始终没能去向他老人家磕头。想不到他老人家暗中都知道了。"

方证道："这位风前辈行事如神龙见首不见尾。他老人家既在华山隐居，日月教在华山肆无忌惮的横行，他老人家岂能置之不理？桃谷六仙在华山胡闹，便给风老前辈擒住了，关了几天，后来就命他们到少林寺来传书。"

令狐冲心想："桃谷六仙给风太师叔擒住，这件事他们一定是隐瞒不说的，但东拉西扯之际，终究免不了露出口风。"说道："不知风太师叔要咱们怎么办？"

方证道："风老前辈的话说得很是谦冲，只说听到有这么一回事，特地命人通知老衲，又说令狐掌门是他老人家心爱的弟子，这番在朝阳峰上力拒魔教之邀，他老人家瞧着很是欢喜，要老衲推爱照顾。其实令狐掌门武功远胜老衲，'照顾'二字，他老人家言重了。"

令狐冲心下感激，躬身道："方丈大师照顾晚辈，早已非止一次。"

方证道："不敢当。老衲既知此事，别说风老前辈有命，自当遵从，单凭着贵我两派的渊源，令狐掌门与老衲的交情，也不能袖手。何况此事关涉各派的生死存亡，魔教毁了恒山之后，难道能放过少林、武当各派？因此立即发出书信，通知各派，集齐恒山，共与魔教决一死战。"

令狐冲那日自华山朝阳峰下来，便已然心灰意懒，眼见日月教这等声势，恒山派决非其敌，只等任我行哪一日率众来攻，恒山派上下奋力抵抗，一齐战死便是。虽然也有人献议向少林、武当诸派求救，但令狐冲只问得一句："就算少林、武当两派一齐来救，能挡得住魔教吗？"献议之人便即哑口无言。令狐冲又道："既然无法救得恒山，又何必累得少林、武当徒然损折不少高手？"在他内心，又实在不愿和任我行、向问天等人相斗，和盈盈共结连理之望既绝，不知不觉间便生自暴自弃之念，只觉活在世上索然无味，还不如早早死了的干净。此刻见方证等受了风清扬之托，大举来援，精神为之一振，但真要和日月教中这些人拼死相斗，却还是提不起兴致。

方证又道："令狐掌门，出家人慈悲为怀，老衲决不是好勇斗狠之徒。此事如能善罢，自然再好也没有，但咱们让一步，任教主进一步。今日之事，并不是咱们不肯让，而是任教主非将我正教各派尽数诛灭不可。除非咱们人人向他磕头，高呼'圣教主千秋万载，一统江湖！阿弥陀佛！'"

他在"圣教主千秋万载，一统江湖"的十一字之下，加上一句"阿弥陀佛"，听来十分滑稽，令狐冲不禁笑了出来，说道："正是。晚辈只要一听到什么'圣教主'，什么'千秋万载，一统江湖'，全身便起鸡皮疙瘩。晚辈喝酒三十碗不醉，多听得几句'千秋万载，一统江湖'，忍不住头晕眼花，当场便会醉倒。"

方证微微一笑，道："他们日月教这种咒语，当真厉害得紧。"顿了一顿，又道："风前辈在朝阳峰上，见到令狐掌门头晕眼花的情景，特命桃谷六仙带来一篇内功口诀，要老衲代传令狐掌门。桃谷六仙说话夹缠不清，口授内功秘诀，倒是条理分明，十分难得，想必是风前辈硬逼他们六兄弟背熟了的。便请令狐掌门带路，赴内堂传授口诀。"

令狐冲恭恭敬敬的领着方证大师来到一间静室之中。这是风清扬命方证代传口诀，犹如太师叔本人亲临一般，当即向方证跪了下去，说道："风太师叔待弟子恩德如山。"

方证也不谦让，受了他跪拜，说道："风前辈对令狐掌门期望极厚，盼你依照口诀，勤加修习。"令狐冲道："是，弟子遵命。"

当下方证将口诀一句句的缓缓念了出来，令狐冲用心记诵。这口诀也不甚长，前后只一千余字。方证一遍念毕，要令狐冲心中暗记，过了一会，又念了一遍。前后一共念了五次，令狐冲从头背诵，记忆无误。

方证道："风前辈所传这内功心法，虽只寥寥千余字，却是博大精深，非同小可。咱们叨在知交，恕老衲直言。令狐掌门剑术虽精，于内功一道，却似乎并不擅长。"令狐冲道："晚辈于内功所知只是皮毛，大师不弃，还请多加指点。"方证点头道："风前辈这内功心法，和少林派内功自是颇为不同，但天下武功殊途同归，其中根本要旨，亦无大别。令狐掌门若不嫌老衲多事，便由老衲试加解释。"

令狐冲知他是当今武林中数一数二的高人，得他指点，无异是风太师叔亲授，风太师叔所以托他传授，当然亦因他内功精深之故，忙躬身道："晚辈恭聆大师教诲。"

方证道："不敢当！"当下将那内功心法一句句的详加剖析，又指点种种呼吸、运气、吐纳、搬运之法。令狐冲背那口诀，本来只是强记，经方证大师这么一加剖析，这才知每一句口诀之中，都包含着无数精奥的道理。

令狐冲悟性原来极高，但这些内功的精要每一句都足供他思索半天，好在方证大师不厌求详的细加说明，令他登时窥见了武学中另一个从未涉足的奇妙境界。他叹了口气，说道："方丈大师，晚辈这些年来在江湖上大胆妄为，实因不知自己浅薄，思之实为汗颜。虽然晚辈命不久长，无法修习风太师叔所传的精妙内功。但古人好像有一句话，说什么只要早上听见大道理，就算晚上死了也不打紧，是不是这样说的？"方证道："朝闻道，夕死可矣！"令狐冲道："是了，便是这句话，我听师父说过的。今日得聆大师指点，真如瞎子开了眼一般，就算更无日子修练，也是一样的欢喜。"

方证道："我正教各派俱已聚集在恒山左近，把守各处要道，待得魔教来攻，大伙儿和之周旋，也未必会输。令狐掌门何必如此气短？这内功心法自非数年之间所能练成，但练一日有一日的好处，练一时有一时的好处。这几日左右无事，令狐掌门不妨便练了起来。乘着老衲在贵山打扰，正好共同参研。"令狐冲道："大师盛情，晚辈感激不尽。"

方证道："这当儿只怕冲虚道兄也已到了，咱们出去瞧瞧如何？"令狐冲忙站起身来，说道："原来冲虚道长大驾到来，当真怠慢。"当下和方证大师二人回到外堂，只见佛堂中已点了烛火。二人这番传功，足足花了三个多时辰，天色早已黑了。

只见三个老道坐在蒲团之上，正和方生大师等说话，其中一人便是冲虚道人。三道见方证和令狐冲出来，一齐起立。

令狐冲拜了下去，说道："恒山有难，承诸位道长千里来援，敝派上下，实不知何以为报。"冲虚道人忙即扶起，笑道："老道来了好一会啦，得知方丈大师正和小兄弟在内室参研内功精义，不敢打扰。小兄弟学得了精妙内功，现买现卖，待任我行上来，便在他身上使使，教他大吃一惊。"

令狐冲道："这内功心法博大精深，晚辈数日之间，哪里学得会？听说峨嵋、昆仑、崆峒诸派的前辈，也都到了，该当请上山来，共议大计才是。不知众位前辈以为如何？"

冲虚道："他们躲得极是隐秘，以防为任老魔头手下的探子所知，若请大伙儿上山，只怕泄漏了消息。我们上山来时，也都是化装了的，否则贵派子弟怎地不先来通报？"

令狐冲想起和冲虚道人初遇之时，他化装成一个骑驴的老者，另有两名汉子相随，其实也均是武当派中的高手。此时细看之下，认得另外两位老道，便是昔日在湖北道上曾和自己比过剑的那两个汉子，躬身笑道："两位道长好精的易容之术，若非冲虚道长提及，晚辈竟想不起来。"那两个老道那时扮着乡农，一个挑柴，一个挑菜，气喘吁吁，似乎全身是病，此刻却是精神奕奕，只不过眉目还依稀认得出来。

冲虚指着那扮过挑柴汉子的老道说："这位是清虚师弟。"指着那扮过挑菜汉子的老道说："这位是我师侄，道号成高。"四人相对大笑。清虚和成高都道："令狐掌门好高明的剑术。"令狐冲谦谢，连称："得罪！"

冲虚道："我这位师弟和师侄，剑术算不得很精，但他们年轻之时，曾在西域住过十几年，却各学得一项特别本事，一个精擅机关削器之术，一个则善制炸药。"令狐冲道："那是世上少有的本事了。"冲虚道："令狐兄弟，我带他们二人来，另有一番用意。盼望他们二人能给咱们办一件大事。"

令狐冲不解，随口应道："办一件大事？"冲虚道："老道不揣冒昧，带了一件物事来到贵山，要请令狐兄弟瞧一瞧。"他为人洒脱，不如方证之拘谨，因此一个称他为"令狐兄弟"，另一个却叫他"令狐掌门"，令狐冲颇感奇怪，要看他从怀中取出什么物事来。冲虚笑道："这东西着实不小，怀中可放不下。清虚师弟，你叫他们拿进来罢。"

清虚答应了出去，不久便引进四个乡农模样的汉子来，各人赤了脚，都挑着一担菜。清虚道："见过令狐掌门和少林寺方丈。"那四名汉子一齐躬身行礼。令狐冲知他们必是武当中身份不低的人物，当即客客气气的还礼。

清虚道："取出来，装起来罢！"四名汉子将担子中的青菜萝卜取出，下面露出几个包袱，打开包袱，是许多木条、铁器、螺钉、机簧之属。四人行动极是迅速，将这些家伙拼嵌斗合，片刻间装成了一张太师椅子。令狐冲更是奇怪，寻思："这张太师椅中装了这许多机关弹簧。不知有何用处，难道是以供修练内功之用？"

椅子装成后，四人从另外两个包袱中取出椅垫、椅套，放在太师椅上。静室之中，霎时间光彩夺目，但见那椅套以淡黄锦缎制成，金黄色丝线绣了九条金龙，捧着中间一个刚从大海中升起的太阳，左边八个字是"中兴圣教，泽被苍生"，右边八个字是"千秋万载，一统江湖"。那九条金龙张牙舞爪，神采如生，这十六个字更是银钩铁划，令人瞧着说不出的舒服。在这十六个字的周围，缀了不少明珠、钻石和诸般翡翠宝石。简陋的小小庵堂之中，突然间满室尽是珠光宝气。

令狐冲拍手喝采，想起冲虚适才说过，清虚曾在西域学得一手制造机关削器的本事，便道："任教主见到这张宝椅，那是非坐一下不可。椅中机簧发作，便可送了他的性命，是不是？"

冲虚低声道："任我行应变神速，行动如电，椅中虽有机簧，他只要一觉不妥，立即跃起，须伤他不到。这张椅子脚下装有药引，通到一堆火药之中。"

他此言一出，令狐冲和少林诸僧均是脸上变色。方证口念佛号："阿弥陀佛！"

冲虚又道："这机簧的好处，在于有人随便一坐，并无事故，一定要坐到一炷香时分，药引这才引发。那任我行为人多疑，又极精细，突见恒山见性峰上有这样一张椅子，一定不会立即就坐，定是派手下人先坐上去试试。这椅套上既有金龙捧日，又有什么'千秋万载，一统江湖'的字样，魔教中的头目自然谁也不敢久坐，而任我行一坐上去之后，又一定舍不得下来。"令狐冲道："道长果然设想周到。"冲虚道："清虚师弟又另有布置，倘若任我行竟是不坐，叫人拿下椅套、椅垫，甚或拆开椅子瞧瞧，只要一拆动，一样的引发机关。成高师侄这次带到宝山来的，共有二万斤炸药。毁坏宝山灵景，恐怕是在所不免的了。"

令狐冲心中一寒，寻思："二万斤炸药！这许多火药一引发，玉石俱焚，任教主固被炸死，盈盈和向大哥也是不免。"

冲虚见他脸色有异，说道："魔教扬言要将贵派尽数杀害，灭了恒山派之后，自即来攻我少林、武当，生灵涂炭，大祸难以收拾。咱们设此毒计对付任我行，用心虽然险恶，但除此魔头，用意在救武林千千万万性命。"

方证大师双手合什，说道："阿弥陀佛！我佛慈悲，为救众生，却也须辟邪降魔。杀一独夫而救千人万人，正是大慈大悲的行径。"他说这几句话时神色庄严，一众老僧老道都站起身来，合什低眉，齐声道："方丈大师说得甚是。"

令狐冲也知方证所言极合正理，日月教要将恒山派杀得鸡犬不留，正教各派设计将任我行炸死，那是天经地义之事，无人能说一句不是。但要杀死任我行，他心中已颇为不愿，要杀向问天，更是宁可自己先死；至于盈盈的生死，反而不在顾虑之中，总之两人生死与共，倒不必多所操心。眼见众人的目光都射向自己，微一沉吟，说道："事已至此，日月教逼得咱们无路可走，冲虚道长这条计策，恐怕是伤人最少的了。"

冲虚道："令狐兄弟说得不错。'伤人最少'四字，正是我辈所求。"

令狐冲道："晚辈年轻识浅，今日恒山之事，便请方证大师、冲虚道长二位主持大局。晚辈率领本派弟子，同供驱策。"冲虚笑道："这个可不敢当。你是恒山之主，我和方丈师兄岂可喧宾夺主？"令狐冲道："此事绝非晚辈谦退，实在非请二位主持不可。"方证道："令狐掌门之意甚诚，道兄也不必多所推让。眼前大事由我三人共同为首，但由道兄发号施令，以总其成。"

冲虚再谦虚几句，也就答应了，说道："上恒山的各处通道上，咱们均已伏下人手，魔教何日前来攻山，事先必有音讯。那日令狐兄弟率领群豪攻打少林寺，咱们由左冷禅策划，摆下一个空城计……"令狐冲脸上微微一红，说道："晚辈胡闹，惶恐之至。"冲虚笑道："想不到昨日之敌，反为今日之友。咱们再摆空城计，那是不行的了，势必启任我行之疑，以老道浅见，恒山全派均在山上抵御，少林和武当两派，也各选派数十人出手。明知魔教来攻，少林和武当倘若竟然无人来援，大违常情，任我行这老贼定会猜到其中有诈。"

方证和令狐冲都道："正是。"

冲虚道："其余昆仑、峨嵋、崆峒诸派却不必露面，大伙儿都隐伏在山洞之中。魔教来攻之时，恒山、少林、武当三派人手便竭力相抗，必须打得似模似样。咱三派出手的都要是第一流好手，将对方杀得越多越好，自己须得尽量避免损折。"

方证叹道："魔教高手如云，此番有备而至，这一仗打下来，双方死伤必众。"

冲虚道："咱们找几处悬崖峭壁，安排下长绳铁索，斗到分际，眼见不敌，一个个便从长绳缒入深谷，让敌人难以追击。任我行大获全胜之后，再见到这张宝椅，当然得意洋洋的坐了上去，炸药一引发，任老魔便有天大的本领，那也是插翅难逃。跟着恒山八条上山的通道之上，三十二处地雷同时爆炸，魔教教众，再也无法下山了。"

令狐冲奇道："三十二处地雷？"

冲虚道："正是。成高师侄从明日一早起，便要在八条登山的要道之中，每一条路选择四个最险要的所在，埋藏强力地雷，地雷一炸，上山下山，道路全断。魔教教众有一万人上山，教他们饿死一万；二万人上山，饿死二万。咱们学的是左冷禅之旧计，但这一次却不容他们从地道中脱身了。"

令狐冲道："那次能从少林寺逃脱，也真侥幸之极。"突然想起一事，"哦"的一声。

冲虚问道："令狐兄弟可觉安排之中，有何不妥？"令狐冲道："晚辈心想，任教主来到恒山之上，见了这宝椅自然十分喜欢。但他必定生疑，何以恒山派做了这样一张椅子，绣了'千秋万载，一统江湖'这八个字？此事若不弄明白，只怕他未必就会上当。"冲虚道："这一节老道也想过。其实任老魔头坐不坐这张椅子，也非关键之所在，咱们另外暗伏药引，一样的能引发炸药。只不过当他正在得意洋洋的千秋万载、一统江湖之际，突然间祸生足底，更足成为武林中谈助罢了。"令狐冲点头道："是。"

成高道人道："师叔，弟子有个主意，不知是否可行？"冲虚笑道："你便说出来，请方丈大师和令狐掌门指点。"成高道："听说令狐掌门和任教主的大小姐原有婚姻之约，只因正邪不同道，才生阻梗。倘若令狐掌门派两位恒山弟子去见任教主，说道瞧在任大小姐面上，特地觅得巧手匠人，制成一张宝椅，送给任教主乘坐，盼望两家休战言和。不管任教主是否答应，但当他上了恒山，见到这张椅子之时，也就不会起疑了。"冲虚拍手笑道："此计大妙，一来……"

令狐冲摇头道:"不成!"冲虚一怔,知道已讨了个没趣,问道:"令狐兄弟有何高见?"令狐冲道:"任教主要杀我恒山全派,我就尽力抵挡,智取力敌,皆无不可。他来杀人,咱们就炸他,可是我决不说假话骗他。"

冲虚道:"好!令狐兄弟光明磊落,令人钦佩。咱们就这么办!任老魔头生疑也好,不生疑也好,只要他上恒山来意图害人,便叫他大吃苦头。"

当下各人商量了御敌的细节,如何抗敌,如何掩护,如何退却,如何引发炸药地雷,一一都商量定当。冲虚极是心细,生怕临敌之际,负责引发炸药之人遇害,另行派定副手。

次日清晨,令狐冲引导众人到各处细察地形地势,清虚和成高二人选定了埋炸药、安药引、布地雷、伏暗哨的各处所在。冲虚和令狐冲选定了四处绝险之所,作为退路。方证、冲虚、令狐冲、方生四人各守一处,不让敌人迫近,以待御敌之人尽数缒着长索退入深谷,这才最后入谷,然后挥剑斩断长索,令敌人无法追击。

当日下午,武当派中又有十人扮作乡农、樵子,络绎上山,在清虚和成高指点之下,安藏炸药。恒山派女弟子把守各处山口,不令闲人上山,以防日月教派出探子,得悉机密。如此忙碌了三日,均已就绪,静候日月教大举来攻。

屈指计算,离任我行朝阳峰之会已将近一月,此人言出必践,定不误期。这几日中,冲虚、成高等人甚是忙碌,令狐冲反极清闲,每日里默念方证转授的内功口诀,依法修习,遇有不明之处,便向方证请教。

这日下午,仪和、仪清、仪琳、郑萼、秦绢等一众女弟子在练剑厅练剑,令狐冲在旁指点。眼见秦绢年纪虽小,对剑术要旨却颇有悟心,赞道:"秦师妹聪明得紧,这一招已得了诀窍,只不过……"一句话没说完,突然丹田中一阵剧痛,登时坐倒。众弟子大惊，抢上相扶，齐问："怎么了?"令狐冲知道又是体内的异种真气发作，苦于说不出话。

众弟子正乱间，忽听得扑簌簌几声响，两只白鸽直飞进厅来。众弟子齐叫："啊哟!"

恒山派养得许多信鸽，当日定静师太在福建遇敌，定闲、定逸二师太被困龙泉铸剑谷，均曾遣信鸽求救。眼前飞进厅来这两头信鸽，是守在山下的本派弟子所发，鸽背涂有红色颜料，一见之下，便知是日月教大敌攻到了。自从方证大师、冲虚道长来到恒山，众弟子见有强援到来，一切布置就绪，原已宽心，不料正在这紧急关头，令狐冲却会病发，却是大大的意外。

仪清叫道："仪质、仪文二位师妹，快去禀告方证大师和冲虚道长。"二人应命而去。仪清又道："仪和师姊，请你撞钟。"仪和点了点头，飞身出厅，奔向钟楼。

只听得镗镗镗，镗镗，镗镗镗，镗镗，三长两短的钟声，从钟楼上响起，传遍全峰，跟着通元谷、悬空寺、黑龙口各处寺庵中的大钟也都响动。方证大师事先吩咐，一有敌警，便以三长两短的钟声示讯，但钟声必须舒缓有致，以示闲适，不可显得惊慌张皇。只是仪和十分性急，法名中虽有一个"和"字，行事却一点不和，钟声中还是流露了急躁之意。

恒山派、少林派、武当派三派人手，当即依照事先安排，分赴各处，以备迎敌。为了减少伤亡，从山脚下到见性峰峰顶的各处通道均无人把守，索性门户大开，让敌人来到峰上之后，再行接战。钟声停歇后，峰上峰下便鸦雀无声。昆仑、峨嵋、崆峒诸派来援的高手，都伏在峰下隐僻之处，只待魔教教众上峰之后，一得号令，便截住他们退路。冲虚为了防备泄漏机密，于山道上埋藏地雷之事并不告知诸派人士。魔教神通广大，在昆仑等派门人弟子之中暗伏内奸，刺探消息，绝不为奇。

令狐冲听得钟声，知道日月教大举来攻，小腹中却如千万把利刀乱攒乱刺，只痛得抱住肚皮，在地下打滚。仪琳和秦绢吓得脸上

·1431·

全无血色，手足无措，不知如何是好。

仪清道："咱们扶着掌门人去无色庵，且看少林方丈和冲虚道长是何主意。"当下于嫂和另一名老尼姑伸手托在令狐冲胁下，半架半抬，将他扶入无色庵中。

刚到庵门，只听得峰下砰砰砰砰号炮之声不绝，跟着号角呜呜，鼓声咚咚，日月教果然是以堂堂之阵，大举前来攻山。

方证和冲虚已得知令狐冲病发，从庵中抢了出来。冲虚道："令狐兄弟，你尽可放心。我已吩咐凌虚师弟代我掩护武当派退却。掩护贵派之责，由老道负之。"令狐冲点头示谢。方证道："令狐掌门还是先行退入深谷，免有疏虞。"令狐冲忙道："万万……万万不可！拿……拿剑来！"冲虚也劝了几句，但令狐冲执意不允。

突然鼓角之声止歇，跟着叫声如雷："圣教主千秋万载，一统江湖！"听这声音，至少也有四五千人之众。方证、冲虚、令狐冲三人相顾一笑。秦绢捧着令狐冲的长剑递过去。令狐冲伸手欲接，右手不住发抖，竟拿不稳剑。秦绢将剑挂在他腰带之上。

忽听得锁呐之声响起，乐声悦耳，并无杀伐之音。数人一齐朗声说道："日月神教圣教主，欲上见性峰来，和恒山派令狐掌门相会。"正是日月教诸长老齐声而道。

方证道："日月教先礼后兵，咱们也不可太小气了。令狐掌门，便让他们上峰如何？"

令狐冲点了点头，便在此时，腹中又是一阵剧痛。方证见他满脸冷汗淋漓，说道："令狐掌门，丹田内疼痛难当，不妨以风前辈所传的内功心法，试加导引盘旋。"令狐冲体内十数股异种真气正自纠缠冲突，搅扰不清，如加导引盘旋，那无异是引刀自戕，痛上加痛，但反正已痛到了极点，当下也不及细思后果，便依法盘旋。果然真气撞击之下，小腹中的疼痛比之先前更为难当，但盘旋得数下，十余股真气便如是细流归支流、支流汇大川，隐隐似有轨道可循，虽然剧痛如故，却已不是乱冲乱撞，冲击之处，心下已先有知觉。

只听得方证缓缓说道:"恒山派掌门令狐冲、武当派掌门冲虚道人、少林派掌门方证,恭候日月教任教主大驾。"他声音并不甚响,缓缓说来,却送得极远。

令狐冲暗运内功心法有效,索性盘膝坐下,目观鼻,鼻观心,左手抚胸,右手按腹,依照方证转授的法门,练了起来。他练这心法只不过数日,虽有方证每日详加解说,毕竟修为极浅,但这时依法引导之下,十余股异种真气竟能渐渐归聚。他不敢稍有怠忽,凝神致志的引气盘旋,初时听得鼓乐丝竹之声,到后来却什么也听不到了。

方证见令狐冲专心练功,脸露微笑,耳听得鼓乐之声大作,日月教教众叫道:"日月神教文成武德、泽被苍生圣教主,大驾上恒山来啦!"过了一会,鼓乐之声渐渐移近。

上见性峰的山道甚长,日月教教众脚步虽快,走了好一会,鼓乐声也还只到山腰。伏在恒山各处的正教门下之士心中都在暗骂:"臭教主好大架子,又不是死了人,吹吹打打的干什么了?"预备迎敌之人心下更是怦怦乱跳,各人本来预计,魔教教众杀上山来,便即跃出恶斗一场,杀得一批教众后,待敌人越来越多,越来越强,便循长索而退入深谷。却不料任我行装模作样,好似皇帝御驾出巡一般,吹吹打打的来到峰上,众人倒不便先行动手,只是心弦反扣得更加紧了。

过了良久,令狐冲觉得丹田中异种真气给慢慢压了下去,痛楚渐减,心中一分神,立时想起:"是任教主要上峰来?""啊"的一声,跳起身来。方证微笑道:"好些了吗?"令狐冲道:"动上了手吗?"方证道:"还没到呢!"令狐冲道:"好极!"刷的一声,拔出了剑。却见方证、冲虚等手上均无兵刃,仪和、仪清等女子在无色庵前的一片大空地上排成数行,隐伏恒山剑阵之法,长剑却兀自悬在腰间,这才想起任我行尚未上山,自己未免过于惶急,哈哈一笑,还剑入鞘。

只听得锁呐和钟鼓之声停歇,响起了箫笛、胡琴的细乐,心想："任教主花样也真多，细乐一作，他老人家是大驾上峰来啦。"越见他古怪多端，越觉得肉麻。

细乐声中，两行日月教的教众一对对的并肩走上峰来。众人眼前一亮，但见一个个教众均是穿着崭新的墨绿锦袍，腰系白带，鲜艳夺目，前面一共四十人，每人手托盘子，盘上铺缎，不知放着些什么东西。这四十人腰间竟未悬挂刀剑。四十名锦衣教众上得峰来，便远远站定。跟着走上一队二百人的细乐队，也都是一身锦衣，箫管丝弦，仍是不停吹奏。其后上来的是号手、鼓手、大锣小锣、铙钹钟铃，一应俱全。

令狐冲看得有趣，心想："待会打将起来，有锣鼓相和，岂不是如同在戏台上做戏？"

鼓乐声中，日月教教众一队队的上来。这些人显是按着堂名分列，衣服颜色也各不同，黄衣、绿衣、蓝衣、黑衣、白衣，一队队的花团锦簇，比之做戏赛会，衣饰还更光鲜，只是每人腰间各系白带。上峰来的却有三四千之众。

冲虚寻思："乘他们立足未定，便一阵冲杀，我们较占便宜。但对方装神弄鬼，要来什么先礼后兵。我们若即动手，倒未免小气了。"眼见令狐冲笑嘻嘻的不以为意，方证则视若无睹，不动声色，心想："我如显得张惶，未免定力不够。"

各教众分批站定后，上来十名长老，五个一边，各站左右。音乐声突然止歇，十名长老齐声说道："日月神教文成武德、泽被苍生圣教主驾到。"

便见一顶蓝呢大轿抬上峰来。这轿子由十六名轿伕抬着，移动既快且稳。一顶轿子便如是一位轻功高手，轻轻巧巧的便上到峰来，足见这一十六名轿伕个个身怀不弱的武功。令狐冲定睛看去，只见轿伕之中竟有祖千秋、黄伯流、计无施等人在内。料想若不是老头子身子太矮，无法和祖千秋等一起抬轿，那么他也必被迫做一名轿伕了。令狐冲气往上冲，心想："祖千秋他们均是当世豪杰，任教主却迫令他们做抬轿子的贱事。如此奴役天下英雄，当真令人气炸了胸膛。"

蓝呢大轿旁，左右各有一人，左首是向问天、右首是个老者。这老者甚是面熟，令狐冲一怔，认得是洛阳城中教他弹琴的绿竹翁。这人叫盈盈作"姑姑"，以致自己误以为盈盈是个年老婆婆，自从离了洛阳之后，便没再跟他相见，今日却跟了任我行上见性峰来。他一颗心怦怦乱跳，寻思："何以不见盈盈？"突然间想起一事，眼见日月教教众人人腰系白带，似是服丧一般，难道盈盈眼见父亲率众攻打恒山，苦谏不听，竟然自杀死了？

令狐冲胸口热血上涌，丹田中几下剧痛，当下便想冲上去问向问天，但想任我行便在轿中，终于忍住。

见性峰上虽聚着数千之众，却是鸦雀无声。那顶大轿停了下来，众人目光都射向轿帷，只待任我行出来。

忽听得无色庵中传出一阵喧笑之声。一人大声道："快让开，好给我坐了！"另一人道："大家别争，自大至小，轮着坐坐这张九龙宝椅！"正是桃花仙和桃枝仙的声音。

方证、冲虚、令狐冲等立时骇然变色。桃谷六仙不知何时闯进了无色庵中，正在争坐这张九龙宝椅，坐得久了，引动药引，那便如何是好？冲虚忙抢进庵中。

只听他大声喝道："快起来！这张椅子是日月教任教主的，你们坐不得！"桃谷六仙的声音从庵中传出来："为什么坐不得？我偏要坐！""快起来，好让我坐了！""这椅子坐着真舒服，软软的，好像坐在大胖子的屁股上一般！""你坐过大胖子的屁股么？"

令狐冲心知桃谷六仙正在争坐九龙宝椅，你坐一会，他坐一会，终将压下机簧，引发埋藏于无色庵下的数万斤炸药，见性峰上日月教和少林、武当、恒山派群豪，势必玉石俱焚。他初时便欲冲进庵中制止，但不知怎的，内心深处却似乎是盼望那炸药炸将起来，反正盈盈已死，自己也不想活了，大家一瞬之间同时毙命，岂不干净？一瞥眼间，蓦地见到仪琳的一双俏目在凝望自己，但和自己眼光一接，立即避开，心想："仪琳小师妹年纪还这样小，却也给炸得粉身碎骨，岂不可惜？但世上有谁不死？就算今日大家安然无恙，再过得一百年，此刻见性峰上的每一个人，还不都成为白骨一堆？"

只听得桃谷六仙还在争闹不休："你已坐了第二次啦，我一次还没坐过。""我第一次刚坐上去，便给拉了下来，那可不算。""我有一个主意，咱们六兄弟一起挤在这张椅上，且看坐不坐得下？""妙极，妙极！大家挤啊，哈哈！""你先坐！""你先坐，我坐在上面。""大的坐上面，小的坐下面！""不，大的先坐！年纪越小，坐得越高！"

方证大师眼见危机只在顷刻之间，可又不能出声劝阻，泄漏了机关，当即快步入殿，大声说道："贵客在外，不可争闹，别吵！"这"别吵"二字，是运起了少林派至高无上内功"金刚禅狮子吼"功夫，一股内家劲力，对准了桃谷六仙喷去。

冲虚道长只觉头脑一晕，险些摔倒。桃谷六仙已同时昏迷不醒。冲虚大喜，出手如风，先将坐在椅上的两人提开，随即点了六人穴道，都推到了观音菩萨的供桌底下，俯身在椅旁细听，幸喜并无异声，只觉手足发软，满头大汗，只要方证再迟得片刻进来，药引一发，那是人人同归于尽了。

冲虚和方证并肩出来，说道："请任教主进庵奉茶！"可是轿帷文风不动，轿中始终没有动静。冲虚大怒，心想："老魔头架子恁大！我和方证大师、令狐掌门三人，在当今武林之中，位望何等崇高，站在这里相候，你竟不理不睬！"若不是九龙椅中伏有机关，他便要长剑出手，挑开轿帷，立时和任我行动手了。他又说了一遍，轿中仍是无人答应。

向问天弯下腰来，俯耳轿边，听取轿中人的指示，连连点头，站直身子后说道："敝教任教主说道，少林寺方证大师、武当山冲虚道长两位武林前辈在此相候，极不敢当，日后自当亲赴少林、武当，相谢陪罪。"

向问天又道："任教主说道，教主今日来到恒山，是专为和令狐掌门相会而来，单请令狐掌门一人，在庵中相见。"说着作个手势，十六名轿伕便将轿子抬入庵中观音堂上放下。向问天和绿竹翁陪着进去，却和众轿伕一起退了出来，庵中便只留下一顶轿子。

冲虚心想："其中有诈，不知轿子之中，藏有什么机关。"向方证和令狐冲瞧去。方证不善应变，不知如何才是，脸现迷惘之色。令狐冲道："任教主既欲与晚辈一人相见，便请两位在此稍候。"冲虚低声道："小心在意。"令狐冲点了点头，大踏步走进庵中。

那无色庵只是一座小小瓦屋，观音堂中有人大声说话，外面听得清清楚楚，只听得令狐冲道："晚辈令狐冲拜见任教主。"却不听见任我行说什么话，跟着令狐冲突然"啊"的一声叫了出来。

冲虚吃了一惊，只怕令狐冲遭了任我行的毒手，一步跨出，便欲冲进相援，但随即心想："令狐兄弟剑术之精，当世无双，他进庵时携有长剑，不致一招间便为任老魔头所制。倘若真的不幸遭了毒手，我便奔进去动手，也已救不了他。任老魔头如没杀令狐兄弟，那是最好，倘若令狐兄弟已遭毒手，老魔头独自一人留在观音堂中，必去九龙椅上坐坐，我冲将进去，反而坏了大事。"一时心中忐忑不宁，寻思："任老魔头这会儿只怕已坐到了椅上，再过片刻，触发药引，这见性峰的山头都会炸去半个。我如此刻便即趋避，未免显得懦怯，给向问天这些人瞧了出来，立即出声示警，不免功败垂成。但若炸药一发，身手再快，也来不及闪避，那可如何是好？"

他本来计算周详，日月教一攻上峰来，便如何接战，如何退避，预计任我行坐上九龙椅之时，少林、武当、恒山三派人众均已退入了深谷。不料日月教一上来竟不动手，来个什么先礼后兵，任我行更要和令狐冲单独在庵中相会，全是事先算不到的变局。他虽饶有智计，一时却浑没了主意。

方证大师也知局面紧急，亦甚挂念令狐冲的安危，但他修为既深，胸怀亦极通达，只觉生死荣辱，祸福成败，其实也并不是什么了不起的大事，谋事在人，成事在天，到头来结局如何，皆是各人善业、恶业所造，非能强求。因此他内心虽隐隐觉得不安，却是淡然置之，当真炸药炸将起来，尸骨为灰，那也是舍却这皮囊之一法，又何惧之有？

九龙椅下埋藏炸药之事极是机密，除方证、冲虚、令狐冲之外，动手埋药的清虚、成高等此刻都在峰腰相候，只待峰顶一炸，便即引发地雷。见性峰上余人便均不知情。少林、武当、恒山三派人众，只等任我行和令狐冲在无色庵中说僵了动手，便拔剑对付日月教教众。

冲虚守候良久，不见庵中有何动静，更无声息，当即运起内功，倾听声息，隐隐听到似乎令狐冲低声说了句什么话，他心中一喜："原来令狐兄弟安然无恙。"心情一分，内功便不精纯，一时再也听不到什么，又担心适才只不过自己一厢情愿，心有所欲，便耳有所闻，未必真是令狐冲的声音，否则为什么再也听不到他的话声？

又过了好一会，却听得令狐冲叫道："向大哥，请你来陪送任教主出庵。"

向问天应道："是！"和绿竹翁二人率领了一十六名轿伕，走进无色庵去，将那顶蓝呢大轿抬了出来。站在庵外的日月教教众一齐躬身，说道："恭迎圣教主大驾。"那顶轿子抬到原先停驻之处，放了下来。

向问天道："呈上圣教主赠给少林寺方丈的礼物。"

两名锦衣教众托了盘子，走到方证面前，躬身奉上盘子。

方证见一只盘子中放的是一串十分陈旧的沉香念珠，另一只盘子中是一部手抄古经，封皮上写的是梵文，识得乃是"金刚经"，不由得一阵狂喜。他精研佛法，于《金刚经》更有心得，只是所读到的是东晋时高僧鸠摩罗什的中文译本，其中颇有难解之处，生平渴欲一见梵文原经，以作印证，但中原无处可觅，此刻一见，当真欢喜不尽，合什躬身，说道："阿弥陀佛，老僧得此宝经，感激无量！"恭恭敬敬的伸出双手，将那部梵文《金刚经》捧起，然后取过念珠，说道："敬谢任教主厚赐，实不知何以为报。"

向问天道："敝教教主说道，敝教对天下英雄无礼，深以为愧，方丈大师不加怪责，敝教已是感激不尽。"侧头说道："呈上圣教主赠给武当派掌门道长的礼物。"

两名锦衣教众应声而出，走到冲虚道人面前，躬身奉上盘子。

那二人还没走近，冲虚便见一只盘子中横放着一柄长剑，待二人走近时凝神看去，只见长剑剑鞘铜绿斑斓，以铜丝嵌着两个篆文："真武"。冲虚忍不住"啊"的一声。武当派创派之祖张三丰先师所用佩剑名叫"真武剑"，向来是武当派镇山之宝，八十余年前，日月教几名高手长老夜袭武当山，将宝剑连同张三丰手书的一部《太极拳经》一并盗了去。当时一场恶斗，武当派死了三名一等一的好手，虽然也杀了日月教四名长老，但一经一剑却未能夺回。这是武当派的奇耻大辱，八十余年来，每一代掌门临终时留下遗训，必定是夺还此经此剑。但黑木崖壁垒森严，武当派数度明夺暗盗，均无功而还，反而每次都送了几条性命在黑木崖上，想不到此剑竟会在见性峰上出现。他斜眼看另一只盘子时，盘中赫然是一部手书的册页，纸色早已转黄，封皮上写着"太极拳经"四字。冲虚道人在武当山见过不少张三丰的手书遗迹，一见便知这《太极拳经》确是真迹。

他双手发颤，捧过长剑，右手握住剑柄，轻轻抽出半截，顿觉寒气扑面。他知三丰祖师到晚年时剑术如神，轻易已不使剑，即使迫不得已与人动手，也只用寻常铁剑、木剑，这柄"真武剑"是他中年时所用的兵刃，扫荡群邪，威震江湖，是一口极锋锐的利器。他兀自生怕给任我行骗了，再翻开那《太极拳经》一看，果然是三丰祖师所书。他将经书放还盘中，跪倒在地，向一经一剑磕了八个头，站起身来，说道："任教主宽洪大量，使武当祖师爷的遗物重回真武观，冲虚粉身难报大德。"将一经一剑接过，心中激动，双手颤个不住。

向问天道："敝教教主言道，敝教昔日得罪了武当派，好生惭愧，今日原璧归赵，还望武当派上下见谅。"冲虚道："任教主可说得太客气了。"

向问天又道："呈上圣教主赠给恒山派令狐掌门的礼物。"

方证和冲虚均想："不知他送给令狐掌门的，又是什么宝贵之极的礼品。"

见这次上来的共二十名锦衣教众，每人也都手托盘子，走到令狐冲身前。盘中所盛的却是袍子、帽子、鞋子、酒壶、酒杯、茶碗之类日常用具，虽均十分精致，却显然并非什么出奇物事。只有一只盘子中放着一根玉箫，一只盘子中放着一具古琴，较为珍贵，但和赠给方证、冲虚的礼物相比，却是不可同日而语了。

令狐冲拱手道："多谢。"命恒山派于嫂等收了过来。

向问天道："敝教教主言道，此番来到恒山，诸多滋扰，甚是不当。恒山派每一位出家的师太，致送新衣一袭、长剑一口，每一位俗家的师姊师妹，致送饰物一件、长剑一口，还请笑纳。敝教又在恒山脚下购置良田三千亩，奉送无色庵，作为庵产。这就告辞。"说着向方证、冲虚、令狐冲三人深深一揖，转身便行。

冲虚叫道："向先生！"向问天转过身来，笑问："道长有何吩咐？"冲虚道："承蒙贵教主厚赐，无功受禄，心下不安。不知……不知……"他连说了二个"不知"，再也接不下口去，他想问的是"不知是何用意"，但这句话毕竟问不出口。

向问天笑了笑，抱拳说道："物归原主，理所当然。道长何必不安？"一转身，喝道："教主起驾！"乐声奏起，十名长老开道，一十六名轿伕抬起蓝呢大轿，走下峰去。其后是号角队、金鼓队、细乐队，更后是各堂教众，鱼贯下峰。

冲虚和方证一齐望着令狐冲，均想："任教主何以改变了主意，其中原由，只有你才知情。"但从令狐冲的脸色中却一点也看不出来，但见他似乎有些欢喜，又有些哀伤。耳听得日月教教众走了一会，乐声便即止歇，什么"千秋万载，一统江湖"的呼声也不再响起，竟是耀武扬威而来，偃旗息鼓而去。

冲虚忍不住问道："令狐兄弟，任教主忽然示惠，自必是冲着你的天大面子。不知……不知……"他自是想问"不知跟你说了什么"，但随即心想，这其中的原由，如果令狐冲愿说，自然会说，若不愿说，多问只有不妥，是以说了两个"不知"，便即住口。

令狐冲道："两位前辈原谅，适才晚辈已答允了任教主，其中原由，暂且不便见告。但其中亦无大不了的隐秘，两位日久自知。"

方证哈哈一笑，说道："一场大祸消弥于无形，实是武林之福。看任教主今日的举止，于我正教各派实无敌意，化解了无量杀劫，实乃可喜可贺。"

冲虚无法探知其中原由，实是心痒难搔，听方证这么说，也觉甚有理由，说道："不是老道过虑，只是日月教诡诈百出，咱们还是小心些为妙。说不定任教主得知咱们有备，生怕引发炸药，是以今日故意卖好，待得咱们不加防备之时，再加偷袭。以二位之见，是否会有此一着？"方证道："这个……人心难测，原也不可不防。"令狐冲摇头道："不会的，一定不会。"冲虚道："令狐掌门认定不会，那是再好也没有了。"心下却颇不以为然。

过了一会，山下报上讯来，日月教一行已退过山腰，守路人众没接到讯号，未加截杀，亦未引发地雷。冲虚命人通知清虚、成高，将连接于九龙椅及各处地雷的药引都割断了。

令狐冲请方证、冲虚二人回入无色庵，在观音堂中休息。方证翻阅梵文《金刚经》。冲虚抚弄一会"真武剑"，读几行《太极拳经》，喜不自胜，心下的疑窦也渐渐忘了。

突然之间，供桌下有人说道："啊，盈盈，是你！"另一人道："冲哥，你……你……你……"正是桃谷六仙的声音。

令狐冲"啊"的一声惊叫，从椅中跳了起来。

只听得供桌下不断发出声音："冲哥，我爹爹，他……他老人家已过世了。""怎么会过世的？""那日在华山朝阳峰上，你下峰不久，我爹爹忽然从仙人掌上摔了下来。向大哥和我接住了他身子，只过得片刻，便即断了气。""那……那……有人暗算他老人家么？""不是的。向大哥说，他老人家年纪大了，在西湖底下又受了这十几年苦，近年来以十分霸道的内功，强行化除体内的异种真气，实在是大耗真元。这一次为了布置诛灭五岳剑派，又耗了不少心血。他老人家是天年已尽。""当真想不到。""当日在朝阳峰上，向大哥与十长老会商，一致举我接任日月神教教主。""原来任教主是任大小姐，不是任老先生。"

适才桃谷六仙争坐九龙椅，方证以"狮子吼"佛门无上内功将之震倒。冲虚生怕泄漏机密，将六人点了穴道，塞入供桌之下。不料六人内功也颇深厚，不多时便即醒转，将令狐冲和"任教主"的对话都听在耳里，这时便一字不漏的照说出来。方证和冲虚听到任我行已死，盈盈接了教主之位，其余种种，无不恍然，心下又惊又喜。盈盈赠送二人重礼，送给令狐冲的却是衣履用品，那自是二人交换文定的礼物了。

只听得桃谷六仙还在你一句、我一句的说个不休：

"冲哥，今日我上恒山来看你，倘若让正教中人知道了，不免惹人笑话。""那又有什么要紧？你就是会怕羞。""不，我不要人家知道。""好罢，我答应你不说便是。""我吩咐他们仍是大叫什么文成武德、泽被苍生圣教主，什么千秋万载，一统江湖，是要使旁人不瞧出破绽。可不是对你恒山派与方证方丈、冲虚道长无礼狂妄。""那不用担心，大师和道长不会知道的。""再说，日月教和恒山派、少林派、武当派化敌为友，我也不要让人家说是我的主意。江湖上好汉一定会说，因为我……跟你……跟你的缘故，连一场大架也不打了，说来可多难为情。""嘻嘻，我倒不怕。""你脸皮厚，自然不怕。爹爹故世的信息，日月教瞒得很紧，外间只道是我爹爹来到恒山之后，跟你谈了一会，就此和好。这于我爹爹的声名也有好处。待我回到黑木崖后，再行发丧。""是，我这女婿可得来磕头吊孝了。""你能够来，当然最好。那日华山朝阳峰上，我爹爹本来已亲口许了我们的婚事，不过……不过那得我服满之后……"

令狐冲听他六人渐渐说到他和盈盈安排成亲之事，当即大喝："桃谷六仙，你们再不出来，在桌底下胡说八道，我剥你们的皮，抽你们的筋。"

却听得桃干仙幽幽叹了口气，学着盈盈的语气说道："我却担心你的身子。爹爹没传你化解异种真气的法门，其实就是传了，也不管用。爹爹他自己，唉！"桃干仙逼紧着嗓子，说得极尽哀伤。

方证、冲虚、令狐冲三人听着，亦不禁都有凄恻之意。任我行一代怪杰，虽然生平恶行不少，但如此下场，亦令人为之叹息。令狐冲对任我行的心情更是奇特，虽憎他作威作福，横行霸道，却也不禁佩服他的文武才略，尤其他肆无忌惮、独行其是的性格，倒和自己颇为相投，只不过自己绝无"一统江湖"的野心而已。

一时三人心中，同时涌起了一个念头："自古帝皇将相，圣贤豪杰，奸雄大盗，元凶巨恶，莫不有死！"

桃实仙逼紧了嗓子道："冲哥，我……"冲虚心想再说下去，于令狐冲面上须不好看，笑道："六位桃兄，适才多有得罪。不过你们的话也说得够了，倘若惹得令狐掌门恼了，点了你们的'终身哑穴'，只怕犯不着。"桃谷六仙大惊，齐问："什么'终身哑穴'？"冲虚道："那'终身哑穴'一点，一辈子就成了哑巴，再也不会说话。至于吃饭喝酒，倒还可以。"桃谷六仙齐嚷："说话第一，吃饭喝酒尚在其次。"冲虚道："你们刚才的话，一句也说不得的。令狐掌门，你就瞧在方丈大师和老道面上，别点他们的'终身哑穴'。方丈大师和老道负责担保，他六位在供桌底下偷听到你和任大小姐的说话，决不泄漏片言只字。"桃花仙道："冤枉，冤枉！我们又不是自己要偷听，声音钻进耳朵来，又有什么法子？"

冲虚道："你们听便听了，谁也不来多管，听了之后乱说，那可不成。"桃谷六仙齐道："好，好！我们不说，我们不说。"桃根仙道："不过日月教圣教主那两句八字经改了，说不说得？"令狐冲大喝："说不得，更加说不得！"桃枝仙叽哩咕噜："不说就不说。

偏你和任大小姐说得，我们就说不得。"

冲虚心下纳闷："日月教的那句八字经改了？八字经自然是'千秋万载，一统江湖'那八个字。任大小姐当了教主，不想一统江湖了，却不知改了什么？"

三年后某日，杭州西湖孤山梅庄挂灯结彩，陈设得花团锦簇，这天正是令狐冲和盈盈成亲的好日子。

这时令狐冲已将恒山派掌门之位交给了仪清接掌。仪清极力想让给仪琳，说道仪琳手刃恒山大仇，为师尊雪恨，该当接任掌门之位。但仪琳说什么也不肯，急得当众大哭。毕竟还是依着令狐冲之议，由仪清掌理恒山门户。盈盈也辞去日月教教主之位，交由向问天接任。向问天虽是个桀傲不驯的人物，却无吞并正教诸派的野心，数年来江湖上倒也太平无事。

这日前来贺喜的江湖豪士挤满了梅庄。行罢大礼，酒宴过后闹新房时，群豪要新郎、新娘演一演剑法。当世皆知令狐冲剑法精绝，贺客中却有许多人未曾见过。令狐冲笑道："今日动刀使剑，未免太煞风景，在下和新娘合奏一曲如何？"群豪齐声喝采。

当下令狐冲取出瑶琴、玉箫，将玉箫递给盈盈。盈盈不揭霞帔，伸出纤纤素手，接过箫管，引宫按商，和令狐冲合奏起来。

两人所奏的正是那《笑傲江湖之曲》。这三年中，令狐冲得盈盈指点，精研琴理，已将这首曲子奏得颇具神韵。令狐冲想起当日在衡山城外荒山之中，初聆衡山派刘正风和日月教长老曲洋合奏此曲。二人相交莫逆，只因教派不同，难以为友，终于双双毙命。今日自己得与盈盈成亲，教派之异不复得能阻挡，比之撰曲之人，自是幸运得多了。又想刘曲二人合撰此曲，原有弥教派之别、消积年之仇的深意，此刻夫妇合奏，终于完偿了刘曲两位前辈的心愿。想到此处，琴箫奏得更是和谐。群豪大都不懂音韵，却无不听得心旷神怡。

一曲既毕，群豪纷纷喝采，道喜声中退出新房。喜娘请了安，反手掩上房门。

突然之间，墙外响起了悠悠的几下胡琴之声。令狐冲喜道："莫大师伯……"盈盈低声道："别作声。"

只听胡琴声缠绵宛转，却是一曲《凤求凰》，但凄清苍凉之意终究不改。令狐冲心下喜悦无限："莫大师伯果然没死，他今日来奏此曲，是贺我和盈盈的新婚。"琴声渐渐远去，到后来曲未终而琴声已不可闻。

令狐冲转过身来，轻轻揭开罩在盈盈脸上的霞帔。盈盈嫣然一笑，红烛照映之下，当真是人美如玉，突然间喝道："出来！"令狐冲一怔，心想："什么出来？"

盈盈笑喝："再不出来，我用水淋了！"

床底下钻出六个人来，正是桃谷六仙。六人躲在床底，只盼听到新郎、新娘的说话，好到大厅上去向群豪夸口。令狐冲心神俱醉之际，没再留神。盈盈心细，却听到了他六人压得极细的呼吸之声。令狐冲哈哈大笑，说道："六位桃兄，险些儿又上了你们的当！"

桃谷六仙走出新房，张开喉咙大叫："千秋万载，永为夫妇！千秋万载，永为夫妇！"

冲虚正在花厅上和方证谈心，听得桃谷六仙的叫声，不禁莞尔一笑，三年来压在心中的哑谜，此时方始揭开：原来那日令狐冲和盈盈在观音堂中山盟海誓，桃谷六仙却道是改了日月教的八字经。

四个月后，正是草长花秾的暮春季节。令狐冲和盈盈新婚燕尔，携手共赴华山。令狐冲要带同妻子去拜见太师叔风清扬，叩谢他传剑授功之德。可是两人踏遍了华山五峰三岭，各处幽谷，始终没发现风清扬的踪迹。

令狐冲怏怏不乐。盈盈道："太师叔是世外高人，当真是神龙见首不见尾，不知到哪里云游去了。"令狐冲叹道："太师叔固然剑术通神，他老人家的内功修为也算得当世无双。这三年半来，我修习他老人家所传的内功，几乎已将体内的异种真气化除净尽。"

盈盈道:"那可得多谢少林寺的方证大师了。咱们既见不到风太师叔,明日就动身去少林寺,向方证大师叩头道谢。"令狐冲道:"方证大师代传神功,多所解说引导,便好比是半个师父,原该去谢的。"盈盈抿嘴笑道:"冲哥,你到今日还是不明白,你所学的,便是少林派的'易筋经'内功。"

令狐冲"啊"的一声,跳起身来,说道:"这……这便是'易筋经'?你怎知道?"盈盈笑道:"当日听你说,这内功是风太师叔叫桃谷六仙带口讯,告知方证大师的。我心下生疑,寻思这内功精微奥妙,修习时若有厘毫之差,轻则走火入魔,重则送了性命,如何能叫桃谷六仙代带口讯?桃谷六仙缠夹不清,又怎说得明白?方证大师虽说,多半是风太师叔逼他们背熟了,但终究太过凶险。后来我去问这六位仁兄,他们一口咬定确有其事。但要他们背诵几句,一个说早已忘得干干净净,一个说只能告知方证老和尚,不能说给别人听。六个人再说得几句,更是前言不对后语,破绽百出。后来露出口风,抵赖不得,才说是方证大师为了救你性命,却不愿让你得知,才假托风太师叔传功,你若问起,叫他们代为隐瞒。"令狐冲张大了口,半晌做声不得。盈盈又道:"但风太师叔叫他们传讯,却是有的,只是叫他们告知方证大师,说日月教要攻打恒山,请少林、武当两派援手。"

令狐冲道:"你也坏得够了,早知此事,却直到今日才说出来。"盈盈笑道:"那日在少林寺中,你脾气倔强得很。方证大师要你拜师,改投少林,便传你'易筋经'神功,但你说什么也不肯,一拂袖子便出了山门。方证大师倘若再提传授'易筋经'之事,生怕你老脾气发作,宁可性命不要,也不肯学,那岂不糟了?因此他只好假托风太师叔之名,让你以为这是华山派本门内功,自是学之无碍。"

令狐冲道:"啊,是了,你一直不跟我说,也怕我牛脾气发作,突然不练了?现下得知我异种真气化解殆尽,这才吐露真相。"

盈盈又抿嘴笑了笑,道:"你这硬脾气,大家知道是惹不得的。"

令狐冲叹了口气，拉住她手，说道："盈盈，当年你将性命舍在少林寺，为的是要方证大师传我'易筋经'，虽然你并没死，方证大师却认定是答应了你的事没有办到。他是武林前辈，最重然诺，终于还是将这门神功传了给我。这是你用性命换来的功夫，就算我不顾死活，难道……难道一点也不顾到你，竟会恃强不练吗？"

盈盈低声道："我原也想到的，只是心中害怕。"

令狐冲道："咱们明天便下山去少林寺，既然学了'易筋经'，只好到少林寺出家做和尚去了。"盈盈知他说笑，说道："你这野和尚大庙不收，小庙不要，少林寺的清规戒律严谨得很，没半天便将你这酒肉和尚乱棒打将出来。"

两人携手而行，一路闲谈。令狐冲见盈盈不住东张西望，似乎在找寻什么，问道："你在寻什么？"盈盈道："且不跟你说，等找到了你自然知道。这次来到华山，没能拜见风太师叔，固是遗憾之极，但若见不到那人，却也可惜。"令狐冲奇道："咱们还要见一个人，那是谁？"

盈盈微笑不答，说道："你将林平之关在梅庄地底的黑牢之中，确是安排得十分聪明。你答应过你小师妹，要照顾林平之的一生，他在黑牢之中，有饭吃，有衣穿，谁也不会去害他，确实是照顾了他一生。我对你另一位朋友，却也想出了一种特别的照顾法子。"

令狐冲更是奇怪了，心想："我另一位朋友？却又是谁？"知道妻子行事往往出人意表，她既不肯说，多问也是无用。

当晚二人在令狐冲的旧居之中，对月小酌。令狐冲虽面对娇妻，但想起种种往事，仍不禁颇为伤感，饮了十几杯酒，已微有酒意。盈盈突然面露喜色，放下酒杯，低声道："多半是他来了，咱们去瞧瞧。"令狐冲听得对面山上有几声猴啼，不知盈盈说的是谁来了，跟着她走出屋去。

盈盈循着猴啼之声，快步奔到对面山坡上。令狐冲随在她身后，月光下只见七八只猴子聚在一起。华山猴子甚多，令狐冲也不以为意，却见群猴之中赫然有一个人，凝目看去，竟是劳德诺。他喜怒交集，转身便欲往屋中取剑。盈盈拉住他手臂，低声道："咱们走近些，再看看清楚。"二人再奔近十余丈，只见劳德诺夹在两只极大的马猴之间，给两只马猴拖来拖去，竟似身不由主。他一身武功，但对两只马猴，却是全无反抗之力。

令狐冲骇然问道："那是什么缘故？"盈盈笑道："你只管瞧，慢慢再跟你说。"

猴子性躁，跳上纵下，没半刻安宁。劳德诺给左右两只马猴东拉西扯，偶然发出几声吼叫，两只马猴便伸爪往他脸上抓去。令狐冲这时已看得明白，原来劳德诺的右手和右边马猴的左腕相连，左手和左边的马猴的右腕相连，显然是以铁铐之类扣住了的。他明白了大半，问道："这是你的杰作了？"盈盈道："怎么样？"令狐冲道："你废了劳德诺的武功？"盈盈道："那倒不是，是他自己作孽。"

群猴听得人声，吱吱连声，带着劳德诺翻过山岭而去。

令狐冲本欲杀了劳德诺为陆大有报仇，但见他身受之苦，远过于一剑加颈，也就任其自然，心下颇感复仇之快意，心想："这人老奸巨猾，为恶远在林师弟之上，原该让他多吃些苦头。"说道："原来这几日来，你一直要找他来给我瞧瞧。"

盈盈道："那日我爹爹来到朝阳峰上，这厮便来奉承献媚，说道得了'辟邪剑法'的剑谱，前来献给爹爹。爹爹问他有何用意，他说想当日月教的一名长老。爹爹没空跟他多说，叫人将他看管起来。后来爹爹逝世，大伙儿忙成一团，谁也没去理他，将他带到了黑木崖。过了十几天，我才想起这件事来，叫他来一加盘问，却原来他自练'辟邪剑法'不得其法，竟自己将一身武功尽数废了。这人是害你六师弟的凶手，而你六师弟生平爱猴，因此我叫人觅了两只大马猴来，跟他锁在一起，放在华山之上。"说着伸手过去，扣住令狐冲的手腕，叹道："想不到我任盈盈，竟也终身和一只大马猴锁在一起，再也不分开了。"说着嫣然一笑，娇柔无限。

（全书完）

后　记

聪明才智之士，勇武有力之人，极大多数是积极进取的。道德标准把他们划分为两类：努力目标是为大多数人谋福利的，是好人；只着眼于自己的权力名位、物质欲望，而损害旁人的，是坏人。好人或坏人的大小，以其嘉惠或损害的人数和程度而定。政治上大多数时期中是坏人当权，于是不断有人想取而代之；有人想进行改革；另有一种人对改革不存希望，也不想和当权派同流合污，他们的抉择是退出斗争漩涡，独善其身。所以一向有当权派、造反派、改革派，以及隐士。

中国的传统观念，是鼓励人"学而优则仕"，学孔子那样"知其不可而为之"，但对隐士也有极高的评价，认为他们清高。隐士对社会并无积极贡献，然而他们的行为和争权夺利之徒截然不同，提供了另一种范例。中国人在道德上对人要求很宽，只消不是损害旁人，就算是好人了。《论语》记载了许多隐者，晨门、楚狂接舆、长沮、桀溺、荷蓧丈人、伯夷、叔齐、虞仲、夷逸、朱张、柳下惠、少连等等，孔子对他们都很尊敬，虽然，并不同意他们的作风。

孔子对隐者分为三类：像伯夷、叔齐那样，不放弃自己意志，不牺牲自己尊严（"不降其志，不辱其身"）；像柳下惠、少连那样，意志和尊严有所牺牲，但言行合情合理（"降志辱身矣，言中伦，行中虑，其斯而已矣"）；像虞仲、夷逸那样，则是逃世隐居，放肆直言，不做坏事，不参与政治（"隐居放言，身中清，废中权"）。孔子对他们评价都很好，显然认为隐者也有积极的一面。

参与政治活动，意志和尊严不得不有所舍弃，那是无可奈何的。柳下惠做法官，曾被三次罢官，人家劝他出国。柳下惠坚持正义，回答说："直道而事人，焉往而不三黜？枉道而事人，何必去父母之邦？"（《论语》）。关键是在"事人"。为了大众利益而从政，非事人不可；坚持原则而为公众服务，不以功名富贵为念，虽然不得不听从上级命令，但也可以说是"隐士"——至于一般意义的隐士，基本要求是求个性的解放自由而不必事人。

我写武侠小说是想写人性，就像大多数小说一样。写《笑傲江湖》那几年，中共的文化大革命夺权斗争正进行得如火如荼，当权派和造反派为了争权夺利，无所不用其极，人性的卑污集中地显现。我每天为《明报》写社评，对政治中龌龊行径的强烈反感，自然而然反映在每天撰写一段的武侠小说之中。这部小说并非有意的影射文革，而是通过书中一些人物，企图刻划中国三千多年来政治生活中的若干普遍现象。影射性的小说并无多大意义，政治情况很快就会改变，只有刻划人性，才有较长期的价值。不顾一切的夺取权力，是古今中外政治生活的基本情况，过去几千年是这样，今后几千年恐怕仍会是这样。任我行、东方不败、岳不群、左冷禅这些人，在我设想时主要不是武林高手，而是政治人物。林平之、向问天、方证大师、冲虚道人、定闲师太、莫大先生、余沧海等人也是政治人物。这种形形色色的人物，每一个朝代中都有，大概在别的国家中也都有。

"千秋万载，一统江湖"的口号，在六十年代时就写在书中了。任我行因掌握大权而腐化，那是人性的普遍现象。这些都不是书成后的增添或改作。

《笑傲江湖》在《明报》连载之时，西贡的中文报、越文报和法文报有二十一家同时连载。南越国会中辩论之时，常有议员指责对方是"岳不群"(伪君子)或"左冷禅"(企图建立霸权者)。大概由于当时南越政局动荡,一般人对政治斗争特别感到兴趣。

令狐冲是天生的"隐士",对权力没有兴趣。盈盈也是"隐士",她对江湖豪士有生杀大权,却宁可在洛阳隐居陋巷,琴箫自娱。她生命中只重视个人的自由,个性的舒展。惟一重要的只是爱情。这个姑娘非常怕羞腼腆,但在爱情中,她是主动者。令狐冲当情意紧缠在岳灵珊身上之时,是不得自由的。只有到了青纱帐外的大路上,他和盈盈同处大车之中,对岳灵珊的痴情终于消失了,他才得到心灵上的解脱。本书结束时,盈盈伸手扣住令狐冲的手腕,叹道:"想不到我任盈盈竟也终身和一只大马猴锁在一起,再也不分开了。"盈盈的爱情得到圆满,她是心满意足的,令狐冲的自由却又被锁住了。或许,只有在仪琳的片面爱情之中,他的个性才极少受到拘束。

人生在世,充分圆满的自由根本是不能的。解脱一切欲望而得以大彻大悟,不是常人之所能。那些热中于政治和权力的人,受到心中权力欲的驱策,身不由己,去做许许多多违背自己良心的事,其实都是很可怜的。

在中国的传统艺术中,不论诗词、散文、戏曲、绘画,追求个性解放向来是最突出的主题。时代越动乱,人民生活越痛苦,这主题越是突出。

"人在江湖,身不由己",要退隐也不是容易的事。刘正风追求艺术上的自由,重视莫逆于心的友谊,想金盆洗手;梅庄四友盼望在孤山隐姓埋名,享受琴棋书画的乐趣;他们都无法做到,卒以身殉,因为权力斗争(政治)不容许。

对于郭靖那样舍身赴难,知其不可而为之的大侠,在道德上当有更大的肯定。令狐冲不是大侠,是陶潜那样追求自由和个性解放的隐士。风清扬是心灰意懒、惭愧懊丧而退隐。令狐冲却是天生的不受羁勒。在黑木崖上,不论是杨莲亭或任我行掌握大权,旁人随便笑一笑都会引来杀身之祸,傲慢更加不可。"笑傲江湖"的自由自在，是令狐冲这类人物所追求的目标。

因为想写的是一些普遍性格，是政治生活中的常见现象，所以本书没有历史背景，这表示，类似的情景可以发生在任何朝代。

一九八〇·五

笑傲江湖

叁

金庸 著

金庸作品集 30

图书在版编目（CIP）数据

笑傲江湖/金庸著. —广州：广州出版社，2009. 12（2023. 11重印）
ISBN 978-7-5462-0071-2

Ⅰ.①笑…　Ⅱ.①金…　Ⅲ.①侠义小说—中国—当代　Ⅳ.①I247.5

中国版本图书馆CIP数据核字（2009）第216554号

广东省版权局版权合同登记图字：19-2012-024号

朗声图书

本书版权由著作权人授权广州市朗声图书有限公司在中国大陆（不包括香港、澳门、台湾地区）专有使用

版权所有·侵权必究

敬告读者

　　为了维护读者、著作权人和出版发行者的合法权益,本书采用了新型数码防伪技术。正版图书的定价标示处及外包装盒上均贴有完好的防伪标签。刮开涂层,可见到一组数码,您可以通过两种途径查验真伪。

1. 拨打全国免费电话4008301315,按语音提示从左到右依次输入相应数码并按#键结束。
2. 扫描防伪标上的二维码,按提示输入相应数码。

　　读者如发现盗版图书,可向当地"扫黄打非"办公室、新闻出版局、公安机关、市场监督管理局等部门举报,或直接与我们联系。

　　联系电话：020-34297719　13570022400

　　我们对举报盗版、盗印、销售盗版图书等侵权行为的有功人员将予以重奖。

广州市朗声图书有限公司

衬页印章／赵懿「襟上杭州旧酒痕」：

赵懿，浙江钱塘人，清嘉庆年间著名印人，工词，「夜来微雨晓来晴，时节近清明」一句传诵人口。

「襟上杭州旧酒痕」是白居易的诗句。

上图／朱耷《鱼图》：

朱耷（音答，大耳也），明末清初大画家，江西人，明朝宗室，号八大山人，画上题字有如「哭之笑之」，为人清高狂傲。

图中之鱼寥寥数笔而神态生动，似是在江湖间自在游荡。

1

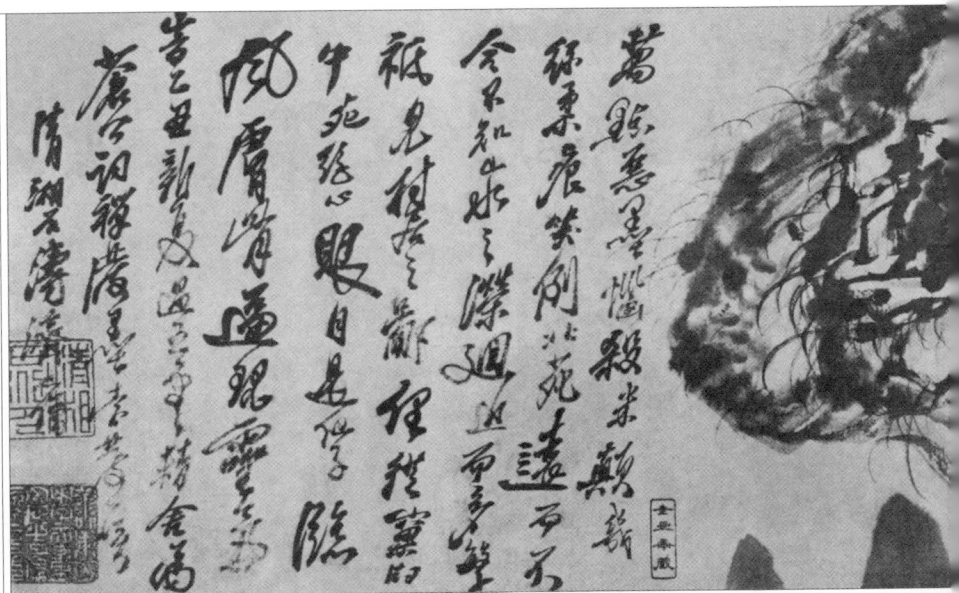

石涛《泼墨山水卷》：

石涛，明末清初大画家，作画自创一格，气韵极高。

本图题字中云：

「从窠臼中死绝心眼，自是化子临风，肤骨逼现灵气。」

意谓摆脱前人一切规范，在困境中忽得灵感。

中国一切艺术最高境界皆如此，武学亦然。

恒塞积雪

戊子新秋写

宋旭

明宋旭绘《五岳图卷》之「恒塞积雪」：描绘北岳恒山白雪皑皑的景观。

5

蓝瑛《华岳高秋》：蓝瑛，浙江钱塘人，明万历十三年生，善山水、人物、花鸟，浙派大画家。

本图构图雄伟，笔法苍劲。原图狭长，左为上半部，右为下半部。

6

恒山悬空寺：寺在翠屏峰的峭壁上，依山附崖，悬空架屋。寺始建于一千四百年前的北魏时期，现存者为十四世纪时重建。摄影者孙志江。

目录

黑白子微觉不妥，手腕已被对方抓住，当即右手急旋，反打擒拿，手臂向内急夺，左足疾踢而出。

二十一　囚　居

令狐冲也不知昏迷了多少时候，终于醒转，脑袋痛得犹如已裂了开来，耳中仍如雷霆大作，轰轰声不绝。睁眼漆黑一团，不知身在何处，支撑着想要站起，浑身更无半点力气，心想："我定是死了，给埋在坟墓中了。"一阵伤心，一阵焦急，又晕了过去。

第二次醒转时仍头脑剧痛，耳中响声却轻了许多，只觉得身下又凉又硬，似是卧在钢铁之上，伸手去摸，果觉草席下是块铁板，右手这么一动，竟发出一声呛啷轻响，同时觉得手上有什么冰冷的东西缚住，伸左手去摸时，也发出呛啷一响，左手竟也有物缚住。他又惊又喜，又是害怕，自己显然没死，身子却已为铁链所系，左手再摸，察觉手上所系的是根细铁链，双足微一动弹，立觉足胫上也系了铁链。

他睁眼出力凝视，眼前更没半分微光，心想："我晕去之时，是在和任老先生比剑，不知如何中了江南四友的暗算，看来也是被囚于湖底的地牢中了。但不知是否和任老前辈囚于一处。"当即叫道："任老前辈，任老前辈。"叫了两声，不闻丝毫声息，惊惧更增，纵声大叫："任老前辈！任老前辈！"

黑暗中只听到自己嘶嗄而焦急的叫声，大叫："大庄主！四庄主！你们为什么关我在这里？快放我出去！快放我出去！"可是除了自己的叫喊之外，始终没听到半点别的声息。

由惶急转为愤怒，破口大骂："卑鄙无耻的奸恶小人，你们斗剑不胜，便想关住我不放吗？"想到要像任老先生那样，此后一生便给因于这湖底的黑牢之中，霎时间心中充满了绝望，不由得全身毛发皆竖。

他越想越怕，又张口大叫，只听得叫出来的声音竟变成了号哭，不知从什么时候起，已然泪流满面，嘶哑着嗓子叫道："你梅庄中这四个……这四个卑鄙狗贼，我……我……令狐冲他日得脱牢笼，把你们……你们……你们的眼睛刺瞎，把你们双手双足都割了……割了下来。我出了黑牢之后……"突然间静了下来，一个声音在心中大叫："我能出这黑牢么？我能出这黑牢么？任老前辈如此本领，尚且不能出去，我……我怎能出去？"一阵焦急，哇的一声，喷出了几口鲜血，又晕了过去。

昏昏沉沉之中，似乎听得喀的一声响，跟着亮光耀眼，蓦地惊醒，一跃而起，却没记得双手双足均已被铁链缚住，兼之全身乏力，只跃起尺许，便即摔落，四肢百骸似乎都断折了一般。他久处暗中，陡见光亮，眼睛不易睁开，但生怕这一线光明稍现即隐，就此失去了脱困良机，虽然双眼刺痛，仍使力睁得大大地，瞪着光亮来处。

亮光是从一个尺许见方的洞孔中射进来，随即想起，任老前辈所居的黑牢，铁门上有一方孔，便与此一模一样，再一瞥间，自己果然也是处身于这样的一间黑牢之中。他大声叫嚷："快放我出去！黄钟公、黑白子，卑鄙的狗贼，有胆的就放我出去。"

只见方孔中慢慢伸进来一只大木盘，盘上放了一大碗饭，饭上堆着些菜肴，另有一个瓦罐，当是装着汤水。

令狐冲一见，更加恼怒，心想："你们送饭菜给我，正是要将我在此长期拘禁了。"大声骂道："四个狗贼，你们要杀便杀，要剐便剐，没的来消遣大爷。"只见那只木盘停着不动，显是要他伸手去接，他愤怒已极，伸出手去用力一击，呛当当几声响，饭碗和瓦罐掉在地下打得粉碎，饭菜汤水泼得满地都是。那只木盘慢慢缩了出去。

令狐冲狂怒之下，扑到方孔上，只见一个满头白发的老者左手提灯，右手拿着木盘，正缓缓转身。这老者满脸都是皱纹，却是从来没见过的。令狐冲叫道："你去叫黄钟公来，叫黑白子来，那四个狗贼，有种的就来跟大爷决个死战。"那老者毫不理睬，弯腰曲背，一步步的走远。令狐冲大叫："喂，喂，你听见没有？"那老者竟头也不回的走了。

令狐冲眼见他的背影在地道转角处消失，灯光也逐渐暗淡，终于瞧出去一片漆黑。过了一会，隐隐听得门户转动之声，再听得木门和铁门依次关上，地道中便又黑沉沉地，既无一丝光亮，亦无半分声息。

令狐冲又是一阵晕眩，凝神半晌，躺倒床上，寻思："这送饭的老者定是奉有严令，不得跟我交谈。我向他叫嚷也是无用。"又想："这牢房和任老前辈所居一模一样，看来梅庄的地底筑有不少黑牢，不知囚禁着多少英雄好汉。我若能和任老前辈通上消息，或者能和哪一个被囚于此的难友连络上了，同心合力，或有脱困的机会。"当下伸手往墙壁上敲去。

墙壁上当当几响，发出钢铁之声，回音既重且沉，显然隔墙并非空房，而是实土。

走到另一边墙前，伸手在墙上敲了几下，传出来的亦是极重实的声响，他仍不死心，坐回床上，伸手向身后敲去，声音仍是如此。他摸着墙壁，细心将三面墙壁都敲遍了，除了装有铁门的那面墙壁之外，似乎这间黑牢竟是孤另另的深埋地底。这地底当然另有囚室，至少也有一间囚禁那姓任老者的地牢，但既不知在什么方位，亦不知和自己的牢房相距多远。

他倚在壁上，将昏晕过去以前的情景，仔仔细细的想了一遍，只记得那老者剑招越使越急，呼喝越来越响，陡然间一声惊天动地的大喝，自己便晕了过去，至于如何为江南四友所擒，如何被送入这牢房监禁，那便一无所知了。

心想："这四个庄主面子上都是高人雅士，连日常遣兴的也是琴棋书画，暗底里竟卑鄙龌龊，无恶不作。武林中这一类小人甚多，原不足为奇。所奇的是，这四人于琴棋书画这四门，确是喜爱出自真诚，要假装也假装不来。秃笔翁在墙上书写那首《裴将军诗》，大笔淋漓，决非寻常武人所能。"又想："师父曾说：'真正大奸大恶之徒，必是聪明才智之士。'这话果然不错，江南四友所设下的奸计，委实令人难防难避。"

忽然间叫了一声："啊哟！"情不自禁的站起，心中怦怦乱跳："向大哥却怎样了？不知是否也遭了他们毒手？"寻思："向大哥聪明机变，看来对这江南四友的为人早有所知，他纵横江湖，身为魔教的光明右使，自不会轻易着他们的道儿。只须他不为江南四友所困，定会设法救我。我纵然被囚在地底之下百丈深处，以向大哥的本事，自有法子救我出去。"想到此处，不由得大为宽心，嘻嘻一笑，自言自语："令狐冲啊令狐冲，你这人忒也胆小无用，适才竟然吓得大哭起来，要是给人知道了，颜面往哪里搁去？"

心中一宽，慢慢站起，登时觉得又饿又渴，心想："可惜刚才大发脾气，将好好一碗饭和一罐水都打翻了。若不吃得饱饱地，向大哥来救我出去之后，哪有力气来和这江南四狗厮杀？哈哈，不错，江南四狗！这等奸恶小人，又怎配称江南四友？江南四狗之中，黑白子不动声色，最为阴沉，一切诡计多半是他安排下的。我脱困之后，第一个便要杀了他。丹青生较为老实，便饶了他的狗命，却又何妨？只是他的窖藏美酒，却非给我喝个干净不可了。"一想到丹青生所藏美酒，更加口渴如焚，心想："我不知已昏晕了多少时候，怎地向大哥还不来救？"

忽然又想："啊哟，不好！以向大哥的武功，倘若单打独斗，胜这江南四狗自是绰绰有余，但如他四人联手，向大哥便难操必胜之算，纵然向大哥大奋神勇，将四人都杀了，要觅到这地道的入口，却也千难万难。谁又料想得到，牢房入口竟会在黄钟公的床下？"

只觉体困神倦，便躺了下来，忽尔想到："任老前辈武功之高，只在向大哥之上，决不在他之下，而机智阅历，料事之能，也非向大哥所及。以他这等人物尚自受禁，为什么向大哥便一定能胜？自来光明磊落的君子，多遭小人暗算，常言道明枪易躲，暗箭难防。向大哥隔了这许多时候仍不来救我，只怕他也已身遭不测了。"一时忘了自己受困，却为向问天的安危担起心来。

如此胡思乱想，不觉昏昏睡去，一觉醒来时，睁眼漆黑，也不知已是何时，寻思："凭我自己，无论如何是不能脱困的。如果向大哥也不幸遭了暗算，又有谁来搭救？师父已传书天下，将我逐出华山一派，正派中人自然不会来救。盈盈，盈盈……"

一想到盈盈，精神一振，当即坐起，心想："她曾叫老头子他们在江湖上扬言，务须将我杀死，那些旁门左道之士，自然也不会来救我的了。可是她自己呢？她如知我被禁于此，定会前来相救。左道中人听她号令的人极多，她只须传一句话出去，嘻嘻……"忽然之间，忍不住笑了出来，心想："这个姑娘脸皮子薄得要命，最怕旁人说她喜欢了我，就算她来救我，也必孤身前来，决不肯叫帮手。倘若有人知道她来救我，这人还多半性命难保。唉，姑娘家的心思，真好教人难以捉摸。像小师妹……"

一想到岳灵珊，心头蓦地一痛，伤心绝望之意，又深了一层："我为什么只想有人来救我？这时候，说不定小师妹已和林师弟拜堂成亲，我便脱困而出，做人又有什么意味？还不如便在这黑牢中给囚禁一辈子、什么都不知道的好。"想到在地牢中被囚，倒也颇有好处，登时便不怎么焦急，竟然有些洋洋自得之意。

但这自得其乐的心情挨不了多久，只觉饥渴难忍，想起昔日在酒楼中大碗饮酒、大块吃肉的乐趣，总觉还是脱困出去要好得多，心想："小师妹和林师弟成亲却又如何？反正我给人家欺侮得够了。我内力全失，早是废人一个，平大夫说我已活不了多久，小师妹就算愿意嫁我，我也不能娶她，难道叫她终身为我守寡吗？"

但内心深处总觉得：倘若岳灵珊真要相嫁，他固不会答允，可是岳灵珊另行爱上了林平之，却又令他痛心之极。最好……最

好……最好怎样？"最好小师妹仍然和以前一样，最好是这一切事都没发生，我仍和她在华山的瀑布中练剑，林师弟没到华山来，我和小师妹永远这样快快活活的过一辈子。唉，田伯光、桃谷六仙、仪琳师妹……"

想到恒山派的小尼姑仪琳，脸上登时露出了温柔的微笑，心想："这个仪琳师妹，现今不知怎样了？她如知道我给关在这里，一定焦急得很。她师父收到了我师父的信后，当然不会准许她来救我。但她会求她的父亲不戒和尚设法，说不定还会邀同桃谷六仙，一齐前来。唉，这七个人乱七八糟，说什么也成不了事。只不过有人来救，总是胜于无人理睬。"

想起桃谷六仙的缠七夹八，不由得嘻嘻一笑，当和他们共处之时，对这六兄弟不免有些轻视之意，这时却恨不得他们也是在这牢房内作伴，那些莫名其妙的怪话，这时如能听到，实是仙乐纶音一般了，想了一会，又复睡去。

黑狱之中，不知时辰，朦朦胧胧间，又见方孔中射进微光。令狐冲大喜，当即坐起，一颗心怦怦乱跳："不知是谁来救我了？"但这场欢喜维持不了多久，随即听到缓慢滞重的脚步之声，显然便是那送饭的老人。他颓然卧倒，叫道："叫那四只狗贼来，瞧他们有没脸见我？"听得脚步声渐渐走近，灯光也渐明亮，跟着一只木盘从方孔中伸了进来，盘上仍放着一大碗米饭，一只瓦罐。

令狐冲早饿得肚子干瘪，干渴更是难忍，微一踌躇，便接过木盘。那老人木盘放手，转身便行。令狐冲叫道："喂，喂，你慢走，我有话问你。"那老人毫不理睬，但听得踢跶、踢跶，拖泥带水的脚步声渐渐远去，灯光也即隐没。

令狐冲诅咒了几声，提起瓦罐，将口就到瓦罐嘴上便喝，罐中果是清水。他一口气喝了半罐，这才吃饭，饭上堆着菜肴，黑暗中辨别滋味，是些萝卜、豆腐之类。

如此在牢中挨了七八日，每天那老人总是来送一次饭，跟着接去早一日的碗筷、瓦罐，以及盛便溺的罐子。不论令狐冲跟他说什么话，他脸上总是绝无半分表情。

也不知是第几日上，令狐冲一见灯光，便扑到方孔之前，抓住了木盘，叫道："你为什么不说话？到底听见了我的话没有？"

那老人一手指了指自己耳朵，摇了摇头，示意耳朵是聋的，跟着张开口来。令狐冲一见之下，惊得呆了，只见他口中舌头只剩下半截，模样极是可怖。他"啊"的一声大叫，说道："你的舌头给人割去了？是梅庄这四名狗庄主下的毒手？"那老人并不答话，慢慢将木盘递进方孔，显然他听不到令狐冲的话，就算听到了，也无法回答。

令狐冲心头惊怖，直等那老人去远，兀自静不下心来吃饭，那老人被割去了半截舌头的可怖模样，不断出现在眼前。他恨恨的道："这江南四狗如此可恶。令狐冲终身不能脱困，那便罢了，有一日我得脱牢笼，定当将这四狗一个个割去舌头、钻聋耳朵、刺瞎眼睛……"

突然之间，内心深处出现了一丝光亮："莫非是那些人……那些人……"想起那晚在药王庙外刺瞎了十五名汉子的双目，这些人来历如何，始终不知。"难道他们将我囚于此处，是为了报当日之仇么？"想到这里，叹了口长气，胸中积蓄多日的恶气，登时便消了大半："我刺瞎了这一十五人的双目，他们要报仇，那也是应当的。"

他气愤渐平，日子也就容易过了些。黑狱中日夜不分，自不知已被囚了多少日子，只觉过一天便热一天，想来已到盛夏。

小小一间囚室中没半丝风息，湿热难当。这一天实在热得受不住了，但手足上都缚了铁链，衣裤无法全部脱除，只得将衣衫拉上，裤子褪下，又将铁板床上所铺的破席卷起，赤身裸体的睡在铁板上，登时感到一阵清凉，大汗渐消，不久便睡着了。

睡了个把时辰，铁板给他身子煨热了，迷迷糊糊的向里挪去，换了个较凉的所在，左手按在铁板上，觉得似乎刻着什么花纹，其时睡意正浓，也不加理会。

这一觉睡得甚是畅快，醒转来时，顿觉精神饱满。过不多时，那老人又送饭来了。令狐冲对他甚为同情，每次他托木盘从方孔中送进来，必去捏捏他手，或在他手背上轻拍数下，表示谢意，这一次仍是如此。他接了木盘，缩臂回转，突然之间，在微弱的灯光之下，只见自己左手手背上凸起了四个字，清清楚楚是"我行被困"四字。

他大感奇怪，不明白这四个字的来由，微一沉吟，忙放下木盘，伸手去摸床上铁板，原来竟然刻满了字迹，密密麻麻的也不知有多少字。他登时省悟，这铁板上的字是早就刻下了的，只因前时床上有席，因此未曾发觉，昨晚赤身在铁板上睡卧，手背上才印了这四个字，反手在背上、臀上摸了摸，不禁哑然失笑，触手处尽是凸起的字迹。每个字约有铜钱大小，印痕甚深，字迹却颇潦草。

其时送饭老人已然远去，囚室又是漆黑一团，他喝了几大口水，顾不得吃饭，伸手从头去摸铁床上的字迹，慢慢一个字、一个字的摸索下去，轻轻读了出来：

"老夫生平快意恩仇，杀人如麻，囚居湖底，亦属应有之报。唯老夫任我行被困……"读到这里，心想："原来'我行被困'四字，是在这里印出来的。"继续摸下去，那字迹写道："……于此，一身通天彻地神功，不免与老夫枯骨同朽，后世小子，不知老夫之能，亦憾事也。"

令狐冲停手抬起头来，寻思："老夫任我行！老夫任我行！刻这些字迹之人，自是叫做任我行了。原来这人也姓任，不知与任老前辈有没有干系？"又想："这地牢不知建成已有多久，说不定刻字之人，在数十年或数百年前便已逝世了。"

继续摸下去，以后的字迹是："兹将老夫神功精义要旨，留书于此，后世小子习之，行当纵横天下，老夫死且不朽矣。第一，坐功……"以下所刻，都是调气行功的法门。

令狐冲自习"独孤九剑"之后，于武功中只喜剑法，而自身内力既失，一摸到"坐功"二字，便自怅然，只盼以后字迹中留有一门奇妙剑法，不妨便在黑狱之中习以自遣，脱困之望越来越渺茫，坐困牢房，若不寻些事情做做，日子实是难过。

可是此后所摸到的字迹，尽是"呼吸"、"意守丹田"、"气转金井"、"任脉"等等修习内功的用语，直摸到铁板尽头，也寻不着一个"剑"字。他好生失望："什么通天彻地的神功？这不是跟我开玩笑么！什么武功都好，我就是不能练内功，一提内息，胸腹间立时气血翻涌。我练内功，那是自找苦吃。"

叹了口长气，端起饭碗吃饭，心想："这任我行不知是什么人物？他口气好狂，什么通天彻地，纵横天下，似乎世上更无敌手。原来这地牢是专门用来囚禁武学高手的。"

初发现铁板上的字迹时，原有老大一阵兴奋，此刻不由得意兴索然，心想："老天真是弄人，我没寻到这些字迹，倒还好些。"又想："那个任我行如果确如他所自夸，功夫这等了得，又怎么仍然被困于此，无法得脱？可见这地牢当真固密之极，纵有天大的本事，一入牢笼，也只可慢慢在这里等死了。"当下对铁板上的字迹不再理会。

杭州一到炎暑，全城犹如蒸笼一般。地牢深处湖底，不受日晒，本该阴凉得多，但一来不通风息，二来潮湿无比，身居其中，另有一般困顿。令狐冲每日都是脱光了衣衫，睡在铁板上，一伸手便摸到字迹，不知不觉之间，已将其中许多句子记在心中了。

一日正自思忖："不知师父、师娘、小师妹他们现今在哪里？已回到华山没有？"忽听得远远传来一阵脚步声，既轻且快，和那送饭老人全然不同。他困处多日，已不怎么热切盼望有人来救，突然听到这脚步声，不由得惊喜交集，本想一跃而起，但狂喜之下，突然全身无力，竟躺在床上一动也不能动。只听脚步声极快的便到了铁门外。

只听得门外有人说道："任先生，这几日天气好热，你老人家身子好罢？"

话声入耳，令狐冲便认出是黑白子，倘若此人在一个多月以前到来，令狐冲定然破口大骂，什么恶毒的言语都会骂出来，但经过这些时日的囚禁，已然火气大消，沉稳得多，又想："他为什么叫我任先生？是走错了牢房么？"当下默不作声。

只听黑白子道："有一句话，我每隔两个月便来请问你老人家一次。今日七月初一，我问的还是这一句话，老先生到底答不答允？"语气甚是恭谨。

令狐冲暗暗好笑："这人果然是走错了牢房，以为我是任老前辈了，怎地如此胡涂？"随即心中一凛："梅庄这四个庄主之中，显以黑白子心思最为缜密。如是秃笔翁、丹青生，说不定还会走错了牢房。黑白子却怎会弄错？其中必有缘故。"当下仍默不作声。

只听得黑白子道："任老先生，你一世英雄了得，何苦在这地牢之中和腐土同朽？只须你答允了我这件事，在下言出如山，自当助你脱困。"

令狐冲心中怦怦乱跳，脑海中转过了无数念头，却摸不到半点头绪，黑白子来跟自己说这几句话，实不知是何用意。只听黑白子又问："老先生到底答不答允？"令狐冲知道眼前是个脱困的机会，不论对方有何歹意，总比不死不活、不明不白的困在这里好得多，但无法揣摸到对方用意的所在，生怕答错了话，致令良机坐失，只好仍然不答。

黑白子叹了口气，说道："任老先生，你怎么不作声？上次那姓风的小子来跟你比剑，你在我三个兄弟面前，绝口不提我向你问话之事，足感盛情。我想老先生经过那一场比剑，当年的豪情胜概，不免在心中又活了起来罢？外边天地多少广阔，你老爷子出得黑牢，普天下的男女老幼，你要杀哪一个便杀哪一个，无人敢与老爷子违抗，岂不痛快之极？你答允我这件事，于你丝毫无损，却为什么十二年来总是不肯应允？"

令狐冲听他语音诚恳，确是将自己当作了那姓任的前辈，心下更加起疑，只听黑白子又说了一会话，翻来覆去只是求自己答允那件事。令狐冲急欲获知其中详情，但料想自己只须一开口，情形立时会糟，只有硬生生的忍住，不发半点声息。

黑白子道："老爷子如此固执，只好两个月后再见。"忽然轻轻笑了几声，说道："老爷子这次没破口骂我，看来已有转机。这两个月中，请老爷子再好好思量罢。"说着转身向外行去。令狐冲着急起来，他这一出去，须得再隔两月再来，在这黑狱中度日如年，怎能再等得两个月？等他走出几步，便即压低嗓子，粗声道："你求我答允什么事？"

黑白子转身一纵，到了方孔之前，行动迅捷之极，颤声道："你……你肯答允了吗？"

令狐冲转身向着墙壁，将手掌蒙在口上，含糊不清的道："答允什么事？"黑白子道："十二年来，每年我都有六次冒险来到此处，求恳你答允，老爷子怎地明知故问？"令狐冲哼的一声，道："我忘记了。"黑白子道："我求老爷子将那大法的秘要传授在下，在下学成之后，自当放老爷子出去。"

令狐冲寻思："他是真的将我错认作是那姓任前辈？还是另有阴谋诡计？"一时无法知他真意，只得又模模糊糊的咕噜几句，连自己都不知说的是什么，黑白子自然更加听不明白了，连问："老爷子答不答允？老爷子答不答允？"

令狐冲道："你言而无信，我才不上这个当呢。"

黑白子道："老爷子要在下作什么保证，才能相信？"令狐冲道："你自己说好了。"黑白子道："老爷子定是担心传授了这大法的秘要之后，在下食言而肥，不放老爷子出去，是不是？这一节在下自有安排。总是教老爷子信得过便是。"令狐冲道："什么安排？"

黑白子道："请问老爷子，你是答允了？"语气中显得惊喜不胜。

令狐冲脑中念头转得飞快："他求我传大法的秘要，我又有什么大法的秘要可传？但不妨听听他有什么安排。他如真的能放我出去，我便将铁板上那些秘诀说给他听，管他有用无用，先骗一骗他再说。"

黑白子听他不答,又道:"老爷子将大法传我之后,我便是老爷子门下的弟子了。本教弟子欺师灭祖,向来须受剥皮凌迟之刑,数百年来,无人能逃得过。在下如何胆敢不放老爷子出去?"令狐冲哼的一声,说道:"原来如此。三天之后,你来听我回话。"黑白子道:"老爷子今日答允了便是,何必在这黑牢中多耽三天?"

令狐冲心想:"他比我还心急得多,且多挨三天再说,看他到底有何诡计。"当下重重哼了一声,显得甚为恼怒。黑白子道:"是!是!三天之后,在下再来向你老人家请教。"

令狐冲听得他走出地道,关上了铁门,心头思潮起伏:"难道他当真将我错认为那姓任的前辈?此人甚是精细,怎会铸此大错?"突然想起一事:"莫非黄钟公窥知了他的秘密,暗中将任前辈囚于别室,却将我关在此处?不错,这黑白子十二年来,每隔两月便来一次,多半给人察觉了。定是黄钟公暗中布下了机关。"

突然之间,想起了黑白子适才所说的一句话来:"本教弟子欺师灭祖,向来须受剥皮凌迟之刑,数百年来,无人能逃得过。"寻思:"本教?什么教?难道是魔教,莫非那姓任的前辈和江南四狗都是魔教中人?也不知他们捣什么鬼,却将我牵连在内。"一想到"魔教"两字,便觉其中诡秘重重,难以明白,也就不再多想,只是琢磨着两件事:"黑白子此举出于真情,还是作伪?三天之后他再来问我,那便如何答覆?"

东猜西想,种种古怪的念头都转到了,却想破了头也无法猜到黑白子的真意,到后来疲极入睡。一觉醒转之后,第一个念头便是:"倘若向大哥在此,他见多识广,顷刻间便能料到黑白子的用意。那姓任的前辈智慧之高,显然更在向大哥之上……啊唷!"

脱口一声大叫,站起身来。睡了这一觉之后,脑子大为清醒,心道:"十二年来,任老前辈始终没答允他,自然是因深知此事答允不得。他是何等样人,岂不知其中利害关节?"随即又想:"任老前辈固然不能答允，我可不是任老前辈，又有什么不能？"

他情知此事甚为不妥，中间含有极大凶险，但脱困之心极切，只要能有机会逃出黑牢，什么祸害都不放在心上了，当下打定主意："三天后黑白子再来问我，我便答允了他，将铁板上这些练气的秘诀传授于他，看他如何，再随机应变便是。"

于是摸着铁板上的字迹默默记诵，心想："我须当读得烂熟，教他时脱口而出，他便不会起疑。只是我口音和那任老前辈相差太远，只好拼命压低嗓子。是了，我大叫两日，把喉咙叫得哑了，到那时再说得加倍含糊，他当不易察觉。"

当下读一会口诀，便大叫大嚷一会，知道黑牢深处地底，门户重叠，便在狱室里大放炮仗，外面也听不到半点声息。他放大了喉咙，一会儿大骂江南四狗，一会儿唱歌唱戏，唱到后来，自己觉得实在难听，不禁大笑一场，便又去记诵铁板上的口诀。

突然间读到几句话："当令丹田常如空箱，恒似深谷，空箱可贮物，深谷可容水。若有内息，散之于任脉诸穴。"

这几句话，以前也曾摸到过好几次，只是心中对这些练气的法门存着厌恶之意，字迹过指，从来不去思索其中含意，此刻却觉大为奇怪："师父教我修习内功，基本要义在于充气丹田，丹田之中须当内息密实，越是浑厚，内力越强。为什么这口诀却说丹田之中不可存丝毫内息？丹田中若无内息，内力从何而来？任何练功的法门都不会如此，这不是跟人开玩笑么？哈哈，黑白子此人卑鄙无耻，我便将这法门传他，教他上一个大当，有何不可？"

摸着铁板上的字迹，慢慢琢磨其中含意，起初数百字都是教人如何散功，如何化去自身内力，越来越觉骇异："天下有哪一个人如此蠢笨，居然肯将毕生勤修苦练而成的内力设法化去？除非他是决意自尽了。若要自尽，横剑抹脖子便是，何必如此费事？这般化散内功，比修积内功还着实艰难得多，练成了又有什么用？"想了一会，不由得大是沮丧："黑白子一听这些口诀和法门，便知是消遣他的，怎肯上当？看来这条计策是行不通的了。"

越想越烦恼，口中翻来覆去的只是念着那些口诀："丹田有气，散之任脉，如竹中空，似谷恒虚……"念了一会，心中有气，捶床大骂："他妈的，这人在这黑牢中给关得怒火难消，便安排这诡计来捉弄旁人。"骂了一会，便睡着了。

睡梦之中，似觉正在照着铁板上的口诀练功，什么"丹田有气，散之任脉"，便有一股内息向任脉中流动，四肢百骸，竟说不出的舒服。

过了好一会，迷迷糊糊的似睡非睡，似醒非醒，觉得丹田中的内息仍在向任脉流动，突然动念："啊哟，不好！我内力如此不绝流出，岂不是转眼变成废人？"一惊之下，坐了起来，内息登时从任脉中转回，只觉气血翻涌，头晕眼花，良久之后，这才定下神来。

蓦地里想起一事，不由得惊喜交集："我所以伤重难愈，全因体内积蓄了桃谷六仙和不戒和尚的七八道异种真气，以致连平一指大夫也无法医治。少林寺方丈方证大师言道，只有修习'易筋经'，才能将这些异种真气逐步化去。这铁板上所刻的内功秘要，不就正是教我如何化去自身内力吗？哈哈，令狐冲，你这人当真蠢笨之极，别人怕内力消失，你却是怕内力无法消失。有此妙法，练上一练，那是何等的美事？"

自知适才在睡梦中练功，乃是日有所思，夜有所梦。清醒时不断念诵口诀，脑中所想，尽是铁板上的练功法门，入睡之后，不知不觉的便依法练了起来，但毕竟思绪纷乱，并非全然照着法门而行。这时精神一振，重新将口诀和练法摸了两遍，心下想得明白，这才盘膝而坐，循序修习。只练得一个时辰，便觉长期郁积在丹田中的异种真气，已有一部份散入了任脉，虽然未能驱出体外，气血翻涌的苦况却已大减。

他站起身来喜极而歌，却觉歌声嘶嗄，甚是难听，原来早一日大叫大嚷以求喊哑喉咙，居然已收功效，心道："任我行啊任我行，你留下这些口诀法门，想要害人。哪知道撞在我的手里，反而于我有益无害。你死而有知，只怕要气得你大翘胡子罢！哈哈，哈哈！"

如此毫不间歇的散功，多练一刻，身子便舒服一些，心想："我将桃谷六仙和不戒和尚的真气尽数散去之后，再照师父所传的法子，重练本门内功。虽然一切从头做起，要花上不少功夫，但我这条性命，只怕就此捡回来了。如果向大哥终于来救我出去，江湖之上，岂不是另有一番天地？"

忽尔又想："师父既将我逐出华山派，我又何必再练华山派内功？武林中各家各派的内功甚多，我便跟向大哥学，又或是跟盈盈学，却又何妨？"心中一阵凄凉，又一阵兴奋。

这日吃了饭后，练了一会功，只觉说不出的舒服，不由自主的纵声大笑。

忽听得黑白子的声音在门外说道："前辈你好，晚辈在这里侍候多时了。"原来不知不觉间三日之期已届，令狐冲潜心练功散气，连黑白子来到门外亦未察觉，幸好嗓子已哑，他并未察觉，于是又干笑几声。黑白子道："前辈今日兴致甚高，便收弟子入门如何？"

令狐冲寻思："我答允收他为弟子，传他这些练功的法门？他一开门进来，发现是我风二中而不是那姓任前辈，自然立时翻脸。再说，就算传他功夫的真是任前辈，黑白子练成之后，多半会设法将他害死，譬如在饭菜中下毒之类。是了，这黑白子要下毒害死我，当真易如反掌，他学到了口诀，怎会将我放出？任前辈十二年来所以不肯传他，自是为此了。"

黑白子听他不答，说道："前辈传功之后，弟子即去拿美酒肥鸡来孝敬前辈。"令狐冲被囚多日，每日吃的都是青菜豆腐，一听到"美酒肥鸡"，不由得馋涎欲滴，说道："好，你先去拿美酒肥鸡来，我吃了之后，心中一高兴，或许便传你些功夫。"黑白子忙道："好好，我去取美酒肥鸡。不过今天是不成了，明日如有机缘，弟子自当取来奉献。"

令狐冲道："干么今日不成？"黑白子道："来到此处，须得经过我大哥的卧室，只有乘着我大哥外出之时，才能……才能……"令狐冲嗯了一声，便不言语了。

黑白子记挂着黄钟公回到卧室，不敢多耽，便即告辞而去。

令狐冲心想："怎生才能将黑白子诱进牢房，打死了他？此人狡猾之极，决不会上当。何况扯不断手足的铁链，就算打死了黑白子，我仍然不能脱困。"心中转着念头，右手几根手指伸到左腕的铁圈中，用力一扳，那是无意中的随手而扳，决没想真能扯开铁圈，可是那铁圈竟然张了开来，又扳了几下，左腕竟然从铁圈中脱出。

这一下大出意外，惊喜交集，摸那铁圈，原来中间竟然有一断口，但若自己内力未曾散开，稍一使力，便欲昏晕，圈上虽有断口，终究也扳不开来。此刻他已散了两天内息，桃谷六仙与不戒大师注入他体内的真气到了任脉之中，自然而然的生出强劲内力。再摸右腕上的铁圈，果然也有一条细缝。这条细缝以前不知曾摸到过多少次，但说什么也想不到这竟是断口。当即左手使劲，将右手上的铁圈也扳开了，跟着摸到箍在两只足胫上的铁圈，也都有断口，运劲扳开，一一除下，只累得满身大汗，气喘不已。铁圈既除，铁链随之脱落，身上已无束缚。他好生奇怪："为什么每个铁圈上都有断口？这样的铁圈，怎能锁得住人？"

次日那老人送饭来时，令狐冲就着灯光一看，只见铁圈断口处有一条条细微的钢丝锯纹，显是有人用一条极细的钢丝锯子，将足镣手铐上四个铁圈都锯断了，断口处闪闪发光，并未生锈，那么锯断铁圈之事，必是在不久以前，何以这些铁圈又合了拢来，套在自己手足上？"那多半有人暗中在设法救我。这地牢如此隐密，外人决计无法入来，救我之人当然是梅庄中的人物。想来他不愿这等对我暗算，因此在我昏迷不醒之时，暗中用钢丝锯子将脚镣手铐锯开了。此人自不肯和梅庄中余人公然为敌，只有觑到机会，再来放我出去。"

想到此处，精神大振，心想："这地道的入口处在黄钟公的卧床之下，如是黄钟公想救我，随时可以动手，不必耽搁这许多时光。黑白子当然不会。秃笔翁和丹青生二人之中，丹青生和我是酒中知己，交情与众不同，十之八九是丹青生。"再想到黑白子明日来时如何应付："我只跟他顺口敷衍，骗他些酒肉吃，教他些假功夫，有何不可？"

随即又想："丹青生随时会来救我出去，须得赶快将铁板上的口诀法门记熟了。"摸着字迹，口中诵读，心中记忆。先前摸到这些字迹时并不在意，此时真要记诵得绝无错失，倒也不是易事。铁板上字迹潦草，他读书不多，有些草字便不识得，只好强记笔划，胡乱念个别字充数。心想这些上乘功夫的法门，一字之错，往往令得练功者人鬼殊途，成败逆转，只要练得稍有不对，难免走火入魔。出此牢后，几时再有机会重来对照？非记得没半点错漏不可。他念了一遍又一遍，不知读了几多遍，几乎倒背也背得出了，这才安心入睡。

睡梦之中，果见丹青生前来打开牢门，放他出去，令狐冲一惊而醒，待觉是南柯一梦，却也并不沮丧，心想："他今日不来救，只不过未得其便，不久自会来救。"

心想这铁板上的口诀法门于我十分有用，于别人却有大害，日后如再有人被囚于这黑牢之中，那人自然是好人，可不能让他上了那任我行的大当。当下摸着字迹，又从头至尾的读了十来遍，拿起除下的铁铐，便将其中的字迹刮去了十几个字。

这一天黑白子并未前来，令狐冲也不在意，照着口诀法门，继续修习。其后数日，黑白子始终没来。令狐冲自觉练功大有进境，桃谷六仙和不戒和尚留在自己体内的异种真气，已有六七成从丹田中驱了出来，散之于任督诸脉，心想只须持之有恒，自能尽数驱出。

他每日背诵口诀数十遍，刮去铁板上的字迹数十字，自觉力气越来越大，用铁铐刮削铁板，已花不了多大力气。如此又过了一月有余，他虽在地底，亦觉得炎暑之威渐减，心想："冥冥之中果有天意，我若是冬天被囚于此，决不会发现铁板上的字迹。说不定热天未到，丹青生已将我救了出去。"

正想到此处，忽听得甬道中又传来了黑白子的脚步声。

令狐冲本来卧在床上，当即转身，面向里壁，只听得黑白子走到门外，说道："任……任老前辈，真正万分对不起。这一个多月来，我大哥一直足不出户。在下每日里焦急万状，只盼来跟你老人家请安问候，总是不得其便。你……你老人家千万不要见怪才好。"一阵酒香鸡香，从方孔中传了进来。

令狐冲这许多日子滴酒未沾，一闻到酒香，哪里还忍得住，转身说道："把酒菜拿给我吃了再说。"黑白子道："是，是。前辈答允传我神功的秘诀了？"令狐冲道："每次你送三斤酒、一只鸡来，我便传你四句口诀。等我喝了三千斤酒，吃了一千只鸡，口诀也传得差不多了。"黑白子道："这样未免太慢，只怕日久有变。晚辈每次送六斤酒、两只鸡，前辈每次便传八句口诀如何？"令狐冲笑道："你倒贪心得紧，那也可以。拿来，拿来！"

黑白子托着木盘，从方孔中递将进去，盘上果是一大壶酒，一只肥鸡。

令狐冲心想："我未传口诀，你总不能先毒死我。"提起酒壶，骨嘟嘟的便喝。这酒并不甚佳，但这时喝在口里，却委实醇美无比，似乎丹青生四酿四蒸的吐鲁番葡萄酒也有所不及，当下一口气便喝了半壶，跟着撕下一条鸡腿，大嚼起来，顷刻之间，将一壶酒、一只鸡吃得干干净净，拍了拍肚子，赞道："好酒，好酒！"

黑白子笑道："老爷子吃了肥鸡美酒，便请传授口诀了。"令狐冲听他再也不提拜师之事，只道自己喝酒吃鸡之余，一时记不起了，当下也就不提，说道："好，这四句口诀，你牢牢记住了：'奇经八脉，中有内息，聚之丹田，会于膻中。'你懂得解么？"铁板上原来的口诀是："丹田内息，散于四肢，膻中之气，分注八脉。"他故意将之倒了转来。黑白子一听，觉得这四句口诀平平无奇，乃是练气的普通法门，说道："这四句，在下领会得，请前辈再传四句。"

令狐冲心想："这四句经我一改，变成寻常之极，他自感不足了，须当念四句十分古怪的，吓唬吓唬他。"说道："今天是第一日，索性多传四句，你记好了：'震裂阳维，塞绝阴跷，八脉齐断，神功自成。'"

黑白子大吃一惊，道："这……这……这人身的奇经八脉倘若断绝了，哪里还活得成？这……这四句口诀，晚辈可当真不明白了。"令狐冲道："这等神功大法，倘若人人都能领会，那还有什么希奇？这中间自然有许多精微奇妙之处，常人不易索解。"

黑白子听到这里，越来越觉他说话的语气、所用的辞句，与那姓任之人大不相同，不由得疑心大起。前两次令狐冲说话极少，辞语又十分含糊，这一次吃了酒后，精神振奋，说话多了，黑白子十分机警，登时便生了疑窦，料想他有意捏造口诀，戏弄自己，说道："你说'八脉齐断，神功自成'，难道老爷子自己，这奇经八脉都已断绝了吗？"

令狐冲道："这个自然。"他从黑白子语气之中，听出他已起了疑心，不敢跟他多说，道："全部传完，你融会贯通，自能明白。"说着将酒壶放在盘上，从方孔中递将出去。黑白子伸手来接。

令狐冲突然"啊哟"一声，身子向前一冲，当的一声，额头撞上铁门。

黑白子惊道："怎样了？"他这等武功高强之人，反应极快，一伸手，已探入方孔，抓住木盘，生怕酒壶掉在地下摔碎。

便在这电光石火的一瞬之间，令狐冲左手翻上，抓住了他右手手腕，笑道："黑白子，你瞧瞧我到底是谁？"黑白子大惊，颤声道："你……你……"

令狐冲将木盘递出去之时，并未有抓他手腕的念头，待在油灯微光下见到黑白子手掌在方孔外一晃，只待接他木盘，突然之间，心中起了一股难以抑制的冲动。自己在这里囚禁多日，全是出于这人的狡计，若能将他手腕扭断了，也足稍出心中的恶气；又想他出其不意的给自己抓住，突然大吃一惊，这人如此奸诈，吓他一跳，又有何不可？也不知是出于报复之意，还是一时童心大盛，便这么假装摔跌，引得他伸手进来，抓住了他手腕。

黑白子本来十分机警，只是这一下实在太过突如其来，事先更没半点朕兆，待得心中微觉不妥，手腕已被对方抓住，只觉对方五根手指便如是一只铁箍，牢牢的扣住了自己手腕上"内关""外关"两处穴道，当即手腕急旋，反打擒拿。

当的一声大响，左足三根足趾立时折断，痛得啊啊大叫。

何以他右手手腕被扣，左足的足趾却会折断，岂非甚奇？原来黑白子于对方向来深自敬惮，这时手腕被扣，立即想到有性命之忧，忙不迭的使出一招"蛟龙出渊"。这一招乃是手腕被人扣住时所用，手臂向内急夺，左足无影无踪的疾踢而出，这一脚势道厉害已极，正中敌人胸口，非将他踢得当场吐血不可。敌人若是高手，知所趋避，便须立时放开他手腕，否则无法躲得过这当胸一脚。也是事出仓卒，黑白子急于脱困，没想到自己和对方之间隔了一道厚厚的铁门，这一招"蛟龙出渊"确是使对了，这一脚也是踢得部位既准，力道又凌厉之极，只可惜当的一声大响，正中铁门。

令狐冲听到铁门这一声大响，这才明白，自己全仗铁门保护，才逃过了黑白子如此厉害的一脚，忍不住哈哈大笑，说道："再踢一脚，踢得也这样重，我便放你。"

突然之间，黑白子猛觉右腕"内关""外关"两处穴道中内力源源外泄，不由得想起生平最害怕的一件事来，登时魂飞天外，一面运力凝气，一面哀声求告："老……老爷子，求你……你……"他一说话，内力更大量涌出，只得住口，但内力还是不住飞快泄出。

令狐冲自练了铁板上的功夫之后，丹田已然如竹之虚，如谷之空，这时觉得丹田中有气注入，却也并不在意。只觉黑白子的手腕不住颤抖，显是害怕之极，心中气他不过，索性要吓他一吓，喝道："我传了你功夫，你便是本门弟子了，你欺师灭祖，该当何罪？"

黑白子只觉内力愈泄愈快，勉强凝气，还暂时能止得住，但呼吸终究难免，一呼一吸之际，内力便大量外泄，这时早忘了足趾上的疼痛，只求右手能从方孔中脱出，纵然少了一只手一只脚也是甘愿，一想到此处，伸手便去腰间拔剑。

他身子这么一动，手腕上"内关""外关"两处穴道便如开了两个大缺口，立时全身内力急泻而出，有如河水决堤，再也难以堵截。黑白子知道只须再挨得一刻，全身内力便尽数被对方吸去，当下奋力抽出腰间长剑，咬紧牙齿，举将起来，便欲将自己手臂砍断。但这么一使力，内力奔腾而出，耳朵中嗡的一声，便晕了过去。

令狐冲抓住他手腕，只不过想吓他一吓，最多也是扭断他腕骨，以泄心中积忿，没料到他竟会吓得如此的魂不附体，以致晕去，哈哈一笑，便松了手。他这一松手，黑白子身子倒下，右手便从方孔中缩回。

令狐冲脑中突如电光般闪过一个念头，急忙抓住他的手掌，幸好动作迅捷，及时拉住，心想："我何不用铁铐将他铐住，逼迫黄钟公他们放我？"当下使力将黑白子的手腕拉近，没料想用力一拉，黑白子的脑袋竟从方孔中钻了进来，呼的一声，整个身子都进了牢房。

这一下实是大出意料之外，他一呆之下，暗骂自己愚不可及，这洞孔有尺许见方，只要脑袋通得过，身子便亦通得过，黑白子既能进来，自己又何尝不能出去？以前四肢为铐链所系，自是无法越狱，但铐链早已暗中给人锯开，却为何不逃？又忖："丹青生暗中替我锯断了铐链，日日盼望我跟着那送饭的老人越狱逃走，想必心焦之极了。"他发觉铐链已为人锯断之时，正是练功之际，全副精神都贯注练功，而且其时铁板上的功诀尚未背熟，自不愿就此离去，只因内心深处不愿便即离开牢房，是以也未曾想到逃狱。

他略一沉吟，已有了主意，匆匆除下黑白子和自己身上的衣衫，对调了穿好，连黑白子那头罩也套在头上，心想："出去时就算遇上了旁人，他们也只道我便是黑白子。"将黑白子的长剑插在自己腰间，一剑在身，更是精神大振，又将黑白子的手足都铐在铐镣的铁圈之中，用力捏紧，铁圈深陷入肉。

黑白子痛得醒了过来，呻吟出声。令狐冲笑道："咱哥儿俩扳扳位！那老头儿每天会送饭送水来。"黑白子呻吟道："任……任老爷子……你……你的吸星大法……"令狐冲那日在荒郊和向问天联手抗敌，听得对方人群中有人叫过"吸星大法"，这时又听黑白子说起，便问："什么吸星大法？"黑白子道："我……我……该……该死……"

令狐冲脱身要紧，当下也不去理他，从方孔中探头出去，两只手臂也伸到了洞外，手掌在铁门上轻轻一推，身子射出，稳稳站在地下，只觉丹田中又积蓄了大量内息，颇不舒服。他不知这些内力乃是从黑白子身上吸来，只道久不练功，桃谷六仙和不戒和尚的内力又回入了丹田。这时只盼尽快离开黑狱，当下提了黑白子留下的油灯，从地道中走出去。

地道中门户都是虚掩，料想黑白子要待出去时再行上锁，这一来，令狐冲便毫不费力的脱离了牢笼。他迈过一道道坚固的门户，想起这些在黑牢中的日子，真是如同隔世，突然之间，对黄钟公他们也已不怎么怀恨，但觉身得自由，便什么都不在乎了。

走到了地道尽头，拾级而上，头顶是块铁板，侧耳倾听，上面并无声息。自从经过这次失陷，他一切小心谨慎得多了，并不立即冲上，站在铁板之下等了好一会，仍没听得任何声息。确知黄钟公当真不在卧室之中，这才轻轻托起铁板，纵身而上。

他从床上的孔中跃出，放好铁板，拉上席子，蹑手蹑足的走将出来，忽听得身后一人阴恻恻的道："二弟，你下去干什么？"

令狐冲一惊回头，只见黄钟公、秃笔翁、丹青生三人各挺兵刃，围在身周。他不知秘门上装有机关消息，这么贸然闯出，机关上铃声大作，将黄钟公等三人引了来，只是他戴着头罩，穿的又是黑白子的长袍，无人认他得出。令狐冲一惊之下，说道："我……我……"

黄钟公冷冷的道："我什么？我看你神情不正，早料到你是要去求任我行教你练那吸星妖法，哼哼，当年你罚过什么誓来？"

令狐冲心中混乱，不知是暴露自己真相好呢，还是冒充黑白子到底，一时拿不定主意，拔出腰间长剑，向秃笔翁刺去。秃笔翁怒道："好二哥，当真动剑吗？"举笔一封。令狐冲这一剑只是虚招，乘他举笔挡架，便即发足奔出。黄钟公等三人直追出来。

令狐冲提气疾奔，片刻间便奔到了大厅。黄钟公大叫："二弟，二弟，你到哪里去？"令狐冲不答，仍是拔足飞奔。突见迎面一人站在大门正中，说道："二庄主，请留步！"

令狐冲奔得正急，收足不住，砰的一声，重重撞在他身上。这一冲之势好急，那人直飞出去，摔在数丈之外。令狐冲忙中一看，见是一字电剑丁坚，直挺挺的横在当地，身子倒确是作"一字"之形，只是和"电剑"二字却拉不上干系了。

令狐冲足不停步的向小路上奔去。黄钟公等一到庄子门口，便不再追来。丹青生大叫："二哥，二哥，快回来，咱们兄弟有什么事不好商量……"

令狐冲只拣荒僻的小路飞奔，到了一处无人的山野，显是离杭州城已远。他如此迅捷飞奔，停下来时竟既不疲累，也不气喘，比之受伤之前，似乎功力尚有胜过。

他除下头上罩子，听到淙淙水声，口中正渴，当下循声过去，来到一条山溪之畔，正要俯身去捧水喝，水中映出一个人来，头发蓬松，满脸污秽，神情甚是丑怪。

令狐冲吃了一惊，随即哑然失笑，囚居数月，从不梳洗，自然是如此醺醵了，霎时间只觉全身奇痒，当下除去外袍，跳在溪水中好好洗了个澡，心想："身上的老泥便没半担，也会有三十斤。"浑身上下擦洗干净，喝饱清水后，将头发挽在头顶，水中一照，已回复了本来面目，与那满脸浮肿的风二中已没半点相似之处。

穿衣之际，觉得胸腹间气血不畅，当下在溪边行功片刻，便觉丹田中的内息已散入奇经八脉，丹田内又是如竹之空、似谷之虚，而全身振奋，说不出的畅快。他不知自己已练成了当世第一等厉害功夫，桃谷六仙和不戒和尚的八道真气、在少林寺疗伤时方生大师注入他体内的内力，固然已尽皆化为己有，而适才抓住黑白子的手腕，又已将他毕生修习的内功吸了过来贮入丹田，再散入奇经八脉，那便是又多了一个高手的功力，自是精神大振。

他跃起身来，拔出腰间长剑，对着溪畔一株绿柳的垂枝随手刺出，手腕略抖，嗤的一声轻响，长剑还鞘，这才左足落地，抬起头来，只见五片柳叶缓缓从空中飘落。长剑二次出鞘，在空中转了个弧形，五片柳叶都收到了剑刃之上。他左手从剑刃上取过一片柳叶，说不出的又是欢喜，又是奇怪。在溪畔悄立片时，陡然间心头一阵酸楚："我这身功夫，师父师娘是无论如何教不出来的了。可是我宁可像从前一样，内力剑法，一无足取，却在华山门中逍遥快乐，和小师妹朝夕相见，胜于这般在江湖上孤身一人，做这游魂野鬼。"

自觉一生武功从未如此刻之高，却从未如此刻这般寂寞凄凉。他天生爱好热闹，喜友好酒，过去数月被囚于地牢，孤身一人那是当然之理。此刻身得自由，却仍是孤零零地。独立溪畔，欢喜之情渐消，清风拂体，冷月照影，心中惆怅无限。

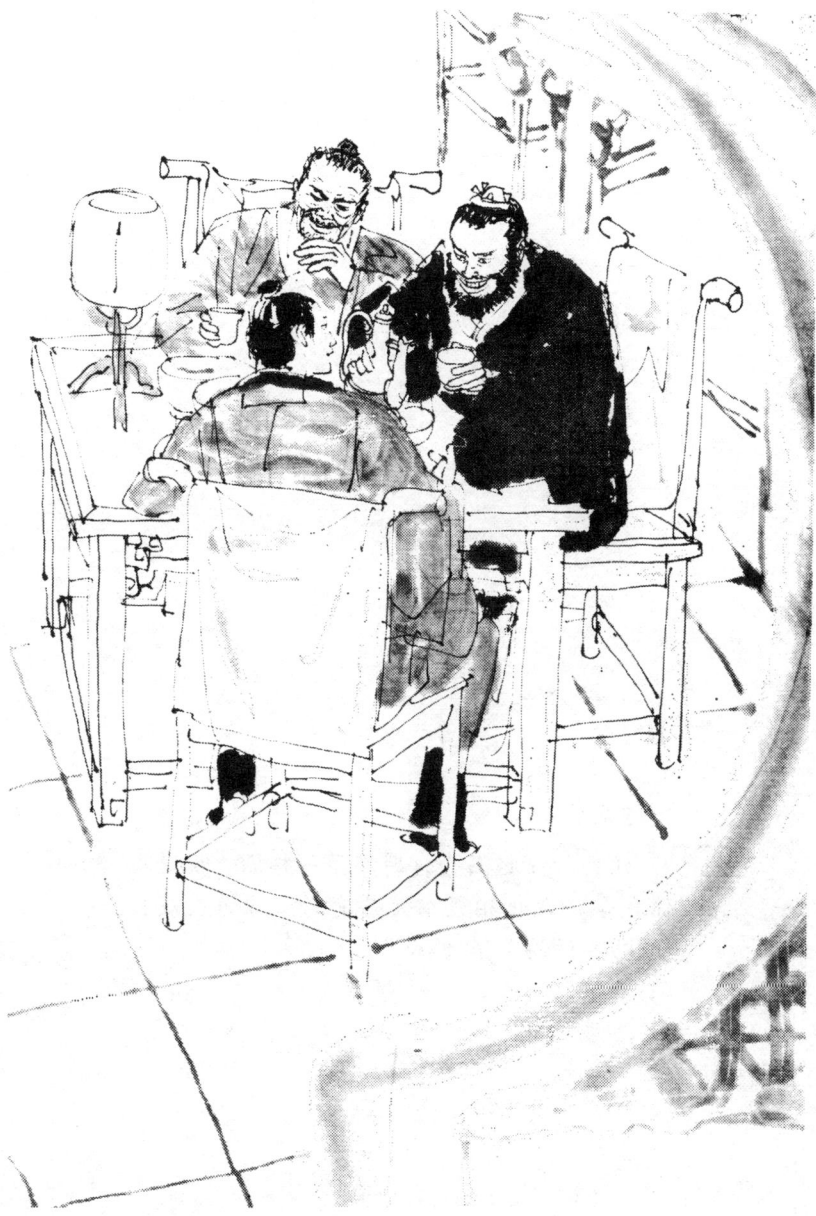

任我行提起酒壶，斟满了一杯酒，说道：
"你我今日在此相聚，大是有缘，你若听我良
言相劝，便请干了此杯。"

二十二　脱　困

　　令狐冲悄立良久，眼见月至中天，夜色已深，心想种种疑窦，务当到梅庄去查个明白，那姓任的前辈倘若不是大奸大恶之辈，也当救他脱困。

　　当下认明路径，向梅庄行去。上了孤山后，从斜坡上穿林近庄，耳听得庄中寂静无声，轻轻跃进围墙。见几十间屋子都是黑沉沉地，只右侧一间屋子窗中透出灯光，提气悄步走到窗下，便听得一个苍老的声音喝道："黄钟公，你知罪么？"声音十分严厉。

　　令狐冲大感奇怪，以黄钟公如此身份，居然会有人对他用这等口吻说话，矮下身子，从窗缝中向内张去。只见四人分坐在四张椅中，其中三人都是五六十岁的老者，另一人是个中年妇人。四人都身穿黑衫，腰系黄带。黄钟公、秃笔翁、丹青生站在四人之前，背向窗外。令狐冲瞧不见他三人的神情，但一坐一站，显然尊卑有别。

　　只听黄钟公道："是，属下知罪。四位长老驾临，属下未曾远迎，罪甚，罪甚。"

　　坐在中间一个身材瘦削的老者冷笑道："哼，不曾远迎，有什么罪了？又装什么腔。黑白子呢？怎么不来见我？"

　　令狐冲暗暗好笑："黑白子给我关在地牢之中，黄钟公他们却当他已经逃走了。"又想："怎么是长老、属下？是了，他们都是魔教中的人物。"只听黄钟公道："四位长老，属下管教不严，这黑白子性情乖张，近来大非昔比，这几日竟然不在庄中。”

那老者双目瞪视着他，突然间眼中精光大盛，冷冷的道：“黄钟公，教主命你们驻守梅庄，是叫你们在这里弹琴喝酒，绘画玩儿，是不是？”黄钟公躬身道：“属下四人奉了教主令旨，在此看管要犯。”那老者道：“这就是了。那要犯看管得怎样了？”黄钟公道：“启禀长老，那要犯拘禁地牢之中。十二年来属下寸步不离梅庄，不敢有亏职守。”那老者道：“很好，很好。你们寸步不离梅庄，不敢有亏职守。如此说来，那要犯仍是拘禁在地牢之中了？”黄钟公道：“正是。”

那老者抬起头来，眼望屋顶，突然间打个哈哈，登时天花板上灰尘簌簌而落。他隔了片刻，说道：“很好！你带那名要犯来让我们瞧瞧。”黄钟公道：“四位长老谅鉴，当日教主严旨，除非教主他老人家亲临，否则不论何人，均不许探访要犯，违者……违者……”

那老者一伸手，从怀中取出一块东西来，高高举起，跟着便站起身来。其余坐着的三人也即站起，状貌甚是恭谨。令狐冲凝目瞧去，只见那物长约半尺，是块枯焦的黑色木头，上面雕刻有花纹文字，看来十分诡异。黄钟公等三人躬身说道：“教主黑木令牌驾到，有如教主亲临，属下谨奉令旨。”那老者道：“好，你去将那要犯带上来。”

黄钟公踌躇道：“那要犯手足铸于精钢铸链之中，无法……无法提至此间。”

那老者冷笑道：“直到此刻，你还在强辞夺理，意图欺瞒。我问你，那要犯到底是怎生逃出去的？”

黄钟公惊道：“那要犯……那要犯逃出去了？决……决无此事。此人好端端的在地牢之中，不久之前属下还亲眼见到，怎……怎能逃得出去？”那老者脸色登和，温言道：“哦，原来他还在地牢之中，那倒是错怪你们了，对不起之至。”和颜悦色的站起身来，慢慢走近身去，似乎要向三人赔礼，突然间一伸手，在黄钟公肩头一拍。秃笔翁和丹青生同时急退两步。但他们行动固是十分迅捷，那老者出手更快,拍拍两声,秃笔翁和丹青生的右肩也被他先后拍中。那老者这三下出手,实是不折不扣的偷袭,脸上笑吟吟的甚是和蔼,竟连黄钟公这等江湖大行家也没提防。秃笔翁和丹青生武功较弱,虽然察觉,却已无法闪避。

丹青生大声叫道:"鲍长老,我们犯了什么罪?怎地你用这等毒手对付我们?"叫声中既有痛楚之意,又显得大是愤怒。

鲍长老嘴角垂下,缓缓的道:"教主命你们在此看管要犯,给那要犯逃了出去,你们该不该死?"黄钟公道:"那要犯倘若真的逃走,属下自是罪该万死,可是他好端端的在地牢之中。鲍长老滥施毒刑,可教我们心中不服。"他说话之时身子略侧,令狐冲在窗外见到他额角上黄豆大的汗珠不住渗将出来,心想这鲍长老适才这么一拍,定然十分厉害,以致连黄钟公这等武功高强之人,竟也抵受不住。又想:黄钟公的武功该当不在此人之下,这鲍长老若不是使诈偷袭,未必便制他得住。

鲍长老道:"你们再到地牢去看看,倘若那要犯确然仍在牢中,我……哼……我鲍大楚给你们三位磕头陪罪,自然立时给你们解了这蓝砂手之刑。"黄钟公道:"好,请四位在此稍待。"当即和秃笔翁、丹青生走了出去。令狐冲见他三人走出房门时都身子微微颤抖,也不知是因心下激动,还是由于身中蓝砂手之故。

他生怕给屋中四人发觉,不敢再向窗中张望,缓缓坐倒在地,寻思:"他们说的什么教主,自必是号称当世武功第一的东方不败。他命江南四友在此看守要犯,已看守了十二年,自然不是指我而言,当是指那姓任的前辈了。难道他竟已逃了出去?他逃出地牢,居然连黄钟公他们都不知道,确是神通广大之至。不错,他们一定不知,否则黑白子也不会将我错认作了任前辈。"心想黄钟公等一入地牢,自然立时将黑白子认出来,这中间变化曲折甚多,想来又是希奇,又是好笑,又想:"他们却为何将我也囚在牢中?多半是我和那姓任的前辈比剑之后,他们怕我出去泄漏了机密,是以将我关住。哼,这虽不是杀人灭口,和杀人灭口却也相差无几。此刻他们身中蓝砂手，滋味定然极不好受，也算是替我出了口恶气。"

但听那四人坐在室中，一句话不说，令狐冲连大气也不敢透一口，和那四人虽有一墙之隔，但相距不过丈许之遥，只须呼吸稍重，立时便会给他们察觉。

万籁俱寂之中，忽然传来"啊"的一声悲号，声音中充满痛苦和恐惧之意，静夜听来，不由得令人毛骨悚然。令狐冲听得是黑白子的叫声，不禁微感歉仄，虽然他为了暗算自己而遭此报，可说自作自受，但他落在鲍大楚诸人手中，定是凶多吉少。跟着听得脚步声渐近，黄钟公等进了屋中。令狐冲又凑眼到窗缝上去张望，只见秃笔翁和丹青生分在左右扶着黑白子。黑白子脸上一片灰色，双目茫然无神，与先前所见的精明强干情状已全然不同。

黄钟公躬身说道："启……启禀四位长老，那要犯果然……果然逃走了。属下在四位长老跟前领死。"他似明知已然无幸，话声颇为镇定，反不如先前激动。

鲍大楚森然道："你说黑白子不在庄中，怎地他又出现了？到底是怎么一回事？"

黄钟公道："种种原由，属下实在莫名其妙。唉，玩物丧志，都因属下四人耽溺于琴棋书画，给人窥到了这老大弱点，定下奸计，将那人……将那人劫了出去。"

鲍大楚道："我四人奉了教主命旨，前来查明那要犯脱逃的真相。你们倘若据实禀告，确无分毫隐瞒，那么……那么我们或可向教主代你们求情，请教主慈悲发落。"黄钟公长长叹了口气，说道："就算教主慈悲，四位长老眷顾，属下又怎有面目再活在世上？只是其中原委曲折，属下如不明白真相，纵然死了也不瞑目。鲍长老，教主……教主他老人家是在杭州么？"鲍大楚长眉一轩，问道："谁说他老人家在杭州？"黄钟公道："然则那要犯昨天刚逃走，教主他老人家怎地立时便知道了？立即便派遣四位长老前来梅庄？"

鲍大楚哼的一声，道："你这人越来越糊涂啦，谁说那要犯是昨天逃走的？"

黄钟公道："那人确是昨天中午越狱的，当时我三人还道他是黑白子，没想到他移花接木，将黑白子关在地牢之中，穿了黑白子的衣冠冲将出来。这件事，我三弟、四弟固然看得清清楚楚，还有那丁坚，给他一撞之下，肋骨断了十几根……"鲍大楚转头向其余三名长老瞧去，皱眉道："这人胡说八道，不知说些什么。"一个肥肥矮矮的老者说道："咱们是上月十四得到的讯息……"一面说，一面屈指计算，道："到今日是第十七天。"

黄钟公猛退两步，砰的一声，背脊重重撞在墙上，道："决……决无此事！我们的的确确，昨天是亲眼见到他逃出去的。"

他走到门口，大声叫道："施令威，将丁坚抬来。"施令威在远处应道："是！"

鲍大楚走到黑白子身前，抓住他胸口，将他身子提起，只见他手足软软的垂了下来，似乎全身骨骼俱已断绝，只剩下一个皮囊。鲍大楚脸上变色，大有惶恐之意，一松手，黑白子摔在地下，竟站不起身。另一个身材魁梧的老者说道："不错，这是中了那厮的……那厮的吸星大法，将全身精力都吸干了。"语音颤抖，十分惊惧。

鲍大楚问黑白子道："你在什么时候着了他的道儿？"黑白子道："我……我……的确是昨天，那厮……那厮抓住了我右腕，我……我便半点动弹不得，只好由他摆布。"鲍大楚甚为迷惑，脸上肌肉微微颤动，眼神迷惘，问道："那便怎样？"黑白子道："他将我从铁门的方孔中拉进牢去，除下我衣衫换上了，又……又将足镣手铐都套在我手足之上，然后从那方孔中钻……钻了出去。"

鲍大楚皱眉道："昨天？怎能够是昨天？"那矮胖老者问道："足镣手铐都是精钢所铸，又怎地弄断的？"黑白子道："我……我……我实在不知道。"秃笔翁道："属下细看过足镣手铐的断口，是用钢丝锯子锯断的。这钢丝锯子，不知那厮何处得来？"

说话之间，施令威已引着两名家人将丁坚抬了进来。他躺在一张软榻上，身上盖着一张薄被。鲍大楚揭开被子，伸手在他胸口轻轻一按。丁坚长声大叫，显是痛楚已极。鲍大楚点点头，挥了挥手。施令威和两名家人将丁坚抬了出去。

鲍大楚道："这一撞之力果然了得，显然是那厮所为。"

坐在左面那中年妇人一直没开口，这时突然说道："鲍长老，倘若那厮确是昨天才越狱逃走，那么上月中咱们得到的讯息只怕是假的了。那厮的同党在外面故布疑阵，令咱们人心摇动。"鲍大楚摇头道："不会是假的。"那妇人道："不会假？"鲍大楚道："薛香主一身金钟罩、铁布衫的横练功夫，寻常刀剑也砍他不入，可是给人五指插入胸膛，将一颗心硬生生的挖了出去。除了这厮之外，当世更无第二人……"

令狐冲正听得出神，突然之间，肩头有人轻轻一拍。这一拍事先更无半点朕兆，他一惊之下，跃出三步，拔剑在手，回过头来，只见两个人站在当地。

这二人脸背月光，瞧不见面容。一人向他招了招手，道："兄弟，咱们进去。"正是向问天的声音。令狐冲大喜，低声道："向大哥！"

令狐冲急跃拔剑，又和向问天对答，屋中各人已然听见。鲍大楚喝问："什么人？"

只听得一人哈哈大笑，发自向问天身旁的人口中。这笑声声震屋瓦，令狐冲耳中嗡嗡作响，只觉胸腹间气血翻涌，说不出的难过。那人迈步向前，遇到墙壁，双手一推，轰隆一声响，墙上登时穿了一个大洞，那人便从墙洞中走了进去。向问天伸手挽住令狐冲的右手，并肩走进屋去。

鲍大楚等四人早已站起，手中各执兵刃，脸上神色紧张。令狐冲急欲看到这人是谁，只是他背向自己，但见他身材甚高，一头黑发，穿的是一袭青衫。

鲍大楚颤声道："原……原来是任……任前辈到了。"那人哼了一声，踏步而前。鲍大楚、黄钟公等自然而然退开了两步。那人转过身来，往中间的椅中一坐，这张椅子，正是鲍大楚适才坐过的。令狐冲这才看清楚，只见他一张长长的脸孔，脸色雪白，更无半分血色，眉目清秀，只是脸色实在白得怕人，便如刚从坟墓中出来的僵尸一般。

他对向问天和令狐冲招招手，道："向兄弟，令狐冲兄弟，过来请坐。"令狐冲一听到他声音，不禁惊喜交集，道："你……你是任前辈？"那人微微一笑，道："正是。你剑法可高明得紧啊。"令狐冲道："你果然已经脱险了。今天……今天我正想来救……"那人笑道："今天你想来救我脱困，是不是？哈哈，哈哈。向兄弟，你这位兄弟很够朋友啊。"

向问天拉着令狐冲的手，让他在那人右侧坐了，自己坐在那人左侧，说道："令狐兄弟肝胆照人，真是当世的堂堂血性男儿。"那人笑道："令狐兄弟，委屈你在西湖底下的黑牢住了两个多月，我可抱歉得很哪，哈哈，哈哈！"

这时令狐冲心中已隐隐知道了些端倪，但还是未能全然明白。

那姓任的笑吟吟的瞧着令狐冲，说道："你虽为我受了两个多月牢狱之灾，但练成了我刻在铁板上的吸星大法，嘿嘿，那也足以补偿而有余了。"令狐冲奇道："那铁板上的秘诀，是前辈刻下的？"那人微笑道："若不是我刻的，世上更有何人会这吸星大法？"

向问天道："兄弟，任教主的吸星神功，当世便只你一个传人，实是可喜可贺。"令狐冲奇道："任教主？"向问天道："原来你到此刻还不知任教主的身份，这一位便是日月神教的任教主，他名讳是上'我'下'行'，你可曾听见过吗？"

令狐冲知道"日月神教"就是魔教，只不过他本教之人自称日月神教，教外之人则称之为魔教，但魔教教主向来便是东方不败，怎地又出来一个任我行？他嗫嚅道："任……任主的名讳，我是在那铁板上摸到的，却不知他是教主。"

那身材魁梧的老者突然喝道："他是什么教主了？我日月神教

的教主，普天下皆知是东方教主。这姓任的反教作乱，早已除名开革。向问天，你附逆为非，罪大恶极。"

任我行缓缓转过头来，凝视着他，说道："你叫做秦伟邦，是不是？"那魁梧老人道："不错。"任我行道："我掌执教中大权之时，你是在江西任青旗旗主，是不是？"秦伟邦道："正是。"任我行叹了口气，道："你现今身列本教十长老之位了，升得好快哪。东方不败为什么这样看重你？你是武功高强呢，还是办事能干？"秦伟邦道："我尽忠本教，遇事向前，十多年来积功而升为长老。"任我行点头道："那也是很不错的了。"

突然间任我行身子一晃，欺到鲍大楚身前，左手疾探，向他咽喉中抓去。鲍大楚大骇，右手单刀已不及挥过来砍对方手臂，只得左手手肘急抬，护住咽喉，同时左足退后一步，右手单刀顺势劈了下来。这一守一攻，只在一刹那间完成，守得严密，攻得凌厉，的是极高明手法。但任我行右手还是快了一步，鲍大楚单刀尚未砍落，已抓住他胸口，嗤的一声响，撕破了他长袍，左手将一块物事从他怀中抓了出来，正是那块黑木令。他右手翻转，已抓住了鲍大楚右腕，将他手腕扭了转去。只听得当当当三声响，却是向问天递出长剑，向秦伟邦以及其余两名长老分别递了一招。三长老各举兵刃相架。向问天攻这三招，只是阻止他们出手救援鲍大楚，三招一过，鲍大楚已全在任我行的掌握之中。

任我行微笑道："我的吸星大法尚未施展，你想不想尝尝滋味？"

鲍大楚在这一瞬之间，已知若不投降，便送了性命，除此之外更无第三条路好走。他决断也是极快，说道："任教主，我鲍大楚自今而后，效忠于你。"任我行道："当年你曾立誓向我效忠，何以后来反悔？"鲍大楚道："求任教主准许属下戴罪图功，将功赎罪。"任我行道："好，吃了这颗丸药。"放开他手腕，伸手入怀，取出一个瓷瓶，倒出一枚火红色的药丸，向鲍大楚抛去。鲍大楚一把抓过，看也不看，便吞入了腹中。

秦伟邦失声道："这……这是'三尸脑神丹'？"

任我行点点头，说道："不错，这正是'三尸脑神丹'！"又从瓷瓶中倒出六粒"三尸脑神丹"，随手往桌上掷去，六颗火红色的丹丸在桌上滴溜溜转个不停，道："你们知道这'三尸脑神丹'的厉害吗？"

鲍大楚道："服了教主的脑神丹后，便当死心塌地，永远听从教主驱使，否则丹中所藏尸虫便由僵伏而活动，钻而入脑，咬啮脑髓，痛楚固不必说，更且行事狂妄颠倒，比疯狗尚且不如。"任我行道："你说得甚是。你既知我这脑神丹的灵效，却何以大胆吞服？"鲍大楚道："属下自今而后，永远对教主忠心不二，这脑神丹便再厉害，也跟属下并不相干。"

任我行哈哈一笑，说道："很好，很好。这里的药丸哪一个愿服？"

黄钟公和秃笔翁、丹青生面面相觑，都是脸色大变。他们与秦伟邦等久在魔教，早就知道这"三尸脑神丹"中里有尸虫，平时并不发作，一无异状，但若到了每年端午节的午时不服克制尸虫的药物，原来的药性一过，尸虫脱伏而出。一经入脑，其人行动如妖如鬼，再也不可以常理测度，理性一失，连父母妻子也会咬来吃了。当世毒物，无逾于此。再者，不同药主所炼丹药，药性各不相同，东方教主的解药，解不了任我行所制丹药之毒。

众人正惊惶踌躇间，黑白子忽然大声道："教主慈悲，属下先服一枚。"说着挣扎着走到桌边，伸手去取丹药。

任我行袍袖轻轻一拂，黑白子立足不定，仰天一交摔了出去，砰的一声，脑袋重重撞在墙上。任我行冷笑道："你功力已失，废人一个，没的糟蹋了我的灵丹妙药。"转头说道："秦伟邦、王诚、桑三娘，你们不愿服我这灵药，是不是？"

那中年妇人桑三娘躬身道："属下誓愿自今而后，向教主效忠，永无贰心。"那矮胖老者王诚道："属下谨供教主驱策。"两人走到桌边，各取一枚丸药，吞入腹中。他二人对任我行向来十分忌惮，眼见他脱困复出，已然吓得心胆俱裂，积威之下，再也不敢反抗。

那秦伟邦却是从中级头目升上来的，任我行掌教之时，他在江西管辖数县之地，还没资格领教过这位前任教主的厉害手段，叫道："少陪了！"双足一点，向墙洞窜出。

任我行哈哈一笑，也不起身阻拦。待他身子已纵出洞外，向问天左手轻挥，袖中倏地窜出一条黑色细长软鞭，众人眼前一花，只听得秦伟邦"啊"的一声叫，长鞭从墙洞中缩转，已然卷住他左足，倒拖了回来。这长鞭鞭身极细，还没一根小指头粗，但秦伟邦给卷住了左足足踝，只有在地下翻滚的份儿，竟然无法起立。

任我行道："桑三娘，你取一枚脑神丹，将外皮小心剥去了。"桑三娘应道："是！"从桌上拿了一枚丹药，用指甲将外面一层红色药壳剥了下来，露出里面灰色的一枚小圆球。任我行道："喂他吃了。"桑三娘道："是！"走到秦伟邦身前，叫道："张口！"

秦伟邦一转身，呼的一掌，向桑三娘劈去。他本身武功虽较桑三娘略逊，但相去也不甚远，可是足踝给长鞭卷住了，穴道受制，手上已无多大劲力。桑三娘左足踢他手腕，右足飞起，拍的一声，踢中胸口，左足鸳鸯连环，跟着在他肩头踢了一脚，接连三脚，踢中了三处穴道，左手捏住他脸颊，右手便将那枚脱壳药丸塞入他口中，右手随即在他喉头一捏，咕的一声响，秦伟邦已将药丸吞入肚中。

令狐冲听了鲍大楚之言，知道"三尸脑神丹"中藏有僵伏的尸虫，全仗药物克制，桑三娘所剥去的红色药壳，想必是克制尸虫的药物，又见桑三娘这几下手脚兔起鹘落，十分的干净利落，倒似平日习练有素，专门逼人服药，心想："这婆娘手脚伶俐得紧！"他不知桑三娘擅于短打擒拿功夫，此刻归附任我行，自是抖擞精神，施展生平绝技，既卖弄手段，又是向教主表示效忠之意。

任我行微微一笑，点了点头。桑三娘站起身来，脸上神色不动，恭恭敬敬的站在一旁。

任我行目光向黄钟公等三人瞧去，显是问他们服是不服。

秃笔翁一言不发，走过去取过一粒丹药服下。丹青生口中喃喃自语，不知在说些什么，终于也过去取了一粒丹药吃了。

黄钟公脸色惨然，从怀中取出一本册子，正是那《广陵散》琴谱，走到令狐冲身前，说道："尊驾武功固高，智谋又富，设此巧计将这任我行救了出去，嘿嘿，在下佩服得紧。这本琴谱害得我四兄弟身败名裂，原物奉还。"说着举手一掷，将琴谱投入了令狐冲怀中。

令狐冲一怔之际，只见他转过身来，走向墙边，心下不禁颇为歉仄，寻思："相救这位任教主，全是向大哥的计谋，事先我可半点不知。但黄钟公他们心中恨我，也是情理之常，我可无法分辩了。"

黄钟公转过身来，靠墙而立，说道："我四兄弟身入日月神教，本意是在江湖上行侠仗义，好好作一番事业。但任教主性子暴躁，威福自用，我四兄弟早萌退志。东方教主接任之后，宠信奸佞，锄除教中老兄弟。我四人更是心灰意懒，讨此差使，一来得以远离黑木崖，不必与人勾心斗角，二来闲居西湖，琴书遣怀。十二年来，清福也已享得够了。人生于世，忧多乐少，本就如此……"说到这里，轻哼一声，身子慢慢软垂下去。

秃笔翁和丹青生齐叫："大哥！"抢过去将他扶起，只见他心口插了一柄匕首，双目圆睁，却已气绝。秃笔翁和丹青生连叫："大哥，大哥！"哭了出来。

王诚喝道："这老儿不遵教主令旨，畏罪自尽，须当罪加一等。你们两个家伙又吵些什么？"丹青生满脸怒容，转过身来，便欲向王诚扑将过去，和他拼命。王诚道："怎样？你想造反么？"丹青生想起已然服了三尸脑神丹，此后不得稍有违抗任我行的意旨，一股怒气登时消了，只是低头拭泪。

任我行道："把尸首和这废人都撵了出去，取酒菜来，今日我和向兄弟、令狐兄弟要共谋一醉。"秃笔翁道："是！"抱了黄钟公的尸身出去。

跟着便有家丁上来摆陈杯筷，共设了六个座位。鲍大楚道："摆三副杯筷！咱们怎配和教主共席？"一面帮着收拾。任我行道："你们也辛苦了，且到外面喝一杯去。"鲍大楚、王诚、桑三娘一齐躬身，道："谢教主恩典。"慢慢退出。

令狐冲见黄钟公自尽，心想此人倒是个义烈汉子，想起那日他要修书荐自己去见少林寺方证大师，求他治病，对己也是一番好意，不由得有些伤感。

向问天笑道："兄弟，你怎地机缘巧合，学到了教主的吸星大法？这件事倒要你说来听听。"令狐冲便将如何自行修习，如何无意中练成等情，一一说了。向问天笑道："恭喜，恭喜，这种种机缘，缺一不成。做哥哥的好生为你欢喜。"说着举起酒杯，一口干了。任我行和令狐冲也都举杯干了。

任我行笑道："此事说来也是险极。我当初在那铁板上刻这套练功秘诀，虽是在黑狱中闷得很了，聊以自遣，却未必存着什么好心。神功秘诀固然是真，但若非我亲加指点，助其散功，依法修习者非走火入魔不可，能避过此劫者千中无一。练这神功，有两大难关。第一步是要散去全身内力，使得丹田中一无所有，只要散得不尽，或行错了穴道，立时便会走火入魔，轻则全身瘫痪，从此成了废人，重则经脉逆转，七孔流血而亡。这门功夫创成已达数百年，但得获传授的固已稀有，而能练成的更寥寥无几，实因散功这一步太过艰难之故。令狐兄弟却占了极大的便宜，你内力本已全失，原无所有，要散便散，不费半点力气，在旁人最艰难最凶险的一步，在你竟不知不觉间便迈过去了。散功之后，又须吸取旁人的真气，贮入自己丹田，再依法驱入奇经八脉以供己用。这一步本来也十分艰难，自己内力已然散尽，再要吸取旁人真气，岂不是以卵击石，徒然送命？令狐兄弟却又有巧遇，听向兄弟说，你身上早已有几名高手所注的八道异种真气，虽只各人的一部份，但亦已极为厉害。

令狐兄弟，你居然轻轻易易的度此两大难关，练成大法，也真是天意了。"

令狐冲手心中捏了把冷汗，说道："幸好我内力全失，否则当真不堪设想。向大哥，任教主到底怎生脱困，兄弟至今仍是不明所以。"

向问天笑嘻嘻的从怀中取出一物，塞在令狐冲手中，道："这是什么？"令狐冲觉得入手之物是一枚坚硬的圆球，正是那日他要自己拿去交给任我行的，摊开手掌，只见是一枚钢球，球上嵌有一粒小小的钢珠。令狐冲一拨钢珠，觉那钢珠能够转动，轻轻转得几转，便拉了一条极细的钢丝出来。这钢丝一端连在钢球之上，钢丝上都是锯齿，却是一把打造得精巧之极的钢丝锯子。令狐冲恍然大悟，道："原来教主手足上的铐镣，是用此物锯断的。"

任我行笑道："我在几声大笑之中运上了内力，将你们五人尽皆震倒，随即锯断铐镣。你后来怎样对付黑白子，当时我便怎样对付你了。"令狐冲笑道："原来你跟我换了衣衫，将铐镣套在我手足之上，难怪黄钟公等没有察觉。"向问天道："本来此事也不易瞒得过黄钟公和黑白子，但他们醒转之后，教主和我早已出了梅庄。黑白子他们见到我留下的棋谱书画，各人欢喜得紧，又哪里会疑心到狱中人已经掉了包。"

令狐冲道："大哥神机妙算，人所难及。"心想："原来你一切早已安排妥当，投这四人所好，引其入彀。只是教主脱困已久，何以迟迟不来救我？"

向问天鉴貌辨色，猜到了他心意，笑道："兄弟，教主脱困之后，有许多大事要办，可不能让对头得知，只好委屈你在西湖底下多住几天，咱们今日便是救你来啦。好在你因祸得福，练成了不世神功，总算有了补偿。哈哈哈，做哥哥的给你赔不是了。"说着在三人酒杯中都斟满了酒，自己一口喝干。任我行哈哈大笑，道："我也陪一杯。"令狐冲笑道："赔什么不是？我得多谢两位才是。我本来身受内伤，无法医治，练了教主的神功后，这内伤竟也霍然而愈，得回了一条性命。"三人纵声大笑，甚是高兴。

向问天道："十二年之前，教主离奇失踪，东方不败篡位。我知事出蹊跷，只有隐忍，与东方不败敷衍。直到最近，才探知了教主被囚的所在，便即来助教主他老人家脱困。岂知我一下黑木崖，东方不败那厮便派出大队人马，追杀于我，又遇上正教中一批混帐王八蛋挤在一起赶热闹。兄弟，那日在深谷之底，你说了内功尽失的缘由，我当时便想要散去你体内的诸般异种真气，当世惟有教主的'吸星大法'。教主脱困之后，我便当求他老人家传你这项神功，救你性命，想不到不用我出口恳求，教主已自传你了。"三人又一起干杯大笑。

令狐冲心想："向大哥去救任教主，固然是利用了我，却也确是存了救我性命之心。那日离谷之时，他便说带我去求人医治。何况我若不是在这件事上出了大力，那'吸星大法'何等神妙，任教主又怎肯轻易便即传给我这毫不相干的外人？"不禁对向问天好生感激。

喝得十几杯酒后，令狐冲觉得这位任教主谈吐豪迈，识见非凡，确是一位生平罕见的大英雄、大豪杰，不由得大是心折，先前见他对付秦伟邦和黄钟公、黑白子，手段未免过份毒辣，但听他谈论了一会后，颇信英雄处事，有不能以常理测度者，心中本来所存的不平之意逐渐淡去。

任我行道："令狐兄弟，我对待敌人，出手极狠，御下又是极严，你或许不大看得惯。但你想想，我在西湖湖底的黑牢中关了多久？你在牢中耽过，知道这些日子的滋味。人家待我如何？对于敌人叛徒，难道能心慈的么？"

令狐冲点头称是，忽然想起一事，站起身来，说道："我有一事相求教主，盼望教主能够答允。"任我行道："什么事？"令狐冲道："我当日初见教主，曾听黄钟公言道，教主倘若脱困，重入江湖，单是华山一派，少说便会死去一大半人。又听教主言道，要是见到我师父，要令他大大难堪。教主功力通神，倘欲和华山派为

• 776 •

难，无人能够抵挡……"

任我行道："我听向兄弟说，你师父已传言天下，将你逐出了华山派门墙。我去将他们大大折辱一番，索性就此灭了华山一派，将之在武林中除名，替你出了心中一口恶气。"

令狐冲摇头道："在下自幼父母双亡，蒙恩师、师娘收入门下，抚养长大，名虽师徒，情同父子。师父将我逐出门墙，一来确是我的不是，二来只怕也有些误会，在下可万万不敢怨怪恩师。"

任我行微笑道："原来岳不群对你无情，你倒不肯对他不义？"令狐冲道："在下想求恳教主的，便是请你宽容大量，别跟我师父、师娘，以及华山派的师弟、师妹们为难。"任我行沉吟道："我得脱黑牢，你出力甚大，但我传了你吸星大法，救了你的性命，两者已然相抵，谁也不亏负谁。我重入江湖，未了的恩仇大事甚多，可不能对你许下什么诺言，以后行事，未免缚手缚脚。"

令狐冲听他这么说，竟是非和岳不群为难不可，不由得焦急之情，见于颜色。

任我行哈哈一笑，说道："小兄弟，你且坐下。今日我在世上，只有向兄弟和你二人，才是真正亲信之人，你有事求我，总也有个商量处。这样罢，你先答允我一件事，我也就答允你，今后见到华山派中师徒，只要他们不是对我不敬，我便不去惹他。纵然要教训他们，也当瞧在你的面上，手下留情三分。你说如何？"

令狐冲大喜，忙道："如此感激不尽。教主有何嘱咐，在下无有不遵。"

任我行道："我和你二人结为金兰兄弟，今后有福同享，有难同当。向兄弟为日月神教的光明左使，你便为我教的光明右使。你意下如何？"

令狐冲一听，登时愕然，万没料到他要自己加入魔教。他自幼便听师父和师娘说及魔教的种种奸邪恶毒事迹，自己虽被逐出门墙，只想闲云野鹤，在江湖上做个无门无派的散人便了，若要自己身入魔教，却是万万不能，一时之间，心中乱成一团，难以回答。

任我行和向问天两对眼睛凝视着他，霎时之间，室中更无半点声息。

过了好一会，令狐冲才道："教主美意，想我令狐冲乃末学后进，如何敢和教主比肩称兄道弟？再说，在下虽已不属华山一派，尚盼师父能够回心转意，收回成命……"

任我行淡淡一笑，道："你叫我教主，其实我此刻虽然得脱牢笼，仍是性命朝不保夕，'教主'二字，也不过说来好听而已。今日普天之下，人人都知日月神教的教主乃是东方不败。此人武功之高，决不在我之下，权谋智计，更远胜于我。他麾下人才济济，凭我和向兄弟二人，要想从他手中夺回教主之位，当真是以卵击石、痴心妄想之举。你不愿和我结为兄弟，原是明哲保身的美事。来来来，咱们杯酒言欢，这话再也休提了。"

令狐冲道："教主的权位如何被东方不败夺去，又如何被囚在黑牢之中，种种情事，在下全然不明，不知两位能赐告否？"

任我行摇了摇头，凄然一笑，说道："湖底一居，一十二年，什么名利权位，本该瞧得淡了。嘿嘿，偏偏年纪越老，越是心热。"他满满斟了一杯酒，一口干了，哈哈一声长笑，笑声中却满是苍凉之意。

向问天道："兄弟，那日东方不败派出多人追我，手段之辣，你是亲眼见到的了。若不是你仗义出手，我早已在那凉亭中给他们砍为肉酱。你心中尚有正派魔教之分，可是那日他们数百人联手，围杀你我二人，哪里还分什么正派，什么魔教？其实事在人为，正派中固有好人，何尝没有卑鄙奸恶之徒？魔教中坏人确是不少，但等咱们三人掌了大权，好好整顿一番，将那些作恶多端的败类给清除了，岂不教江湖上豪杰之士扬眉吐气？"

令狐冲点头道："大哥这话，也说得是。"

向问天道："想当年教主对待东方不败，犹如手足一般，提拔他为教中的光明左使，教中一应大权都交了给他。其时教主潜心修习这吸星大法，要将其中若干小小的缺陷都纠正过来，教中日常事务便无暇多管。不料那东方不败狼子野心，面子上对教主十分恭敬，什么事都不敢违背，暗中却培植一己势力，假借诸般借口，将所有忠于教主的部属或是撤革，或是处死，数年之间，教主的亲信竟然凋零殆尽。教主是个忠厚至诚之人，见东方不败处处恭谨小心，而本教在他手中也算一切井井有条，始终没加怀疑。"

任我行叹了口气，说道："向兄弟，这件事我实在好生惭愧。你曾对我进了数次忠言，叫我提防。可是我对东方不败信任太过，忠言逆耳，反怪你对他心怀嫉忌，言下责你挑拨离间，多生是非，以致你一怒而去，高飞远走，从此不再见面。"

向问天道："属下决不敢对教主有何怨怪之意，只是眼见情势不对，那东方不败部署周密，发难在即，属下倘若随侍教主身畔，非先遭了他的毒手不可。虽然为本教殉难，亦属份所当为，但属下思前想后，总觉还是先行避开为是。倘若教主能洞烛他的奸心，令他逆谋不逞，那自是上上大吉，否则属下身在外地，至少也教他心有所忌，不敢太过放肆。"

任我行点头道："是啊，可是我当时怎知道你的苦心？见你不辞而行，心下大是恼怒，其时练功正在紧要关头，还险些出了乱子。那东方不败却来大献殷勤，劝我不可烦恼。这一来，我更加中了他的奸计，竟将本教的秘籍《葵花宝典》传了给他。"

令狐冲听到"葵花宝典"四字，不禁"啊"了一声。

向问天道："兄弟，你也知道《葵花宝典》么？"令狐冲道："我曾听师父说起过这部宝典的名字，知道是博大精深的武学秘笈，却不知是在教主手中。"

任我行道："多年以来，《葵花宝典》一直是日月神教的镇教之宝，历来均是上代教主传给下一代教主。其时我修习吸星大法废寝忘食，什么事都不放在心上，便想将教主之位传给东方不败。将《葵花宝典》传给他，原是向他表示得十分明白，不久之后，我便会以教主之位相授。唉，东方不败原是个十分聪明之人，这教主之位明明已交在他的手里，他为什么这样心急，不肯等到我正式召开总坛，正式公布于众？却偏偏要干这叛逆篡位的事？"他皱起了眉头，似乎直到此刻，对这件事还是弄不明白。

向问天道："他一来是等不及，不知教主到何时才正式相传；二来是不放心，只怕突然之间，大事有变。"

任我行道："其实他一切已部署妥当，又怕什么突然之间大事有变？当真令人好生难以索解。我在黑牢中静心思索，对他的种种奸谋已一一想得明白，只是他何以迫不及待的忽然发难，至今仍然想他不通。本来嘛，他对你心中颇有所忌，怕我说不定会将教主之位传了给你。但你既不别而行，已去了他眼中之钉，尽管慢慢的等下去好了。"

向问天道："就是东方不败发难那一年，端午节晚上大宴，小姐在席上说过的一句话，教主还记得么？"任我行搔了搔头，道："端午节？那小姑娘说过什么话啊？那有什么干系？我可全不记得了。"

向问天道："教主别说小姐是小孩子。她聪明伶俐，心思之巧，实不输于大人。那一年小姐是七岁罢？她在席上点点人数，忽然问你：'爹爹，怎么咱们每年端午节喝酒，一年总是少一个人？'你一怔，问道：'什么一年少一个人？'小姐说道：'我记得去年有十一个人，前年有十二个。今年一、二、三、四、五……咱们只剩下了十个。'"

任我行叹了口气，道："是啊，当时我听了小姑娘这句话，心下很是不快。早一年东方不败处决了郝贤弟。再早一年，丘长老不明不白的死在甘肃，此刻想来，自也是东方不败暗中安排的毒计了。再先一年，文长老被革出教，受嵩山派、泰山派、衡山派三派高手围攻而死，此事起祸，自也是在东方不败身上。唉，小姑娘无意中吐露真言，当时我犹在梦中，竟自不悟。"

他顿了一顿，喝了口酒，又道："这'吸星大法'，创自北宋年间的'逍遥派'，分为'北冥神功'与'化功大法'两路。（作者按：请参阅《天龙八部》。）后来从大理段氏及星宿派分别传落，合而为一，称为'吸星大法'，那主要还是继承了'化功大法'一路。只是学者不得其法，其中颇有缺陷。其时我修习吸星大法已在十年以上，在江湖上这神功大法也是大有声名，正派中人闻者无不丧胆。可是我却知这神功之中有几个重大缺陷，初时不觉，其后祸患却慢慢显露出来。那几年中我已然深明其患，知道若不及早补救，终有一日会得毒火焚身。那些吸取而来的他人功力，会得突然反噬，吸来的功力愈多，反扑之力愈大。"

令狐冲听到这里，心下隐隐觉得有一件大事十分不妥。

任我行又道："那时候我身上已积聚了十余名正邪高手的功力。但这十余名高手分属不同门派，所练功力各不相同。我须得设法将之融合为一，以为己用，否则总是心腹大患。那几年中，我日思夜想，所挂心的便是这一件事。那日端午节大宴席上，我虽在饮酒谈笑，心中却兀自在推算阳跷二十二穴和阳维三十二穴，在这五十四个穴道之间，如何使内息游走自如，既可自阳跷入阳维，亦可自阳维入阳跷。因此小姑娘那几句话，我听了当时心下虽然不快，但片刻间便也忘了。"

向问天道："属下也一直十分奇怪。教主向来机警万分，别人只须说得半句话，立时便知他心意，十拿九稳，从不失误。可是在那几年中，不但对东方不败的奸谋全不察觉，而且日常……日常……咳……"任我行微笑道："而且日常浑浑噩噩，神不守舍，一副心不在焉的模样，是也不是？"向问天道："是啊。小姐说了那几句话后，东方不败哈哈一笑，道：'小姐，你爱热闹，是不？明年咱们多邀几个人来一起喝酒便是。'他说话时满脸堆欢，可是我从他眼光之中，却看出满是疑虑之色。他必定猜想，教主早已胸有成竹，眼前只不过假装痴呆，试他一试。他素知教主精明，料想对这样明显的事，决不会不起疑心。"

任我行皱起眉头，说道："小姑娘那日在端午节大宴中说过这几句话，这十二年来，我却从来没记起过。此刻经你一提，我才记得，确有此言。不错，东方不败听了那几句话，焉有不大起疑心之理?"向问天道:"再说,小姐一天天长大,越来越聪明,便在一二年间,只怕便会给她识破了机关。等她成年之后,教主又或许会将大位传她。东方不败所以不敢多等,宁可冒险发难,其理或在于此。"

任我行连连点头,叹了口气,道:"唉,此刻我女儿若在我身边,咱们多了一人,也不致如此势孤力弱了。"

向问天转过头来,向令狐冲道:"兄弟,教主适才言道,他这吸星大法之中,含有重大缺陷。以我所知,教主虽在黑牢中被囚十二年,大大受了委屈,可是由此脱却俗务羁绊,潜心思索,已然解破了这神功中的秘奥。教主,是也不是?"

任我行摸摸浓密的黑髯,哈哈一笑,极是得意,说道:"正是。从此而后,吸到别人的功力,尽为我用,再也不用担心这些异种真气突然反扑了。哈哈!令狐兄弟,你深深吸一口气,是否觉得玉枕穴和膻中穴中有真气鼓荡,猛然窜动?"

令狐冲依言吸了口气,果觉玉枕穴和膻中穴两处有真气隐隐流窜,不由得脸色微变。

任我行道:"你不过初学乍练,还不怎么觉得。可是当年我尚未解破这秘奥之时,这两处穴道中真气鼓荡,当真是天翻地覆,实难忍受。外面虽静悄悄地一无声息,我耳中却满是万马奔腾之声,有时又似一个个焦雷连续击打,轰轰发发,一个响似一个。唉,若不是我体内有如此重大变故,那东方不败的逆谋焉能得逞?"

令狐冲知他所言不假,又知向问天和他说这番话,用意是要自己向他求教,但若自己不允加入日月神教,求教之言,自是说不出口,心想:"练了他这吸星大法,原来是吸取旁人功力以为己用。这功夫自私阴毒,我决计不练,决计不使。至于我体内异种真气无法化除,本来便已如此,我这条性命原是捡来的。令狐冲岂能贪生怕死,便去做大违素愿之事?"当下转过话题,说道:"教主,在下有一事不明,还想请教。在下曾听师父言道,那《葵花宝典》是武学中至高无上的秘笈,练成了宝典中的武学,固是无敌于天下,而且长生延年，寿过百岁。教主何以不练那宝典中的武功，却去练那甚为凶险的吸星大法？"

任我行淡淡一笑，道："此中原由，便不足为外人道了。"

令狐冲脸上一红道："是，在下冒昧了。"

向问天道："兄弟，教主年事已高，你大哥也比他老人家小不了几岁。你若入了本教，他日教主的继承人非你莫属。就算你嫌日月神教的声名不好，难道不能在你手中力加整顿，为天下人造福么？"

令狐冲听他这番话入情入理，微觉心动，只见任我行左手拿过酒杯，重重在桌上一放，右手提起酒壶，斟满了一杯酒，说道："数百年来，我日月神教和正教诸派为仇，向来势不两立。你如固执己见，不入我教，自己内伤难愈，性命不保，固不必说，只怕你师父、师娘的华山派……嘿嘿，我要使华山派师徒尽数覆灭，华山一派从此在武林中除名，却也不是什么难事。你我今日在此相聚，大是有缘，你若听我良言相劝，便请干了此杯。"

这番话充满了威胁之意，令狐冲胸口热血上涌，朗声说道："教主，大哥，我本就身患绝症，命在旦夕，无意中却学得了教主的神功大法，此后终究无法化解，也不过是回复旧状而已，那也没有什么。我于自己这条性命早已不怎样看重，生死有命，且由他去。华山派开派数百年，当有自存之道，未必别人一举手间便能予以覆灭。今日言尽于此，后会有期。"说着站起身来，向二人一拱手，转身便走。

向问天欲待再有话说，令狐冲早已去得远了。

令狐冲出得梅庄，重重吁了口气，拂体凉风，适意畅怀，一抬头，只见一钩残月斜挂柳梢，远处湖水中映出月亮和浮云的倒影。

走到湖边，悄立片时，心想："任教主眼前的大事当是去向东方不败算帐，夺回教主之位，自不会去寻华山派的晦气。但若师父、师娘、师弟妹们不知内情，撞上了他，那可非遭毒手不可。须得尽早告知，好让他们有所防备。却不知他们从福州回来了没有？这里去福州不远，左右无事，我就去福建走一趟。倘若他们已动身回来，在途中或者也能遇上。"

随即想到师父传书武林，将自己逐出了师门，胸口不禁又是一酸，又想："我将任教主逼我入教之事，向师父师娘禀明。他们当能明白，我并非有意和魔教中人结交。说不定师父能收回成命，只罚我去思过崖上面壁三年，那便好了。"一想到重入师门有望，精神为之一振，当下去找了家客店歇宿。

这一觉睡到午时方醒，心想在未见师父师娘之前，别要显了自己本来面目，何况盈盈曾叫祖千秋他们传言江湖，要取自己性命，还是乔装改扮，免惹麻烦。却扮作什么样子才好？心下沉吟，从房中踱了出来，刚走进天井，突然间豁喇一声，一盆水向他身上泼将过来。令狐冲立时倒纵避开，那盆水便泼了个空。只见一个军官手中正拿着一只木脸盆，向着他怒目而视，粗声道："走路也不带眼睛？你不见老爷在倒水吗？"

令狐冲气往上冲，心想天下竟有这等横蛮之人，眼见这军官四十来岁年纪，满腮虬髯，倒也颇为威武，一身服色，似是个校尉，腰中挂了把腰刀，挺胸凸肚，显是平素作威作福惯了的。那军官喝道："还瞧什么？不认得老爷么？"令狐冲灵机一动："扮成这个军官，倒也有趣。我大模大样的在江湖上走动，武林中朋友谁也不会来向我多瞧一眼。"那军官喝道："笑什么？你奶奶的，有什么好笑？"原来令狐冲想到得意处，脸上不禁露出微笑。

令狐冲走到柜台前付了房饭钱，低声问道："那位军爷是什么来头？"那掌柜的愁眉苦脸的道："谁知他是什么来头？他自称是北京城来的，只住了一晚，服侍他的店小二倒已吃了他三记耳光。好酒好肉叫了不少，也不知给不给房饭钱呢。"

令狐冲点了点头，走到附近一家茶馆中，泡了壶茶，慢慢喝着等候。

等了小半个时辰，只听得马蹄声响，那军官骑了匹枣红马，从客店中出来，马鞭挥得拍拍作响，大声吆喝："让开，让开，你奶奶的，还不快走。"几个行人让得稍慢，给他马鞭抽去，呼痛声不绝。

令狐冲早已付了茶钱，站起身来，快步跟在马后，眼见那军官出了西门，向西南大路上驰去。奔得数里，路上行人渐稀。令狐冲加快脚步，抢到马前，右手一扬。那马吃了一惊，嘘溜溜一声叫，人立起来，那军官险些掉下马来。令狐冲喝道："你奶奶的，走路不带眼睛么？你这畜生险些踹死了老子！"他不开口，那军官已然大怒，这三声一骂，那军官自是怒不可遏，待那马前足落地，刷的一鞭，便向令狐冲头上抽落。

令狐冲见大道上不便行事，叫声："啊哟！"一个踉跄，抱头便向小路上逃去。那军官怎肯就此罢休，跃下马来，匆匆将马缰系在树上，狂奔追来。令狐冲叫道："啊哟，我的妈啊。"逃入树林。那军官大叫大嚷的追来，突然间胁下一麻，咕咚一声，栽倒在地。

令狐冲左足踏住他胸口，笑道："你奶奶的，本事如此不济，怎能行军打仗？"在他怀中一搜，掏了一只大信封出来，上面盖有"兵部尚书大堂正印"的朱红大印，写着"告身"两个大字。打开信封，抽了一张厚纸出来，却是兵部尚书的一张委任令，写明委任河北沧州游击吴天德升任福建泉州府参将，克日上任。令狐冲笑道："原来是位参将大人，你便是吴天德么？"

那军官给他踏住了动弹不得，一张脸皮胀得发紫，喝道："快放我起来，你……你……胆大妄为，侮辱朝廷命官，不……不怕王法吗？"嘴里虽然吆喝，气势却已馁了。

令狐冲笑道："老子没了盘缠，要借你的衣服去当一当。"反掌在他头顶一拍，那军官登时晕去。

令狐冲迅速剥下他衣服，心想这人如此可恶，教他多受些罪，将他内衣内裤一起剥下，全身赤条条地一丝不挂。一提他包袱重甸甸地，打开一看，竟有好几百两银子，还有三只金元宝，心想："这都是这狗官搜刮来的民脂民膏，难以物归原主，只好让我吴天德参将大人拿来买酒喝了。"想着不禁笑出声来。当下脱去衣衫，将那参将的军服、皮靴、腰刀、包裹都换到了自己身上，撕烂自己衣衫，将他反手绑了，缚在树上，再在他口中塞满了烂泥。转念一想，回身抽出单刀，将他满脸虬髯都剃了下来，将剃下的胡子揣入怀中，笑道："你变成了小白脸，这可美得多啦！"

走到大路之上，解开系在树上的马缰，纵身上马，举鞭一挥，喝道："让开，让开，你奶奶的，走路不带眼睛吗？哈哈，哈哈！"长笑声中，纵马南驰。

当晚来到余杭投店，掌柜的和店小二"军爷前，军爷后"的，招呼得极是周到。令狐冲次晨向掌柜问明了去福建的道路，赏了五钱银子，掌柜和店小二恭恭敬敬的直送出店门外。令狐冲心想："总算你们时运好，遇上了我这位冒牌参将，要是真参将吴天德前来投宿，你们可有苦头吃了。"去店铺买了面镜子，一瓶胶水，出城后来到荒僻处，对着镜子将一根根胡子胶在脸上。这番细功夫花了大半个时辰，黏完后对镜一照，满脸虬髯，蓬蓬松松，着实神气，不禁哈哈大笑。

一路向南，到金华府、处州府后，南方口音已和中州大异，甚难听懂。好在人人见他是军官，都卷起了舌头跟他说官话，也无甚难处。他一生手头从未有过这许多钱，喝起酒来尽情畅怀，颇为自得其乐。

只是体内的诸般异种真气不过逼入各处经脉之中，半分也没驱出体外，时时突然间涌向丹田，令他头晕眼花，烦恶欲呕。这时又多了黑白子的真气，比先前更加难熬。每当发作，只得依照任我行在铁板上所刻的法门，将之驱离丹田。只要异种真气一离丹田，立即精神奕奕，舒畅无比。如此每练一次，自知功力便深了一层，却也是陷溺深了一层，好在总是想到："我这条命是捡来的，多活一日，便已多占了一分便宜。"便即坦然。

这日午后，已入仙霞岭。山道崎岖，渐行渐高，岭上人烟稀少。再行出二十余里后，始终没见到人家，已知贪着赶路，错过了宿头。眼见天色已晚，于是采些野果裹腹。见悬崖下有个小山洞，颇为干燥，不致为虫蚁所扰，便将马系在树上，让其自行吃草，找些干草来铺在洞里，预备过夜。只觉丹田中气血不舒，当即坐下行功。任我行所传的那神功每多一次修习，便多受一次羁縻，越来越觉滋味无穷。直练了一个更次，但觉全身舒泰，飘飘欲仙，直如身入云端一般。

他吐了口长气，站起身来，不由得苦笑，心想："那日我问任教主，他既有武功绝学的《葵花宝典》在手，何以还要练这吸星大法，他不肯置答。此中情由，这时我却明白了。原来这吸星大法一经修习，便再也无法罢手。"想到此处，不由得暗暗心惊："曾听师娘说过苗人养蛊之事，一养之后，纵然明知其害，也已难以舍弃，若不放蛊害人，蛊虫便会反噬其主。将来我可别成为养蛊的苗人才好。"

走出山洞，但见繁星满天，四下里虫声唧唧，忽听得山道上有人行来，其时相距尚远，但他内力既强，耳音便亦及遥，心念一动，当即过去将马缰放开了，在马臀上轻轻一拍，那马缓缓走向山坳。

他隐身树后，过了好一会，听得山道上脚步声渐近，人数着实不少，星光之下，见一行人均穿黑衣，其中一人腰缠黄带，瞧装束是魔教中人，其余高高矮矮的共有三十余人，都默不作声的随在其后。令狐冲心想："他们此去向南入闽，莫非和我华山派有关？难道是奉了任教主之命，去跟师父师娘为难？"待一行人去远，便悄悄跟随。

行出数里，山路突然陡峭，两旁山峰笔立，中间留出一条窄窄的山路，已是两人不能并肩而行。那三十余人排成一字长蛇，向山道上爬去。令狐冲心道："我如跟着上去，这些人居高临下，只须有一人偶一回头，便见到了我。"于是闪入草丛躲起，要等他们上了高坡，从南坡下去，这才追赶上去。哪知这行人将到坡顶，突然散开，分别隐在山石之后，顷刻之间，藏得一个人影也不见了。

令狐冲吃了一惊，第一个念头是："他们已见到了我。"但随即知道不是，寻思："他们在此埋伏，要袭击上坡之人。是了，此处地势绝佳，在此陡然发难，上坡之人势必难逃毒手。他们要伏击的是谁？难道师父师娘他们北归之后，又有急事要去福建？否则怎么会连夜赶路？今晚我又能和小师妹相会？"

一想到岳灵珊，登时全身皆热，悄悄在草丛中爬了开去，直爬到远离山道，这才从乱石间飞奔下山，转了几个弯，回头已望不见那高坡，再转到山道上向北而行。

他一路疾走，留神倾听对面是否有人过来，走出十余里后，忽听得左侧山坡上有人斥道："令狐冲这混帐东西，你还要为他强辩！"

仪琳急忙回身，伸手去拉。令狐冲凑手过去，握住了她手。仪琳运劲一提，令狐冲左手在地下连撑，这才站定，神情狼狈不堪。他身后的几名女弟子忍不住咭咭咯咯的直笑。

二十三 伏 击

　　黑夜之中，荒山之上，突然听到有人清清楚楚的叫出自己姓名，令狐冲不禁大吃一惊，第一个念头便是："是师父他们！"但这明明是女子声音，却不是师娘，更不是岳灵珊。跟着又听得一个女子的话声，只是相隔既远，话声又低，听不清说些什么。令狐冲向山坡上望去，只见影影绰绰的站着三四十人，心中一酸："不知是谁在骂我？如果真是华山派一行，小师妹听别人这般骂我，不知又如何说？"

　　当即矮身钻入了道旁灌木丛中，绕到那山坡之侧，弓腰疾行，来到一株大树之后，只听得一个女子声音说道："师伯，令狐师兄行侠仗义……"只听得这半句话，脑海中便映出一张俏丽清秀的脸蛋来，胸口微微一热，知道说话之人是恒山派的小尼姑仪琳。他得知这些人是恒山派而不是华山派，大为失望，心神一激动间，仪琳下面两句话便没听见。

　　只听先前那尖锐而苍老的声音怒道："你小小年纪，却恁地固执？难道华山派掌门岳先生的来信是假的？岳先生传书天下，将令狐冲逐出了门墙，说他与魔教中人勾结，还能冤枉他么？令狐冲以前救过你，他多半要凭着这一点点小恩小惠，向咱们暗算下手……"

　　仪琳道："师伯，那可不是小恩小惠，令狐师兄不顾自己性命……"那苍老的声音喝道："你还叫他令狐师兄？这人多半是个工于心计的恶贼，装模作样，骗你们小孩子家。江湖上人心鬼蜮，什么狡猾伎俩都有。你们年轻人没见识，便容易上当。"仪琳道："师伯的吩咐，弟子怎敢不听？不过……不过……令狐师……"底下个"兄"字终于没说出口，硬生生的给忍住了。那老人问道："不过怎样？"仪琳似乎甚为害怕，不敢再说。

那老人道："这次嵩山左盟主传来讯息，魔教大举入闽，企图劫夺福州林家的《辟邪剑谱》。左盟主要五岳剑派一齐设法拦阻，以免给这些妖魔歹徒夺到了剑谱，武功大进，五岳剑派不免人人死无葬身之地。那福州姓林的孩子已投入岳先生门下，剑谱若为华山派所得，自然再好没有。就怕魔教诡计多端，再加上个华山派旧徒令狐冲，他熟知内情，咱们的处境便十分不利了。掌门人既将这副重担放在我肩头，命我率领大伙儿入闽，此事有关正邪双方气运消长，万万轻忽不得。再过三十里，便是浙闽交界之处。今日大家辛苦些，连夜赶路，到廿八铺歇宿。咱们赶在头里，等魔教人众大举赶到之时，咱们便占了以逸待劳的便宜。可仍得事事小心。"只听得数十个女子齐声答应。

令狐冲心想："这位师太既非恒山派掌门，仪琳师妹又叫她师伯，'恒山三定'，那么是定静师太了。她接到我师父传书，将我当作歹人，那也怪她不得。她只道自己赶在头里，殊不知魔教教众已然埋伏在前。幸好给我发觉了，却怎生去告知她们才好？"

只听定静师太道："一入闽境，须得步步提防，要当四下里全是敌人。说不定饭店中的店小二、茶馆里的茶博士，都是魔教中的奸细。别说隔墙有耳，就是这草丛之中，也难免没藏着敌人。自今而后，大伙儿决不可提一句'辟邪剑谱'，连岳先生、令狐冲、东方必败的名头也不可提。"群女弟子齐声应道："是。"

令狐冲知道魔教教主东方不败神功无敌，自称不败，但正教中人提到他时，往往称之为"必败"，一音之转，含有长自己志气、灭敌人威风之意，听她竟将自己的名字和师父及东方不败相提并论，不禁苦笑，心道："我这无名小卒，你恒山派前辈竟如此瞧得起，那可不敢当了。"

只听定静师太道："大伙儿这就走罢！"众弟子又应了一声，便见七名女弟子从山坡上疾驰而下，过了一会，又有七人奔下。恒山派轻功另有一路，在武林中颇有声名，前七人、后七人相距都一般远近，宛似结成了阵法一般，十四人大袖飘飘，同步齐进，远远望去，美观之极。再过一会，又有七人奔下。

过不多时，恒山派众弟子一批批都动身了，一共六批，最后一批却有八人，想是多了个定静师太。这些女子不是女尼，便是俗家女弟子，黑夜之中，令狐冲难辨仪琳在哪一队中，心想："这些恒山派的师姊师妹虽然各有绝技，但一上得那陡坡，双峰夹道，魔教教众忽施奇袭，势必伤亡惨重。"

当即摘了些青草，挤出草汁，搽在脸上，再挖些烂泥，在脸上手上涂抹一阵，再加上这满腮虬髯，料想就在白天，仪琳也认不得自己，绕到山道左侧，提气追了上去。他轻功本来并不甚佳，但轻功高低，全然系于内力强弱，此时内力既强，随意迈步都是一步跨出老远。这一提气急奔，顷刻间便追上了恒山派众人。他怕定静师太武功了得，听到他奔行的声息，是以兜了个大圈子，这才赶在众人头里，一上山道后，奔得更加快了。

耽搁了这许久，月亮已挂在中天，令狐冲来到陡坡之下，站定了静听，竟无半点声息，心想："若不是我亲眼见到魔教教众埋伏在侧，又怎想得到此处危机四伏，凶险无比。"慢慢走上陡坡，来到双峰夹道之处的山口，离开魔教教众埋伏处约有里许，坐了下来，寻思："魔教中人多半已见到了我，只是他们生怕打草惊蛇，想来不会对我动手。"等了一会，索性卧倒在地。

终于隐隐听到山坡下传来了脚步声，心下转念："最好引得魔教教众来和我动手，只须稍稍打斗一下，恒山派自然知道了。"于是自言自语："老子生平最恨的，便是暗箭伤人，有本事的何不真刀真枪，狠狠的打上一架？躲了起来，鬼鬼祟祟的害人，那是最无耻的卑鄙行径。"他对着高坡提气说话，声音虽不甚响，但借着充沛内力远远传送出去，料想魔教人众定然听到。岂知这些人真能沉得住气，竟毫不理睬。

过不多时，恒山派第一拨七名弟子已到了他身前。

七弟子在月光下见一名军官伸张四肢，睡在地下。这条山道便只容一人行过，两旁均是峭壁，若要上坡，非跨过他身子不可。这些弟子只须轻轻一纵，便跃过了他身子，但男女有别，在男人头顶纵跃而过，未免太过无礼。

一名中年女尼朗声说道："劳驾，这位军爷，请借一借道。"令狐冲唔唔两声，忽然间鼾声大作。那女尼法名仪和，性子却毫不和气，眼见这军官深更半夜的睡在当道，情状已十分突兀，而这等大声打鼾，十九是故意做作。她强抑怒气，说道："你如不让开，我们可要从你身上跳过去了。"令狐冲鼾声不停，迷迷糊糊的道："这条路上妖魔鬼怪多得紧，可过去不得啊。唔唔，苦海无边，回……回……回头是岸！"

仪和一怔，听他这几句话似是意带双关。另一名女尼扯了扯她衣袖，七人都退开几步。

一人悄声道："师姊，这人有点古怪。"又一人道："只怕他是魔教的奸人，在此向咱们挑战。"另一人道："魔教中人决不会去做朝廷的军官，就算乔装改扮，也当扮作别种装束。"仪和道："不管他！他再不让道，咱们就跳了过去。"迈步上前，喝道："你真的不让，我们可要得罪了。"

令狐冲伸了个懒腰，慢慢坐起。他仍怕给仪琳认了出来，脸向山坡，背脊对着恒山派众弟子，右手撑在峭壁之上，身子摇摇晃晃，似是喝醉了酒一般，说道："好酒啊，好酒！"

便在此时，恒山派第二拨弟子已然到达。一名俗家弟子问道："仪和师姊，这人在这里干什么？"仪和皱眉道："谁知道他了！"

令狐冲大声道："刚才宰了一条狗，吃得肚子发胀，酒又喝得太多，只怕要呕。啊哟，不好，真的要呕！"当下呕声不绝。众女弟子皱眉掩鼻，纷纷退开。令狐冲呕了几声，却呕不出什么。众女弟子窃窃私议间，第三拨又已到了。

只听得一个清柔的声音道："这人喝醉了,怪可怜的,让他歇一歇,咱们再走不迟。"令狐冲听到这声音,心头微微一震,寻思:"仪琳小师妹心地当真良善。"

仪和却道:"这人故意在此捣乱,可不是安着好心!"迈步上前,喝道:"让开!"伸掌往令狐冲左肩拨去。令狐冲身子晃了几下,叫道:"啊哟,乖乖不得了!"跌跌撞撞的向上走了几步。这几步一走,局势更是尴尬,他身子塞在窄窄的山道之中,后面来人除非从他头顶飞跃而过,否则再也无法超越。

仪和跟着上去,喝道:"让开了!"令狐冲道:"是,是!"又走上几步。他越行越高,将那上山的道路塞得越死,突然间大声叫道:"喂,上面埋伏的朋友们留神了,你们要等的人正在上来啦。你们这一杀将出来,那可谁也逃不了啦!"

仪和等一听,当即退回。一人道:"此处地势奇险,倘若敌人在此埋伏袭击,那可难以抵挡。"仪和道:"倘若有人埋伏,他怎会叫了出来?这是虚者实之,实者虚之,上面定然无人。咱们要是露出畏缩之意,可让敌人笑话了。"另外两名中年女尼齐声道:"是啊!咱三人在前开路,师妹们在后跟来。"三人长剑出鞘,又奔到了令狐冲身后。

令狐冲不住大声喘气,说道:"这道山坡可当真陡得紧,唉,老人家年纪大了,走不动啦。"一名女尼喝道:"喂,你让在一旁,给我们先走行不行?"令狐冲道:"出家人火气别这么大,走得快是到,走得慢也是到。咳咳,唉,去鬼门关吗,还是走得慢些的好。"那女尼道:"你不是绕弯子骂人吗?"呼的一剑,从仪和身侧刺出,指向令狐冲背心。她只是想将令狐冲吓得让开,这一剑将刺到他身子之时,便即凝力不发。

令狐冲恰于此时转过身来,眼见剑尖指着自己胸口,大声喝道:"喂!你……你……你这是干什么来了?我是朝廷命官,你竟敢如此无礼。来人哪,将这女尼拿了下来!"几名年轻女弟子忍不住笑出声来,此人在这荒山野岭之上,还在硬摆官架子,实是滑稽之至。

一名尼姑笑道："军爷，咱们有要紧事，心急赶路，劳你驾往旁边让一让。"令狐冲道："什么军爷不军爷？我是堂堂参将，你该当叫我将军，才合道理。"七八名女弟子齐声笑着叫道："将军大人，请你让道！"

令狐冲哈哈一笑，挺胸凸肚，神气十足，突然间脚下一滑，摔跌下来。众弟子尖声惊呼："小心。"便有二人拉住了他手臂。令狐冲又滑了一下，这才站定，骂道："他奶奶……这地下这样滑。地方官全是饭桶，也不差些民伕，将山道给好好修一修。"

他这么两滑一跌，身子已缩在山壁微陷的凹处，恒山女弟子展开轻功，一一从他身旁掠过。有人笑道："地方官该得派辆八人大轿，把将军大人抬过岭去，才是道理。"有人道："将军是骑马不坐轿的。"先一人道："这位将军与众不同，骑马只怕会摔跌下来。"令狐冲怒道："胡说八道！我骑马几时摔跌过？上个月那该死的畜牲作老虎跳，我才从马背上滑了一滑，摔伤了膀子，那也算不得什么。"众女弟子一阵大笑，如风般上坡。

令狐冲眼见一个苗条身子一晃，正是仪琳，当即跟在她身后。这一来，可又将后面众弟子阻住了去路。幸好他虽脚步沉重，气喘吁吁，三步两滑，又爬又跌，走得倒也快捷。后面一名女弟子又笑又埋怨："你这位将军大人真是……咳，一天也不知要摔多少交！"

仪琳回过头来，说道："仪清师姊，你别催将军了。他心里一急，别真的摔了下去。这山坡陡得紧，摔下去可不是玩的。"

令狐冲见到她一双大眼，清澄明澈，犹如两泓清泉，一张俏脸在月光下秀丽绝俗，更无半分人间烟火气，想起那日为了逃避青城派的追击，她在衡山城中将自己抱了出来，自己也曾这般怔怔的凝视过她，突然之间，心底升起一股柔情，心想："这高坡之上，伏得有强仇大敌，要加害于她。我便自己性命不在，也要保护她平安周全。"

仪琳见他双目呆滞，容貌丑陋，向他微微点头，露出温和笑容，又道："仪清师姊，这位将军如果摔跌，你可得快拉住他。"仪清笑道："他这么重，我怎拉得住？"

本来恒山派戒律甚严，这些女弟子轻易不与外人说笑，但令狐冲大装小丑模样，不住逗她们的乐子，而四周并无长辈，黑夜赶路，说几句无伤大雅的笑话，亦有振奋精神之效。

令狐冲怒道："你们这些女孩子说话便不知轻重。我堂堂将军，想当年在战场上破阵杀贼，那般威风凛凛、杀气腾腾的模样，你们要是瞧见了，嘿嘿，还有不佩服得五体投地的？这区区山路，压根儿就没瞧在我眼里，怎会摔交？当真信口开河……啊哟，不好！"脚下似乎踏到一块小石子，身子便俯跌下去。他伸出双手，在空中乱挥乱抓。在他身后的几名女弟子都尖声叫了出来。

仪琳急忙回身，伸手一拉。令狐冲凑手过去，握住了她手。仪琳运劲一提，令狐冲左手在地下连撑，这才站定，神情狼狈不堪。他身后的几名女弟子忍不住咭咭咯咯的直笑。令狐冲道："我这皮靴走山路太过笨重，倘若穿了你们的麻鞋，那就包管不会摔交。再说，我只不过滑了一滑，又不是摔交，有什么好笑？"仪琳缓缓松开了手，说道："是啊，将军穿了马靴，走山道确是不大方便。"令狐冲道："虽然不便，可威风得紧，要是像你们老百姓那样，脚上穿双麻鞋草鞋，可又太不体面了。"众女弟子听他死要面子，又都笑了起来。

这时后面几拨人已络绎到了山脚下，走在最先的将到坡顶。

令狐冲大声嚷道："这一带所在，偷鸡摸狗的小贼最多，冷不防便打人闷棍，抢人钱财。你们出家人身边虽没多大油水，可是辛辛苦苦化缘得来的银子，却也小心别让人给抢了去。"仪清笑道："有咱们大将军在此，谅来小贼们也不敢前来太岁头上动土。"令狐冲叫道："喂，喂，小心了，我好像瞧见上面有人探头探脑的。"

一名女弟子道："你这位将军当真啰唆，难道咱们还怕了几个小毛贼不成？"

一言甫毕，突然听得两名女弟子叫声："哎唷！"骨碌碌滚将下来。两名女弟子急忙抢上，同时抱住。前面几名女弟子叫了起来："贼子放暗器，小心了！"叫声未歇，又有一人滚跌下来。仪和叫道："大家伏低！小心暗器！"当下众人都伏低了身子。令狐冲骂道："大胆毛贼，你们不知本将军在此么？"仪琳拉拉他手臂，急道："快伏低了！"

在前的女弟子掏出暗器，袖箭、铁菩提纷纷向上射去。但上面的敌人隐伏石后，一个也瞧不见，暗器都落了空。

定静师太听得前面现了敌踪，纵身急上，从一众女弟子头顶跃过，来到令狐冲身后时，呼的一声，也从他头顶跃了过去。

令狐冲叫道："大吉利市！晦气，晦气！"吐了几口口水。只见定静师太大袖飞舞，当先攻上，敌人的暗器嗤嗤的射来，有的钉在她衣袖之上，有的给她袖力激飞。

定静师太几个起落，到了坡顶，尚未站定，但觉风声劲急，一条熟铜棍从头顶砸到。听这兵刃劈风之声，便知十分沉重，当下不敢硬接，侧身从棍旁窜过，却见两柄链子枪一上一下的同时刺到，来势迅疾。敌人在这隘口上伏着三名好手，扼守要道。定静师太喝道："无耻！"反手拔出长剑，一剑破双枪，格了开去。那熟铜棍又拦腰扫来。定静师太长剑在棍上一搭，乘势削下，一条链子枪却已刺向她右肩。只听得山腰中女弟子尖声惊呼，跟着砰砰之声大作，原来敌人从峭壁上将大石推将下来。

恒山派众弟子挤在窄道之中，窜高伏低，躲避大石，顷刻间便有数人被大石砸伤。定静师太退了两步，叫道："大家回头，下坡再说！"她舞剑断后，以阻敌人追击。却听得轰轰之声不绝，头顶不住有大石掷下，接着听得下面兵刃相交，山脚下竟也伏有敌人，待恒山派众人上坡，上面一发动，便现身堵住退路。

下面传上讯息："师伯，拦路的贼子功夫硬得很，冲不下去。"接着又传讯上来："两位师姊受了伤。"

定静师太大怒，如飞奔下，眼见两名汉子手持钢刀，正逼得两名女弟子不住倒退。定静师太一声呼叱，长剑疾刺，忽听得呼呼两声，两个拖着长链的镔铁八角锤从下飞击而上，直攻她面门。定静师太举剑撩去，一枚八角锤一沉，径砸她长剑，另一枚却向上飞起，自头顶压落。定静师太微微一惊："好大的臂力。"如在平地，她也不会对这等硬打硬砸的武功放在心上，只须展开小巧功夫，便能从侧抢攻，但山道狭窄，除了正面冲下之外，别无他途。敌人两柄八角铁锤舞得劲急，但见两团黑雾扑面而来，定静师太无法施展精妙剑术，只得一步步的倒退上坡。

猛听上面"哎唷"声连作，又有几名女弟子中了暗器，摔跌下来。定静师太定了定神，觉得还是坡顶的敌人武功稍弱，较易对付，当下又冲了上去，从众女弟子头顶跃过，跟着又越过令狐冲头顶。

令狐冲大声叫道："啊哟，干什么啦，跳田鸡么？这么大年纪，还闹着玩。你在我头顶跳来跳去，人家还能赌钱么？"定静师太急于破敌解围，没将他的话听在耳中。仪琳歉然道："对不住，我师伯不是故意的。"令狐冲唠唠叨叨的埋怨："我早说这里有毛贼，你们就是不信。"心中却道："我只见魔教人众埋伏在坡顶，却原来山坡下也伏有好手。恒山派人数虽多，挤在这条山道中，丝毫施展不出手脚，大事当真不妙。"

定静师太将到坡顶，蓦见杖影晃动，一条铁禅杖当头击落，原来敌人另调好手把守。定静师太心想："今日我如冲不破此关，带出来的这些弟子们只怕要覆没于此。"身形一侧，长剑斜刺，身子离铁禅杖只不过数寸，便已闪过，长剑和身扑前，急刺那手挥禅杖的胖大头陀。这一招可说险到了极点，直是不顾性命、两败俱伤的打法。那头陀猝不及防，收转禅杖已自不及，嗤的一声轻响，长剑从他胁下刺入。那头陀悍勇已极，一声大叫，手起一拳，将长剑打得断成两截，拳上自也是鲜血淋漓。

定静师太叫道："快上来，取剑！"仪和飞身而上，横剑叫道：

"师伯，剑！"定静师太转身去接，斜刺里一柄链子枪攻向仪和，一柄链子枪刺向定静师太。仪和只得挥剑挡格，那使链子枪之人着着进逼，又将仪和逼得退下山道，长剑竟然无法递到定静师太手中。

跟着上面抢过三人，二人使刀，一人使一对判官笔，将定静师太围在垓心。定静师太一双肉掌上下翻飞，使开恒山派"天长掌法"，在四般兵刃间翻滚来去。她年近六旬，身手矫捷却不输少年。魔教四名好手合力围攻，竟奈何不了这赤手空拳的一位老尼。

仪琳轻轻惊叫："啊哟，那怎么办？那怎么办？"令狐冲大声道："这些小毛贼太不成话，让道，让道！本将军要上去捉拿毛贼了。"仪琳急道："去不得！他们不是毛贼，都是武功很好的人，你一上去，他们便要杀了你。"令狐冲胸口一挺，昂然叫道："青天白日之下……"抬头一看，天刚破晓，还说不上是"青天白日"，他也不以为意，继续说道："这些小毛贼拦路打劫，欺侮女流之辈，哼哼，难道不怕王法么？"仪琳道："我们不是寻常的女流之辈，敌人也不是拦路打劫的小毛贼……"令狐冲大踏步上前，从一众女弟子身旁硬挤了过去。众女弟子只得贴紧石壁，让他擦身而过。

令狐冲将上坡顶，伸手去拔腰刀，拔了好一会，假装拔不出来，骂道："他奶奶的，这刀子硬是捣乱，要紧关头却生了锈。将军刀锈，怎生拿贼？"

仪和正挺剑和两名魔教教众剧斗，拼命守住山道，听他在身后唠唠叨叨，刀子生了锈，拔不出来，又好气，又好笑，叫道："快让开，这里危险！"只这么叫了一声，微一疏神，一柄链子枪刷的一声，刺向她肩头，险些中枪。仪和退了半步，那人又挺枪刺到。

令狐冲叫道："反了，反了！大胆毛贼，不见本将军在此吗？"斜身一闪，挡在仪和身前。那使链子枪的汉子一怔，此时天色渐明，见他服色打扮确是朝廷命官模样，当下凝枪不发，枪尖指住了他胸口，喝道："你是谁？刚才在下面大呼小叫，便是你这狗官么？"

令狐冲骂道："你奶奶的，你叫我狗官？你才是狗贼！你们在这里拦路打劫，本将军到此，你们还不逃之夭夭，当真无法无天之至！本将军拿住了你们，送到县衙门去，每人打五十大板，打得你们屁股开花，每人大叫我的妈啊！"

那使枪汉子不愿戕杀朝廷命官，惹下麻烦，骂道："快滚你妈的臭鸭蛋！再啰唆不清，老子在你这狗官身上戳三个透明窟窿。"

令狐冲见定静师太一时尚无败象，而魔教教众也不再向下发射暗器、投掷大石，大声喝道："大胆毛贼，快些跪下叩头，本将军看在你们家有八十岁老娘，或者还可从轻发落，否则的话，哼哼，将你们的狗头一个个砍将下来……"

恒山派众弟子听得都是皱眉摇头，均想："这是个疯子。"仪和走上一步，挺剑相护，如敌人发枪刺他，便当出剑招架。

令狐冲又使劲拔刀，骂道："你奶奶的，临急上阵，这柄祖传的宝刀偏偏生了锈。哼，我这宝刀只消不生锈哪，你毛贼便有十个脑袋也都砍了下来。"那使枪汉子呵呵大笑，喝道："去你妈的！"横枪向令狐冲腰里砸来。令狐冲一扯之下，连刀带鞘都扯了下来，叫声："啊哟！"身子向前直扑，摔了下去。仪和叫道："小心！"令狐冲摔跌之时，腰刀递出，刀鞘头正好点中那使枪汉子腰眼。那汉子哼也不哼，便已软倒在地。

令狐冲拍的一声，摔倒在地，挣扎着爬将起来，咦的一声，叫道："啊哈，你也摔了一交，大家扯个直，老子不算输，咱们再来打过。"

仪和一把抓起那汉子，向后摔出，心想有了一名俘虏在手，事情便易办了些。

魔教中三人冲将过来，意图救人。令狐冲叫道："啊哈，乖乖不得了，小小毛贼真要拒捕。"提起腰刀，指东打西，使的全然不成章法。"独孤九剑"本来便无招数，固可使得潇洒优雅，但使得笨拙丑怪，一样的威力奇大，其要点乃在剑意而不在招式。他并不擅于点穴打穴，激斗之际，难以认准穴道，但精妙剑法附之以浑厚内力，虽然并非戳中要害，又或是撞在穴道之侧，敌人一般的也禁受不住，随手戳出，便点倒了一人。

但见他脚步踉跄，跌跌撞撞，一把连鞘腰刀乱挥乱舞，忽然间收足不住，向一名敌人撞去，噗的一声响，刀鞘尖头刚好撞正在那人小腹。那人吐了口长气，登时软倒。令狐冲叫声"啊哟"，向后一跳，刀柄又撞中一人肩后。那人立时摔倒，不住在地下打滚。令狐冲双脚在他身上一绊，骂道："他奶奶的！"身子直撞出去，刀鞘戳中一名持刀的教众。此人是围攻定静师太的三名好手之一，背心被撞，单刀脱手飞出。定静师太乘机发掌，砰的一声，击在那人胸口。那人口喷鲜血，眼见不活了。

令狐冲叫道："小心，小心！"退了几步，背心撞向那使判官笔之人。那人挺笔向他背脊点去。令狐冲一个踉跄，向前冲出，刀鞘到处，又有两名教众被戳倒地。那使判官笔之人向他疾扑而至。令狐冲大叫："我的妈啊！"拔步奔逃，那人发足追来。令狐冲突然停步弯腰，刀柄从腋下露出半截，那人万料不到他奔跑正速之际忽然会站定不动，他武功虽高，变招却已不及，急冲之下，将自己胸腹交界处撞上了令狐冲向后伸出的刀柄。那人脸上露出古怪之极的神情，对适才之事似是绝不相信，可是身子却慢慢软倒下去。

令狐冲转过身来，见坡顶打斗已停，恒山派众弟子一小半已然上坡，正和魔教众人对峙而立，其余弟子正自迅速上来。他大声叫道："小小毛贼，见到本将军在此，还不快快跪下投降，真是奇哉怪也！"手舞刀鞘，大叫一声，向魔教人丛中冲了进去。魔教教众登时刀枪交加。恒山派众弟子待要上前相助，却见令狐冲大叫："厉害，厉害！好凶狠的毛贼！"已从人丛中奔了出来。他脚步沉重，奔跑时拖泥带水，一不小心，砰的摔了一交，刀鞘弹起，击上自己额头，登时晕去。但他在魔教人丛中一入一出，又已戳倒了五人。

双方见他如此，无不惊得呆了。

仪和、仪清双双抢上，叫道："将军，你怎么啦？"令狐冲双目紧闭，诈作不醒。

魔教领头的老人眼见片刻间己方一人身亡，更有十一人被这疯疯癫癫的军官戳倒。适才见他冲入阵来，自己接连出招要想拿他，都反而险些被他刀鞘戳中，刀鞘鞘尖所指处虽非穴道所在，但来势凌厉，方位古怪，生平从所未见，此人武功之高，实是深不可测。又见己方被戳倒的人之中，五人已被恒山派擒住，今日无论如何讨不了好去，当即朗声说道：“定静师太，你们中了暗器的弟子，要不要解药？”

定静师太见己方中了暗器的几名弟子昏迷不醒，伤处流出的都是黑血，知道暗器淬有剧毒，一听他这句话，已明其意，叫道：“拿解药来换人！”那人点了点头，低语数句。一名教众拿了一个瓷瓶，走到定静师太身前，微微躬身。定静师太接过瓷瓶，厉声道：“解药倘若有效，自当放人。”那老人道：“好，恒山定静师太，当非食言之人。”将手一挥。众人抬起伤者和死者尸体，齐从西侧山道下坡，顷刻之间，走得一个不剩。

令狐冲悠悠醒转，叫道：“好痛！”摸了摸肿起一个硬块的额头，奇道：“咦，那些毛贼呢？都到哪里去啦？”

仪和嗤的一笑，道：“你这位将军真是希奇古怪，刚才幸亏你冲入敌阵，胡打一通，那些小毛贼居然给你吓退了。”令狐冲哈哈大笑，说道：“妙极，妙极！大将军出马，果然威风八面，与众不同。小毛贼望风披靡，哎哟……”伸手一摸额头，登时苦起了脸。仪清道：“将军，你可砸伤了吗？咱们有伤药。”令狐冲道：“没伤，没伤！大丈夫马革里尸，也是闲事……”仪和抿嘴笑道：“只怕是马革裹尸罢，什么叫马革里尸？”仪清横了她一眼，道：“你就是爱挑眼，这会儿说这些干什么？”令狐冲道：“我们北方人，就读马革里尸，你们南方人读法有些不同。”仪和转过了头，笑道：“我们可也是北方人。”

定静师太将解药交给了身旁弟子，嘱她们救治中了暗器的同门，走到令狐冲身前，躬身施礼，说道：“恒山老尼定静，不敢请

·803·

问少侠高姓大名。"

令狐冲心中一凛："这位恒山派前辈果然眼光厉害，瞧出了我年纪不大，又是个冒牌将军。"当下躬身抱拳，恭恭敬敬的还礼，说道："老师太请了。本将军姓吴，官名天德，天恩浩荡之天，道德文章之德，官拜泉州参将之职，这就去上任也。"

定静师太料他是不愿以真面目示人，未必真是将军，说道："今日我恒山派遭逢大难，得蒙将军援手相救，大恩大德，不知如何报答才是。将军武功深湛，贫尼却瞧不出将军的师承门派，实是佩服。"

令狐冲哈哈大笑，说道："老师太夸奖，不过老实说，我的武功倒的确有两下子，上打雪花盖顶，下打老树盘根，中打黑虎偷心……哎唷，哎唷。"一面说，一面手舞足蹈，一拳打出，似乎用力过度，自己弄痛了关节，偷眼看仪琳时，见她吃了一惊，颇有关切之意，心想："这位小师妹良心真好，倘若知道是我，不知她心中有何想法？"

定静师太自然明知他是假装，微笑道："将军既是真人不露相，贫尼只有朝夕以清香一炷，祷祝将军福体康健，万事如意了。"

令狐冲道："多谢，多谢。请你求求菩萨，保佑我升官发财。小将也祝老师太和众位小师太一路顺风，逢凶化吉，万事顺利。哈哈，哈哈！"大笑声中，向定静师太一躬到地，扬长而去。他虽狂妄做作，但久在五岳剑派，对这位恒山派前辈却也不敢缺了礼数。

恒山派群弟子望着他脚步蹒跚的向南行去，围着定静师太，叽叽喳喳的纷纷询问："师伯，这人是什么来头？""他是真的疯疯癫癫，还是假装的？""他是不是武功很高，还是不过运气好，误打误撞的打中了敌人？""我瞧他不像将军，好像年纪也不大，是不是？"

定静师太叹了口气，转头去瞧身中暗器的众弟子，见她们敷了解药后，黑血转红，脉搏加强，已无险象，她恒山派治伤灵药算得是各派之冠，自能善后，当下解开了五名魔教教众的穴道，令其自去，说道："大伙儿到那边树下坐下休息。"

她独自在一块大岩石畔坐定，闭目沉思："这人冲入魔教阵中之时，魔教领头的长老向他动手。但他仍能在顷刻间戳倒五人，却又不是打穴功夫，所用招式竟丝毫没显示他的家数门派。当世武林之中，居然有这样厉害的年轻人，却是哪一位高人的弟子？这样的人物是友非敌，实是我恒山派的大幸了。"

她沉吟半晌，命弟子取过笔砚，一张薄绢，写了一信，说道："仪质，取信鸽来。"仪质答应了，从背上所负竹笼中取出一只信鸽。定静师太将薄绢书信卷成细细的一条，塞入一个小竹筒中，盖上了盖子，再浇了火漆，用铁丝缚在鸽子的左足上，心中默祷，将信鸽往上一掷。鸽儿振翅北飞，渐高渐远，顷刻间成为一个小小的黑点。

定静师太自写书以至放鸽，每一行动均十分迟缓，和她适才力战群敌时矫捷若飞的情状全然不同。她抬头仰望，那小黑点早在白云深处隐没不见，但她兀自向北遥望。众人谁都不敢出声，适才这一战，虽有那小丑般的将军插科打诨，似乎颇为滑稽，其实局面凶险之极，各人都可说是死里逃生。

隔了良久，定静师太转过身来，向一名十五六岁的小姑娘招了招手。那少女立即站起，走到她身前，低声叫道："师父！"定静师太轻轻抚了抚她头发，说道："绢儿，你刚才怕不怕？"那少女点了点头，道："怕的！幸亏这位将军勇敢得很，将这些恶人打跑了。"定静师太微微一笑，说道："这位将军不是勇敢得很，而是武功好得很。"那少女道："师父，他武功好得很么？我瞧他出招乱七八糟，一不小心，把刀鞘砸在自己头上。怎么他的刀又会生锈，拔不出鞘？"

这少女秦绢是定静师太所收的关门弟子，聪明伶俐，甚得师父怜爱。恒山派女弟子中，出家的尼姑约占六成，其余四成是俗家弟子，有些是中年妇人，五六十岁的婆婆也有，秦绢是恒山派中年纪最小的。众弟子见定静师太和小师妹秦绢说话，慢慢都围了上来。

仪和插口道："他出招哪里乱七八糟了？那都是假装出来的。将上乘武功掩饰得一点不露痕迹，那才叫高明呢！师伯，你看这位将军是什么来头？是哪一家哪一派的？"

定静师太缓缓摇头，说道："这人的武功，只能以'深不可测'四字来形容，其余的我一概不知。"

秦绢问道："师父，你这封信是写给掌门师叔的，是不是？马上能送到么？"定静师太道："鸽儿到苏州白衣庵换一站，从白衣庵到济南妙相庵又换一站，再在老河口清静庵换一站。四只鸽儿接力，当可送到恒山了。"仪和道："幸好咱们没损折人手，那几个师姊妹中了喂毒暗器的，过得两天相信便无大碍。给石头砸伤和中了兵刃的，也无性命之忧。"

定静师太抬头沉思，没听到她的话，心想："恒山派这次南下，行踪十分机密，昼宿宵行，如何魔教人众竟然得知讯息，在此据险伏击？"转头对众弟子道："敌人远遁，谅来一时不敢再来。大家都累得很了，便在这里吃些干粮，到那边树荫下睡一忽儿。"

大家答应了，便有人支起铁架，烹水泡茶。

众人睡了几个时辰，用过了午餐。定静师太见受伤的弟子神情委顿，说道："咱们行迹已露，以后不用晚间赶路了，受伤的人也须休养，咱们今晚在廿八铺歇宿。"

从这高坡上一路下山，行了三个多时辰到了廿八铺。那是浙闽间的交通要冲，仙霞岭上行旅必经之所。进得镇来，天还没黑，可是镇上竟无一人。

仪和道："福建风俗真怪，这么早大家便睡了。"定静师太道："咱们且找一家客店投宿。"恒山派和武林中各地尼庵均互通声气，但廿八铺并无尼庵，不能前去挂单，只得找客店投宿。所不便的是俗人对尼姑颇有忌讳，认为见之不吉，往往多惹闲气，好在一众女尼受之已惯，也从来不加计较。

但见一家家店铺都上了门板。廿八铺说大不大，说小不小，也有一两百家店铺，可是一眼望去，竟似一座死镇。落日余晖未尽，廿八铺街上已如深夜一般。众人在街上转了个弯，见一家客店前挑出一个白布招子，写着"仙安客店"四个大字，但大门紧闭，静悄悄地没半点声息。女弟子郑萼当下便上前敲门。这郑萼是俗家弟子，一张圆圆的脸蛋常带笑容，能说会道，很讨人家欢喜。一路上凡有与人打交道之事，总是由她出马，免得旁人一见尼姑，便生拒却之心。

郑萼敲了几下门，停得片刻，又敲几下，过了良久，却无人应门。郑萼叫道："店家大叔，请开门来。"她声音清亮，又是习武之人，声音颇能及远，便隔着几重院子，也当听见了。可是客店中竟无一人答应，情形显然甚是突兀。

仪和走上前去，附耳在门板上一听，店内全无声息，转头说道："师伯，店内没人。"

定静师太隐隐觉得有些不对，眼见店招甚新，门板也洗刷得十分干净，决不是歇业不做的模样，说道："过去瞧瞧，这镇上该不止这一家客店。"

向前走过数十家门面，又有一家"南安客店"。郑萼上前拍门，一模一样，仍然无人答应。郑萼道："仪和师姊，咱们进去瞧瞧。"仪和道："好！"两人越墙而入。郑萼叫道："店里有人吗？"不听有人回答，两人拔剑出鞘，并肩走进客堂，再到后面厨房、马厩、客房各处一看，果是一人也无。但桌上、椅上未积灰尘，连桌上一把茶壶中的茶也尚有微温。郑萼打开了大门，让定静师太等人进来，将情形说了。各人都啧啧称奇。

定静师太道："你们七人一队，分别到镇上各处去瞧瞧，打听一下到底是何缘故。七个人不可离散，一有敌踪便吹哨为号。"众弟子答应了，分别快步行出。客堂之上便只剩下定静师太一人。初时尚听到众弟子的脚步之声，到后来便寂无声息。这廿八铺镇上，静得令人只感毛骨悚然，偌大一个镇甸，人声俱寂，连鸡鸣犬吠之声也听不到半点，实是大异寻常。

定静师太突然担心起来："莫非魔教布下了阴毒陷阱？女弟子们没多大江湖阅历，别要中了诡计，给魔教一网打尽。"走到门口，只见东北角人影晃动，西首又有几人跃入人家屋中，都是本派弟子，她心中稍定。又过一会，众弟子络绎回报，都说镇上并无一人。

　　仪和道："别说没人，连畜生也没一只。"仪清道："看来镇上各人离去不久，许多屋中箱笼打开，大家把值钱的东西都带走了。"定静师太点点头，问道："你们以为怎么？"仪和道："弟子猜想，那是魔教妖人驱散了镇民，不久便会大举来攻。"定静师太道："不错！这一次魔教妖人要跟咱们明枪交战，那好得很啊。你们怕不怕？"众弟子齐声道："降魔灭妖，乃我佛门弟子的天职。"定静师太道："咱们便在这客店中宿歇，做饭饱餐一顿再说。先试试水米蔬菜之中有无毒药。"

　　恒山派会餐之时，本就不许说话，这一次更是人人竖起了耳朵，倾听外边声息。第一批吃过后，出去替换外边守卫的弟子进来吃饭。

　　仪清忽然想到一计，说道："师伯，咱们去将许多屋中的灯烛都点了起来，教敌人不知咱们的所在。"定静师太道："这疑兵之计甚好。你们七人去点灯。"

　　她从大门中望出去，只见大街西首许多店铺的窗户之中，一处处透了灯火出来，再过一会，东首许多店铺的窗中也有灯光透出。大街上灯光处处，便是没半点声息。定静师太一抬头，见到天边月亮，心下默祷："菩萨保佑，让我恒山派诸弟子此次得能全身而退。弟子定静若能复归恒山，从此青灯礼佛，再也不动刀剑了。"

　　她昔年叱咤江湖，着实干下了不少轰轰烈烈的事迹，但昨晚仙霞岭上这一战，局面之凶险，此刻思之犹有余悸，所担心的是率领着这许多弟子，倘若是她孤身一人，情境便再可怖十倍，那也不放在心上，又再默祷："大慈大悲、救苦救难观世音菩萨，要是我恒山诸人此番非有损折不可，只让弟子定静一人身当此灾，诸般杀业报应，只由弟子一人承当。"

便在此时，忽听得东北角传来一个女子声音大叫："救命，救命哪！"万籁俱寂之中，尖锐的声音特别显得凄厉。定静师太微微一惊，听声音并非本派弟子，凝目向东北角望去，并未见到什么动静，随见仪清等七名弟子向东北角上奔去，自是前去察看。过了良久，不见仪清等回报。仪和道："师伯，弟子和六位师妹过去瞧瞧。"定静点点头，仪和率领六人，循着呼叫声来处奔去。黑夜中剑光闪烁，不多时便即隐没。

隔了好一会，忽然那女子声音又尖叫起来："杀了人哪，救命，救命！"恒山派群徒面面相觑，不知那边出了什么事，何以仪清、仪和两批人过去多时，始终未来回报，若说遇上了敌人，却又不闻打斗之声。但听那女子一声声的高叫"救命"，大家瞧着定静师太，候她发令派人再去施救。

定静师太道："于嫂，你带领六名师妹前去，不论见到什么事，即刻派人回报。"于嫂是个四十来岁的中年妇人，原是恒山白云庵中服侍定闲师太的佣妇。后来定闲师太见她忠心能干，收为弟子，此次随同定静师太出来，却是第一次闯荡江湖。于嫂躬身答应，带同六名师妹，向东北方而去。

可是这七人去后，仍如石沉大海一般，有去无回。定静师太越来越惊，猜想敌人布下了陷阱，诱得众弟子前去，一一擒住；又等片刻，仍无半点动静，那高呼"救命"之声却也不再响了。定静师太道："仪质、仪真，你们留在这里，照料受伤的师姊、师妹，不论见到什么古怪，总之不可离开客店，以免中了调虎离山之计。"仪质、仪真二人躬身答应。

定静师太对郑萼、仪琳、秦绢三名年轻弟子道："你们三个跟我来。"抽出长剑，向东北角奔去。来到近处，但见一排房屋，黑沉沉地既无灯火，亦无声息，定静师太厉声喝道："魔教妖人，有种的便出来决个死战，在这里装神弄鬼，是什么英雄好汉？"停了片刻，听屋中无人回答，飞腿向身畔一座屋子的大门上踢去。喀喇一声，门闩断截，大门向内弹开，屋内一团漆黑，也不知有人没人。

定静师太不敢贸然闯进，叫道："仪和、仪清、于嫂，你们听到我声音么？"她叫声远远传了开去，过了片刻，远处传来一些轻微的回声，回声既歇，便又是一片静寂。

定静师太回头道："你们三人紧紧跟着我，不可离开。"提剑绕着这排屋子奔行一周，没见丝毫异状，纵身上屋，凝目四望。其时微风不起，树梢俱定，冷月清光铺在瓦面之上，这情景便如昔日在恒山午夜出来步月时所见一般，但在恒山是一片宁静，此刻却蕴藏着莫大诡秘和杀气。定静师太空有一身武功，敌人始终没有露面，当真束手无策。

她又是焦躁，又是后悔："早知魔教妖人鬼计多端，可不该派她们分批过来……"突然间心中一凛，双手一拍，纵下屋来，展开轻功，急驰回到南安客店，叫道："仪质、仪真，见到什么没有？"客店之中竟然无人答应。

她疾冲进内，店内已无一人，本来睡在榻上养伤的几名弟子也都已不知去向。

这一下定静师太便修养再好，却也无法镇定了，剑尖在烛光下不住跃动，闪出一丝丝青光，知道自己握着长剑的手已忍不住颤抖。数十名女弟子突然间无声无息的就此失踪，到底什么缘故？却又如何是好？一霎那间，但觉唇干舌燥，全身筋骨俱软，竟尔无法移动。

但这等瘫软只顷刻间的事，她吸了一口气，在丹田中一加运转，立即精神大振，在客店各处房舍庭院中迅速兜了一圈，不见丝毫端倪，叫道："萼儿、绢儿，你们过来。"可是黑夜之中，只听到自己的叫声，郑萼、秦绢和仪琳三人均无应声。定静师太暗叫："不好！"急冲出门，叫道："萼儿、绢儿、仪琳，你们在哪里？"门外月光淡淡，那三个小徒儿也已影踪不见。

当此大变，定静师太不惊反怒，一跃上屋，叫道："魔教妖人，有种的便来决个死战，装神弄鬼，成什么样子?"

她连呼数声，四下里静悄悄地绝无半点声音。她不住口的大声叫骂，但廿八铺偌大一座镇甸之中，似乎便只剩下她一人。正无法可施之际，忽然灵机一动，朗声说道："魔教众妖人听了，你们再不现身，那便显得东方不败只是个无耻胆怯之徒，不敢派人和我正面为敌。什么东方不败，只不过是东方必败而已。东方必败，有种敢出来见见老尼吗? 东方必败，东方必败，我料定你便是不敢!"她知道魔教中上上下下，对教主奉若神明，如有人辱及教主之名，教徒闻声而不出来舍命维护教主的令誉，实是罪大恶极之事。果然她叫了几声"东方必败"，突见几间屋中涌出七人，悄没声的跃上屋顶，四面将她围住。

敌人一现身形，定静师太心中便是一喜，心想："你们这些妖人终究给我骂了出来，便将我乱刀分尸，也胜于这般鬼影也见不到半个。"可是这七人只一言不发的站在她身周。定静师太怒道："我那些女弟子呢? 将她们绑架到哪里去了?"那七人仍是默不作声。

定静师太见站在西首的两人年纪均有五十来岁，脸上肌肉便如僵了一般，不露半分喜怒之色，她吐了一口气，叫道："好，看剑!"挺剑向西北角上那人胸口刺去。

她身在重围之中，自知这一剑无法当真刺到他，这一刺只是虚招。眼前那人可也当真了得，他料到这剑只是虚招，竟然不闪不避。定静师太这一剑本拟收回，见他毫不理会，刺到中途却不收回了，力贯右臂，径自便疾刺过去。却见身旁两个人影一闪，两人各伸双手，分别往她左肩、右肩插落。

定静师太身形一侧，疾如飘风般转了过来，攻向东首那身形甚高之人。那人滑开半步，呛啷一声，兵刃出手，乃是一面沉重的铁牌，举牌往她剑上砸去。定静师太长剑早已圈转，嗤的一声，刺向身左一名老者。那老者伸出左手，径来抓她剑身，月光下隐隐见他手上似是戴有黑色手套，料想是刀剑不入之物，这才敢赤手来夺长剑。

转战数合，定静师太已和七名敌人中的五人交过了手，只觉这五人无一不是好手，若是单打独斗，甚或以一敌二，她决不畏惧，还可占到七八成赢面，但七人齐上，只要稍有破绽空隙，旁人立即补上，她变成只有挨打、绝难还手的局面。

越斗下去，越是心惊："魔教中有哪些出名人物，十之八九我都早有所闻。他们的武功家数，所用兵刃，我五岳剑派并非不知。但这七人是什么来头，我却全然猜想不出。料不到魔教近年来势力大张，竟有这许多身份隐秘的高手为其所用。"

堪堪斗到六七十招，定静师太左支右绌，已气喘吁吁，一瞥眼间，忽见屋面上又多了十几个人影。这些人显然早已隐伏在此，到这时才突然现身。她暗叫："罢了，罢了！眼前这七人我已对付不了。再有这些敌人窥伺在侧，定静今日大限难逃，与其落入敌人手中，苦受折辱，不如早些自寻了断。这臭皮囊只是我暂居的舍宅，毁了殊不足惜，只是所带出来的数十名弟子尽数断送，定静老尼却是愧对恒山派的列位先人了。"

刷刷刷疾刺三剑，将敌人逼开两步，忽地倒转长剑，向自己心口插了下去。

剑尖将及胸膛，突然当的一声响，手腕一震，长剑荡开。只见一个男子手中持剑，站在自己身旁，叫道："定静师太勿寻短见，嵩山派朋友在此！"自己长剑自是他挡开的。

只听得兵刃撞击之声急响，伏在暗处的十余人纷纷跃出，和那魔教的七人斗了起来。定静师太死中逃生，精神一振，当即仗剑上前追杀。但见嵩山那些人以二对一，魔教的七人立处下风。那七人眼见寡不敌众，齐声呼哨，从南方退了下去。

定静师太持剑疾追，迎面风声响动，屋檐上十多枚暗器同时发出。定静师太举起长剑，凝神将攒射过来的暗器一一拍开。黑夜之中，唯有星月微光，长剑飞舞，但听得叮叮之声连响，十多枚暗器给她尽数击落。只是给暗器这么一阻，那魔教七人却逃得远了。只听得身后那人叫道："恒山派万花剑法精妙绝伦，今日教人大开眼界。"

定静师太长剑入鞘，缓缓转过身来，刹那之间，由动入静，一位适才还在奋剑剧斗的武林健者，登时变成了谦和仁慈的有道老尼，双手合什行礼，说道："多谢锺师兄解围。"

她认得眼前这个中年男子，是嵩山派左掌门的师弟，姓锺名镇，外号人称"九曲剑"。这并非因他所用兵刃是弯曲的长剑，而是恭维他剑法变幻无方，人所难测。当年泰山日观峰五岳剑派大会，定静师太曾和他有一面之缘。其余的嵩山派人物中，她也有三四人相识。

锺镇抱拳还礼，微笑道："定静师太以一敌七，力斗魔教的'七星使者'，果然剑法高超，佩服，佩服。"

定静师太寻思："原来这七个家伙叫做什么'七星使者'。"她不愿显得孤陋寡闻，当下也不再问，心想日后慢慢打听不迟，既然知道了他们的名号，那就好办。

嵩山派余人一一过来行礼，有二人是锺镇的师弟，其余便是低一辈弟子。定静师太还礼罢，说道："说来惭愧，我恒山派这次来到福建，所带出来的数十名弟子，突然在这镇上失踪。锺师兄你们各位是几时来到廿八铺的？可曾见到一些线索，以供老尼追查么？"她想到嵩山派这些人早就隐伏在旁，却要等到自己势穷力竭，挺剑自尽，这才出手相助，显是要自己先行出丑，再来显他们的威风，心下甚是不悦。只是数十名女弟子突然失踪，实在事关重大，不得不向他们打听，倘若是她个人之事，那就宁可死了，也不会出口向这些人相求，此时向锺镇问到这一声，那已是委屈之至了。

锺镇道："魔教妖人诡计多端，深知师太武功卓绝，力敌难以取胜，便暗设阴谋，将贵派弟子尽数擒了去。师太也不用着急，魔教虽然大胆，料来也不敢立时加害贵派诸位师妹。咱们下去详商救人之策便是。"说着左手一伸，请她下屋。

定静师太点了点头，一跃落地。锤镇等跟着跃下。

锤镇向西走去，说道："在下引路。"走出数十丈后折而向北，来到仙安客店之前，推门进去，说道："师太，咱们便在这里商议。"他两名师弟一个叫做"神鞭"邓八公，另一个叫"锦毛狮"高克新。三人引着定静师太走进一间宽大的上房，点了蜡烛，分宾主坐下。弟子们献上茶后，退了出去。高克新便将房门关上了。

锤镇说道："我们久慕师太剑法恒山派第一……"定静师太摇头道："不对，我剑法不及掌门师妹，也不及定逸师妹。"锤镇微笑道："师太不须过谦。我两个师弟素仰英名，企盼见识师太神妙的剑法，以致适才救援来迟，其实绝无恶意，谨此谢过，师太请勿怪罪。"定静师太心意稍平，见三人站起来抱拳行礼，便也站起合什还礼，道："好说。"

锤镇待她坐下，说道："我五岳剑派结盟之后，同气连枝，原是不分彼此。只是近年来大家见面的时候少，好多事情又没联手共为，致令魔教坐大，气焰日甚。"

定静师太"嘿"的一声，心道："这当儿却来说这些闲话干什么？"锤镇又道："左师哥日常言道：合则势强，分则力弱。我五岳剑派若能合而为一，魔教固非咱们敌手，便是少林、武当这些享誉已久的名门大派，声势也远远不及咱们了。左师哥他老人家有个心愿，想将咱们有如一盘散沙般的五岳剑派，归并为一个'五岳派'。那时人多势众，齐心合力，实可成为武林中诸门派之冠。不知师太意下如何？"

定静师太长眉一轩，说道："贫尼在恒山派中乃是闲人，素来不理事。锤师兄所提的大事，该当去跟我掌门师妹说才是。眼前最要紧的，是设法将敝派失陷了的女弟子搭救出来。其余种种，尽可从长计议。"锤镇微笑道："师太放心。这件事既教嵩山派给撞上了，恒山派的事，便是我嵩山派的事，说什么也不能让贵派诸位师妹们受委屈吃亏。"定静师太道："那可多谢了。但不知锤师兄何高见？有什么把握说这句话？"锤镇微笑道："师太亲身在此，恒山派鼎鼎大名的高手，难道还怕了魔教的几名妖人？再说，我们师兄弟和几名师侄，自也当尽心竭力，倘若仍奈何不了魔教中这几个二流脚色，嘿嘿，那也未免太不成话了。"

定静师太听他说来说去，始终不着边际，又是焦躁，又是气恼，站起身来，说道："锺师兄这般说，自是再好不过，咱们这便去罢！"

锺镇道："师太哪里去？"定静师太道："去救人啊！"锺镇问道："到哪里去救人？"这一问之下，定静师太不由得哑口无言，顿了一顿，道："我这些弟子们失踪不久，定然便在左近，越耽误得久，那就越难找了。"锺镇道："据在下所知，魔教在离廿八铺不远之处有一巢穴，贵派的师妹们，多半已被囚禁在那里，依在下……"

定静师太忙问："这巢穴在哪里？咱们便去救人。"

锺镇缓缓的道："魔教有备而发，咱们贸然前去，若有错失，说不定人还没救出来，先着了他们的道儿。依在下之见，还是计议定当，再去救人，较为妥善。"

定静师太无奈，只得又坐了下来，道："愿聆锺师兄高见。"

锺镇道："在下此次奉掌门师兄之命，来到福建，原是有一件大事要和师太会商。此事有关中原武林气运，牵连我五岳剑派的盛衰，实是非同小可之举。待大事商定，其余救人等等，那只是举手之劳。"定静师太道："却不知是何大事？"

锺镇道："那便是在下适才所提，将五岳剑派合而为一之事了。"

定静师太霍地站起，脸色发青，道："你……你……你这……"锺镇微笑道："师太千万不可有所误会，还道在下乘人之危，逼师太答允此事。"定静师太怒道："你自己说了出来，就免得我说。你这不是乘人之危，那是什么？"锺镇道："贵派是恒山派，敝派是嵩山派。贵派之事，敝派虽然关心，毕竟是刀剑头上拼命之事。在下自然愿意为师太效力，却不知众位师弟、师侄们意下如何。但若两派合而为一，是自己本派的事，便不容推委了。"

定静师太道："照你说来，如我恒山派不允与贵派合并，嵩山派对恒山弟子失陷之事，便要袖手旁观了？"锺镇道："话可也不是这么说。在下奉掌门师兄之命，赶来跟师太商议这件大事。其他的事嘛，未得掌门师兄的命令，在下可不敢胡乱行事。师太莫怪。"

定静师太气得脸都白了，冷冷的道："两派合并之事，贫尼可作不得主。就算是我答允了，我掌门师妹不允，也是枉然。"

锺镇上身移近尺许，低声道："只须师太答允了，到时候定闲师太非允不可。自来每一门每一派的掌门，十之八九由本门大弟子执掌。师太论德行、论武功、论入门先后，原当执掌恒山派门户才是……"

定静师太左掌倏起，拍的一声，将板桌的一角击了下来，厉声道："你这是想来挑拨离间么？我师妹出任掌门，原系我向先师力求，又向定闲师妹竭力劝说而致。定静倘若要做掌门，当年早就做了，还用得着旁人来撺掇唆摆？"

锺镇叹了口气，道："左师哥之言，果然不错。"定静师太道："他说什么了？"锺镇道："我此番南下之前，左师哥言道：'恒山派定静师太人品甚好，武功也是极高，大家向来都是很佩服的，就可惜不识大体。'我问他这话怎么说。他说：'我素知定静师太为人，她生性清高，不爱虚名，又不喜理会俗务，你跟她去说五派合并之事，定会碰个老大钉子。只是这件事实在牵涉太广，咱们是知其不可而为之。倘若定静师太只顾一人享清闲之福，不顾正教中数千人的生死安危，那是武林的大劫难逃，却也无可如何了。'"

定静师太站起身来，冷冷的道："你种种花言巧语，在我跟前全然无用。你嵩山派这等行径，不但乘人之危，简直是落井下石。"

锺镇道："师太此言差矣。师太倘若瞧在武林同道的份上，肯毅然挑起重担，促成我嵩山、恒山、泰山、华山、衡山五派合并，则我嵩山派必定力举师太出任'五岳派'掌门。可见我左师哥一心为公，绝无半分私意……"

定静师太连连摇手，喝道："你再说下去，没的污了我耳朵。"双掌一起，掌力挥出，砰的一声大响，两扇木板脱臼飞起。她身形晃动，便出了仙安客店。

出得门来，金风扑面，热辣辣的脸上感到一阵清凉，寻思："那姓锺的说道，魔教在廿八铺左近有一巢穴，本派的女弟子们都失陷在那里。不知此言有几分真，几分假？"她彷徨无策，踽踽独行，其时月亮将沉，照得她一条长长的黑影映在青石板上。

走出数丈后，停步寻思："单凭我一人之力，说什么也不能救出众弟子了。古来英雄豪杰，无不能屈能伸。我何不暂且答允了那姓锺的？待众弟子获救之后，我立即自刎以谢，教他落一个死无对证。就算他宣扬我无耻食言，一应污名，都由我定静承担便了。"

她一声长叹，回过身来，缓缓向仙安客店走去，忽听得长街彼端有人大声吆喝："你奶奶的，本将军要喝酒睡觉，你奶奶的店小二，怎不快快开门？"正是昨日在仙霞岭上所遇那参将吴天德的声音。定静师太一听之下，便如溺水之人抓到了一条大木材。

令狐冲在仙霞岭上助恒山派脱困，甚是得意，当即快步赶路，到了廿八铺镇上。其时饭店刚打开门，他走进店去，大喝一声："拿酒来！"店小二见是一位将军，何敢怠慢，斟酒做饭，杀鸡切肉，毕恭毕敬、战战兢兢的侍候他饱餐一顿。令狐冲喝得微醺，心想："魔教这次大受挫折，定不甘心，十九又会去向恒山派生事。定静师太有勇无谋，不是魔教对手，我暗中还得照顾着她们才是。"结了酒饭帐后，便到仙安客店中开房睡觉。

睡到下午，刚醒来起身洗脸，忽听得街上有几人大声吆喝："乱石岗黄风寨的强人今晚要来洗劫廿八铺，逢人便杀，见财便抢。大家这便赶快逃命罢！"片刻之间，吆喝声东边西边到处响起。店小二在他房门上擂得震天价响，叫道："军爷，军爷大事不好！"

令狐冲道："你奶奶的，什么大事不好了？"店小二道："军爷，军爷，乱石岗黄风寨的大王们，今晚要来洗劫。家家户户都在逃命了。"令狐冲打开房门，骂道："你奶奶的，青天白日，朗朗乾坤，哪里有什么强盗了？本将军在此，他们敢放肆么？"店小二苦着脸道："那些大王，可凶……可凶狠得紧，他……他们又不知将军你……你在这里。"令狐冲道："你去跟他们说去。"店小二道："小……小人万万不敢去说，没的给强人将脑袋瓜子砍了下来。"令狐冲道："乱石岗黄风寨在什么地方？"店小二道："乱石岗在什么地方，倒没听说过，只知道黄风寨的强人十分厉害，两天之前，刚洗劫了廿八铺东三十里的榕树头，杀了六七十人，烧了一百多间屋子。将军，你……你老人家虽然武艺高强，可是双拳难敌四手。山寨里大王爷不算，听说单是小喽啰便有三百多人。"

令狐冲骂道："你奶奶的，三百多人便怎样？本将军在千军万马的战阵之中，可也七进七出，八进八出。"店小二道："是！是！"转身快步奔出。

外面已乱成一片，呼儿唤娘之声四起。浙语闽音，令狐冲懂不了一成，料想都是些什么"阿毛的娘啊，你拿了被头没有？"什么"大宝、小宝，快走，强盗来啦！"之类。走到门外，只见已有数十人背负包裹，手提箱笼，向南逃去。

令狐冲心想："此处是浙闽交界之地，杭州和福州的将军都管不到，致令强盗作乱，为害百姓。我泉州府参将吴天德大将军既然撞上了，可不能袖手不理，将那些强盗头子杀了，也是一件功德。这叫作食君之禄，忠君之事。你奶奶的，有何不可，哈哈！"想到此处，忍不住笑出声来，叫道："店小二，拿酒来。本将军要喝饱了酒杀贼。"

但其时店中住客、掌柜、掌柜的大老婆、二姨太、三姨太，以及店小二、厨子都已纷纷夺门而出，唯恐走得慢了一步，给强人撞上了。令狐冲叫声再响，也是无人理会。

令狐冲无奈，只得自行到灶下去取酒，坐在大堂之上，斟酒独酌，但听得鸡鸣犬吠、马嘶猪嚎之声大作，料想是镇人带了牲口逃走。又过一会，声息渐稀，再喝得三碗酒，一切惶急惊怖的声音尽都消失，镇上更无半点声息。心想："这次黄风寨的强人运气不好，不知如何走漏了风声，待得来到镇上时，可什么也抢不到了。"

这样偌大一座镇甸，只剩下他孤身一人，倒也是生平未有之奇。万籁俱寂之中，忽听得远处马蹄声响，有四匹马从南急驰而来。

令狐冲心道："大王爷到啦，但怎地只这么几个人？"耳听得四匹马驰到了大街，马蹄铁和青石板相击，发出铮铮之声。一人大声叫道："廿八铺的肥羊们听着，乱石岗黄风寨的大王有令，男的女的老的小的，通统站到大门外来。在门外的不杀，不出来的一个个给砍了脑袋。"口中呼喝，纵马在大街上奔驰而来。令狐冲从门缝中向外张望，四匹马风驰而过，只见到马上乘者的背影，心念一动："这可不对了！瞧这四人骑在马上的神态，显然武功不弱。强盗窝中的小喽啰，怎会有如此人物？"

推门出来，在空无一人的镇上走出十余丈，见一座土地庙侧有株大槐树，枝叶茂盛，当即纵身而上，爬到最高的一根横枝上坐下。四下里更无半点声息。他越等得久，越知其中必有蹊跷，黄风寨先行的喽啰来了这么久，大队人马仍没到来，难道是派几名喽啰先来通风报信，好让镇上百姓逃避一空？

直等了大半个时辰，才隐约听到人声，却是叽叽喳喳的女子声音。凝神听得几句，便知是恒山派的众人到了，心想："她们怎地这时候方到？是了，她们日间定是在山野中休息过了。"耳听得她们到仙安客店打门，又去另一家客店打门。南安客店和土地庙相距颇远，恒山派众人进了客店后干些什么，说些什么，便听不到了。他心下隐隐觉得："这多半是魔教安排下陷阱，要让恒山派上钩。"当下仍是隐身树顶，静以待变。

过了良久，见到仪清等七人出来点灯，大街上许多店铺的窗户中都透了灯光出来。又过一会，忽听得东北角上有个女子声音大叫："救命！"令狐冲吃了一惊："啊哟不好，恒山派的弟子中了魔教毒手。"当即从树上跃下，奔到了那女子呼救处的屋外。

从窗缝中向内张去，屋内并无灯火，窗中照入淡淡月光，见七八名汉子贴墙而立，一个女子站在屋子中间，大叫："救命，救命，杀了人哪！"令狐冲只见到她的侧面，但见她脸上神色凄厉，显然是候人前来上钩。

果然她叫声未歇，外边便有一个女子喝道："什么人在此行凶?"那屋子大门并未关上，门一推开，便有七个女子窜了进来，当先一人正是仪清。这七人手中都执长剑，为了救人，进来甚急。

突见那呼救的女子右手一扬，一块约莫四尺见方的青布抖了起来，仪清等七人立时身子发颤，似是头晕眼花，转了几个圈子，立即栽倒。令狐冲大吃一惊，心念电转："那女子手中这块布上，定有极厉害的迷魂毒药。我若冲进去救人，定也着了她的道儿，只有等着瞧瞧再说。"见贴墙而立的汉子一拥而上，取出绳子，将仪清等七人手足都绑住了。

过不多时，外面又有声响，一个女子尖声喝道："什么人在这里?"令狐冲在过仙霞岭时，曾和这个急性子的尼姑说过许多话，知道是仪和到了，心想："你这人鲁莽暴躁，这番又非变成一只大粽子不可。"只听得仪和又叫："仪清师妹，你们在这里么?"接着砰的一声，大门踢开，仪和等人两个一排，并肩齐入。一踏进门，便使开剑花，分别护住左右，以防敌人从暗中来袭。第七人却是倒退入内，使剑护住后路。

屋中众人屏息不动，直等七人一齐进屋，那女子又展开青布，将七人都迷倒了。

跟着于嫂率领六人进屋，又被迷倒，前后二十一名恒山女弟子，尽数昏迷不醒，给绑缚了置在屋角。隔了一会，一个老者打了几下手势，众人从后门悄悄退了出去。

令狐冲纵上屋顶，弓着身子跟去，正行之间，忽听得前面屋上有衣襟带风之声，忙在屋脊边一伏，便见十来名汉子互打手势，分别在一座大屋的屋脊边伏下，和他藏身处相距不过数丈。令狐冲溜着墙轻轻下来，只见定静师太率领着三名弟子正向这里赶来。令狐冲心道："不好，这是调虎离山之计。留在南安客店中的尼姑可要糟糕。"遥遥望见几个人影向南安客店急奔过去，正想赶去看个究竟，忽听得屋顶上有人低声道："待会那老尼姑过来，你们七人在这里缠住她。"这声音正在他头顶,令狐冲只须一移动身子,立时便给发觉,只得便在墙角后贴墙而立。

耳听得定静师太踢开板门,大叫:"仪和、仪清、于嫂,你们听到我声音吗?"叫声远远传了过去,又见她绕屋奔行,跟着纵上屋顶,却没进屋查察。令狐冲心想:"她干么不进去瞧瞧?一进去便见到廿一名女弟子被人绑缚在地。"随即省悟:"她不进去倒好。魔教人众守在屋顶,只待她进屋,便即四下里团团围困,那是瓮中捉鳖之势。"

眼见定静师太东驰西奔,显是六神无主,突然间她奔回南安客店,奔行奇速,身后三名女弟子追赶不上。但见街角边转出数人,青布一扬,那三名女弟子又即栽倒,给人拖进了屋中,朦胧月光之下隐约见那三人中似有仪琳在内。令狐冲心念一动:"是否须当即去救了仪琳小师妹出来?"随即又想:"我此刻一现身,便是一场大打。恒山派这许多人给魔教擒住了,投鼠忌器,可不能跟他们正面相斗,还是暗中动手的为是。"

跟着便见定静师太从南安客店中出来,在街上高声叫骂,又纵上屋顶,大骂东方不败,果然魔教人众忍耐不住,有七人上前缠斗。令狐冲看得几招,寻思:"定静师太剑术精湛,虽然以一敌七,一时不致落败。我还是先去救了仪琳师妹的为是。"

当下闪身进了那屋,只见厅堂中有一人持刀而立,三个女子给绑住了,横卧在他脚边。令狐冲一跃而前,腰刀连鞘挺出,直刺其喉。那人尚未惊觉,已然送命。令狐冲不禁一呆:"我这一刀怎地如此快法?手刚伸出,刀鞘已戳中了他咽喉要害?"自己也不知自从修习了"吸星大法"之后,桃谷六仙、不戒和尚、黑白子等人留在他体内的真气已尽为其用。他原意是这刀刺出,敌人举刀封挡,刀鞘便戳他双腿,教他栽倒在地,然后救人,不料对方竟无丝毫招架还手的余暇,一下便制了他死命。

令狐冲心下微有歉意,拖开死尸,低头看去,果见地下所卧的三个女子中有仪琳在内,伸手探她鼻息,呼吸调匀,除了昏迷不醒之外并无他碍，当即到灶下取了一勺冷水，泼了少许在她脸上。

过得片刻，仪琳嘤咛一声，醒了转来。她初时不知身在何地，微微睁眼，突然省悟，当即跃起，想去摸身边长剑时，才知手足被缚，险些重又跌倒。

令狐冲道："小师太，别怕，那坏人已给本将军杀了。"拔刀割断了她手足上绳索。

仪琳在黑暗中乍闻他声音，依稀便是自己日思夜想的那个"令狐大哥"，又惊又喜，叫道："你……你是令狐大……"这个"哥"字没说出口，便觉不对，只羞得满脸通红，嗫嚅道："你……你是谁？"

令狐冲听她已将自己认了出来，却又改口，低声道："本将军在此，那些小毛贼不敢欺侮你们。"仪琳道："啊，原来是吴将军。我……我师伯呢？"令狐冲道："她在外边和敌人交战，咱们便过去瞧瞧。"仪琳道："郑师姊、秦师妹……"从怀中摸出火折晃亮了，见到二人卧在地下，说道："嗯，她们都在这里。"便欲去割她们手足上的绳索。令狐冲道："别忙，还是去帮你师伯要紧。"仪琳道："正是。"

令狐冲转身出外，仪琳跟在他身后。没走出几步，只见七个人影如飞般窜了出去，跟着便听得叮叮当当的击落暗器之声，又听得有人大声称赞定静师太剑法高强，定静师太认出对方是嵩山派的人物，不久见定静师太随着十几名汉子走入仙安客店。令狐冲向仪琳招招手，跟着潜入客店，站在窗外偷听。

只听到定静师太在屋中和锺镇说话，那姓锺的口口声声要定静师太先行答允恒山派赞同并派，才能助她去救人。令狐冲听他乘人之危，不怀好意，心下暗暗生气，又听得定静师太越说越怒，独自从店中出来。

令狐冲待定静师太走远，便去仙安客店外打门大叫："你奶奶的，本将军要喝酒睡觉，你奶奶的店小二，怎不快快开门？"

定静师太正当束手无策之际，听得这将军呼喝，心下大喜，当即抢上。仪琳迎了上去，叫道："师伯！"定静师太又是一喜，忙问："刚才你在哪里？"仪琳道："弟子给魔教妖人擒住了，是这位将军救了我……"这时令狐冲已推开店门，走了进去。

大堂上点了两枝明晃晃的蜡烛。锺镇坐在正中椅上，阴森森的道："什么人在这里大呼小叫，给我滚了出去。"

令狐冲破口大骂："你奶奶的，本将军乃堂堂朝廷命官，你胆敢出言冲撞？掌柜的、老板娘、店小二，快快给我滚出来。"

嵩山派诸人听他骂了两句后，便大叫掌柜的、老板娘，显然是色厉内荏，心中已大存怯意，都觉好笑。锺镇心想正有大事在身，半夜里却撞来了这个狗官，低声道："把这家伙点倒了，可别伤他性命。"锦毛狮高克新点了点头，笑嘻嘻走上前去，说道："原来是一位官老爷，这可失敬了。"

令狐冲道："你知道了就好，你们这些蛮子老百姓，就是不懂规矩……"高克新笑道："是，是！"闪身上前，伸出食指，往令狐冲腰间戳去。令狐冲见到他出指的方位，急运内息，鼓于腰间。高克新这指正中令狐冲"笑腰穴"，对方本当大笑一阵，随即昏晕。不料令狐冲只嘻的一笑，说道："你这人没规没矩，动手动脚的，跟本将军开什么玩笑？"

高克新大为诧异，第二指又即点出，这一次劲贯食指，已使上了十成力。令狐冲哈哈一笑，跳了起来，笑骂："你奶奶的，在本将军腰里摸啊摸的，想偷银子么？你这家伙相貌堂堂，一表人才，却干么不学好？"

高克新左手一翻，已抓住了令狐冲右腕，向右急甩，要将他拉倒在地。不料手掌刚和他手腕相触，自己内力立时从掌心中倾泻而出，再也收束不住，不由得惊怖异常，想要大叫，可是张大了口，却发不出半点声息。

令狐冲察觉对方内力正注向自己体内，便如当日自己抓住了黑白子手腕的情形一般，心下一惊："这邪法可不能使用。"当即用力一甩，摔脱了他手掌。

高克新犹如遇到皇恩大赦，一呆之下，向后纵开，只觉全身软绵绵的恰似大病初愈，叫道："吸星大法，吸……吸星大法！"声音嘶哑，充满了惶惧之意。锺镇、邓八公和嵩山派诸弟子同时跃将起来，齐问："什么？"高克新道："这……这人会使吸……吸星大法。"

霎时间青光乱闪，锵锵声响，各人长剑出鞘，神鞭邓八公手握的却是一条软鞭。锺镇剑法最快，寒光一颤，剑光便已疾刺令狐冲咽喉。

当高克新张口大叫之时，令狐冲便料到嵩山派诸人定会一拥而上，向自己攒刺，眼见众人长剑出手，当即取下腰刀，连刀带鞘当作长剑使用，手腕抖动，向各人手背上点去。但听得呛啷、呛啷响声不绝，长剑落了一地。锺镇武功最高，手背虽给他刀鞘头刺中，长剑却不落地，惊骇之下，向后跃开。邓八公可狼狈了，鞭柄脱手，那软鞭却倒卷上来，卷住了他头颈，箍得他气也透不过来。

锺镇背靠墙壁，脸上已无半点血色，说道："江湖上盛传，魔教前任教主复出，你……你……便是任教主……任我行么？"令狐冲笑道："他奶奶的什么任我行，任你行，本将军坐不改姓，行不改名，姓吴，官讳天德的便是。你们却是什么岗、什么寨的小毛贼啊？"

锺镇双手一拱，道："阁下重临江湖，锺某自知不是敌手，就此别过。"纵身跃起，破窗而出。高克新跟着跃出，余人一一从窗中飞身出去，满地长剑，谁也不敢去拾。

令狐冲左手握刀鞘，右手握刀柄，作势连拔数下，那把刀始终拔不出来，说道："这把宝刀可真锈得厉害，明儿得找个磨剪刀的，给打磨打磨才行。"

定静师太合什道："吴将军，咱们去救了几个女徒儿出来如何？"

令狐冲料想锺镇等人一去，再也无人抵挡得住定静师太的神剑，说道："本将军要在这里喝几碗酒，老师太，你也喝一碗么？"

仪琳听他又提到喝酒，心想："这位将军倘若遇到令狐大哥，二人倒是一对酒友。"妙目向他偷看过去，却见这将军的目光也在向她凝望，脸上微微一红，便低下了头。

定静师太道："恕贫尼不饮酒，将军，少陪了！"合什行礼，转身而出。

仪琳跟着出去。将出门口时忍不住转头又向他瞧了一眼，只见他起身找酒，大声呼喝："他奶奶的，这客店里的人都死光了，这会儿还不滚出来。"她心中想："听他口音似乎有点儿像令狐大哥。但这位将军出口粗俗，每一句话都带个他什么的，令狐大哥决不会这样，他武功也比令狐大哥高得多。我……我居然会这样胡思乱想，唉，当真……"

令狐冲找到了酒，将嘴就在酒壶上喝了半壶，心想："这些尼姑、婆娘、姑娘们就要回来，叽叽喳喳、啰啰唆唆的说个没完，一个应付不当，那可露出了马脚，还是溜之大吉的为妙。将这些人一个个的救醒来，总得花上小半个时辰，肚子可饿得狠了，先得找些吃的。"

将一壶酒喝干，走到灶下想去找些吃的，忽听得远远传来仪琳尖锐的叫声："师伯，师伯，你在哪里？"声音大是惶急。

令狐冲急冲出店，循声而前，只见仪琳和两个年轻姑娘站在长街上，大叫："师伯，师父！"令狐冲问道："怎么啦？"仪琳道："我去救醒了郑师姊和秦师妹，师伯挂念着众师姊，赶着去找寻。我们三人出来，可又……不知她老人家到哪里去啦。"

令狐冲见郑萼不过二十一二岁，秦绢年龄更稚，只十五六岁年纪，心想："这些年轻姑娘毫没见识，恒山派派她们出来干什么？"微笑道："我知道她们在哪里，你们跟我来。"快步向东北角上那间大屋走去，到得门外，一脚踢开大门，生怕那女子还在里面，又抖迷魂药害人，说道："你们用手帕掩住口鼻，里面有个臭婆娘会放毒。"左手捏住鼻孔，嘴唇紧闭，直冲进屋，一进大堂，不禁呆了。

本来大堂中躺满了恒山派女弟子，这时却已影踪全无。他"咦"的一声，见桌上有只烛台，晃火折点着了，厅堂中空荡荡地，哪里还有人在？在大屋各处搜了一遍，没见到丝毫端倪，叫道："这又是奇哉怪也！"

仪琳、郑萼、秦绢三人眼睁睁的望着他，脸上尽是疑色。令狐冲道："他奶奶的，你们这许多师姊们，都给一个会放毒的婆娘迷倒了，给绑了放在这里，只这么一转眼功夫，怎地都不见啦？"郑萼问道："吴将军，你见到我们那些师姊，是给迷倒在这里的么？"令狐冲道："昨晚我睡觉发梦，亲眼目睹，见到许多尼姑婆娘，横七竖八的在这厅堂上躺了一地，怎会有错？"郑萼道："你……你……"她本想说你做梦见到，怎作得准？但知他喜欢信口胡言，说是发梦，其实是亲眼见到，当即改口道："你想她们都到哪里去了啦？"

令狐冲沉吟道："说不定什么地方有大鱼大肉，她们都去大吃大喝了，又或者什么地方做戏文，她们在看戏。"招招手道："你们三个小妞儿，最好紧紧跟在我身后，不可离开，要吃肉看戏，却也不忙在一时。"

秦绢年纪虽幼，却也知情势凶险，众师姊都已落入了敌手，这将军瞎说一通，全当不得真，恒山派数十人出来，只剩下了自己三个年轻弟子，除了听从这位将军吩咐之外，别无其他计较，当下和仪琳、郑萼二人跟着他走到门外。

令狐冲自言自语："难道我昨晚这个梦发得不准，眼花看错了人？今晚非得再好好做过一个梦不可。"心下寻思："这些女弟子就算给人掳了去，怎么定静师太也突然失了踪迹？只怕她落了单，遭了敌人暗算，该当立即去追寻才是。仪琳她们三个年轻女子倘若留在廿八铺，却大大不妥，只得带了她们同去。"说道："咱们左右也没什么事，这就去找找你们的师伯，看她在哪里玩儿，你们说好不好？"

郑萼道："那好极了！将军武艺高强，见识过人，若不是你带领我们去找，只怕难以找到。"令狐冲笑道："'武艺高强、见识过人'，这八个字倒说得不错。本将军将来挂帅平番，升官发财，定要送一百两白花花的银子，给你们三个小妞儿买新衣服穿。"

他信口开河，将到廿八铺尽头，跃上屋顶，四下望去。其时朝暾初上，白雾弥漫，树梢上烟雾霭霭，极目远眺，两边大路上一个人影也无。突然见到南边大路上有一件青色物事，相距远了，看不清楚。但一条大路空荡荡地，路中心放了这样一件物事，显得颇为触目。他纵身下屋，发足奔去，拾起那物，却是一只青布女履，似乎便和仪琳所穿的相同。

他等了一会，仪琳等三人跟着赶到。他将那女履交给仪琳，问道："是你的鞋子么？怎么落在这里？"仪琳接过女履，明知自己脚上穿着鞋子，还是不自禁的向脚下瞧了一眼，见两只脚上好端端都穿着鞋子。郑萼道："这……这是我们师姊妹穿的，怎么会落在这里？"秦绢道："定是哪一位师姊给敌人掳去，在这里挣扎，鞋子落了下来。"郑萼道："也说不定她故意留下一只鞋子，好教我们知道。"令狐冲道："不错，你武艺高强，见识过人。咱们该向南追，还是向北？"郑萼道："自然是向南了。"

令狐冲发足向南疾奔，顷刻间便在数十丈外，初时郑萼她们三人还和他相距不远，后来便相距甚远。令狐冲沿途察看，不时转头望着她们三人，唯恐相距过远，救援不及，这三人又给敌人掳了去，奔出里许，便住足等候。

待得仪琳等三人追了上来，又再前奔，如此数次，已然奔出了十余里。眼见前面道路崎岖，两旁树木甚多，倘若敌人在转弯处设伏，将仪琳等掳去，那可救援不及，又见秦绢久奔之下，已然双颊通红，知她年幼，不耐长途奔驰，当下放慢了脚步，大声道："他奶奶的，本将军足登皮靴，这么快跑，皮靴磨穿了底，可还真有些舍不得，咱们慢慢走罢。"

四人又走出七八里路，秦绢突然叫道："咦！"奔到一丛灌木之下，拾起了一顶青布帽子，正是恒山派众女尼所戴的。郑萼道：

"将军，我们那些师姊，确是给敌人掳了，从这条路上去的。"三名女弟子见走对了路，当下加快脚步，令狐冲反而落在后面。

中午时分，四人在一家小饭店打尖。饭店主人见一个将军带了一名小尼姑、两个年轻姑娘同行，甚是诧异，侧过了头不住细细打量。令狐冲拍桌骂道："你奶奶的，有什么好看？和尚尼姑没见过么？"那汉子道："是，是！小人不敢。"

郑萼问道："这位大叔，你可见到好几个出家人，从这里过去吗？"那汉子道："好几个是没有，一个倒是有的。有一个老师太，可比这小师太年纪老得多了……"令狐冲喝道："啰里啰唆！一位老师太，难道还会比小师太年纪小？"那汉子道："是，是。"郑萼忙问："那老师太怎样啦？"那汉子道："那老师太匆匆忙忙的问我，可见到有好几个出家人，从这条路上过去。我说没有，她就奔下去了。唉，这样大的年纪，奔得可真快了，手里还拿着一把明晃晃的宝剑，倒像是戏台上做戏的。"

秦绢拍手道："那是师父了，咱们快追。"令狐冲道："不忙，吃饱了再说。"四人匆匆吃了饭，临去时秦绢买了四个馒头，说要给师父吃。令狐冲心中一酸："她对师父如此孝心，我虽欲对师父尽孝，却不可得。"

可是直赶到天黑，始终没见到定静师太和恒山派众人的踪迹。一眼望去尽是长草密林，道路越来越窄，又走一会，草长及腰，到后来路也不大看得出了。

突然之间，西北角上隐隐传来兵刃相交之声。

令狐冲叫道："那里有人打架，可有热闹瞧了。"秦绢道："啊哟，莫不是我师父？"令狐冲循声奔去，奔出数十丈，眼前忽地大亮，十数枝火把高高点起，兵刃相交之声却更加响了。

他加快脚步，奔到近处，只见数十人点了火把，围成个圈子，圈中一人大袖飞舞，长剑霍霍，力敌七人，正是定静师太。圈子之外躺着数十人，一看服色，便知是恒山派的众女弟子。令狐冲见对方个个都蒙了面，当下一步步的走近。众人都在凝神观斗，一时谁也没发现他。令狐冲哈哈大笑，叫道："七个打一个，有什么味儿？"

一众蒙面人见他突然出现，都是一惊，回头察看。只有正在激斗的七人恍若不闻，仍围着定静师太，诸般兵刃往她身上招呼。令狐冲见定静师太布袍上已有好几滩鲜血，连脸上也溅了不少血，同时左手使剑，显然右手受伤。

这时人丛中有人呼喝："什么人？"两条汉子手挺单刀，跃到令狐冲身前。

令狐冲喝道："本将军东征西战，马不停蹄，天天就是撞到你们小毛贼。来将通名，本将军刀下不斩无名之将。"一名汉子笑道："原来是个浑人。"挥刀向令狐冲腿上砍来。令狐冲叫道："啊哟，真的动刀子吗？"身子一晃，冲入战团，提起刀鞘，拍拍拍连响七下，分别击中七人手腕，七件兵器纷纷落地。跟着嗤的一声响，定静师太一剑插入了一名敌人胸膛。那人突被击落兵刃，骇异之下，不及闪避定静师太这迅如雷电的这一剑。

定静师太身子晃了几下，再也支持不住，一交坐倒。

秦绢叫道："师父，师父！"奔过去想扶她起身。

一名蒙面人举起单刀，架在一名恒山派女弟子颈中，喝道："退开三步，否则我一刀先杀了这女子！"

令狐冲笑道："很好，很好，退开便退开好了，有什么希奇？别说退开三步，三十步也行。"腰刀忽地递出，刀鞘头戳在他胸口。那人"啊哟"一声大叫，身子向后直飞出去。令狐冲没料到自己内力竟然如此强劲，却也一呆，顺手挥过刀鞘，劈劈拍拍几声响，击倒了三名蒙面汉子，喝道："你们再不退开，我将你们一一擒来，送到官府里去，每个人打你奶奶的三十大板。"

蒙面人的首领见到他武功之高，直是匪夷所思，拱手道："冲着任教主的金面，我们且让一步。"左手一挥，喝道："魔教任教主在此，大家识相些，这就走罢。"众人抬起一具死尸和给击倒的四人，抛下火把，向西北方退走，顷刻间都隐没在长草之中。

秦绢将本门治伤灵药服侍师父服下。仪琳和郑萼分别解开众师姊的绑缚。四名女弟子拾起地下的火把，围在定静师太四周。众人见她伤重，都是脸有忧色，默不作声。

定静师太胸口不住起伏，缓缓睁开眼来，向令狐冲道："你……你果真便是当年……当年魔教的……教主任……我行么？"令狐冲摇头道："不是。"定静师太目光茫然无神，出气多，入气少，显然已是难以支持，喘了几口气，突然厉声道："你若是任我行，我恒山派纵然一败涂地，尽……尽数覆灭，也不……不要……"说到这里，一口气已接不上来。令狐冲见她命在垂危，不敢再胡说八道，说道："在下这一点儿年纪，难道会是任我行么？"定静师太问道："那么你为什么……为什么会使吸星妖法？你是任我行的弟子……"

令狐冲想起在华山时师父、师娘日常说起的魔教种种恶行，这两日来又亲眼见到魔教偷袭恒山派的鬼蜮伎俩，说道："魔教为非作歹，在下岂能与之同流合污？那任我行决不是我的师父。师太放心，在下的恩师人品端方，行侠仗义，乃是武林中众所钦仰的前辈英雄，跟师太也颇有渊源。"

定静师太脸上露出一丝笑容，断断续续的道："那……那我就放心了。我……我是不成的了，相烦足下将恒山派……这……这些弟子们，带……带……"她说到这里，呼吸急促，隔了一阵，才道："带到福州无相庵中……安顿，我掌门师妹……日内……就会赶到。"

令狐冲道："师太放心，你休养得几天，就会痊可。"定静师太道："你……你答允了吗？"令狐冲见她双眼凝望着自己，满脸是切盼之色，唯恐自己不肯答应，便道："师太如此吩咐，自当照办。"定静师太微微一笑，道："阿弥陀佛，这副重担，我……我本来……本来是不配挑的。少侠……你到底是谁？"

令狐冲见她眼神涣散，呼吸极微，已是命在顷刻，不忍再瞒，凑嘴到她耳边，悄声道："定静师伯，晚辈便是华山派门下弃徒令狐冲。"

定静师太"啊"的一声，道："你……你……"一口气转不过来，就此气绝。

令狐冲叫道："师太，师太。"探她鼻息，呼吸已停，不禁凄然。恒山派群弟子放声大哭，荒原之上，一片哀声。几枝火把掉在地下，逐次熄灭，四周登时黑沉沉地。

令狐冲心想："定静师太也算得一代高手，却遭宵小所算，命丧荒郊。她是个与人无争的出家老尼，魔教却何以总是放她不过？"突然间心念一动："那蒙面人的头脑临去之时，叫道：'魔教任教主在此，大家识相些，这就去罢！'魔教中人自称本教为'日月神教'，听到'魔教'二字，认为是污辱之称，往往便因这二字称呼，就此杀人。为什么这人却口称'魔教'？他既说'魔教'，便决不是魔教中人。那么这一伙人到底是什么来历？"耳听得众弟子哭声甚悲，当下也不去打扰，倚在一株树旁，片刻便睡着了。

次晨醒来，见几名年长的弟子在定静师太尸身旁守护，年轻的姑娘、女尼们大都蜷缩着身子，睡在其旁。令狐冲心想："要本将军带领这一批女人赶去福州，当真是古里古怪、不伦不类之至。好在我本也要去福州见师父、师娘，带领是不必了，我沿途保护便是。"当下咳嗽一声，走将过去。

仪和、仪清、仪质、仪真等几名为首的弟子都向他合什行礼，说道："贫尼等俱蒙大侠搭救，大恩大德，无以为报。师伯不幸遭难，圆寂之际重托大侠，此后一切还望吩咐指点，自当遵行。"她们都不再叫他作将军，自然明白他这将军是个冒牌货了。

令狐冲道："什么大侠不大侠，难听得很。你们如果瞧得起我，还是叫我将军好了。"仪和等互望了一眼，都只得点头。令狐冲道："我前晚发梦，梦见你们给一个婆娘用毒药迷倒，都躺在一间大屋之中。后来怎地到了这里？"

仪和道："我们给迷倒后人事不知，后来那些贼子用冷水浇醒了我们，松了我们脚下绑缚，从镇后小路上绕了出来，一路足不停步的拉着我们快奔。走得慢一步的，这些贼子用鞭子抽打。天黑了仍是不停，后来师伯追来，他们便围住了师伯，叫她投降……"说到这里，喉头哽咽，哭了出来。

令狐冲道："原来另外有条小路，怪不得片刻之间，你们便走了个没影没踪。"

仪清道："将军，我们想眼前的第一件大事，是火化师伯的遗体。此后如何行止，还请示下。"令狐冲摇头道："和尚尼姑的事情，本将军一窍不通，要我吩咐示下，当真是瞎缠三官经了。本将军升官发财，最是要紧，这就去也！"迈开大步，疾向北行。众弟子大叫："将军，将军！"令狐冲哪去理会？

他转过山坡后，便躲在一株树上，直等了两个多时辰，才见恒山一众女弟子悲悲切切的上路。他远远跟在后面，暗中保护。

令狐冲到了前面镇甸投店，寻思："我已跟魔教人众及嵩山派那些家伙动过手。泉州府参将吴天德这副大胡子模样，在江湖上不免已有了点儿小小名声。他奶奶的，老子这将军只好不做啦！"当下将店小二叫了进来，取出二两银子，买了他全身衣衫鞋帽，说道要改装之后，办案拿贼，嘱咐他不得泄漏风声，倘若教江洋大盗跑了，回来捉他去抵数。

次日行到僻静处，换上了店小二的打扮，扯下满腮虬髯，连同参将的衣衫皮靴、腰刀文件，一古脑儿的掘地埋了，想到从此不能再做"将军"，一时竟有点茫然若失。

两日之后，在建宁府兵器铺中买了一柄长剑，裹在包袱之中。

且喜一路无事，令狐冲直到眼见恒山派一行进了福州城东的一座尼庵，那尼庵的匾额确是写着"无相庵"三字，这才嘘了一口长气，心想："这副担子总算是交卸了。我答允定静师太，将她们带到福州无相庵，带虽没带，这可不都平平安安的进了无相庵么？"

图中所绘达摩左手放在背后，似是捏着个剑诀，右手食指指向屋顶。白发老者双掌对准了图中达摩食指所指之处，击向屋顶。

二十四　蒙　冤

　　令狐冲转身走向大街，向行人打听了福威镖局的所在，一时却不想便去，只是在街巷间漫步而行。到底是不敢去见师父、师娘呢，还是不敢亲眼见到小师妹和林师弟现下的情状，可也说不上来，自己找寻借口拖延，似乎挨得一刻便好一刻。突然之间，一个极熟悉的声音钻进耳中："小林子，你到底陪不陪我去喝酒？"

　　令狐冲登时胸口热血上涌，脑中一阵晕眩。他千里迢迢的来到福建，为的就是想听到这声音，想见到这声音主人的脸庞。可是此刻当真听见了，却不敢转过头去。霎时之间，竟似泥塑木雕般呆住了，泪水涌到眼眶之中，望出来模糊一片。

　　只这么一个称呼，这么一句话，便知小师妹跟林师弟亲热异常。

　　只听林平之道："我没功夫。师父交下来的功课，我还没练熟呢。"岳灵珊道："这三招剑法容易得紧。你陪我喝了酒，我就教你其中的窍门，好不好呢？"林平之道："师父、师娘吩咐，要咱们这几天别在城里胡乱行走，以免招惹是非。我说呢，咱们还是回去罢。"岳灵珊道："难道街上逛一逛也不许么？我就没见到什么武林人物。再说，就是有江湖豪客到来，咱们跟他河水不犯井水，又怕什么了？"两人说着渐渐走远。

　　令狐冲慢慢转过身来，只见岳灵珊苗条的背影在左，林平之高高的背影在右，二人并肩而行。岳灵珊穿件湖绿衫子，翠绿裙子。林平之穿的是件淡黄色长袍。两人衣履鲜洁，单看背影，便是一双才貌相当的璧人。令狐冲胸口便如有什么东西塞住了,几乎气也透不过来。他和岳灵珊一别数月,虽然思念不绝,但今日一见,才知对她相爱之深。他手按剑柄,恨不得抽出剑来,就此横颈自刎。突然之间,眼前一黑,只觉天旋地转,一交坐倒。

过了好一会,他定了定神,慢慢站起,脑中兀自晕眩,心想:"我是永远不能跟他二人相见的了。徒自苦恼,复有何益?今晚我暗中去瞧一瞧师父师娘,留书告知,任我行重入江湖,要与华山派作对,此人武功奇高,要他两位老人家千万小心。我也不必留下名字,从此远赴异域,再不踏入中原一步。"回到店中唤酒而饮。大醉之后,和衣倒在床上便睡。

睡到中夜醒转,越墙而出,径往福威镖局而去。镖局建构宏伟,极是易认。但见镖局中灯火尽熄,更无半点声息,心想:"不知师父、师娘住在哪里?此刻当已睡了。"

便在此时,只见左边墙头人影一闪,一条黑影越墙而出,瞧身形是个女子,这女子向西南角上奔去,所使轻功正是本门身法。令狐冲提气追将上去,瞧那背影,依稀便是岳灵珊,心想:"小师妹半夜三更却到哪里去?"

但见岳灵珊挨在墙边,快步而行,令狐冲好生奇怪,跟在她身后四五丈远,脚步轻盈,没让她听到半点声音。福州城中街道纵横,岳灵珊东一转,西一弯,这条路显是平素走惯了的,在岔路上从没半分迟疑,奔出二里有余,在一座石桥之侧,转入了一条小巷。

令狐冲飞身上屋,只见她走到小巷尽头,纵身跃进一间大屋墙内。大屋黑门白墙,墙头盘着一株老藤,屋内好几处窗户中都透出光来。

岳灵珊走到东边厢房窗下,凑眼到窗缝中向内一张,突然吱吱吱的尖声鬼叫。

令狐冲本来料想此处必是敌人所居,她是前来窥敌,突然听到她尖声叫了起来,大出意料之外,但一听到窗内那人说话之声,便即恍然。

窗内那人说道："师姊，你想吓死我么？吓死了变鬼，最多也不过和你一样。"

岳灵珊笑道："臭林子，死林子，你骂我是鬼，小心我把你心肝挖了出来。"林平之道："不用你来挖，我自己挖给你看。"岳灵珊笑道："好啊，你跟我说风话，我这就告诉娘去。"林平之笑道："师娘要是问你，这句话我是什么时候说的，在什么地方说的，你怎生回答？"岳灵珊道："我便说是今日午后，在练剑场上说的。你不用心练剑，却尽跟我说这些闲话。"林平之道："师娘一恼，定然把我关了起来，三个月不能见你的面。"岳灵珊道："呸！我希罕么？不见就不见！喂，臭林子，你还不开窗，干什么啦？"

林平之长笑声中，呀的一声，两扇木窗推开。岳灵珊缩身躲在一旁。林平之自言自语："我还道是师姊来了，原来没人。"作势慢慢关窗。岳灵珊纵身从窗中跳了进去。

令狐冲蹲在屋角，听着两人一句句调笑，浑不知是否尚在人世，只盼一句也不听见，偏偏每一句话都清清楚楚的钻入耳来。但听得厢房中两人笑作一团。

窗子半掩，两人的影子映上窗纸，两个人头相偎相倚，笑声却渐渐低了。

令狐冲轻轻叹了口气，正要掉头离去。忽听得岳灵珊说道："这么晚还不睡，干什么来着？"林平之道："我在等你啊。"岳灵珊笑道："呸，说谎也不怕掉了大牙，你怎知我会来？"林平之道："山人神机妙算，心血来潮，屈指一算，便知我的好师姊要大驾光临。"岳灵珊道："我知道啦，瞧你房中乱成这个样子，定是又在找那部剑谱了，是不是？"

令狐冲已然走出几步，突然听到"剑谱"二字，心念一动，又回转身来。只听得林平之道："几个月来，这屋子也不知给我搜过几遍了，连屋顶上瓦片也都一张张翻过了，就差着没将墙上的砖头拆下来瞧瞧……啊，师姊，这座老屋反正也没什么用了，咱们真的将墙头都拆开来瞧瞧，好不好？"岳灵珊道："这是你林家的屋子？拆也好，不拆也好，你问我干什么？"林平之道："是林家的屋子，就得问你。"岳灵珊道："为什么？"林平之道："不问你问谁啊？难道你……你将来不姓……不姓我这个……哼……哼……嘻嘻。"

只听得岳灵珊笑骂："臭林子，死林子，你讨我便宜是不是？"又听得拍拍作响，显是她在用手拍打林平之。

他二人在屋内调笑，令狐冲心如刀割，本想即行离去，但那《辟邪剑谱》却与自己有莫大干系。林平之的父母临死之时，有几句遗言要自己带给他们儿子，其时只有自己一人在侧，由此便蒙了冤枉。偏生自己后来得风太师叔传授，学会了独孤九剑的神妙剑法，华山门中，人人都以为自己吞没了《辟邪剑谱》，连素来知心的小师妹也大加怀疑。平心而论，此事原也怪不得旁人，自己上思过崖那日，还曾与师娘对过剑来，便挡不住那"无双无对，宁氏一剑"，可是在崖上住得数月，突然剑术大进，而这剑法又与本门剑法大不相同，若不是自己得了别派的剑法秘笈，怎能如此？而这别派的剑法秘笈，若不是林家的《辟邪剑谱》，又会是什么？

他身处嫌疑之地，只因答允风太师叔决不泄漏他的行迹，实是有口难辩。中夜自思，师父所以将自己逐出门墙，处事如此决绝，虽说由于自己与魔教妖人交结，但另一重要原因，多半认定自己吞没《辟邪剑谱》，行止卑污，不容再列于华山派门下。此刻听到岳林二人谈及剑谱，虽然他二人亲昵调笑，也当强忍心酸，听个水落石出。

只听得岳灵珊道："你已找了几个月，既然找不到，剑谱自然不在这儿了，还拆墙干什么？大师哥……大师哥随口一句话，你也作得真的？"令狐冲又是心中一痛："她居然还叫我'大师哥'！"林平之道："大师哥传我爹爹遗言，说道向阳巷老宅中的祖先遗物，不可妄自翻看。我想那部剑谱，纵然是大师哥借了去，暂不归还……"令狐冲黯然冷笑，心道："你倒说得客气，不说我吞没，却说是借了去暂不归还，哼哼，那也不用如此委婉其词。"

只听林平之接着道:"但想'向阳巷老宅'这五个字,却不是大师哥所能编造得出的,定是我爹爹妈妈的遗言。大师哥和我家素不相识,又从未来过福州,不会知道福州有个向阳巷,更不会知道我林家祖先的老宅是在向阳巷。即是福州本地人,知道的也不多。"

岳灵珊道:"就算确是你爹爹妈妈的遗言,那又怎样?"

林平之道:"大师哥转述我爹爹的遗言,又提到'翻看'两字,那自不会翻看什么四书五经,或是什么陈年烂帐,想来想去,必定与剑谱有关。师姊,我想爹爹遗言中既然提到向阳巷老宅,即使剑谱早已不在,在这里当也能发现一些端倪。"

岳灵珊道:"那也说得是。这些日子来,我见你总是精神不济,晚上又不肯在镖局子里睡,定要回到这里,我不放心,因此过来瞧瞧。原来你白天练剑,又要强打精神陪我,晚间却在这里掏窝子。"

林平之淡淡一笑,随即叹了口气,道:"想我爹爹妈妈死得好惨,我倘若找到剑谱,能以林家祖传剑法手刃仇人,方得慰爹爹妈妈在天之灵。"

岳灵珊道:"不知大师哥此刻在哪里?我能见到他就好了,定要代你向他索还剑谱。他剑法早已练得高明之极,这剑谱也当物归原主啦。我说,小林子,你乘早死了这条心,不用在这旧屋子里东翻西寻啦。就没这剑谱,练成了我爹爹的紫霞神功,也报得了仇。"

林平之道:"这个自然。只是我爹爹妈妈生前遭人折磨侮辱,又死得这等惨,如若能以我林家剑法报仇,才真正是给爹娘出了这口气。再说,本门紫霞神功向来不轻传弟子,我入门最迟,纵然恩师、师娘看顾,众位师兄、师姊也都不服,定要说……定要说……"

岳灵珊道:"定要说什么啊?"

林平之道:"说我跟你好未必是真心,只不过瞧在紫霞神功的面上,讨恩师、师娘的欢心。"岳灵珊道:"呸!旁人爱怎么说,让他们说去。只要我知道你是真心就行啦。"林平之笑道:"你怎知道我是真心?"岳灵珊拍的一声,不知在他肩头还是背上重重打了一下,啐道:"我知道你是假情假意,是狼心狗肺!"

林平之笑道:"好啦,来了这么久,该回去啦,我送你回镖局子。要是给师父、师娘知道了,那可糟糕。"岳灵珊道:"你赶我回去,是不是?你赶我,我就走。谁要你送了?"语气甚是不悦。令狐冲知她这时定是撅起了小嘴,轻嗔薄怒,自是另有一番系人心处。

林平之道:"师父说道,魔教前任教主任我行重现江湖,听说已到了福建境内,此人武功深不可测,心狠手辣。你深夜独行,如果不巧遇上了他,那……那怎么办?"

令狐冲心道:"原来此事师父已知道了。是了,我在仙霞岭这么一闹,人人都说是任我行复出,师父岂有不听到讯息之理?我也不用写那一封信了。"

岳灵珊道:"哼,你送我回去,如果不巧遇上了他,难道你便能杀了他,拿住他?"

林平之道:"你明知我武功不行,又来取笑?我自然对付不了他,但只须跟你在一起,就是要死,也死在一块。"

岳灵珊柔声道:"小林子,我不是说你武功不行。你这般用功苦练,将来一定比我强。其实除了剑法还不怎么熟,要是真打,我可还真不是你对手。"

林平之轻轻一笑,说道:"除非你用左手使剑,或许咱们还能比比。"

岳灵珊道:"我帮你找找看。你对家里的东西看得熟了,见怪不怪,或许我能见到些什么惹眼的东西。"林平之道:"好啊,你就瞧瞧这里又有什么古怪。"

接着便听得开抽屉、拉桌子的声音。过了半晌,岳灵珊道:"这里什么都平常得紧。你家里可有什么异乎寻常的地方?"林平之沉吟一会,道:"异乎寻常的地方?没有。"岳灵珊道:"你家的练武场在哪里?"林平之道:"也没什么练武场。我曾祖父创办镖局子后,便搬到镖局去住。我祖父、父亲，都是在镖局子练的功夫。再说，我爹爹遗言中有'翻看'二字，练武场中也没什么可翻看的。"岳灵珊道："对啦，咱们到你家的书房去瞧瞧。"林平之道："我们是保镖世家，只有帐房，没有书房。帐房可也是在镖局子里。"

岳灵珊道："那可真难找了。在这座屋子中，有什么可以翻看的。"

林平之道："我琢磨大师哥的那句话，他说我爹爹命我不可翻看祖宗的遗物，其实多半是句反话，叫我去翻看这老宅中祖宗的遗物。但这里有什么东西好翻看呢？想来想去，只有我曾祖的一些佛经了。"岳灵珊跳将起来，拍手道："佛经！那好得很啊。达摩老祖是武学之祖，佛经中藏有剑谱，可没什么希奇。"

令狐冲听到岳灵珊这般说，精神为之一振，心道："林师弟如能在佛经中找到了那部剑谱，可就好了，免得他们再疑心是我吞没了。"

却听得林平之道："我早翻过啦。不但是翻一遍两遍，也不是十遍八遍，只怕一百遍也翻过了。我还去买了《金刚经》、《法华经》、《心经》、《楞伽经》来和曾祖父遗下的佛经逐字对照，确是一个字也不错。那些佛经，便是寻常的佛经。"岳灵珊道："那就没什么可翻的了。"她沉吟半晌，突然说道："佛经的夹层之中，你可找过没有？"

林平之一怔，说道："夹层？我可没想到。咱们这便去瞧瞧。"

二人各持一只烛台，手拉手的从厢房中出来，走向后院。令狐冲在屋面上跟去，眼见烛光从一间间房子的窗户中透出来，最后到了西北角一间房中。令狐冲跟着过去，轻轻纵下院子，凑眼窗缝向内张望。只见里面是座佛堂，居中悬着一幅水墨画，画的是达摩老祖背面，自是描写他面壁九年的情状。佛堂靠西有个极旧的蒲团，桌上放着木鱼、钟磬，还有一叠佛经。令狐冲心想："这位创办福威镖局的林老前辈，当年威名远震，手下伤过的绿林大盗定然不少，想来到得晚年，在这里忏悔生平的杀业。"想像一位叱咤江湖的英雄豪杰，白发苍苍之时，坐在这间阴沉沉的佛堂中敲木鱼念经，那心境可着实寂寞凄凉。

岳灵珊取过一部佛经，道："咱们把经书拆了开来，查一查夹层中可有物事。如果查不到，再将经书重行钉好便是。你说好不好？"林平之道："好！"拿起一本佛经，拉断了钉书的丝线，将书页平摊开来，查看夹层之中可有字迹。

岳灵珊拆开另一本佛经，一张张拿起来在烛光前映照。

令狐冲瞧着她背影，但见她皓腕如玉，左手上仍是戴着那只银镯子，有时脸庞微侧，与林平之四目交投，相对便是一笑，又去查看书页，也不知是烛光照射，还是她脸颊晕红，但见半边俏脸，当真艳若春桃。令狐冲悄立窗外，却是瞧得痴了。

二人拆了一本又一本，堪堪便要将桌上十二本佛经拆完，突然之间，令狐冲听得背后轻轻一响。他身子一缩，回头过来，只见两条人影从南边屋面上欺将过来，互打手势，跃入院子，落地无声。二人随即都凑眼窗缝，向内张望。

过了好一会，听得岳灵珊道："都拆完啦，什么都没有。"语气甚是失望，忽然又道："小林子，我想到啦，咱们去打盆水来。"声音转得颇为兴奋。林平之问道："干什么？"岳灵珊道："我小时候曾听爹爹说过个故事，说有一种草，浸了酸液出来，用来写字，干了后字迹便即隐没，但如浸湿了，字迹却又重现。"

令狐冲心中一酸，记得师父说这个故事时，岳灵珊还只八九岁，自己却有十七八岁了。当年旧事，霎时间涌上心来，记得那天和她去捉蟋蟀来打架，自己把最大最壮的蟋蟀让了给她，偏偏还是她的输了。她哭个不休，自己哄了她很久，她才回嗔作喜，两个人同去请师父讲故事。念及这些往事，泪水又涌到眼眶之中。

只听林平之道："对，不妨试一试。"转身出来。岳灵珊道："我和你同去。"

两人手拉手的出来。躲在窗后的那二人屏息不动。过了一会，林平之和岳灵珊各捧了一盆水，走进佛堂，将七八张佛经的散页浸在水中。林平之迫不及待的将一页佛经提了起来，在烛光前一照，不见有什么字迹。两人试了二十余页，没发现丝毫异状。

林平之叹了口气，道："不用试啦，没写上别的字。"

他刚说了这两句话，躲在窗外那二人悄没声的绕到门口，推门而入。林平之喝道："什么人？"那二人直扑进门，势疾如风。林平之举手待要招架，胁下已被人一指点中。岳灵珊长剑只拔出一半，敌人两只手指已向她眼中插去，岳灵珊只得放脱剑柄，举手上挡。那人右手连抓三下，都是指向她咽喉。岳灵珊大骇，退得两步，背脊已靠在供桌边上，无法再退。那人左手向她天灵盖劈落，岳灵珊双掌上格，不料那人这一掌乃是虚招，右手点出，岳灵珊左腰中指，斜倚在供桌之上，无法动弹。

这一切令狐冲全看在眼里，见林岳二人一时并无性命之忧，心想不忙出手相救，且看敌人是什么来头。只见这二人在佛堂中东张西望，一人提起地下蒲团，撕成两半，另一人拍的一掌，将木鱼劈成了七八片。林平之和岳灵珊既不能言，亦不能动，见到这二人掌力如刀，撕蒲团，碎木鱼，显然便是来找寻那《辟邪剑谱》，均想："怎没想到剑谱或许藏在蒲团和木鱼之中。"但见蒲团和木鱼中并没藏有物事，心下均是一喜。

那二人都是五十来岁年纪，一个秃头，另一个却满头白发。二人行动迅疾，顷刻之间，便将佛堂中供桌等物一一劈碎，直至无物可碎，两人目光都向那幅达摩老祖画像瞧去。秃头老者左手伸出，便去抓那画像。白发老者伸手一格，喝道："且慢，你瞧他的手指！"

令狐冲、林平之、岳灵珊三人的目光都向画像瞧去，但见图中达摩左手放在背后，似是捏着一个剑诀，右手食指指向屋顶。秃头老者问道："他手指有什么古怪？"白发老者道："不知道！且试试看。"身子纵起，双掌对准了图中达摩食指所指之处，击向屋顶。

蓬的一声，泥沙灰尘簌簌而落。秃头老者道："哪有什么……"

只说了四个字，一团红色的物事从屋顶洞中飘了下来，却是一件和尚所穿的袈裟。

白发老者伸手接住，在烛光下一照，喜道："在……在这里了。"他大喜若狂，声音也发颤了。秃头老者道："怎么？"白发老者道："你自己瞧。"

令狐冲凝目瞧去，只见袈裟之上隐隐似写满了无数小字。

秃头老者道："这难道便是《辟邪剑谱》？"白发老者道："十之八九，该是剑谱。哈哈，咱兄弟二人今日立此大功。兄弟，收了起来罢。"秃头老者喜得嘴也合不拢来，将袈裟小心折好，放入怀中，左手向林岳二人指了指，道："毙了吗？"

令狐冲手持剑柄，只待白发老者一露杀害林岳二人之意，立时抢入，先将这两名老者杀了。哪知那白发老者说道："剑谱既已得手，不必跟华山派结下深仇，让他们去罢。"两人并肩走出佛堂，越墙而出。

令狐冲也即跃出墙外，跟随其后。两名老者脚步十分迅疾。令狐冲生怕在黑暗之中走失了二人，加快脚步，和二人相距不过三丈。

两名老者奔行甚急，令狐冲便也加快脚步。突然之间，两名老者倏地站住，转过身来，眼前寒光一闪，令狐冲只觉右肩、右臂一阵剧痛，竟已被对方双刀同时砍中。两人这一下突然站定，突然转身，突然出刀，来得当真便如雷轰电闪一般。

令狐冲只是内力浑厚，剑法高明，这等临敌应变的奇技快招，却和第一流高手还差着这么一大截，对方蓦地里出招，别说拔剑招架，连手指也不及碰到剑柄，便已受重伤。

两名老者的刀法快极，一招既已得手，第二刀跟着砍到。令狐冲大骇之下，急忙向后跃出，幸好他内力奇厚，这倒退一跃，已在两丈之外，跟着又是一纵，又跃出了两丈。两名老者见他重伤之下，倒跃仍如此快捷，也吃了一惊，当即扑将上来。

令狐冲转身便奔，肩头臂上初中刀时还不怎么疼痛，此时却痛得几欲晕倒，心想："这二人盗去的袈裟，上面所写的多半便是《辟邪剑谱》。我身蒙不白之冤，说什么也要夺了回来，去还给林师弟。"当下强忍疼痛，伸手去拔长剑。

一拔之下，长剑只出鞘一半，竟尔拔不出来，右臂中刀之后，力气半点也无法使出。耳听得脑后风响，敌人钢刀砍到，当即提气向前急跃，左手用力一扯，拉断了腰带，这才将长剑握在手中，使劲一抖，将剑鞘摔在地下。堪堪转身，但觉寒气扑面，双刀同时砍到。

他又倒跃一步。其时天色将明，但天明之前一刻最是黑暗，除了刀光闪闪之外，睁眼不见一物。他所学的独孤九剑，要旨是看到敌人招数的破绽所在，乘虚而入，此时敌人的身法招式全然无法见到，剑法便使不出来。只觉左臂又是一痛，被敌人刀锋划了一道口子，只得斜向长街急冲出去，左手握剑，将拳头按住右肩伤口，以免流血过多，不支倒地。

两名老者追了一阵，眼见他脚步极快，追赶不上，好在剑法秘谱已然夺到，不愿多生枝节，当即停步不追，转身回去。令狐冲叫道："喂，大胆贼子，偷了东西想逃吗？"反而转身追来。两名老者大怒，又即转身，挥刀向他砍去。令狐冲不和他们正面交锋，返身又逃，心下暗暗祷祝："有人提一盏灯笼过来，那就好了。"奔得几步，灵机一动，跃上屋顶，四下一望，见左前方一间屋中有灯光透出，当即向灯光处奔去。两名老者却又停步不追。

令狐冲俯身拿起两张瓦片，向二人投了过去，喝道："你们盗了林家的《辟邪剑谱》，一个秃头，一个白发，便逃到天涯海角，武林好汉也要拿到你们，碎尸万段。"拍剌剌一声响，两张瓦片在大街青石板上跌得粉碎。

两名老者听他叫出"辟邪剑谱"的名称，当即上屋向他追去。

令狐冲只觉脚下发软，力气越来越弱，猛提一口气，向灯光处狂奔一阵，突然间一个踉跄，从屋面上摔了下来，急忙一个"鲤鱼打挺"，翻身站起，靠墙而立。

两名老者轻轻跃下，分从左右掩上。秃头老者狞笑道："老子放你一条生路，你偏生不走。"令狐冲见他秃头上油光晶亮，心头一凛："原来天亮了。"笑道："两位是哪一家哪一派的，为什么定要杀我而甘心？"

白发老者单刀一举，向令狐冲头顶疾劈而下。

令狐冲剑交右手，轻轻一刺，剑尖便刺入了他咽喉。

秃头老者大吃一惊，舞刀直扑而前。令狐冲一剑削出，正中其腕，连刀带手，一齐切了下来，剑尖随即指住他喉头，喝道："你二人到底是什么门道，说了出来，饶你一命。"秃头老者嘿嘿一笑，跟着凄然道："我兄弟横行江湖，罕逢敌手，今日死在尊驾剑下，佩服佩服，只是不知尊驾高姓大名，我死了……死了也是个胡涂鬼。"

令狐冲见他虽断了一手，仍是气概昂然，敬重他是条汉子，说道："在下被迫自保，其实和两位素不相识，失手伤人，可对不住了。那件袈裟，阁下交了给我，咱们就此别过。"

秃头老者森然道："秃鹰岂是投降之人？"左手一翻，一柄匕首插入自己心窝。

令狐冲心道："这人宁死不屈，倒是个人物。"俯身去他怀中掏那件袈裟。只觉一阵头晕，知道是失血过多，于是撕下衣襟，胡乱扎住肩头和臂上的伤口，这才在秃头老者怀中将袈裟取了出来。

这时又觉一阵头晕，当即吸了几口气，辨明方向，径向林平之那向阳巷老宅走去。走出数十丈，已感难以支持，心想："我若倒了下来，不但性命不保，死后人家还道我是偷了《辟邪剑谱》，赃物在身，死后还是落了污名。"当下强自支撑，终于走进了向阳巷。

但林家大门紧闭，林平之和岳灵珊又被人点倒，无人开门，要他此刻跃墙入内，却无论如何无此力气，只得打了几下门，跟着出脚往大门上踢去。

这一脚大门没踢开，一下震荡，晕了过去。

待得醒转，只觉身卧在床，一睁眼，便见到岳不群夫妇站在床前，令狐冲大喜，叫道："师父，师娘……我……我……"心情激动，泪水不禁滚滚而下，挣扎着坐起身来。岳不群不答，只问："却是怎么回事？"令狐冲道："小师妹呢？她……她平安无事吗？"岳夫人道："没事！你……你怎么到了福州？"语音中充满了关怀之意，眼眶却不禁红了。

令狐冲道："林师弟的《辟邪剑谱》，给两个老头儿夺了去，我杀了那二人，抢了回来。那两人……那两人多半是魔教中的好手。"一摸怀中，那件袈裟已然不见，忙问："那……那件袈裟呢？"岳夫人问道："那是什么？"令狐冲道："袈裟上写得有字，多半便是林家的《辟邪剑谱》。"岳夫人道："那么这是平之的物事，该当由他收管。"令狐冲道："正是。师娘，你和师父都好？众位师弟师妹也都好？"

岳夫人眼眶红了，举起衣袖拭了拭眼泪，道："大家都好。"

令狐冲道："我怎么到了这里？是师父、师娘救我回来的么？"岳夫人道："我今儿早晨到平之的向阳巷老宅去，在门外见你晕在地下。"令狐冲"嗯"了一声，道："幸亏师娘到来，否则如果给魔教的妖人先见到，孩儿就没命了。"他知师娘定是早起不见了女儿，便赶到向阳巷去找寻，只是这件事不便跟自己说起。

岳不群道："你说杀了两名魔教妖人，怎知他们是魔教的？"令狐冲道："弟子南来，一路上遇到不少魔教中人，跟他们动了几次手。这两个老头儿武功怪异，显然不是我正派中人。"心下暗暗欢喜："我夺回了林师弟的《辟邪剑谱》，师父、师娘、小师妹便不会再对我生疑；而我杀了这两名魔教妖人，师父当也不再怪我和魔教勾结了。"

哪知岳不群脸色铁青，哼了一声，厉声道："你到这时还在胡说八道！难道我便如此容易受骗么？"令狐冲大惊，忙道："弟子决不敢欺瞒师父。"岳不群森然道："谁是你师父了？岳某早跟你脱却了师徒名份。"

令狐冲从床上滚下地来，双膝跪地，磕头道："弟子做错了不少事，愿领师父重责，只是……只是逐出门墙的责罚，务请师父收回成命。"

岳不群向旁避开，不受他的大礼，冷冷的道："魔教任教主的小姐对你青眼有加，你早已跟他们勾结在一起，还要我这师父干什么？"令狐冲奇道："魔教任教主的小姐？师父这话不知从何说起？虽然听说那任……任我行有个女儿，可是弟子从来没见过。"

岳夫人道："冲儿，到了此刻，你又何必再说谎？"叹了口气，道："那位任小姐召集江湖上旁门左道之士，在山东五霸冈上给你医病，那天我们又不是没去……"

令狐冲大为骇异，颤声道："五霸冈上那位姑娘，她……她……盈盈……她是任教主的女儿？"岳夫人道："你起来说话。"令狐冲慢慢站起，心下一片茫然，喃喃的道："她……她是任教主之女？这……这真是从何说起？"

岳夫人怫然不悦，道："为什么对着师父、师娘，你还要说谎？"

岳不群怒道："谁是他师父、师娘了？"伸手在桌上重重一击，拍的一声响，桌角登时掉下了一块。

令狐冲惶恐道："弟子决不敢欺骗师父、师娘……"

岳不群厉声道："岳某当初有眼无珠，收容了你这无耻小儿，实是愧对天下英豪。你是不是要我长此负这污名？你再叫一声'师父、师娘'，我立时便将你毙了！"怒喝时脸上紫气忽现，实是恼怒已极。

令狐冲应道："是！"伸手扶着床缘，脸上全无血色，身子摇摇欲坠，说道："他们给我治伤疗病，那是有的。可是……可是谁也没跟我说过，她……便是任教主的女儿。"岳夫人道："你聪明伶俐，何等机警，怎会猜想不到？她一个年纪轻轻的姑娘，只这么一句话，便调动了三山五岳的左道之士，个个争着来给你治病。除了魔教的任小姐，又谁能有这样的天大面子？"令狐冲道："弟……

我……我当时只道她是一位年老婆婆。"岳夫人道："她易容改装了么？"令狐冲道："没有，只不过……只不过我当时一直没见到她脸。"

岳不群"哈"的一声笑了出来，脸上却无半分笑意。

岳夫人叹了口气，道："冲儿，你年纪大了，性格儿也变了。我的说话，你再也不放在心上啦。"令狐冲道："师……师……我对你老人家的说话，可……可……可真不……"他想要说"我对你老人家的说话，可真不敢违背"，但事实俱在，师父、师娘一再命他不可与魔教中人结交，他和盈盈、向问天、任我行这些人的干系，又岂仅是"结交"而已？

岳夫人又道："就算那个任教主的小姐对你好，你为了活命，让她召人给你治病，或者说情有可原……"岳不群怒道："什么情有可原？为了活命，那就可以无所不为么？"他平时对这位师妹兼夫人向来彬彬有礼，当真是相敬如宾，但今日却一再疾言厉色，打断她的话头，可见实是怒不可遏。岳夫人明白丈夫的心情，也不和他计较，继续说道："但你为什么又和魔教那个大魔头向问天勾结在一起，杀害了不少我正派同道？你双手染满了正教人士的鲜血，你……你快快走罢！"

令狐冲背上一阵冰冷，想起那日在凉亭之中，深谷之前，和向问天并肩迎敌，确有不少正教中人因自己而死，虽说当其时恶斗之际，自己若不杀人，便是被杀，委实出于无奈，可是这大笔血债，总是算在自己身上了。

岳夫人道："在五霸冈下，你又与魔教的任小姐联手，杀害了好几个少林派和昆仑派弟子。冲儿，我从前视你有如我的亲儿，但事到如今，你……你师娘无能，可再没法子庇护你了。"说到这里，两行泪水从面颊上直流下来。

令狐冲黯然道："孩儿的确是做错了事，罪不可赦。但一身做事一身当，决不能让华山派的名头蒙污。请两位老人家大开法堂，邀集各家各派的英雄与会，将孩儿当场处决，以正华山派的门规便是。"

岳不群长叹一声，说道："令狐师傅，你今日倘若仍是我华山派门下弟子，此举原也使得。你性命虽亡，我华山派清名得保，你我师徒之情尚在。可是我早已传书天下，将你逐出门墙。你此后的所作所为，与我华山派何涉？我又有什么身份来处置你？嘿嘿，正邪势不两立，下次你再为非作歹，撞在我的手里，妖孽奸贼，人人得而诛之，那就容你不得了。"

正说到这里，房外一人叫道："师父、师娘。"却是劳德诺。岳不群问道："怎么？"劳德诺道："外面有人拜访师父、师娘，说道是嵩山派的锺镇，还有他的两个师弟。"岳不群道："九曲剑锺镇，他也来福建了吗？好，我便出来。"径自出房。

岳夫人向令狐冲瞧了一眼，眼色中充满了柔情，似是叫他稍待，回头尚有话说，跟着走了出去。

令狐冲自幼对师娘便如与母亲无异，见她对自己爱怜，心中懊悔已极，寻思："种种情事，总是怪我行事任性，是非善恶，不辨别清楚。向大哥明明不是正人君子，我怎地不问情由，上前便帮他打架？我一死不足惜，可教师父、师娘没脸见人。华山派门中出了这样一个不肖弟子，连众师弟、师妹们也都脸上少了光采。"

又想："原来盈盈是任教主的女儿，怪不得老头子、祖千秋他们对她如此尊崇。她随口一句话，便将许多江湖豪士充军到东海荒岛，终身不得回归中原。唉，我原该想到才是。武林之中，除了魔教的大头脑，又有谁能有这等权势？可是她和我在一起之时，扭扭捏捏，娇羞腼腆，比之小师妹尚且胜了三分，又怎想得到她竟会是魔教中的大人物？然而那时任教主尚给东方不败囚在西湖底下，他的女儿又怎会有偌大权势？"

正自思涌如潮，起伏不定，忽听得脚步声细碎，一人闪进房来，正是他日思夜想、念兹在兹的小师妹。令狐冲叫道："小师妹！你……"下面的话便接不下去了。岳灵珊道："大师哥，快……快离开这儿，嵩山派的人找你晦气来啦。"语气甚是焦急。

令狐冲只一见到她，天大的事也都置之脑后，什么嵩山派不嵩山派，压根儿便没放在心上，双眼怔怔的瞧她，一时甜、酸、苦、辣，诸般滋味尽皆涌向心头。

岳灵珊见他目不转睛的望着自己，脸上微微一红，说道："有个什么姓锺的，带着两个师弟，说你杀了他们嵩山派的人，一直追寻到这儿来。"

令狐冲一呆，茫然道："我杀了嵩山派的人？没有啊。"

突然间砰的一声，房门推开，岳不群怒容满脸走了进来，厉声道："令狐冲，你干的好事！你杀了嵩山派属下的武林前辈，却说是魔教妖人，欺瞒于我。"令狐冲奇道："弟……我……我杀了嵩山派属下的武林前辈？我……我没有……"

岳不群怒道："'白头仙翁'卜沉，'秃鹰'沙天江，这两人可是你杀的？"

令狐冲听到这二人的外号，记起那秃顶老者自杀之时，曾说过"秃鹰岂是投降之人"这句话，那么另一个白发老者，便是什么"白头仙翁"卜沉了，便道："一个白头发的老人，一个秃头老者，那确是我杀的。我……我可不知他们是嵩山派门下。他们使的是单刀，全不是嵩山派武功。"岳不群神色愈是严峻，问道："那么这两个人，确是你杀的？"令狐冲道："正是。"

岳灵珊道："爹，那个白头发和那秃顶的老头儿……"岳不群喝道："出去！谁叫你进来的？我在这里说话，要你插什么嘴？"岳灵珊低下头，慢慢走到房门口。

令狐冲心下一阵凄凉，一阵欢喜："师妹虽和林师弟要好，毕竟对我仍有情谊。她干冒父亲申斥，前来向我示警，要我尽速避祸。"

岳不群冷笑道："五岳剑派各派的武功，你都明白么？这卜沙二人出于嵩山派的旁支，你心存不规，不知用什么卑鄙手段害死了他们，却将血迹带到了向阳巷平之的老宅。嵩山派一查，便跟着查到了这里。眼下嵩山派的锺师兄便在外面，向我要人，你有什么话说？"

岳夫人走进房来，说道："他们又没亲眼见到是冲儿杀的？单凭几行血迹，也不能认定是咱们镖局中人杀的。咱们给他们推个一干二净，那便是了。"

岳不群怒道："师妹，到了这时候，你还要包庇这无恶不作的无赖子。我堂堂华山派掌门，岂能为了这小畜生而说谎？你……你……咱们这么干，非搞到身败名裂不可。"

令狐冲这几年来，常想师父、师娘是师兄妹而结成眷属，自己若能和小师妹也有这么一天，那真是万事俱足，更无他求，此刻见师父对师娘说话，竟如此的声色俱厉，心中忽想："倘若小师妹是我妻子，她要干什么，我便由得她干什么，是好事也罢，是坏事也罢，我决不会有半点拂逆她的意愿。她便要我去干十恶不赦的大坏事，我也不会皱一皱眉头。"

岳不群双目盯在令狐冲脸上，忽然见他脸露温柔微笑，目光含情，射向站在房门口的女儿，怒喝："小畜生，在这当儿，你心中还在打坏主意么？"

岳不群这一声大喝，登时教令狐冲从胡思乱想中醒觉过来，一抬头，只见师父脸上紫气隐隐，手掌提起，便要往自己头顶击落，突然间感到一阵说不出的欢喜，只觉在这世上委实苦涩无味之极，今日死在师父掌底，那是痛痛快快的解脱，尤其小师妹在旁，看着自己被他父亲一掌劈死，更是自己全心所企求之事。他微微一笑，目光向岳灵珊瞧去，只待师父挥掌打落。

但觉脑顶风生，岳不群右掌劈将下来，却听得岳夫人叫道："使不得！"手指便往丈夫后脑"玉枕穴"上点去。他二人自幼同门学艺，相互拆招，已然熟极而流，岳夫人这一指所点之处，乃是致命要穴，岳不群自然而然回掌拆格。岳夫人已闪身挡在令狐冲身前。

岳不群脸色铁青，怒道："你……你干什么？"岳夫人急叫：

"冲儿，快走！快走！"令狐冲摇头道："我不走，师父要杀我，便杀好了。我是罪有应得。"岳夫人顿足道："有我在这里，他杀不了你的，快走，走得远远的，永远别再回来。"

岳不群道："哼，他一走了之，外面厅上嵩山派那三人，咱们又如何对付？"

令狐冲心道："原来师父担心应付不了锺镇他们，我可须先得去替他打发了。"朗声说道："好，我去见见他们。"说着大踏步往外走去。岳夫人叫道："去不得，他们会杀了你的。"但令狐冲走得极快，立时已冲入了大厅。

果见嵩山派的九曲剑锺镇、神鞭邓八公、锦毛狮高克新三人大剌剌的坐在西首宾位。令狐冲往对面的太师椅中一坐，冷冷的道："你们三个，到这里干什么来了？"

此刻令狐冲身上穿着店小二衣衫，除去虬髯，与廿八铺客店中夜间相逢时的参将模样已全不相同。锺镇等三人突然见到这样一个满身血迹的市井少年如此无礼，都是勃然大怒。高克新喝道："你是什么东西？"令狐冲笑道："你们三个，是什么南北？"高克新一怔，心想："怎叫做'是什么南北'？"但想那定然不是什么好话，怒道："快去请岳先生出来！凭你也配跟我们说话？"

这时岳不群、岳夫人、岳灵珊以及华山派众弟子都已到了屏门之后，听着令狐冲跟这三人对答。岳灵珊听他问"你们三个是什么南北？"忍不住好笑，但知眼前这三人都是嵩山派好手，大师哥杀了他们的人，又对他们如此无礼，待会定要动手，未免凶多吉少，而父亲、母亲势难插手相助，可不知如何是好，心中一发愁，便笑不出来。

令狐冲道："岳先生是谁？啊，你说的是华山派掌门。我正来寻他的晦气。嵩山派有两个不肖之徒，一个叫什么白头妖翁卜沉，一个叫秃枭沙天江，已经给我杀了。听说嵩山派还有三个家伙，躲在福威镖局之中。我要岳先生交出人来，岳先生却是不肯。气死我也，气死我也！"跟着纵声大叫："岳先生，嵩山派有三个无聊家伙，一个叫烂铁剑锤镇，一个叫小鬼邓八婆，还有一个癞皮猫高克新。请你快快交出人来，我要跟他们算帐。你想包庇他们，那可不成！你们五岳剑派，同气连枝，我可不卖这个帐。"

岳不群等听了，无不骇然，均知他如此叫嚷，是要表明华山派与杀人之事无关。可是嵩山派这三人成名已久，那九曲剑锤镇更是了得。听他所嚷的言语，显已知道锤镇等三人的来历。那日夜战，他打败剑宗封不平，刺瞎十五名江湖好手双眼，剑法确是非同小可，但他此刻受伤极重，只怕再站立一会便会倒下，何以这等胆大妄为，贸然上前挑战？

高克新大怒跃起，长剑出鞘，便要向令狐冲刺出。锤镇举手拦住，向令狐冲问道："尊驾是谁？"

令狐冲道："哈哈，我认得你，你却不认得我。你们嵩山派想将五岳剑派合而为一，由你嵩山吞并其余四派。你们三个南北来到福建，一来是要抢夺林家的《辟邪剑谱》，二来是要戕害华山、恒山各派的重要人物。种种阴谋，可全给我知悉了。嘿嘿，好笑啊好笑！"

岳不群和岳夫人对瞧了一眼，均想："他这话倒未必全是无稽之谈。"

锤镇脸有惊疑之色，问道："尊驾是哪一派的人物？"

令狐冲道："我大庙不收，小庙不受，是个无主孤魂，荒山野鬼，决不会来抢你们嵩山派的生意，你这可放心了罢？哈哈，哈哈。"笑声中充满了凄凉之意。

锤镇道："尊驾既非华山派人物，咱们可不能骚扰了岳先生，这就借步到外面说话。"这几句话语调平淡，但目露凶光，充满了杀机，显是令狐冲揭了他的底，已决心诛却。他对岳不群毕竟有所忌惮，不敢在福威镖局中拔剑杀人，要将令狐冲引到镖局之外再行动手。

这句话正合令狐冲心意，大声叫道："岳先生，你今后可得多加提防。魔教教主任我行复出，此人身有吸星大法，专吸旁人内力，他说要跟华山派为难。还有，嵩山派想并吞你华山派。你是彬彬君子，人家的狼心狗肺，却不可不防。"他此番来到福州，为的便是要向师父说这几句话，说罢便即大踏步出门。锺镇等跟了出来。

令狐冲迈步走出福威镖局，只见一群尼姑、妇女站在大门外，正是恒山派那批女弟子。仪和与郑萼二人手持拜盒，走在最前，当是到镖局来拜会岳不群和岳夫人。令狐冲一怔，急忙转头，不让她们见到，但已跟仪和她们打了个照面，好在仪琳远远在后，没见到他面目。

锺镇等三人出来时，仪和与郑萼却认得他们，不禁一怔，同时停住了脚步。

令狐冲心想："恒山派弟子既知我师父在此，自当前来拜会，有我师父、师娘照料，她们也不会吃亏了。"他不愿给仪琳见到，斜刺里便欲溜走。

锺镇、邓八公、高克新同时兵刃出手，拦在他面前，喝道："你还想逃吗？"

令狐冲笑道："我没兵器，怎生打法？"

这时岳不群、岳夫人和华山派众弟子都来到门前，要看令狐冲如何对付锺镇等三人。岳灵珊拔剑出鞘，叫道："大……"想将长剑掷过去给他。岳不群左手两指伸出，搭在她剑刃之上，摇了摇头。岳灵珊急道："爹！"岳不群又摇了摇头。

这一切全瞧在令狐冲眼里，心中大慰："小师妹对我，毕竟还有昔日之情。"

突然之间，好几人齐声惊呼。

令狐冲情知必是有人偷袭，不及回头，立即向前急纵而出。他内力奇厚，这一跃既高且速，但饶是如此，只觉脑后生风，一剑在背后直劈而下，刚才这一跃只须慢得刹那，又或是力道不足，跃得近了半尺，身子已给人劈成两半，当真凶险已极。

他站定后立即回头，但听得一声呼叱，白光闪动，恒山派女弟子同时出手。七人一队，分成三队，七柄长剑指住一人，将锺镇等三人分别围住。这一下拔剑、移步、围敌、出招，动作也是迅捷无比，加之身法轻盈，姿式美观，显是习练有素的阵法。每柄长剑剑尖指住对方一处要害，头、喉、胸、腹、腰、背、胁，每人身上七处要害，均被一柄长剑指住。阵法既成，七名女弟子便不再动。

适才出手向令狐冲偷袭的，便是锺镇。听得令狐冲的言语对嵩山派甚是不利，当即乘其不备，忽施杀手，意欲尽速灭口，以免他多嘴多舌，更增岳不群的疑心。他出手固是极毒，却还是让对方避了开去，而恒山派众女弟子剑阵一成，他武功虽强，可也半点动弹不得，四肢百骸，只须哪里动上一动，料想便有一柄剑刺将过来。

岳不群、岳夫人等不知恒山派与锺镇等在廿八铺中曾有一番过节，突见双方动手，都大为惊奇，眼见恒山派众女弟子所结剑阵甚是奇妙，二十一人分成三堆，除了衣袖衫角在风中飘动之外，二十一柄长剑寒光闪闪，竟是纹丝不动，其中却蕴藏着无限杀机。

令狐冲但见恒山剑阵凝式不动，七柄剑既攻敌，复自守，七剑连环，绝无破绽可寻，宛然有独孤九剑"以无招破有招"之妙诣，气喘吁吁的喝采："妙极！这剑阵精采之至！"

锺镇眼见受制，当即哈哈一笑，说道："大家是自己人，开什么玩笑？我认输了，好不好？"当的一声，掷剑下地。围住他的七人以仪和为首，见对方掷剑认输，当即长剑一抖，收了转去，其余六人跟着收剑。不料锺镇左足足尖在地下长剑剑身上一点，那剑猛地跳起。锺镇手指尖一碰剑柄，剑锋如电，蓦地刺出。

仪和"啊"的一声惊呼，右臂中剑，手中长剑呛啷落地。锺镇长笑声中，寒光连闪，恒山派众弟子纷纷受伤。这么一乱，其余两个剑阵中的十四名女弟子心神稍分，邓八公和高克新同时乘隙发动，登时兵刃相交，铮铮之声大作。

令狐冲抢起仪和掉在地下的长剑，挥剑击出。但听得呛啷，啊，嘿，几下声响，高克新手腕被击，长剑落地。邓八公的软鞭倒了转来，圈在自己头颈之中。锺镇手腕被剑背击中，退了几步，长剑总算还握在手中，但整条手臂已然酸软无力。

两个少女同时尖声叫了起来，一个叫："吴将军！"一个叫："令狐大哥！"

叫"吴将军"的是郑萼。适才令狐冲击退三人所使手法，与在廿八铺客店中对付这三人时所用剑招一模一样，连高克新茫然失措、邓八公险些窒息、锺镇又惊又怒的神情也殊无二致。郑萼心思机敏，当日曾见令狐冲如此出招，他容貌衣饰虽已大变，还是立即认了出来。另一个叫"令狐大哥"的却是仪琳。她本来和仪真、仪质等六位师姊结成剑阵，围住了邓八公。每人全神贯注，双目盯住敌人，绝不斜视，目中所见，只是他身上一处要害，视头则只见其头，视胸则只见其胸，连敌人别处肢体都无法瞧见，自然更加无法见到旁人，直至剑阵散开，她才见到令狐冲。瞬别经年，陡然相遇，仪琳全身大震，险些晕去。

令狐冲真相既显，眼见已无法隐瞒，笑道："你奶奶的，你这三个家伙太也不识好歹，恒山派众位师太饶了你们一命，你们居然恩将仇报。本将军可实在太瞧着不顺眼了。我……我……"说到这里，突然脑中晕眩，眼前发黑，咕咚倒地。

仪琳抢上扶起，急叫："令狐大哥，令狐大哥！"只见他肩头、臂上血如泉涌，急忙卷起他衣袖，取出本门治伤灵药白云熊胆丸塞入他口中。郑萼、仪真等取过天香断续胶，替他搽上伤口。恒山派众女弟子个个感念他救援之德，当日若不是他出手相救，人人都已死于非命，不但惨死，说不定还会受贼子污辱，是以递药的递药，抹血的抹血，包扎的包扎，便在这长街之上尽心救治。天下女子遇到这等紧急事态，自不免叽叽喳喳，七嘴八舌，围住了议论不休。恒山派众女弟子虽是武学之士，却也难免，或发叹息，或示关心，或问何人伤我将军，或曰凶手狠毒无情，言语纷纭，且杂"阿弥陀佛"之声。

华山派众人见到这等情景，尽皆诧异。

岳不群心想："恒山派向来戒律精严，这些女弟子却不知如何，竟给令狐冲这无行浪子迷得七颠八倒，竟在众目睽睽之下，不避男女之嫌，叫大哥的叫大哥，呼将军的呼将军。这小贼几时又做过将军了？当真昏天黑地，一塌胡涂。怎地恒山派的前辈也不管管？"

锺镇向两名师弟打个手势，三人各挺兵刃，向令狐冲冲去。三人均知此人不除，后患无穷，何况两番失手在他剑底，乘他突然昏迷，正是诛却此人的良机。

仪和一声呼啸，立时便有十四名女弟子排成一列，长剑飞舞，将锺镇三人挡住。这些女弟子个别武功并不甚高，但一结成阵，攻者攻，守者守，十四人便挡得住四五名一流高手。

岳不群初时原有替双方调解之意，只是种种事端，皆大出意料之外，既不知双方何以结怨，又对嵩山、恒山双方均生反感，心想暂且袖手旁观，静待其变。但见恒山派十四名女弟子守得极是严密，锺镇等连连变招，始终无法攻近。高克新一个大意，攻得太前，反给仪清在大腿上刺了一剑，伤势虽然不重，却也已鲜血淋漓，甚是狼狈。

令狐冲迷迷糊糊之中，听得兵刃相交声叮当不绝，眼睁一线，见到仪琳脸上神色焦虑，口中喃喃念佛："众生被困厄，无量苦逼身，观音妙智力，能救世间苦……"他心下感激，站了起来，低声道："小师妹，多谢你，将剑给我。"仪琳道："你……你别……别……"令狐冲微微一笑，从她手中接过剑来，左手扶着她肩头，摇摇晃晃的走出去。仪琳本来担心他伤势，但一觉自己肩头正承担着他身子重量，登时勇气大增，全身力气都运上右肩。

令狐冲从几名女弟子身旁走过去，第一剑挥出，高克新长剑落地，第二剑挥出，邓八公软鞭绕颈，第三剑当的一声，击在锺镇的剑刃之上。锺镇知他剑法奇幻，自己决非其敌，但见他站立不定，正好凭内力将他兵刃震飞，双剑相交，当即在剑上运足了内劲，猛觉自身内力急泻外泄，竟然收束不住。原来令狐冲的吸星大法在不知不觉间功力日深，不须肌肤相触，只要对方运劲攻来，内力便会通过兵刃而传入他体内。

锺镇大惊之下，急收长剑，跟着立即刺出。令狐冲见到他胁下空门大开，本来只须顺势一剑，即可制其死命，但手臂酸软，力不从心，只得横剑挡格。双剑相交，锺镇又是内力急泻，心跳不已，惊怒交集之下，鼓起平生之力，长剑疾刺，剑到中途，陡然转向，剑尖竟刺向令狐冲身旁仪琳的胸口。

这一招虚虚实实，后着甚多，极是阴狠，令狐冲如横剑去救，他便回剑刺其小腹，如若不救，则这一剑真的刺中了仪琳，也要教令狐冲心神大乱，便可乘机猛下杀手。

众人惊呼声中，眼见剑尖已及仪琳胸口衣衫，令狐冲的长剑蓦地翻过，压上他剑刃。

锺镇的长剑突然在半空中胶住不动，用力前送，剑尖竟无法向前推出分毫，剑刃却向上缓缓弓起，同时内力急倾而出。总算他见机极快，急忙撤剑，向后跃出，可是前力已失，后力未继，身在半空，突然软瘫，重重的直拽下来。这一下拽得如此狼狈，浑似个不会丝毫武功的常人。他双手支地，慢慢爬起，但身子只起得一半，又侧身摔倒。

邓八公和高克新忙抢过将他扶起，齐问："师哥，怎么了？"锺镇双目盯住在令狐冲脸上，随即想起，数十年前便已威震武林的魔教教主任我行，决不能是这样一个二十余岁的青年，说道："你是任我行的弟……弟子，会使吸星……吸星妖法！"高克新惊道："师哥，你的内力给他吸去了？"锺镇道："正是！"但身子一挺，又觉内力渐增。原来令狐冲所习吸星大法修为未深，又不是有意要吸他内力，只是锺镇突觉内劲倾泻而出，惶怖之下，以致摔得狼狈不堪。

邓八公低声道："咱们去罢，日后再找回这场子。"锺镇将手一挥，对着令狐冲大声道："魔教妖人，你使这等阴毒绝伦的妖法，那是与天下英雄为敌。姓锺的今日不是你对手，可是我正教的千千万万好汉，决不会屈服于你妖法的淫威之下。"说着转过身来，向岳不群拱了拱手，说道："岳先生，这个魔教妖人，跟阁下没什么渊源罢？"

岳不群哼了一声，并不答话。

锺镇在他面前也不敢如何放肆，说道："真相若何，终当大白，后会有期。"带着邓高二人，径自走了。

岳不群从大门的阶石走了下来，森然道："令狐冲，你好，原来你学了任我行的吸星妖法。"令狐冲确是学了任我行这一项功夫，虽是无意中学得，但事实如此，却也无从置辩。

岳不群厉声道："我问你，是也不是？"令狐冲道："是！"

岳不群厉声道："你习此妖法，更是正教中人的公敌。今日你身上有伤，我不来乘人之危。第二次见面，不是我杀了你，便是你杀了我。"侧身向众弟子道："这人是你们的死敌，哪一个对他再有昔日的同门之情，那便自绝于正教门下。大家听到了没有？"众弟子齐声应道："是！"岳不群见女儿嘴唇动了一下，想说什么话，说道："珊儿，你虽是我的女儿，却也并不例外，你听到了没有？"岳灵珊低声道："听到了。"

令狐冲本已衰弱不堪，听了这几句话，更觉双膝无力，当的一声，长剑落地，身子慢慢垂了下去。

仪和站在他身旁，伸臂托在他右胁之下，说道："岳师伯，这中间必有误会，你没查问明白，便如此绝情，那可忒也鲁莽了。"岳不群道："有什么误会？"仪和道："我恒山派众人为魔教妖人所辱，全仗这位令狐吴将军援手。他倘若是魔教教下，怎么会来帮我们去和魔教为敌？"她听仪琳叫他"令狐大哥"，岳不群又叫"令狐冲"，自己却只知他是"吴将军"，只好两个名字一起叫了。

岳不群道："魔教妖人鬼计多端，你们可别上了他的当。贵派众位南来，是哪一位师太为首？"他想这些年轻的尼姑、姑娘们定是为令狐冲的花言巧语所惑，只有见识广博的前辈师太，方能识破他的奸计。

仪和凄然道："师伯定静师太，不幸为魔教妖人所害。"

岳不群和岳夫人都"啊"的一声，甚感惊惋。

便在此时，长街彼端一个中年尼姑快步奔来，说道："白云庵信鸽有书传到。"走到仪和面前，从怀中掏出一个小小竹筒，双手递将过去。

仪和接过，拔开竹筒一端的木塞，倒出一个布卷，展开一看，惊叫："啊哟，不好！"恒山派众弟子听得白云庵有书信到来，早就纷纷围拢，见仪和神色惊惶，忙问："怎么？""师父信上说什么？""什么事不好？"仪和道："师妹你瞧。"将布卷递给仪清。

仪清接了过来，朗声读道："余与定逸师妹，被困龙泉铸剑谷。"又道："这是掌门师尊的……的血书。她老人家怎地到了龙泉？"

仪真道："咱们快去！"仪清道："却不知敌人是谁？"仪和道："管他是什么凶神恶煞，咱们急速赶去。便是要死，也和师父死在一起。"

仪清心想："师父和师叔的武功何等了得，尚且被困，咱们这些人赶去，多半也无济于事。"拿着血书，走到岳不群身前，躬身说道："岳师伯，我们掌门师尊来信，说道：'被困于龙泉铸剑谷。'请师伯念在五岳剑派同气连枝之谊，设法相救。"

岳不群接过书信，看了一眼，沉吟道："尊师和定逸师太怎地会去浙南？她二位武功卓绝，怎么会被敌人所困，这可奇了？这通书信，可是尊师的亲笔么？"仪清道："确是我师父亲笔。只怕她老人家已受了伤，仓卒之际，蘸血书写。"岳不群道："不知敌人是谁？"仪清道："多半是魔教中人，否则敝派也没什么仇敌。"岳不群斜眼向令狐冲瞧去，缓缓的道："说不定是魔教妖人假造书信，诱你们去自投罗网。妖人鬼计层出不穷，不可不防。"

仪和朗声叫道："师尊有难，事情急如星火，咱们快去救援要紧。仪清师妹，咱们速速赶去，岳师伯没空，多求也是无用。"仪真也道："不错，倘若迟到了一刻，那可是千古之恨。"恒山派见岳不群推三阻四，不顾义气，都是心头有气。

仪琳道："令狐大哥，你且在福州养伤。我们去救了师父、师伯出来，再来探你。"令狐冲大声道："大胆毛贼又在害人，本将军岂能袖手旁观？大伙儿一同前去救人便了。"仪琳道："你身受重伤，怎能赶路？"令狐冲道："本将军为国捐躯，马革里尸，何足道哉？去，去，快去。"

恒山众弟子本来全无救师尊脱险的把握，有令狐冲同去，胆子便大了不少，登时都脸现喜色。仪真道："那可多谢你了。我们去找坐骑给你乘坐。"

令狐冲道："大家都骑马！出阵打仗，不骑马成什么样子？走啊，走啊。"他眼见师父如此绝情，心下气苦，狂气便又发作。

仪清向岳不群、岳夫人躬身说道："晚辈等告辞。"仪和气忿忿的道："这种人跟他客气什么？徒然多费时刻，哼，全无义气，浪得虚名！"仪清喝道："师姊，别多说啦！"

岳不群笑了笑，只当没听见。

劳德诺闪身而出，喝道："你嘴里不干不净的说些什么？我五岳剑派本来同气连枝，一派有事，四派共救。可是你们和令狐冲这魔教妖人勾结在一起，行事鬼鬼祟祟，我师父自要考虑周详。你们先得把令狐冲这妖人杀了，表明清白。否则我华山派可不能跟你恒山派同流合污。"

仪和大怒，踏上一步，手按剑柄，朗声问道："你说什么'同流合污'？"劳德诺道："你们跟魔教勾勾搭搭，那便是同流合污了。"仪和怒道："这位令狐大侠见义勇为，急人之难，那才是真正的大英雄、大丈夫，哪像你们这种人，自居豪杰，其实却是见死不救、临难苟免的伪君子！"

岳不群外号"君子剑"，华山门下最忌的便是"伪君子"这三字。劳德诺听她言语中显在讥讽师父，刷的一声，长剑出鞘，直指仪和的咽喉。这一招正是华山剑法中的妙着"有凤来仪"。仪和没料到他竟会突然出手，不及拔剑招架，剑尖已及其喉，一声惊呼。跟着寒光闪动，七柄长剑已齐向劳德诺刺到。

劳德诺忙回剑招架，可是只架开刺向胸膛的一剑，嗤嗤声响，恒山派的六柄长剑，已在他衣衫上划了六道口子，每一道口子都有一尺来长。总算恒山派弟子并没想取他性命，每一剑都是及身而止，只郑萼功夫较浅，出剑轻重拿捏不准，划破他右臂袖子之后，剑尖又刺伤了他右臂肌肤。劳德诺大惊，急向后跃，拍的一声，怀中掉下一本册子。

日光照耀下，人人瞧得清楚，只见册子上写着"紫霞秘笈"四字。

劳德诺脸色大变，急欲上前抢还。令狐冲叫道："阻住他！"仪和这时已拔剑在手，刷刷刷连刺三剑。劳德诺举剑架开，却进不得一步。

岳灵珊道："爹，这本秘笈，怎地在二师哥身上？"

令狐冲大声道："劳德诺，六师弟是你害死的，是不是？"

那日华山绝顶上六弟子陆大有被害，《紫霞秘笈》失踪，始终是一绝大疑团，不料此刻恒山女弟子割断了劳德诺衣衫的带子，又划破了他口袋，这本华山派镇山之宝的内功秘笈竟掉了出来。

劳德诺道："胡说八道！"突然间矮身疾冲，闯入了一条小胡同中，飞奔而去。

令狐冲愤极，发足追去，只奔出几步，便一晃倒地。仪琳和郑萼忙奔过去扶起。

岳灵珊将册子拾了起来，交给父亲，道："爹，原来是给二师哥偷了去的。"

岳不群脸色铁青，接过来一看，果然便是本派历祖相传的内功秘笈，幸喜书页完整，未遭损坏，恨恨的道："都是你不好，拿了去做人情。"

仪和口舌上不肯饶人，大声道："这才叫同流合污呢！"

于嫂走到令狐冲跟前，问道："令狐大侠，觉得怎样？"令狐冲咬牙道："我师弟给这奸贼害死了，可惜追他不上。"见岳不群及众弟子转身入内，掩上了镖局大门，心想："师父的大弟子学了魔教阴毒武功，二弟子又是个戕害同门、偷盗秘本的恶贼，难怪他老人家气恼！"说道："尊师被困，事不宜迟，咱们火速去救人要紧。劳德诺这恶贼，迟早会撞在我手里。"于嫂道："你身上有伤，如此……如此……唉，我不会说……"她是佣妇出身，此时在恒山派中身份已然不低，武功也自不弱，但知识有限，不知如何向他表示感激才好。

令狐冲道："咱们快去骡马市上，见马便买。"掏出怀中金银，交给于嫂。

但市上买不够马匹，身量较轻的女弟子便二人共骑，出福州北门，向北飞驰。

奔出十余里，只见一片草地上有数十匹马放牧，看守的是六七名兵卒，当是军营中的官马。令狐冲道："去把马抢过来！"于嫂忙道："这是军马，只怕不妥。"令狐冲道："救人要紧，皇帝的御马也抢了，管他什么妥不妥。"仪清道："得罪了官府，只怕……"令狐冲大声道："救师父要紧，还是守王法要紧？去他奶奶的官府不官府！我吴将军就是官府。将军要马，小兵敢不奉号令吗？"仪和道："正是。"令狐冲叫道："把这些兵卒点倒了，拉了马走。"仪清道："拉十二匹就够了。"令狐冲叫道："尽数拉了来！"

他呼号喝令，自有一番威严。自从定静师太逝世后，恒山派弟子凄凄惶惶，六神无主，听令狐冲这么一喝，众人便拍马冲前，随手点倒几名牧马的兵卒，将几十匹马都拉了过来。

那些兵卒从未见过如此无法无天的尼姑，只叫得一两句"干什么？""开什么玩笑？"已摔在地下，动弹不得。

众弟子抢到马匹，嘻嘻哈哈，叽叽喳喳，大是兴奋。大家贪新鲜，都跃到官马之上，疾驰一阵。中午时分，来到一处市镇上打尖。

镇民见一群女尼姑带了大批马匹，其中却混着一个男人，无不大为诧异。

吃过素餐粉条，仪清取钱会帐，低声道："令狐师兄，咱们带的钱不够了。"适才在骡马市上买马，众人救师心切，哪有心情讨价还价，已将银两使了个干净，只剩下些铜钱。令狐冲道："郑师妹，你和于嫂牵一匹马去卖了，官马却不能卖。"郑萼答应了，牵了马和于嫂到市上去卖。众弟子掩嘴偷笑，均想："于嫂倒也罢了，郑萼这样娇滴滴的一个小姑娘，居然在市上卖马，倒也希罕得很。"但郑萼聪明伶俐，能说会道，来到福建没多日，天下最难讲的福建话居然已给她学会了几百句，不久便卖了马，拿了钱来付帐。

傍晚时分，在山坡上遥遥望见一座大镇，屋宇鳞比，至少有七八百户人家。众人到镇上吃了饭，将卖马钱会了钞，已没剩下多少。郑萼兴高采烈，笑道："明儿咱们再卖一匹。"令狐冲低声道："你到街上打听打听，这镇上最有钱的财主是谁，最坏的坏人是谁。"

郑萼点点头，拉了秦绢同去，过了小半个时辰，回来说道："本镇只有一个大财主，姓白，外号叫做白剥皮，又开当铺，又开米行。这人外号叫做白剥皮，想来为人也好不了。"令狐冲笑道："今儿晚上，咱们去跟他化缘。"郑萼道："这种人最是小气，只怕化不到什么钱米。"令狐冲微笑不语，隔了一会，说道："大伙儿上路罢。"

众人眼见天色已黑，但想师父有难，原该不辞辛劳，连夜赶路的为是，当即出镇向北。行不数里，令狐冲道："行了，咱们便在这里歇歇。"众人依言在一条小溪边坐地休息。

令狐冲闭目养神，过了大半个时辰，睁开眼来，向于嫂和仪和道："你们两位各带六位师妹，到白剥皮家去化缘，郑师妹带路。"于嫂和仪和等心中奇怪，但还是答应了。

令狐冲道："至少得化五百两银子，最好是二千两。"仪和大声道："啊哟，哪能化到这么多？"令狐冲道："小小二千两银子，本将军还不瞧在眼里呢。二千两，咱们自己使一千，余下一千分了给镇上穷人。"众人这才恍然大悟，面面相觑。仪和道："你是……是要咱们劫富济贫？"令狐冲道："劫是不劫的，咱们是化富济贫。咱们几十个人，身边凑起来也没几两银子，那是穷得到了姥姥家啦。不请富家大举布施，来周济咱们这些贫民，怎到得了龙泉铸剑谷哪？"

众人听到"龙泉铸剑谷"五字，更无他虑，都道："这就化缘去！"

令狐冲道："这种化缘，恐怕你们从来没化过，法子有点儿小小不同。你们脸上用帕子蒙了起来，跟白剥皮化缘之时，也不用开口，见到金子银子，随手化了过来便是。"郑萼笑道："要是他不肯呢？"令狐冲道："那就太也不识抬举了。恒山派门下英杰，都是武林中非同小可之士，旁人便用八人大轿来请，轻易也请不到你们上门化缘，是不是？白剥皮只不过是一个小小镇上的土豪劣绅，在武林中有什么名堂位份？居然有十五位恒山派高手登门造访，大驾光临，那不是给他脸上贴金么？他倘若当真瞧你们不起，那也不妨跟他动手过招，比划比划。且看是白剥皮的武功厉害，还是咱们恒山派郑师妹的拳脚了得。"

他这么一说，众人都笑了起来。群弟子中几个老成持重的如仪清等人，心下隐隐觉得不妥，暗想恒山派戒律精严，戒偷戒盗，这等化缘，未免犯戒。但仪和、郑萼等已快步而去，那些心下不以为然的，也已来不及再说什么。

令狐冲一回头，只见仪琳一双妙目正注视着自己，微笑道："小师妹，你说不对么？"仪琳避开他的眼光，低声道："我不知道。你说该这么做，我……我想总是不错的。"令狐冲道："那日我想吃西瓜，你不也曾去田里化了一个来吗？"

仪琳脸上一红，想起了当日和他在旷野共处的那段时光，便在此时，天际一个流星拖着一条长长的尾巴，闪烁而过。令狐冲道：

"你记不记得心中许愿的事？"仪琳低声道："怎么不记得？"她转过头来，说道："令狐大哥，这样许愿真的很灵。"令狐冲道："是吗？你许了个什么愿？"

仪琳低头不语，心中想："我许过几千几百个愿，盼望能再见你，终于又见到你了。"

突然远远传来马蹄声响，一骑马自南疾驰而来，正是来自于嫂、仪和她们一十五人的去路，但她们去时并未乘马，难道出了什么事？众人都站了起来，向马蹄声来处眺望。

只听得一个女子声音叫道："令狐冲，令狐冲！"令狐冲心头大震，那正是岳灵珊的声音，叫道："小师妹，我在这里！"仪琳身子一颤，脸色苍白，退开了一步。

黑暗中一骑白马急速奔来，奔到离众人数丈处，那马一声长嘶，人立起来，这才停住，显是岳灵珊突然勒马。令狐冲见她来得仓卒，暗觉不妙，叫道："小师妹！师父、师母没事吗？"岳灵珊骑在马上，月光斜照，虽只见到她半边脸庞，却也见到她铁青着脸，只听她大声道："谁是你的师父、师母？我爹爹妈妈，跟你又有什么相干？"

令狐冲胸口犹如给人重重打了一拳，身子晃了晃，本来岳不群对他十分严厉，但岳夫人和岳灵珊始终顾念旧情，没令他难堪，此刻听她如此说，不禁凄然道："是，我已给逐出华山派门墙，无福再叫师父、师娘了。"岳灵珊道："你既知不能叫，又挂在嘴上干什么？"令狐冲垂头不语，心如刀割。

岳灵珊哼了一声，纵马上前数步，说道："拿来！"伸出了右手。令狐冲有气没力的道："什么？"岳灵珊道："到这时候还在装腔作势，能瞒得了我么？"突然提高嗓子，叫道："拿来！"令狐冲摇头道："我不明白。你要什么？"岳灵珊道："要什么？要林家的《辟邪剑谱》！"令狐冲大奇，道："《辟邪剑谱》？你怎会向我要？"

岳灵珊冷笑道："不问你要，却问谁要？那件袈裟，是谁从林家老宅中抢去的？"令狐冲道："是嵩山派的两个家伙，一个叫什么'白头仙翁'卜沉，一个叫'秃鹰'沙天江。"岳灵珊道："这姓卜姓沙的两个家伙，是谁杀的？"令狐冲道："是我。"岳灵珊道："那件袈裟，又是谁拿了？"令狐冲道："是我。"岳灵珊道："那么拿来！"

令狐冲道："我受伤晕倒，蒙师……师……蒙你母亲所救。此后这件袈裟，便不在我身上。"岳灵珊仰起头来，打个哈哈，声音中却无半分笑意，说道："依你说来，倒是我娘吞没了？这等卑鄙无耻的话，亏你说得出口！"令狐冲道："我决没说是你母亲吞没。老天在上，令狐冲心中，可没半分对你母亲不敬之意。我只是说……只是说……"岳灵珊道："什么？"令狐冲道："你母亲见到这件袈裟，得知是林家之物，自然交给了林师弟。"

岳灵珊冷冷的道："我娘怎会来搜你身上之物？就算要交还林师弟，是你拼命夺来的物事，哼哼，你醒过来后，自己不会交还么？怎会不让你做这个人情？"

令狐冲心道："此言有理。难道这袈裟又给人偷去了？"心中一急，背上登时出了一身冷汗，说道："既是如此，其中必有别情。"将衣衫抖了抖，说道："我全身衣物，俱在此处，你如不信，尽可搜搜。"

岳灵珊又是一声冷笑，说道："你这人精灵古怪，拿了人家的物事，难道会藏在自己身上？再说，你手下这许多尼姑和尚、不三不四的女人，哪一个不会代你收藏？"

岳灵珊如此审犯人般对付令狐冲，恒山派群弟子早已俱都忿忿不平，待听她如此说，登时有几人齐声叫了出来："胡说八道！""什么叫做不三不四的女人！""这里有什么和尚了？""你自己才不三不四！"

岳灵珊手持剑柄，大声道："你们是佛门弟子，纠缠着一个大男人，跟他日夜不离，那还不是不三不四？呸！好不要脸！"

恒山群弟子大怒，刷刷刷之声不绝，七八人都拔出了长剑。

岳灵珊一按剑上簧扣，刷的一声，长剑出鞘，叫道："你们要倚多为胜，杀人灭口，尽管上来！岳姑娘怕了你们，也不是华山门下弟子了！"

令狐冲左手一挥，止住恒山群弟子，叹道："你始终见疑，我也无法可想。劳德诺呢？你怎不去问问他？他既会偷《紫霞秘笈》，说不定这件袈裟也是给他偷去了？"岳灵珊大声道："你要我去问劳德诺是不是？"令狐冲道："正是！"岳灵珊喝道："好，那你上来取我性命便是！你精通林家的辟邪剑法，我本来就不是你的对手！"令狐冲道："我……我怎会伤你？"岳灵珊道："你要我去问劳德诺，你不杀了我，我怎能去阴世见着他？"

令狐冲又惊又喜，说道："劳德诺他……他给师……师……给你爹爹杀了？"他知劳德诺带艺投师，华山门下除了自己之外，要数他武功最强，若非岳不群亲自动手，旁人也除不了他。此人害死陆大有，自己恨之入骨，听说已死，实是一件大喜事。

岳灵珊冷笑道："大丈夫一身做事一身当，你杀了劳德诺，又为何不认？"令狐冲奇道："你说是我杀的？倘若真是我杀的，却何必不认？此人害死六师弟，早就死有余辜，我恨不得亲手杀了他。"

岳灵珊大声道："那你为什么又害死八师哥？他可没得罪你啊，你……你好狠心！"

令狐冲更是大吃一惊，颤声道："八师弟跟我向来很好，我……我怎会杀他？"岳灵珊道："你……你自从跟魔教妖人勾结之后，行为反常，谁又知道你为什么……为什么要杀八师哥，你……你……"说到这里，不禁垂下泪来。令狐冲踏上一步，说道："小师妹，你可别胡乱猜想。八师弟他年纪轻轻，和人无冤无仇，别说是我，谁都不会忍心加害于他。"岳灵珊柳眉突然上竖，厉声道："那你又为什么忍心杀害小林子？"

令狐冲大惊失色，道："林师弟……他……他也死了？"岳灵珊道："现下是还没死，你一剑没砍死他，可是……可是谁也不知他……他……能不能好。"说到这里，呜咽起来。令狐冲舒了口气，问道："他受伤很重，是吗？他自然知道是谁砍他的。他怎么说？"岳灵珊道："世上又有谁像你这般狡猾？你在他背后砍他，他……他背后又没生眼睛。"

令狐冲心头酸苦，气不可遏，拔出腰间长剑，一提内力，运劲于臂，呼的一声，掷了出去。那剑平平飞出，削向一株径长尺许的大乌柏树，剑刃拦腰而过，将那大树居中截断。半截大树摇摇晃晃的摔将下来，砰的一声大响，地下飞沙走石，尘土四溅。

岳灵珊见到这等威势，情不自禁的勒马退了两步，说道："怎么？你学会了魔教妖法，武功厉害，在我面前显威风么？"

令狐冲摇头道："我如要杀林师弟，不用在他背后动手，更不会一剑砍他不死。"

岳灵珊道："谁知道你心中打什么鬼主意了？哼，定然是八师哥见到你的恶行，你这才杀他灭口，还将他面目剁得稀烂，便如你对付二……劳德诺一般。"

令狐冲沉住了气，情知这中间定有一件自己眼下猜想不透的大阴谋，问道："劳德诺的面目，也给人剁得稀烂了？"岳灵珊道："是你亲手干下的好事，难道自己不知道？却来问我！"令狐冲道："华山派门下，更有何人受到损伤？"岳灵珊道："你杀了两个，伤了一个，这还不够么？"

令狐冲听她这般说，知道华山派中并无旁人受到伤害，心下略宽，寻思："这是谁下的毒手？"突然之间心中一凉，想起任我行在杭州孤山梅庄所说的话来，他说自己倘若不允加入魔教，便要将华山派尽数屠灭，莫非他已来到福州，起始向华山派下手？急道："你……你快快回去，禀告你爹爹、妈妈，恐怕……恐怕是魔教的大魔头来对华山派痛下毒手了。"

岳灵珊扁了扁嘴，冷笑道："不错，确是魔教的大魔头在对我华山派痛下毒手。不过这个大魔头，以前却是华山派的。这才叫做养虎贻患，恩将仇报！"

令狐冲只有苦笑，心想："我答应去龙泉相救定闲、定逸两位师太，可是我师父、师娘他们又面临大难，这可如何是好？倘若真是任我行施虐，我自然也决不是他敌手，但恩师、师娘有难，纵然我赶去徒然送死，无济于事，也当和他们同生共死。事有轻重，情有亲疏，恒山派的事，只好让她们自己先行料理了。要是能阻挡了任我行，当再赶去龙泉赴援。"他心意已决，说道："今日自离福州之后，我跟恒山派的这些师姊们一直在一起，怎能分身去杀八师弟、劳德诺？你不妨问问她们。"

岳灵珊道："哼，我问她们？她们跟你同流合污，难道不会跟你圆谎么？"

恒山众弟子一听，又有七八个叫嚷起来。几个出家人言语还算客气，那些俗家弟子却骂得甚是尖刻。

岳灵珊勒马退开几步，说道："令狐冲，小林子受伤极重，昏迷之中仍是挂念剑谱，你如还有半点人性，便该将剑谱还了给他。否则……否则……"令狐冲道："你瞧我真是如此卑鄙无耻之人么？"岳灵珊怒道："你若不卑鄙无耻，天下再没卑鄙无耻之人了！"

仪琳在旁听着二人对答之言，心中十分激动，这时再也忍不住，说道："岳姑娘，令狐大哥对你好得很。他心中对你实在是真心诚意，你为什么这样凶的骂他？"岳灵珊冷笑道："他对我好不好，你是出家人，又怎么知道了？"仪琳突然感到一阵骄傲，只觉得令狐冲受人冤枉诬蔑，自己纵然百死，也要为他辩白，至于佛门中的清规戒律，日后师父如何责备，一时全都置之脑后，当即朗声说道："是令狐大哥亲口跟我说的。"岳灵珊道："哼，他连这种事也对你说。他……他就想对我好，这才出手加害林师弟。"

令狐冲叹了口气，说道："仪琳师妹，不用多说了。贵派的天香断续胶和白云熊胆丸治伤大有灵效，请你给一点我师……给一点岳姑娘，让她带去救人治伤。"

岳灵珊一抖马头，转身而去，说道："你一剑斩他不死，还想再使毒药么？我才不上你的当。令狐冲，小林子倘若好不了，我……我……"说到这里，语音已转成了哭声，急抽马鞭，疾驰向南。

令狐冲听着蹄声渐远，心中一片酸苦。

秦绢道："这女人这等泼辣，让她那个小林子死了最好。"仪真道："秦师妹，咱们身在佛门，慈悲为怀，这位姑娘虽然不是，却也不可咒人死亡。"

令狐冲心念一动，道："仪真师妹，我有一事相求，想请你辛苦一趟。"仪真道："令狐师兄但有所命，自当遵依。"令狐冲道："不敢。那个姓林之人，是我的同门师弟，据那位岳姑娘说受伤甚重。我想贵派的金创药灵验无比……"仪真道："你要我送药去给他，是不是？好，我这就回福州城去。仪灵师妹，你陪我同去。"令狐冲拱手道："有劳两位师妹大驾。"仪真道："令狐师兄一直跟咱们在一起，怎会去杀人了？这等冤枉人，我们也须向岳师伯分说分说。"

令狐冲摇头苦笑，心想师父只当我已然投入魔教麾下，无所不为，无恶不作，哪还能信你们的话？眼见仪真、仪灵二人驰马而去，心想："她们对我的事如此热心，我倘若撇下她们，回去福州，此心何安？何况定闲师太她们确是为敌所困，而任我行是否来到福州，我却一无所知……"见秦绢过去拾起斩断大树的长剑，给他插入腰间剑鞘，忽然想起："我说若要杀死林平之，何必背后斩他？又岂会一剑斩他不死？倘若下手之人是任我行，他更怎么一剑斩他不死？那定然是另有其人了。只须不是任我行，我师父怕他何来？"

想到此节，心下登时一宽，只听得远处蹄声隐隐，听那马匹的数目，当是于嫂她们化缘回来了。果然过不多时，一十五骑马奔到跟前。于嫂说道："令狐少侠，咱们化……化了不少金银，可使不了……使不了这许多。黑夜之中，也不能分些去救济贫苦。"仪和道："这当儿去龙泉要紧。济贫的事，慢慢再办不迟。"转头向仪清道："刚才道上遇到了个年轻女子，你们见到没有？也不知是什么来头，却跟我们动上了手。"

令狐冲惊道："跟你们动上了手?"仪和道："是啊。黑暗之中,这女子骑马冲来,一见到我们,便骂什么不三不四的尼姑,什么也不怕丑。"令狐冲暗暗叫苦,忙问："她受伤重不重?"仪和奇道："咦,你怎知她受了伤?"令狐冲心想："她如此骂你们,你又是这等火爆霹雳的脾气,她一个对你们一十五人,岂有不受伤的?"又问："她伤在哪里?"

仪和道："我先问她。为什么素不相识,一开口就骂人?她说:'哼,我才识得你们呢。你们是恒山派中一群不守清规的尼姑。'我说:'什么不守清规?胡说八道,你嘴里放干净些。'她马鞭一扬,不再理我,喝道:'让开!'我伸手抓住了她马鞭,也喝道:'让开!'这样便动起手来啦。"

于嫂道："她拔剑出手,咱们便瞧出她是华山派的,黑暗之中当时看不清面貌,后来认出好像便是岳先生的小姐。我急忙喝阻,可是她手臂上已中了两处剑伤,却也不怎么重。"

仪和笑道："我可早认出来啦。他们华山派在福州城中,对令狐师兄好生无礼,咱们恒山派有难,又是袖手不理,我有心要她吃些苦头。"郑萼道："仪和师姊对这岳姑娘确是手下留情,那一招'金针渡劫'砍中了她左膀,只轻轻一划,便收了转来,若是真打哪,还不卸下了她一条手臂。"

令狐冲心想一波未平,一波又起,小师妹心高气傲,素来不肯认输,今晚这一战定然认为是毕生奇耻大辱,多半还要怪在自己头上。一切都是运数使然,那也无可如何,好在她受伤不重,料想当无大碍。

郑萼早瞧出令狐冲对这岳姑娘关心殊甚,说道："咱们倘若早知是令狐师兄的师妹,就让她骂上几句也没什么,偏生黑暗之中,什么也瞧不清楚。日后见到,倒要好生向她陪罪才是。"仪和气忿忿的道："陪什么罪?咱们又没得罪她,是她一开口就骂人。走遍天下,也没这个道理。"

令狐冲道："几位化到了缘,咱们走罢。那白剥皮怎样?"他心中难过，不愿再提岳灵珊之事，便岔开了话题。

仪和等人说起化缘之事，大为兴奋，登时滔滔不绝，还道："平时向财主化缘，要化一两二两银子也为难得紧，今晚却一化便是几千两。"郑萼笑道："那白剥皮躺在地下，又哭又嚷，说道几十年心血，一夜之间便化为流水。"秦绢笑道："谁叫他姓白呢？他去剥人家的皮，搜刮财物，到头来还是白白的一场空。"

众人笑了一阵，但不久便想起师伯、师父她们被困，心情又沉重起来。

令狐冲道："咱们盘缠有了着落，这就赶路罢！"

几碗酒一下肚，一个寒酸落拓的莫大先生突然显得逸兴遄飞，连连呼酒，只是他酒量和令狐冲差得甚远，再喝得几碗后，已然满脸通红。

二十五　闻　讯

　　一行人纵马疾驰，每天只睡一两个时辰，沿途毫无耽搁，数日后便到了浙南龙泉。令狐冲给卜沉和沙天江二人砍伤，流血虽多，毕竟只是皮肉之伤。他内力浑厚，兼之内服外敷恒山派的治伤灵药，到得浙江境内时已好了大半。

　　众弟子心下焦急，甫入浙境便即打听铸剑谷的所在，但沿途乡人均无所知。到得龙泉城内，见铸刀铸剑铺甚多，可是向每家刀剑铺打听，竟无一个铁匠知道铸剑谷的所在。众人大急，再问可见到两位年老尼姑，有没听到附近有人争斗打架。众铁匠都说并没听到有什么人打架，至于尼姑，那是常常见到的，城西水月庵中便有好几个尼姑，却也不怎么老。

　　众人问明水月庵的所在，当即驰马前往，到得庵前，只见庵门紧闭。

　　郑萼上前打门，半天也无人出来。仪和见郑萼又打了一会门，没听见庵中有丝毫声音，不耐再等，便即拔剑出鞘，越墙而入。仪清跟着跃进。仪和道："你瞧，这是什么？"指着地下。只见院子中有七八枚亮晶晶的剑头，显是被人用利器削下来的。仪和叫道："庵里有人么？"寻向后殿。仪清拔闩开门，让令狐冲和众人进来。她拾起一枚剑头，交给令狐冲道："令狐师兄，这里有人动过手。"

　　令狐冲接过剑头，见断截处极是光滑，问道："定闲、定逸两位师伯，使的可是宝剑么？"仪清道："她二位老人家都不使宝剑。

我师父曾道，只须剑法练得到了家，便是木剑竹剑，也能克敌制胜。她老人家又道，宝刀宝剑太过霸道，稍有失手，便取人性命，残人肢体……"令狐冲沉吟道："那么这不是两位师伯削断的？"仪清点了点头。

只听得仪和在后殿叫道："这里又有剑头。"众人跟着走向后殿，见殿堂中地下桌上，到处积了灰尘。天下尼庵佛堂，必定洒扫十分干净，这等尘封土积，至少也有数日无人居住了。令狐冲等又来到庵后院子，只见好几株树木被利器劈断，检视断截之处，当也已历时多日。后门洞开，门板飞出在数丈之外，似是被人踢开。

后门外一条小径通向群山，走出十余丈后，便分为两条岔路。

仪清叫道："大伙儿分头找找，且看有无异状。"过不多时，秦绢在右首的岔路上叫了起来："这里有一枚袖箭。"又有一人跟着叫道："铁锥！有一枚铁锥。"眼见这条小路通入一片丘岭起伏的群山，众人当即向前疾驰，沿途不时见到暗器和断折的刀剑。

突然之间，仪清"啊"的一声叫了出来。从草丛中拾起一柄长剑，向令狐冲道："本门的兵器！"令狐冲道："定闲、定逸两位师太和人相斗，定是向这里过去。"众人皆知掌门人和定逸师太定是斗不过敌人，从这里逃了下去，令狐冲这么说，不过措词冠冕些而已。眼见一路上散满了兵刃暗器，料想这一场争斗定然十分惨烈，事隔多日，不知是否还来得及相救。众人忧心忡忡，发足急奔。

山路越走越险，盘旋而上，绕入了后山。行得数里，遍地皆是乱石，已无道路可循。恒山派中武功较低的弟子仪琳、秦绢等已然堕后。

又走一阵，山中更无道路，亦不再见有暗器等物指示方向。

众人正没做理会处，突见左侧山后有浓烟升起。令狐冲道："咱们快到那边瞧瞧。"疾向该处奔去。但见浓烟越升越高，绕过一处山坡后，眼前好大一个山谷，谷中烈焰腾空，柴草烧得劈拍作响。令狐冲隐身石后，回身挥手，叫仪和等人不可作声。

便在此时，听得一个苍老的男子声音叫道："定闲、定逸，今日送你们一起上西方极乐世界，得证正果，不须多谢我们啦。"令狐冲心中一喜："两位师太并未遭难，幸喜没有来迟。"又有一个男子声音叫道："东方教主好好劝你们归降投诚，你们偏偏固执不听，自今而后，武林中可再没恒山一派了。"先前那人叫道："你们可怨不得我日月神教心狠手辣，只好怪自己顽固，累得许多年轻弟子枉自送了性命，实在可惜。哈哈，哈哈！"

眼见谷中火头越烧越旺，显是定闲、定逸两位师太已被困在火中，令狐冲执剑在手，提一口气，长声叫道："大胆魔教贼子，竟敢向恒山派众位师太为难。五岳剑派的高手们四方来援，贼子们还不投降？"口中叫嚷，向山谷冲了下去。

一到谷底，便是柴草阻路，枯枝干草堆得两三丈高，令狐冲更不思索，涌身从火堆中跳将进去。幸好火圈之中的柴草燃着的还不甚多，他抢前几步，见有两座石窟，却不见有人，便叫："定闲、定逸两位师太，恒山派的救兵来啦！"

这时仪和、仪清、于嫂等众弟子也在火圈外纵声大呼，大叫："师父、师伯，弟子们都到了。"跟着敌人呼叱之声大作："一起都宰了！""都是恒山派的尼姑！""虚张声势，什么五岳剑派的高手。"随即兵刃相交，恒山派众弟子和敌人交上了手。

只见窑洞口中一个高大的人影钻了出来，满身血迹，正是定逸师太，手执长剑，当门而立，虽然衣衫破烂，脸有血污，但这么一站，仍是神威凛凛，丝毫不失一代高手的气派。

她一见令狐冲，怔了一怔，道："你……你是……"令狐冲道："弟子令狐冲。"定逸师太道："我正识得你是令狐冲……"她在衡山群玉院外，曾隔窗见过令狐冲一面。令狐冲道："弟子开路，请众位一齐冲杀出去。"俯身拾起一根长条树枝，挑动燃着的柴草。定逸师太道："你已投入魔教……"

便在此时，只听得一人喝道："什么人在这里捣乱！"刀光闪动，一柄钢刀在火光中劈将下来。令狐冲眼见火势甚烈，情势危急，而定逸师太对自己大有见疑之意，竟然不肯随己冲出，当此情势，只有快刀斩乱麻，大开杀戒，方能救得众人脱险，当即退了一步。那人一刀不中，第二刀又复砍下。令狐冲长剑削出，嗤的一声响，将他右臂连刀一齐斩落。却听得外边一个女子尖声惨叫，当是恒山派女弟子遭了毒手。

令狐冲一惊，急从火圈中跃出，但见山坡上东一团、西一堆，数百人已斗得甚急。恒山派群弟子七人一队，组成剑阵与敌人相抗，但也有许多人落了单，不及组成剑阵，便已与敌人接战。组成剑阵的即使未占上风，一时之间也是无碍，但各自为战的凶险百出，已有两名女弟子在这顷刻之间尸横就地。

令狐冲双目向战场扫了一圈，见仪琳和秦绢二人背靠背的正和三名汉子相斗。他提气急冲过去，猛见青光闪动，一柄长剑疾刺而至。令狐冲长剑挺出，刺向那人咽喉，登即得帐。几个起落，已奔到仪琳之前，一剑刺入一名汉子背心，又一剑从另一名汉子胁下通入。第三名汉子举起钢鞭，正要往秦绢头顶砸下，令狐冲长剑反迎上去，将他一条手臂齐肩卸落。

仪琳脸色惨白，露出一丝笑容，说道："阿弥陀佛，令狐大哥。"

令狐冲眼见于嫂被两名好手攻得甚急，纵身过去，刷刷两剑，一中小腹、一断右腕，敌方两名好手一死一伤；回过身来，长剑到处，三名正和仪和、仪清剧斗的汉子在惨呼声中倒地不起。

只听得一个苍老的声音叫道："合力料理他，先杀了这厮。"三条灰影应声扑至，三剑齐出，分指令狐冲的咽喉、胸口和小腹。这三剑剑招精奇，势道凌厉，实是第一流好手的剑法。令狐冲吃了一惊，心道："这是嵩山派剑法！难道他们竟是嵩山派的？"

他心念只这么一动，敌人三柄长剑的剑尖已逼近他三处要害。令狐冲运起"独孤九剑"中"破剑式"要诀，长剑圈转，将敌人攻来的三剑一齐化解了，剑意未尽，又将敌人逼得退开了两步。只见左首是个胖大汉子，四十来岁年纪，颏下一部短须。居中是个干瘦的老者，皮色黝黑，双目炯炯生光。他不及瞧第三人，斜身窜出，反手刷刷两剑，刺倒了两名正在夹攻郑萼的敌人。那三人大声吼叫，追了上来。令狐冲已打定主意："这三人剑法甚高，一时三刻打发不了。缠斗一久，恒山门下损伤必多。"他提起内力，足下丝毫不停，东刺一招，西削一剑，长剑到处，必有一名敌人受伤倒地，甚或中剑身亡。

那三名高手大呼追来，可是和他始终相差丈许，追赶不及。只一盏茶功夫，已有三十余名敌人死伤在令狐冲剑下，果真是当者披靡，无人能挡得住他的一招一式。敌方顷刻间损折了三十余人，强弱之势登时逆转。令狐冲每杀伤得几名敌人，恒山派女弟子便有数人缓出手来，转去相助同门，原是以寡敌众，反过来渐渐转为以强凌弱，越来越占上风。

令狐冲心想今日这一战性命相搏，决计不能有丝毫容情，若不在极短时刻内杀退敌人，火势渐旺，困在石窟中的定闲师太等人便无法脱险。他奔行如飞，忽而直冲，忽而斜进，足迹所到之处，丈许内的敌人无一得能幸免，过不多时，又有二十余人倒地。

定逸站在窟顶高处，眼见令狐冲如此神出鬼没的杀伤敌人，剑法之奇，直是生平从所未见，欢喜之余，亦复骇然。

余下敌人尚有四五十名，眼见令狐冲如鬼如魅，直非人力所能抵挡，蓦地里发一声喊，有二十余人向树丛中逃了进去。令狐冲再杀数人，其余各人更无斗志，也即逃个干干净净。只有那三名高手仍是在他身后追逐，但相距渐远，显然也已大有怯意。

令狐冲立定脚步，转过身来，喝道："你们是嵩山派的，是不是？"

那三人急向后跃。一个高大汉子喝道："阁下何人？"

令狐冲不答，向于嫂等人叫道："赶快拨开火路救人。"众弟子砍下树枝，扑打燃着的柴草。仪和等几名弟子已跃进火圈。枯枝干草一经着火，再也扑打不熄，但十余人合力扑打下，火圈中已开了个缺口，仪和等人从窟中扶了几名奄奄一息的尼姑出来。

令狐冲问道："定闲师太怎样了？"只听得一个苍老的女子声音

说道："有劳挂怀！"一个中等身材的老尼从火圈中缓步而出。她月白色的衣衫上既无血迹，亦无尘土，手中不持兵刃，只左手拿着一串念珠，面目慈祥，神定气闲。令狐冲大为诧异，心想："这位定闲师太竟然如此镇定，身当大难，却没半分失态，当真名不虚传。"当即躬身行礼，说道："拜见师太。"定闲师太合什回礼，却道："有人偷袭，小心了。"

令狐冲应道："是！"竟不回身，反手挥剑，挡开了那胖大汉子刺过来的一剑，说道："弟子赴援来迟，请师太恕罪。"当当连声，又挡开背后刺来的两剑。

这时火圈中又有十余名尼姑出来，更有人背负着尸体。定逸师太大踏步走出，厉声骂道："无耻奸徒，这等狼子野心……"她袍角着火，正向上延烧，她却置之不理。于嫂过去替她扑熄。令狐冲道："两位师太无恙，实是万千之喜。"

身后嗤嗤风响，三柄长剑同时刺到，令狐冲此刻不但剑法精奇，内功之强也已当世少有匹敌，听到金刃劈风之声，内力感应，自然而然知道敌招来路，长剑挥出，反刺敌人手腕。那三人武功极高，急闪避过，但那高大汉子的手背还是被划了一道口子，鲜血淳淳。

令狐冲道："两位师太，嵩山派是五岳剑派之首，和恒山派同气连枝，何以忽施偷袭，实令人大惑不解。"

定逸师太问道："师姊呢？她怎么没来？"秦绢哭道："师……师父为奸人围攻，力战身……身亡……"定逸师太悲愤交集，骂道："好贼子！"踏步上前，可是只走得两步，身子一晃，便即坐倒，口中鲜血狂喷。

嵩山派三名高手接连变招，始终奈何不了令狐冲分毫，眼见他背向己方，反手持剑，剑招已神妙难测，倘若转过身来，更怎能是他之敌？三人暗暗叫苦，只想脱身逃走。

令狐冲转过身来，刷刷数剑急攻，剑招之出，对左首敌人攻其左侧，对右首敌人攻其右侧，逼得三人越挤越紧。他一柄长剑将三人圈住，连攻一十八剑，那三人挡了一十八招，竟无余裕能还得一手。三人所使均是嵩山派的精妙剑法，但在"独孤九剑"的攻击之下，全无还手余地。令狐冲有心逼得他们施展本门剑法，再也无可抵赖，眼见三人满脸都是汗水，神情狰狞可怖，但剑法却并无散乱，显然每人数十年的修为，均是大非寻常。

定闲师太说道："阿弥陀佛，善哉善哉！赵师兄、张师兄、司马师兄，我恒山派和贵派无怨无仇，三位何以如此苦苦相逼，竟要纵火将我烧成焦炭？贫尼不明，倒要请教。"

那嵩山派三名好手正是姓赵、姓张、姓司马。三人极少在江湖上走动，只道自己身份十分隐秘，本已给令狐冲迫得手忙脚乱，忽听定闲师太叫了姓氏出来，都是一惊。呛啷、呛啷两响，两人手腕中剑，长剑落地。令狐冲剑尖指在那姓赵矮小老者喉头，喝道："撤剑！"那老者长叹一声，说道："天下居然有这等武功，这等剑法！赵某人栽在阁下剑底，却也不算冤枉。"手腕一振，内力到处，手中长剑断为七八截，掉在地下。

令狐冲退开几步，仪和等七人各出长剑，围住三人。

定闲师太缓缓的道："贵派意欲将五岳剑派合而为一，并成一个五岳派。贫尼以恒山派传世数百年，不敢由贫尼手中而绝，拒却了贵派的倡议。此事本来尽可从长计议，何以各位竟冒充魔教，痛下毒手，要将我恒山派尽数诛灭。如此行事，那不是太霸道了些吗？"

定逸师太怒道："师姊跟他们多说什么？一概杀了，免留后患，咳……咳……"她咳得几声，又大口吐血。

那姓司马的高大汉子道："我们是奉命差遣，内中详情，一概不知……"那姓赵老者怒道："任他们要杀要剐便了，你多说什么？"那姓司马的被他这么一喝，便不再说，脸上颇有惭愧之意。

定闲师太说道："三位三十年前横行冀北，后来突然消声匿迹。贫尼还道三位已然大彻大悟，痛改前非，却不料暗中投入嵩山派，另有图谋。唉，嵩山派左掌门一代高人，却收罗了许多左道……这许多江湖异士，和同道中人为难，真是居心……唉，令人大惑不解。"她虽当此大变，仍不愿出言伤人，说话自觉稍有过份，便即转口，长叹一声，问道："我师姊定静师太，也是伤在贵派之手吗？"

那姓司马的先前言语中露了怯意，急欲挽回颜面，大声道："不错，那是锺师弟……"那姓赵老者"嘿"的一声，向他怒目而视。那姓司马的才知失言，兀自说道："事已如此，还隐瞒什么？左掌门命我们分兵两路，各赴浙闽干事。"

定闲师太道："阿弥陀佛，阿弥陀佛。左掌门已然身为五岳剑派盟主，位望何等尊崇，何必定要归并五派，由一人出任掌门？如此大动干戈，伤残同道，岂不为天下英雄所笑？"定逸师太厉声道："师姊，贼子野心，贪得无厌……你……"定闲师太挥了挥手，向那三人说道："天网恢恢，疏而不漏。多行不义，必遭恶报。你们去罢！相烦三位奉告左掌门，恒山派从此不再奉左掌门号令。敝派虽然都是孱弱女子，却也决计不屈于强暴。左掌门并派之议，恒山派恕不奉命。"

仪和叫道："师伯，他们……他们好恶毒……"定闲师太道："撤了剑阵！"仪和应道："是！"长剑一举，七人收剑退开。

这三名嵩山派好手万料不到居然这么容易便获释放，不禁心生感激，向定闲师太躬身行礼，转身飞奔而去。那姓赵的老者奔出数丈，停步回身，朗声道："请问这位剑法通神的少侠尊姓大名。在下今日栽了，不敢存报仇之望，却想得知是栽在哪一位英雄的剑底。"

令狐冲笑道："本将军泉州府参将吴天德便是！来将通名。"

那老者明知他说的是假话，长叹一声，转头而去。

其时火头越烧越旺，嵩山派死伤的人众横七竖八的躺在地下。十余名伤势较轻的慢慢爬起走开，重伤的卧于血泊之中，眼见火势便要烧到，无力相避，有的便大声呼救。

定闲师太道："这事不与他们相干，皆因左掌门一念之差而起。于嫂、仪清，便救他们一救。"众人知道掌门人素来慈悲，不敢违拗，当下分别去检视嵩山派中死伤之辈，只要尚有气息的，便扶在一旁，取药给之敷治。

定闲师太举首向南，泪水滚滚而下，叫道："师姊！"身子晃了两下，向前直摔下去。

众人大惊，抢上扶起，只见她口中一道鲜血流出，而定逸师太伤势亦重。众弟子十分惶急，不知如何是好，一齐望着令狐冲，要听他的主意。

令狐冲道："快给两位师太服用伤药。受伤的先裹伤止血。此处火气仍烈，大伙儿到那边休息。请几位师姊妹去找些野果或什么吃的。"众人应命，分头办事。郑萼、秦绢用水壶装了山水，服侍定闲、定逸以及受伤的众位同门喝水服药。

龙泉一战，恒山派弟子死了三十七人。众弟子想起定静师太和战死了的师姊师妹，尽皆伤感，突然有人放声大哭，余人也都哭了起来。霎时之间，山谷充满了一片悲号之声。

定逸师太厉声喝道："死的已经死了，怎地如此想不开？大家平时学佛诵经，为的便是参悟这'生死'两字，一副臭皮囊，又有什么好留恋的？"众弟子素知这位师太性如烈火，谁也不敢拗她之意，当下便收了哭声，但许多人兀是抽噎不止。定逸师太又道："师姊到底如何遭难？萼儿，你口齿清楚些，给掌门人禀告明白。"

郑萼应道："是。"站起身来，将如何仙霞岭中伏，得令狐冲援手，如何廿八铺为敌人迷药迷倒被擒，如何定静师太为嵩山派锤镇所胁，又受蒙面人围攻，幸得令狐冲赶到杀退，而定静师太终于伤重圆寂等情，一一说了。

定逸师太道："这就是了。嵩山派的贼子冒充魔教，胁迫师姊赞同并派之议。哼，用心好毒。倘若你们皆为嵩山派所擒，师姊便欲不允，那也不可得了。"她说到后来，已是气力不继，声音渐渐微弱，喘息了一会，又道："师姊在仙霞岭遭到围攻，便知敌人不是易与之辈，信鸽传书，要我们率众来援，不料……不料……这件事，也是落在敌人算中。"

定闲师太座下的二弟子仪文说道："师叔，你请歇歇，弟子来述说咱们遇敌的经过。"定逸师太怒道："有什么经过？水月庵中敌人夜袭，乒乒乓乓的一直打到今日。"仪文道："是。"仍是简单叙述数日来遇敌的情景。

原来当晚嵩山派大举来袭，各人也都蒙面，冒充是魔教的教众。恒山派仓卒受攻，当时大有覆没之虞，幸好水月庵也是武林一脉，庵中藏得五柄龙泉宝剑，住持清晓师太在危急中将宝剑分交定闲、定逸等御敌。龙泉宝剑削铁如泥，既将敌人兵刃削断了不少，又伤了不少敌人，这才且战且退，逃到了这山谷之中。清晓师太却因护友殉难。这山谷旧产精铁，数百年前原是铸剑之所，后来精铁采完，铸剑炉搬往别处，只剩下几座昔日炼焦的石窑。也幸得这几座石窑，恒山派才支持多日，未遭大难。嵩山派久攻不下，堆积柴草，使起火攻毒计，倘若令狐冲等来迟半日，众人势难幸免了。

定逸师太不耐烦去听仪文述说往事，双目瞪着令狐冲，突然说道："你……你很好啊。你师父为什么将你逐出门墙？说你和魔教勾结？"令狐冲道："弟子交游不慎，确是结识了几个魔教中的人物。"定逸师太哼了一声，道："像嵩山派这样狼子野心，却比魔教更加不如了。哼，正教中人，就一定比魔教好些吗？"

仪和道："令狐师兄，我不敢说你师父的是非。可是他……他明知我派有难，却袖手旁观，这中间……这中间……说不定他早已赞成嵩山派的并派之议了。"

令狐冲心中一动，觉得这话也未尝无理，但他自幼崇仰恩师，心中决不敢对他存丝毫不敬的念头，说道："我恩师也不是袖手旁观，多半他老人家另有要事在身……这个……"

定闲师太一直在闭目养神，这时缓缓睁开眼来，说道："敝派数遭大难，均蒙令狐少侠援手，这番大恩大德……"令狐冲忙道："弟子稍效微劳，师伯之言，弟子可万不敢当。"定闲师太摇了摇头，道："少侠何必过谦？岳师兄不能分身，派他大弟子前来效力，那也是一样。仪和，可不能胡言乱语，对尊长无礼。"仪和躬身道："是，弟子不敢了。不过……不过令狐师兄已被逐出华山派，岳师伯早已不要他了。他也不是岳师伯派来的。"定闲师太微微一笑，道："你就是不服气，定要辩个明白。"

仪和忽然叹了口气，说道："令狐师兄若是女子，那就好了。"定闲师太问道："为什么？"仪和道："他已被逐出华山，无所归依，如是女子，便可改入我派。他和我们共历患难，已是自己人一样……"定逸师太喝道："胡说八道，你年纪越大，说话越像个孩子。"定闲师太微微一笑，道："岳师兄一时误会，将来辨明真相，自会将令狐少侠重收门户。嵩山派图谋之心，不会就此便息，华山派也正要倚仗令狐少侠呢。就算他不回华山，以他这样的胸怀武功，就是自行创门立派，也非难事。"

郑萼道："掌门师叔说得真对。令狐师兄，华山派这些人都对你这么凶，你就来自创一个……创一个'令狐派'给他们瞧瞧。哼，难道非回华山派不可，好希罕么？"令狐冲脸现苦笑，道："师伯奖饰之言，弟子何以克当？但愿恩师日后能原恕弟子过失，得许重入门墙，弟子便更无他求了。"秦绢道："你更无他求？你小师妹呢？"

令狐冲摇了摇头，岔开话头，说道："一众殉难的师姊遗体，咱们是就地安葬呢，还是火化后将骨灰运回恒山？"

定闲师太道："都火化了罢！"她虽对世事看得透彻，但见这许多尸体横卧地下，都是多年相随自己的好弟子，说这句话时，声音也不免哽咽了。众弟子又有好几人哭了出来。

有些弟子死已数日，有的尸体还远在数十丈外。众弟子搬移同门尸身之时，无不痛骂嵩山派掌门左冷禅居心险恶，手段毒辣。

待诸事就绪，天色已黑，当晚众人便在荒山间露宿一宵。次晨众弟子背负了定闲师太、定逸师太，以及受伤的同门，到了龙泉城内，改行水道，雇了七艘乌篷船，向北进发。

令狐冲生怕嵩山派又再在水上偷袭，随着众人北上。恒山派既有两位长辈同行，令狐冲深自收敛，再也不敢和众弟子胡说八道了。定闲师太、定逸师太等受伤本来颇为不轻，幸好恒山派治伤丸散极具神效，过钱塘江后，便已脱险境。恒山派此次元气大伤，不愿途中再生事端，尽量避开江湖人物，到得长江边上，便即另行雇船，溯江西上。如此缓缓行去，预拟到得汉口后，受伤众人便会好得十之六七，那时再舍舟登陆，折向北行，回归恒山。

这一日来到鄱阳湖畔，舟泊九江口。其时所乘江船甚大，数十人分乘两船。令狐冲晚间在后梢和梢公水手同宿。睡到半夜，忽听得江岸之上有人轻轻击掌，击了三下，停得一停，又击三下。跟着西首一艘船上也有人击掌三响，停得一停，再击三下。击掌声本来极轻，但令狐冲内力既厚，耳音随之极好，一闻异声，立即从睡梦中醒觉，知是江湖上人物相互招呼的讯号。这些日来，他随时随刻注视水面上的动静，防人袭击，寻思："不妨前去瞧瞧，若和恒山派无关，那是最好，否则暗中便料理了，免得惊动定闲师太她们。"

凝目往西首的船只上瞧去，果见一条黑影从数丈外跃起，到了岸上，轻功却也平平。令狐冲轻轻一纵，悄没声息的上岸，绕到东首排在江边的一列大油篓之后，掩将过去，只听一人说道："那船上的尼姑，果然是恒山派的。"另一人道："你说怎么办？"

令狐冲慢慢欺近，星月微光之下，只见一人满脸胡子，另一人脸形又长又尖，不但是瓜子脸，而且是张葵花子脸。只听这尖脸汉子说道："单凭咱们白蛟帮，人数虽多，武功可及不上人家，明着动手是不成的。"那胡子道："谁说明着动手了？这些尼姑武功虽强，水上的玩艺却未必成。明儿咱们驾船缀了下去，到得大江上，跳下水去凿穿了她们坐船，还不一一的手到擒来？"那尖脸汉子喜道："此计大妙。咱哥儿立此大功，九江白蛟帮的万儿，从此在江湖上可响得很啦。不过我还是有一件事担心。"那胡子道："担心什么?"

那尖脸的道:"他们五岳剑派结盟,说什么五岳剑派,同气连枝。要是给莫大先生得知了,来寻咱们晦气,白蛟帮可吃不了要兜着走啦。"那胡子道:"哼,这几年来咱们受衡山派的气,可也受得够啦。这一次咱们倘若不替朋友们出一番死力,下次有事之时,朋友们也不会出力相帮。这番大事干成后,说不定衡山派也会闹个全军覆没,又怕莫大先生作甚?"那尖脸的道:"好,就是这个主意。咱们去招集人手,可得拣水性儿好的。"

令狐冲一窜而出,反转剑柄,在那尖脸的后脑一撞,那人登时晕了过去。那胡子挥拳打来,令狐冲剑柄探出,登的一声,正中他左边太阳穴。那胡子如陀螺般转了几转身,一交坐倒。令狐冲横过长剑,削下两只大油篓的盖子,提起二人,分别塞入了油篓。油篓中装满了菜油,每一篓装三百斤,原是要次日装船,运往下游去的。这二人一浸入油篓,登时油过口鼻,冷油一激,便即醒转,骨嘟骨嘟的大口吞油。

忽然背后有人说道:"令狐少侠,勿伤他们性命。"正是定闲师太的声音。

令狐冲微微一惊,心想:"定闲师太何时到了身后,我竟没知晓。"当下松开按在二人头上的双手,说道:"是!"那二人头上一松,便欲跃出。令狐冲笑道:"别动!"伸剑在二人头顶一击,又将二人迫入了油篓。那二人屈膝而蹲,菜油及颈,双眼难睁,竟不知何以会处此狼狈境地。

只见一条灰影从船上跃将过来,却是定逸师太,问道:"师姊,捉到了小毛贼么?"定闲师太道:"是九江白蛟帮的两位堂主,令狐少侠跟他们开开玩笑。"她转头向那胡子道:"阁下姓易还是姓齐?史帮主可好?"那胡子正是姓易,奇道:"我……我姓易,你怎么知道?咱们史帮主很好啊。"定闲微笑道:"白蛟帮易堂主、齐堂主,江湖上人称'长江双飞鱼',鼎鼎大名,老尼早已如雷贯耳。"

定闲师太心细如发,虽然平时极少出庵,但于江湖上各门各派的人物，无一不是了如指掌，否则怎能认出嵩山派中那三名为首高手？以这姓易的胡子、这姓齐的尖脸汉子而论，在武林中只是第三四流人物，但她一见到两人容貌，便猜到了他们的身份来历。

那尖脸汉子甚是得意，说道："如雷贯耳，那可不敢。"令狐冲手上一用力，用剑刃将他脑袋压入了油中，又再松手，笑道："我是久仰大名，如油贯耳。"那汉子怒道："你……你……"想要破口骂人，却又不敢。令狐冲道："我问一句，你们就老老实实答一句，若有丝毫隐瞒，叫你'长江双飞鱼'变成一对'油浸死泥鳅'。"说着将那胡子也按在油中浸了一下。那胡子先自有备，没吞油入肚，但菜油从鼻孔中灌入，却也说不出的难受。

定闲和定逸忍不住微笑，均想："这年轻人十分胡闹顽皮。但这倒也不失为逼供的好法子。"

令狐冲问道："你们白蛟帮几时跟嵩山派勾结了？是谁叫你们来跟恒山派为难的？"那胡子道："和嵩山派勾结？这可奇了。嵩山派英雄，咱们一位也不识啊。"令狐冲道："啊哈！第一句话你就没老实回答。叫你喝油喝一个饱！"挺剑平按其顶，将他按入油中。这胡子虽非一流好手，武功亦不甚弱，但令狐冲浑厚的内力自长剑传到，便如千斤之重的大石压在他头顶，丝毫动弹不得。菜油没其口鼻，露出了双眼，骨碌碌的转动，甚是狼狈。

令狐冲向那尖脸汉子道："你快说！你想做长江飞鱼呢，还是想做油浸泥鳅？"

那姓齐的道："遇上了你这位英雄，想不做油浸泥鳅，可也办不到了。不过易大哥可没说谎，咱们确是不识得嵩山派的人物。再说，嵩山派和恒山派结盟，武林中人所共知。嵩山派怎么叫咱们白蛟帮来跟……贵派过不去？"

令狐冲松开长剑，放了那姓易的抬起头来，又问："你说明儿要在长江之中，凿沉恒山派的座船，用心如此险恶，恒山派到底什么地方得罪你们了？"

定逸师太后到，本不知令狐冲何以如此对待这两名汉子，听他一说，登时勃然大怒，喝道："好贼子，想在长江中淹死我们啊。"她恒山派门下十之八九是北方女子，全都不会水性，大江之中倘若坐船沉没，势不免葬身鱼腹，想起来当真不寒而栗。

那姓易的生怕令狐冲再将他脑袋按入油中，抢先答道："恒山派跟我们白蛟帮本来无怨无仇。我们只是九江码头上一个小小帮会，又有什么能耐跟恒山派众位师太结下梁子。只不过……只不过我想大家都是佛门一脉，贵派向西而去，多半是前去应援。因此……这个……我们不自量力，起下了歹心，下次是再也不敢了。"

令狐冲越听越胡涂，问道："什么叫做佛门一脉，西去赴什么援？说得不清不楚，莫名其妙！"那姓易的道："是，是！少林派虽不是五岳剑派之一，但我们想和尚尼姑都是一家人……"定逸师太喝道："胡说！"那姓易的吃了一惊，自然而然的身子一缩，吞了一大口油，腻住了口，说不出话来。定逸师太忍住了笑，向那尖脸汉子道："你来说。"

那姓齐的道："是，是！有一个'万里独行'田伯光，不知师太是否和他相熟？"

定逸师太大怒，心想这"万里独行"田伯光是江湖上恶名昭彰的采花淫贼，我如何会和他相熟？这厮竟敢问出这句话来，当真是莫大的侮辱，右手一扬，便要往他顶门拍落。

定闲师太伸手一拦，道："师妹勿怒。这二位在油中耽得久了，脑筋不大清楚。且别和他们一般见识。"问那姓齐的道："田伯光怎么了？"那姓齐的道："'万里独行'田伯光田大爷，跟我们史帮主是好朋友。早几日田大爷……"定逸师太怒道："什么田大爷？这等恶行昭彰的贼子，早就该将他杀了。你们反和他结交，足见白蛟帮就不是好人。"那姓齐的道："是，是，是。我们不是……不是好人。"定逸师太问道："我们只问你，白蛟帮何以要和恒山派为难，又牵扯上田伯光什么了？"田伯光曾对她弟子仪琳非礼，定逸师太一直未能杀之泄愤，心下颇以为耻，雅不愿旁人提及此人名字。

那姓齐的道："是，是。大伙儿要救任大小姐出来，生怕正教中人帮和尚的忙，因此我哥儿俩猪油蒙了心，打起了胡涂主意，这就想对贵派下手……"

定逸师太更是摸不着半点头脑，叹道："师姊，这两个浑人，还是你来问罢。"

定闲师太微微一笑，问道："任大小姐，可便是日月神教前教主的大小姐吗？"

令狐冲心头一震："他们说的是盈盈？"登时脸上变色，手心出汗。

那姓齐的道："是。田大爷……不，那田……田伯光前些时来到九江，在我白蛟帮总舵跟史帮主喝酒，说道预期十二月十五，大伙儿要大闹少林寺，去救任大小姐出来。"

定逸师太忍不住插嘴道："大闹少林寺？你们又有多大能耐，敢去太岁头上动土？"

那姓齐的道："是，是。我们自然是不成。"

定闲师太道："那田伯光脚程最快，由他来往联络传讯，是不是？这件事，到底是谁在从中主持？"

那姓易的说道："大家一听得任大小姐给少林寺的贼……不，少林寺的和尚扣住了，不约而同，都说要去救人，也没什么人主持。大伙儿想起任大小姐的恩义，都说，便是为任大小姐粉身碎骨，也是甘愿。"

一时之间，令狐冲心中起了无数疑团："他们说的任大小姐，到底是不是便是盈盈？她怎么会给少林寺的僧人扣住？她小小年纪，平素有什么恩义待人？为何这许多人一听到她有难的讯息，便会奋不顾身的去相救？"

定闲师太道："你们怕我恒山派去相助少林派，因此要将我们坐船凿沉，是不是？"那姓齐的道："是，我们想和尚尼姑……这个那个……"定逸师太怒道："什么这个那个？"那姓齐的忙道："是，是。这个……那个……小人不敢多说。小人没说什么……"

定闲师太道："十二月十五之前，你们白蛟帮也要去少林寺？"姓易姓齐二人齐声道："这可得听史帮主号令。"姓齐的又道："既然大伙儿都去，我们白蛟帮总也不能落在人家后面。"定闲师太问道："大伙儿？到底有哪些大伙儿？"那姓齐的道："那田……田伯光说，浙西海沙帮、山东黑风会、湘西排教……"一口气说了江湖上三十来个大大小小帮会的名字。此人武功平平，帮会门派的名称倒记得挺熟。定逸师太皱眉道："都是些不务正业的旁门左道人物，人数虽多，也未必是少林派的对手。"

令狐冲听那姓齐的所说人名中，有天河帮帮主"银髯蛟"黄伯流，长鲸岛岛主司马大，还有几人，也都是当日在五霸冈上会过的，心下更无怀疑，他们所要救的定然便是盈盈，斗然得到她的讯息，甚是欢喜，但想到她为少林派所扣押，而她曾杀过好几名少林弟子，又不禁担忧，问道："少林派为什么要扣住这位……这位任大小姐？"那姓齐的道："这可不知道了。多半是少林派的和尚们吃饱了饭没事干，故意找些事来跟大伙儿为难。"

定闲师太道："请二位回去拜上贵帮主，便说恒山派定闲、定逸和这位朋友路过九江，没来拜会史帮主，多有失礼，请史帮主包涵则个。我们明日乘船西行，请二位大度包容，别再派人来凿沉我们的船只。"她说一句，二人便说一句："不敢。"

定闲师太向令狐冲道："月白风清，少侠慢慢领略江岸夜景。恕贫尼不奉陪了。"携了定逸之手，缓步回舟。

令狐冲知她有意相避，好让自己对这二人仔细再加盘问，但一时之间，心乱如麻，竟想不出更有什么话要问，在岸边走来走去，又悄立良久，只见半钩月亮映在江心，大江滚滚东去，月光颤动不已，猛然想起："今日已是十一月下旬。他们下月十五要去少林寺，为时已然无多。少林派方证、方生两位大师待我甚好。这些人为救盈盈而去，势必和少林派大动干戈，不论谁胜谁败，双方损折必多。我何不赶在头里，求方证方丈将盈盈放出，将一场血光大灾化于无形，岂不甚好？"

又想："定闲、定逸两位师太伤势已痊愈了大半。定闲师太外表瞧来和寻常老尼无异，其实所知既博，见识又极高超，实是武林中一位了不起的高人。由她率众北归，只要不再遇到嵩山派这样的大批强敌，该不会有什么应付不了的危难。只是我怎生向她们告辞才好？"这些日来，和这些尼姑、姑娘们共历患难，众人对他既恭敬，又亲切，于他被逐出师门、为小师妹所弃之事，虽然从不提及，但神情之间，显然犹似她们自身遭此不幸一般。华山众同门中，除陆大有外，反而无人待他如此亲厚，突然要中途分手，颇感难以启齿。

只听得脚步声细碎，两人缓缓走近，却是仪琳和郑萼，走到离令狐冲二三丈外，叫了声："令狐大哥。"便停住了脚步。令狐冲迎将上去，说道："你们也给惊醒了？"仪琳道："令狐大哥，掌门师伯吩咐我们来跟你说……"推了推郑萼，道："你跟他说。"郑萼道："掌门师叔要你说的。"仪琳道："你说也是一样。"

郑萼说道："令狐大哥，掌门师叔说道，大恩不言谢，今后你不论有什么事，恒山派都供你驱策。你如要去少林寺救那位任大小姐，大家自当尽力效命。"

令狐冲大奇，心想："我又没说要去相救盈盈，怎地定闲师太却恁地说？啊哟，是了！群雄在五霸冈上聚会，设法为我治病，那都是瞧在盈盈的份上。此事闹得沸沸扬扬，连这两个不成材的'长江双飞鱼'都知道，定闲师太焉有不知？"想及此事，不由得脸上一红。

郑萼又道："掌门师叔说道，此事最好不要硬来。她老人家和定逸师叔两位，此刻已过江去了，要赶赴少林寺，去向方丈大师求情放人，请令狐大哥带同我们，缓缓前去。"

令狐冲听了这番话，登时呆了，半晌说不出话来，举目向长江中眺望，果见一叶小舟，挂起了一张小小白帆，正自向北航去，心中又是感激，又觉惭愧，心想："两位师太是佛门中有道大德，又是武林高人。她们肯亲身去向少林派求情，原是再好不过，比之我这浪迹江湖、素行不端的一介无名小卒，面子是大上百倍了。多半方证方丈能瞧着二位师太的金面，肯放了盈盈。"想到此处，心下登时一宽。

回过头来，只见那姓易、姓齐的兀自在油篓子中探头探脑，不敢爬将出来，心想这二人一片热心，为的是去救盈盈，自己可将他们得罪了，颇觉过意不去，迈步上前，拱了拱手，说道："在下一时鲁莽，得罪了白蛟帮'长江双飞鱼'两位英雄，实因事先未知其中缘由，还请恕罪。"说着深深一揖。

"长江双飞鱼"突然见他前倨后恭，大感诧异，急忙抱拳还礼，这一手忙脚乱，无数菜油飞溅出来，溅得令狐冲身上点点滴滴的都是油迹。

令狐冲微笑着点了点头，向仪琳和郑萼道："咱们走罢！"

回到舟中，恒山派众弟子竟绝口不提此事，连仪和、秦绢这些素来事事好奇之人，居然也不向他问一句话，自是定闲师太临去时已然嘱咐，免得令他尴尬。令狐冲暗自感激，但见到好几名女弟子似笑非笑的脸色，却又不免颇为狼狈，寻思："她们这副模样，心中可咬定盈盈是我的情人了。其实我和盈盈之间清清白白，并无什么逾规越礼之事。但她们不问，我又如何辩白？"眼见秦绢眼中闪着狡狯的光芒，忍不住道："完全不是这么一回事，你……你们可别胡思乱想。"

秦绢笑道："我胡思乱想什么了？"令狐冲脸上一红，道："我猜也猜得到。"秦绢笑道："猜到什么？"令狐冲还未答话，仪和道："秦师妹，别多说了，掌门师叔吩咐的话，你忘了吗？"秦绢抿嘴笑道："是，是，我没忘记。"

令狐冲转过头来，避开她眼光，只见仪琳坐在船舱一角，脸色苍白，神情却甚为冷漠，不禁心中一动："她心中在想什么？为什么她不和我说话？"怔怔的瞧着她，忽然想到那日在衡山城外，自己受伤之后，她抱了自己在旷野中奔跑时的脸色。那时她又是关切，又是激动，浑不是眼前这般百事不理的模样。为什么？为什么？

仪和忽道："令狐师兄！"令狐冲没听见，没有答应。仪和大声又叫："令狐师兄！"令狐冲一惊，回头应道："嗯，怎么？"仪和道："掌门师伯说道，明日咱们或是改行陆道，或是仍走水路，悉听令狐师兄的意思。"

令狐冲心中只盼改行陆道，及早得知盈盈的讯息，但斜眼一睨，只见仪琳长长的睫毛下闪动着泪水，一副楚楚可怜的模样，说道："掌门师太叫咱们缓缓行去，那么还是仍旧坐船罢。谅来那白蛟帮也不敢对咱们怎地。"秦绢笑道："你放心得下吗？"令狐冲脸上微微一红，尚未作答，仪和喝道："秦师妹，小孩儿家，少说几句行不行？"秦绢笑道："行！有什么不行？阿弥陀佛，我可不大放心。"

次晨舟向西行，令狐冲命舟子将船靠近岸旁航行，以防白蛟帮来袭，但直至湖北境内，一直没有动静。此后数日之中，令狐冲也不和恒山弟子多说闲话，每逢晚间停泊，便独自一人上岸饮酒，喝得醺醺而归。

这一日舟过夏口，折而向北，溯汉水而上，傍晚停泊在小镇鸡鸣渡旁。他又上岸去，在一家冷酒铺中喝了几碗酒，忽想："小师妹的伤不知好了没有？仪真、仪灵两位师姊送去恒山灵药，想来必可治好她的剑伤。林师弟的伤势又不知如何？倘若林师弟竟致伤重不治，她又怎样？"想到这里，心下不禁一惊，寻思："令狐冲啊令狐冲，你真是个卑鄙小人！你虽盼小师妹早日痊愈，内心却又似在盼望林师弟伤重而死？难道林师弟死了，小师妹便会嫁你不成？"自觉无聊，连尽了三碗酒，又想："劳德诺和八师弟不知是谁杀的？那人为什么又去暗算林师弟？师父、师娘不知近来若何？"

端起酒碗，又是一饮而尽，小店之中无下酒物，随手抓起几粒咸水花生抛入口中，忽听背后有人叹了口气，说道："唉！天下男子，十九薄幸。"

令狐冲转过面来，向说话之人瞧去，摇晃的烛光之下，但见小酒店中除了自己之外，便只店角落里一张板桌旁有人伏案而卧。板桌上放了酒壶、酒杯，那人衣衫褴褛，形状猥琐，不像是如此吐属文雅之人。当下令狐冲也不理会，又喝了一碗酒，只听得背后那声音又道："人家为了你，给幽禁在不见天日之处。自己却整天在脂粉堆中厮混，小姑娘也好，光头尼姑也好，老太婆也好，照单全收。唉，可叹啊可叹。"

令狐冲知他说的是自己，却不回头，寻思："这人是谁？他说'人家为了你，给幽禁在不见天日之处'，说的是盈盈吗？为什么盈盈是为了我而给人幽禁？"只听那人又道："不相干之辈，倒是多管闲事，说要去拼了性命，将人救将出来。偏生你要做头子，我也要做头子，人还没救，自己伙里已打得昏天黑地。唉，这江湖上的事，老子可真没眼瞧的了。"

令狐冲拿着酒碗，走过去坐在那人对面，说道："在下多事不明，要请老兄指教。"

那人仍然伏在桌上，并不抬头，说道："唉，有多少风流，便有多少罪孽。恒山派的姑娘、尼姑们，这番可当真糟糕之极了。"

令狐冲更是心惊，站起身来，深深一揖，说道："令狐冲拜见前辈，还望赐予指点。"突然见到那人凳脚旁放着一把胡琴，琴身深黄，久经年月，心念一动，已知此人是谁，当即拜了下去，说道："晚辈令狐冲，有幸拜见衡山莫师伯，适才多有失礼。"

那人抬起头来，双目如电，冷冷的在令狐冲脸上一扫，正是衡山派掌门"潇湘夜雨"莫大先生。他哼了一声，说道："师伯之称，可不敢当。令狐大侠，这些日来可快活哪！"

令狐冲躬身道："莫师伯明鉴，弟子奉定闲师伯之命，随同恒山派诸位师姊师妹前赴少林。弟子虽然无知，却决不敢对恒山师姊妹们有丝毫失礼。"莫大先生叹了口气，道："请坐！唉，你怎不知江湖上人言纷纷，众口铄金？"令狐冲苦笑道："晚辈行事狂妄，不知检点，连本门也不能容，江湖上的闲言闲语，却也顾不得这许多了。"

莫大先生冷笑道："你自己甘负浪子之名，旁人自也不来理你。可是恒山派数百年的清誉，竟败坏在你的手里，你也毫不动心吗？江湖上传说纷纭，说你一个大男人，混在恒山派一群姑娘和尼姑中间。别说几十位黄花闺女的名声给你损了，甚至连……连那几位苦守戒律的老师太，也给人作为笑柄，这……这可太不成话了。"

令狐冲退开两步，手按剑柄，说道："不知是谁造谣，说这些无耻荒唐的言语，请莫师伯告知。"

莫大先生道："你想去杀了他们吗？江湖上说这些话的，没有一万，也有八千，你杀得干净么？哼，人家都羡慕你艳福齐天，那又有什么不好了？"

令狐冲颓然坐下，心道："我做事总是不顾前，不顾后，但求自己问心无愧，却没想到累了恒山派众位上下。这……这便如何是好？"

莫大先生叹了口气，温言道："这五日里，每天晚上，我都曾到你船上窥探……"令狐冲"啊"的一声，心想："莫师伯接连五晚来船窥探，我竟半点不知，可算是十分无能。"

莫大先生续道："我见你每晚总是在后梢和衣而卧，别说对恒山众弟子并无分毫无礼的行为，连闲话也不说一句。令狐世兄，你不但不是无行浪子，实是一位守礼君子。对着满船妙龄尼姑，如花少女，你竟绝不动心，不仅是一晚不动心，而且是数十晚始终如一。似你这般男子汉、大丈夫，当真是古今罕有，我莫大好生佩服。"大拇指一翘，右手握拳，在桌上重重一击，说道："来来来，我莫大敬你一杯。"说着便提起酒壶斟酒。

令狐冲道："莫师伯之言，倒教小侄好生惶恐。小侄品行不端，以致不容于师门，但恒山派同道的师妹，却如何可以得罪？"
莫大先生呵呵笑道："光明磊落，这才是男儿汉的本色。我莫大如年轻二十岁，教我晚晚陪着这许多姑娘，要像你这般守身如玉，那就办不到。难得啊难得！来，干了！"两人举碗一饮而尽，相对大笑。

令狐冲见莫大先生形貌落拓，衣饰寒酸，哪里像是一位威震江湖的一派掌门？偶尔眼光一扫，锋锐如刀，但这霸悍之色一露即隐，又成为一个久困风尘的潦倒汉子，心想："恒山掌门定闲师太慈祥平和，泰山掌门天门道长威严厚重，嵩山掌门左冷禅阴鸷险刻，我恩师是位彬彬君子，这位莫师伯外表猥琐平庸，似是个市井小人。但五岳剑派的五位掌门人，其实个个是十分深沉多智之人。我令狐冲草包一个，可和他们差得远了。"

莫大先生道："我在湖南，听到你和恒山派的尼姑混在一起，甚是诧异，心想定闲师太是何等样人物，怎容门下做出这等事来？后来听得白蛟帮的人说起你们行踪，便赶了下来。令狐老弟，你在衡山群玉院中胡闹，我莫大当时认定你是个儇薄少年。你后来助我刘正风师弟，我心中对你生了好感，只想赶将上来，善言相劝，不料却见到后一辈英侠之中，竟有你老弟这样了不起的少年英雄。很好，很好！来来来，咱们同干三杯！"说着叫店小二添酒，和令狐冲对饮。

几碗酒一下肚，一个寒酸落拓的莫大先生突然显得逸兴遄飞，连连呼酒，只是他酒量和令狐冲差得甚远，喝得几碗后，已是满脸通红，说道："令狐老弟，我知你最喜喝酒。莫大无以为敬，只好陪你多喝几碗。嘿嘿，武林之中，莫大肯陪他喝酒的，却也没有几人。那日嵩山大会，座上有个大嵩阳手费彬，此人飞扬跋扈，不可一世，莫大越瞧越不顺眼，当时便一滴不饮。此人居然还口出不逊之言，他臭妹子的，你说可不可恼？"

令狐冲笑道："是啊，这种人不自量力，横行霸道，终究没好下场。"

莫大先生道："后来听说此人突然失了踪，下落不明，不知到了何处，倒也奇怪。"

令狐冲心想，那日在衡山城外，莫大先生施展神妙剑法杀了费彬，他当日明明见到自己在旁，此刻却又如此说，自是不愿留下了形迹，便道："嵩山派门下行事令人莫测高深，这费彬嘛，说不定是在嵩山哪一处山洞之中隐居了起来，正在勤练剑法，也未可知。"

莫大先生眼中闪出一丝狡狯的光芒，微微一笑，拍案叫道："原来如此，若不是老弟提醒，我可想破了脑袋，也想不通其中缘由。"喝了一口酒，问道："令狐老弟，你到底何以和恒山派的人混在一起？魔教的任大小姐对你情深一往，你可千万不能辜负她啊。"

令狐冲脸上一红，说道："莫师伯明鉴，小侄情场失意，于这男女之事，可早已瞧得淡了。"想起了小师妹岳灵珊，胸口一酸，眼眶不由得红了，突然哈哈一笑，朗声说道："小侄本想看破红尘，出家为僧，便怕出家人戒律太严，不准饮酒，这才没去做和尚。哈哈，哈哈。"虽是大笑，笑声中毕竟大有凄凉之意。过了一会，便叙述如何遇到定静、定闲、定逸三位师太的经过，说到自己如何出手援救，每次都只轻描淡写的随口带过。

莫大先生静静听完，瞪着酒壶呆呆出神，过了半晌，才道："左冷禅意欲吞并四派，联成一个大派，企图和少林、武当两大宗派鼎足而三，分庭抗礼。他这密谋由来已久，虽然深藏不露，我却早已瞧出了些端倪。操他奶奶的，他不许我刘师弟金盆洗手，暗助华山剑宗去和岳先生争夺掌门之位，归根结底，都是为此。只是没想到他居然如此胆大妄为，竟敢对恒山派明目张胆的下手。"

令狐冲道："他倒也不是明目张胆，原本是假冒魔教，要逼得恒山派无可奈何之下，不得不答允并派之议。"

莫大先生点头道："不错。他下一步棋子，当是去对付泰山派天门道长了。哼，魔教虽毒，却也未必毒得过左冷禅。令狐兄弟，你现下已不在华山派门下，闲云野鹤，无拘无束，也不必管他什么正教魔教。我劝你和尚倒也不必做，也不用为此伤心，尽管去将那位任大小姐救了出来，娶她为妻便是。别人不来喝你的喜酒，我莫大偏来喝你三杯。他妈的，怕他个鸟？"他有时出言甚是文雅，有时却又夹几句粗俗俚语，说他是一派掌门，也真有些不像。

令狐冲心想："他只道我情场失意乃是为了盈盈，但小师妹之事，也不便跟他提起。"便问："莫师伯，到底少林派为什么要拘留任小姐？"

莫大先生张大了口，双眼直视，脸上充满了惊奇之状，道："少林派为什么要拘留任小姐？你是当真不知，还是明知故问？江湖上众人皆知，你……你……还问什么？"

令狐冲道："过去数月之中，小侄为人囚禁，江湖上之事一无所闻。那任小姐曾杀过少林派四名弟子，原也是从小侄身上而起，只不知后来怎地失手，竟为少林派所擒？"

莫大先生道："如此说来，你是真的不明白其中原委了。你身中奇异内伤，无药可治，听说旁门左道中有数千人聚集五霸冈，为了讨好这位任大小姐而来治你的伤，结果却人人束手无策，是也不是？"令狐冲道："正是。"莫大先生道："这件事轰传江湖，都说令狐冲这小子不知几生修来的福气，居然得到黑木崖圣姑任大小姐的垂青，就算这场病医不好，也是不枉的了。"令狐冲道："莫师伯取笑了。"心想："老头子、祖千秋他们虽然是一番好意，毕竟行事太过鲁莽，这等张扬其事，难怪盈盈生气。"

莫大先生问道："你后来怎地却好了？是修习了少林派的'易筋经'神功，是不是？"

令狐冲道："不是。少林寺方丈方证大师慈悲为怀，不念旧恶，答允传授少林派无上内功。只是小侄不愿改投少林派，而这门少林神功又不能传授派外之人，只好辜负了方丈大师的一番美意。"莫大先生道："少林派是武林中的泰山北斗。你其时已被逐出华山门墙，正好改投少林。那是千载难逢的机缘，却为何连自己性命也不顾了？"令狐冲道："小侄自幼蒙恩师、师娘收留，养育之恩，粉身难报，只盼日后恩师能许小侄改过自新，重列门墙，决不愿贪生怕死，另投别派。"

莫大先生点头道："这也有理。如此说来，你的内伤得愈，那是由于另一桩机缘了。"令狐冲道："正是。其实小侄的内伤也没完全治好。"

莫大先生凝视着他，说道："少林派和你向来并无渊源，佛门中人虽说慈悲为怀，却也不能随便传人以本门的无上神功。方证大师答应以'易筋经'相授，你当真不知是什么缘故吗？"令狐冲道："小侄确是不知，还望莫师伯示知。"

莫大先生道："好！江湖上都说，那日黑木崖任大小姐亲身背负了你，来到少林寺中，求见方丈，说道只须方丈救了你的性命，她便任由少林寺处置，要杀要剐，绝不皱眉。"

令狐冲"啊"的一声，跳了起来，将桌上一大碗酒都带翻了，全身登时出了一阵冷汗，手足发抖，颤声道："这……这……这……"脑海中一片混乱，想起当时自己身子一日弱似一日，一晚睡梦之中，听到盈盈哭泣甚哀，说道："你一天比一天瘦，我……我……"说得诚挚无比，自己心中感激，狂吐鲜血，就此人事不知。待得清醒，已是在少林寺的一间斗室之中，方生大师已费了无数心力为己施救。自己一直不知如何会到少林寺中，又不知盈盈到了何处，原来竟是她舍命相救，不由得热泪盈眶，跟着两道眼泪扑簌簌的直流下来。

莫大先生叹道："这位任大小姐虽然出身魔教，但待你的至诚至情，却令人好生相敬。少林派中，辛国梁、易国梓、黄国柏、觉月禅师四大弟子命丧她手。她去到少林，自无生还之望，但为了救你，她……她是全不顾己了。方证大师不愿就此杀她，却也不能放她，因此将她囚禁在少林寺后的山洞之中。任大小姐属下那许多三山五岳之辈，自然都要去救她出来。听说这几个月来，少林寺没一天安宁，擒到的人，少说也有一百来人了。"

令狐冲心情激荡，良久不能平息，过了一会，才问："莫师伯，你刚才说，大家争着要做头子，自己伙里已打得昏天黑地，那是怎么一回事？"

莫大先生叹了口气，道："这些旁门左道的人物，平日除了听从任大小姐的号令之外，个个狂妄自大，好勇斗狠，谁也不肯服谁。这次上少林寺救人，大家知道少林寺是天下武学的祖宗，事情很是棘手，何况单独去闯寺的，个个有去无回。因此上大家说要广集人手，结盟而往。既然结盟，便须有个盟主。听说这些日子来为了争夺盟主之位，许多人动上了手，死的死，伤的伤，着实损折了不少人。令狐老弟，我看只有你急速赶去，才能制得住他们。你说什么话，那是谁也不敢违拗的，哈哈，哈哈！"

莫大先生这么一笑，令狐冲登时满脸通红，情知他这番话不错，但群豪服了自己，只不过是瞧在盈盈的面上，而盈盈日后知道，一定要大发脾气，突然间心念一动："盈盈对我情意深重，可是她脸皮子薄，最怕旁人笑话于她，说她对我落花有意，而我却流水无情。我要报答她这番厚意，务须教江湖上好汉众口纷传，说道令狐冲对任大小姐一往情深，为了她性命也不要了。我须孤身去闯少林，能救得出她来，那是最好，倘若救不出，也要闹得众所周知。"说道："恒山派的定闲、定逸两位师伯上少林寺去，便是向少林方丈求情，请他放了这位任小姐出来，以免酿成一场大动干戈的流血浩劫。"

莫大先生点头道："怪不得，怪不得！我一直奇怪，定闲师太如此老成持重之人，怎么会放心由你陪伴她门下的姑娘、尼姑，自己却另行他往，原来是为你作说客去了。"

令狐冲道："莫师伯，小侄既知此事，着急得了不得，恨不得插翅飞去少林寺，瞧瞧两位师太求情的结果如何。只是恒山派这些师姊妹都是女流之辈，倘若途中遇上了什么意外，可又难处。"

莫大先生道："你尽管去好了！"令狐冲喜道："我先去不妨？"莫大先生不答，拿起倚在板凳旁的胡琴，咿咿呀呀的拉了起来。

令狐冲知道他既这么说，那便是答应照料恒山派一众弟子了，这位莫师伯武功识见，俱皆非凡，不论他明保还是暗护，恒山派自可无虞，当即躬身行礼，说道："深感大德。"

莫大先生笑道："五岳剑派，同气连枝。我帮恒山派的忙，要你来谢什么？那位任大小姐得知，只怕要喝醋了。"

令狐冲道："小侄告辞。恒山派众位师姊妹，相烦莫师伯代为知照。"说着直冲出店。

一凝步，向江中望去，只见坐船的窗中透出灯光，倒映在汉水之中，一条黄光，缓缓闪动。身后小酒店中，莫大先生的琴声渐趋低沉，静夜听来，甚是凄清。

两日之后，群豪来到少室山上、少林寺外，少说也有五六千人众。大旗招展，数百面大皮鼓同时擂起，蓬蓬之声，当真惊天动地。

二十六 围 寺

　　令狐冲向北疾行，天明时到了一座大镇，走进一家饭店。湖北最出名的点心是豆皮，以豆粉制成粉皮，裹以菜肴，甚是可口。令狐冲连尽三大碟，付帐出门。

　　只见迎面走来一群汉子，其中一人又矮又胖，赫然便是"黄河老祖"之一的老头子。令狐冲心中一喜，大声叫道："老头子！你好啊。"

　　老头子一见是他，登时脸上神色尴尬之极，迟疑半晌，刷的一声，抽出了大刀。

　　令狐冲又向前迎了一步，说道："祖千秋……"只说了三个字，老头子举刀便向他砍将过来，可是这一刀虽然力劲势沉，准头却是奇差，和令狐冲肩头差着一尺有余，呼的一声，直削了下去。令狐冲吓了一跳，向后跃开，叫道："老先生，我……我是令狐冲！"

　　老头子叫道："我当然知道你是令狐冲。众位朋友听了，圣姑当日曾有令谕，不论哪一人见到令狐冲，务须将他杀了，圣姑自当重重酬谢。这一句话，大伙儿可都知道么？"

　　众人轰然道："咱们都知道的。"众人话虽如此，但大家你瞧瞧我，我瞧瞧你，脸上神情甚是古怪，并无一人拔兵刃动手，有些人甚至笑嘻嘻地，似觉十分有趣。

　　令狐冲脸上一红，想起那日盈盈要老头子等传言江湖，务须将自己杀了，她是既盼自己再不离开她身边，又要群豪知道，她任大小姐决非痴恋令狐冲，反而恨他入骨。此后多经变故，早将当时这句话忘了，此刻听老头子这么说，才想起她这号令尚未通传取消。

当时老头子等传言出去，群豪已然不信，待得她为救令狐冲之命，甘心赴少林寺就死，这事由少林寺俗家弟子泄漏了出来，登时轰动江湖。人人固赞她情深义重，却也不免好笑，觉得这位大小姐太也要强好胜，明明爱煞了人家，却又不认，拼命掩饰，不免欲盖弥彰。这件事不但盈盈属下那些左道旁门的好汉知之甚详，连正派中人也多有所闻，日常闲谈，往往引为笑柄。此刻群豪突然见到令狐冲出现，惊喜交集之下，却也有些不知所措。

老头子道："令狐公子，圣姑有令，叫我们将你杀了。但你武功甚高，适才我这一刀砍你不中，承你手下留情，没取我性命，足感盛情。众位朋友，大家亲眼目睹，咱们决不是不肯杀令狐公子，实在是杀他不了。我老头子不行，当然你们也都不行的了。是不是？"

众人哈哈大笑，都道："正是！"一人道："适才咱们一场惊心动魄的恶斗，双方打得筋疲力尽，谁也杀不了谁，只好不打。大伙儿再不妨斗斗酒去。倘若有哪一位英雄好汉，能灌得令狐公子醉死了，日后见到圣姑，也好有个交代。"群豪捧腹狂笑，都道："妙极，妙极！"又一人笑道："圣姑只要咱们杀了令狐公子，可没规定非用刀子不可。用上好美酒灌得醉死了他，那也是可以啊。这叫做不能力敌，便当智取。"

群豪欢呼大叫，簇拥着令狐冲上了当地最大的一间酒楼，四十余人坐满了六张桌子。几个人敲台拍凳，大呼："酒来！"

令狐冲一坐定后，便问："圣姑到底怎样啦？这可急死我了。"

群豪听他关心盈盈，尽皆大喜。

老头子道："大伙儿定了十二月十五，同上少林寺去接圣姑出寺。这些日子来，却为了谁做盟主之事，大家争闹不休，大伤和气。令狐公子驾到，那是再好不过了。这盟主若不是你当，更有谁当？倘若别人当了，就算接了圣姑出来，她老人家也必不开心。"

一个白须老者笑道："是啊。只要由令狐公子主持全局，纵然一时遇上阻难，接不到圣姑，她老人家只须得知讯息，心下也是欢喜得紧。这盟主一席，天造地设，是由令狐公子来当的了。"

令狐冲道："是谁当盟主，那是小事一件，只须救得圣姑出来，在下便是粉身碎骨，也所甘愿。"这几句话倒不是随口胡诌，他感激盈盈为己舍身，若要他为盈盈而死，那是一往无前，决不用想上一想。不过如在平日，这念头在自己心头思量也就是了，不用向人宣之于口，此刻却要拼命显得多情多义，好叫旁人不去笑话盈盈。

群豪一听，更是心下大慰，觉得圣姑看中此人，眼光委实不错。

那白发老者笑道："原来令狐公子果然是位有情有义的英雄，倘若是如江湖上所讹传那般，说道令狐公子置身事外，全不理会，可教众人心凉了。"

令狐冲道："这几个月来，在下失手身陷牢笼，江湖上的事情一概不知。但日夜思念圣姑，想得头发也白了。来来来，在下敬众位朋友一杯，多谢各位为圣姑出力。"说着站起身来，举杯一饮而尽。群豪也都干了。

令狐冲道："老先生，你说许多朋友在争盟主之位，大伤和气，事不宜迟，咱们便须立即赶去劝止。"老头子道："正是。祖千秋和夜猫子都已赶去了。我们也正要去。"令狐冲道："不知大伙儿都在哪里？"老头子道："都在黄保坪聚会。"令狐冲道："黄保坪？"那白须老者道："那是在襄阳以西的荆山之中。"

令狐冲道："咱们快些吃饭喝酒，立即去黄保坪。咱们已斗了三日三夜酒，各位费尽心机，始终灌不死令狐冲，日后见到圣姑，已大可交代了。"

群豪大笑，都道："令狐公子酒量如海，只怕再斗三日三夜，也奈何不了你。"

令狐冲和老头子并肩而行，问道："令爱的病，可大好了？"老头子道:"多承公子关怀,她虽没怎么好,幸喜也没怎么坏。"令狐冲心中一直有个疑团,眼见余人在身后相距数丈,便问:"众位朋友都说圣姑于各位有大恩德。在下委实不明其中原因,圣姑小小年纪,怎能广施恩德于这许多江湖朋友?"老头子问道:"公子真的不知其中缘由?"令狐冲摇头道:"不知。"老头子道:"公子不是外人,原本不须相瞒,只是大家向圣姑立过誓,不能泄漏此中机密。请公子恕罪。"令狐冲点头道:"既不便说,还是不说的好。"老头子道:"日后由圣姑亲口向公子说,那不是好得多么?"令狐冲道:"但愿此日越早到来越好。"

群豪在路上又遇到了两批好汉,也都是去黄保坪的,三伙人相聚,已有一百余人。

群豪赶到黄保坪时已是深夜,群雄聚会处是在黄保坪以西的荒野。还在里许之外,便已听到人声嘈杂,有人粗声喝骂,有人尖声叫嚷。令狐冲加快脚步奔去,月光之下,只见群山围绕的一块草坪上,黑压压地聚集着无数人众,一眼望去,少说也有千余人。

只听有人大声说道:"盟主,盟主,既然称得这个'主'字,自然只好一人来当。你们六个人都要当,那还成什么盟主?"

另一人道:"我们六个人便是一个人,一个人便是六个人。你们都听我六兄弟的号令,我六兄弟便是盟主了。你再啰里啰唆,先将你撕成四块再说。"令狐冲不用眼见其人,便知是"桃谷六仙"之一,但他六兄弟说话声音都差不多,却分辨不出是六人中的哪一个。

先前那人给他一吓,登时不敢再说。但群雄对"桃谷六仙"显然心中不服,有的在远处叫骂,有的躲在黑暗中大声嘻笑,更有人投掷石块泥沙,乱成一团。

桃叶仙大声嚷道:"是谁向老子投掷石块?"黑暗中有人道:"是你老子。"桃花仙怒道:"什么?你是我哥哥的老子,也就是我的老子了?"有人说道:"那也未必!"登时数百人齐声轰笑。桃花仙道："为什么未必?"另一人道："这个我也不知道。我只生一个儿子。"桃根仙道："你只生一个儿子,跟我有什么相干?"又一个粗嗓子的大声笑道："跟你没相干,多半跟你兄弟相干了。"桃干仙道："难道跟我相干么?"先一人笑道："那得看相貌像不像。"桃实仙道："你说跟我的相貌有些相像,出来瞧瞧。"那人笑道："有什么好瞧的,你自己照镜子好了!"

突然之间,四条人影迅捷异常的纵起,一扑向前,将那人从黑暗中抓了出来。这人又高又大,足足有二百来斤,给桃谷四仙抓住了四肢,竟丝毫动弹不得。四人将他抓到月光底下一照。桃实仙道："不像我,我哪有这样难看?老三,只怕有些像你。"桃枝仙道："呸,我就比你难看吗?天下英雄在此,不妨请大伙儿品评品评。"

群雄早就见到桃谷六仙都是五官不正,面貌丑陋,要说哪一个更好看些,这番品评功夫可也真着实不易,这时眼见那大汉给四仙抓在手中,顷刻之间便会给撕成了四块,人人栗栗危惧,谁也笑不出来。

令狐冲知道桃谷六仙的脾气,一个不对,便会将这大汉撕了,朗声说道:"桃谷六仙,让我令狐冲来品评品评如何?"说着缓步从暗处走了出来。

群雄一听到"令狐冲"三字,登时耸动,千余对目光都注集在他身上。

令狐冲却目不转睛的凝视着桃谷四仙,唯恐他们一时兴起,登时便将这大汉撕裂,说道:"你们将这位朋友放下,我才瞧得清楚。"桃谷四仙当即将他放下。

这条大汉身材雄伟已极,站在当地,便如一座铁塔相似。他适才死里逃生,已然吓得魂不附体,脸如死灰,身子簌簌发抖。他明知如此当众发抖,实非英雄行径,可是全身自己要抖,却也勉强不来,要想说几句撑门面之言,只颤声道:"我……我……我……"

令狐冲见他吓得厉害,但此人五官倒也端正,向桃谷六仙道:

"六位桃兄，你们的相貌和这位朋友全然不像，可比他俊美得多了。桃根仙骨格清奇、桃干仙身材魁伟、桃枝仙四肢修长、桃叶仙眉清目秀、桃花仙呢……这个……这个目如朗星，桃实仙精神饱满，任谁一见到，立刻都知是六位行侠仗义的玉面英雄，英俊少……这个英俊中年。"

群雄听了，尽皆大笑。桃谷六仙更是大为高兴。

老头子吃过这六兄弟的苦头，知道他们极不好惹，跟着凑趣，说道："依在下之见，环顾天下英雄，武功高的固多，说到相貌，那是谁也比不上桃谷六仙了。"

群豪跟着起哄，有的说："岂仅俊美而已，简直是风流潇洒。前无古人，后无来者。"有的说："潘安退避三舍，宋玉甘拜下风。"有的说："武林中从第一到第六的美男子，自当算他们六位。令狐公子最多排到第七。"

桃谷六仙不知众人取笑自己，还道是真心称赞，更加笑得合不拢嘴。桃枝仙道："我妈当年说咱六个是丑八怪，原来说得不对。"有人笑道："当然不对了，你们只有六个人，怎能成为丑八怪？"有人轻道："加上他们爹娘……"一句话没说完，便给人掩住了嘴巴。

老头子大声道："众位朋友，大伙儿运气不小。令狐公子正要单枪匹马，独闯少林，去接圣姑出来，道上遇到了我们，听说大伙儿在此，便过来和大家商议商议。说到相貌之美，自然要算桃谷六仙……"群雄一听，又都轰笑。老头子连连摇手，在众人大笑声中继续说道："可是这闯少林、接圣姑的大事，和相貌如何，干系也不太大。以在下之见，咱们公奉令狐公子为盟主，请他主持全局，发号施令，大伙儿一体凛遵，众位意下如何？"

群雄人人都知圣姑是为了令狐冲而陷身少林，令狐冲武功卓绝，当日在河南和向问天联手，大战各路英雄，此事早已轰动江湖，但即令他手无缚鸡之力，瞧在圣姑面上，也当奉他为主，是以听到老头子的话，当即欢声雷动，许多人都鼓掌叫好。

桃花仙突然怪声道："咱们去救任大小姐，救了她出来，是不是给令狐冲做老婆?"

群雄对任大小姐十分尊敬,虽觉桃花仙这话没错,却谁也不敢公然称是。令狐冲更十分尴尬,只好默不作声。

桃叶仙道:"他又得老婆,又做盟主,那可太过便宜他了。我们去帮他救老婆,盟主却要我们六兄弟来做。"桃根仙道:"正是!除非他本事强过我们,却又当别论。"

蓦地里桃根、桃干、桃枝、桃实四仙一齐动手,将令狐冲四肢抓住,提在空中。他四人出手实在太快,事先又无半点朕兆,说抓便抓,令狐冲竟然闪避不及。

群雄齐声惊呼:"使不得,快放手!"

桃叶仙笑道:"大家放心,我们决不伤他性命,只要他答应让我们六兄弟做盟主……"

一句话没说完,桃根、桃干、桃枝、桃实四仙忽地齐声怪叫,忙不迭的将令狐冲抛下,嚷道:"啊哟,你……你使什么妖法?"

原来令狐冲手足分别被四人抓住,也真怕四人傻头傻脑,什么怪事都做得出来,别要真的将自己撕了,当即运起吸星大法。桃谷四仙只觉内力源源从掌心中外泄,越是运功相抗,内力奔泻得越快,惊骇之下,立即撒手。令狐冲腰背一挺,稳稳站直。

桃叶仙忙问:"怎么?"桃根仙、桃实仙齐道:"这……这令狐冲的功夫好奇怪,咱们可抓他不住。"桃干仙道:"不是抓他不住,而是忽然之间,不想抓他了。"群雄欢呼之声大作,都道:"桃谷六仙,你们这次可服了么?"桃根仙道:"令狐冲是我们六兄弟的好朋友,令狐冲就是桃谷六仙,桃谷六仙就是令狐冲。令狐冲来当盟主,就等如是桃谷六仙当盟主,那有什么不服?"桃花仙道:"天下哪有自己不服自己之理?你们问得太笨了。"

群雄见桃谷六仙的神情,料想适才抓住令狐冲时暗中已吃了亏,只是死要面子,不肯承认,虽不明其中缘由,却都嘻笑欢呼。

令狐冲道:"众位朋友,咱们这次去迎接圣姑,并相救失陷在少林寺中的许多朋友。少林寺乃武林中的泰山北斗,少林七十二绝技数百年来驰名天下，任何门派都不能与之抗衡。但咱们人多势众，除了这里已有千余位英雄之外，尚有不少好汉前来。咱们的武功就算不及少林寺僧俗弟子，十个打一个，总也打赢了。"

众人轰叫："对，对！难道少林寺的和尚真有三头六臂不成？"

令狐冲又道："可是少林寺的大师们虽留住了圣姑，却也没有为难于她。寺中大师都是有道的高僧，慈悲为怀，令人好生相敬。咱们纵然将少林寺毁了，只怕江湖上的好汉要说我们倚多为胜，不是英雄所为。因此依在下之见，咱们须得先礼后兵，如能说得少林寺让了一步，对圣姑和其他朋友们不再留难，免得一场争斗，都是再好不过。"

祖千秋道："令狐公子之言，正合我意，倘若当真动手，双方死伤必多。"桃枝仙道："令狐公子之言，却不合我意。双方如不动手，死伤必少，那还有什么趣味？"祖千秋道："咱们既奉令狐公子为盟主，他发号施令，大伙儿自当听从。"桃根仙道："不错，这发号施令之事，还是由我们桃谷六仙来干好了。"

群雄听他六兄弟尽是无理取闹，阻挠正事，都不由得发恼，许多人手按刀柄，只待令狐冲稍有示意，便要将这六人乱刀分尸，他六人武功再高，终究挡不住数十人刀剑齐施。

祖千秋道："盟主是干什么的？那自然是发号施令的了。他如不发号施令，那还叫什么盟主？这个'主'字，便是发号施令之意。"

桃花仙道："既是如此，便单叫他一个'盟'字，少了那'主'字便了。"桃叶仙摇头道："单叫一个'盟'字，多么别扭。"桃干仙道："依我的高见，单是一个'盟'字既然别扭，便可拆将开来，称他为'明血'！"桃枝仙叫道："错了，错了！'盟'字拆开来，下面不是'血'字，比'血'字少了一撇。那是什么字？"

桃谷六仙都不识那器皿的"皿"字，群雄任由他们出丑，无人出声指点。

桃干仙道："少了一些，也还是血。好比我割你一刀，割得深，出的血多，固然是血，倘若我顾念手足之情，割得很轻，出的血甚少，虽然少了些，那仍然是血。"桃枝仙怒道："你割我一刀，就算割得轻，也不是顾念手足之情了。你为什么要割我一刀？"桃干仙道："我可没有割，我手里也没有刀。"桃花仙道："如果你手里有刀呢？"

群雄听他们越扯越远，不禁怒喝："安静些，大家听盟主的号令。"

桃枝仙道："他号令便号令好了，又何必安静？"

令狐冲提高嗓子说道："众位朋友，屈指算来，离十二月十五还有十七日，大伙儿动身慢慢行去，到得嵩山，时候也差不多了。咱们这次可不是秘密行事，乃是大张旗鼓而去。明日咱们去买布制旗，写明'天下英雄齐赴少林恭迎圣姑'的字样，再多买些皮鼓，一路敲击前往，好教少林的僧俗弟子们听到，先自心惊胆战。"

这些左道豪客十之八九是好事之徒，听他说要如此大闹，都是不胜之喜，欢呼声响震山谷。其中也有若干老成稳重之辈，但见大伙都喜胡闹，也只有不置可否、捋须微笑而已。

次日清晨，令狐冲请祖千秋、计无施、老头子三人去赶制旗帜，采办皮鼓。到得中午时分，已写就了数十面白布大旗，皮鼓却只买到两面。令狐冲道："咱们便即起程，沿路经过城镇，不停添购便是。"

当即有人擂起鼓来，群豪齐声呐喊，列队向北进发。

令狐冲见过恒山派弟子在仙霞岭上受人袭击的情形，当下与计无施等商议，派出七个帮会，两帮在前作为前哨，两帮左护，两帮右卫，另有一帮殿后接应，余人则是中军大队；又派汉水的神乌帮来回传递消息。神乌帮是本地帮会，自鄂北以至豫南皆是其势力范围，若有风吹草动，自能尽早得悉。群豪见他分派井井有条，除桃谷六仙外，尽皆悦服凛遵。

行了数日，沿途不断有豪士来聚。旗帜皮鼓，越置越多，蓬蓬皮鼓声中，二千余人喧哗叫嚷，涌向少林。

这日将到武当山脚下。令狐冲道:"武当派是武林中的第二大派,声势之盛,仅次于少林。咱们这次去迎接圣姑,连少林派也不想得罪,自然更不想得罪武当派了。咱们还是避道而行,以示对武当派掌门人冲虚道长尊重之意。不知诸位意下如何?"老头子道:"令狐公子怎么说,便怎么行。咱们只须接到圣姑,那便心满意足,原不必旁生枝节,多树强敌。倘若接不到圣姑,就算将武当山踏平了,又有个屁用?"

令狐冲道:"如此甚好!便请传下令去,偃旗息鼓,折向东行。"

当下群豪改道东行。这日正行之际,迎面有人骑了一头毛驴过来,驴后随着两名乡农,一个挑着一担菜,另一个挑着一担山柴。毛驴背上骑着个老者,弯着背不住咳嗽,一身衣服上打满了补钉。群豪人数众多,手持兵刃,一路上大呼小叫,声势甚壮,道上行人见到,早就避在一旁。但这三人竟如视而不见,向群豪直冲过来。

桃根仙骂道:"干什么的?"伸手一推,那毛驴一声长嘶,摔了出去,喀喇几声,腿骨折断。驴背上老者摔倒在地,哼哼唧唧的半天爬不起来。

令狐冲好生过意不去,当即纵身过去扶起,说道:"真对不起。老丈,可摔痛了吗?"

那老者哼哼唧唧,说道:"这……这……这算什么?我穷汉……"

两名乡农放下肩头担子,站在大路正中,双手叉腰,满脸怒色。挑菜的汉子气喘吁吁的道:"这里是武当山脚下,你们是什么人,胆敢在这里出手打人?"桃根仙道:"武当山脚下,那便怎地?"那汉子道:"武当山脚下,人人都会武功。你们外路人到这里来撒野,当真是不知死活,自讨苦吃。"

群豪见这二人面黄肌瘦,都是五十来岁年纪,这挑菜的说话中气不足,居然自称会武,登时有数十人大笑起来。

桃花仙笑道:"你也会武功?"那汉子道:"武当山脚下,三岁孩儿也会打拳,五岁孩子就会使剑,那有什么希奇?"桃花仙指着那挑柴汉子,笑道:"他呢?他会不会使剑?"挑柴的汉子道:"我……

我……小时候学过几个月，有几十年没练，这功夫……咳咳，可都搁下了。"挑菜的道："武当派武功天下第一，只要学过几个月，你就不是对手。"桃叶仙笑道："那么你练几手给我们瞧瞧。"

挑柴汉子道："练什么？你们又看不懂。"群豪轰然大笑，都道："不懂也得瞧瞧。"挑柴汉子道："唉，既然如此，我便练几手，只不知是否还记得全？哪一位借把剑来。"

当下便有一人笑着递了把剑过去。那汉子接了过来，走到干硬的稻田中，东刺一剑、西劈一剑的练了起来，使得三四下，忽然忘记了，搔头凝思，又使了几招。

群豪见他使得全然不成章法，身手又笨拙之极，无不捧腹大笑。

那挑菜汉子道："有什么好笑？让我来练练，借把剑来。"接了长剑在手，便即乱劈乱刺，出手极快，犹如发疯一般，更引人狂笑不已。

令狐冲初时也是负手微笑，但看到十几招时，不禁渐觉讶异，这两个汉子的剑招一个迟缓，一个迅捷，可是剑法中破绽之少，实所罕见。二人的姿式固是难看之极，但剑招古朴浑厚，剑上的威力似乎只发挥得一二成，其余的却是蓄势以待，深藏不露，当即跨上几步，拱手说道："今日拜见两位前辈，得睹高招，实是不胜荣幸。"语气甚是诚恳。

两名汉子收起长剑。那挑柴的瞪眼道："你这小子，你看得懂我们的剑法么？"令狐冲道："不敢说懂。两位剑法博大精深，这个'懂'字，哪里说得上？武当派剑法驰名天下，果然令人叹为观止。"那挑菜汉子道："你这小子，叫什么名字？"

令狐冲还未答话，群豪中已有好几人叫了起来："什么小子不小子的？""这位是我们的盟主，令狐公子。""乡巴佬，你说话客气些！"

挑柴汉子侧头道："令狐瓜子？不叫阿狗阿猫，却叫什么瓜子花生，名字难听得紧。"令狐冲抱拳道："令狐冲今日得见武当神剑，甚是佩服，他日自当上山叩见冲虚道长，谨致仰慕之诚。两位尊姓大名，可能示知吗？"挑柴汉子向地下吐了口浓痰，说道："你们这许多人，哗啦哗啦的，打锣打鼓，可是大出丧吗？"

令狐冲情知这二人必是武当派高手，当下恭恭敬敬的躬身说道："我们有一位朋友，给拘留在少林寺中，我们是去求恳方证方丈，请他老人家慈悲开释。"挑菜汉子道："原来不是大出丧！可是你们打坏了我伯伯的驴子，赔不赔钱？"

令狐冲顺手牵过三匹骏马，说道："这三匹马，自然不及前辈的驴子了，只好请前辈将就骑骑。晚辈们不知前辈驾到，大有冲撞，还请恕罪。"说着将三匹马送将过去。

群豪见令狐冲神态越来越谦恭，绝非故意做作，无不大感诧异。

挑菜汉子道："你既知我们的剑法了得，想不想比上一比？"令狐冲道："晚辈不是两位的敌手。"挑柴汉子道："你不想比，我倒想比比。"歪歪斜斜的一剑，向令狐冲刺来。令狐冲见他这一剑笼罩自己上身九处要害，的是精妙，叫道："好剑法！"拔出长剑，反刺过去。那汉子向着空处乱刺一剑。令狐冲长剑回转，也削在空处。两人连出七八剑，每一剑都刺在空处，双剑未曾一交。但那挑柴汉子却一步又一步的倒退。

那挑菜汉子叫道："瓜子花生，果然有点门道。"提起剑来一阵乱刺乱削，刹那间接连劈了二十来剑。每一剑都不是劈向令狐冲，剑锋所及，和他身子差着七八尺。

令狐冲提起长剑，有时向挑柴汉子虚点一式，有时向挑菜汉子空刺一招，剑刃离他们身子也均有七八尺。但两人一见他出招，便神情紧迫，或跳跃闪避，或舞剑急挡。

群豪都看得呆了，令狐冲的剑刃明明离他们还有老大一截，他出剑之时又无半点劲风，决非以无形剑气之类攻人，为何这两人如此避挡唯恐不及？看到此时，群豪都已知这两人乃是身负深湛武功的高手。他们出招攻击之时虽仍一个呆滞，一个颠狂，但当闪避招架之际，身手却轻灵沉稳，兼而有之，同时全神贯注，不再有半分惹笑的做作。

忽听得两名汉子齐声呼啸，剑法大变，挑柴汉长剑大开大阖，势道雄浑，挑菜汉疾趋疾退，剑尖上幻出点点寒星。令狐冲手中长剑剑尖微微上斜，竟不再动，一双目光有时向挑柴汉瞪视，有时向挑菜汉斜睨。他目光到处，两汉便即变招，或大呼倒退，或转攻为守。

计无施、老头子、祖千秋等武功高强之士，已渐渐瞧出端倪，发觉两个汉子所闪避卫护的，必是令狐冲目光所及之处，也正是他二人身上的要穴。

只见挑柴汉举剑相砍，令狐冲目光射他小腹处的"商曲穴"，那汉子一剑没使老，当即回过，挡在自己"商曲穴"上。这时挑菜汉挺剑向令狐冲作势连刺，令狐冲目光看到他左颈"天鼎穴"处，那汉子急忙低头，长剑砍在地下，深入稻田硬泥，倒似令狐冲的双眼能发射暗器，他说什么也不让对方目光和自己"天鼎穴"相对。

两名汉子又使了一会剑，全身大汗淋漓，顷刻间衣裤都汗湿了。

那骑驴的老头一直在旁观看，一言不发，这时突然咳嗽一声，说道："佩服，佩服，你们退下罢！"两名汉子齐声应道："是！"但令狐冲的目光还是盘旋往复，不离二人身上要穴。二人一面舞剑，一面倒退，始终摆脱不了令狐冲的目光。那老头道："好剑法！令狐公子，让老汉领教高招。"令狐冲道："不敢当！"转过头来，向那老者抱拳行礼。

那两名汉子至此方始摆脱了令狐冲目光的羁绊，同时向后纵出，便如两头大鸟一般，稳稳的飞出数丈之外。群豪忍不住齐声喝采，他二人剑法如何，难以领会，但这一下倒纵，跃距之远，身法之美，谁都知道乃是上乘功夫。

那老者道："令狐公子剑底留情，若是真打，你二人身上早已千孔百创，岂能让你们将一路剑法从容使完？快来谢过了。"

两名汉子飞身过来，一躬到地。挑菜汉子说道："今日方知天外有天，人上有人。公子高招，世所罕有，适才间言语无礼，公子恕罪。"令狐冲拱手还礼，说道："武当剑法，的是神妙。两位的剑招一阴一阳，一刚一柔，可是太极剑法吗？"挑菜汉道："却教公子见笑了。我们使的是'两仪剑法'，剑分阴阳，未能混而为一。"令狐冲道："在下在旁观看，勉强能辨别一些剑法中的精微。要是当真出手相斗，也未必便能乘隙而进。"

那老头道："公子何必过谦？公子目光到处，正是两仪剑法每一招的弱点所在。唉，这路剑法……这路剑法……"不住摇头，说道："五十余年前，武当派有两位道长，在这路两仪剑法上花了数十年心血，自觉剑法中有阴有阳，亦刚亦柔，唉！"长长一声叹息，显然是说："哪知遇到剑术高手，还是不堪一击。"

令狐冲恭恭敬敬的道："这两位大叔剑术已如此精妙。武当派冲虚道长和其余高手，自必更是令人难窥堂奥。晚辈和众位朋友这次路过武当山脚下，只因身有要事，未克上山拜见冲虚道长，甚为失礼。此事一了，自当上真武观来，向真武大帝与冲虚道长磕头。"令狐冲为人本来狂傲，但适才见二人剑法刚柔并济，内中实有不少神奇之作，虽然找到了其中的破绽，但天下任何招式均有破绽，因之心下的确好生佩服，料想这老者定是武当派中的一流高手，因之这几句话说得甚是诚挚。

那老者点头道："年纪轻轻，身负绝艺而不骄，也当真难得。令狐公子，你曾得华山风清扬前辈的亲传吗？"令狐冲心头一惊："他目光好生厉害，竟然知道我所学的来历。我虽不能吐露风太师叔的行迹，但他既直言相询，可不能撒谎不认。"说道："晚辈有幸，曾学得风太师叔剑术的一些皮毛。"这句话模棱两可，并不直认曾得风清扬亲手传剑。

那老者微笑道："皮毛，皮毛！嘿嘿，风前辈剑术的皮毛，便已如此了得么？"从挑柴汉手中接过长剑，握在左手，说道："我便领教一些风老前辈剑术的皮毛。"

令狐冲道："晚辈如何敢与前辈动手？"

那老者又微微一笑，身子缓缓右转，左手持剑向上提起，剑身横于胸前，左右双掌掌心相对，如抱圆球。令狐冲见他长剑未出，已然蓄势无穷，当下凝神注视。那老者左手剑缓缓向前划出，成一弧形。令狐冲只觉一股森森寒气，直逼过来，若不还招，已势所不能，说道："得罪了！"看不出他剑法中破绽所在，只得虚点一剑。突然之间，那老者剑交右手，寒光一闪，向令狐冲颈中划出。这一下快速无伦，旁观群豪都情不自禁的叫出声来。但他如此奋起一击，令狐冲已看到他胁下是个破绽，长剑刺出，径指他胁下"渊液穴"。

那老者长剑竖立，当的一声响，双剑相交，两人都退开了一步。令狐冲但觉对方剑上有股绵劲，震得自己右臂隐隐发麻。那老者"咦"的一声，脸上微现惊异之色。

那老者又是剑交左手，在身前划了两个圆圈。令狐冲见他剑劲连绵，护住全身，竟无半分空隙，暗暗惊异："我从未见过谁的招式之中，竟能如此毫无破绽。他若以此相攻，那可如何破法？任我行前辈剑法或许比这位老先生更强，但每一招中难免仍有破绽。难道一人使剑，竟可全无破绽？"心下生了怯意，不由得额头渗出汗珠。

那老者右手捏着剑诀，左手剑不住抖动，突然平刺，剑尖急颤，看不出攻向何处。

他这一招中笼罩了令狐冲上盘七大要穴，但就因这一抢攻，令狐冲已瞧出了他身上三处破绽，这些破绽不用尽攻，只攻一处已足制死命，登时心中一宽："他守御时全无破绽，攻击之时，毕竟仍然有隙可乘。"当下长剑平平淡淡的指向对方左眉。那老者倘若继续挺剑前刺，左额必先中剑，待他剑尖再刺中令狐冲时，已然迟了一步。

那老者剑招未曾使老，已然圈转。突然之间，令狐冲眼前出现了几个白色光圈，大圈小圈，正圈斜圈，闪烁不已。他眼睛一花，当即回剑向对方剑圈斜攻。当的一响，双剑再交，令狐冲只感手臂一阵酸麻。

那老者剑上所幻的光圈越来越多，过不多时，他全身已隐在无数光圈之中，光圈一个未消，另一个又生，长剑虽使得极快，却听不到丝毫金刃劈风之声，足见剑劲之柔韧已达于化境。这时令狐冲已瞧不出他剑法中的空隙，只觉似有千百柄长剑护住了他全身。那老者纯采守势，端的是绝无破绽。可是这座剑锋所组成的堡垒却能移动，千百个光圈犹如浪潮一般，缓缓涌来。那老者并非一招一招的相攻，而是以数十招剑法混成的守势，同时化为攻势。令狐冲无法抵御，只得退步相避。

他退一步，光圈便逼进一步，顷刻之间，令狐冲已连退了七八步。

群豪眼见盟主战况不利，已落下风，屏息而观，手心中都捏了把冷汗。

桃根仙忽道："那是什么剑法？这是小孩子乱画圈儿，我也会画。"桃花仙道："我来画圈，定然比他画得还要圆。"桃枝仙道："令狐兄弟，你不用害怕，倘若你打输了，我们把这老儿撕成四块，给你出气。"桃叶仙道："此言差之极矣，第一，他是令狐盟主，不是令狐兄弟。第二，你又怎知道他害怕？"桃枝仙道："令狐冲虽然做了盟主，年纪总还是比我小，难道一当盟主，便成为令狐哥哥、令狐伯伯、令狐爷爷、令狐老太爷了？"

这时令狐冲又再倒退，群豪都十分焦急，耳听得桃谷六仙在一旁胡言乱语，更增恼怒。

令狐冲再退一步，波的一声，左足踏入了一个小水坑，心念一动："风太师叔当日谆谆教导，说道天下武术千变万化，神而明之，存乎一心，不论对方的招式如何精妙，只要是有招，便有破绽。独孤大侠传下来的这路剑法，所以能打遍天下无敌手，便在能从敌招之中瞧出破绽。眼前这位前辈的剑法圆转如意，竟无半分破绽，可是我瞧不出破绽，未必便真无破绽，只是我瞧不出而已。"

他又退几步，凝视对方剑光所幻的无数圆圈，蓦地心想："说不定这圆圈的中心，便是破绽。但若不是破绽，我一剑刺入，给他长剑这么一绞，手臂便登时断了。"

又想："幸好他如此攻逼，只能渐进，当真要伤我性命，却也不易。但我一味退避，终究是输了。此仗一败，大伙儿心虚气馁，哪里还能去闯少林，救盈盈？"想到盈盈对自己情深义重，为她断送一条手臂，又有何妨？内心深处，竟觉能为她断送一条手臂，乃是十分快慰之事，又觉自己负她良多，须得为她受到什么重大伤残，方能稍报深恩。

言念及此，内心深处，倒似渴望对方能将自己一条手臂斩断，当下手臂一伸，长剑便从老者的剑光圈中刺了进去。

当的一声大响，令狐冲只感胸口剧烈一震，气血翻涌，一只手臂却仍然完好。

那老者退开两步，收剑而立，脸上神色古怪，既有惊诧之意，亦有惭愧之色，更带着几分惋惜之情，隔了良久，才道："令狐公子剑法高明，胆识过人，佩服，佩服！"

令狐冲此时方知，适才如此冒险一击，果然是找到了对方剑法的弱点所在，只是那老者剑法实在太高，光圈中心本是最凶险之处，他居然练得将破绽藏于其中，天下成千成万剑客之中，只怕难得有一个胆敢以身犯险。他一逞而成，心下暗叫："侥幸，侥幸！"只觉得一道道汗水从背脊流下，当即躬身道："前辈剑法通神，承蒙指教，晚辈得益非浅。"这句话倒不是寻常的客套，这一战于他武功的进益确是大有好处，令他得知敌人招数中之最强处，竟然便是最弱处，最强处都能击破，其余自是迎刃而解了。

高手比剑，一招而决。那老者既见令狐冲敢于从自己剑光圈中挥刃直入，以后也就不必再比。他向令狐冲凝视半晌，说道："令狐公子，老朽有几句话，要跟你说。"令狐冲道："是，恭聆前辈教诲。"那老者将长剑交给挑菜汉子，往东走去。令狐冲将长剑抛在地下，跟随其后。

到得一棵大树之旁，和群豪已相去数十丈，虽可互相望见，话声却已传不过去。那老者在树荫下坐了下来，指着树旁一块圆石，道："请坐下说话。"待令狐冲坐好，缓缓说道："令狐公子，年青一辈人物之中，如你这般人才武功，那是少有得很了。"

令狐冲道："不敢。晚辈行为不端，声名狼藉，不容于师门，怎配承前辈如此见重？"

那老者道："我辈武人，行事当求光明磊落，无愧于心。你的所作所为，虽然有时狂放大胆，不拘习俗，却不失为大丈夫的行径。我暗中派人打听，并没查到你什么真正的劣迹。江湖上的流言蜚语，未足为凭。"

令狐冲听他如此为自己分辩，句句都打进心坎之中，不由得好生感激，又想："这位前辈在武当派中必定位居尊要，否则怎会暗中派人查察我的为人行事。"

那老者又道："少年人锋芒太露，也在所难免。岳先生外貌谦和，度量却嫌不广……"令狐冲当即站起，说道："恩师待晚辈情若父母，晚辈不敢闻师之过。"

那老者微微一笑，说道："你不忘本，那便很好。老朽失言。"忽然间脸色郑重，问道："你习这'吸星大法'有多久了？"

令狐冲道："晚辈于半年前无意中习得，当初修习，实不知是'吸星大法'。"

那老者点头道："这就是了！你我适才三次兵刃相交，我内力为你所吸，但我察觉你尚不善运用这项为祸人间的妖法。老朽有一言相劝，不知少侠能听否？"令狐冲大是惶恐，躬身道："前辈金石良言，晚辈自当凛遵。"那老者道："这吸星妖法临敌交战，虽然威力奇大，可是于修习者本身却亦大大有害，功行越深，为害越烈。少侠如能临崖勒马，尽弃所学妖术，自然最好不过，否则也当从此停止修习。"

令狐冲当日在孤山梅庄，便曾听任我行言道，习了"吸星大法"后有极大后患，要自己答允参与魔教，才将化解之法相传，其时自己曾予坚拒，此刻听这老者如此说，更信所言非虚，说道：

"前辈指教，晚辈决不敢忘。晚辈明知此术不正，也曾立意决不用以害人，只是身上既有此术，纵想不用，亦不可得。"

那老者点头道："据我所闻，确是如此。有一件事，要少侠行来，恐怕甚难，但英雄豪杰，须当为人之所不能为。少林寺有一项绝艺'易筋经'，少侠想来曾听见过。"

令狐冲道："正是。听说这是武林中至高无上的内功，即是少林派当今第一辈的高僧大师，也有未蒙传授的。"

那老者道："少侠这番率人前往少林，只怕此事不易善罢，不论哪一边得胜，双方都将损折无数高手，实非武林之福。老朽不才，愿意居间说项，请少林方丈慈悲为怀，将'易筋经'传于少侠，而少侠则向众人善为开导，就此散去，将一场大祸消弭于无形。少侠以为如何？"令狐冲道："然则被少林寺所拘的任氏小姐却又如何？"那老者道："任小姐杀害少林弟子四人，又在江湖上兴风作浪，为害人间。方证大师将她幽禁，决不是为了报复本派私怨，实是出于为江湖同道造福的菩萨心肠。少侠如此人品武功，岂无名门淑女为配？何必抛舍不下这个魔教妖女，以致坏了声名，自毁前程？"

令狐冲道："受人之恩，必当以报。前辈美意，晚辈衷心感激，却不敢奉命。"

那老者叹了口气，摇头道："少年人溺于美色，脂粉陷阱，原是难以自拔。"

令狐冲躬身道："晚辈告辞。"

那老者道："且慢。老朽和华山派虽少往来，但岳先生多少也要给老朽一点面子，你若依我所劝，老朽与少林寺方丈一同拍胸口担保，叫你重回华山派中。你信不信得过我？"

令狐冲不由得心动，重归华山原是他最大的心愿，这老者武功如此了得，听他言语，必是武当派中一位响当当的前辈脚色，他说可和方证方丈一同担保，相信必能办成此事。师父向来十分顾全同道的交谊，少林、武当是当今武林中最大的两个门派，这两派的头面人物出来说项，师父极难不卖这个面子。师父对自己向来情同父子，这次所以传书武林，将自己逐出门墙，自是因自己与向问天、盈盈等人结交，令师父无颜以对正派同道，但既有少林、武当两大掌门人出面，师父自然有了最好的交代。但自己回归华山，日夕和小师妹相见，却难道任由盈盈在少林寺后山阴寒的山洞之中受苦？想到此处，登时胸口热血上涌，说道："晚辈若不能将任小姐救出少林寺，枉自为人。此事不论成败若何，晚辈若还留得命在，必当上武当山真武观来，向冲虚道长和前辈叩谢。"

那老者叹了口气，说道："你不以性命为重，不以师门为重，不以声名前程为重，一意孤行，便是为了这个魔教妖女。将来她若对你负心，反脸害你，你也不怕后悔吗？"

令狐冲道："晚辈这条性命，是任小姐救的，将这条命还报了她，又有何足惜？"

那老者点头道："好，那你就去罢！"

令狐冲又躬身行礼，转身回向群豪，说道："走罢！"

桃实仙道："那老头儿跟你比剑，怎么没分胜败，便不比了？"适才二人比剑，确是胜败未分，只是那老者情知不敌，便即罢手，旁观众人都瞧不出其中关窍所在。

令狐冲道："这位前辈剑法极高，再斗下去，我也必占不到便宜，不如不打了。"

桃实仙道："你这就笨得很了。既然不分胜败，再打下去你就一定胜了。"令狐冲笑道："那也不见得。"桃实仙道："怎么不见得？这老头儿的年纪比你大得多，力气当然没你大，时候一长，自然是你占上风。"令狐冲还没回答，只听桃根仙道："为什么年纪大的，力气一定不大？"令狐冲登时省悟，桃谷六仙之中，桃根仙是大哥，桃实仙是六弟，桃实仙说年纪大的力气不大，桃根仙便不答应。

桃干仙道："如果年纪越小，力气越大，那么三岁孩儿力气最大了？"桃花仙道："这话不对，三岁孩儿力气最大这个'最'字，可用错了。两岁孩儿比他力气更大。"桃干仙道："你也错了，一岁

·926·

孩儿比两岁孩儿力气又要大些。"桃叶仙道:"还没出娘胎的胎儿,力气最大。"

　　群豪一路向北,到得河南境内,突然有两批豪士分从东西来会,共有二千余人,这么一来,总数已在四千以上。这四千余人晚上睡觉倒还罢了,不论草地树林、荒山野岭,都可倒头便睡,这吃饭喝酒却是极大麻烦。接连数日,都是将沿途城镇上的饭铺酒店,吃喝得锅镬俱烂,桌椅皆碎。群豪酒不醉,饭不饱,恼起上来,自是将一干饭铺酒店打得落花流水。

　　令狐冲眼见这些江湖豪客凶横暴戾,却也皆是义气极重的直性汉子,一旦少林寺不允释放盈盈,双方展开血战,势必惨不忍睹。他连日都在等待定闲、定逸两位师太的回音,只盼凭着她二人的金面,方证方丈释放盈盈,就可免去一场大厮杀的浩劫。屈指算来,距十二月十五日只差三日,离少林寺也已不过一百多里,却始终没得两位师太的回音。

　　这番江湖群豪北攻少林,大张旗鼓而来,早已远近知闻,对方却一直没任何动静,倒似有恃无恐一般。令狐冲和祖千秋、计无施等人谈起,均也颇感忧虑。

　　这晚群豪在一片旷野上露宿,四周都布了巡哨,以防敌人晚间突来偷袭。寒风凛冽,铅云低垂,似乎要下大雪。方圆数里的平野上,到处烧起了一堆堆柴火。这些豪士并无军令部勒,乌合之众聚在一起,但听得唱歌吆喝之声,震动四野。更有人挥刀比剑,斗拳摔角,吵嚷成一片。

　　令狐冲心想:"最好不让这些人真的到少林寺去。我何不先去向方证、方生两位大师相求?要是能接盈盈出来,岂不是天大的喜事?"想到此处,全身一热,但转念又想:"但若少林僧众对我一人动手,将我擒住甚或杀死,我死不足惜,但无人主持大局,群豪势必乱成一团,盈盈固然救不出来,这数千位血性朋友,说不定都会葬身于少室山上。我凭了一时血气之勇而误此大事,如何对得住众人？"

站起身来，放眼四望，但见一个个火堆烈焰上腾，火堆旁人头涌涌，心想："他们不负盈盈，我也不能负了他们。"

两日之后，群豪来到少室山上、少林寺外。这两日中，又有大批豪士来会。当日在五霸冈上聚会的豪杰如黄伯流、司马大、蓝凤凰等尽皆到来，九江白蛟帮史帮主带着"长江双飞鱼"也到了，还有许许多多是令狐冲从未见过的，少说也有五六千人众。数百面大皮鼓同时播起，蓬蓬之声，当真惊天动地。

群豪播鼓良久，不见有一名僧人出来。令狐冲道："止鼓！"号令传下，鼓声渐轻，终于慢慢止歇。令狐冲提一口气，朗声说道："晚辈令狐冲，会同江湖上一众朋友，前来拜访少林寺方丈。敬请赐予接见。"这几句话以充沛内力传送出去，声闻数里。

但寺中寂无声息，竟无半点回音。令狐冲又说了一遍，仍是无人应对。

令狐冲道："请祖兄奉上拜帖。"

祖千秋道："是。"持了事先预备好的拜盒，中藏自令狐冲以下群豪首领的名帖，来到少林寺大门之前，在门上轻叩数下，倾听寺中寂无声息，在门上轻轻一推，大门并未上闩，应手而开，向内望去，空荡荡地并无一人。他不敢擅自进内，回身向令狐冲禀报。

令狐冲武功虽高，处事却无阅历，更无统率群豪之才，遇到这等大出意料之外的情境，实不知如何是好，一时呆在当地，说不出话来。

桃根仙叫道："庙里的和尚都逃光了？咱们快冲进去，见到光头的便杀。"桃干仙道："你说和尚都逃光了，哪里还有光头的人给你来杀？"桃根仙道："尼姑不是光头的吗？"桃花仙道："和尚庙里，怎么会有尼姑？"桃根仙指着游迅，说道："这个人既不是和尚，也不是尼姑，却是光头。"桃干仙道："你为什么要杀他？"

计无施道："咱们进去瞧瞧如何？"令狐冲道："甚好，请计兄、老兄、祖兄、黄帮主四位陪同在下，进寺察看。请各位传下令去，约束属下弟兄，不得我的号令，谁也不许轻举妄动，不得对少林僧人有任何无礼的言行，亦不可毁损少室山上的一草一木。"桃枝仙道："当真拔一根草也不可以吗？"

令狐冲心下焦虑，挂念盈盈不知如何，大踏步向寺中走去。计无施等四人跟随其后。

进得山门，走上一道石级，过前院，经前殿，来到大雄宝殿，但见如来佛宝相庄严，地下和桌上却都积了一层薄薄的灰尘。祖千秋道："难道寺中僧人当真都逃光了？"令狐冲道："祖兄别说这个'逃'字。"

五个人静了下来，侧耳倾听，所听到的只是庙外数千豪杰的喧哗，庙中却无半点声息。

计无施低声道："得防少林僧布下机关埋伏，暗算咱们。"令狐冲心想："方证方丈、方生大师都是有道高僧，怎会行使诡计？但咱们这些旁门左道大举来攻，少林僧跟我们斗智不斗力，也非奇事。"眼见偌大一座少林寺竟无一个人影，心底隐隐感到一阵极大的恐惧，不知他们将如何对付盈盈。

五人眼观四路，耳听八方，一步步向内走去，穿过两重院子，到得后殿，突然之间，令狐冲和计无施同时停步，打个手势。老头子等一齐止步。令狐冲向西北角的一间厢房一指，轻轻掩将过去。老头子等跟着过去。随即听到厢房中传出一声极轻的呻吟。

令狐冲走到厢房之前，拔剑在手，伸手在房门上一推，身子侧在一旁，以防房中发出暗器。那房门呀的一声开了，房中又是一声低呻。令狐冲探头向房中看时，不由得大吃一惊，只见两位老尼躺在地下，侧面向外的正是定逸师太，眼见她脸无血色，双目紧闭，似已气绝身亡。他一个箭步抢了进去。祖千秋叫道："盟主，小心！"跟着进内。令狐冲绕过躺在地下的定逸师太身子，去看另一人时，果然便是恒山掌门定闲师太。

令狐冲俯身叫道："师太，师太。"定闲师太缓缓张开眼来，初时神色呆滞，但随即目光中闪过一丝喜色，嘴唇动了几动，却发不出声音。

令狐冲身子俯得更低，说道："是晚辈令狐冲。"

定闲师太嘴唇又动了几下，发出几下极低的声音，令狐冲只听到她说："你……你……你……"眼见她伤势十分沉重，一时不知如何才好。定闲师太运了口气，说道："你……你答允我……"令狐冲忙道："是，是。师太但有所命，令狐冲纵然粉身碎骨，也当为师太办到。"想到两位师太为了自己，只怕要双双命丧少林寺中，不由得泪水直滚而下。

定闲师太低声说道："你……你一定能答允……答允我？"令狐冲道："一定能够答允！"定闲师太眼中又闪过一道喜悦的光芒，说道："你……你答允接掌……接掌恒山派门户……"说了这几个字，已是上气不接下气。

令狐冲大吃一惊，说道："晚辈是男子之身，不能作贵派掌门。不过师太放心，贵派不论有何艰巨危难，晚辈自当尽力担当。"

定闲师太缓缓摇了摇头，说道："不，不是。我……我传你令狐冲，为恒山派……恒山派掌门人，你若……你若不答应，我死……死不瞑目。"

祖千秋等四人站在令狐冲身后，面面相觑，均觉定闲师太这遗命太也匪夷所思。

令狐冲心神大乱，只觉这实在是件天大的难事，但眼见定闲师太命在顷刻，心头热血上涌，说道："好，晚辈答应师太便是。"

定闲师太嘴角露出微笑，低声道："多……多谢！恒山派门下数百弟……弟子，今后都要累……累你令狐少侠了。"

令狐冲又惊又怒，又是伤心，说道："少林寺如此不讲情理，何以竟对两位师太痛下毒手，晚辈……"只见定闲师太将头一侧，闭上了眼睛。令狐冲大惊，伸手去探她鼻息时，已然气绝。他心中伤痛，回身去摸了摸定逸师太的手，着手冰凉，已死去多时，心中一阵愤激难过，忍不住痛哭失声。

老头子道："令狐公子，咱们必当为两位师太报仇。少林寺的秃驴逃得一个不剩，咱们一把火将少林寺烧了。"令狐冲悲愤填膺，拍腿道："正是！咱们一把火将少林寺烧了。"

计无施忙道："不行！不行！倘若圣姑仍然囚在寺中，岂不烧死了她？"令狐冲登时恍然，背上出了一阵冷汗，说道："我鲁莽胡涂，若不是计兄提醒，险些误了大事。眼前该当如何？"计无施道："少林寺千房百舍，咱们五人难以遍查，请盟主传下号令，召唤二百位弟兄进寺搜查。"令狐冲道："对，便请计兄出去召人。"计无施道："是！"转身出外。祖千秋叫道："可千万别让桃谷六怪进来。"

令狐冲将两位师太的尸身扶起，放在禅床之上，跪下磕了几个头，心下默祝："弟子必当尽力，为两位师太报仇雪恨，光大恒山派门户，以慰师太在天之灵。"站起身来，察看二人尸身上的伤痕，不见有何创伤，亦无血迹，却不便揭开二人衣衫详查，料想是中了少林派高手的内功掌力，受内伤而亡。

只听得脚步声响，二百名豪士涌将进来，分往各处查察。

忽听得门外有人说道："令狐冲不让我们进来，我们偏要进来，他又有什么法子？"正是桃枝仙的声音。令狐冲眉头一皱，装作没有听见。只听桃干仙道："来到名闻天下的少林寺，不进来逛逛，岂不冤枉？"桃叶仙道："进了少林寺，没见到名闻天下的少林和尚，那更加冤枉。"桃枝仙道："见不到少林寺和尚，便不能跟名闻天下的少林派武功较量较量，那可冤枉透顶，无以复加了。"桃花仙道："大名鼎鼎的少林寺中，居然看不到一个和尚，真是奇哉怪也。"桃实仙道："没一个和尚，倒也不奇，奇在却有两个尼姑。"桃根仙道："有两个尼姑，倒也不奇，奇在两个尼姑不但是老的，而且是死的。"六兄弟各说各的，走向后院。

令狐冲和祖千秋、老头子、黄伯流三人走出厢房，带上了房门。但见群豪东来彼往，在少林寺中到处搜查。过得一会，便有人不断来报，说道寺中和尚固然没有一个，就是厨子杂工，也都不知去向。有人报道：寺中藏经、簿籍、用具都已移去，连碗盏也没一只。有人报道：寺中柴米油盐，空无所有，连菜园中所种的蔬菜也拔得干干净净。

令狐冲每听一人禀报，心头便低沉一分，寻思："少林寺僧人布置得如此周详，甚至青菜也不留下一条，自然早将盈盈移往别处。天下如此之大，却到哪里去找？"

不到一个时辰，二百名豪士已将少林寺的千房百舍都搜了个遍，即令神像座底，匾额背后，也都查过了，便一张纸片也没找到。有人得意洋洋的说道："少林派是武林中第一名门大派，一听到咱们来到，竟然逃之夭夭，那是千百年来从所未有之事。"有人说道："咱们这一下大显威风，从此武林中人，再也不敢小觑了咱们。"有人却道："赶跑少林寺和尚固然威风，可是圣姑呢？咱们是来接圣姑，却不是来赶和尚的。"群豪均觉有理，有的垂头丧气，有的望着令狐冲听他示下。

令狐冲道："此事大出意料之外，谁也想不到少林僧人竟会舍寺而去。眼前之事如何办理，在下可没了主意。一人计短，二人计长，还请众位各抒高见。"

黄伯流道："依属下之见，找圣姑难，找少林僧易。少林寺僧众不下千人，这些人总不会躲将起来，永不露面。咱们找到了少林僧，着落在他们身上，说出圣姑芳驾的所在。"祖千秋道："黄帮主之言不错。咱们便住在这少林寺中，难道少林派弟子竟会舍得这千百年的基业，任由咱们占住？只要他们想来夺回此寺，便可向他们打听圣姑的下落了。"有人道："打听圣姑的下落？他们又怎肯说？"老头子道："所谓打听，只是说得客气些而已，其实便是逼供。所以啊，咱们见到少林僧，须得只擒不杀，但教能捉得十个八个来，还怕他们不说吗？"又一人道："要是这些和尚倔强到底，偏偏不说，那又如何？"

老头子道："那倒容易。请蓝教主放些神龙、神物在他们身上，怕他们不吐露真相？"众人点头称是。大家均知所谓"蓝教主的神龙、神物"，便是五毒教教主蓝凤凰的毒蛇、毒虫，这些毒物放在人身，咬啮起来，可比任何苦刑都更厉害。蓝凤凰微微一笑，说道："少林寺和尚久经修练，我的神龙、神物制他们不了，也未可知。"

令狐冲却想："如此滥施刑罚，倒也不必。咱们却只管尽量捉拿少林僧人，捉到一百个后，以百换一，他们总得释放盈盈了。"

突然间一个粗鲁的声音说道："这半天没吃肉，可饿坏我了。偏生庙里没和尚，否则捉个细皮白肉的和尚蒸他一蒸，倒也妙得很！"说话之人身材高大，正是"漠北双熊"中的大个子白熊。群豪知他和另一个和尚黑熊都爱吃人肉，他这几句话虽然听来令人作呕，但来到少室山上已有好几个时辰，无饮无食，均感饥渴，有的肚子中已咕咕咕的响了起来。

黄伯流道："少林派使的是坚什么清什么之计。"祖千秋道："坚壁清野。"黄伯流道："正是。他们盼望咱们在寺中挨不住，就此乖乖的退下山去，天下哪有这么容易的事？"

令狐冲道："不知黄帮主有什么高见？"黄伯流道："咱们一面派遣弟兄，下山打探少林僧的去向，一面派人采办粮食，大伙儿便在寺中守……什么待兔，以便大和尚们自投……自投什么网。"这位黄帮主爱用成语，只是不大记得清楚，用起来也往往并不贴切。

令狐冲道："这个甚是。便请黄帮主传下令去，派遣五百位精明干练的弟兄们下山，打听到少林僧众的下落。采购粮食之事，也请黄帮主一手办理。"黄伯流答应了，转身出去。蓝凤凰笑道："黄帮主可得赶着办，要不然白熊、黑熊两位饿得狠了，什么东西都会吃下肚去。"黄伯流笑道："老朽理会得。但漠北双熊就算饿瘪了肚子，也不敢碰蓝教主的一根手指头儿。"

祖千秋道："寺中和尚是走清光的了，请各位朋友辛苦一番，再到各处瞧瞧，且看有何异状，说不定能找到什么线索。"群豪轰然答应，又到各处察看。

令狐冲坐在大雄宝殿的一个蒲团之上，眼见如来佛像宝相庄严，脸上一副怜悯慈悲的神情，心想："方证方丈果然是有道高僧，得知我们大举而来，宁可自堕少林派威名，也不愿率众出战，终于避开了这场大杀戮、大流血的浩劫。但他们何以又将定闲、定逸两位师太害死？料想害死两位师太的，多半是寺中的凶悍僧人，决非出于方丈大师之意。我当体念方证大师的善意，不可去找少林僧人为难，须得另行设法相救盈盈才是。"

突然之间，一阵朔风从门中直卷进来，吹得神座前的帷子扬了起来，风势猛烈，香炉中的香灰飞得满殿都是。令狐冲步到殿口，只见天上密云如铅，北风甚紧，心想："这早晚便要下大雪了。"心中刚转过这个念头，半空已有一片片雪花飘下，又忖："天寒地冻，不知盈盈身上可有寒衣？少林派人多势众，部署又如此周密。咱们这些人都是一勇之夫，要想救盈盈出来，只怕是千难万难了。"负手背后，在殿前长廊上走来走去，一片片细碎的雪花飘在头上、脸上、衣上、手上，迅即融化。

又想："定闲师太临死之时，受伤虽重，神智仍很清醒，丝毫无迷乱之象，她却何以要我去当恒山派的掌门？恒山派门下没一个男人，听说上一辈的掌门人也都是女尼，我一个大男人怎能当恒山派掌门？这话传将出去，岂不教江湖上好汉都笑掉了下巴？哼，我既已答允了她，大丈夫岂能食言？我行我素，旁人耻笑，又理他怎地？"想到此处，胸中豪气顿生。

忽听得半山隐隐传来一阵喊声，过不多时，寺外的群豪都喧哗起来。令狐冲心头一惊，抢出寺门，只见黄伯流满脸鲜血，奔将过来，肩上中了一枝箭，箭杆兀自不住颤动，叫道："盟主，敌……敌人把守了下山的道路，咱们这……这可是自投那个网了。"令狐冲惊道："是少林寺僧人吗？"黄伯流道："不是和尚，是俗家人，他奶奶的，咱们下山没够三里，便给一阵急箭射了回来，死了十几名弟兄，伤的怕有七八十人，那真是全军覆没了。"

只见数百人狼狈退回，中箭的着实不少。群豪喊声如雷，都要冲下去决一死战。

令狐冲又问："敌人是什么门派，黄帮主可瞧出些端倪么？"

黄伯流道："我们没能跟敌人近斗，他奶奶的，弓箭厉害得很，还没瞧清楚这些王八蛋的模样，一枝枝箭便射了过来。当真是远交近攻，箭无虚发。"

祖千秋道："看来少林派是故意布下陷阱，乃是个瓮中捉鳖之计。"老头子道："什么瓮中捉鳖？岂不自长敌人志气，灭自己威风？这是个……这是个诱敌深入之计。"祖千秋道："好，就算是诱敌深入，咱们来都来了，还有什么可说的？这些和尚要将咱们都活生生的饿死在这少室山上。"

白熊大声叫道："哪一个跟我冲下去杀了这些王八蛋？"登时有千余人轰然答应。

令狐冲道："且慢！对方弓箭了得，咱们须得想个对付之策，免得枉自损伤。"计无施道："这和尚庙中别的没有，蒲团倒有数千个之多。"这一言提醒了众人，都道："当作盾牌，当真是再好不过。"当下便有数百人冲入寺中，搬了许多蒲团出来。

令狐冲叫道："以此挡箭，大伙儿便冲下山去。"计无施道："盟主，下山之后在何处聚会，以后作何打算，如何设法搭救圣姑，现下都须先作安排。"令狐冲道："正是。你瞧我临事毫无主张，哪里能作什么盟主？我想下山之后，大伙儿暂且散归原地，各自分别访查圣姑的下落，互通声气，再定救援之策。"

计无施道："那也只好如此。"当即将令狐冲之意大声说了。

那吃人肉的和尚黑熊叫道："少林寺的秃驴们如此可恶，大伙儿把这鬼庙一把火烧了，再冲下去，跟他们拼个死活。"他自己也是和尚，但骂人"秃驴"，却也毫无避忌。群豪轰然叫好。令狐冲连连摇手，说道："圣姑眼下还受他们所制，大家可鲁莽不得，免得圣姑吃了眼前亏。"众人一想不错，都道："好，那就便宜了他们。"

令狐冲道："计兄，如何分批冲杀，请你分派。"

计无施见令狐冲确无统率群豪以应巨变之才，便也当仁不让，朗声说道："众位朋友听了，盟主有令，大伙儿分为八路下山，东南西北四路，东南、西南、东北、西北又是四路。咱们只求突围而出，却也不须多所杀伤。"当下分派各帮各派，从哪一方下山，每一路或五六百人，或七八百人不等。

计无施道："正南方是上山的大路，想必敌人最多，盟主，咱们先从正南下山，牵制敌人，好让其余各路兄弟从容突围。"令狐冲拔剑在手，也不持蒲团，大踏步便向山下奔去。

群豪齐声呐喊，分从八方冲下山去。上山的道路本无八条之多，众人奔跃而前，初时还分八路，到后来漫山遍野，蜂涌而下。

令狐冲奔出数里，便听得几声锣响，前面树林中一阵箭雨，急射而至。他使开独孤九剑中的"破箭式"，拨挑拍打，将迎面射来的羽箭一一拨开，脚下丝毫不停，向前冲去。

忽听得身后有人"啊"的一声，却是蓝凤凰左腿、左肩同时中箭，倒在地下。令狐冲急忙转身，将她扶起，说道："我护着你下山。"蓝凤凰道："你别管我，你……你……自己下山要紧。"这时羽箭仍如飞蝗般攒射而至，令狐冲信手挥洒，尽数挡开，却见四下里群豪纷纷中箭倒地。

令狐冲左手揽住了蓝凤凰，向山下奔去，羽箭射来，便挥剑拨开。只觉来箭势道劲急，发箭之人都是武功高强，来箭又是极密，以致群豪手中虽有蒲团，却也难以尽数挡开，中箭之人越来越多。令狐冲一时拿不定主意，该当冲下山去，还是回去接应众人。

计无施叫道："盟主，敌人弓箭厉害，弟兄们冲不下去，伤亡已众，还是叫大伙儿暂且退回，再作计较。"

令狐冲早知败势已成，若给对方冲杀上来，更加不可收拾，当下纵声叫道："大伙儿退回少林寺！大伙儿退回少林寺！"他内力充沛，这一叫喊，虽在数千人高呼酣战之时，仍是四处皆闻。计无施、祖千秋等数十人齐声呼唤："盟主有令，大伙儿退回少林寺。"

群豪听得呼声，陆续退回。

少林寺前但闻一片咒骂声、呻吟声、叫唤声，地下东一滩，西一片，尽是鲜血。计无施传下号令，命八百名完好无伤之人分为八队，守住了八方，以防敌人冲击。来到少林寺的数千人众，其中约有半数分属门派帮会，各有统属，还守规矩号令，其余二千余人却皆是乌合之众，这一仗败了下来，更是乱成一团，各说各的，谁都不知下一步该当如何。

令狐冲道："大伙儿快去替受伤的弟兄们敷药救治。"心想："可惜恒山派的女弟子们不在山上，缺了治伤的灵药。"又想："倘若恒山派众人在此，是帮我呢，还是帮他们正教各派？嗯，两位师太被害，恒山派众弟子一定帮我。"

耳听得群豪仍是喧扰不已，不由得心乱如麻，倘若是他独自一人被困山上，早已冲了下去，死也好，活也好，也不放在心上，但自己是这群人的首领，这数千人的生死安危，全在自己一念之间，偏生束手无策，这可真为难了。

眼见天色将暮，突然间山腰里擂起鼓来，喊声大作。令狐冲拔出长剑，抢到路口。群豪也是各执兵刃，要和敌人决一死战。只听得鼓声越敲越响，敌人却并不冲上。

过了一会，鼓声同时止歇，群豪纷纷论议："鼓声停了，要上来了。""冲上来倒好，便杀他们一个落花流水，免得在这里等死。""他奶奶的，这些王八蛋便是要咱们在这里饿死、渴死。""龟儿子不上来，咱们便冲下去。""只要冲得下去，那还用你多说？"

计无施悄声对令狐冲道："咱们今晚要是不能脱困，再饿得一日一晚，大伙儿可无力再战了。"令狐冲道："不错。咱们挑选二三百位武功高强的朋友开路，黑夜中敌人射箭没准头，只消打乱了敌人的阵脚，大家便可一涌而下。"计无施道："也只有如此。"

便在此时，山腰里鼓声响起，跟着便有百余名头缠白布之人冲上山来。群豪大声呼喝，涌上去接战。但攻上来的这一百余人只斗得片刻，一声呼哨，便都退下山去。群豪放下兵刃休息。跟着鼓声又起，另有一批头缠白布之人攻上山来，杀了一阵，又即退去。敌人虽退，擂鼓声、呐喊声此伏彼起，始终不息。

计无施道："盟主，敌人使的显是疲兵之计，要扰得咱们难以休息。"令狐冲道："正是。请计兄安排。"计无施传下令去，若再有敌人冲上，只由把守山口的数百人接战，余人只管休息，不可理会。祖千秋道："在下倒有个计较，咱们选定三百名好手，等到半夜，敌人再来进攻，这三百人便乘势冲下。一入敌阵混战，王八羔子们便不能放箭，大伙儿就乘势下山。为今之计，只有先搅得天下大乱，才能乘乱脱身。"令狐冲道："极好，请祖兄去分别挑选，嘱咐众朋友，只待势头一乱，便即猛冲。"

不到半个时辰，祖千秋回报三百人已挑选定当，都是江湖上的一流好手，以此精锐奋力下冲，敌人纵有数千人列队拦阻，也未必挡得住这三百头猛虎。令狐冲精神一振，跟着祖千秋走到西首山边，只见那三百人一行，排得整整齐齐，便道："众位请坐下稍息，待到天色全黑，大伙儿下去决个死战。"群豪轰然答应。

这时候雪下得更大了，雪花一大片一大片的飘将下来，地下已积了薄薄的一层，群豪头上、衣上都飘满了雪花。寺中所有水缸固已倒得滴水不存，连水井也都用泥土填满。各人抓起地下积雪，捏成一团，送入口中解渴。天色越来越黑，到后来即是两人相对，面目也已模糊。祖千秋道："幸好今晚下雪，否则刚好十五，月光可亮得很呢。"

突然之间，四下里万籁无声。少林寺寺内寺外聚集豪士数千之众，少室山自山腰以至山脚，正教中人至少也有二三千人，竟不约而同的谁都没有出声，便有人想说话的，也为这寂静的气氛所慑，话到嘴边都缩了回去，似乎只听到雪花落在树叶和丛草之上，发出轻柔异常的声音。令狐冲心中忽想："小师妹这时候不知在干什么？"

蓦地里山腰间传上来一阵呜呜呜的号角声，跟着四面八方喊声大作。这一次敌人似是乘黑全力进攻，再不如适才那般虚张声势。

令狐冲长剑一挥，低声道："冲！"向西北方的山道抢先奔下，计无施、祖千秋、田伯光、漠北双熊，以及那三百名精选的豪士跟着冲了下去。

三百余人一路冲下，前途均无阻拦。奔出里许后，祖千秋取出一枚大炮仗，晃火折点燃了，砰的一声响，射入半空，跟着火光一闪，拍的一声巨响，炸了开来。这是通知山上群豪的讯号，寺中群豪也即杀出。

令狐冲正奔之际，忽觉脚底一痛，踹着了一枚尖钉，心知不妙，急忙提气上跃，落在一株树上，只听得祖千秋等纷纷叫了起来："啊哟，不好，地下有鬼！"各人脚底都踹到了耸起的尖钉，有的尖钉直穿过脚背，痛不可当。数十人继续奋勇下冲，突然啊啊大叫，跌入一个大陷坑中，树丛中伸出十几枝长枪，往坑中戳去，一时惨呼之声，响遍山野。

计无施叫道："盟主快传号令，退回山上！"

令狐冲眼见这等情势，显然正教门派在山下布满了陷阱，若再贸然下冲，非全军覆没不可，当即纵声高叫道："大伙儿退回少林寺！大伙儿退回少林寺！"

他从一株树顶跃到另一株树顶，将到陷坑之边，长剑下掠，刺倒了三名长枪手，纵身下地，落在一名长枪手身边，料想此人立足处必无尖钉，霎时间刺倒了七八人。其余的长枪手发一声喊，四下退走。落在陷坑中的四十余人才一一跃起，但已有十余人丧身坑中。群豪望出去漆黑一片，地下虽有积雪反光，却不知何处布有陷阱，各人垂头丧气，一跛一拐的回到山上，幸好敌人并不乘势来追。

群豪回入寺中，在灯烛光下检视伤势，十人中倒有九人的足底给刺得鲜血淋漓，人人破口大骂，显然对方这几个时辰中擂鼓呐喊，乃是遮掩在山腰里挖坑布钉的声音。这些铁钉长达一尺，有七寸埋在土中，三寸露在地面，钉头十分尖利，若是满山都布满了，怕不有数十万枚？这许多利钉当然是事先预备好了的，敌人如此处心积虑，群豪中凡是稍有见识的，思之无不骇然。

计无施将令狐冲拉在一边，悄声说道："令狐公子，大伙儿要一齐全身而退，势已万万不能。咱们日思夜想，只是盼望救圣姑脱险，这件大事，只好请公子独力承担了。"

令狐冲惊道："你……你……是什么意思？"

计无施道："我自然知道公子义薄云天，决不肯舍众独行。但人人在此就义，将来由谁来为大伙儿报此大仇？圣姑困于苦狱，又有谁去救她重出生天？"

令狐冲嘿嘿一笑，说道："原来计兄要我独自下山逃命，此事再也休提。大伙儿死就死了，又怎能理会得这许多？世人有谁不死？咱们一起死了，圣姑困在狱中，将来也就死了。正教门派今日虽然得胜，过得数十年，他们还不是一个个都死了？胜负之分，也不过早死迟死之别而已。"

计无施眼见劝他不听，情知多说也是无用，但如今晚不乘黑逃走，明日天一亮，敌人大举来攻，那可再也没有脱身之机了，不由得摊手长叹。

忽听得几个人嘻嘻哈哈的大笑，越笑越是欢畅。群豪大败之余，坐困寺中，性命便在旦夕之间，居然还有人笑得这么开心，令狐冲和计无施一听，便知桃谷六仙，均想："世上也只有这六个怪物，死到临头，还能如此嘻笑。"

只听桃谷六仙中一人说道："天下竟有这样的傻子！把好好一双脚，踏到铁钉上去，哈哈哈，真笑死我也。"另一人道："你们这些笨蛋，定是要试试到底脚板厉害，还是铁钉了得，哈哈，铁钉穿足，味道可舒服得很罢？"又一人笑道："你们要尝尝铁钉穿足的滋味，何不用个大铁锤，将铁钉从脚背上自己锤下去？哈哈哈，嘿嘿嘿，呵呵呵。"六兄弟笑得上气不接下气，似乎天下滑稽之事，莫过于此。

群豪被铁钉穿足的，本已痛得叫苦连天，偏生有如此不识趣之人在旁嘲笑，无不破口大骂。可是和桃谷六仙对骂，那是艰难无比之事，每一句话他都要和你辩个明白。你骂他"直娘贼"，他就问你为什么是"直娘"而不是"弯娘"；你骂他"王八蛋"，他就苦苦追问为何不是"王七蛋、王九蛋",而定要"王八蛋"。

一时殿上嘈声四起,有人抄起兵刃,便要动手。

令狐冲眼见事情闹得不可收拾,突然叫道:"咦,这是什么东西?有趣啊有趣,古怪之极了!"桃谷六仙一听,一齐奔了过来,问道:"什么东西如此有趣?"令狐冲道:"我瞧见六只老鼠咬住一只猫,从这里奔了过去。"桃谷六仙大喜,都道:"老鼠咬猫,我们可从来没有见过。走向哪里去了?"令狐冲随手一指,道:"向那边过去了。"桃根仙拉住他手腕,道:"去,去!大伙儿都去瞧瞧。"群豪知道令狐冲绕弯儿骂他们是六只老鼠,他们居然信以为真,都纵声大笑。桃谷六仙却簇拥着令狐冲,径向后殿奔去。

令狐冲笑道:"咦!那不是吗?"桃实仙道:"我怎地没瞧见?"令狐冲有意将他们远远引开,免得和群豪争闹相斗,当下信手乱指,七人越走越远。

桃干仙砰的一声,推开一间偏殿之门,里面黑漆漆地一无所见。令狐冲笑道:"啊哟,六只老鼠抬了一只大猫,钻进洞里去啦。"桃根仙道:"你可别骗人。"晃亮火折,但见房中空荡荡地一无所有,只一尊菩萨石像面壁而坐。

桃根仙过去点燃了供桌上的油灯,说道:"哪里有洞?咱把老鼠赶出来。"拿了油灯四下照看,却一个洞穴也没有。

桃枝仙道:"只怕是在菩萨的背后?"桃干仙道:"菩萨的背后,就是咱们七人,难道咱们是老鼠么?"桃枝仙道:"菩萨对着墙壁,他的背后,就是前面。"桃干仙道:"你明明说错了,偏不承认!背后怎么会就是前面?"桃花仙道:"是背后也好,前面也好,咱们拉开来瞧瞧。"桃叶仙、桃实仙齐道:"正是。"三人伸手便去拉动石像。

令狐冲叫道:"使不得,这是达摩老祖。"他知达摩老祖乃少林寺的祖师,少林寺武学领袖群伦,历千余年而不衰,便是自达摩老祖一脉相承。达摩当年曾面壁九年,终于大彻大悟,因此寺中所供奉的达摩像,也是面向墙壁。达摩老祖又是中土禅宗之祖,不论在武林或在佛教，地位均甚尊崇。此番来到少林寺，群豪均遵从他的告诫，对寺中各物并无损毁，这达摩老祖的石像，决不可对之稍有轻侮。

但桃花仙等野性已发，哪去理会令狐冲的呼唤，三人一齐使劲，力逾千斤，只听得轧轧连声，已将达摩石像扳了转来。突然之间，七人齐声大叫，只见眼前一块铁板缓缓升起，露出了一个大洞。铁板的机括日久生锈，纠结甚固，在桃花仙等三人的大力拉扯之下，发出叽叽格格之声，闻之耳刺牙酸。

桃枝仙叫道："果然有个洞！"桃根仙道："去瞧瞧六只老鼠抬猫。"头一低，已从洞中钻了进去。桃干仙等五人谁肯落后，纷纷钻进。洞内似乎极大，六人进去之后，但听得脚步之声。但片刻之间，六人哇哇叫喊，又奔了出来。桃枝仙叫道："里面黑漆漆地，深不见底。"桃叶仙道："既是黑漆漆地，又怎知一定很深？说不定再走几步，便到了尽头呢。"桃枝仙道："你既知再走几步便到尽头，干么不再走几步，以便知道尽头所在？"桃叶仙道："我说的是'说不定'，却不是'一定'。'说不定'与'一定'之间，大有分别。"桃枝仙道："你既知是'说不定'，又何必多说？"桃根仙道："吵什么？快点两根火把，进去瞧瞧。"桃实仙道："为什么只点两根，点三根不可以？"桃花仙道："既然点得三根，为什么便点不得四根？"

六人口中不停，手下却也十分迅捷，顷刻间已扳下桌腿，点起了四根火把，六人你争我夺，抢了火把，钻入洞中。

令狐冲寻思："瞧这模样，分明是少林寺的一条秘密地道。当日我在孤山梅庄被困，也是经过一条长长的地道。看来盈盈便是囚在其中。"思念及此，一颗心怦怦大跳，当即钻入洞中，加快脚步，追上桃谷六仙。这地道甚是宽敞，与梅庄地道的狭隘潮湿全然不同，只是洞中霉气甚重，呼吸不畅。

桃实仙道："那六只老鼠还是不见？只怕不是钻到这洞里来的。咱们回去罢，到别的地方找找。"桃干仙道："到了尽头再回去，也还不迟。"

六人又行一阵，突然间呼的一声响，半空中一根禅杖当头直击下来。桃花仙走在最前，急忙后跃，重重撞在桃实仙胸前。只见一名僧人手执禅杖，迅速闪入右边山壁之中。桃花仙大怒，喝道："你奶奶的，贼秃驴，却躲在这里暗算老爷。"伸手往山壁中抓去，呼的一声响，左边山壁中又有一条禅杖击了出来。这一杖将桃花仙的退路尽数封死，他无可退避，只得向前纵出，左足刚落地，右侧又有一条禅杖飞出。

这时令狐冲已看得清楚，使禅杖的并非活人，乃是机括操纵的铁人，只是装置得极妙，只要有人踏中了地下机括，便有禅杖击出，而且进退呼应，每一杖都是极精妙厉害之着。桃花仙抽出短铁棒挡架，当的一声大响，短铁棒登时给震得脱手飞出。

桃花仙叫声"啊哟"，着地滚倒，又有一柄铁禅杖搂头击落。桃根仙、桃枝仙各抽短铁棒，抢过去相救兄弟，双棒齐上，这才挡住。但一杖甫过，二杖又至，桃干仙、桃叶仙、桃实仙三人扑将进去。五根短铁棒使开，与两壁不断击到的禅杖斗了起来。

使禅杖的铁和尚虽是死物，但当时装置之人却是心思机灵之极的大匠，若非本人身具少林绝艺，便是有少林高僧在旁指点，是以这些铁和尚每一杖击出，尽属妙着，更有一桩极厉害处，铁和尚的手臂和禅杖均系镔铁所铸，近百斤的重量再加机括牵引，下击力道之强，不逊大力高手。桃谷六仙武功虽强，可是短铁棒实在太短，难以挡架禅杖的撞击。六兄弟叫苦连天，只想退出，后路呼呼风响，尽是禅杖影子，但每向前踏出一步，又增添了几个铁和尚参与夹击。

令狐冲眼见势危，又看出这些铁和尚招数固然极精，每一招中均具极大破绽，当即抽出长剑，刺向两个铁和尚的手腕，当当两声，剑尖都刺中铁和尚的手腕穴道，火花微溅，长剑却弹了转来。便在此时，猛听得桃根仙一声大叫，已被禅杖击中，倒在地下。令狐冲本已心下惊惶，这一来神智更乱，眼见禅杖晃动，想也不想，又是两剑刺出，铮铮两声，仍是刺中了铁和尚的要害，但这两下剑术中的至精至妙之着，只刮去了铁和尚胸口和小腹上的一些铁锈，头顶风响，一杖罩将下来。令狐冲大惊，踏前闪避，左前方又有一杖击到。

蓦地里眼前一黑，接着什么也看不到了。原来桃谷六仙携入四根火把，抢前接战铁和尚时都抛在地下，这些火把是燃着的桌脚，横持在手时可以烧着，一抛落地，不久便即熄灭。令狐冲抢上之时，已有三根火把熄灭，避得几杖时连第四根火把也熄灭了。他目不见物，登时手足无措，接着左肩一阵剧痛，俯跌了下去，但听得"啊哟！""哼！""我的妈啊！"喊叫连连，桃谷六仙一一都被击倒。

令狐冲俯伏在地，只听得背后呼呼风响，尽是禅杖扫掠之声，便如身在梦魇之中，心下惶怖已达极点，却是全然的无能为力。但不久风声渐轻，叽叽格格之声不绝，似是各个铁和尚回归了原位。

忽然间眼前一亮，有人叫道："令狐公子，你在这里么？"令狐冲大喜，叫道："我……我在这里……"伏在地下，不敢稍动，脚步声响，几个人走了进来，听得计无施"咦"的一声，甚是惊奇。令狐冲道："别……别过来……机关……机关厉害得紧。"

计无施等久候令狐冲不归，心下挂念，十余人一路寻将过来，在达摩堂中发现了地道的入口，眼见令狐冲和桃谷六仙横卧于地，身上尽是鲜血，无不骇然。祖千秋叫道："令狐公子，你怎么了？"令狐冲道："站住别动，一动便触发了机关。"祖千秋道："是！我用软鞭拖你们出来可好？"令狐冲道："最好不过！"祖千秋软鞭甩出，卷住桃枝仙的左足，将他着地拖出。

桃枝仙躺在地道的最外处，祖千秋将他拉了出来，这才用软鞭卷住令狐冲右足，叫声："得罪了！"又将他拉出。如此陆续将余下桃谷五仙都拉了出来，并未触动机括，那些装在两壁的铁和尚也就没再跃出伤人。

令狐冲摇摇晃晃的站起，忙去察看桃谷六仙。六人肩头、背上都被禅杖击伤，幸好六人皮粗肉厚，又以深厚内力相抗，受的都只是皮肉之伤。

桃根仙便即吹牛："这些铁做的和尚好生厉害，可都教桃谷六仙给破了。"桃花仙觉得不便尽居其功，说道："令狐公子也有一点功劳，只不过功劳及不上我六兄弟而已。"令狐冲强忍肩头疼痛，笑道："这个自然，谁又及得上桃谷六仙了？"

祖千秋问道："令狐公子，到底是怎么一会事？"令狐冲将情形简略说了，说道："多半圣姑便给囚在其内。咱们怎生想个计较，将这些铁和尚破了？"祖千秋向桃谷六仙瞧了一眼，道："原来铁和尚还没破去。"

桃干仙道："要破铁和尚，又有何难？我们只不过一时还不想出手而已。"桃实仙道："是啊，桃谷六仙所到之处，无坚不摧，无敌不克。"计无施道："不知这些铁和尚到底怎样厉害法，请桃谷六仙再冲进去引动机括，让大伙儿开开眼界如何？"

桃谷六仙适才吃过苦头，哪肯再上前去领略那铁杖飞舞、无处可避的困境。桃干仙道："众位，猫捉老鼠，大家都见过了，可是老鼠咬猫，有人见过没有？"桃叶仙道："我们七个人，适才便见了，当真是大开眼界，从来没见过。"他六兄弟另有一项绝技，遇上难题无法对答，便即顾左右而言他，扯开话题。

令狐冲道："请哪一位去搬几块大石来，都须一二百斤的。"当下便有三人外出，搬了三块大石进来，都是少林寺庭院中的假山石笋。令狐冲端起一块，运起内力，着地滚去。只听得轰隆隆一声响，引发机括，两壁轧轧连声，铁和尚一个个闪将出来，眼前杖影晃动，呼呼风声不绝，一柄柄铁杖横扫竖击，过了良久，一个个铁和尚才缩回石壁。

群豪只瞧得目眩神驰，拆舌不下。

计无施道："公子，这些铁和尚有机括牵引，机括之力有时而尽，须得以绞盘绞紧机簧铁链，铁人方能再动。只须再用大石滚动几次，机簧力道一尽，铁和尚便不能动了。"

令狐冲急于要救盈盈脱险，说道："我看铁和尚出杖之势毫不缓慢，不知要再舞几次，机簧力道方尽，再试得七八次，天也亮了。哪一位兄长有宝刀宝剑，请借来一用。"

当即有人越众而前，拔刀出鞘，道："盟主，在下这口兵刃颇为锋利。"令狐冲见那人高鼻深目，颔下一部黄须，似是西域人氏。接过那口刀来，果然冷气森森，大非寻常，说道："多谢了！要借兄长宝刀，去削铁人，若有损伤莫怪。"那人笑道："为接圣姑，大伙儿性命尚且不惜，刀剑是身外之物，何足道哉。"

令狐冲点点头，向前踏出。桃谷六仙齐叫："小心！"令狐冲又踏出两步，呼的一声，一柄禅杖当头击下。这招式他已是第三次见到，毫不思索的举刀一挥，嗤的一声，铁和尚右腕应声而断，铁手和铁杖掉在地下。令狐冲赞道："好宝刀！"

他初时尚恐这口刀不够锋利，不能一举削断铁和尚的手腕，待见此刀削铁如泥，登时精神大振，刷刷两声，又已削断了两只铁和尚的手腕。他以刀作剑，所使的全是"独孤九剑"中的招数。铁和尚不绝从两壁进攻，但手腕一断，禅杖跌落，两只手臂虽仍上下左右的不绝挥舞，但既无禅杖，也就全无威胁之力了。令狐冲眼见越向前行，铁和尚所出的招数越是精妙，心下暗暗佩服，但毕竟是铁铸的死物，一招既出，破绽大露，手腕一断之后，机括虽仍不住作响，却全成废物了。

群豪高举火把跟随，替他照明，削断了百余只铁手之后，石壁中再无铁和尚跃出。有人一数，铁和尚共是一百零八名。群豪在地道中齐声欢呼，震得人人耳中嗡嗡作响。

令狐冲亟盼及早见到盈盈，接过一个火把，抢前而行，一路上小心翼翼，生恐又触上什么机关，地道不住向下倾斜，越走越低，直行出三里外，地道通入了几个天生的洞穴，始终没再遇到什么机关陷阱。突然之间，前面透过来淡淡的光芒，令狐冲快步抢前，一步踏出，足底一软，竟是踏在一层积雪之上，同时一阵清新的寒气灌入胸臆，身子竟然已在空处。

他四下一望，黑沉沉的夜色之中，大雪纷飞飘落，跟着听得淙淙水响，却是处身在一条山溪之畔。霎时之间，心下好生失望，原来这地道并非通向囚禁盈盈之处。

却听计无施在身后说道："大家传下话去，千万别出声，多半咱们已在少室山下。"令狐冲问道："难道咱们已然脱险？"计无施道："公子，隆冬之际，山上的溪流不会有水，看来咱们通过地道，已到了山脚。"祖千秋喜道："是了，咱们误打误撞，找到了少林寺的秘密地道。"

令狐冲惊喜交集，将宝刀还给了那西域豪士，说道："那就快快传话进去，要大伙儿从地道中出来。"

计无施命众人散开探路，再命数十人远远守住地道的出口，以防敌人陡然来攻，倘若地道的前后都给堵死，未及出来的兄弟可就生生困死了。

过不多时，已有探路的人回报，确是到了少室山山脚，处身之所是在后山，抬头可以望到山顶的寺院。群豪此时未曾脱险，谁也不敢大声说话。从地道中出来的豪士渐渐增多，跟着连伤者和死者的尸体也都抬了出来。

群豪死里逃生，虽不纵声欢呼，但窃窃私议，无不喜形于色。

漠北双熊中的黑熊说道："盟主，那些王八羔子只道咱们仍在寺中，不如就去攻他们的屁股，斩断王八蛋的尾巴，也好出一口胸中恶气。"桃干仙插口道："王八蛋有尾巴吗？"令狐冲道："咱们来到少林寺是为迎接圣姑，圣姑既然接不到，当再继续寻访，不必多所杀伤。"白熊道："哼，好歹我要捉几个王八蛋来吃了，否则给他们欺负得太过厉害。"

令狐冲道："请各位传下号令，大伙儿分别散去，遇到正教门下，最好不要打斗动粗。有谁听到圣姑的消息，务须广为传布。我令狐冲有生之日，不论经历多大艰险，定要助圣姑脱困。寺中的兄弟可都出来了么？"

计无施走到地道出口之处，向内叫了几声，隔了半晌，又叫了几声，里面无人答应，这才回报："都出来了！"

令狐冲童心忽起，说道："咱们一齐大叫三声，好教正教中人吓一大跳。"

祖千秋笑道："妙极！大伙儿跟着盟主齐声大叫。"

令狐冲运起内力叫道："大家跟着呼叫，一、二、三！'喂，我们下山来啦！'"数千人跟着齐声大叫："喂，我们下山来啦！"令狐冲又叫："你们便在山上赏雪罢！"群豪跟着大叫："你们便在山上赏雪罢！"令狐冲再叫："青山不改，绿水长流，后会有期。"群豪也都大叫："青山不改，绿水长流，后会有期。"令狐冲笑道："走罢！"

忽然有人大声叫道："你们这批乌龟儿子王八蛋，去你奶奶的祖宗十八代。"群豪跟着大叫："你们这批乌龟儿子王八蛋，去你奶奶的祖宗十八代！"这等粗俗下流的骂人之声，由数千人齐声喊了出来，声震山谷，当真是前所未有。

令狐冲大声叫道："好啦，不用叫了，大伙儿走罢！"

群豪喊得兴起，跟着又叫："好啦，不用叫了，大伙儿走罢！"

众人叫嚷了一阵，眼见半山里并无动静，天色渐明，便纷纷告别散去。

令狐冲心想："眼前第一件大事，是要找到盈盈的所在，其次是须得查明定闲、定逸两位师太是何人所害，要办这两件大事，该去何处才是？"脑海中忽然闪过一个念头："少林僧和正教中人已知我们都下了少室山，既然围歼不成，自然都会回入少林寺去。说不定他们将盈盈带在身边。办此二事，须回少林。"又想："要混入少林寺中，人越少越好，可不能让计无施他们同行。"

当下向计无施、老头子、祖千秋、蓝凤凰、黄伯流等一干人作别，说道："大家分头努力，迎到圣姑之后，再行欢聚痛饮。"计无施问道："公子，你要到哪里去？"令狐冲道："请恕小弟眼下不便明言，日后自当详告。"

众人不敢多问，当下施礼作别。

方证大师掌法变幻莫测，每一掌击出，甫到中途，已变为好几个方位。任我行的掌法却单纯质朴，出掌收掌之际，似乎显得颇为窒滞生硬。

二十七　三　战

令狐冲窜入树林，随即纵身上树，藏身在枝叶浓密之处，过了好半晌，耳听得群豪喧哗声渐歇，终于寂然无声，料想各人已然散去，当下缓步回向地道的出口处，果然已无一人。出口处隐藏在两块大石之后，长草掩映，不知内情之人即使到了其旁，亦决不会发现。

他回入地道，快步前行，回到达摩堂中，只听得前殿隐隐已有人声，想来正教中人行事持重，缓缓查将过来，只怕中了陷阱机关。令狐冲凝力双臂，将达摩石像慢慢推回原处，寻思："该去哪里偷听正教领袖人物议事，设法查知囚禁盈盈的所在？少林寺中千房百舍，可不知他们将在哪一间屋子中聚会。"

想起当日方生大师引着自己去见方丈，依稀记得方丈禅房的所在，当即奔出达摩堂，径向后行。少林寺中房舍实在太多，奔了一阵，始终找不到方丈的禅房。耳听得脚步声响，外边有十余人走近，他处身之所是座偏殿，殿上悬着一面金字木匾，写着"清凉境界"四字，四顾无处可以藏身，纵身便钻入了木匾之后。

脚步声渐近，有七八人走进殿来。一人说道："这些邪魔外道本事也真不小，咱们四下里围得铁桶也似，居然还是给他们逃了下山。"另一人道："看来少室山上有什么地道秘径通向山下，否则他们怎么逃得出去？"又一人道："地道秘径是决计没有的。小僧在少林寺出家二十余年，可从来没听过有什么秘密的下山路径。"先前那人道："既然说是秘径，自不会有多少人知道啦。"那少林僧道："就算小僧不知，难道我们当家方丈也不知道？寺中若有此秘径地道，敝寺方丈事先自会知照各派首领，怎能容这些邪魔外道从容脱身？"

忽听得一人大声喝道："什么人？给我出来！"

令狐冲大吃一惊："原来我踪迹给他们发现了？"正想纵身跃出，忽听得东侧的木匾之后传出哈哈一笑，一人说道："老子透了口大气，吹落了几片灰尘，居然给你们见到了。眼光倒厉害得很哪！"声音清亮，正是向问天的口音。

令狐冲又惊又喜，心道："原来向大哥早就躲在这儿，他屏息之技甚是了得，我在这里多时，却没听出来。若不是灰尘跌落，谅来这些人也决不会知觉……"

便在这心念电转之际，忽听得嗒嗒两声，东西两侧忽有一人跃下，跟着有三人齐声呼喝："什……""你……""干……"这三人的呼喝声都只吐得一个字，随即哑了。

令狐冲忍不住探头出去，只见大殿中两条黑影飞舞，一人是向问天，另一人身材高大，却是任我行。这两人出掌无声，每出一掌，殿下便有一人倒下，顷刻之间，殿中便倒下了八人，其中五人俯伏不动，三人仰面向天，都是双目圆睁，神情可怖，脸上肌肉一动不动，显然均已被任、向二人一掌击毙。任我行双手在身侧一擦，说道："盈儿，下来罢！"

西首木匾中一人飘然而落，身形婀娜，正是多日不见的盈盈。

令狐冲脑中一阵晕眩，但见她身穿一身粗布衣衫，容色憔悴。他正想跃下相见，任我行向着他藏身处摇了摇手。令狐冲寻思："他们先到，我藏身木匾之后，他们自然都见到了。任老先生叫我不可出来，却是何意？"但刹那之间，便明白了任我行的用意。

只见殿门中几个人快步抢进，一瞥之下，见到了师父师娘岳不群夫妇和少林方丈方证大师，其余尚有不少人众。他不敢多看，立即缩头匾后，一颗心剧烈跳动，心想："盈盈他们陷身重围，我……我纵然粉身碎骨，也要救她脱险。"

只听得方证大师说道："阿弥陀佛！三位施主好厉害的掌力。女施主既已离去少林，却何以去而复回？这两位想必是黑木崖的高手了，恕老衲眼生，无缘识荆。"

向问天道："这位是日月神教任教主，在下向问天。"

他二人的名头当真响亮已极，向问天这两句话一出口，便有数人轻轻"咦"的一声。

方证说道："原来是任教主和向左使，当真久仰大名。两位光临，有何见教？"

任我行道："老夫不问世事已久，江湖上的后起之秀，都不识得了，不知这几位小朋友都是些什么人。"

方证道："待老衲替两位引见。这一位是武当派掌门道长，道号上冲下虚。"

一个苍老的声音说道："贫道年纪或许比任先生大着几岁，但执掌武当门户，确是任先生退隐之后的事。后起是后起，这个'秀'字，可不敢当了，呵呵。"

令狐冲一听他声音，心想："这位武当掌门道长口音好熟。"随即恍然："啊哟！我在武当山下遇到三人，一个挑柴，一个挑菜，另一位骑驴的老先生，剑法精妙无比，原来竟然便是武当派掌门。"霎时间心头涌起了一阵自得之情，手心中微微出汗。武当派和少林派齐名数百年，一柔一刚，各擅胜场。冲虚道长剑法之精，向来众所推崇。他突然得知自己居然曾战胜冲虚道长，实是意外之喜。

却听任我行道："这位左大掌门，咱们以前是会过的。左师傅，近年来你的'大嵩阳神掌'又精进不少了罢？"令狐冲又是微微一惊："原来嵩山派掌门左师伯也到了。"只听一个冷峻的声音道："听说任先生为属下所困，蛰居多年，此番复出，实是可喜可贺。在下的'大嵩阳神掌'已有十多年未用，只怕倒有一半忘记了。"任我行笑道："江湖上那可寂寞得很啊。老夫一隐，就没一人能和左兄对掌，可叹啊可叹。"左冷禅道："江湖上武功与任先生相埒的，数亦不少。只是如方证大师、冲虚道长这些有德之士，决不会无缘无故的来教训在下就是了。"任我行道："很好。几时有空，要再试试你的新招。"左冷禅道："自当奉陪。"听他二人对答，显然以前曾有一场剧斗，谁胜谁败，从言语中却听不出来。

方证大师道："这位是泰山派掌门天门道长，这位是华山派掌门岳先生，这位岳夫人，便是当年的宁女侠，任先生想必知闻。"

任我行道："华山派宁女侠我是知道的，岳什么先生，可没听见过。"

令狐冲心下不快："我师父成名在师娘之先，他倘若二人都不知，那也罢了，却决无只知宁女侠、不知岳先生之理。他被困西湖湖底，也不过是近十年之事，那时我师父早就名满天下。显然他是在故意向我师父招惹。"

岳不群淡然道："晚生贱名，原不足以辱任先生清听。"任我行道："岳先生，我向你打听一个人，不知可知他下落。听说此人从前是你华山派门下。"岳不群道："任先生要问的是谁？"任我行道："此人武功既高，人品又是世所罕有。有些睁眼瞎子妒忌于他，将他排挤，我姓任的却和他一见如故，一心一意要将我这个宝贝女儿许配给他……"

令狐冲听他说到这里，心中怦怦乱跳，隐隐觉得即将有件十分为难之事出现。

只听任我行续道："这个年轻人有情有义，听说我这个宝贝女儿给因在少林寺中，便率领了数千位英雄豪杰，来到少林寺迎妻。只是一转眼间却不知了去向，我做泰山的心下焦急之极，因此上要向你打听打听。"

岳不群仰天哈哈一笑，说道："任先生神通广大，怎地连自己的好女婿也弄得不见了？任先生所说的少年，便是敝派弃徒令狐冲这小贼么？"

任我行笑道："明明是珠玉，你却当是瓦砾。老弟的眼光，可也当真差劲得很了。我说的这少年，正是令狐冲。哈哈，你骂他是小贼，不是骂我为老贼么？"

岳不群正色道："这小贼行止不端，贪恋女色，为了一个女子，竟然鼓动江湖上一批旁门左道，狐群狗党，来到天下武学之源的少林寺大肆捣乱，若不是嵩山左师兄安排巧计，这千年古刹倘若给他们烧成了白地，岂不是万死莫赎的大罪？这小贼昔年曾在华山派门下，在下有失教诲，思之汗颜无地。"

向问天接口道："岳先生此言差矣！令狐兄弟来到少林，只是迎接任姑娘，决无妄施捣乱之心。你且瞧瞧，这许多朋友们在少林寺中一日一夜，可曾损毁了一草一木？连白米也没吃一粒，清水也没喝一口。"

忽然有人说道："这些猪朋狗友们一来，少林寺中反而多了些东西。"

令狐冲听这人声音尖锐，辨出是青城派掌门余沧海，心道："这人也来了。"

向问天道："请问余观主，少林寺多了些什么？"

余沧海道："牛矢马溺，遍地黄白之物。"当下便有几个人笑了起来。

令狐冲心下微感歉仄："我只约束众兄弟不可损坏物事，却没想到叮嘱他们不得随地便溺。这些粗人拉开裤子便撒，可污秽了这清净佛地。"

方证大师道："令狐公子率领众人来到少林，老衲终日忧心忡忡，唯恐眼前出现火光烛天的惨状。但众位朋友于少林物事不损毫末，定是令狐公子菩萨心肠，极力约束所致，合寺上下，无不感激。日后见到令狐公子，自当亲谢。余观主戏谑之言，向先生不必介意。"

向问天赞道："究竟人家是有道高僧，气度胸襟，何等不凡？与什么伪君子、什么真小人，那是全然不同了。"

方证又道："老衲却有一事不明，恒山派的两位师太，何以竟会在敝寺圆寂？"

盈盈"啊"的一声尖叫，颤声道："什……什么？定闲、定逸两……两位师太死了？"

方证道："正是。她两位的遗体在寺中发现，推想她两位圆寂之时，正是众位江湖朋友进入敝寺的时刻。难道令狐公子未及约束属下，以致两位师太众寡不敌，命丧于斯么？阿弥陀佛，阿弥陀佛。"跟着一声长叹。

盈盈道："这……这可真奇了。那日小女子在贵寺后殿与两位师太相见，蒙方丈大师慈悲，说道瞧在两位师太面上，放小女子离寺……"

令狐冲心下又是感激，又是难过："两位师太向方丈求情，原来方丈果真是放了盈盈出去，她二位却在这里送了性命。那是为了我和盈盈而死。到底害死她们的凶手是谁？我非为她们报仇不可。"

只听盈盈道："这些日子来，不少江湖上的朋友，为了想救小女子脱身，前来少林寺滋扰，给少林派擒住了一百多人。方丈大师慈悲为怀，说道要向他们说十天法，盼望能消解他们的戾气，然后尽数释放。但小女子被禁已久，可以先行离去。"

令狐冲心道："这位方证大师当真是个大大的好人，只不过未免有些迂腐。盈盈手下那些江湖豪客，又怎能听你说十天法，便即化除了戾气？"

只听盈盈续道："小女子感激无已，拜谢了方丈大师后，随同两位师太离开少室山，第三日上，便听说令狐……令狐公子率领江湖上朋友，到少林寺来迎接小女子。定闲师太言道：须得兼程前往，截住众人，以免惊扰了少林寺的众位高僧。这天晚上，我们又遇上了一位江湖朋友，他说众人从四面八方分道而来，定十二月十五聚集少林。两位师太便即计议，说道江湖豪士龙蛇混杂，而且来自四方，未必都听令狐公子的号令。当下定闲师太吩咐小女子赶着去和他……和令狐公子相见，请众人立即散去。两位师太则重上少林，要在方丈大师座下效一臂之力，维护佛门福地的清净。"

她娓娓说来，声音清脆，吐属优雅，说到两位师太时，带着几分伤感之意，说到"令狐公子"之时，却又掩不住腼腆之情。令狐冲在木匾之后听着，不由得心情一阵阵激荡。

方证道："阿弥陀佛！两位师太一番好意，老衲感激之至。少林寺有难的讯息一传出，正教各门派的同道，不论识与不识，齐来援手，敝派实不知如何报答才好。幸得双方未曾大动干戈，免去了一场浩劫。唉，两位师太妙悟佛法，慈悲有德，我佛门中少了两位高人，可惜，可叹。"

盈盈又道："小女子和两位师太分手之后，当天晚上便受嵩山派劫持，寡不敌众，为左先生的门下所擒，又给囚禁了数日，待得爹爹和向叔叔将我救出，众位江湖上的朋友却已进了少林寺。向叔叔和我父女三人，来到少林寺还不到半个时辰，既不知众人如何离去，更不知两位师太的死讯。"

方证说道："如此说来，两位师太不是任先生和向左使所害了。"盈盈道："两位师太于小女子有相救的大德，小女子只有感恩图报。倘若我爹爹和向叔叔遇上了两位师太，双方言语失和，小女子定当从中调解，决不会不加劝阻。"方证道："那也说得是。"

余沧海忽然插口道："魔教中人行径与常人相反，常人是以德报德，奸邪之徒却是恩将仇报。"向问天道："奇怪，奇怪！余观主是几时入的日月神教？"余沧海怒道："什么？谁说我入了魔教？"向问天道："你说我神教中人恩将仇报。但福建福威镖局林总镖头，当年救过你全家性命，每年又送你一万两银子，你青城派却反而害死了林总镖头。余观主恩将仇报之名播于天下，无人不知。如此说来，余观主必是我教的教友了。很好，很好，欢迎之至。"余沧海怒道："胡说八道，乱放狗屁！"向问天道："我说欢迎之至，乃是一番好意。余观主却骂我乱放狗屁，这不是恩将仇报，却是什么？可见江山易改，本性难移，一个人一生一世恩将仇报，便在一言一动之中也流露了出来。"

方证怕他二人多作无谓的争执，便道："两位师太到底是何人所害，咱们向令狐公子查询，必可水落石出。但三位来到少林寺中，一出手便害了我正教门下八名弟子，却不知又是何故？"任我行道："老夫在江湖上独往独来，从无一人敢对老夫无礼。这八人对老夫大声呼喝，叫老夫从藏身之处出来，岂不是死有余辜？"方证道："阿弥陀佛，原来只不过他八人呼喝了几下，任先生就下此毒手，那岂不是太过了吗？"

　　任我行哈哈一笑，说道："方丈大师说是太过，就算太过好了。你对小女没加留难，老夫很承你的情，本来是要谢谢你的，这一次不跟你多辩，道谢也免了，双方就算扯直。"

　　方证道："任先生既说扯直，就算扯直便了。只是三位来到敝寺，杀害八人，此事却又如何了断？"任我行道："那又有什么了断？我日月神教教下徒众甚多，你们有本事，尽管也去杀八人来抵数就是。"方证道："阿弥陀佛。胡乱杀人，大增罪业。左施主，被害八人之中，有两位是贵派门下的，你说该当如何？"

　　左冷禅尚未答话，任我行抢着道："人是我杀的。为什么你去问旁人该当如何，却不来问我？听你口气，你们似是恃着人多，想把我三人杀来抵命，是也不是？"

　　方证道："岂敢？只是任先生复出，江湖上从此多事，只怕将有无数人命伤在任先生手下。老衲有意屈留三位在敝寺盘桓，诵经礼佛，教江湖上得以太平，三位意下如何？"

　　任我行仰天大笑，说道："妙，妙，这主意甚是高明。"

　　方证续道："令爱在敝寺后山驻足，本寺上下对她礼敬有加，供奉不敢有缺。老衲所以要屈留令爱，倒不在为本派已死弟子报仇。唉，冤冤相报，纠缠不已，岂是佛门弟子之所当为？少林派那几名弟子死于令爱手下，也是前生的业报，只是……只是女施主杀业太重，动辄伤人，若在敝寺修心养性，于大家都有好处。"任我行笑道："如此说来，方丈大师倒是一番美意了。"方证道："正是。不过此事竟引得江湖上大起风波，却又非老衲始料之所及了。

再说，令爱当日背负令狐少侠来寺求救，言明只须老衲肯救令狐少侠的性命，她甘愿为所杀本寺弟子抵命。老衲说道，抵命倒是不必，但须在少室山上幽居，不得老衲许可，不得擅自离山。她当即一口答允。任小姐，这话可是有的？"

盈盈低声道："不错。"

令狐冲听方证大师亲口说及当日盈盈背负自己上山求救的情景，心下好生感激，此事虽然早已听人说过，但从方证大师口中说出，而盈盈又直承其事，比之闻诸旁人之口，又自不同，不由得眼眶湿润。

余沧海冷笑道："倒是有情有义得紧。只可惜这令狐冲品行太差，当年在衡阳城中嫖妓宿娼，贫道亲眼所见，却是辜负任大小姐一番恩情了。"向问天笑问："是余观主在妓院中亲眼目睹，并未看错？"余沧海道："当然，怎会看错？"向问天低声道："余观主，原来你常逛窑子，倒是在下的同道。你在那妓院里的相好是谁？相貌可不错罢？"

余沧海大怒，喝道："放屁，放屁！"向问天道："好臭，好臭！"

方证道："任先生，你们三位便在少室山上隐居，大家化敌为友。只须你们三位不下少室山一步，老衲担保无人敢来向三位招惹是非。从此乐享清净，岂不是皆大欢喜？"

令狐冲听方证大师说得十分诚挚，心想："这位佛门高僧不通世务，当真迂得厉害。这三人杀人不眨眼，你想说得他们自愿给拘禁在少室山上，可真异想天开之至了。"

任我行微笑道："方丈的美意，想得面面俱到，在下原该遵命才是。"方证喜道："那么施主是愿意留在少室山了？"任我行道："不错。"方证喜道："老衲这就设斋款待，自今而后，三位是少林寺的嘉宾。"任我行道："只不过我们最多只能留上三个时辰，再多就不行了。"方证大为失望，说道："三个时辰？那有什么用？"任我行笑道："在下本来也想多留数日，与诸位朋友盘桓，只不过在下的名字取得不好，这叫做无可如何。"

方证茫然道："老衲这可不明白了。为什么与施主的大号有关？"

任我行道："在下姓得不好，名字也取得不好。我既姓了个'任'，又叫作'我行'。早知如此，当年叫作'你行'，那就方便得多了。现下已叫作'我行'，只好任着我自己性子，喜欢走到哪里，就走到哪里。"

方证怫然道："原来任先生是消遣老衲来着。"

任我行道："不敢，不敢。老夫于当世高人之中，心中佩服的没有几个，数来数去只有三个半，大和尚算得是一位。还有三个半，是老夫不佩服的。"

他这几句话说得甚是诚恳，绝无讥嘲之意。方证道："阿弥陀佛，老衲可不敢当。"

令狐冲听他说于当世高人之中，佩服三个半，不佩服三个半，甚是好奇，亟盼知道他所指的，除了方证之外更有何人。

只听一个声音洪亮之人问道："任先生，你还佩服哪几位？"适才方证只替任我行等引见到岳不群夫妇，双方便即争辩不休，余人一直不及引见。令狐冲听下面呼吸之声，方证等一行共有十人，除了方证大师、师父、师娘、冲虚道长、左冷禅、天门道长、余沧海，此外尚有三人。这声音洪亮之人，便不知是谁。

任我行笑道："抱歉得很，阁下不在其内。"那人道："在下如何敢与方证大师比肩？自然是任先生所不佩服了。"任我行道："我不佩服的三个半人之中，你也不在其内。你再练三十年功夫，或许会让我不佩服一下。"那人嘿然不语。

令狐冲心道："原来要叫你不佩服，却也不易。"

方证道："任先生所言，倒是颇为新颖。"任我行道："大和尚，你想不想知道我佩服的是谁，不佩服的又是谁？"方证道："正要恭聆施主的高论。"任我行道："大和尚，你精研易筋经，内功已臻化境，但心地慈祥，为人谦退，不像老夫这样嚣张，那是我向来佩服的。"方证道："不敢当。"

任我行道："不过在我所佩服的人中，大和尚的排名还不是第一。我所佩服的当世第一位武林人物，是篡了我日月神教教主之位的东方不败。"

众人都是"啊"一声，显然大出意料之外。令狐冲幸而将这个"啊"字忍住了，心想他为东方不败所算，被囚多年，定然恨之入骨，哪知竟然心中对之不胜佩服。

任我行道："老夫武功既高，心思又是机敏无比，只道普天下已无抗手，不料竟会着了东方不败的道儿，险些葬身湖底，永世不得翻身。东方不败如此厉害的人物，老夫对他敢不佩服？"方证道："那也说得是。"

任我行道："第三位我所佩服的，乃是当今华山派的绝顶高手。"令狐冲又大出意料之外，他适才言语之中，对岳不群不留半分情面，哪知他内心竟会对之颇为佩服。

岳夫人道："你不用说这等反语，讥刺于人。"

任我行笑道："哈哈，岳夫人，你还道我说的是尊夫么？他……他可差得远了。我所佩服的，乃是剑术通神的风清扬风老先生。风老先生剑术比我高明得多，非老夫所及，我是衷心佩服，并无虚假。"

方证道："岳先生，难道风老先生还在人世么？"

岳不群道："风师叔于数十年前便已……便已归隐，与本门始终不通消息。他老人家倘若尚在人世，那可真是本门的大幸。"

任我行冷笑道："风老先生是剑宗，你是气宗。华山派剑气二宗势不两立。他老人家仍在人世，于你何幸之有？"

岳不群给他这几句抢白，默然不语。

令狐冲早就猜到风清扬是本派剑宗中的人物，此刻听任我行一说，师父并不否认，那么此事自是确然无疑。

任我行笑道："你放心。风老先生是世外高人，你还道他希罕你这华山派掌门，会来抢你的宝座么？"岳不群道："在下才德庸驽，若得风师叔耳提面命，真是天大的喜事。任先生，你可能指点一条明路，让在下去拜见风师叔，华山门下，尽感大德。"说得甚是恳切。任我行道："第一，我不知风老先生在哪里。第二，就算知道，也决不跟你说。明枪易躲，暗箭难防。真小人容易对付，伪君子可叫人头痛得很。"岳不群不再说话。

令狐冲心道："我师父是彬彬君子，自不会跟任先生恶言相向。"

任我行侧身过来，对着武当派掌门冲虚道长道："老夫第四个佩服的，是牛鼻子老道。你武当派太极剑颇有独到之妙，你老道却洁身自爱，不去多管江湖上的闲事。只不过你不会教徒弟，武当门下没什么杰出人材，等你牛鼻子鹤驾西归，太极剑法的绝艺只怕要失传。再说，你的太极剑法虽高，未必胜得过老夫，因此我只佩服你一半，算是半个。"

冲虚道人笑道："能得任先生佩服一半，贫道已是脸上贴金，多谢了！"

任我行道："不用客气。"转头向左冷禅道："左大掌门，你倒不必脸上含笑，肚里生气，你虽不属我佩服之列，但在我不佩服的三个半高人之中，阁下却居其首。"左冷禅笑道："在下受宠若惊。"任我行道："你武功了得，心计也深，很合老夫的脾胃。你想合并五岳剑派，要与少林、武当鼎足而三，才高志大，也算了不起。可是你鬼鬼祟祟，安排下种种阴谋诡计，不是英雄豪杰的行径，可教人十分的不佩服。"

左冷禅道："在下所不佩服的当世三个半高人之中，阁下却只算得半个。"

任我行道："拾人牙慧，全无创见，因此你就不令人佩服了。你所学嵩山派武功虽精，却全是前人所传。依你的才具，只怕这些年中，也不见得有什么新招创出来。"

左冷禅哼了一声，冷笑道："阁下东拉西扯，是在拖延时辰呢，还是在等救兵？"

任我行冷笑道："你说这话，是想倚多为胜，围攻我们三人吗？"

左冷禅道："阁下来到少林，戕害良善，今日再想全身而退，可太把我们这些人不放在眼里了。你说我们倚多为胜也好，不讲武林规矩也好。你杀了我嵩山派门下弟子，眼放着左冷禅在此，今日要领教阁下高招。"

任我行向方证道："方丈大师，这里是少林寺呢，还是嵩山派的下院？"方证道："施主明知故问了，这里自然是少林寺。"任我行道："然则此间事务，是少林方丈作主，还是嵩山派掌门作主？"方证道："虽是老衲作主，但众位朋友若有高见，老衲自当听从。"

任我行仰天打了个哈哈，说道："不错，果然是高见，明知单打独斗是输定了的，便要群殴烂打。姓左的，你今日拦得住任我行，姓任的不用你动手，在你面前横剑自刎。"

左冷禅冷冷的道："我们这里十个人，拦你或许拦不住，要杀你女儿，却也不难。"

方证道："阿弥陀佛，杀人可使不得。"

令狐冲心中怦怦乱跳，知道左冷禅所言确是实情，下面十人中，虽不知余下三人是谁，但料想也必与方证、冲虚等身份相若，不是一派掌门，便是绝顶高手。任我行武功再强，最多不过全身而退。向问天是否能够保命脱困，已是难言，盈盈是更加没指望了。

任我行道："那妙得很啊。左大掌门有个儿子，听说武功差劲，杀起来挺容易。岳君子有个女儿。余观主好像有几个爱妾，还有三个小儿子。天门道长没儿子女儿，心爱徒弟却不少。莫大先生有老父、老母在堂。昆仑派乾坤一剑震山子有个一脉单传的孙子。还有这位丐帮的解大帮主呢，向左使，解帮主世上有什么舍不得的人啊？"

令狐冲心道："原来莫大师伯也到了。任先生其实不用方证大师引见，于对方十人不但均早知形貌，而且他们的身世眷属也都已查得清清楚楚。"

向问天道："听说丐帮中的青莲使者、白莲使者两位，虽然不姓解，却都是解帮主的私生儿子。"任我行道："你没弄错罢？咱们

·963·

可别错杀了好人?"向问天道:"错不了,属下已查问清楚。"任我行点头道:"就算杀错了,那也没有法子,咱们杀他丐帮中三四十人,总有几个杀对了的。"向问天道:"教主高见!"

他一提到各人的眷属,左冷禅、解帮主等无不凛然,情知此人言下无虚,众人拦他是拦不住的,若是杀了他的女儿,他必以毒辣手段相报,自己至亲至爱之人,只怕个个难逃他的毒手,思之寒而栗。一时殿中鸦雀无声,人人脸上变色。

隔了半晌,方证说道:"冤冤相报,无有已时。任施主,我们决计不伤任大小姐,却要屈三位大驾,在少室山留居十年。"

任我行道:"不行,我杀性已动,忍不住要将左大掌门的儿子、余观主那几个爱妾和儿子一并杀了。岳先生的令爱,更加不容她活在世上。"

令狐冲大惊,不知这个喜怒难测的大魔头只不过危言耸听,还是真的要大开杀戒。

冲虚道人说道:"任先生,咱们来打个赌,你瞧如何?"

任我行道:"老夫赌运不佳,打赌没有把握,杀人却有把握。杀高手没有把握,杀高手的父母子女、大老婆小老婆却挺有把握。"冲虚道人道:"那些人没什么武功,杀之不算英雄。"任我行道:"虽然不算英雄,却可教我的对头一辈子伤心,老夫就开心得很了。"冲虚道人道:"你自己没了女儿,也没什么开心。没有女儿,连女婿也没有了。你女婿不免去做人家的女婿,你也不见得有什么光采。"任我行道:"没有法子,没有法子。我只好将他们一古脑儿都杀了,谁教我女婿对不住我女儿呢?"

冲虚道人道:"这样罢,我们不倚多为胜,你也不可胡乱杀人。大家公公平平,以武功决胜败。你们三位,和我们之中的三个人比斗三场,三战两胜。"

方证忙道:"是极,冲虚道兄高见大是不凡。点到为止,不伤人命。"

任我行道:"我们三人倘若败了,便须在少室山上留居十年,不得下山，是也不是？"

冲虚道人道："正是。要是三位胜了两场，我们自然服输，任由三位下山。这八名弟子也只好算是白死了。"

任我行道："我心中对你牛鼻子有一半佩服，觉得你所说的话，也有一半道理。那你们这一方是哪三位出场？由我挑选成不成？"

左冷禅道："方丈大师是主，他是非下场不可的。老夫的功夫搁下了十几年，也想试上一试。至于第三场吗？这场赌赛既是冲虚道长的主意，他终不成袖手旁观，出个难题让人家顶缸？只好让他的太极剑法露上一露了。"他们这边十人之中，虽然个个不是庸手，毕竟以方证大师、冲虚道人和他自己三人武功最高。他一口气便举了这三人出来，可说已立于不败之地。盈盈不过十八九岁年纪，武功再高，修为也必有限，不论和哪一位掌门相斗，注定是要输的。

岳不群等一齐称是。方证大师、冲虚道人、左冷禅三人是正教中的三大高手，任谁一人的武功都不见得会在任我行之下，比之向问天只怕尚可稍胜半筹，三战两胜，赢面占了七八成，甚至三战三胜，也是五五之数。各人所担心的，只是怕擒不住任我行，给他逃下山去，以阴险毒辣手段戕害各人的家人弟子，只要是正大光明决战，那就无所畏惧了。

任我行道："三战两胜，这个不妥，咱们只比一场。你们挑一位出来，我们这里也挑一人，干干脆脆只打一场了事。"

左冷禅道："任兄，今日你们势孤力单，处在下风。别说我们这里十个人，已比你方多了三倍有余，方丈大师一个号令出去，单是少林派一等一的高手，便有二三十位，其余各派好手还不计在内。"任我行道："因此你们要倚多为胜。"左冷禅道："不错，正是要倚多为胜。"任我行道："不要脸之至。"左冷禅道："无故杀人，才不要脸。"

任我行道："杀人一定要有理由？左大掌门，你吃荤还是吃素？"左冷禅哼了一声道："在下杀人也杀，干么吃素？"任我行道："你每杀一人，死者都是罪有应得的了？"左冷禅道："这个自然。"任我行道："你吃牛吃羊，牛羊又有什么罪？"

方证大师道："阿弥陀佛，任施主这句话，大有菩萨心肠。"左冷禅道："方丈大师别上他的当。他将咱们这八个无辜丧命的弟子比作了牛羊。"任我行道："虫蚁牛羊，仙佛凡人，都是众生。"方证又道："是，是。阿弥陀佛！"

左冷禅道："任兄，你一意迁延时刻，今日是不敢一战的了？"

任我行突然一声长啸，只震得屋瓦俱响，供桌上的十二枝蜡烛一齐暗了下来，待他啸声止歇，烛光这才重明。众人听了他这一啸声，都是心头怦怦而跳，脸上变色。

任我行道："好，姓左的，咱们就比划比划。"左冷禅道："大丈夫一言既出，驷马难追。三战两胜，你们之中若有三个人输了两个，三人便都得在少室山停留十年。"

任我行道："也罢！三战两胜，我们这一伙人中，若有三个人输了两个，我们三人便在少室山上停留十年。"

正教中人听他受了左冷禅之激，居然答允下来，无不欣然色喜。

任我行道："我就跟你再打一场，向左使斗余矮子，我女儿女的斗女的，便向宁女侠请教。"左冷禅道："不行。我们这边由哪三人出场，由我们自己来推举，岂能由你指定。"任我行道："一定要自己来选，不能由对方指定？"

左冷禅道："正是。少林、武当两大掌门，再加上区区在下。"任我行道："凭你的声望、地位和武功，又怎能和少林、武当两大掌门相提并论？"左冷禅哼了一声，说道："在下自不敢和少林、武当两大掌门相提并论，却勉强可跟阁下斗斗。"

任我行哈哈大笑，说道："方证大师，在下向你讨教少林神拳，配得上吗？"

方证道："阿弥陀佛，老衲功夫荒疏已久，不是施主对手。只是老衲亟盼屈留大驾，只好拿几根老骨头来挨挨施主的拳脚。"

左冷禅见他竟向方证大师挑战，固是摆明了轻视自己，心下却是一喜，暗想："我本来担心你跟我斗，让向问天跟冲虚斗，却叫你女儿去斗方证。冲虚道人若有疏虞，我又输了给你，那就糟了。"当下不再多言，向旁退开了几步。

余人将地下的八具尸体搬在一旁，空出殿中的战场。

任我行道："方丈大师请。"双袖一摆，抱拳为礼。方证合什还礼，说道："施主请先发招。"任我行道："在下使的是日月神教正宗功夫，大师使的是少林派正宗武艺。咱们正宗对正宗，这一架原是要打的。"

余沧海道："呸！你魔教是什么正宗了？也不怕丑！"任我行道："方丈，让我先杀了余矮子，再跟你斗。"方证忙道："不可。"知道此人出手如电，若是如雷霆般一击，说不定余沧海真的给他杀了，当下更不耽搁，轻飘飘拍出一掌，叫道："任施主，请接掌。"

这一掌招式寻常，但掌到中途，忽然微微摇晃，登时一掌变两掌，两掌变四掌，四掌变八掌。任我行脱口叫道："千手如来掌！"知道只须迟得顷刻，他便八掌变十六掌，进而幻化为三十二掌，当即呼的一掌拍出，攻向方证右肩。方证左掌从右掌掌底穿出，仍是微微晃动，一变二、二变四的掌影飞舞。任我行身子跃起，呼呼还了两掌。

令狐冲居高临下，凝神细看，但见方证大师掌法变幻莫测，每一掌击出，甫到中途，已变为好几个方位，掌法如此奇幻，直是生平所未睹。任我行的掌法却甚是质朴，出掌收掌，似乎显得颇为窒滞生硬，但不论方证的掌法如何离奇莫测，一当任我行的掌力送到，他必随之变招，看来两人旗鼓相当，功力悉敌。

令狐冲拳脚功夫造诣甚浅，因之独孤九剑中那"破掌式"一招，便也学不到家，既看不出对方拳脚中的破绽，便无法乘虚而入。这两大高手所施展的乃当世最高深的掌法，他看得莫名其妙，浑不明其中精奥，寻思："剑法上我可胜得冲虚道长，与任先生相斗，也不输于他。但遇到眼前这两位的拳掌功夫，我只好以利剑一味抢攻。风太师叔说，我要练得二十年后，方可与当世高手一争雄长，主要当是指'破掌式'那一招而言。"看了一会，只见任我行突然双掌平平推出，方证大师连退三步，令狐冲一惊，暗叫："啊哟，糟糕，方证大师要输。"接着便见方证大师左掌划了几个圈子，右掌急拍，上拍下拍，左拍右拍，拍得几拍，任我行便退了一步，再拍几拍，任我行又退一步。令狐冲心道："还好，还好！"

他轻吁一口气，忽想："为什么我见方证大师要输，便即心惊，见他扳回，则觉宽慰？是了，方证大师是有道高僧，任教主毕竟是左道之士，我心中总还有善恶是非之念。"转念又想："可是任教主若输，盈盈便须在少室山上囚禁十年，岂是我心中所愿？"一时之间，连自己也不明白到底盼望谁胜谁败，内心只隐隐觉得，任我行父女与向问天一入江湖，世上便即风波大作，但心中又想："风波大作，又有什么不好？那不是很热闹么？"

他眼光慢慢转过去，只见盈盈倚在柱上，娇怯怯地一副弱不禁风模样，秀眉微蹙，若有深忧，突然间怜念大盛，心想："我怎忍让她在此再给囚禁十年？她怎经得起这般折磨？"想到她为了相救自己，甘愿舍生，自己一生之中，师友厚待者虽也不少，可没一个人竟能如此甘愿把性命来交托给了自己。胸口热血上涌，只觉别说盈盈不过是魔教教主的女儿，纵然她万恶不赦、天下人皆欲杀之而甘心，自己宁可性命不在，也决计要维护她平安周全。

殿上的十一对目光，却都注视在方证大师和任我行的掌法之上，心下无不赞叹。左冷禅心想："幸亏任老怪挑上了方证大师，否则他这似拙实巧的掌法，我便不知如何对付才好。本门的大嵩阳神掌与之相比，显得招数太繁，变化太多，不如他这掌法的攻其一点，不及其余。"向问天却想："少林派武功享名千载，果然非同小可。方证大师这'如来千手掌'掌法虽繁，功力不散，那真是千难万难。倘若教我遇上了，只好跟他硬拼内力，掌法是比他不过的了。"岳不群、余沧海等各人心中，也均以本身武功，与二人的掌法相印证。

任我行酣斗良久，渐觉方证大师的掌法稍形缓慢，心中暗喜："你掌法虽妙，终究年纪老了，难以持久。"当即急攻数掌，劈到第四掌时，猛觉收掌时右臂微微一麻，内力运转，不甚舒畅，不由得大惊，知道这是自身内力的干扰，心想："这老和尚所练的易筋经内功竟如此厉害，掌力没和我掌力相交，却已在克制我的内力。"心知再斗下去，对方深厚的内力发将出来，自己势须处于下风，眼见方证大师左掌拍到，一声呼喝，左掌迅捷无伦的迎了上去，拍的一声响，双掌相交，两人各退了一步。

　　任我行只觉对方内力虽然柔和，却是浑厚无比，自己使出了"吸星大法"，竟然吸不到他丝毫内力，心下更是惊讶。方证大师道："善哉！善哉！"跟着右掌击将过来。

　　任我行又出右掌与之相交。两人身子一晃，任我行但觉全身气血都是晃了一晃，当即疾退两步，陡地转身，右手已抓住了余沧海的胸口，左掌往他天灵盖疾拍下去。

　　这一下兔起鹘落，实是谁都料想不到的奇变，眼见任我行与方证大师相斗，情势渐居不利，按理说他力求自保尚且不及，哪知竟会转身去攻击余沧海。这一着变得太奇太快，不然余沧海也是一代武学宗匠，若与任我行相斗，虽然最后必败，却决不致在一招之间便为他所擒。众人"啊"的一声，齐声呼叫。

　　方证大师身子跃起，犹似飞鸟般扑到，双掌齐出，击向任我行后脑，这是武学中"围魏救赵"之策，攻敌之不得不救，旨在逼得任我行撤回击向余沧海头顶之掌，反手挡架。

　　众高手见方证大师在这瞬息之间使出这一掌，都大为钦服，却来不及喝采，知道余沧海这条性命是有救了。岂知任我行这一掌固是撤了回来，却不反手挡架，一把便抓住了方证大师的"膻中穴"，跟着右手一指，点中了他心口。方证大师身子一软，摔倒在地。

　　众人大惊之下，纷纷呼喝，一齐拥了上去。

左冷禅突然飞身而上，发掌猛向任我行后心击到。任我行反手回击，喝道："好，这是第二场。"左冷禅忽拳忽掌，忽指忽抓，片刻间已变了十来种招数。

任我行给他陡然一轮急攻，一时只能勉力守御。他适才和方证大师相斗，最后这三招虽是用智，却也使尽了平生之力，否则以少林派掌门人如此深厚的内功，如何能让他一把抓住"膻中穴"，一指点中了心口？这几招全力以搏，实是孤注一掷。

任我行所以胜得方证大师，纯是使诈。他算准了对方心怀慈悲，自己突向余沧海痛下杀手，一来余人相距较远，纵欲救援也是不及，二来各派掌门与余沧海无甚交情，决不会干冒大险，舍生相救，只有方证大师却定会出手。当此情境之下，这位少林方丈唯有攻击自己，以解余沧海之困，但他对方证大师击来之掌偏又不挡不格，反拿对方要穴。这一着又是险到了极处。方证大师双掌击他后脑，不必击实，掌风所及，便能使他脑浆迸裂。他反擒余沧海之时，便已拿自己性命来作此大赌，赌的是这位佛门高僧菩萨心肠，眼见双掌可将自己后脑击碎，便会收回掌力。但方证身在半空，双掌击出之后随即全力回收，纵是绝顶高手，胸腹之间内力亦必不继。他一拿一点，果然将方证大师点倒。只是方证浑厚的掌力所及，已扫得他后脑剧痛欲裂，一口丹田之气竟然转不上来。

冲虚道人忙扶起方证大师，拍开他被封的穴道，叹道："方丈师兄一念之仁，反遭奸人所算。"方证道："阿弥陀佛。任施主心思机敏，斗智不斗力，老夫原是输了的。"

岳不群大声道："任先生行奸使诈，胜得毫不光明正大，非正人君子之所为。"向问天笑道："我日月神教之中，也有正人君子么？任教主若是正人君子，早就跟你同流合污了，还比试什么？"岳不群为之语塞。

任我行背靠木柱，缓缓出掌，将左冷禅的拳脚一一挡开。左冷禅向来自负，若在平时，决不会当任我行力斗少林派第一高手之后，又去向他索战。明占这等便宜，绝非一派宗师之所为，未免为人所不齿。但任我行适才点倒方证大师，纯是利用对方一片好心，胜得奸诈之极，正教各人无不为之扼腕大怒。他奋不顾身的上前急攻，旁人均道他是激于义愤，已顾不到是否车轮战。在左冷禅却正是千载难逢的良机。

向问天见任我行一口气始终缓不过来，抢到柱旁，说道："左大掌门，你捡这便宜，可要脸么？我来接你的。"左冷禅道："待我打倒了这姓任的匹夫，再跟你斗，老夫还怕你车轮战么？"呼的一拳，向任我行击出。

任我行左手撩开，冷冷的道："向兄弟，退开！"

向问天知道教主极是要强好胜，不敢违拗，说道："好，我就暂且退开。只是这姓左的太也无耻，我踢他的屁股。"飞起一脚，便往左冷禅后臀踢去。

左冷禅怒道："两个打一个吗？"斜身避让。岂知向问天虽作飞腿之状，这一腿竟没踢出，只是右脚抬了起来，微微一动，乃是一招虚招。他见左冷禅上当，哈哈一笑，道："孙子王八蛋才倚多为胜。"一纵向后，站在盈盈身旁。

左冷禅这么一让，攻向任我行的招数缓了一缓。高手对招，相差原只一线，任我行得此余暇，深深吸一口气，内息畅通，登时精神大振，砰砰砰三掌劈出。左冷禅奋力化解，心下暗暗吃惊："这老儿十多年不见，功力大胜往昔，今日若要赢他，可须全力从事。"

两人此番二度相逢，这一次相斗，乃是在天下顶尖儿人物之前一决雌雄。两人都将胜败之数看得极重，可不像适才任我行和方证大师较量之时那样和平。任我行一上来便使杀着，双掌便如刀削斧劈一般；左冷禅忽拳忽掌，忽抓忽拿，更是极尽变化之能事。

两人越斗越快，令狐冲在木匾之后，瞧得眼也花了。他看任我行和方证大师相斗，只不过看不懂二人的招式精妙所在，但此刻二人身形招式快极，竟连一拳一掌如何出，如何收，也都看不明白。他转眼去看盈盈，只见她脸色雪白，双眼长长的睫毛垂了下来，脸上却无惊异或担心的神态。向问天的脸色却是忽喜忽忧，一时惊疑，一时惋惜，一时攒眉怒目，一时咬牙切齿，倒似比他亲自决战犹为要紧。令狐冲心想："向大哥的见识自比盈盈高明得多，他如此着紧，只怕任先生这一仗很是难赢。"

慢慢斜眼过去，见到那边厢师父和师娘并肩而立，其侧是方证大师和冲虚道人。两人身后一个是泰山派掌门天门道人，一个是衡山派掌门莫大先生。莫大先生来到殿中之后，始终未曾出过半分声息，令狐冲一见到他瘦瘦小小的身子，胸中登时感到一阵温暖，随即心想："仪琳师妹她们这群恒山弟子没了师父，可不知怎样了。"青城派掌门余沧海独个儿站在墙后，手按剑柄，满脸怒色。站在西侧的是一个满头白发的乞丐，当是丐帮帮主解风。另一个穿一袭青衫，模样颇为潇洒，当是昆仑派掌门乾坤一剑震山子了。

这九个人乃当今正教中最强的好手，若不是九人都在全神贯注的观战，自己在木匾后藏身这么久，虽然竭力屏气凝息，多半还是早已给下面诸人发觉了。他暗想："下面聚集着这许多高人，尤其有师父、师娘在内，而方证大师、武当掌门、莫大先生这三位，更是我十分尊敬的前辈。我在这里偷听他们说话，委实不敬之极。虽说是我先到而他们后至，但不论如何，总之是我在这里窃听，要是给他们发觉了，我可当真是无地自容了。"只盼任我行尽快再胜一场，三战两胜，便可带着盈盈从容下山，一等方证大师他们退出后殿，自己便赶下山去和盈盈相会。

一想到和盈盈对面相晤，不由得胸口一热，连耳根子也热烘烘地，自忖："自今而后，我真的要和盈盈结为夫妻吗？她待我情深义重，可是我……可是我……"这些日子来，虽然时刻想到盈盈，但每次念及，总是想到要报她相待之恩，要助她脱却牢狱之灾，要在江湖上大肆宣扬，是自己对她倾心，并非她对己有意，免得江湖豪士讥嘲于她，令她尴尬羞惭。每当盈盈的情影在脑海中出现之时，心中却并不感到喜悦不胜之情、温馨无限之意，和他想到小师妹岳灵珊时缠绵温柔的心意，大不相同，对于盈盈，内心深处竟似乎有些惧怕。

他和盈盈初遇，一直当她是个年老婆婆，心中对她有七分尊敬，三分感激；其后见她举手杀人，指挥群豪，尊敬之中不免掺杂了几分惧怕，直至得知她对自己颇有情意，这几分厌憎之心才渐渐淡了，及后得悉她为自己舍身少林，那更是深深感激。然而感激之意虽深，却并无亲近之念，只盼能报答她的恩情；听到任我行说自己是他女婿，心底竟然颇感为难。这时见到她的丽色，只觉和她相距极远极远。

他向盈盈瞧了几眼，不敢再看，只见向问天双手握拳，两目圆睁，顺着他目光看任我行和左冷禅时，见左冷禅已缩在殿角，任我行一掌一掌的向他劈将过去，每一掌都似开山大斧一般，威势惊人。左冷禅全然处于下风，双臂出招极短，攻不到一尺便即缩回，显似只守不攻。突然之间，任我行一声大喝，双掌疾向对方胸口推去。四掌相交，蓬的一声大响，左冷禅背心撞在墙上，头顶泥沙灰尘簌簌而落，四掌却不分开。令狐冲只感到身子摇动，藏身的那张木匾似乎便要跌落。他一惊之下，便想："左师伯这番可要糟了。他二人比拼内力，任先生使出'吸星大法'吸他内力，时刻一长，左师伯非输不可。"

却见左冷禅右掌一缩，竟以左手单掌抵御对方掌力，右手伸出食中二指向任我行戳去。任我行一声怪叫，急速跃开。左冷禅右手跟着点了过去。他连点三指，任我行退了三步。

方证大师、冲虚道长等均大为奇怪："素闻任我行的'吸星大法'擅吸对方内力，何以适才他二人四掌相交，左冷禅竟安然无恙？难道他嵩山派的内功居然不怕吸星妖法？"

旁观众高手固觉惊异，任我行心下更是骇然。

十余年前任我行左冷禅剧斗，未曾使用"吸星大法"，已然占到上风，眼见便可制住了左冷禅，突感心口奇痛，真力几乎难以使用，心下惊骇无比，自知这是修练"吸星大法"的反击之力，若在平时，自可静坐运功，慢慢化解，但其时劲敌当前，如何有此余裕？正彷徨无计之际，忽见左冷禅身后出现了两人，是左冷禅的师弟托塔手丁勉和大嵩阳手费彬。任我行立即跳出圈子，哈哈一笑，说道："说好单打独斗，原来你暗中伏有帮手，君子不吃眼前亏，咱们后会有期，今日爷爷可不奉陪了。"

左冷禅败局已成，对方居然自愿罢战，自是求之不得，他也不敢讨嘴头上便宜，说什么"要人帮手的不是好汉"之类，只怕激恼了对方，再斗下去，丁勉与费彬又不便插手相助，自己一世英名不免付于流水，当即说道："谁教你不多带几名魔教的帮手来？"

任我行冷笑一声，转身便走。

这一场拼斗，面子上似是未分胜败，但任左二人内心均知，自己的武功之中具有极大弱点，当日不输，实乃侥幸，自此分别苦练。

尤其任我行更知"吸星大法"之中伏有莫大隐患，便似是附骨之疽一般。他以"吸星大法"吸取对手功力，但对手门派不同，功力有异，诸般杂派功力吸在自身，无法融而为一，作为己用，往往会出其不意的发作出来。他本身内力甚强，一觉异派内功作怪，立时将之压服，从未遇过凶险，但这一次对手是极强高手，激斗中自己内力消耗甚巨，用于压制体内异派内力的便相应减弱，大敌当前之时，既有外患，复生内忧，自不免狼狈不堪。此后潜心思索，要揣摩出一个法门来制服体内的异派内功，心无二用，乃致聪明一世的枭雄，竟连变生肘腋亦不自知，终于为东方不败所困。他在西湖湖底一囚十年，心无旁骛，这才悟出了压制体内异派内功的妥善法门，修习这"吸星大法"才不致有惨遭反噬之危。

此番和左冷禅再度相逢，一时未能取胜，当即运出"吸星大法"，与对方手掌相交，岂知一吸之下，竟然发觉对方内力空空如也，不知去向。任我行这一惊非同小可。对方内力凝聚，一吸不能吸到，那并不奇，适才便吸不到方证的内力，但在瞬息间竟将内力藏得无影无踪，教他的"吸星大法"无力可吸，别说生平从所未遇，连做梦也没想到过有这等奇事。

他又连吸了几下，始终没摸到左冷禅内力的半点边儿，眼见左冷禅指法凌厉，于是退了三步，随即变招，狂砍狠劈，威猛无俦。左冷禅改取守势。两人又斗了二三十招，任我行左手一掌劈将过去，左冷禅无名指弹他手腕，右手食指戳向他左肋。任我行见他这一指劲力狠辣，心想："难道你这一指之中，竟又没有内力？"当下微微斜身，似是闪避，其实却故意露出空门，让他戳中胸肋，同时将"吸星神功"布于胸口，心想："你有本事深藏内力，不让我吸星大法吸到，但你以指攻我，指上若无内力，那么刺在我身上只当是给我搔痒，但若有分毫内力，便非尽数给我吸来不可。"

便在心念电闪之际，噗的一声响，左冷禅的手指已戳中他左胸"天池穴"。

旁观众人啊的一声，齐声呼叫。

左冷禅的手指在任我行的胸口微一停留，任我行立即全力运功，果然对方内力犹如河堤溃决，从自己"天池穴"中直涌进来。他心下大喜，加紧施为，吸取对方内力越快。

突然之间，他身子一晃，一步步的慢慢退开，一言不发的瞪视着左冷禅，身子发颤，手足不动，便如是给人封了穴道一般。

盈盈惊叫："爹爹！"扑过去扶住，只觉他手上肌肤冰凉彻骨，转头道："向叔叔！"向问天纵身上前，伸掌在任我行胸口推拿了几下。任我行嘿的一声，回过气来，脸色铁青，说道："很好，这一着棋我倒没料到。咱们再来比比。"

左冷禅缓缓摇了摇头。

岳不群道："胜败已分，还比什么？任先生适才难道不是给左掌门封了'天池穴'？"

任我行哑的一声，喝道："不错，是我上了当，这一场算我输便是。"

原来左冷禅适才这一招大是行险，他以修练了十余年的"寒冰真气"注于食指之上，拼着大耗内力，将计就计，便让任我行吸了过去，不但让他吸去，反而加催内力，急速注入对方穴道。这内力是至阴至寒之物，一瞬之间，任我行全身为之冻僵。左冷禅乘着他"吸星大法"一室的顷刻之间，内力一催，就势封住了他的穴道。穴道被封之举，原只见于第二三流武林人物动手之时，高手过招，决不使用这一类平庸招式。左冷禅却舍着大耗功力，竟以第二三流的手段制胜，这一招虽是使诈，但若无极厉害的内力，却也决难办到。

向问天知道左冷禅虽然得胜，但已大损真元，只怕非花上几个月时光，无法复元，当即上前说道："适才左掌门说过，你打倒了任教主之后，再来打倒我。现下便请动手。"

方证大师、冲虚道人等都看得明白，左冷禅自点中任我行之后，脸色惨白，始终不敢开声说话，可见内力消耗之重，此刻二人倘若动手，不但左冷禅非败不可，而且数招之间便会给向问天送了性命。但这一句话，左冷禅刚才确是说过了的，眼见向问天挑战，难道是自食前言不成？

众人正踌躇间，岳不群道："咱们说过，这三场比试，哪一方由谁出马，由该方自行决定，却不能由对方指名索战。这一句话，任教主是答应过了的，是不是？任教主是大英雄、大豪杰，说过了的话岂能不算？"

向问天冷笑道："岳先生能言善辩，令人好生佩服，只不过和'君子'二字，未免有些不称。这般东拉西扯，倒似个反覆无常的小人了。"

岳不群淡淡的道："自君子的眼中看出来，天下滔滔，皆是君子。自小人的眼中看来，世上无一而非小人。"

左冷禅慢慢挨了几步，将背脊靠到柱上，以他此时的情状，简直要站立不倒也是十分为难，更不用说和人动手过招了。

武当掌门冲虚道人走上两步，说道："素闻向左使人称'天王老子'，实有惊天动地的能耐。贫道忝居武当掌门，于正教诸派与贵教之争，始终未能出什么力，常感惭愧，今日有幸，若能以'天王老子'为对手，实感荣宠。"

他武当掌门何等身份，对向问天说出这等话来，那是将对方看得极重了。向问天在情在理，实是难以推却，便道："恭敬不如从命。久仰冲虚道长的'太极剑法'天下无双，在下舍命陪君子，只好献丑。"抱拳行礼，退了几步。冲虚道人宽袍大袖双手一摆，躬身还礼。

两人相对而立，凝目互视，一时却均不拔剑。

任我行突然说道："且慢！向兄弟，你且退下。"一伸手，从腰间拔出了长剑。

众人尽皆骇然："他已连斗两位高手，内力显已大为耗损，竟然要连斗三阵，再来接冲虚道长。"左冷禅更是惊诧，心想："我苦练十多年的寒冰真气倾注于他'天池穴'中，纵是武功高他十倍之人，只怕也得花三四个时辰，方能化解。难道此人一时三刻之间便又能与人动手？"众人怎知此刻任我行丹田之中，犹似有数十把小刀在乱攒乱刺，他使尽了力气，才将这几句话说得平平稳稳，没泄出半点痛楚之情。

冲虚道人微笑道："任教主要赐教么？咱们先前说过，双方由哪一位出手，由每一方自定，任教主若要赐教，原也不违咱们约定之议。只是贫道这个便宜，却占得太大了。"

任我行道："在下拼斗了两位高手之余，再与道长动手，未免小觑了武当派享誉数百年的神妙剑法，在下虽然狂妄，却还不致于如此。"

冲虚道人心下甚喜，点头道："多谢了。"他一见到任我行拔剑，心下便大为踌躇，以车轮战胜得任我行，说不上有何光采，但此仗若败，武当派在武林中可无立足之地了，听说不是他自己出战，这才宽心。

任我行道："冲虚道长在贵方是生力军，我们这一边也得出一个生力军才是。"抬头叫道："令狐冲小兄弟，你下来罢！"

众人大吃一惊，都顺着他目光向头顶的木匾望去。

令狐冲更为惊讶，一时手足无措，狼狈之极，当此情势，无法再躲，只得涌身跳下，向方证大师跪倒在地，纳头便拜，说道："小子擅闯宝刹，罪该万死，谨领方丈责罚。"

方证呵呵笑道："原来是令狐少侠。我听得少侠呼吸匀净，内力深厚，心下正在奇怪，不知是哪一位高人光临敝寺。请起，请起，行此大礼，可不敢当。"说着合什还礼。

令狐冲心想："原来他早知我藏在匾后了。"

丐帮帮主解风忽道："令狐冲，你来瞧瞧这几个字。"

令狐冲站起身来，顺着他手指向一根木柱后看去，见柱上刻着三行字。第一行是："匾后有人。"第二行是："我揪他下来。"第三行是："且慢，此人内功亦正亦邪，未知是友是敌。"每一字都深入柱内，木质新露，自是方证大师和解风二人以指力在柱上所刻。

令狐冲甚是惊佩，心想："方证大师从我极微弱的呼吸之中，能辨别我武功家数，真乃神人。"随即抱拳躬身，团团行礼，说道："众位前辈来到殿上之时，小子心虚，未敢下来拜见，还望恕罪。"料想此刻师父的脸色定是难看之极，哪敢和他目光相接？

解风笑道："你作贼心虚，到少林寺偷什么来啦？"令狐冲道："小子闻道任大小姐留居少林，斗胆前来接她出去。"解风笑道："原来是偷老婆来着，哈哈，这不是贼胆心虚，这叫做色胆包天。"令狐冲正色道："任大小姐有大恩于我，小子纵然为她粉身碎骨，亦所甘愿。"解风叹了口气，说道："可惜，可惜。好好一个年轻人，一生前途却为女子所误。你若不堕邪道，这华山派掌门的尊位，日后还会逃得出你的手掌么？"

任我行大声道："华山掌门，有什么希罕？将来老夫一命归天，日月神教教主之位，难道还逃得出我乘龙快婿的手掌么？"

令狐冲吃了一惊，颤声道："不……不……不能……"

任我行笑道："好啦。闲话少说。冲儿，你就领教一下这位武当掌门的神剑。冲虚道长的剑法以柔克刚，圆转如意，世间罕有，可要小心了。"他改口称他为"冲儿"，当真是将他当作女婿了。

令狐冲默察眼前情势，双方已各胜一场，这第三场的胜败，将决定是否能救盈盈下山；自己曾和冲虚道人比过剑，剑法上可以胜得过他，要救盈盈，那是非出场不可，当下转过身来，向冲虚道人跪倒在地，拜了几拜。

冲虚道人忙伸手相扶，奇道："何以行此大礼？"令狐冲道："小子对道长好生相敬，迫于情势，要向道长领教，心中不安。"冲虚道人哈哈一笑，道："小兄弟忒也多礼了。"

令狐冲站起身来，任我行递过长剑。令狐冲接剑在手，剑尖指地，侧身站在下首。

冲虚道人举目望着殿外天井中的天空，呆呆出神，心下盘算令狐冲的剑招。

众人见他始终不动，似是入定一般，都觉十分奇怪。

过了良久，冲虚道人长吁一口气，说道："这一场不用比了，你们四位下山去罢。"

此言一出，众人尽皆骇然。令狐冲大喜，躬身行礼。解风道："道长，你这话是什么意思？"冲虚道："我想不出破解他的剑法之道，这一场比试，贫道认输。"解风道："两位可还没动手啊。"冲虚道："数日之前，在武当山下，贫道曾和他拆过三百余招，那次是我输了。今日再比，贫道仍然要输。"方证等都问："有这等事？"冲虚道："令狐小兄弟深得风清扬风前辈剑法真传，贫道不是他的对手。"说着微微一笑，退在一旁。

任我行呵呵大笑，说道："道长虚怀若谷，令人好生佩服。老夫本来只佩服你一半，现下可佩服你七分了。"说是七分，毕竟还没十足。他向方证大师拱了拱手，说道："方丈大师，咱们后会有期。"

令狐冲走到师父、师娘跟前，跪倒磕头。岳不群侧身避开，冷冷的道："可不敢当！"岳夫人心中一酸，泪水盈眶。令狐冲又过去向莫大先生行礼，知他不愿旁人得悉两人之间过去的交往，只磕了三个头，却不说话。

任我行一手牵了盈盈，一手牵着令狐冲，笑道："走罢！"大踏步走向殿门。

解风、震山子、余沧海、天门道人等自知武功不及冲虚道人，既然冲虚自承非令狐冲之敌，他们心下虽将信将疑，却也不敢贸然上前动手，自取其辱。

任我行正要出殿，忽听得岳不群喝道："且慢！"任我行回头道："怎么？"岳不群道："冲虚道长大贤不和小人计较，这第三场可还没比。令狐冲，我来跟你比划比划。"

令狐冲大吃一惊，不由得全身皆颤，嗫嚅道："师父，我……我……怎能……"

岳不群却泰然自若，说道："人家说你蒙本门前辈风师叔的指点，剑术已深得华山派神髓，看来我也已不是你的对手。虽然你已被逐出本门，但在江湖上扬名立万，使的仍是本门剑法。我管教不善，使得正教中各位前辈，都为你这不肖少年呕气，倘若我不出手，难道让别人来负此重任？我今天如杀不了你，你就将我杀了罢。"说到后来，已然声色俱厉，刷的一声，抽出长剑，喝道："你我已无师徒之情，亮剑！"

令狐冲退了一步，道："弟子不敢！"

岳不群嗤的一剑，当胸平刺。令狐冲侧身避过。岳不群接连又刺出两剑，令狐冲又避开了，长剑始终指地，并不出剑挡架。岳不群道："你已让我三招，算得已尽了敬长之义，这就拔剑！"

任我行道："冲儿，你再不还招，当真要将小命送在这儿不成？"

令狐冲应道："是。"横剑当胸。这场比试，是让师父得胜呢，还是须得胜过师父？倘若故意容让，输了这一场，纵然自己身受重伤，也不打紧，可是任我行、向问天、盈盈三人却得在少室山上苦受十年囚禁。方证大师固是有道高僧，但左冷禅和少林寺中其他僧众，难保不对盈盈他们三人毒计陷害，说是囚禁十年，然是否得保性命，挨过这十年光阴，却难说得很。若说不让罢，自己自幼孤苦，得蒙师父、师娘教养成材，直与亲生父母一般，大恩未报，又怎能当着天下英雄之前，将师父打败，令他面目无光，声名扫地？

便在他踌躇难决之际，岳不群已急攻了二十余招。令狐冲只以师父从前所授的华山剑法挡架，"独孤九剑"每一剑都攻人要害，一出剑便是杀着，当下不敢使用。他自习得"独孤九剑"之后，见识大进，加之内力浑厚之极，虽然使的只是寻常华山剑法，剑上所生的威力自然与畴昔大不相同。岳不群连连催动剑力，始终攻不到他身前。

旁观众人见令狐冲如此使剑，自然均知他有意相让。任我行和向问天相对瞧了一眼，都是深有忧色。两人不约而同的想起，那日在杭州孤山梅庄，任我行邀令狐冲投身日月神教，许他担当光明右使之位，日后还可出任教主，又允授他秘诀，用以化解"吸星大法"中异种内力反噬的恶果。但这年轻人丝毫不为所动，足见他对师门十分忠义。此刻更见他对旧日的师父师娘神色恭谨之极，直似岳不群便要一剑将他刺死，也是心所甘愿。他所使招式全是守势，如此斗下去焉有胜望？令狐冲显然决计不肯胜过师父，更不肯当着这许多成名的英雄之前胜过师父。若不是他明知这一仗输了之后，盈盈等三人便要在少室山囚禁，只怕拆不上十招，便已弃剑认输了。任、向二人彷徨无计，相对又望了一眼，目光中便只三个字："怎么办？"

任我行转过头来，向盈盈低声道："你到对面去。"盈盈明白父亲的意思，他是怕令狐冲顾念昔日师门之恩，这一场比试要故意相让，他叫自己到对面去，是要令狐冲见到自己之后，想到自己待他的情义，便会出力取胜。她轻轻嗯了一声，却不移动脚步。

过了片刻，任我行见令狐冲不住后退，更是焦急，又向盈盈道："到对面去。"盈盈仍是不动，连"嗯"的那一声也不答应。她心中在想："我待你如何，你早已知道。你如以我为重，决意救我下山，你自会取胜。你如以师父为重，我便是拉住你衣袖哀哀求告，也是无用。我何必站到你的面前来提醒你？"深觉两情相悦，贵乎自然，倘要自己有所示意之后，令狐冲再为自己打算，那可无味之极了。

令狐冲随手挥洒，将师父攻来的剑招一一挡开，所使已不限于华山剑法。他若还击，早能逼得岳不群弃剑认输，眼见师父剑招破绽大露，始终不出手攻击。岳不群早已明白他的心意，运起紫霞神功，将华山剑法发挥得淋漓尽致。他既知令狐冲不会还手，每一招便全是进手招数，不再顾及自己剑法中是否有破绽。这么一来，剑法威力何止大了一倍。

旁观众人见岳不群剑法精妙，又占尽了便宜，却始终无法刺中令狐冲；又见令狐冲出剑有时有招，有时无招，而无招之时，长剑似乎乱挡乱架，却是曲尽其妙，轻描淡写的便将岳不群巧妙的剑招化解了，越看越是佩服，均想："冲虚道长自承剑术不及，当非虚言。"

岳不群久战不下，心下焦躁，突然想起："啊哟，不好！这小贼不愿负那忘恩负义的恶名，却如此跟我缠斗。他虽不来伤我，却总是叫我难以取胜。这里在场的个个都是目光如炬的高手，便在此时，也早已瞧出这小贼是在故意让我。我不断的死缠烂打，成什么体统？哪里还像是一派掌门的模样？这小贼是要逼我知难而退，自行认输。"

他当即将紫霞神功都运到了剑上，呼的一剑，当头直劈。令狐冲斜身闪开。岳不群圈转长剑，拦腰横削。令狐冲纵身从剑上跃过。岳不群长剑反撩，疾刺他后心，这一剑变招快极，令狐冲背后不生眼睛，势在难以躲避。众人"啊"的一声，都叫了出来。

令狐冲身在半空，既已无处借势再向前跃，回剑挡架也已不及，却见他长剑挺出，拍在身前数尺外的木柱之上，这一借力，身子便已跃到了木柱之后，噗的一声响，岳不群长剑刺入木柱。剑刃柔韧，但他内劲所注，长剑竟穿柱而过，剑尖和令狐冲身子相距不过数寸。

众人又都"啊"的一声。这一声叫唤，声音中充满了喜悦、欣慰和赞叹之情，竟是人人都不禁为令狐冲欢喜，既佩服他这一下躲避巧妙之极，又庆幸岳不群终于没刺中他。

岳不群施展平生绝技，连环三击，仍然奈何不了令狐冲，又听得众人的叫唤，竟是都在同情对方，心下大是懊怒。

这"夺命连环三仙剑"是华山派剑宗的绝技，他气宗弟子原本不知。当年两宗自残，剑宗弟子曾以此剑法杀了好几名气宗好手。当气宗弟子将剑宗的弟子屠戮殆尽、夺得华山派掌门之后，气宗好手仔细参详这三式高招"夺命连环三仙剑"。诸人想起当日拼斗时这三式连环的威力，心下犹有余悸，参研之时，各人均说这三招剑法入了魔道，但求剑法精妙，却忘了本派"以气驭剑"的不易至理，大家嘴里说得漂亮，心中却无不佩服。

当岳不群与令狐冲两人出剑相斗，岳夫人就已伤心欲涕，见丈夫突然使出这三招，心头大震："当年两宗同门相残，便因重气功、重剑法的纷争而起。他是华山气宗的掌门弟子，在这时居然使用剑宗的绝技，倘若给外人识破了，岂不令人轻视齿冷？唉，他既用此招，自是迫不得已，其实他非冲儿敌手，早已昭然，又何必苦苦缠斗？"有心上前劝阻，但此事关涉实在太大，并非单是本门一派之事，欲前又却，手按剑柄，忧心如焚。

岳不群右手一提，从柱中拔出了长剑。令狐冲站在柱后，并不转出。岳不群只盼他就此躲在木柱之后，不再出来应战，算是怕了自己，也就顾全了自己的颜面。两人相对而视。令狐冲低头道："弟子不是你老人家的敌手。咱们不用再比试了罢？"岳不群哼了一声。

任我行道："他师徒二人动手，无法分出胜败。方丈大师，咱们这三场比试，双方就算不胜不败。老夫向你陪个罪，咱们就此别过如何？"

岳夫人暗自舒了口长气，心道："这一场比试，我们明明是输了。任教主如此说，总算顾全到我们的面子，如此了事，那是再好不过。"

方证说道："阿弥陀佛！任施主这等说，大家不伤和气，足见高明，老衲自无异……"这个"议"字尚未出口，左冷禅忽道："那么我们便任由这四人下山，从此为害江湖，屠杀无辜？任由他们八只手掌沾满千千万万人的鲜血，任由他们残杀天下良善？岳师兄以后还算不算是华山派掌门？"方证迟疑道："这个……"

嗤的一声响，岳不群绕到柱后，挺剑向令狐冲刺去。

令狐冲闪身避过，数招之间，二人又斗到了殿心。岳不群快剑进击，令狐冲或挡或避，又成了缠斗闷战之局。

再拆得二十余招，任我行笑道："这场比试，胜败终究是会分的，且看谁先饿死，再打得七八天，相信便有分晓了。"

众人觉得他这番话虽是夸张，但如此打法，只怕几个时辰之内，也的确难有结果。

任我行心想："这岳老儿倘若老起脸皮，如此胡缠下去，他是立于不败之地，说什么也不会输的。可是冲儿只须有一丝半分疏忽，那便糟了，久战下去，可于咱们不利。须得以言语激他一激。"便道："向兄弟，今日咱们来到少林寺中，当真是大开眼界。"

向问天道："不错。武林中顶儿尖儿的人物，尽集于此……"任我行道："其中一位，更是了不起。"向问天道："是哪一位？"任我行道："此人练就了一项神功，令人叹为观止。"向问天道："是什么神功？"任我行道："此人练的是金脸罩、铁面皮神功。"向问天道："属下只听过金钟罩、铁布衫，却没听过金脸罩、铁面皮。"任我行道："人家金钟罩、铁布衫功夫是周身刀枪不入，此人的金脸罩、铁面皮神功，却只练硬一张脸皮。"向问天道："这金脸罩、铁面皮神功，不知是哪一门哪一派的功夫？"任我行道："这功夫说来非同小可，乃是西岳华山，华山派掌门人，江湖上鼎鼎大名的君子剑岳不群岳先生所创。"向问天道："素闻君子剑岳先生气功盖世，剑术无双，果然不是浪得虚名之辈。这金脸罩、铁面皮神功，将一张脸皮练得刀枪不入，不知有何用途？"任我行道："这用处可说之不尽。我们不是华山派门下弟子，其中诀窍，难以了然。"向问天道："岳先生创下这路神功，从此名扬江湖，永垂不朽的了。"任我行道："这个自然。咱们以后遇上华山派的人物，对他们这路铁面皮神功，可得千万小心在意。"向问天道："是，属下牢记在心。"

他二人一搭一档，便如说相声一般，尽量的讥刺岳不群。余沧海听得嘻笑不绝，大为幸灾乐祸。岳夫人一张粉脸胀得通红。

岳不群却似一句话也没听进耳中。他一剑刺出，令狐冲向左闪避，岳不群侧身向右，长剑斜挥，突然回头，剑锋猛地倒刺，正是华山剑法中一招妙着，叫作"浪子回头"。令狐冲举剑挡格，岳不群剑势从半空中飞舞而下，却是一招"苍松迎客"。令狐冲挥剑挡开。

岳不群刷刷两剑，令狐冲一怔，急退两步，不由得满脸通红，叫道："师父！"岳不群哼的一声，又是一剑刺将过去，令狐冲再退了一步。

旁观众人见令狐冲神情忸怩，狼狈万状，都是大惑不解，均想："他师父这三剑平平无奇，有什么了不起？何以竟使令狐冲难以抵挡？"

众人自均不知，岳不群所使的这三剑，乃是令狐冲和岳灵珊二人练剑时私下所创的"冲灵剑法"。当时令狐冲一片痴心，只盼日后能和小师妹共缔鸳盟，岳灵珊对他也是极好。二人心中都有个孩子气的念头，觉得岳不群夫妇所传的武功，其余同门都会，这一套"冲灵剑法"，天下却只他二人会使，因此使到这套剑法时，内心都有丝丝甜意。

不料岳不群竟在此时将这三招剑法使了出来，令狐冲登时手足无措，又是羞惭，又是伤心，心道："小师妹对我早已情断义绝，你却使出这套剑法来，叫我触景生情，心神大乱。你要杀我，便杀好了。"只觉活在世上了无意趣，不如一死了之，反而爽快。

岳不群长剑跟着刺到，这一招却是"弄玉吹箫"。令狐冲熟知此招，迷迷糊糊中顺手挡架。岳不群跟着使出下一式"萧史乘龙"。这两式相辅相成，姿式曼妙，尤其"萧史乘龙"这一式，长剑矫夭飞舞，直如神龙破空一般，却又潇洒蕴藉，颇有仙气。

相传春秋之时，秦穆公有女，小字弄玉，最爱吹箫。有一青年男子萧史，乘龙而至，奏箫之技精妙入神，前来教弄玉吹箫。秦穆公便将爱女许配他为妻。"乘龙快婿"这典故便由此而来。后来夫妻双双仙去，居于华山中峰。华山玉女峰有"引凤亭"，中峰有玉女祠、玉女洞、玉女洗头盆、梳妆台，皆由此传说得名。这些所在，令狐冲和岳灵珊不知曾多少次并肩同游，萧史和弄玉这故事中的绸缪之意、逍遥之乐，也不知曾多少次缭绕在他二人心底。

此刻眼见岳不群使出这招"萧史乘龙"，令狐冲心下乱成一片，随手挡架，只想："师父为什么要使这一招？他要激得我神智错乱，以便乘机杀我么？"

只见岳不群使完这一招后，又使一招"浪子回头"，一招"苍松迎客"，三招"冲灵剑法"，跟着又是一招"弄玉吹箫"，一招"萧史乘龙"。高手比武，即令拼到千余招以上，招式也不会重复，这一招既能为对方所化解，再使也必无用，反而令敌方熟知了自己的招式之后，乘隙而攻。岳不群却将这几招第二次重使，旁观众人均是大感不解。

令狐冲见岳不群第二次"萧史乘龙"使罢，又使出三招"冲灵剑法"时，突然之间，脑海中灵光一闪，登时恍然大悟："原来师父是以剑法点醒我。只须我弃邪归正，浪子回头，便可重入华山门下。"

华山上有数株古松，枝叶向下伸展，有如张臂欢迎上山的游客一般，称为"迎客松"。这招"苍松迎客"，便是从这几株古松的形状上变化而出。他想："师父是说，我若重归华山门户，不但同门欢迎，连山上的松树也会欢迎我了。"蓦地里心头大震："师父是说，不但我可重入华山门户，他还可将小师妹配我为妻。师父使那数招'冲灵剑法',明明白白的说出了此意,只是我胡涂不懂,他才又使'弄玉吹箫'、'萧史乘龙'这两招。"

重归华山和娶岳灵珊为妻,那是他心中两个最大的愿望,突然之间,师父当着天下高手之前,将这两件事向他允诺了,虽非明言,但在这数招剑法之中,已说得明白无比。令狐冲素知师父最重然诺,说过的话决无反悔,他既答允自己重归门户,又将女儿许配自己为妻,那自是言出如山,一定会做到的事。霎时之间,喜悦之情充塞胸臆。

他自然知道岳灵珊和林平之情爱正浓,对自己不但已无爱心,且是大有恨意。但男女婚配,全凭父母之命,做儿女的不得自主,千百年来皆是如此。岳不群既允将女儿许配于他,岳灵珊决计无可反抗。令狐冲心想:"我得重回华山门下,已是谢天谢地,更得与小师妹为偶,那实是喜从天降了。小师妹初时定然不乐,但我处处将顺于她,日子久了,定然感于我的至诚,慢慢的回心转意。"

他心下大喜,脸上自也笑逐颜开。岳不群又是一招"浪子回头",一招"苍松迎客",两招连绵而至。剑招渐急,若不可耐。令狐冲猛地里省悟:"师父叫我浪子回头,当然不是口说无凭,是要我立刻弃剑认输,这才将我重行收入门下。我得返华山,再和小师妹成婚,人生又复何求?但盈盈、任教主、向大哥却又如何?这场比试一输,他们三人便得留在少室山上,说不定尚有杀身之祸。我贪图一己欢乐,却负人一至于斯,那还算是人么?"言念及此,不由得背上出了一阵冷汗,眼中瞧出来也是模模糊糊,只见岳不群长剑一横,在他自己口边掠过,跟着剑锋便推将过来,正是一招"弄玉吹箫"。

令狐冲心中又是一动:"盈盈甘心为我而死,我竟可舍之不顾,天下负心薄幸之人,还有更比得上我令狐冲吗?无论如何,我可不能负了盈盈对我的情义。"突然脑中一晕,只听得铮的一声响,一柄长剑落在地下。

旁观众人"啊"的一声,叫了出来。

令狐冲身子晃了晃，睁开眼来，只见岳不群正向后跃开，满脸怒容，右腕上鲜血浡浡而下，再看自己长剑时，剑尖上鲜血点点滴滴的掉将下来。他大吃一惊，才知适才心神混乱之际，随手挡架攻来的剑招，不知如何，竟使出了"独孤九剑"中的剑法，刺中了岳不群的右腕。他立即抛去长剑，跪倒在地，说道："师父，弟子罪该万死。"

岳不群一腿飞出，正中他胸膛。这一腿力道好不凌厉，令狐冲登时身子飞起，身在半空之时，便只觉眼前一团漆黑，直挺挺的摔将下来，耳中隐约听得砰的一声，身子落地，却已不觉疼痛，就此人事不知了。

岳灵珊道：“我要在这四个雪人身上写几个字。”拔出长剑，用剑尖在雪人上划字。

二十八　积　雪

也不知过了多少时候，令狐冲渐觉身上寒冷，慢慢睁开眼来，只觉得火光耀眼，又即闭上，听得盈盈欢声叫道："你……你醒转来啦！"

令狐冲再度睁眼，见盈盈一双妙目正凝视着自己，满脸都是喜色。令狐冲便欲坐起，盈盈摇手道："躺着再歇一会儿。"令狐冲一看周遭情景，见处身在一个山洞之中，洞外生着一堆大火，这才记得是给师父踢了一脚，问道："我师父、师娘呢？"

盈盈扁扁嘴道："你还叫他作师父吗？天下也没这般不要脸的师父。你一味相让，他却不知好歹，终于弄得下不了台，还这么狠心踢你一腿。震断了他腿骨，才是活该。"

令狐冲惊道："我师父断了腿骨？"盈盈微笑道："没震死他是客气的呢？爹爹说，你对吸星大法还不会用，否则也不会受伤。"令狐冲喃喃的道："我刺伤了师父，又震断了他腿骨，真是……真是……"盈盈道："你懊悔吗？"令狐冲心下惶愧已极，说道："我实是大大的不该。当年若不是师父、师娘抚养我长大，说不定我早已死了，焉能得有今日？我恩将仇报，真是禽兽不如。"

盈盈道："他几次三番的痛下杀手，想要杀你。你如此忍让，也算已报了师恩。像你这样的人，到哪里都不会死，就算岳氏夫妇不养你，你在江湖上做小叫化，也决计死不了。他把你逐出华山，师徒间的情义早已断了，还想他作甚？"说到这里，慢慢放低了声音，道："冲哥，你为了我而得罪师父、师娘，我……我心里……"说着低下了头，晕红双颊。

令狐冲见她露出了小儿女的腼腆神态，洞外熊熊火光照在她脸上，直是明艳不可方物，不由得心中一荡，伸出手去握住了她左手，叹了口气，不知说什么才好。

盈盈柔声道："你为什么叹气？你后悔识得我吗？"令狐冲道："没有，没有！我怎会后悔？你为了我，宁肯把性命送在少林寺里，我以后粉身碎骨，也报不了你的大恩。"盈盈凝视他双目，道："你为什么说这等话？你直到现下，心中还是在将我当作外人。"

令狐冲内心一阵惭愧，在他心中，确然总是对她有一层隔膜，说道："是我说错了，自今而后，我要死心塌地的对你好。"这句话一出口，不禁想到："小师妹呢？小师妹？难道我从此忘了小师妹？"

盈盈眼光中闪出喜悦的光芒，道："冲哥，你这是真心话呢，还是哄我？"

令狐冲当此之时，再也不自计及对岳灵珊铭心刻骨的相思，全心全意的道："我若是哄你，教我天打雷劈，不得好死。"

盈盈的左手慢慢翻转，也将令狐冲的手握住了，只觉一生之中，实以这一刻光阴最是难得，全身都暖烘烘地，一颗心却又如在云端飘浮，但愿天长地久，永恒如此。过了良久，缓缓说道："咱们武林中人，只怕是注定要不得好死的了。你日后倘若对我负心，我也不盼望你天打雷劈，我……我……我宁可亲手一剑刺死了你。"

令狐冲心头一震，万料不到她竟会说出这一句话来，怔了一怔，笑道："我这条命是你救的，早就归于你了。你几时要取，随时来拿去便是。"盈盈微微一笑，道："人家说你是个浮滑无行的浪子，果然说话这般油腔滑调，没点正经。也不知是什么缘份，我就是……就是喜欢了你这个轻薄浪子。"令狐冲笑道："我几时对你轻薄过了？你这么说我，我可要对你轻薄了。"说着坐起身来。

盈盈双足一点，身子弹出数尺，沉着脸道："我心中对你好，咱们可得规规矩矩的。你若当我是个水性女子，可以随便欺我，那可看错人了。"

令狐冲一本正经的道："我怎敢当你是水性女子？你是一位年高德劭、不许我回头瞧一眼的婆婆。"

盈盈噗哧一笑，想起初识令狐冲之时，他一直叫自己为"婆婆"，神态恭谨之极，不由得笑靥如花，坐了下来，却和令狐冲隔着有三四尺远。

令狐冲笑道："你不许我对你轻薄，今后我仍是一直叫你婆婆好啦。"盈盈笑道："好啊，乖孙子。"令狐冲道："婆婆，我心中有……"盈盈道："不许叫婆婆啦，待过得六十年，再叫不迟。"令狐冲道："若是现下叫起，能一直叫你六十年，这一生可也不枉了。"

盈盈心神荡漾，寻思："当真得能和他厮守六十年，便天上神仙，也是不如。"

令狐冲见到她的侧面，鼻子微耸，长长睫毛低垂，容颜娇嫩，脸色柔和，心想："这样美丽的姑娘，为什么江湖上成千成万桀傲不驯的豪客，竟会对她又敬又畏，又甘心为她赴汤蹈火？"想要询问，却觉在这时候说这等话未免大煞风景，欲言又止。

盈盈道："你想说什么话，尽管说好了。"令狐冲道："我一直心中奇怪，为什么老头子、祖千秋他们，会对你怕得这么厉害。"盈盈嫣然一笑，说道："我知道你若不问明白这件事，总是不放心。只怕在你心中，始终当我是个妖魔鬼怪。"令狐冲道："不，不，我当你是位神通广大的活神仙。"

盈盈微笑道："你说不了三句话，便会胡说八道。其实你这人，也不见得真的是浮薄无行，只不过爱油嘴滑舌，以致大家说你是个浪荡子弟。"令狐冲道："我叫你作婆婆之时，可曾油嘴滑舌吗？"盈盈道："那你一辈子叫我作婆婆好了。"令狐冲道："我要叫你一辈子，只不过不是叫婆婆。"

盈盈脸上浮起红云，心下甚甜，低声道："只盼你这句话，不是油嘴滑舌才好。"令狐冲道："你怕我油嘴滑舌，这一辈子你给我煮饭，菜里不放猪油豆油。"盈盈微笑道："我可不会煮饭，连烤青蛙也烤焦了。"

令狐冲想起那日二人在荒郊溪畔烤蛙，只觉此时此刻，又回到了当日的情景，心中满是缠绵之意。

盈盈低声道："只要你不怕我煮的焦饭，我便煮一辈子饭给你吃。"令狐冲道："只要是你煮的，每日我便吃三大碗焦饭，却又何妨？"盈盈轻轻的道："你爱说笑，尽管说个够好了。其实，你说话逗我欢喜，我也开心得很呢。"

两人四目交投，半晌无语。隔了好一会，盈盈缓缓道："我爹爹本是日月神教的教主，你是早知道的了。后来东方叔叔……不，东方不败，我一直叫他叔叔，可叫惯了，他行使诡计，把爹爹囚禁起来，欺骗大家，说爹爹在外逝世，遗命要他接任教主。当时我年纪还小，东方不败又机警狡猾，这件事做得不露半点破绽，我也就没丝毫疑心。东方不败为了掩人耳目，对我异乎寻常的优待客气，我不论说什么，他从来没一次驳回。因此我在教中，地位甚是尊荣。"令狐冲道："那些江湖豪客，都是日月神教属下的了？"盈盈道："他们也不算正式的教众，不过一向归我教统属，他们的首领也大都服过我教的'三尸脑神丹'。"

令狐冲哼了一声。当日他在孤山梅庄，曾见魔教长老鲍大楚、秦伟邦等人一见任我行那几颗火红色的"三尸脑神丹"，登即吓得魂不附体，想到当日情景，不由得眉头微皱。

盈盈续道："这'三尸脑神丹'服下之后，每年须服一次解药，否则毒性发作，死得惨不堪言。东方不败对那些江湖豪士十分严厉，小有不如他意，便扣住解药不发，每次总是我去求情，讨得解药给了他们。"令狐冲道："那你可是他们的救命恩人了。"

盈盈道："也不是什么恩人。他们来向我磕头求告，我可硬不了心肠，置之不理。原来这也是东方不败掩人耳目之策，他是要使人人知道，他对我十分爱护尊重。这样一来，自然再也无人怀疑他的教主之位是篡夺来的。"

令狐冲点头道："此人也当真工于心计。"盈盈道："不过老是要我向东方不败求情，实在太烦。再者，教里的情形也跟以前大不相同了。人人见了东方不败都要满口谀词，肉麻无比。前年春天，我叫师侄绿竹翁陪伴，出来游山玩水，既免再管教中的闲事，也不必向东方不败说那些无耻言语。想不到竟撞到了你。"她向令狐冲瞧了一眼，想起绿竹巷中初遇的情景，轻轻叹息一声，心中充满了柔情。过了好一会，说道："来到少林寺的这数千豪客，当然并非都曾服过我求来的解药。但只要有一人受过我的恩惠，他的亲人好友、门下弟子、所属帮众等等，自然也都承我的情了。再说，他们到少室山来，也未必真的是为了我，多半还是应令狐大侠的召唤，不敢不来。"说到这里，抿嘴一笑。

令狐冲叹道："你跟着我没什么好处，这油嘴滑舌的本事，倒也长进了三分。"

盈盈噗哧一声，笑了出来。她一生下地，日月神教中人人便当她公主一般，谁也不敢违拗她半点，待得年纪愈长，更是颐指气使，要怎么便怎么，从无一人敢和她说一句笑话。此刻和令狐冲如此笑谑，当真是生平从无此乐。

过了一会，盈盈将头转向山壁，说道："你率领众人到少林寺来接我，我自然欢喜。那些人贫嘴贫舌，背后都说我……说我对你好，而你却是个风流浪子，到处留情，压根儿没将我放在心上……"说到这里，声音渐渐低了下来，幽幽的道："你这般大大的胡闹一场，总算是给足了我面子，我……我就算死了，也不枉担了这个虚名。"

令狐冲道："你负我到少林寺求医，我当时一点也不知道，后来又给关在西湖底下，待得脱困而出，又遇上了恒山派的事。好容易得悉情由，再来接你，已累你受了不少苦啦。"

盈盈道："我在少林寺后山，也没受什么苦。我独居一间石屋，每隔十天，便有个老和尚给我送柴送米，除此之外，什么人也没见过。直到定闲、定逸两位师太来到少林，方丈要我去相见，才知道他没传你易筋经。我发觉上了当，生气得很，便骂那老和尚。定闲师太劝我不用着急，说你平安无恙，又说是你求她二位师太来向少林方丈求情的。"

令狐冲道："你听她这么说，才不骂方丈大师了？"

盈盈道："少林寺的方丈听我骂他，只是微笑，也不生气，说道：'女施主，老衲当日要令狐少侠归入少林门下，算是我的弟子，老衲便可将本门易筋经内功相授，助他驱除体内的异种真气。但他坚决不允，老衲也是无法相强。再说，你当日背负他上……当日他上山之时，奄奄一息，下山时内伤虽然未愈，却已能步履如常，少林寺对他总也不无微功。'我想这话倒也有理，便说：'那你为什么留我在山上？出家人不打诳语，那不是骗人么？'"

令狐冲道："是啊，他们可不该瞒着你。"盈盈道："这老和尚说起来却又是一片道理。他说留我在少室山，是盼望以佛法化去我的什么暴戾之气，当真胡说八道之至。"令狐冲道："是啊，你又有什么暴戾之气了？"盈盈道："你不用说好话讨我喜欢。我暴戾之气当然是有的，不但有，而且相当不少。不过你放心，我不会对你发作。"令狐冲道："承你另眼相看，那可多谢了。"

盈盈道："当时我对老和尚说：'你年纪这么大了，欺侮我们年纪小的，也不怕丑。'老和尚道：'那日你自愿在少林寺舍身，以换令狐少侠这条性命。我们虽没治愈令狐少侠，可也没要了你的性命。听恒山派两位师太说，令狐少侠近来在江湖上着实做了不少行侠仗义之事，老衲也代他欢喜。冲着恒山两位师太的金面，你这就下山去罢。'他还答应释放我百余名江湖朋友，我很承他的情，向他拜了几拜。就这么着，我跟恒山派两位师太下山来了。后来在山下遇到一个叫什么万里独行田伯光的，说你已率领数千人到少林寺来接我。两位师太言道：少林寺有难，她们不能袖手。于是和我分手，要我来阻止你。不料两位心地慈祥的前辈，竟会死在少林寺中。"说着长长的叹了口气。

令狐冲叹道："不知是谁下的毒手。两位师太身上并无伤痕，连如何丧命也不知道。"

盈盈道："怎么没伤痕？我和爹爹、向叔叔在寺中见到两位师太的尸身，我曾解开她们衣服察看，见到二人心口都有一粒针孔大的红点，是被人用钢针刺死的。"

令狐冲"啊"的一声，跳了起来，道："毒针？武林之中，有谁是使毒针的？"

盈盈摇头道："爹爹和向叔叔见闻极广，可是他们也不知道。爹爹说，这针并非毒针，其实是件兵刃，刺人要害，致人死命，只是刺入定闲师太心口那一针略略偏斜了些。"令狐冲道："是了。我见到定闲师太之时，她还没断气。这针既是当心刺入，那就并非暗算，而是正面交锋。那么害死两位师太的，定是武功绝顶的高手。"盈盈道："我爹爹也这么说。既有了这条线索，要找到凶手，想亦不难。"

令狐冲伸掌在山洞的洞壁上用力一拍，大声道："盈盈，我二人有生之年，定当为两位师太报仇雪恨。"盈盈道："正是。"

令狐冲扶着石壁坐起身来，但觉四肢运动如常，胸口也不疼痛，竟似没受过伤一般，说道："这可奇了，我师父踢了我这一腿，好似没伤到我什么。"

盈盈道："我爹爹说，你已吸到不少别人的内力，内功高出你师父甚远。只因你不肯运力和你师父相抗，这才受伤，但有深厚内功护体，受伤甚轻。向叔叔给你推拿了几次，激发你自身的内力疗伤，很快就好了。只是你师父的腿骨居然会断，那可奇怪得很。爹爹想了半天，难以索解。"令狐冲道："我内力既强，师父这一腿踢来，我内力反震，害得他老人家折断腿骨，为什么奇怪？"盈盈道："不是的。爹爹说，吸自外人的内力虽可护体，但必须自加运用，方能伤人，比之自己练成的内力，毕竟还是逊了一筹。"

令狐冲道："原来如此。"他不大明白其中道理，也就不去多想，只是想到害得师父受伤，更当着天下众高手之前失尽了面子，实是负咎良深。

一时之间，两人相对默然，偶然听到洞外柴火燃烧时的轻微爆裂之声，但见洞外大雪飘扬，比在少室山上之时，雪下得更大了。

突然之间，令狐冲听得山洞外西首有几下呼吸粗重之声，当即凝神倾听，盈盈内功不及他，没听到声息，见了他的神情，便问："听到了什么？"令狐冲道："刚才我听到一阵喘气声，有人来了。但喘声急促，那人武功低微，不足为虑。"又问："你爹爹呢？"

盈盈道："爹爹和向叔叔说出去溜跶溜跶。"说这句话时，脸上一红，知道父亲故意避开，好让令狐冲醒转之后，和她细叙离情。

令狐冲又听到了几下喘息，道："咱们出去瞧瞧。"两人走出洞来，见向任二人踏在雪地里的足印已给新雪遮了一半。令狐冲指着那两行足印道："喘息声正是从那边传来。"

两人顺着足迹，行了十余丈，转过山坳，突见雪地之中，任我行和向问天并肩而立，却一动也不动。两人吃了一惊，同时抢过去。

盈盈叫道："爹！"伸手去拉任我行的左手，刚和父亲的肌肤相接，全身便是一震，只觉一股冷入骨髓的寒气，从他手上直透过来，惊叫："爹，你……你怎么……"一句话没说完，已全身战栗，牙关震得格格作响，心中却已明白，父亲中了左冷禅的"寒冰真气"后，一直强自抑制，此刻终于镇压不住，寒气发作了出来，向问天是在竭力助她父亲抵挡。任我行在少林寺中如何被左冷禅以诡计封住穴道，下山之后，曾向她简略说过。

令狐冲却尚未明白，白雪的反光之下，只见任向二人脸色极是凝重，跟着任我行又重重喘了几口气，才知适才所闻的喘息声是他所发。但见盈盈身子战抖，当即伸手去握她左手，立觉一阵寒气钻入了体内。他登时恍然，任我行中了敌人的阴寒内力，正在全力散发，于是依照西湖底铁板上所刻散功之法，将钻进体内的寒气缓缓化去。

任我行得他相助，心中登时一宽，向问天和盈盈的内功和他所习并非一路，只能助他抗寒，却不能化散。他自己全力运功，以免全身冻结为冰，已再无余力散发寒气，坚持既久，越来越觉吃力。令狐冲这运功之法却是釜底抽薪，将"寒冰真气"从他体内一丝丝的抽将出来，散之于外。

四人手牵手的站在雪地之中，便如僵硬了一般。大雪纷纷落在四人头上脸上，渐渐将四人的头发、眼睛、鼻子、衣服都盖了起来。

令狐冲一面运功，心下暗自奇怪："怎地雪花落在脸上，竟不消融？"他不知左冷禅所练的"寒冰真气"厉害之极，散发出来的寒气远比冰雪寒冷。此时他四人只脏腑血液才保有暖气，肌肤之冷，已若坚冰，雪花落在身上，竟丝毫不融，比之落在地下还积得更快。

过了良久良久，天色渐明，大雪还是不断落下。令狐冲担心盈盈娇女弱质，受不起这寒气长期侵袭，只是任我行体内的寒毒并未去尽，虽然喘息之声已不再闻，却不知此时是否便可罢手，罢手之后是否另有他变。他拿不定主意，只好继续助他散功，好在从盈盈的手掌中觉到，她肌肤虽冷，身子却早已不再颤抖，自己掌心觉察到她手掌上脉搏微微跳动。这时他双眼上早已积了数寸白雪，只隐隐觉到天色已明，却什么也看不到了。当下不住加强运功，只盼及早为任我行化尽体内的阴寒之气。

又过良久，忽然东北角上远远传来马蹄声，渐奔渐近，听得出是一骑前，一骑后，跟着听得一人大声呼叫："师妹，师妹，你听我说。"

令狐冲双耳外虽堆满了白雪，仍听得分明，正是师父岳不群的声音。两骑不住驰近，又听得岳不群叫道："你不明白其中缘由，便乱发脾气，你听我说啊。"跟着听得岳夫人叫道："我自己不高兴，关你什么事了？又有什么好说？"听两人叫唤和马匹奔跑之声，是岳夫人乘马在前，岳不群乘马在后追赶。

令狐冲甚是奇怪："师娘生了好大的气，不知师父如何得罪了她。"

但听得岳夫人那乘马笔直奔来，突然间她"咦"的一声，跟着坐骑嘘哩哩一声长嘶，想必是她突然勒马止步，那马人立了起来。不多时岳不群纵马赶到，说道："师妹，你瞧这四个雪人堆得很像，是不是？"岳夫人哼的一声，似是余怒未息，跟着自言自语："在这旷野之中，怎么有人堆了这四个雪人？"

令狐冲刚想："这旷野间有什么雪人？"随即明白："我们四人全身堆满了白雪，臃肿不堪，以致师父、师娘把我们当作了雪人。"师父、师娘便在眼前，情势尴尬，但这件事却实在好笑之极。跟着却又栗栗危惧："师父一发觉是我们四人，势必一剑一个。他此刻要杀我们，那是用不着花半分力气。"

岳不群道："雪地里没足印，这四个雪人堆了有好几天啦。师妹，你瞧，似乎三个是男的，一个是女的。"岳夫人道："我看也差不多，又有什么男女之别了？"一声吆喝，催马欲行。岳不群道："师妹，你性子这么急！这里左右无人，咱们从长计议，岂不是好？"岳夫人道："什么性急性缓？我自回华山去。你爱讨好左冷禅，你独自上嵩山去罢。"

岳不群道："谁说我爱讨好左冷禅了？我好端端的华山派掌门不做，干么要向嵩山派低头？"岳夫人道："是啊！我便是不明白，你为什么要向左冷禅低首下心，听他指使？虽说他是五岳剑派盟主，可也管不着我华山派的事。五个剑派合而为一，武林中还有华山派的字号吗？当年师父将华山派掌门之位传给你，曾说什么话来？"岳不群道："恩师要我发扬光大华山一派的门户。"岳夫人道："是啊。你若答应了左冷禅，将华山派归入了嵩山，怎对得住泉下的恩师？常言道得好：宁为鸡口，毋为牛后。华山派虽小，咱们尽可自立门户，不必去依附旁人。"

岳不群叹了口气，道："师妹，恒山派定闲、定逸两位师太武功，和咱二人相较，谁高谁下？"岳夫人道："没比过。我看也差不多。你问这个又干什么了？"岳不群道："我也看是差不多，这两位师太在少林寺中丧身，显然是给左冷禅害的。"

令狐冲心头一震，他本来也早疑心是左冷禅作的手脚，否则别人也没这么好的功夫。少林、武当两派掌门武功虽高，但均是有道之士，决不会干这害人的勾当。嵩山派数次围攻恒山三尼不成，这次定是左冷禅亲自出手。任我行这等厉害的武功，尚且败在左冷禅手下，恒山派两位师太自然非他之敌。

岳夫人道："是左冷禅害的，那又如何？你如拿到了证据，便当邀集正教中的英雄，齐向左冷禅问罪，替两位师太伸冤雪恨才是。"岳不群道："一来没有证据，二来又是强弱不敌。"

岳夫人道："什么强弱不敌？咱们把少林派方证方丈、武当派冲虚道长两位都请了出来主持公道，左冷禅又敢怎么样了？"岳不群道："就只怕方证方丈他们还没请到，咱夫妻已如恒山派那两位师太一样了。"岳夫人道："你说左冷禅下手将咱二人害了？哼，咱们既在武林立足，哪又顾得了这许多？前怕虎，后怕狼的，还能在江湖上混么？"

令狐冲暗暗佩服："师娘虽是女流之辈，豪气尤胜须眉。"

岳不群道："咱二人死不足惜，可又有什么好处？左冷禅暗中下手，咱二人死得不明不白，结果他还不是开山立派，创成了那五岳派？说不定他还会捏造个难听的罪名，加在咱们头上呢。"岳夫人沉吟不语。岳不群又道："咱夫妇一死，华山门下的群弟子尽成了左冷禅刀下鱼肉，哪里还有反抗的余地？不管怎样，咱们总得给珊儿想想。"

岳夫人唔了一声，似已给丈夫说得心动，隔了一会，才道："嗯，咱们那就暂且不揭破左冷禅的阴谋，依你的话，面子上跟他客客气气的敷衍，待机而动。"

岳不群道："你肯答应这样，那就很好。平之那家传的《辟邪剑谱》，偏偏又给令狐冲这小贼吞没了，倘若他肯还给平之，我华山群弟子大家学上一学，又何惧于左冷禅的欺压？我华山派又怎致如此朝不保夕、难以自存？"

岳夫人道："你怎么仍在疑心冲儿剑术大进，是由于吞没了平儿家传的《辟邪剑谱》？少林寺中这一战，方证大师、冲虚道长这等高人，都说他的精妙剑法是得自风师叔的真传。虽然风师叔是剑宗，终究还是咱们华山派的。冲儿跟魔教妖邪结交，果然是大大不对，但无论如何，咱们再不能冤枉他吞没了《辟邪剑谱》。倘若方证大师与冲虚道长的话你仍然信不过，天下还有谁的话可信？"

令狐冲听师娘如此为自己分说，心中感激之极，忍不住便想扑出去抱住她。

突然之间，他头上震动了几下，正是有人伸掌在他头顶拍击，心道："不好，咱们的行藏给识破了。任教主寒毒尚未去尽，师父、师娘又再向我动手，那便如何是好？"只觉得盈盈手上传过来的内力跟着剧震数下，料想任我行也是心神不定。但头顶给人这么轻轻拍了几下后，便不再有什么动静。

只听得岳夫人道："昨天你和冲儿动手，连使'浪子回头'、'苍松迎客'、'弄玉吹箫'、'萧史乘龙'这四招，那是什么意思？"岳不群嘿嘿一笑，道："这小贼人品虽然不端，毕竟是你我亲手教养长大，眼看他误入歧途，实在可惜，只要他浪子回头，我便许他重归华山门户。"岳夫人道："这意思我理会得。可是另外两招呢？"岳不群道："你心中早已知道，又何必问我？"岳夫人道："倘若冲儿肯弃邪归正，你就答允将珊儿许配他为妻，是不是？"岳不群道："不错。"岳夫人道："你这样向他示意，是一时的权宜之计呢，还是确有此意？"

岳不群不语。令狐冲又感到头顶有人轻轻敲击，当即明白，岳不群是一面沉思，一面伸手在雪人的头上轻拍，倒不是识破了他四人。

只听岳不群道："大丈夫言出如山，我既答允了他，自无反悔之理。"岳夫人道："他对那魔教妖女十分迷恋，你岂有不知？"岳不群道："不，他对那妖女感激则有之，迷恋却未必。平日他对珊儿那般情景，和对那妖女大不相同，难道你瞧不出来？"岳夫人道："我自然也瞧出了。你说他对珊儿仍然并未忘情？"岳不群道："岂但并未忘情，简直是……简直是相思入骨。他一明白了我那几招剑招的用意之后，你不见他那一股喜从天降、心花怒放的神气？"岳夫人冷冷的道："正因为如此，因此你是以珊儿为饵，要引他上钩？要引得他为了珊儿之故，故意输了给你？"

令狐冲虽积雪盈耳，仍听得出师娘这几句话中，充满着愤怒和讥刺之意。这等语气，他从来没听到曾出之于师娘之口。岳不群夫妇向来视他如子，平素说话，在他面前亦无避忌。岳夫人性子较急，在家务细事上，偶尔和丈夫顶撞几句，原属常有，但遇上门户弟子之事，她向来尊重丈夫的掌门身份，绝不违拗其意。此刻如此说法，足见她心中已是不满之极。

岳不群长叹一声，道："原来连你也不能明白我的用意。我一己的得失荣辱事小，华山派的兴衰成败却是事大。倘若我终能劝服令狐冲，令他重归华山，那可是一举四得，大大的美事。"岳夫人道："什么一举四得？"岳不群道："令狐冲剑法高强之极，远胜于我。他是得自《辟邪剑谱》也好，是得自风师叔的传授也好，他如重归华山，我华山派声威大振，名扬天下，这是第一桩大事。左冷禅吞并华山派的阴谋固然难以得逞，连泰山、恒山、衡山三派也得保全，这是第二桩大事。他重归正教门下，令魔教不但去了一个得力臂助，反而多了一个大敌，正盛邪衰，这是第三桩大事。师妹，你说是不是呢？"

岳夫人道："嗯，那第四桩呢？"岳不群道："这第四桩啊，我夫妇膝下无子，向来当冲儿是亲生孩儿一般。他误入歧途，我实在痛心非凡。我年纪已不小了，这世上的虚名，又何足道？只要他真能改邪归正，咱们一家团圆，融融泄泄，岂不是天大的喜事？"

令狐冲听到这里，不由得心神激荡，"师父！师娘！"这两声，险些便叫出口来。

岳夫人道："珊儿和平之情投意合，难道你忍心硬生生的将他二人拆开，令珊儿终身遗恨？"岳不群道："我这是为了珊儿好。"岳夫人道："为珊儿好？平之勤勤恳恳，规规矩矩，有什么不好了？"岳不群道："平之虽然用功，可是和令狐冲相比，那是天差地远了，这一辈子拍马也追他不上。"岳夫人道："武功强便是好丈夫吗？我真盼冲儿能改邪归正、重入本门。但他胡闹任性、轻浮好酒，珊儿倘若嫁了他，势必给他误了终身。"

令狐冲心下惭愧，寻思："师母说我'胡闹任性，轻浮好酒'，这八字确是的评。可是倘若我真能娶小师妹为妻，难道我会辜负她吗？不，万万不会！"

岳不群又叹了口气，说道："反正我枉费心机，这小贼陷溺已深，咱们这些话，也都是白说了。师妹，你还生我的气么？"

岳夫人不答，过了一会，问道："你腿上痛得厉害么？"岳不群道："那只是外伤，不打紧。咱们这就回华山去罢。"岳夫人"嗯"了一声。但听得二骑踏雪之声，渐渐远去。

令狐冲心乱如麻，反覆思念师父师娘适才的说话，竟尔忘了运功，突然一股寒气从手心中涌来，不禁机伶伶的打个冷战，只觉全身奇寒彻骨，急忙运功抵御，一时运得急了，忽觉内息在左肩之处阻住，无法通过。他急忙提气运功。可是他练这"吸星大法"，只是依据铁板上所刻要诀，无师自通，种种细微精奥之处，未得明师指点，这时强行冲荡，内息反而岔得更加厉害，先是左臂渐渐僵硬，跟着麻木之感随着经脉通至左胁、左腰，顺而向下，整条左腿也麻木了，令狐冲惶急之下，张口大呼，却发觉口唇也已无法动弹。

便在此时，马蹄声响，又有两乘马驰近。有人说道："这里蹄印杂乱，爹爹、妈妈曾在这里停留。"正是岳灵珊的声音。令狐冲又惊又喜："怎地小师妹也来了？"听得另一人道："师父腿上有伤，别要出了岔子，咱们快随着蹄印追去。"却是林平之的声音。令狐冲心道："是了，雪地中蹄印清晰。小师妹和林师弟追寻师父、师娘，一路寻了过来。"

岳灵珊忽然叫道："小林子，你瞧这四个雪人儿多好玩，手拉手的站成一排。"林平之道："附近好像没人家啊，怎地有人到这里堆雪人玩儿？"岳灵珊笑道："咱们也堆两个雪人玩玩好不好？"林平之道："好啊，堆一个男的，一个女的，也要手拉手的。"岳灵珊翻身下马，捧起雪来便要堆砌。

林平之道："咱们还是先去找寻师父、师娘要紧。找到他二位之后，慢慢再堆雪人玩不迟。"岳灵珊道："你便是扫人家的兴。爹爹腿上虽然受伤，骑在马上便和不伤一般无异，有妈妈在旁，还怕有人得罪他们么？他两位双剑纵横江湖之时，你都还没生下来呢。"林平之道："话是不错。不过师父、师娘还没找到，咱们却在这里贪玩，总是心中不安。"岳灵珊道："好罢，就听你的。不过找到了爹妈，你可得陪我堆两个挺好看的雪人。"林平之道："这个自然。"

令狐冲心想："我料他必定会说：'就像你这般好看。'又或是说：'要堆得像你这样好看，可就难了。'不料他只说'这个自然'，就算了事。"转念又想："林师弟稳重厚实，哪似我这般轻佻？小师妹倘若要我陪她堆雪人，便有天大的事，我也置之脑后了。偏生小师妹就服他的，虽然不愿意，却半点也不使小性儿，没闹别扭，哪里像她平时对我这样？嗯，林师弟身子是大好了，不知那一剑是谁砍他的，小师妹却把这笔帐算在我头上。"

他全神贯注倾听岳灵珊和林平之说话，忘了自身僵硬，这一来，正合了"吸星大法"行功的要诀："无所用心，浑不着意。"左腿和左腰的麻木便渐渐减轻。

只听得岳灵珊道："好，雪人便不堆，我却要在这四个雪人上写几个字。"刷的一声，拔出了长剑。

令狐冲又是一惊："她要用剑在我们四人身上乱划乱刺，那可糟了。"要想出声叫唤，挥手阻止，苦于口不能言，手不能动。但听得嗤嗤几声轻响，她已用剑尖在向问天身外的积雪上划字，一路划将过来，划到了令狐冲身上。幸好她划得甚浅，没破雪见衣，更没伤到令狐冲的皮肉。令狐冲寻思："不知她在我们身上写了些什么字？"

只听岳灵珊柔声道："你也来写几个字罢。"林平之道："好！"
接过剑来，也在四个雪人身上划字，也是自右而左，至令狐冲身上
而止。

令狐冲心道："不知他又写了什么字？"

只听岳灵珊道："对了，咱二人定要这样。"良久良久，两人默
然无语。

令狐冲更是好奇，寻思："一定要怎么样？只有他二人走了之
后，任教主身上的寒气去净，我才能从积雪中挣出来看。啊哟不
好，我身子一动，积雪跌落，他们在我身上刻的字可就毁了。倘若
四人同时行动，更加一个字也无法见到。"

又过一会，忽听得远处隐隐传来一阵马蹄之声，相隔尚远，但
显是向这边奔来。令狐冲听蹄声共有十余骑之多，心道："多半是
本派其余的师弟妹们来啦。"蹄声渐近，但林岳二人似乎始终未曾
在意。听得那十余骑从东北角上奔来，到得数里之外，有七八骑向
西驰去，列成横队后才继续驰近，显然要两翼包抄。令狐冲心道：
"来人不怀好意！"

突然之间，岳灵珊惊呼："啊哟，有人来啦！"蹄声急响，十余
骑发力疾驰，随即飕飕两声响，两枝长箭射来，两匹马齐声悲嘶，
中箭倒地。令狐冲心道："来人武功不弱，用意更是歹毒，先射死
小师妹和林师弟的坐骑，教他们难以逃走。"

只听得十余人大笑吆喝，纵马逼近。岳灵珊惊呼一声，退了几
步。只听一人笑道："一个小弟弟，一个小妹妹，你们是哪一家、
哪一派的门下啊？"林平之朗声道："在下华山门下林平之，这位
是我师姊姓岳。众位素不相识，何故射死了我们的坐骑？"那人笑
道："华山门下？嗯，你们师父，便是那个比剑败给徒儿的，什么
君子剑岳先生了？"

令狐冲心头一痛："此番群豪聚集少林，我得罪师父，只是昨
日之事，但顷刻间便天下皆知。我累得师父给旁人如此耻笑，当真

罪孽深重。"

林平之道："令狐冲素行不端，屡犯门规，早在一年之前，便已逐出了华山派门户。"意思是说，师父虽然输了给他，却只是输于外人，并非输给本门弟子。

那人笑道："这个小姐儿姓岳，是岳不群的什么人？"岳灵珊怒道："关你什么事了？你射死我的马，赔我马来。"那人笑道："瞧她这副浪劲儿，多半是岳不群的小老婆。"其余十余人轰然大笑起来。

令狐冲暗自吃惊："此人吐属粗鄙，绝非正派人物，只怕对小师妹不利。"

林平之道："阁下是江湖前辈，何以说话如此不干不净？我师姊是我师父的千金。"

那人笑道："原来是岳不群的大小姐，当真是浪得虚名。"旁边一人问道："卢大哥，为什么浪得虚名？"那人道："我曾听人说，岳不群的女儿相貌标致，算是后一辈人物中的美女，一见之下，却也不过如此。"另一人笑道："这姐儿相貌稀松平常，却是细皮白肉，脱光了瞧瞧，只怕不差。哈哈，哈哈！"十几个人又都大笑，笑声中充满了淫秽之意。

岳灵珊、林平之、令狐冲听到如此无礼的言语，尽皆怒不可遏。林平之拔出长剑，喝道："你们再出无耻之言，林某誓死周旋。"

那人笑道："你们瞧，这两个奸夫淫妇，在雪人上写了什么字啊？"

林平之大叫："我跟你们拼了！"令狐冲只听得嗤的一声响，知是林平之挺剑刺出，跟着乒乒乓乓声响，有人跃下马来，跟他动上了手。随即岳灵珊挺剑上前。七八名汉子同时叫道："我来对付这姐儿。"一名汉子笑道："大家别争，谁也轮得到。"兵刃撞击，岳灵珊也和敌人动上了手。猛听一名汉子大声怒吼，叫声中充满了痛楚，当是中剑受伤。一名汉子道："这姐儿下手好狠，史老三，我跟你报仇。"

刀剑格斗声中，岳灵珊叫道："小心!"当的一声大响，跟着林平之哼了一声。岳灵珊惊叫："小林子!"似乎是林平之受了伤。有人叫道："将这小子宰了罢!"那带头的道："别杀他，捉活的。拿了岳不群的女儿女婿，不怕那伪君子不听咱们的。"

　　令狐冲凝神倾听，只闻金刃劈空之声呼呼而响。突然当的一声，又是拍的一响。一名汉子骂道："他妈的，臭小娘。"令狐冲忽觉有人靠在自己身上，听得岳灵珊喘息甚促，正是她靠在自己这个"雪人"之上。叮当数响，一名汉子欢声叫道："这还拿不住你?"岳灵珊"啊"的一声惊叫，不再听得兵刃相交，众汉子却都哈哈大笑起来。

　　令狐冲感到岳灵珊被人拖开，又听她叫道："放开我! 放开我!"一人笑道："闵老二，你说她一身细皮白肉，老子可就不信，咱们剥光了她衣衫瞧瞧。"众人鼓掌欢呼。林平之骂道："狗强……"拍的一声，给人踢了一脚，跟着嗤的一声响，竟是布帛撕裂之声。

　　令狐冲耳听小师妹为贼人所辱，哪里还顾得任我行的寒毒是否已经驱尽，使力一挣，从积雪中跃出，右手拔出腰间长剑，左手便去抹眼上积雪，岂知左手竟不听使唤，无法动弹。

　　众人惊呼声中，他伸右臂在眼上一抹，一见到光亮，长剑递出，三名汉子咽喉中剑。他回过身来，刷刷两剑，又刺倒二人。眼见一名汉子拿住了岳灵珊双手，将她双臂反在背后，另一名汉子站在她身前，拔刀欲待迎敌，令狐冲长剑从他左胁下刺入，右腿一抬，将那人踢开，长剑从尸身中拔出，耳听得背后有人偷袭，竟不回头，反手两剑，刺中了背后二人的心口，顺手挺剑，从岳灵珊身旁掠过，直刺拿住她双手那人的咽喉。那人双手一松，扑在岳灵珊肩头，喉头血如泉涌。

　　这一下变故突兀之极，令狐冲连杀九人，仅是瞬息间之事。那带头的一声吆喝，舞动双铁牌向令狐冲头顶砸到。令狐冲长剑抖动，从他两块铁牌间的空隙中穿入，直刺他左眼。那人大叫一声，向后便倒。令狐冲回过头来，横削直刺，又杀了三人。余下四人只吓得心胆俱裂，发一声喊，没命价四下奔逃。

令狐冲叫道："你们辱我小师妹，一个也休想活命。"追上二人，长剑疾刺，都是从后背穿向前胸。这二人奔行正急，中剑气绝，脚下未停，兀自奔出十余步这才倒地。

眼见余下二人一个向东，一个向西，令狐冲疾奔往东，使劲一掷，长剑幻作一道银光，从那人后腰插入。令狐冲转头向西首那人追去，奔行十余丈后，已追到那人身后，一伸手，这才发觉手中竟无兵刃。他运力于指，向那人背心戳去。那人背上一痛，回刀砍来。令狐冲拳脚功夫平平，适才这一指虽戳中了敌人，但不知运力之法，却伤不了他，见他举刀砍到，不由得心下发慌，急忙闪避，见他右胁下是个老大破绽，左手一拳直击过去，不料左臂只微微一动，抬不起来，敌人的钢刀却已砍向面前。

令狐冲大骇之下，急向后跃。那汉子举刀猛扑。令狐冲手中没了兵刃，不敢和他对敌，只得转身而逃。岳灵珊拾起地下长剑，叫道："大师哥，接剑！"将长剑掷来。令狐冲右手一抄，接住了剑，转过身子，哈哈一笑。那汉子钢刀举在半空，作势欲待砍下，突然见到他手中长剑闪烁，登时吓呆了，这一刀竟尔砍不下来。

令狐冲慢慢走近，那汉子全身发抖，双膝一屈，跪倒在雪地之中。令狐冲怒道："你辱我师妹，须饶你不得。"长剑指在他咽喉之上，心念一动，走近一步，低声问道："写在雪人上的，是些什么字？"那汉子颤声道："是……是……'海枯……海枯……石烂，两……情……情不……不渝'。"自从世上有了"海枯石烂，两情不渝"这八个字以来，说得如此胆战心惊、丧魂落魄的，只怕这是破题儿第一遭了。令狐冲一呆，道："嗯，是海枯石烂，两情不渝。"心头酸楚，长剑送出，刺入他咽喉。

回过身来，只见岳灵珊正在扶起林平之，两人满脸满身都是鲜血。林平之站直身子，向令狐冲抱拳道："多谢令狐兄相救之德。"令狐冲道："那算得什么？你伤得不重吗？"林平之道："还好！"

令狐冲将长剑还给了岳灵珊，指着地下两行马蹄印痕，说道："师父、师娘向此而去。"林平之道："是。"

岳灵珊牵过敌人留下的两匹坐骑，翻身上马，道："咱们找爹爹、妈妈去。"林平之挣扎着上了马。岳灵珊纵马驰过令狐冲身边，将马一勒，向他脸上望去。

令狐冲见到她的目光，也向她瞧去。岳灵珊道："多……多谢你……"一回头，提起缰绳，两骑马随着岳不群夫妇坐骑所留下的蹄印，向西北方而去。

令狐冲怔怔的瞧着他二人背影没在远处树林之后，这才慢慢转过身子，只见任我行、向问天、盈盈三人都已抖去身上积雪，凝望着他。

令狐冲喜道："任教主，我没累到你的事？"任我行苦笑道："我的事没累到，你自己可糟得很了。你左臂怎么样？"令狐冲道："臂上经脉不顺，气血不通，竟不听使唤。"

任我行皱眉道："这件事有点儿麻烦，咱们慢慢再想法子。你救了岳家大小姐，总算报了师门之德，从此谁也不欠谁的情。向兄弟，卢老大怎地越来越不长进了。干起这些卑鄙龌龊的事来？"向问天道："我听他口气，似是要将这两个年青人擒回黑木崖去。"任我行道："难道是东方不败的主意？他跟这伪君子又有什么梁子了？"

令狐冲指着雪地中横七竖八的尸首，问道："这些人是东方不败的属下？"任我行道："是我的属下。"令狐冲点了点头。

盈盈道："爹爹，他的手臂怎么了？"任我行笑道："你别心急！乖女婿给爹爹驱除寒毒，泰山老儿自当设法治好他手臂。"说着呵呵大笑，瞪视令狐冲，瞧得他甚感尴尬。

盈盈低声道："爹爹，你休说这等言语。冲哥自幼和华山岳小姐青梅竹马，一同长大，适才冲哥对岳小姐那样的神情，你难道还不明白么？"任我行笑道："岳不群这伪君子是什么东西？他的女儿又怎能和我的女儿相比？再说，这岳姑娘早已另外有了心上人，这等水性的女子，冲儿今后也不会再将她放在心上。小孩子时候的事，怎作得准？"盈盈道："冲哥为了我大闹少林，天下知闻，又为了我而不愿重归华山，单此两件事，女儿已经心满意足，其余的话，不用提了。"

任我行知道女儿十分要强好胜，令狐冲既未提出求婚，此刻就不便多说，反正那也只是迟早间之事，当下又是哈哈一笑，说道："很好，很好，终身大事，慢慢再谈。冲儿，打通左臂经脉的秘诀，我先传你。"将他招往一旁，将如何运气、如何通脉的法门说了，待听他复述一遍，记忆无误，又道："你助我驱除寒毒，我教你通畅经脉，咱俩仍是两不亏欠。要令左臂经脉复元，须得七日时光，可不能躁进。"令狐冲应道："是。"

任我行招招手，叫向问天和盈盈过来，说道："冲儿，那日在孤山梅庄，我邀你入我日月神教，当时你一口拒却。今日情势已大不相同，老夫旧事重提，这一次，你再不会推三阻四了罢？"令狐冲踌躇未答，任我行又道："你习了我的吸星大法之后，他日后患无穷，体内异种真气发作之时，当真是求生不能，求死不得。老夫说过的话，决无反悔，你若不入本教，纵然盈盈嫁你，我也不能传你化解之道。就算我女儿怪我一世，我也是这一句话。我们眼前大事，是去向东方不败算帐，你是不是随我们同去？"

令狐冲道："教主莫怪，晚辈决计不入日月神教。"这两句话朗朗说来，斩钉截铁，绝无转圜余地。

任我行等三人一听，登时变色。向问天道："那却是为何？你瞧不起日月神教吗？"

令狐冲指着雪地上十余具尸首，说道："日月神教中尽是这些人，晚辈虽然不肖，却也羞与为伍。再说，晚辈已答应了定闲师太，要去当恒山派的掌门。"

任我行、向问天、盈盈三人脸上都露出怪异之极的神色。令狐冲不愿入教，并不如何出奇，而他最后这一句话当真是奇峰突起，三人简直不相信自己的耳朵。

任我行伸出食指，指着令狐冲的脸，突然哈哈大笑，直震得周遭树上的积雪簌簌而落。他笑了好一阵，才道："你……你……你要去做尼姑？去做众尼姑的掌门人？"

令狐冲正色道："不是做尼姑，是去做恒山派掌门人。定闲师太临死之时，亲口求我，晚辈若不答应，老师太死不瞑目。定闲师太是为我而死，晚辈明知此事势必骇人听闻，却是无法推却。"

任我行仍是笑声不绝。

盈盈道："定闲师太是为了女儿而死的。"令狐冲向她瞧去，眼光中充满了感激之意。

任我行慢慢止住了笑声，道："你是受人之托，忠人之事？"令狐冲道："不错。定闲师太是受我之托，因此丧身。"任我行点头道："那也好！我是老怪，你是小怪。不行惊世骇俗之事，何以成惊天动地之人？你去当大小尼姑的掌门人罢。你这就上恒山去？"

令狐冲摇头道："不！晚辈要上少林寺去。"

任我行微微一奇，随即明白，道："是了，你要将两个老尼姑的尸首送回恒山。"转头向盈盈道："你要随冲儿一起上少林寺去罢？"盈盈道："不，我随着爹爹。"

任我行道："对啦，终不成你跟着他上恒山去做尼姑。"说着呵呵呵的笑了几声，笑声中却尽是苦涩之意。

令狐冲一拱到地，说道："任教主，向大哥，盈盈，咱们就此别过。"转过身来，大踏步的去了。他走出十余步，回头说道："任教主，你们何时上黑木崖去？"

任我行道："这是本教教内之事，可不劳外人操心。"他知道令狐冲问这句话，意欲届时拔刀相助，共同对付东方不败，当即一口拒却。

令狐冲点了点头，从雪地里拾起一柄长剑，挂在腰间，转身而去。

恒山派四名大弟子将法器依次递过，乃是一部经书，一个木鱼，一串念珠，一柄短剑。令狐冲见到木鱼、念珠，不由得发窘。

二十九 掌 门

　　傍晚时分，令狐冲又到了少林寺外，向知客僧说明来意，要将定闲、定逸两位师太的遗体迎归恒山。知客僧进内禀报，过了一会，出来说道："方丈言道：两位师太的法体已然火化。本寺僧众正在诵经恭送。两位师太的荼毗舍利，我们将派人送往恒山。"

　　令狐冲走到正在为两位师太做法事的偏殿，向骨灰坛和莲位灵牌跪倒，恭恭敬敬的磕了几个头，暗暗祷祝："令狐冲有生之日，定当尽心竭力，协助恒山一派发扬光大，不负了师太的付托。"

　　令狐冲也不求见方证方丈，径和知客僧作别，便即出寺。到得山下，大雪兀自未止，当下在一家农家中借宿。次晨又向北行，在市集上买了一匹马代步。每日只行七八十里，便即住店，依着任我行所授法门，缓缓打通经脉，七日之后，左臂经脉运行如常。

　　又行数日，这一日午间在一家酒楼中喝酒，眼见街上人来人往，甚是忙碌，家家户户正在预备过年，一片喜气洋洋。令狐冲自斟自饮，心想："往年在华山之上，师娘早已督率众师弟妹到处打扫，磨年糕，办年货，缝新衣，小师妹也已剪了不少窗花，热闹非凡。今年我却孤零零的在这里喝这闷酒。"

　　正烦恼间，忽听得楼梯上脚步声响，有人说道："口干得很了，在这里喝上几杯，倒也不坏。"另一人道："就算口不干，喝上几杯，难道就坏了？"又一人道："喝酒归喝酒，口干归口干，两件事岂能混为一谈？"又一人道："越是喝酒口越干，两件事非但不能混为一谈，而且是截然相反。"令狐冲一听，自知是桃谷六仙到了，心中大喜，叫道："六位桃兄，快快上来，跟我一起喝酒。"

突然间呼呼声响，桃谷六仙一齐飞身上楼，抢到令狐冲身旁，伸手抓住他肩头、手臂，纷纷叫嚷："是我先见到他的。""是我先抓到他。""是我第一个说话，令狐公子才听到我的声音。""若不是我说要到这里来，怎能见得到他？"

令狐冲大是奇怪，笑问："你们六个又捣什么鬼了？"

桃花仙奔到酒楼窗边，大声叫道："小尼姑，大尼姑，老尼姑，不老不小中尼姑！我桃花仙找到令狐公子啦，快拿一千两银子来。"桃枝仙跟着奔过去，叫道："是我桃枝仙第一个发现他，大小尼姑，快拿银子来。"桃根仙和桃实仙各自抓住令狐冲一条手臂，兀自叫嚷："是我寻到的！""是我！是我！"

只听得长街彼端有个女子声音叫道："找到了令狐大侠么？"

桃实仙道："是我找到了令狐冲，快拿钱来。"桃干仙道："一手交钱，一手交货！"桃根仙道："对，对！小尼姑倘若赖帐，咱们便将令狐冲藏了起来，不给她们。"桃枝仙问道："怎生藏法？将他关起来，不给小尼姑们见到么？"

楼梯上脚步声响，抢上几个女子，当先一人正是恒山派弟子仪和，后面跟着四个尼姑，另有两个年轻姑娘，却是郑萼和秦绢。七人一见令狐冲，满脸喜色，有的叫"令狐大侠"，有的叫"令狐大哥"，也有的叫"令狐公子"的。

桃干仙等一齐伸臂，拦在令狐冲面前，说道："不给一千两银子，可不能交人。"

令狐冲笑道："六位桃兄，那一千两银子，却是如何？"桃枝仙道："刚才我们见到她们，她们问我有没有见到你。我说暂时还没见到，过不多时便见到了。"秦绢道："这位大叔当面撒谎，他说：'没有啊，令狐冲身上生脚，他这会儿多半到了天涯海角，我们怎见得到？'"桃花仙道："不对，不对。我们早有先见之明，早就算到要在这里见到令狐冲。"桃干仙道："是啊！否则的话，怎地我们不去别的地方，偏偏到这里来？"

令狐冲笑道："我猜到啦。这几位师姊师妹有事寻我，托六位相帮寻访，你们便开口要一千两银子，是不是？"

桃干仙道："我们开口讨一千两银子，那是漫天讨价，她们倘若会做生意，该当着地还钱才是。哪知她们大方得紧，这个中尼姑说道：'好，只要找到令狐大侠，我们便给一千两银子。'这句话可是有的？"仪和道："不错，六位相帮寻访到了令狐大哥，我们恒山派该当奉上纹银一千两便是。"

六只手掌同时伸出，桃谷六仙齐道："拿来。"

仪和道："我们出家人，身上怎会带这许多银子？相烦六位随我们到恒山去取。"她只道桃谷六仙定然怕麻烦，岂知六人竟是一般的心思，齐声道："很好，便跟你们上恒山去，免得你们赖帐。"

令狐冲笑道："恭喜六位发了大财哪，将区区在下卖了这么大价钱。"

桃谷六仙橘皮般的脸上满是笑容，拱手道："托福，托福！沾光，沾光！"

仪和等七人却惨然变色，齐向令狐冲拜倒。令狐冲惊道："各位何以行此大礼？"急忙还礼。仪和道："参见掌门人。"令狐冲道："你们都知道了？快请起来。"

桃根仙道："是啊，跪在地下，说话可多不方便。"令狐冲站起身来，说道："六位桃兄，我和恒山派这几位有要紧事情商议，请六位在一旁喝酒，不可打扰，以免你们这一千两银子拿不到手。"桃谷六仙本来要大大的啰唆一番，听到最后一句话，当即住口，走到靠街窗口的一张桌旁坐下，呼酒叫菜。

仪和等站起身来，想到定闲、定逸两位师太惨死，不禁都痛哭失声。

桃花仙道："咦，奇怪，奇怪，怎么忽然哭了起来？你们见到令狐冲要哭，那就不用见了。"令狐冲向他怒目而视，桃花仙吓得伸手按住了口。

仪和哭道："那日令狐大哥……不，掌门人你上岸喝酒，没再回船，后来衡山派的莫大师伯来向我们谕示，说你到少林寺去见掌门师叔和定逸师叔去了。大伙儿一商量，都说不如也往少林寺来，以便和两位师叔及你相聚。不料行到中途，便遇到几十个江湖豪客，听他们高谈阔论，大讲你如何率领群豪攻打少林寺，如何将少林派数千僧众尽数吓跑之事。有一个大头矮胖子，说是姓老，他说……他说掌门师叔和定逸师叔两位，在少林寺中为人所害。掌门师叔临终之时，要你……要你接任本派掌门，你已经答允了。这一句话，当时许多人都是亲耳听见的……"她说到这里，已泣不成声，其余六名弟子也都抽抽噎噎的哭泣。

令狐冲叹道："定闲师太当时确是命我肩担这个重任，但想我是个年青男子，声名又是极差，人人都知我是个无行浪子，如何能做恒山派的掌门？只不过眼见当时情势，我若不答应，定闲师太死不瞑目。唉，这可为难得紧了。"

仪和道："我们……我们大伙儿都盼望你……盼望你来执掌恒山门户。"郑萼道："掌门师叔，你领着我们出死入生，不止一次的救了众弟子性命。恒山派众弟子人人都知你是位正人君子。虽然你是男子，但本门门规之中，也没不许男子做掌门那一条。"一个中年尼姑仪文道："大伙儿听到两位师叔圆寂的消息，自是不胜悲伤，但得悉由掌门师叔你来接掌门户，恒山一派不致就此覆灭，都大感宽慰。"仪和道："我师父和两位师叔都给人害死，恒山派'定'字辈三位师长，数月之间先后圆寂，我们可连凶手是谁也不知道。掌门师叔，你来做掌门人当真最好不过，若不是你，也不能给我们三位师长报仇。"

令狐冲点头道："为三位师太报仇雪恨的重担，我自当肩负。"

秦绢道："你给华山派赶了出来，现下来做恒山派掌门。西岳北岳，武林中并驾齐驱，以后你见到岳先生，也不用叫他做师父啦，最多称他一声岳师兄便是。"

令狐冲只有苦笑，心道："我可没面目再去见这位'岳师兄'了。"

郑萼道："我们得知两位师叔的噩耗后，兼程赶往少林寺，途中又遇上了莫大师伯。他说你已不在寺中，要我们赶快寻访你掌门师叔。"秦绢道："莫大师伯说道，越早寻着你越好，要是迟了一步，你给人劝得入了魔教，正邪双方，水火不相容，恒山派可就没了掌门人啦。"郑萼向她白了一眼，道："秦师妹便口没遮拦。掌门师叔怎会去入魔教？"秦绢道："是，不过莫大师伯可真的这么说。"

令狐冲心想："莫大师伯对这事情推算得极准，我没参与日月教，相差也只一线之间。当日任教主若不是以内功秘诀相诱，而是诚诚恳恳的邀我加入，我情面难却，又瞧在盈盈和向大哥的份上，说不定会答应料理了恒山派大事之后，便即加盟。"说道："因此上你们便定下一千两银子的赏格，到处捉拿令狐冲了？"

秦绢破涕为笑，说道："捉拿令狐冲？我们怎敢啊？"郑萼道："当时大家听莫大师伯的吩咐后，便分成七人一队，寻访掌门师叔，要请你早上恒山，处理派中大事。今日见到桃谷六仙，他们出口要一千两银子。只要寻到掌门师叔，别说一千两，就是要一万两，我们也会设法去化了来给他们。"

令狐冲微笑道："我做你们掌门，别的好处没有，向贪官污吏、土豪劣绅化缘要银子，这副本事大家定有长进。"

七名弟子想起那日在福建向白剥皮化缘之事，悲苦少抑，忍不住都脸露微笑。

令狐冲道："好，大家不用担心，令狐冲既然答应了定闲师太，说过的话不能不算。恒山派掌门人我是做定了。咱们吃饱了饭，这就上恒山去罢。"七名弟子尽皆大喜。

令狐冲和桃谷六仙共席饮酒，问起六人要一千两银子何用。桃根仙道："夜猫子计无施穷得要命，若没一千两银子，便过不了日子，我们答允给他凑乎凑乎。"桃干仙道："那日在少林寺中，我们兄弟跟计无施打了个赌……"桃花仙抢着道："结果自然是计无施输了，这小子怎能赢得我们兄弟？"令狐冲心道："你们和计无施打赌，输的定然是你们。"问道："赌什么事？"桃实仙道："打赌的这件事，可和你有关。我们料你一定不会做恒山派掌门，不……不……我们料定你一定做恒山派掌门。"桃花仙道："夜猫子却料定你必定不做恒山派掌门，我们说，大丈夫言而有信，你已答允那老尼姑做恒山派掌门，天下英雄，尽皆知闻，哪里还能抵赖？"桃枝仙道："夜猫子说道，令狐冲浪荡江湖，不久便要娶魔教的圣姑做老婆，哪肯去跟老尼姑、小尼姑们蘑菇？"

令狐冲心想："夜猫子对盈盈十分敬重，哪会口称'魔教'？定是桃谷六仙将言语颠倒了来说。"说道："于是你们便赌一千两银子？"

桃根仙道："不错，当时我们想那是赢定了的。计无施又道，这一千两银子可得正大光明挣来，不能去偷去抢。我说这个自然，桃谷六仙还能去偷去抢么？"桃叶仙道："今天我们撞到这几个尼姑，她们打起了锣到处找你，说要请你去当恒山派掌门，我们答应帮她们找你，这寻访费是一千两银子。"令狐冲微笑道："你们想到夜猫子要输一千两银子，太过可怜，因此要挣一千两银子来给他，好让他输给你们？"桃谷六仙齐声说道："正是，正是。你料事如神。"桃叶仙道："和我们六兄弟料事的本领，也就相差并不太远。"

令狐冲等一行往恒山进发，不一日到了山下。

派中弟子早已得到讯息，齐在山脚下恭候，见到令狐冲都拜了下去。令狐冲忙即还礼。说起定闲、定逸两位师太逝世之事，尽皆伤感。令狐冲见仪琳杂在众弟子之中，容色憔悴，别来大见清减，问道："仪琳师妹，近来你身子不适么？"仪琳眼圈儿一红，道："也没什么。"顿了一顿，又道："你做了我们掌门人，可不能再叫我做师妹啦。"

一路之上，仪和等都叫令狐冲作"掌门师叔"。他叫各人改口，众人总是不允，此刻听仪琳又这般叫，朗声道："众位师姊师妹，令狐冲承本派前掌门师太遗命，前来执掌恒山派门户，其实是无德无能，决不敢当。"众弟子都道："掌门师叔肯负此重任，实是本派的大幸。"令狐冲道："不过大家须得答允我一件事。"仪和等道："掌门人有何吩咐，弟子等无有不遵。"令狐冲道："我只做你们的掌门师兄，却不做掌门师叔。"

仪和、仪清、仪真、仪文等诸大弟子低声商议了几句，回禀道："掌门人既如此谦光，自当从命。"令狐冲喜道："如此甚好。"

当下众人共上恒山。恒山主峰甚高，众人脚程虽快，到得见性峰峰顶，也花了大半日时光。恒山派主庵无色庵是座小小庵堂，庵旁有三十余间瓦屋，分由众弟子居住。令狐冲见无色庵只前后两进，和构筑宏伟的少林寺相较，直如蝼蚁之比大象。来到庵中，见堂上供奉一尊白衣观音，四下里一尘不染，陈设简陋，想不到恒山派威震江湖，主庵竟然质朴若斯。

令狐冲向观音神像跪拜，由于嫂引导，来到定闲师太日常静修之所，但见四壁萧然，只地下有个旧蒲团，此外一无所有。令狐冲最爱热闹，爱饮爱食，如何能在这静如止水般的斗室中清修？若将酒坛子、熟狗腿之类搬到这静室来，未免太过亵渎了，向于嫂道："我虽来做恒山掌门，但既不出家，又不做尼姑，派中师姊师妹们都是女流，我一个男子，住在这庵中诸多不便。请你在远处搬空一间屋子，我和桃谷六仙到那边居住，较为妥善。"

于嫂道："是。峰西有三间大屋，原是客房，以供本派女弟子的父母们上峰探望时住宿之用。掌门人倘若合意，便暂且住在那边如何？咱们另行再为掌门人建造新居。"

令狐冲喜道："那再好没有了，又另建什么新居？"心下寻思："难道我一辈子当这恒山派掌门人？一旦在派中找到合适的人选，只要群弟子都服她，我这掌门人之位立即便传了给她，我拍拍屁股走路，到江湖上逍遥快乐去也。"

来到峰西的客房，只见床褥桌椅便和乡间的富农人家相似，虽仍粗陋，却已不似无色庵那样空荡荡地一无所有。

于嫂道："掌门人请坐，我去给你拿酒。"令狐冲喜道："这山上有酒？"这件事可令他喜出望外。于嫂微笑道："不但有酒，而且有好酒。仪琳小师妹听说掌门人要上恒山来，跟我说若无好酒，只怕你这掌门人做不长。我们连夜派人下山，买得有数十坛好酒在此。"令狐冲有些不好意思，笑道："本派人人清苦，为我一人太过破费，那可说不过去。"仪清微笑道："那日向白剥皮化来的银子，虽然分了一半救济穷人，还剩下许多；又卖了那几十匹官马，掌门师兄便喝十年二十年，酒钱也足够了。"

当晚令狐冲和桃谷六仙痛饮一顿。次日清晨，便和于嫂、仪清、仪和等人商议如何迎回两位师太的骨灰，如何设法为三位师太报仇。

仪清道："掌门师兄接任此位，须得公告武林中同道才是，也须得遣人告知五岳剑派的盟主左师伯。"仪和怒道："呸，我师父就是他嵩山派这批奸贼害死的，两位师叔多半也是他们下的毒手，告知他们干什么？"仪清道："礼数可不能缺了。待得咱们查明确实，倘若三位师尊当真是嵩山派所害，那时在掌门师兄率领之下，自当大举向他们问罪。"

令狐冲点头道："仪清师姊之言有理。只是这掌门人嘛，做就做了，却不用行什么典礼啦。"记得幼年之时，师父接任华山掌门，繁文缛节，着实不少，上山来道贺观礼的武林同道不计其数；又想起衡山派刘正风"金盆洗手"，衡山城中也是群豪毕集。恒山派和华山、衡山齐名，自己出任掌门，到贺的人如果寥寥无几，未免丢脸，但如到贺之人极多，眼见自己一个大男人做一群女尼的掌门人，又未免可笑。

仪清明白他心意，说道："掌门师兄既不愿惊动武林中朋友，那么届时不请宾客上山观礼，也就是了。但咱们总得定下一个正式就任的日子，知会四方。"

令狐冲心想恒山派是五岳剑派之一，掌门人就任倘若太过草草，未免有损恒山派威名，点头称是。

仪清取过一本历本，翻阅半晌，说道："二月十六、三月初八、三月二十七，这三天都是黄道吉日，大吉大利。掌门师兄你瞧哪一天合适？"

令狐冲素来不信什么黄道吉日、黑道凶日那一套，心想典礼越行得早，上山来参预的人越少，就可免了不少尴尬狼狈，说道："正月里有好日子吗？"

仪清道："正月里好日子倒也不少，不过都是利于出行、破土、婚姻、开张等等的，要到二月里，才有利于'接印、坐衙'的好日子。"令狐冲笑道："我又不是做官，什么接印、坐衙？"仪和笑道："你不是做过大将军吗？做掌门人，也是接印。"

令狐冲不愿拂逆众意，道："既是如此，便定在二月十六罢。"当下派遣弟子，分赴少林寺迎回两位师太的骨灰，向各门派分送通知。他向下山的诸弟子一再叮嘱，千万不可张扬其事，又道："你们向各派掌门人禀明，定闲师太圆寂，大仇未报，恒山派众弟子在居丧期内，不行什么掌门人就任的大典，请勿遣人上山观礼道贺。"

打发了下山传讯的弟子后，令狐冲心想："我既做恒山掌门，恒山派的剑法武功，可得好好揣摩一下才是。"当下召集留在山上的众弟子，命各人试演剑法武功，自入门的基本功夫练起，最后是仪和、仪清两名大弟子拆招，施展恒山剑法中最上乘的招式。

令狐冲见恒山派剑法绵密严谨，长于守御，而往往在最令人出其不意之处突出杀着，剑法绵密有余，凌厉不足，正是适于女子所使的武功。恒山派历代高手都是女流，自不及男子所练的武功那样威猛凶悍。但恒山剑法可说是破绽极少的剑法之一，若言守御之严，仅逊于武当派的"太极剑法"，但偶尔忽出攻招，却又在"太极剑法"之上。恒山一派在武林中卓然成家，自有其独到处。

心想在华山思过崖后洞石壁之上，曾见到刻有恒山剑法，变招之精奇，远在仪和、仪清所使剑法之上。但纵是那套剑法，亦为人所破，恒山派日后要在武林中发扬光大，其基本剑术显然尚须好好改进才是。又想起曾见定静师太与人动手，内功浑厚，招式老辣，远非仪和等诸弟子所及，听说定闲师太的武功更高，看来三位前辈师太的功夫，尚有一大半未能为诸弟子所习得。三位师太数月间先后谢世，恒山派许多精妙功夫，只怕就此失传了。

仪和见他呆呆出神，对诸弟子的剑法不置可否，便道："掌门师兄，我们的剑法你自是瞧不入眼，还请多多指点。"

令狐冲道："有一套恒山派的剑法，不知三位师太传过你们没有？"从仪和手中接过剑来，将石壁上所刻的恒山派剑法，一招招使了出来。他使得甚慢，好让众弟子看得分明。

使不数招，群弟子便都喝采，但见他每一招均包含了本派剑法的精要，可是变化之奇，却比自己以往所学的每一套剑法都高明得不知多少，一招一式，人人瞧得血脉贲张，心旷神怡。这套剑招刻在石壁之上，乃是死的，令狐冲使动之时，将一招招串连在一起，其中转折连贯之处，不免加上一些自创的新意。一套剑法使罢，群弟子轰然喝采，一齐躬身拜服。

仪和道："掌门师兄，这明明是我们恒山派的剑法，可是我们从未见过，只怕师父和两位师叔也是不会，不知你从何处学来？"令狐冲道："我是在一个山洞中的石壁上看来的。你们倘若愿学，便传了你们如何？"群弟子大喜，连声称谢。

这日令狐冲便传了她们三招，将这三招中奥妙之处细细分说，命各弟子自行练习。

剑法虽只三招，但这三招博大精深，纵是仪和、仪清等大弟子，也得七八日功夫，才略明其中精要所在，至于郑萼、仪琳、秦绢等人，更是不易领悟。到第九日上，令狐冲又传了她们两招剑法。这套石壁上的剑法，招数并不甚多，却也花了一个多月时光，才大致授完，至于是否能融会贯通，那得瞧各人的修为与悟性了。

这一个多月中，下山传讯的众弟子陆续回山，大都面色不愉，向令狐冲回禀时说话吞吞吐吐。令狐冲情知她们必是受人讥嘲羞辱，说她们一群尼姑，却要个男子来做掌门，也不细问，只好言安慰几句，要她们分别向师姊学习所传剑法，遇有不明之处，亲自再加指点。

华山派那通书信，由于嫂与仪文两名老成持重之人送去。华山和恒山相距不远，按理该当早回，但往南方送信的弟子都已归山，于嫂和仪文却一直没回来。眼见二月十六将届，始终不见于嫂和仪文的影踪，当下又派了两名弟子仪光、仪识前去接应。

群弟子料想各门各派无人上山道贺观礼，也不准备宾客的食宿，大家只是除草洗地，将数十座屋子打扫得干干净净，各人又均缝了新衣新鞋。郑萼等替令狐冲缝了一件黑布长袍，以待这日接任时穿着。恒山是五岳中的北岳，服色尚黑。

二月十六日清晨，令狐冲起床后出来，只见见性峰上每一座屋子前悬灯结彩，布置得一片喜气。一众女弟子心细，连一纸一线之微，也均安排得十分妥贴。令狐冲又是惭愧，又是感激，心道："因我之故，累得两位师太惨死，她们非但不来怪我，反而对我如此看重。令狐冲若不能为三位师太报仇，当真枉自为人了。"

忽听得山坳后有人大声叫道："阿琳，阿琳，你爹爹瞧你来啦，你好不好？阿琳，你爹爹来啦！"声音洪亮，震得山谷间回声不绝："阿琳……阿琳……你爹爹……你爹爹……"

仪琳听到叫声，忙奔出庵来，叫道："爹爹，爹爹！"

山坳后转出一个身材魁梧的和尚，正是仪琳的父亲不戒和尚，他身后又有一个和尚。两人行得甚快，片刻间已走近身来。不戒和尚大声道："令狐公子，你受了重伤居然不死，还做了我女儿的掌门人，那可好得很啊。"

令狐冲笑道："这是托大师的福。"

仪琳走上前去，拉住父亲的手，甚是亲热，笑道："爹，你知道今日是令狐大哥接任恒山派掌门的好日子，因此来道喜吗？"

不戒笑道："道喜也不用了，我是来投入恒山派。大家是自己人，又道什么喜？"

令狐冲微微一惊，问道："大师要投入恒山派？"不戒道："是啊。我女儿是恒山派，我是她老子，自然也是恒山派了。他奶奶的，我听到人家笑话你，说你一个大男人，却来做一群尼姑和女娘的掌门人。他奶奶的，他们不知你多情多义，别有居心……"他眉花眼笑，显得十分欢喜，向女儿瞧了一眼，又道："老子一拳就打落了他满口牙齿，喝道：'你这小子懂个屁！恒山派怎么全是尼姑和女娘们？老子就是恒山派的，老子虽然剃了光头，你瞧老子是尼姑吗？老子解开裤子给你瞧瞧！'我伸手便解裤子，这小子吓得掉头就跑，哈哈，哈哈！"令狐冲和仪琳也都大笑。仪琳笑道："爹爹，你做事就这么粗鲁，也不怕人笑话！"

不戒道："不给他瞧个清楚，只怕这小子还不知老子是尼姑还是和尚。令狐兄弟，我自己入了恒山派，又带了个徒孙来。不可不戒，快参见令狐掌门。"

他说话之时，随着他上山的那个和尚一直背转了身子，不跟令狐冲、仪琳朝相，这时转过身来，满脸尴尬之色，向令狐冲微微一笑。

令狐冲只觉那和尚相貌极熟，一时却想不起是谁，一怔之下，才认出他竟然便是万里独行田伯光，不由得大为惊奇，冲口而出的道："是……是田兄？"

那和尚正是田伯光。他微微苦笑，躬身向仪琳行礼，道："参……参见师父。"

仪琳也是诧异之极，道："你……你怎地出了家？是假扮的吗？"

不戒大师洋洋得意，笑道："货真价实，童叟无欺，的的确确是个和尚。不可不戒，你法名叫作什么，说给你师父听。"田伯光苦笑道："师父，太师父给我取了个法名，叫什么'不可不戒'。"仪琳奇道："什么'不可不戒'，哪有这样长的名字？"

不戒道："你懂得什么？佛经中菩萨的名字要多长便有多长。'大慈大悲救苦救难观世音菩萨'，名字不长吗？他的名字只有四个字，怎会长了？"仪琳点头道："原来如此。他怎么出了家？爹，是你收了他做徒弟吗？"不戒道："不。他是你的徒弟，我是他祖师爷。不过你是小尼姑，他拜你为师，若不做和尚，于恒山派名声有碍。因此我劝他做了和尚。"仪琳笑道："什么劝他？爹爹，你定是硬逼他出家，是不是？"不戒道："他是自愿，出家是不能逼的。这人什么都好，就是一样不好，因此我给他取个法名叫作'不可不戒'。"

仪琳脸上微微一红，明白了爹爹用意。田伯光这人贪花好色，以前不知怎样给她爹爹捉住了，饶他不杀，却有许多古怪的刑罚加在他身上，这一次居然又硬逼他做了和尚。

只听不戒大声道："我法名叫不戒，什么清规戒律，一概不守。可是这田伯光在江湖上做的坏事太多，倘若不戒了这一桩坏事，怎能在你门下，做你弟子？令狐公子也不喜欢啊。他将来要传我衣钵，因此他法名之中，也应当有'不戒'二字。"

忽听得一人说道："不戒和尚和不可不戒投入恒山派，我们桃谷六仙也入恒山派。"正是桃谷六仙到了，说话的是桃干仙。

桃根仙道："我们最先见到令狐冲，因此我们六人是大师兄，不戒和尚是小师弟。"

令狐冲心想："恒山派既有不戒大师和田伯光，不妨再收桃谷六仙，免得江湖上说令狐冲是一群尼姑、姑娘的掌门。"说道："六位桃兄肯入恒山派，那是再好不过。师兄师弟排起来麻烦得紧，大家都免了罢！"

桃叶仙忽道："不戒的弟子叫作不可不戒，不可不戒将来收了弟子，法名叫作什么？"桃实仙道："不可不戒的弟子，法名中须有不可不戒四字，可以称为'当然不可不戒'。"桃枝仙问道："那么'当然不可不戒'的弟子，法名又叫作什么？"

令狐冲见田伯光处境尴尬，便携了他手道："我有几句话问你。"田伯光道:"是。"二人加紧脚步,走出了数丈,却听得背后桃干仙说道:"他的法名可以叫作'理所当然不可不戒'。"桃花仙道:"那么'理所当然不可不戒'的弟子,法名又叫作什么?"

田伯光苦笑道:"令狐掌门,那日我受太师父逼迫,来华山邀你去见小师太,这中间的经过,当真一言难尽。"令狐冲道:"我只知他逼你服了毒药,又骗你说点了你死穴。"

田伯光道:"这件事得从头说起。那日在衡山群玉院外跟余矮子打了一架,心想这当儿湖南白道上的好手太多,不能多耽,于是北上河南。这天说来惭愧,老毛病发作,在开封府黑夜里摸到一家富户小姐的闺房之中。我掀开纱帐,伸手一摸,竟摸到一个光头。"

令狐冲笑道:"不料是个尼姑。"田伯光苦笑道:"不,是个和尚。"令狐冲哈哈大笑,说道:"小姐绣被之内,睡着个和尚,想不到这位小姐偷汉,偷的却是个和尚。"

田伯光摇头道:"不是!那位和尚,便是太师父了。原来太师父一直便在找我,终于得到线索,找到了开封府。我白天在这家人家左近踩盘子,给太师父瞧在眼里。他老人家料到我不怀好意,跟这家人说了,叫小姐躲了起来,他老人家睡在床上等我。"

令狐冲笑道:"田兄这一下就吃了苦头。"田伯光苦笑道:"那还用说吗?当时我一伸手摸到太师父的脑袋,便知不妙,跟着小腹上一麻,已给点中了穴道。太师父跳下床来,点了灯,问我要死要活。我自知一生作恶多端,终有一日会遭到报应,当下便道:'要死!'太师父大为奇怪,问我:'为什么要死?'我说:'我不小心给你制住,难道还能想活命吗?'太师父脸孔一板,怒道:'你说不小心给我制住,倒像如果小心些,便不会给我制住了。好!'他说了这'好'字,一伸手便解开了我的穴道。

"我坐了下来,问道:'有什么吩咐?'他说:'你带得有刀,干么不向我砍?你生得有脚,干么不跳窗逃走?'我说:'姓田的男子汉大丈夫,岂是这等无耻小人?'他哈哈一笑,道:'你不是无耻小人?你答应拜我女儿为师,怎地赖了?'我大是奇怪,问道:'你女儿？'他道：'在那酒楼之上，你和那华山派的小伙子打赌，说道输了便拜我女儿为师，难道那是假的？我上恒山去找我女儿，她一五一十，从头至尾的都跟我说了。'我道：'原来如此。那个小尼姑是你大和尚的女儿，那倒奇了。'他道：'有什么奇怪了？'"

令狐冲笑道："这件事本来颇为奇怪。人家是生了儿女再做和尚，不戒大师却是做了和尚再生女儿，他法名叫作不戒，那便是什么清规戒律都不遵守之意。"

田伯光道："是。当时我说：'打赌之事，乃是戏言，又如何当得真？这场打赌是我输了，那不错，我再也不去骚扰那位小师太，也就是了。'太师父道：'那不行。你说过要拜师，一定得拜师。你非拜我女儿为师不可。我可不能生了个女儿，却让人欺侮。我一路上找你，功夫花得着实不小。你这小子滑溜得紧，你如不再干这采花的勾当，要捉到你可还真不容易。'我见他纠缠不清，当下一个'倒踩三叠云'，从窗口中跳了出去。在下自以为轻功了得，太师父定然追赶不上，不料只听得背后脚步声响，太师父直追了下来。我叫道：'大和尚，刚才你没杀我，我此刻也不杀你。你再追来，我可要不客气了。'

"太师父哈哈笑道：'你怎生不客气？'我拔刀转身，向他砍了过去。但太师父的武功也真高强，他以一双肉掌和我拆招，封得我的快刀无法递进招去，拆到四十招后，他一把抓住了我的后颈，跟着又将我的单刀夺了下来，问我：'服了没有？'我说：'服了，你杀了我罢！'他道：'我杀了你有什么用？又救不活我的女儿了？'我吃了一惊，问道：'小师太死了吗？'他道：'这时候还没死，可也就差不多了。我在恒山见到她，她瘦得皮包骨头似的，见到我就哭。我慢慢问明白了她的事，原来都是给你害的。'我说：'你要杀便杀，田伯光生平光明磊落，不打谎语。我本想对你的小姐无礼，可是她给华山派的令狐冲救了，田某可没侵犯到你小姐，她仍是一位冰清玉洁的姑娘。'太师父道：'你奶奶的，冰清玉洁有什么用？我闺女生了相思病啦，倘若令狐冲不娶她，她便活不了。但我一提到这件事，我闺女便骂我，说什么出家人不可动凡心，否则菩萨责怪，死后打入十八层地狱。'他说了一会，忽然揪住我头颈，骂我：'臭小子，都是你搞出来的事。那日若不是你对我女儿非礼，令狐冲便不会出手相救，我女儿就不致瘦成这个样子。'我道：'那倒不然。小师太美若天仙，当日我就算不对她无礼，令狐冲也必定会另借因头，上前去勾勾搭搭。'"

令狐冲皱眉道："田兄，你这几句话可未免过份了。"

田伯光笑道："对不起，这可得罪了。当时情势危急，我若不是这么说，太师父决计不会放我。果然他一听之下，便即转怒为喜，说道：'臭小子，你自己想想，你一生做过多少坏事？要不是你非礼我女儿，老子早就将你脑袋捏扁了。'"令狐冲奇道："你对他女儿无礼，他反而高兴？"田伯光道："那也不是高兴，他赞我有眼光。"令狐冲不禁莞尔。

田伯光道："太师父左手将我提在半空，右手打了我十七八个耳光，我给他打得晕了过去。他将我浸入小河之中，浸醒了我，说道：'我限你一个月之内，去请令狐冲到恒山来见我女儿，就算一时不能娶她，让他们说说情话，也是好的，我女儿的一条性命，就可保得下来。师父有难，你做徒弟的怎可不救？'他点了我几处穴道，说是死穴，又逼我服了一剂毒药，说道倘若一个月之内邀得你去见小师太，便给解药，否则剧毒发作，无药可救。"

令狐冲这才恍然，当日田伯光到华山来邀自己下山，满腹难言之隐，什么都不肯明说，怎料到其间竟有这许多过节。

田伯光续道："我到华山来邀你大驾，却给你打得一败涂地，只道这番再也性命难保，不料太师父放心不下，亲自带同小师太上华山找你，又给了我解药。我听你的劝，从此不再做采花奸淫的勾当。不过田伯光天生好色，女人是少不了的，反正身边金银有的是，要找荡妇淫娃、娼妓歌女，丝毫不是难事。半个月前，太师父又找到了我，说你做了恒山派掌门，却给人家背后讥笑，江湖上的名声不大好听，他老人家爱屋及乌，爱女及婿……"

令狐冲皱眉道："田兄，这等无聊的话，以后可再也不能出口。"

田伯光道："是，是。我只不过转述太师父的话而已。他说他老人家要投入恒山派，叫我跟着一起来，第一步他要代女收徒。我不肯答应，他老人家挥拳就打，我打是打不过，逃又逃不了，只好拜师。"说到这里，愁眉苦脸，神色甚是难看。

令狐冲道："就算拜师，也不一定须做和尚。少林派不也有许多俗家弟子？"

田伯光摇头道："太师父是另有道理的。他说：'你这人太也好色，入了恒山派，师伯师叔们都是美貌尼姑，那可大大不妥。须得斩草除根，方为上策。'他出手将我点倒，拉下我的裤子，提起刀来，就这么喀的一下，将我那话儿斩去了半截。"

令狐冲一惊，"啊"的一声，摇了摇头，虽觉此事甚惨，但想田伯光一生所害的良家妇女太多，那也是应得之报。

田伯光也摇了摇头，说道："当时我便晕了过去。待得醒转，太师父已给我敷上了金创药，包好伤口，命我养了几日伤。跟着便逼我剃度，做了和尚，给我取个法名，叫做'不可不戒'。他说：'我已斩了你那话儿，你已干不得采花坏事，本来也不用做和尚。我叫你做和尚，取个"不可不戒"的法名，以便众所周知，那是为了恒山派的名声。本来嘛，做和尚的人，跟尼姑们混在一起，大大不妥，但打明招牌"不可不戒"，就不要紧了。'"

令狐冲微笑道："你太师父倒想得周到。"田伯光道："太师父要我向你说明此事，又要我请你别责怪我师父。"令狐冲奇道："我为什么要责怪你师父？全没这回子事。"

田伯光道："太师父说：每次见到我师父，她总是更瘦了一些，脸色也越来越坏，问起她时，她总是流泪，一句话不说。太师父说：定是你欺侮了她。"令狐冲惊道："没有啊！我从来没重言重语说过你师父一句。再说，她什么都好，我怎会责骂她？"

田伯光道："就是你从来没骂过她一句，因此我师父要哭了。"令狐冲道："这个我可不明白了。"田伯光道："太师父为了这件事，又狠狠打了我一顿。"

令狐冲搔了搔头，心想这不戒大师之胡缠瞎搅，与桃谷六仙实有异曲同工之妙。

田伯光道："太师父说：他当年和太师母做了夫妻后，时时吵嘴，越是骂得凶，越是恩爱。你不骂我师父，就是不想娶她为妻。"

令狐冲道："这个……你师父是出家人，我可从来没想过这件事。"田伯光道："我也这样说，太师父大大生气，便打了我一顿。他说：我太师母本来是尼姑，他为了要娶她，才做和尚。如果出家人不能做夫妻，世上怎会有我师父这个人？如果世上没我师父，又怎会有我？"令狐冲忍不住好笑，心想你比仪琳小师妹年纪大得多，两桩事怎能拉扯在一起？田伯光又道："太师父还说：如果你不是想娶我师父，干么要做恒山派掌门？他说：恒山派尼姑虽多，可没一个比我师父更美貌的。你不是为我师父，却又为了哪一个尼姑？"

令狐冲心下暗暗叫苦不迭，心想："不戒大师当年为要娶一个尼姑为妻，才做和尚，他只道普天下人个个和他一般的心肠。这句话如果传了出去，岂不糟糕之至？"

田伯光苦笑道："太师父问我：我师父是不是世上最美貌的女子。我说：'就算不是最美，那也是美得很了。'他一拳打落了我两枚牙齿，大发脾气，说道：'为什么不是最美？如果我女儿不美，你当日为什么意图对她非礼？令狐冲这小子为什么舍命救她？'我连忙说：'最美，最美。太师父你老人家生下来的姑娘，岂有不是天下最美貌之理？'他听了这话，这才高兴，大赞我眼光高明。"

令狐冲微笑道："仪琳小师妹本来相貌甚美，那也难怪不戒大师夸耀。"田伯光喜道："你也说我师父相貌甚美，那就好极啦。"令狐冲奇道："为什么那就好极啦？"田伯光道："太师父交了一件好差使给我，说道着落在我身上，要我设法叫你……叫你……"令狐冲道："叫我什么？"田伯光笑道："叫你做我的师公。"

令狐冲一呆，道："田兄，不戒大师爱女之心，无微不至。然而这桩事情，你也明知是办不到的。"田伯光道："是啊。我说那可难得很，说你曾为了神教的任大小姐，率众攻打少林寺。我说：'任大小姐的相貌虽然及不上我师父的一成，可是令狐公子和她有缘，已给她迷上了，旁人也是无法可施。'公子，在太师父面前，我不得不这么说，以便保留几枚牙齿来吃东西，你可别见怪。"令狐冲微笑道："我自然明白。"

田伯光道："太师父说：这件事他也知道，他说那很好办，想个法子将任大小姐杀了，不让你知道，那就成了。我忙说不可，倘若害死了任大小姐，令狐公子一定自杀。太师父道：'这也说得是。令狐冲这小子死了，我女儿要守活寡，岂不倒霉？这样罢，你去跟令狐冲这小子说，我女儿嫁给他做二房，也无不可。'我说：'太师父，你老人家的堂堂千金，岂可如此委屈？'他叹道：'你不知道，我这个姑娘如嫁不成令狐冲，早晚便死，定然活不久长。'他说到这里，突然流下泪来。唉，这是父女天性，真情流露，可不是假的。"

两人面面相对，都感尴尬。田伯光道："令狐公子，太师父对我的吩咐我都对你说了。我知道这其中颇有难处，尤其你是恒山派掌门，更加犯忌。不过我劝你对我师父多说几句好话，让她高兴高兴，将来再瞧着办罢。"

令狐冲点头道："是了。"想起这些日来每次见到仪琳，确是见她日渐瘦损，却原来是为相思所苦。仪琳对他情深一往，他如何不知？但她是出家人，又年纪幼小，料想这些闲情稍经时日，也便收拾起了，此后在仙霞岭上和她重逢，自闽至赣，始终未曾跟她单独说过什么话。此番上恒山来，更是大避嫌疑。自己名声早就不佳，于世人毁誉原不放在心上，可不能坏了恒山派的清名，是以除了向恒山女弟子传授剑法之外，平日极少和谁说什么闲话，往日装疯乔痴的小丑模样，更早已收得干干净净。此刻听田伯光说到往事，仪琳对自己的一番柔情，蓦地里涌上心头。

眼望着远处山头皑皑积雪，正自沉思，忽听得山道上有大群人喧哗之声。见性峰上向来清静，从无有人如此吵嚷，正诧异间，只听得脚步声响，数百人涌将上来，当先一人叫道："恭喜令狐公子，你今日大喜啊。"这人又矮又肥，正是老头子。他身后计无施、祖千秋，以及黄伯流、司马大、蓝凤凰、游迅、漠北双熊等一干人竟然都到了。

令狐冲又惊又喜，忙迎上前去，说道："在下受定闲师太遗命，只得前来执掌恒山派门户，没敢惊动众位朋友。怎地大伙儿都到了？"

这些人曾随令狐冲攻打少林寺，经过一场生死搏斗，已是患难之交。众人纷纷抢上，将他围在中间，十分亲热。老头子大声道："大伙儿听得公子已将圣姑接了出来，人人都十分欢喜。公子出任恒山派掌门，此事早已轰传江湖，大伙儿今日若不上山道喜，可真该死之极了。"这些人豪迈爽快，三言两语之间，已是笑成一片。

令狐冲自上恒山之后，对着一群尼姑、姑娘，说话行事，无不极尽拘束，此刻陡然间遇上这许多老友，自是不胜之喜。

黄伯流道："我们是不速之客，恒山派未必备有我们这批粗胚的饮食，酒食饭菜，这就挑上山来了。"令狐冲喜道："那再好也没有了。"心想："这情景倒似当年五霸冈上的群豪大会。"说话之间，又有数百人上山。计无施笑道："公子，咱们自己人不用客气。你那些斯斯文文的女弟子，也招呼不来我们这些浑人。大家自便最好。"

这时见性峰上已喧闹成一片。恒山众弟子绝未料到竟有这许多宾客到贺，均各兴奋。有些见多识广的老成弟子，察觉来贺的这些客人颇为不伦不类，虽有不少知名之士，却均是邪派高手，也有许多是绿林英雄、黑道豪客。恒山派门规素严，群弟子人人洁身自爱，纵然同是正教之士，也少交往。这些左道旁门的人物，向来对之绝不理睬，今日竟一窝蜂的涌上峰来。但眼见掌门人和他们抱腰拉手，神态亲热，也只好心下嘀咕而已。

到得午间，数百名汉子挑了鸡鸭牛羊、酒菜饭面来到峰上。令狐冲心想："见性峰上供奉白衣观音，自己一做掌门人，便即大鱼大肉，杀猪宰羊，未免对不住恒山派历代祖宗。"当下命这些汉子在山腰间埋灶造饭。一阵阵酒肉香气飘将上来，群尼无不暗暗皱眉。

群豪用过中饭，团团在见性峰主庵前的旷地上坐定。令狐冲坐在西首之侧，数百名女弟子依着长幼之序，站在他身后，只待吉时一到，便行接任之礼。

忽听得丝竹声响，一群乐手吹着箫笛上峰。中间两名青衣老者大踏步走上前来，群豪中"咦、啊"之声四起，不少人站起身来。

左首青衣老者蜡黄面皮，朗声说道："日月神教东方教主，委派贾布、上官云，前来祝贺令狐大侠荣任恒山派掌门。恭祝恒山派发扬光大，令狐掌门威震武林。"

此言一出，群豪都是"啊"的一声，轰然叫了起来。

这些左道之士大半与魔教颇有瓜葛，其中还有人服了东方不败的"三尸脑神丹"，听到"东方教主"四字便即心惊胆战。群豪就算不识得这两个老者的，也都久闻其名，左首那人是"黄面尊者"贾布，右首那人复姓上官，单名一个云字，外号叫做"雕侠"。两人武功之高，据说远在一般寻常门派的掌门人与帮主、总舵主之上。两人在日月神教之中，资历也不甚深，但近数年来教中变迁甚大，元老耆宿如向问天一类人或遭排斥，或自行退隐，眼前贾布与上官云是教中极有权势、极有头脸的第一流人物。这一次东方不败派他二人亲来，对令狐冲可说是给足面子了。

令狐冲上前相迎，说道："在下与东方先生素不相识，有劳二位大驾，愧不敢当。"他见那"黄面尊者"贾布一张瘦脸蜡也似黄，两边太阳穴高高鼓起，便如藏了一枚核桃相似。那"雕侠"上官云长手长脚，双目精光灿然，甚有威势，足见二人内功均甚深厚。

贾布说道："令狐大侠今日大喜，东方教主说道原该亲自前来道贺才是。只是教中俗务羁绊，无法分身，令狐掌门勿怪才好。"

令狐冲道："不敢。"心想："瞧东方不败这副排场，任教主自是尚未夺回教主之位，不知他和向大哥、盈盈三人现下怎样了？"

贾布侧过身来，左手一摆，说道："一些薄礼，是东方教主的小小心意，请令狐掌门哂纳。"丝竹声中，百余名汉子抬了四十口朱漆大箱上来。每一口箱子都由四名壮汉抬着，瞧各人脚步沉重，箱子中所装物事着实不轻。

令狐冲忙道："两位大驾光临，令狐冲已感荣宠，如此重礼，却万万不敢拜领。还请上覆东方先生，说道令狐冲多谢了，恒山弟子山居清苦，也不需用这些华贵的物事。"

贾布道："令狐掌门若不笑纳，在下与上官兄弟可为难得紧了。"略略侧头，向上官云道："上官兄弟，你说这话对不对？"上官云道："正是！"

令狐冲心下为难："恒山派是正教门派，和你魔教势同水火，就算双方不打架，也不能结交为友。再说，任教主和盈盈就要去跟东方不败算帐，我怎能收你的礼物？"便道："两位兄台请上覆东方先生，所赐万万不敢收受。两位倘若不肯将原礼带回，在下只好遣人送到贵教总坛来了。"

贾布微微一笑，说道："令狐掌门可知这四十口箱中，装的是什么物事？"令狐冲道："在下自然不知。"贾布笑道："令狐掌门看了之后，一定再也不会推却了。这四十口箱子中所装，其实也并非全是东方教主的礼物，有一部份原是该属令狐掌门所有，我们抬了来，只是物归原主而已。"令狐冲大奇，道："是我的东西？那是什么？"贾布踏上一步，低声道："其中大多数是任大小姐留在黑木崖上的衣衫首饰和常用物事，东方教主命在下送来，以供任大小姐应用。另外也有一些，是教主送给令狐大侠和任大小姐的薄礼。许多物事混在一起，分也分不开，令狐掌门也不用客气了。哈哈，哈哈。"

令狐冲生性豁达随便，向来不拘小节，见东方不败送礼之意甚诚，其中又有许多是盈盈的衣物，却也不便坚拒，跟着哈哈一笑，说道："如此便多谢了。"

只见一名女弟子快步过来，禀道："武当派冲虚道长亲来道贺。"令狐冲吃了一惊，忙迎到峰前。只见冲虚道人带着八名弟子，走上峰来。令狐冲躬身行礼，说道："有劳道长大驾，令狐冲感激不尽。"冲虚道人笑道："老弟荣任恒山掌门，贫道闻知，不胜之喜。少林寺方证、方生两位大师也要前来道喜，不知他们两位到了没有？"令狐冲更是惊讶。

便在此时，山道上走上来一群僧人，当先二人大袖飘飘，正是方证方丈和方生大师。方证叫道："冲虚道兄，你脚程好快，可比我们先到了。"

令狐冲迎下山去，叫道："两位大师亲临，令狐冲何以克当？"方生笑道："少侠，你曾三入少林，我们到恒山来回拜一次，那也是礼尚往来啊。"

令狐冲将一众少林僧和武当道人迎上峰来。峰上群豪见少林、武当两大门派的掌门人亲身驾到，无不骇异，说话也不敢这么大声了。恒山一众女弟子个个喜形于色，均想："掌门师兄的面子可大得很啊。"

贾布与上官云对望了一眼，站在一旁，对方证、方生、冲虚等人上峰，似是视而不见。

令狐冲招呼方证大师和冲虚道人上座，寻思："记得师父当年接任华山派掌门，少林派和武当派的掌门人并未到来，只遣人到贺而已。其时我虽年幼，不知有哪些宾客，但师父、师娘后来跟众弟子讲述当年就任掌门时的风光，也从未提过少林、武当的掌门人大驾光临。今日他二位同时到来，难道真的是向我道贺，还是别有用意？"

这时上峰来的宾客络绎不绝，大都是当日曾参与攻打少林寺之役的群豪。昆仑派、点苍派、峨嵋派、崆峒派、丐帮、各大门派帮会，也都派人呈上掌门人、帮主的贺帖和礼物。令狐冲见贺客众多，心下释然："他们都是瞧着恒山派和定闲师太的脸面，才来道贺，可不是凭着我令狐冲的面子。"

嵩山、华山、衡山、泰山四派，却均并未遣人来贺。

耳听得砰砰砰三声号炮，吉时已届。令狐冲站到场中，躬身抱拳，向众人团团为礼，朗声说道："恒山派前任掌门定闲师太不幸遭人暗算，与定逸师太同时圆寂。令狐冲秉承定闲师太遗命，接掌恒山一派的门户。承众位前辈、众位朋友不弃，大驾光临，恒山派上下，同蒙荣宠，不胜感激。"

磬钹声中，恒山派群弟子列成两行，鱼贯而前，居中是仪和、仪清、仪真、仪质四名大弟子。四名大弟子手捧法器，走到令狐冲面前，躬身行礼。令狐冲长揖还礼。

仪和说道："四件法器，乃恒山派创派之祖晓风师太所传，向由本派掌门人接管。新任掌门人令狐师兄便请收领。"令狐冲应道："是。"

四名大弟子将法器依次递过，乃是一卷经书，一个木鱼，一串念珠，一柄短剑。令狐冲见到木鱼、念珠，不由得发窘，只得伸手接过，双眼视地，不敢与众人目光相接。

仪清展开一个卷轴，说道："恒山派五大戒律，一戒犯上忤逆，二戒同门相残，三戒妄杀无辜，四戒持身不正，五戒结交奸邪。恒山派祖宗遗训，掌门师兄须当身体力行，督率弟子，一概凛遵。"令狐冲应道："是！"心想："前三戒倒也罢了，可是令狐冲持身不大端正，至于不得结交奸邪那一款，更加令人为难。今日上峰来的宾客，倒有一大半是左道旁门之士。"

忽听得山道上有人叫道："五岳剑派左盟主有令，令狐冲不得擅篡恒山派掌门之位。"

呼喝声中，五个人飞奔而至，后面跟着数十人。当先五人各执一面锦旗，正是五岳剑派的盟旗。五人奔至人群外数丈处站定，居中那人矮矮胖胖，面皮黄肿，五十来岁年纪。

令狐冲认得此人姓乐名厚，外号"大阴阳手"，是嵩山派的一名好手，当日在河南荒郊曾和他交过手，长剑透他双掌而过，是结下了极深梁子的。但他为人倒也光明磊落，那日偷袭得手而制住了自己，却并不乘机便下杀手，重行跃开再斗，自己很承他的情，当下抱拳说道："乐前辈，您好。"

乐厚将手中锦旗一展，说道："恒山派是五岳剑派之一，须遵左盟主号令。"

令狐冲道："令狐冲接掌恒山门户后，是否还加盟五岳剑派，可得好好商议商议。"

这时其余数十人都已上峰，却是嵩山、华山、衡山、泰山四派的弟子。华山派那八人均是令狐冲当年的师弟，林平之却不在其内。这数十人分成四列，手按剑柄，默不作声。

乐厚大声道："恒山一派，向由出家的女尼执掌门户。令狐冲身为男子，岂可坏了恒山派数百年来的规矩？"

令狐冲道："规矩是人所创，也可由人所改，这是本派之事，与旁人并不相干。"

群豪之中已有人向乐厚叫骂起来："他恒山派的事，要你嵩山派来多管什么鸟闲事？""你奶奶的，快给我滚罢！""什么五岳盟主？狗屁盟主，好不要脸。"

乐厚向令狐冲道："这些口出污言之人，在这里干什么来着？"令狐冲道："这些兄台都是在下的朋友，是上峰来观礼的。"乐厚道："这就是了。恒山派五大戒律，第五条是什么？"令狐冲心道："你存心跟我过不去，我便来跟你强辩。"说道："恒山五大戒律，第五戒是不得结交奸邪。像乐兄这样的人，令狐冲是决计不会和你结交的。"

群豪一听，登时轰笑起来，都道："奸邪之徒，快快滚罢！"

乐厚以及嵩山、华山等各派弟子见了这等声势，均想敌众我寡，对方倘若翻脸动手，那可糟糕。乐厚更想："左师哥这次可失算了。他料想见性峰上冷冷清清，只不过一些恒山派的尼姑、姑娘，我们四派数十名好手，尽可制得住。令狐冲剑术虽精，我们乘他手中无剑之时，师兄弟五人突以拳脚夹攻，必可取他性命。哪知道贺客竟这么多，连少林、武当的二大掌门也到了。"当下转身向方证和冲虚说道："两位掌门是当今武林中的泰山北斗，人所共仰，今日须请两位说句公道话。令狐冲招揽了这许多妖魔鬼怪来到恒山，是不是坏了恒山派不得结交奸邪这一条门规？恒山派这样一个历时已久、享誉甚隆的名门正派，在令狐冲手中转眼便闹得万劫不复，两位是否坐视不理？"

方证咳嗽一声，说道："这个……这个……唔……"心想此人的话倒也在理，这里果然大多数是旁门左道之士，可是难道要令狐冲将他们都逐下山去不成？

忽听得山道上传来一个女子清脆的叫声："日月神教任大小姐到！"

令狐冲惊喜交集，情不自禁的冲口而出："盈盈来了！"急步奔到崖边，只见两名大汉抬着一乘青呢小轿，快步上峰。小轿之后跟着四名青衣女婢。

左道群豪听得盈盈到来，纷纷冲下山道去迎接，欢声雷动，拥着小轿，来到峰顶。

小轿停下，轿帷掀开，走出一个身穿淡绿衣衫的艳美少女，正是盈盈。

群豪大声欢呼："圣姑！圣姑！"一齐躬身行礼。瞧这些人的神情，对盈盈又是敬畏，又是感佩，欢喜之情出自心底。

令狐冲走上几步，微笑道："盈盈，你也来啦！"

盈盈微笑道："今日是你大喜的日子，我怎能不来？"眼光四下一扫，走上几步，向方证与冲虚二人敛衽为礼，说道："方丈大师，掌门道长，小女子有礼。"

方证和冲虚一齐还礼，心下都想："你和令狐冲再好，今日却也不该前来，这可叫令狐冲更加为难了。"

乐厚大声道："这个姑娘，是魔教中的要紧人物。令狐冲，你说是也不是？"令狐冲道："是又怎样？"乐厚道："恒山派五大戒律，规定不得结交奸邪。你若不与这些奸邪人物一刀两断，便做不得恒山派掌门。"令狐冲道："做不得便做不得，那又有什么打紧？"

盈盈向他瞧了一眼，目光中深情无限，心想："你为了我，什么都不在乎了。"问道："请问令狐掌门，这位朋友是什么来头？凭什么来过问恒山派之事？"

令狐冲道："他自称是嵩山派左掌门派来的，手中拿的，便是左掌门的令旗。别说这是左掌门的一面小小令旗，就是左掌门自己亲至，又怎能管得了我恒山派的事。"

盈盈点头道："不错。"想起那日少林寺比武，左冷禅千方百计的为难，寒冰真气又使爹爹身受重伤，险些性命不保，不由得恼怒，说道："谁说这是五岳剑派的盟旗？他是来骗人的……"一言未毕，身子微晃，左手中已多了柄寒光闪闪的短剑，疾向乐厚胸口刺去。

乐厚万料不到这样一个娇怯怯的美貌女子说打便打，事先更没半点朕兆，出手如电，一剑便刺了过来，拔剑招架已然不及，只得侧身闪避。他更没料到盈盈这一招乃是虚招，身子略转之际，右手一松，一面锦旗已给对方夺了过去。盈盈身子不停，连刺五剑，连夺了五面锦旗，所使身法剑招，一模一样，五招皆是如此。嵩山派其余四人都是乐厚的师兄弟，拳脚功夫着实了得，左冷禅派了来，原定是以拳脚袭击令狐冲的，可是盈盈出手实在太快，一霎之间，给她奇兵突出，攻了个措手不及，与其说是输招，还不如说是中了奇袭暗算。

盈盈手到旗来，转到了令狐冲身后，大声道："令狐掌门，这旗果然是假的。这哪里是五岳剑派的令旗，这是五仙教的五毒旗啊。"

她将手中五面锦旗张了开来，人人看得明白，五面旗上分别绣着青蛇、蜈蚣、蜘蛛、蝎子、蟾蜍五样毒物，色彩鲜明，奕奕如生，哪里是五岳剑派的令旗了？

乐厚等人只惊得目瞪口呆，说不出话来。老头子、祖千秋等群豪却大声喝采。人人均知盈盈夺到令旗之后，立即便掉了包，将五岳令旗换了五毒旗，只是她手脚实在太快，谁也没有看清楚她掉旗之举。

盈盈叫道："蓝教主！"人群中一个身穿苗家装束的美女站了出来，笑道："在！圣姑有何吩咐？"正是五仙教教主蓝凤凰。盈盈问道："你教中的五毒旗，怎么会落入了嵩山派手中？"蓝凤凰笑道："这几个嵩山弟子，都是我教下女弟子的好朋友，想必是他们甜言蜜语，将我教中的五毒旗骗了去玩儿。"盈盈道："原来如此。这五面旗儿，便还了你罢。"说着将五面旗子掷将过去。蓝凤凰笑道："多谢。"伸手接了。

乐厚怒极大骂："无耻妖女，在老子面前使这掩眼的妖法，快将令旗还来。"盈盈笑道："你要五毒旗，不会向蓝教主去讨吗？"乐厚无法可施，向方证和冲虚道："方丈大师，冲虚道长，请你二位德高望重的前辈主持公道。"

方证道："这个……唔……不得结交奸邪，恒山派戒律中原是有这么一条，不过……不过……今日江湖上朋友们前来观礼，令狐掌门也不能闭门不纳，太不给人家面子……"

乐厚突然指着人群中一人，大声道："他……他……我认得他是采花大盗田伯光，他这么扮成个和尚，便想瞒过我的眼去吗？像这样的人，也是令狐冲的朋友？"厉声道："田伯光，你到恒山干什么来着？"田伯光道："拜师来着。"乐厚奇道："拜师？"

田伯光道："正是。"走到仪琳面前，跪下磕头，叫道："师父，弟子请安。弟子痛改前非，法名叫做'不可不戒'。"仪琳满脸通红，侧身避过，道："你……你……"

盈盈笑道："田师傅有心改邪归正，另投明师，那是再好不过。他落发出家，法名'不可不戒'，更显得其意极诚。方证大师，有道是放下屠刀，立地成佛。一个人只要决心改过迁善，佛门广大，便会给他一条自新之路，是不是？"

方证喜道："正是！不可不戒投入恒山派，从此严守门规，那是武林之福。"

盈盈大声道："众位听了，咱们今日到来，都是来投恒山派的。只要令狐掌门肯收留，咱们便都是恒山弟子了。恒山弟子，怎能算是妖邪？"

令狐冲恍然大悟："原来盈盈早料到我身为众女弟子的掌门，十分尴尬，倘若派中有许多男弟子，那便无人耻笑了。因此特地叫这一大群人来投恒山派。"当即朗声问道："仪和师姊，本派可有不许收男弟子这条门规么？"

仪和道："不许收男弟子的门规倒没有，不过……不过……"她脑子一时转不过来，总觉派中突然多了这许多男弟子出来，实是大大不妥。

令狐冲道："众位要投入恒山派，那是再好不过。但也不必拜师。恒山派另设一个……唔……一个'恒山别院'，安置各位，那边通元谷，便是一个极好去处。"

那通元谷在见性峰之侧，相传唐时仙人张果老曾在此炼丹。恒山大石上有蹄印数处，历代相传为张果老所骑驴子踏出。如此坚硬的花岗石上，居然有驴蹄之痕深印，若不是仙人遗迹，何以生成？唐玄宗封张果老为"通元先生"，通元谷之名，便由此而来。通元谷和见性峰上主庵相距虽然不远，但由谷至峰，山道绝险。令狐冲将这批江湖豪客安置在通元谷中，令他们男女隔绝，以免多生是非。

方证连连点头，说道："如此甚好。这些朋友们归入了恒山派，受恒山派门规约束，真是武林中一件大大的美事。"

乐厚见方证大师也如此说，对方又人多势众，今日已无法阻止令狐冲出任恒山派掌门，只得传达左冷禅的第二道命令，咳嗽一声，朗声说道："五岳剑派左盟主有令：三月十五清晨，五岳剑派各派师长弟子齐集嵩山，推举五岳派掌门人，务须依时到达，不得有误。"

令狐冲问道："五岳剑派并为一派，是谁的主意？"

乐厚道："嵩山、泰山、华山、衡山四派，均已一致同意。你恒山派倘若独持异议，便是公然跟四派过不去，只有自讨苦吃了。"转身向泰山派等人道："你们说是不是？"站在他身后的数十人齐声道："正是！"乐厚一阵冷笑，转身便走。走出几步，不禁回头向盈盈瞧了一眼，心想："那五面令旗，如何想法子夺回来才好。"

蓝凤凰笑道："乐老师，你失了旗子，回去怎么向左掌门交代啊？不如我还了你罢！"说着右手一挥，将一面锦旗掷了过去。

乐厚眼见一面小旗势挟劲风飞来，心想："这是你的五毒旗，又不是五岳令旗，我要来干什么？"心念甫转，那旗已飞向面前，戳向他咽喉，当即伸手抄住。突然一声大叫，急忙将旗掷下，只觉掌心犹似烈火烧炙，提手一看，掌心已成淡紫之色，知道旗杆上喂有剧毒，已受了五毒教暗算，又惊又怒，气急败坏的骂道："妖女……"

蓝凤凰笑道："你叫一声'令狐掌门'，向他求情，我便给你解药，否则你这只手掌要整个儿烂掉。"

乐厚素知五毒教使毒的厉害，一犹豫间，但觉掌心麻木，知觉渐失，心想我毕生功力，全在两掌，烂掉手掌便成废人，情急之下，只得叫道："令狐掌门，你……"蓝凤凰笑道："求情啊。"乐厚道："令狐掌门，在下得罪了你，求……求你赐给解……解药。"

令狐冲微笑道："蓝姑娘，这位乐兄不过奉左掌门之命而来，请你给他解药罢！"

蓝凤凰一笑，向身畔一名苗女挥手示意。那苗女从怀中取出一个白纸小包，走上几步，抛给了乐厚。乐厚伸手接过，在群豪轰笑声中疾趋下峰。其余数十人都跟了下去。

令狐冲朗声道："众位朋友，大伙儿既愿在恒山别院居住，可得遵守本派的戒律。这戒律其实也不怎么难守，只是第五条不得结交奸邪，有些麻烦。但自今而后，大伙儿都算是恒山派的人，恒山派弟子自然不是奸邪。不过和派外之人交友时，却得留神些了。"
群豪轰然称是。令狐冲又道："你们要喝酒吃肉，也无不可，可是吃荤之人，过了今日，便不能再到这见性峰来。"

方证合什道："善哉，善哉！清净佛地，原是不可亵渎了。"

令狐冲笑道："好啦。我这掌门人，算是做成了。大家肚子也饿啦，快开素斋来，我陪少林方丈、武当掌门和各位前辈用饭。到得明日，再和各位喝酒。"

素斋后，方证道："令狐掌门，老衲和冲虚道兄二人有几句话，想和掌门人商议。"

令狐冲应道："是。"心想："当今武林中二大门派的掌门人亲身来到恒山，必有重要话说。见性峰上龙蛇混杂，不论在哪里说话，都不免隔墙有耳。"当下吩咐仪和、仪清等弟子分别招待宾客，向方证、冲虚二人道："下此峰后，磁窑口侧有一座山，叫作翠屏山，峭壁如镜。山上有座悬空寺，是恒山的胜景。二位前辈若有雅兴，让晚辈导往一游如何？"

冲虚道人喜道："久闻翠屏山悬空寺建于北魏年间，于松不能生、猿不能攀之处，发偌大愿力，凭空建寺。那是天下奇景，贫道仰慕已久，正欲一开眼界。"

令狐冲和方证、冲虚来到飞桥之上。飞桥
阔仅数尺，放眼四周皆空，云生足底，有如身
处天上，三人临此胜境，胸襟大畅。

三十　密　议

令狐冲引着方证大师和冲虚道长下见性峰，趋磁窑口，来到翠屏山下。方证与冲虚仰头而望，但见飞阁二座，耸立峰顶，宛似仙人楼阁，现于云端。方证叹道："造此楼阁之人当真妙想天开，果然是天下无难事，只怕有心人。"

三人缓步登山，来到悬空寺中。那悬空寺共有楼阁二座，皆高三层，凌虚数十丈，相距数十步，二楼之间，联以飞桥。寺中有一年老仆妇看守打扫，见到令狐冲等三人到来，瞠目以视，既不招呼，也不行礼。令狐冲于十多日前曾偕仪和、仪清、仪琳等人来过，知道这仆妇又聋又哑，什么事也不懂，当下也不理睬，径和方证、冲虚来到飞桥之上。

飞桥阔仅数尺，若是常人登临，放眼四周皆空，云生足底，有如身处天上，自不免心目俱摇，手足如废，但三人皆是一等一的高手，临此胜境，胸襟大畅。

方证和冲虚向北望去，于缥缈烟云之中，隐隐见到城郭出没，磁窑口双峰夹峙，一水中流，形势极是雄峻。方证说道："古人说一夫当关，万夫莫开，这里的形势，确是如此。"

冲虚道："北宋年间杨老令公扼守三关，镇兵于此，这原是兵家必争的要塞。始见悬空寺，觉鬼斧神工，惊诧古人的毅力，但看到这五百里开凿的山道，悬空寺又渺不足道了。"令狐冲奇道："道长，你说这数百里山道，都是人工开凿出来的？"冲虚道："史书记载，魏道武帝天兴元年克燕，将兵自中山归平城，发卒数万人凿恒岭，通直道五百余里，磁窑口便是这直道的北端。"方证道："所谓直道五百余里，当然大多数是天生的。北魏皇帝发数万兵卒，只是将其间阻道的山岭凿开而已。但纵是如此，工程之大，也已令人挢舌难下。"

令狐冲道："无怪乎有这许多人想做皇帝。他只消开一句口，数万兵卒便将阻路的山岭给他凿了开来。"冲虚道："权势这一关，古来多少英雄豪杰，都是难过。别说做皇帝了，今日武林中所以风波迭起，纷争不已，还不是为了那'权势'二字。"

令狐冲心下一凛，寻思："他说到正题了。"便道："晚辈不明，请二位前辈指点。"

方证道："令狐掌门，今日嵩山派的乐老师率众前来，为的是什么？"令狐冲道："他传达左盟主的号令，不许晚辈接任恒山派掌门。"方证道："左盟主为什么不许你做恒山派掌门？"令狐冲道："左盟主要将五岳剑派并而为一，晚辈曾一再阻挠他的大计，杀了不少嵩山派之人，左盟主对晚辈自是痛恨之极。"方证问道："你为什么要阻挠他的大计？"

令狐冲一呆，一时难以回答，顺口重复了一句："我为什么要阻挠他的大计？"

方证问道："你以为五岳剑派合而为一，这件事不妥么？"

令狐冲道："晚辈当时也没想过此事妥与不妥。只是嵩山派为了胁迫恒山派答允，假扮日月教教众，劫掳恒山弟子，围攻定静师太，所使的手段太过卑鄙。晚辈刚巧遇上此事，心觉不平，是以出手相助。后来嵩山派火烧铸剑谷，要烧死定闲、定逸两位师太，那是更加可恶了。晚辈心想，五岳剑派合并之举倘是美事，嵩山派何不正大光明的与各派掌门商议，却要干这鬼鬼祟祟的行径？"

冲虚点头道："令狐掌门所见不差。左冷禅野心极大，要做武林中的第一人。自知难以服众，只好暗使阴谋。"方证叹道："左盟主文才武略，确是武林中的杰出人物，五岳剑派之中，原本没第二人比得上。不过他抱负太大，急欲压倒武当、少林两派，未免有些不择手段。"冲虚道："少林派向为武林领袖，数百年来众所公认。少林之次，便是武当。更其次是昆仑、峨嵋、崆峒诸派。令狐贤弟，一个门派创建成名，那是数百年来无数英雄豪杰，花了无数心血累积而成，一套套的武功家数，都是一点一滴、千锤百炼的积聚起来，决非一朝一夕之功。五岳剑派在武林崛起，不过是近六七十年的事，虽然兴旺得快，家底总还不及昆仑、峨嵋，更不用说和少林派博大精深的七十二绝艺相比了。"令狐冲点头称是。

冲虚又道："各派之中，偶尔也有一二才智之士，武功精强，雄霸当时。一个人在武林中出人头地，扬名立万，事属寻常。但若只凭一人之力，便想压倒天下各大门派，那是从所未有。左冷禅满腹野心，想干的却正是这件事。当年他一任五岳剑派的盟主，方丈大师就料到武林中从此多事。近年来左冷禅的所作所为，果然证明了方丈大师的先见。"方证念了一句："阿弥陀佛。"

冲虚道："左冷禅当上五岳剑派盟主，那是第一步。第二步是要将五派归一，由他自任掌门。五派归一之后，实力雄厚，便可隐然与少林、武当成为鼎足而三之势。那时他会进一步蚕食昆仑、峨嵋、崆峒、青城诸派，一一将之合并，那是第三步。然后他向魔教启衅，率领少林、武当诸派，一举将魔教挑了，这是第四步。"

令狐冲内心感到一阵惧意，说道："这种事情难办之极，左冷禅的武功未必当世无敌，他何以要花偌大心力？"

冲虚道："人心难测。世上之事，不论多么难办，总是有人要去试上一试。你瞧，这五百里山道，不是有人凿开了？这悬空寺，不是有人建成了？左冷禅若能灭了魔教，在武林中已是唯我独尊之势，再要吞并武当，收拾少林，也未始不能。干办这些大事，那也不是全凭武功。"方证又念了一句："阿弥陀佛！"

令狐冲道："原来左冷禅是要天下武林之士，个个遵他号令。"冲虚说道："正是！那时候只怕他想做皇帝了，做了皇帝之后，又想长生不老，万寿无疆！这叫做'人心不足蛇吞象'，自古以来，皆是如此。英雄豪杰之士，绝少有人能逃得过这'权位'的关口。"

令狐冲默然，一阵北风疾刮过来，不由得机伶伶的打了个寒噤，说道："人生数十年，但贵适意，却又何苦如此？左冷禅要消灭崆峒、昆仑，吞并少林、武当，不知将杀多少人，流多少血？"

冲虚双手一拍，说道："照啊，咱三人身负重任，须得阻止左冷禅，不让他野心得逞，以免江湖之上，遍地血腥。"

令狐冲悚然道："道长这等说，可令晚辈大是惶恐。晚辈见识浅陋，谨奉二位前辈教诲驱策。"

冲虚说道："那日你率领群豪，赴少林寺迎接任大小姐，不损少林寺一草一木，方丈大师很承你的情。"令狐冲脸上微微一红，道："晚辈胡闹，甚是惶恐。"冲虚道："你走了之后，左冷禅等人也分别告辞，我却又在少林寺中住了七日，和方丈大师日夜长谈，深以左冷禅的野心勃勃为忧。那日任我行使诡计占了方证大师的上风，左冷禅即以其人之道，还治其人之身，本来那也算不了什么，但武林中无知之徒不免会说：'方证大师敌不过任我行，任我行又敌不过左冷禅……'"

令狐冲连连摇头，道："不见得，不见得！"冲虚道："我们都知不见得。可是经此一战，左冷禅的名头终究又响了不少，也增长了他的自负与野心。后来我们分别接到你老弟出任恒山派掌门的讯息，决定亲自上恒山来，一来是向老弟道贺，二来是商议这件大事。"

令狐冲道："两位如此抬举，晚辈实不敢当。"

冲虚道："那乐厚传来左冷禅的号令，说道三月十五，五岳剑派人众齐集嵩山，推举五岳派的掌门人。此举原早在方丈大师的意料之中，只是我们没想到左冷禅会如此性急而已。他说推举五岳派掌门人，倒似五岳剑派合而为一之事已成定局。其实，衡山莫大先生脾气怪僻，是不会附和左冷禅的。泰山天门道兄性子刚烈，也决计不肯屈居人下。令师岳先生外圆内方，对华山一派的道统看得极重，左冷禅要他取消华山派的名头，岳先生该会据理力争。只有恒山一派，三位前辈师太先后圆寂，一众女弟子无力和左冷禅相抗，说不定就此屈服。岂知定闲师太竟能破除成规，将掌门人一席重任，交托在老弟手中。我和方丈师兄谈起定闲师太的胸襟远见，当真钦佩之极。她在身受重伤之际，仍能想到这一着，更是难得，足见定闲师太平素修为之高，直至寿终西归，始终灵台清明。只要泰山、衡山、华山、恒山四派联手，不允并成五岳派，左冷禅为祸江湖的阴谋便不能得逞了。"

令狐冲道："然而瞧乐厚今日前来传令的声势，似乎泰山、衡山、华山三派均已受了左冷禅的挟制。"冲虚点头道："正是。令师岳先生的动向，也令方丈大师和贫道大感不解。听说福州林家有一名子弟，拜在令师门下，是不是？"令狐冲道："正是。这林师弟名叫林平之。"冲虚道："他祖传有一部《辟邪剑谱》，江湖上传言已久，均说谱中所载剑法，威力极大，老弟想来必有所闻。"令狐冲道："是。"当下将如何在福州向阳巷中寻到一件袈裟、如何嵩山派有人谋夺、自己如何受伤晕倒等情说了。

冲虚沉吟半晌，道："按情理说，令师见到了这件袈裟，自会交给你林师弟。"

令狐冲道："是。可是后来师妹却又向我追讨《辟邪剑谱》。其中疑难，实无法索解。晚辈蒙冤已久，那也不去理他，但辟邪剑法到底实情如何，要向二位前辈请教。"

冲虚向方证瞧了一眼，道："方丈大师，其中原委，请你向令狐老弟解说罢。"

方证点了点头，说道："令狐掌门，你可听到过'葵花宝典'的名字？"

令狐冲道："曾听晚辈师父提起过，他老人家说，《葵花宝典》是武学中至高无上的秘笈，可是失传已久，不知下落。后来晚辈又听任教主说，他曾将《葵花宝典》传给了东方不败，然则这部《葵花宝典》，目下是在日月教手中了。"方证摇头道："日月教所得的残缺不全，并非原书。"令狐冲应道："是。"心想武林中的重大隐秘之事，这两位前辈倘若不知，旁人更不会知道了，料来有一件武林大事，即将从方证大师口中透露出来。

方证抬起头来，望着天空悠悠飘过的白云，说道："华山派当年有气宗、剑宗之分，一派分为两宗。华山派前辈，曾因此而大动干戈，自相残杀，这一节你是知道的?"令狐冲道："是。只是我师父亦未详加教诲。"方证点头道："本派中同室操戈，实非美事，是以岳先生不愿多谈。华山派所以有气宗、剑宗之分，据说便是因那部《葵花宝典》而起。"

他顿了一顿，缓缓说道："这部《葵花宝典》，武林中向来都说，是前朝皇宫中一位宦官所著。"令狐冲道："宦官?"方证道："宦官就是太监。"令狐冲点头道："嗯。"方证道："至于这位前辈的姓名，已经无可查考，以他这样一位大高手，为什么在皇宫中做太监，那是更加谁也不知道了。至于宝典中所载的武功，却是精深之极，三百余年来，始终无一人能据书练成。百余年前，这部宝典为福建莆田少林寺下院所得。其时莆田少林寺方丈红叶禅师，乃是一位大智大慧的了不起人物，依照他老人家的武功悟性，该当练成宝典上所载武功才是。但据他老人家的弟子说道，红叶禅师并未练成。更有人说，红叶禅师参究多年，直到逝世，始终就没起始练宝典中所载的武功。"

令狐冲道："说不定此外另有秘奥诀窍，却不载在书中，以致以红叶禅师这样的智慧之士，也难以全部领悟，甚至根本无从着手。"

方证大师点头道："这也大有可能。老衲和冲虚道兄都无缘法见到宝典，否则虽不敢说修习，但看看其中到底是些什么高深莫测的文字，也是好的。"

冲虚微微一笑，道："大师却动尘心了。咱们学武之人，不见到宝典则已，要是见到，定然会废寝忘食的研习参悟，结果不但误

· 1054 ·

了清修，反而空惹一身烦恼。咱们没有缘份见到，其实倒是福气。"

方证哈哈一笑，说道："道兄说得是，老衲尘心不除，好生惭愧。"他转头又向令狐冲道："据说华山派有两位师兄弟，曾到莆田少林寺作客，不知因何机缘，竟看到了这部《葵花宝典》。"

令狐冲心想："《葵花宝典》既如此要紧，莆田少林寺自然秘不示人。华山派这两名师兄弟能够见到，定是偷看。方证大师说得客气，不提这个'偷'字而已。"

方证又道："其时匆匆之际，二人不及同时遍阅全书，当下二人分读，一个人读一半，后来回到华山，共同参悟研讨。不料二人将书中功夫一加印证，竟然牛头不对马嘴，全然合不上来。二人都深信对方读错了书，只有自己所记得的才是对的。可是单凭自己所记得的一小半，却又不能依之照练。两个本来亲逾同胞骨肉的师兄弟，到后来竟变成了对头冤家。华山派分为气宗、剑宗，也就由此而起。"

令狐冲道："这两位前辈师兄弟，想来便是岳肃和蔡子峰两位华山前辈了？"岳肃是华山气宗之祖，蔡子峰则是剑宗之祖。华山一派分为二宗，那是许多年前之事了。

方证道："正是。岳蔡二位私阅《葵花宝典》之事，红叶禅师不久便即发觉。他老人家知道这部宝典中所载武学不但博大精深，兼且凶险之极。据说最难的还是第一关，只消第一关能打通，以后倒也没有什么。天下武功都是循序渐进，越到后来越难。这《葵花宝典》最艰难之处却在第一步，修习时只要有半点岔差，立时非死即伤。当下派遣他的得意弟子渡元禅师前往华山，劝谕岳蔡二位，不可修习宝典中的武学。"

令狐冲道："这门武功竟是第一步最难，如果无人指点，照书自练，定然凶险得紧。但想来岳蔡二位前辈并未听从。"方证道："其实，那也怪不得岳蔡二人。想我辈学武之人，一旦得窥精深武学的秘奥，如何肯不修习？老衲出家修为数十载，一旦想到宝典的武学，也不免起了尘念，冲虚道兄适才以此见笑。何况是俗家武师？不料渡元禅师此一去，却又生出一番事来。"令狐冲道："难道岳蔡二位，对渡元禅师有所不敬吗？"

方证摇头道："那倒不是。渡元禅师上得华山，岳蔡二人对他好生相敬，承认私阅《葵花宝典》，一面深致歉意，一面却以经中所载武学，向他请教。殊不知渡元禅师虽是红叶禅师的得意弟子，宝典中的武学却是未蒙传授。只因红叶禅师自己也不大明白，自不能以之传授弟子。岳蔡二人只道他定然精通宝典中所载的学问，哪想得到其中另有原由？当下渡元禅师并不点明，听他们背诵经文，随口解释，心下却暗自记忆。渡元禅师武功本极高明，又是绝顶机智之人，听到一句经文，便以己意演绎几句，居然也说来头头是道。"

令狐冲道："这样一来，渡元禅师反从岳蔡二位那里，得悉了宝典中的经文？"方证点头道："不错。不过岳蔡二人所记的，本已不多，经过这么一转述，不免又打了折扣。据说渡元禅师在华山之上住了八日，这才作别，但从此却也没再回莆田少林寺去。"令狐冲奇道："他不再回去？却到了何处？"方证道："当时就无人得知了。不久红叶禅师就收到渡元禅师的一通书信，说道他凡心难抑，决意还俗，无面目再见师父云云。"令狐冲大为奇怪，心想此事当真出乎意料之外。

方证道："由于这一件事，少林下院和华山派之间，便生了许多嫌隙，而华山弟子偷窥《葵花宝典》之事，也流传于外。过不多时，即有魔教十长老攻华山之举。"

令狐冲登时想起在思过崖后洞所见的骷髅，以及石壁上所刻的武功剑法，不禁"啊"的一声。方证道："怎么？"令狐冲脸上一红，道："打断了方丈的话题，恕罪则个。"

方证点了点头，说道："算来那时候连你师父也还没出世呢。魔教十长老攻华山，便是想夺这部《葵花宝典》，其时华山派已与泰山、嵩山、恒山、衡山四派结成了五岳剑派，其余四派得讯便即来援。华山脚下一场大战，魔教十长老多数身受重伤，铩羽而去，但岳肃、蔡子峰两人均在这一役中毙命，而他二人所笔录的《葵花宝典》残本，也给魔教夺了去，因此这一仗的输赢却也难说得很。五年之后魔教卷土重来。这一次十长老有备而来，对五岳剑派剑术中的精妙之着，都想好了破解之法。冲虚道兄与老衲推想，魔教十长老武功虽高，但要在短短五年之内，尽破五岳剑派的精妙剑招，多半也还是由于从《葵花宝典》中得到了好处。二次决斗，五岳剑派着实吃了大亏，高手耆宿，死伤惨重，五派许多精妙剑法从此失传湮没。只是那魔教十长老却也不得生离华山。想像那一场恶战，定是惨烈非凡。"

令狐冲道："晚辈曾在华山思过崖的一个石洞之中，见到这魔教十长老的遗骨，又见到石壁上刻下的若干题字。"冲虚道："有这等事？题字中写些什么？"令狐冲道："有十六个大字，写的是'五岳剑派，无耻下流，比武不胜，暗算害人。'此外还有许多小字，都是咒骂五岳剑派卑鄙无赖，不要脸等等。"冲虚道："华山派怎地容得这些诽谤的字迹留在石壁之上，这倒奇了。"令狐冲道："这石洞是晚辈无意中发现的，旁人均不知道。"当下将如何发现这石洞的经过说了，又说那使斧之人以利斧开山数百丈，却只相差不到一尺，力尽而死，毅力可佩，而命运之蹇，着实令人可叹。

方证大师道："使斧头的？难道是十长老中的'大力神魔'范松？"令狐冲道："正是！石壁上刻有一行字，说'范松赵鹤破恒山派剑法于此'。"方证道："赵鹤？他是十长老中的'飞天神魔'。他是不是使雷震挡的？"令狐冲道："这个晚辈却不知道，但石洞中地下，确有一具雷震挡。晚辈记得石壁上题字，破了华山派剑法的，是两个姓张的，叫什么张乘风、张乘云。"方证道："果然不错，'金猴神魔'张乘风、'白猿神魔'张乘云，乃是兄弟二人，据说所使兵刃是熟铜棍。"令狐冲道："正是。石壁上图形，确是以棍棒破了我华山派的剑法，设想之奇，令人叹服。"

方证道："从你所见者推想，似乎魔教十长老中了五岳剑派的埋伏，被诱入山洞之中，囚禁了起来，无法脱身。"令狐冲道："晚辈也这么想，料想因此这些人心怀不平，既在石壁上刻字痛骂五岳剑派，又刻下破解五岳剑派的法门，好使后人得知，他们并非战败，只是误中机关而已。石壁上所刻华山派剑法，确是精妙非凡，我师父师娘似乎并不知晓。此中缘故，晚辈一直大惑不解，适才听了方丈大师述说往事，才知华山派前辈大都在此役中丧命，这些高招就此失传。恒山、泰山等四派想来也是这样。"冲虚道："确是如此。"

令狐冲道："在魔教十长老的骷髅之旁，还有好几柄长剑，却是五岳剑派的兵刃。"

方证出了一会神，道："那就难以推想了，说不定是十长老从五岳剑派手中夺来的。你在后洞中所见，一直没跟人说起过？"令狐冲道："晚辈发现了后洞中的奇事之后，变故迭生，一直没机缘向师父、师娘提起此事。风太师叔却早就知道了。"

方证点头道："我方生师弟当年曾与风老前辈有数面之缘，颇受过他老人家的恩惠。方生师弟说道，你的剑法确是风老前辈嫡传。我们只道风老前辈当年在华山气剑两宗火并之后便已仙去，原来尚自健在，实乃可喜。"

冲虚道："当年武林中传说，华山两宗火并之时，风老前辈刚好在江南娶亲，得讯之后赶回华山，剑宗好手已然伤亡殆尽，一败涂地。否则以他剑法之精，倘若参与斗剑，气宗无论如何不能占到上风。风老前辈随即发觉，江南娶亲云云，原来是一场大骗局，他那岳丈暗中受了华山气宗之托，买了个妓女来冒充小姐，将他羁绊在江南。风老前辈重回江南岳家，他的假岳丈全家早已逃得不知去向。江湖上都说，风老前辈恼怒羞愧，就此自刎而死。"

方证连使眼色，要他住口。冲虚却装作并未会意，最后才道："令狐掌门，贫道对风老前辈好生敬仰，决不敢揭他老人家的旧日隐私。今日所以重提此事，是盼你明白，英雄难过美人关，大丈夫一时误中奸计，那也算不了什么，只是不可愈陷愈深。"

令狐冲知他其意所指，说的是盈盈，他言语中比喻不伦，不过总是一番好意，当下喟然不答，寻思："风太师叔这些年来一直在思过崖畔隐居，原来是忏悔前过，想是他无面目见武林中同道，因此命我决计不可泄露他的行踪，又说从此不再见华山派之人。他一生遭遇极惨，数十年来孤单寂寞，待我大事一了，须得上思过崖去陪陪他说话解闷才是。我现下已不属华山派，去拜见他老人家，不算是不遵嘱咐。"

三人说了半天话，太阳快下山了，照映得半天皆红。

方证道："华山派岳肃、蔡子峰二人录到《葵花宝典》不久，便即为魔教十长老所杀，两人都来不及修习，宝典又给魔教夺了去。因此华山派中没人学到宝典中的丝毫武功。但两人由于所见宝典经文不同，在武学上重气、重剑的偏歧，却已分别跟门人弟子详细讲论过，华山派后来分为气剑两宗，同门相残，便种因于此。说这部宝典是不祥之物，也不为过。"冲虚点头道："五色令人目盲，五音令人耳聋，本来就是这个道理。"方证道："魔教得到了岳蔡二人手录的宝典残本，恐怕也没什么得益。十长老惨死华山，那不必说了。令狐掌门说道，任教主将那宝典传给了东方不败。那么两人交恶，说不定也与这部手录本有关。其实这部手录本残缺不全，本上所录，只怕还不及林远图所悟。"

令狐冲问道："林远图是谁？"方证道："嗯，林远图便是你林师弟的曾祖，福威镖局的创办人，以七十二路辟邪剑法镇慑群小的便是他了。"令狐冲道："这位林前辈，也曾得见《葵花宝典》吗？"方证道："他便是渡元禅师，便是红叶禅师的弟子！"令狐冲身子一震，道："原来如此。"方证道："渡元禅师本来姓林，还俗之后，便复了本姓。"

令狐冲道："原来以七十二路辟邪剑法威震江湖的林前辈，便是这位渡元禅师，那真是料想不到。"那天晚上衡山城外破庙中林震南临死时的情景，蓦地里涌上心头。

方证道："渡元就是图远。这位前辈禅师还俗之后，复了原姓，却将他法名颠倒过来，取名为远图，后来娶妻生子，创立镖局，在江湖上轰轰烈烈的干了一番事业。这位林前辈立身甚正，吃的虽是镖局子饭，但行侠仗义，急人之难，他不在佛门，行的却是佛门之事。一个人只要心地好，心即是佛，是否出家，也没多大分别。红叶禅师当然不久即知，这林镖头便是他的得意弟子，但听说师徒之间，以后也没来往。"

令狐冲道："这位林前辈从华山派岳蔡二位前辈口中，获知《葵花宝典》的精要，不知那《辟邪剑谱》又从何而来？而林家传下来的辟邪剑法，却又不甚高明？"

方证道："辟邪剑法是从《葵花宝典》残本中悟出来的武功，两者系出同源，但都只得到了原来宝典的一小部分。"转头向冲虚道："道兄，剑法之道，你是大行家，比我懂得多了，这中间的道理，你向令狐少侠说说。"

冲虚笑道："你这么说，若非多年知己，老道可要怪你取笑我了。当今剑术之精，除了风老前辈，又有谁及得上令狐少侠？"方证道："令狐少侠剑术虽精，剑道上的学问却远不及你。大家是自己人，无话不说，那也不用客气。"

冲虚叹道："其实以老道之所知，与剑道中浩如烟海的学问相比，实只太仓一粟而已。将来也不知是否得有机缘拜见风老前辈，向他老人家请教疑难。"向令狐冲道："今日林家的辟邪剑法平平无奇，而林远图前辈曾以此剑法威震江湖，却又绝不虚假。当年青城派掌门长青子，号称'三峡以西剑法第一'，却也败在林前辈手下。今日青城派的剑法，可就比福威镖局的辟邪剑法强得太多，其中一定别有原因。这个道理，老道已想了很久，其实，天下学剑之士，人人都曾想过这个道理。"

令狐冲道："林师弟家破人亡，父母双双惨死，便是由于这个疑团难解而起？"

冲虚道："正是。辟邪剑法的威名太甚，而林震南的武功太低，这中间的差别，自然而然令人推想，定然是林震南太蠢，学不到家传武功。进一步便想，倘若这剑谱落在我手中，定然可以学到当年林远图那辉煌显赫的剑法。老弟，百余年来以剑法驰名的，原不只林远图一人。但少林、武当、峨嵋、昆仑、点苍、青城以及五岳剑派诸派，后代各有传人，旁人决计不会去打他们的主意。只因林震南武功低微，那好比一个三岁娃娃，手持黄金，在闹市之中行走，谁都会起心抢夺了。"

令狐冲道："这位林远图前辈既是红叶禅师的高足，然则他在莆田少林寺中，早已学到了一身惊人武功，什么辟邪剑法，说不定只是他将少林派剑法略加变化而已，未必真的另有剑谱。"

冲虚道："这么想的人，本来也是不少。不过辟邪剑法与少林派武功截然不同，任何学剑之士，一见便知。嘿嘿，起心抢夺剑谱的人虽多，终究还是青城矮子脸皮最老，第一个动手。可是余矮子脸皮虽厚，脑筋却笨，怎及得上令师岳先生不动声色，坐收巨利。"

令狐冲脸上变色，道："道长，你……你说什么？"

冲虚微微一笑，说道："那林平之拜入了你华山门下，《辟邪剑谱》自然跟着带进来了。听说岳先生有个独生爱女，也要许配你那林师弟，是不是？果然是深谋远虑。"

令狐冲初时听冲虚说"令师岳先生不动声色、坐收巨利"，辱及师尊，颇为忿怒，待又听他说到师父"深谋远虑"，突然想起，那日师父派遣二师弟劳德诺乔装改扮，携带小师妹到福州城外开设酒店，当时不知师父用意，此刻想来，自是为了针对福威镖局。林震南武功平平，师父如此处心积虑，若说不是为了《辟邪剑谱》，又为了什么？只是师父所用的策略乃是巧取，不像余沧海和木高峰那样豪夺罢了。随即又想："小师妹是个妙龄闺女，师父为什么要她抛头露面，去开设酒店？"想到这里，不由得心头涌起一阵寒意，突然之间省悟："师父要将小师妹许配给林师弟，其实在他二人相见之前，早就有这个安排了。"

方证和冲虚见他脸上阴晴不定，神气甚是难看，知他向来尊敬师父，这番话颇伤他的脸面。方证道："这些言语，也只是老衲与冲虚道兄闲谈之时，胡乱推测。尊师为人方正，武林中向有君子之称。只怕我们是以小人之心，妄度君子之腹了。"冲虚微微一笑。

令狐冲心下一片混乱，只盼冲虚所言非实，但内心深处，却知他每句话说的都是实情，忽然又想："是了，原来林远图前辈本是和尚，因此他向阳巷老宅之中，有一佛堂，而那剑谱，又是写在袈裟上。猜想起来，他在华山与岳肃、蔡子峰两位前辈探讨《葵花宝典》，一字一句，记在心里，当时他尚是禅师，到得晚上，便笔录在袈裟之上，以免遗忘。"

冲虚道："时至今日，这部《葵花宝典》上所载的武学秘奥，魔教手中有一些，令师岳先生手上有一些。你林师弟既拜入华山派门下，左冷禅便千方百计的来找岳先生麻烦，用意显然有二：一是想杀了岳先生，便于他归并五岳剑派；其二自然是劫夺《辟邪剑谱》了。"

令狐冲连连点头，说道："道长推想甚是。那宝典原书是在莆田少林寺，左冷禅可知道吗？倘若他得知此事，只怕更要去滋扰莆田少林寺。"

方证微笑道："莆田少林寺中的《葵花宝典》早已毁了。那倒不足为虑。"令狐冲奇道："毁了？"方证道："红叶禅师临圆寂之时，召集门人弟子，说明这部宝典的前因后果，便即投入炉中火化，说道：'这部武学秘笈精微奥妙，但其中许多关键之处，当年的撰作人并未能妥为参通解透，留下的难题太多，尤其是第一关难过，不但难过，简直是不能过、不可过，流传后世，实非武林之福。'他有遗书写给嵩山本寺方丈，也说及了此事。"

令狐冲叹道："这位红叶禅师前辈见识非凡。倘若世上从来就没有《葵花宝典》，这许许多多变故，也就不会发生。"他心中想的是："没有《葵花宝典》，就没有辟邪剑法，师父就不会安排将小师妹许配给林师弟，林师弟不会投入华山派门下，就不会遇见小师妹。"但转念又想："可是我令狐冲浮滑无行，与旁门左道之士结交，又跟《葵花宝典》有什么干系了？男子汉大丈夫，自己种因，自己得果，不用怨天尤人。"

冲虚道："下月十五，左冷禅召集五岳剑派齐集嵩山推举掌门，令狐少侠有何高见？"令狐冲微笑道："那有什么推举的？掌门之位，自然是非左冷禅莫属。"冲虚道："令狐少侠便不反对吗？"令狐冲道："他嵩山、泰山、衡山、华山四派早已商妥，我恒山派孤掌难鸣，纵然反对，也是枉然。"

冲虚摇头道："不然！泰山、衡山、华山三派，慑于嵩山派之威，不敢公然异议，容或有之，若说当真赞成并派，却为事理之所必无。"

方证道："以老衲之见，少侠一上来该当反对五派合并，理正辞严，他嵩山派未必说得人心尽服。倘若五派合并之议终于成了定局，那么掌门人一席，便当以武功决定。少侠如全力施为，剑法上当可胜得过左冷禅，索性便将这掌门人之位抢在手中。"

令狐冲大吃一惊，道："我……我……那怎么成？万万不能！"

冲虚道："方丈大师和老道商议良久，均觉老弟是直性子人，随随便便，无可无不可，又跟魔教左道之士结交，你倘若做了五岳派的掌门人，老实说，五岳派不免门规松弛，众弟子行为放纵，未必是武林之福……"

令狐冲哈哈大笑，说道："道长说得真对，要晚辈去管束别人，那如何能够？上梁不正下梁歪，令狐冲自己，便是个好酒贪杯的无行浪子。"

冲虚道："浮滑无行，为害不大，好酒贪杯更于人无损，野心勃勃，可害得人多了。老弟如做了五岳派掌门，第一，不会欺压五岳剑派的前辈耆宿与门人弟子；第二，不会大动干戈，想去灭了魔教，不会来吞并我们少林、武当；第三，大概吞并峨嵋、昆仑诸派的兴致，老弟也不会太高。"方证微笑道："冲虚道兄和老衲如此打算，虽说是为江湖同道造福，一半也是自私自利。"冲虚道："打开天窗说亮话，老和尚、老道士来到恒山，一来是为老弟捧场，二来是为正邪双方万千同道请命。"方证合什道："阿弥陀佛，左冷禅倘若当上了五岳派掌门人，这杀劫一起，可不知伊于胡底了。"

令狐冲沉吟道："两位前辈如此吩咐，令狐冲本来不敢推辞。但两位明鉴，晚辈后生小子，这么一块胡涂材料，做这恒山掌门，已是狂妄之极，实在是迫于无奈，如再想做五岳派掌门，势必给天下英雄笑掉了牙齿。这三分自知之明，晚辈总还是有的。这么着，做五岳派掌门，晚辈万万不敢，但三月十五这一天，晚辈一定到嵩山去大闹一场，说什么也要左冷禅做不成五岳派掌门。令狐冲成事不足，捣捣乱或许还行。"

冲虚道："一味捣乱，也不成话。届时倘若事势所逼，你非做掌门人不可，那时却不能推辞。"令狐冲只是摇头。

冲虚道："你倘若不跟左冷禅抢，当然是他做掌门。那时五派归一，左掌门手操生杀之权，第一个自然来对付你。"令狐冲默然，叹了口气，说道："那也无可奈何。"冲虚道："就算你一走了之，他捉你不到，左冷禅对付你恒山派门下的弟子，却也不会客气。定闲师太交在你手上的这许多弟子，你便任由她们听凭左冷禅宰割么？"令狐冲伸手在栏干一拍，大声道："不能！"冲虚又道："那时你师父、师娘、师弟、师妹，左冷禅一定也容他们不得。数年之间，他们一个个大祸临头，你也忍心不理吗？"

令狐冲心头一凛，不禁全身毛骨悚然，退后两步，向方证与冲虚二人深深作揖，说道："多蒙二位前辈指点，否则令狐冲不自努力，贻累多人。"

方证、冲虚行礼作答。方证道："三月十五，老衲与冲虚道兄率同本门弟子，前赴嵩山为令狐少侠助威。"冲虚道："他嵩山派若有什么不轨异动，我们少林、武当两派自当出手制止。"

令狐冲大喜，说道："得有二位前辈在场主持大局，谅那左冷禅也不敢胡作非为。"

三人计议已罢，虽觉前途多艰，但既有了成算，便觉宽怀。冲虚笑道："咱们该回去了罢。新任掌门人陪着一个老和尚、一个老道士不知去了哪里，只怕大家已在担心了。"

三人转过身来，刚走得七八步，突然间同时停步。令狐冲喝道："什么人？"他察觉天桥彼端传来多人的呼吸之声，显然悬空寺左首的灵龟阁中伏得有人。

他一声呼喝甫罢，只听得砰砰砰几声响，灵龟阁的几扇窗户同时被人击飞，窗口露出十余枝长箭的箭头，对准了三人。便在此时，身后神蛇阁的窗门也为人击飞，窗口也有十余人弯弓搭箭，对准三人。

方证、冲虚、令狐冲三人均是当世武林中顶尖高手，虽然对准他们的强弓硬弩，自非寻常弓箭之可比，而伏在窗后的箭手料想也非庸手，但毕竟奈何不了三人。只是身处二阁之间的天桥之上，下临万丈深渊，既不能纵跃而下，而天桥桥身窄仅数尺，亦无回旋余地，加之三人身上均未携带兵刃，猝遇变故，不禁都吃了一惊。

令狐冲身为主人，斜身一闪，挡在二人身前，喝道："大胆鼠辈，怎地不敢现身？"

只听一人喝道："射！"却见窗中射出十七八道黑色水箭。这些水箭竟是从箭头上射将出来，原来这些箭并非羽箭，而是装有机括的水枪，用以射水。水箭斜射向天，颜色乌黑，在夕阳反照之下，显得诡异之极。

令狐冲等三人跟着便觉奇臭冲鼻，既似腐烂的尸体，又似大批死鱼死虾，闻着忍不住便要作呕。十余道水箭射上天空，化作雨点，洒将下来，有些落上了天桥栏杆，片刻之间，木栏杆上腐蚀出一个个小孔。方证和冲虚虽然见多识广，却也从未见过这等猛烈的毒水。若是羽箭暗器，他三人手中虽无兵刃，也能以袍袖运气挡开，但这等遇物即烂的毒水，身上只须沾上一点一滴，只怕便腐烂至骨。二人对视一眼，都见到对方脸上变色，眼中微露惧意。要令这二大掌门眼中显露惧意，那可真是难得之极了。

一阵毒水射过，窗后那人朗声说道："这阵毒水是射向天空的，要是射向三位身上，那便如何？"只见十七八枝长箭慢慢斜下，又平平的指向三人。天桥长十余丈，左端与灵龟阁相连，右端与神蛇阁相连，双阁之中均伏有毒水机弩，要是两边机弩齐发，三人武功再高，也必难以逃生。

令狐冲听得这人的说话声音，微一凝思，便已记起，说道："东方教主派人前来送礼，送的好礼！"

伏在灵龟阁中说话之人，正是东方不败派来送礼道贺的那个黄面尊者贾布。

贾布哈哈一笑，说道："令狐公子好聪明，认出了在下口音。既是在下暗使卑鄙诡计，占到了上风，聪明人不吃眼前亏，令狐公子那便暂且认输如何？"他把话说在头里，自称是"暗使卑鄙诡计"，倒免得令狐冲出言指责了。

令狐冲气运丹田，朗声长笑，山谷鸣响，说道："我和少林、武当两位前辈在此闲谈，只道今日上山来的都是好朋友，没作防范的安排，可着了贾兄的道儿。此刻便不认输，也不可得了。"

贾布道："如此甚好。东方教主素来尊敬武林前辈，看重后起之秀的少年英侠。何况任大小姐自幼跟东方教主一起长大，便看在任大小姐面上，我们也不敢对令狐公子无礼。"

令狐冲哼了一声，并不答话。

方证和冲虚当令狐冲和贾布对答之际，察看周遭情势，要寻觅空隙，冒险一击，但见前后水枪密密相对，僧道二人同时出手，当可扫除得十余枝水枪，但若要一股尽歼，却万万不能，只须有一枝水枪留下发射毒水，三人便均难保性命。僧道二人对望了一眼，眼光中所示心意都是说："不能轻举妄动。"

只听贾布又道："既然令狐公子愿意认输，双方免伤和气，正合了在下心愿。我和上官兄弟下山之时，东方教主吩咐下来，要请公子和少林寺方丈、武当掌门道长，同赴黑木崖敝教总坛盘桓数日。此刻三位同在一起，那是再好不过，咱们便即起行如何？"

令狐冲又哼了一声，心想天下哪有这样的便宜事，己方三人只消一离开天桥，要制住贾布、上官云和他一干手下，自是易如反掌。

果然贾布跟着便道："只不过三位武功太高，倘若行到中途，忽然改变主意，不愿去黑木崖了，我们可无法交差，吃罪不起，因此斗胆向三位借三只右手。"令狐冲道："借三只右手?"贾布道："正是，请三位各自砍下右臂，那我们就放心得多了。"

令狐冲哈哈一笑，说道："原来如此。东方不败是怕了我们三人的武功剑术，因此布下了这个圈套。只要我们砍下了自己右臂，使不了兵刃，他便高枕无忧了。"贾布道："高枕无忧倒不见得。任我行少了公子这样一位强援，那便势孤力弱得多了。"令狐冲道："阁下说话倒坦率得很。"

贾布道："在下是真小人。"他提高嗓子说道："方丈大师，掌门道长，两位是宁可舍却一臂呢，还是甘愿把性命拼在这里?"

冲虚道："好! 东方不败要借手臂，我们把手臂借给他便是。只是我们身上不带兵刃，要割手臂，却有些难。"

他这个"难"字刚脱口，窗口中寒光一闪，一个钢圈掷了出来。这钢圈直径近尺，边缘锋利，圈中有一横条作为把手，乃是外门的短打兵刃，若有一对，便是"乾坤圈"之类了。令狐冲站在最前，伸手一抄，接了过来，不由得微微苦笑，心想这贾布也真工于心计，这钢圈外缘锋利如刀，一转之下，便可割断手臂，但不论舞得如何迅捷，总因兵刃太短，无法挡开飞射过来的水箭。

贾布厉声喝道："既已答应，快快下手! 别要拖延时刻，妄图救兵到来。我叫一、二、三! 若不断臂，毒水齐发。一!"

令狐冲低声道："我向前急冲，两位跟在我身后!"冲虚道："不可!"

贾布叫道："二!"

令狐冲左手将钢圈一举，心想："方证大师和冲虚道长是我恒山客人，说什么也不能让他二位受到伤害。他'三'字一叫出口，我掷出钢圈，舞动袍袖冲上，只要毒水都射在我身上，他二位便有机会乘隙脱身。"只听得贾布叫道："大家预备，我要叫'三'了！"

忽听得灵龟阁屋顶一个清脆的女子声音喝道："且慢！"跟着便似有一团绿云冉冉从阁顶飘落，挡在令狐冲身前，正是盈盈。

令狐冲急叫："盈盈，退后！"盈盈反过左手，在身后摇了摇，叫道："贾叔叔，黄面尊者在江湖上好响的万儿，怎地干起这等没出息的勾当来啦！"贾布叫道："这个……大小姐，你……退开，别淌混水。"盈盈道："你在这里干什么来着？东方叔叔叫你和上官叔叔来送礼给我，你怎地受了嵩山派左冷禅的贿赂，竟来对恒山派掌门无礼？"贾布道："谁说我受了左冷禅的贿赂？我奉有东方教主密令，捉拿令狐冲送交总坛。"

盈盈道："你胡说八道。教主的黑木令在此。教主有令：贾布密谋不轨，一体教众见之即行擒拿格杀，重重有赏！"说着右手高高举起，手中果然是一根黑木令牌。

贾布大怒，喝道："放箭！"盈盈道："东方教主叫你杀我吗？"贾布道："你违抗教主令旨……"盈盈叫道："上官叔叔，你将叛徒贾布拿下，你便升作青龙堂长老。"

上官云自负武功较贾布为高，入教资历也较他为深，但贾布是青龙堂长老，自己是白虎堂长老，排名反在其下，本来就对贾布颇有心病，一听盈盈的呼唤，不禁迟疑。盈盈是前任教主之女，现下任教主重入江湖，谋复教主之位，东方教主虽然向来对这位任大小姐十分尊重，今后却势必不同，但要他指挥部属向盈盈发射毒水，却是万万不能。

贾布又叫："放箭！"但他那些部属一直视盈盈有若天神，又见她手中持有黑木令，如何敢对她无礼？

正僵持间，灵龟阁下忽然有人叫道："火起，火起！"红光闪动，黑烟冲上，正是楼阁底下着了火。盈盈大声叫道："贾布，你

· 1068 ·

好狠心，干么放火想烧死你的老部下？"贾布怒道："胡说八……"

盈盈叫道："千秋万载，一统江湖！日月神教教众，东方教主有令：快下去救火！"说着向前疾冲。令狐冲、方证、冲虚三人乘势奔前。盈盈叫的是本教切口，加之阁下火起，混乱中诸教众只一呆，令狐冲等三人便已横越半截飞桥，破窗入阁。

三人冲入阁内，毒水机弩即已无所施其技。令狐冲抢到真武大帝座前，提起一只烛台，右臂一振，蜡烛飞出。他知道毒水实在太过厉害，只须身上溅到一点，那便后患无穷，眼见方证、冲虚二人掌劈足踢，下手毫不容情，霎时间已料理了七八人，他提起烛台当作剑使，手臂一抬，便刺入了一人咽喉，顷刻间杀了六人。

贾布与上官云这次来到恒山，共携带四十口箱子，每口箱子二人扛抬，一共有八十名汉子。这八十人其实均是日月教中的得力教众，武功均颇了得。四十人分布于悬空寺四周，其余四十人便取出暗藏在身的机弩，分自神蛇阁、灵龟阁中出袭。令狐冲等三人片刻之间，将贾布手下的二十人屠戮干净，毒水机弩散了一地。

贾布手持一对判官笔，和盈盈手中一长一短的双剑斗得甚紧。

令狐冲和盈盈交往，初时是闻其声而不见其人，随后是见其威慑群豪而不知其所由，感其深情而不知其所踪。当日她手杀少林弟子，力斗方生大师，令狐冲也只是见其影而不见其形，直至此刻，才初次正面见到她和人相斗。但见她身形轻灵，倏来倏往，剑招攻人，出手诡奇，长短剑或虚或实，极尽飘忽，虽然一个实实在在的人便在眼前，令狐冲心中，仍是觉得飘飘缈缈，如烟如雾。

贾布所使的一对判官笔份量极重，挥舞之际，发出有似钢鞭、铁铜般声息。盈盈的双剑始终不和他判官笔相碰。贾布每一招都是笔尖指向盈盈身上各处大穴，但总是差之毫厘。

方证大师喝道："孽障，还不撤下兵刃就擒？"

贾布眼见今日之势已是有死无生，双笔归一，疾向盈盈喉头戳去。令狐冲一惊，生怕盈盈避不开这一招，手中烛台刺出，嗤嗤两声，刺在贾布双手腕脉之上。贾布手指无力，判官笔脱手，双掌一起，和身向令狐冲扑来。

方证大师斜刺里穿上，一举臂，两只手掌将他双掌拿住了。贾布使力挣扎，无法脱出对方手掌，当即飞起左腿，踢向方证下阴，招式甚是毒辣。方证叹一口气，双手一送，贾布向外直飞，穿门而出。只听得叫声惨厉，越叫越远，跌入翠屏山外深谷之中。

令狐冲向盈盈一笑，说道："亏得你来相救！"

盈盈微笑道："总算及时赶到！"纵声叫道："扑熄了火！"阁下有人应道："是！"原来楼阁下起火，是以硫磺硝石之属烧着茅草，用以扰乱贾布心神，并非真的起火。

盈盈走到窗口，向对面神蛇阁叫道："上官叔叔，贾布抗命，自取其祸，你率领部属下阁来罢，我不跟你为难。"上官云道："大小姐，你可得言而有信。"盈盈道："我向本教历代神魔发誓，只要上官云听我号令，今后我决不加害于他，若违此誓，给三尸虫嚼食脑髓而死。"这是日月教最重的毒誓，上官云一听，便即放心，率领二十名部属下阁。

令狐冲等四人走下灵龟阁，只见老头子、祖千秋等数十人已候在阁下。令狐冲问盈盈道："你怎知贾布他们前来偷袭？"盈盈道："东方不败哪有这等好心，会诚心来给你送礼？我初时还道四十口箱子之中藏着什么诡计，后来见贾布鬼鬼祟祟，领着从人到这边来，我起了疑心，带老先生他们一起过来瞧瞧。那些守在翠屏山下的饭桶居然不许我们上山，一下子便露出了马脚。"老头子、祖千秋等尽皆大笑。上官云低下了头，脸上深有惭色。

令狐冲叹道："我这恒山派掌门第一天上任，也便露出了胡涂无能的马脚。明知东方不败派人前来决无善意，却也不加防范。令狐冲死了，那是活该，倘若方证大师和冲虚道长竟也遭到奸人暗算……唉！"说着不住摇头。

盈盈道："上官叔叔，今后你是跟我呢，还是跟东方不败？"上官云脸上变色，在这顷刻之间，要他决定背叛东方教主，那可为难之极。盈盈道："神教十长老之中，已有六人服了我爹爹给他们的三尸脑神丹。这一颗丹丸，你服是不服？"说着伸出手掌，一颗殷红色的药丸，在她手中滴溜溜的打转。上官云颤声道："大小姐，你说本教十大长老之中，已有六位长老……六位长老……"盈盈道："不错，你从未跟过我爹爹办事，这几年跟随东方不败，并不算是背叛我爹爹。你若能弃暗投明，我固然定当借重，我爹爹自也另眼相看。"

上官云向四周一瞧，心想："我若不投降，眼见便得命丧当场，既然十长老中已有六长老归顺了任教主，大势所趋，我上官云也不能独自向东方教主效忠。"当即上前，从盈盈掌上取过三尸脑神丹，咽入腹中，说道："上官云蒙大小姐不杀之恩，今后奉命驱使，不敢有违。"一面说，一面躬身行礼。盈盈笑道："今后咱们都是自己人，不必如此多礼。你手下这些兄弟，自然也跟着你罢？"

上官云转头向二十名部属瞧去。那些汉子见首领已降，且已服了三尸脑神丹，当即向盈盈拜伏于地，说道："愿听圣姑差遣，万死不辞。"

这时群豪已扑熄了火，见盈盈收服上官云，尽皆庆贺。上官云在日月教中武功既高，职位又尊，归降盈盈，于任我行夺回教主之事自必助力甚大。

方证和冲虚见事已平息，当即告辞下山。令狐冲送出数里，这才互道珍重而别。

盈盈与令狐冲并肩缓缓回见性峰来，说道："东方不败此人行事阴险毒辣，适才你已亲见。我爹爹和向叔叔刻下正在向教中故旧游说，要他们重投旧主。欣然顺服的自然最好，不肯归降的便一一解决，以削弱东方不败的势力。东方不败这当儿也已展开反攻，他派遣贾布和上官云来向你下手，便是一着极厉害的棋子。只因我爹爹和向叔叔行踪隐秘，东方不败无法找到他们，若是伤害了你，我……我……"说到这里，脸上微微一红，转过了头。

其时暮色苍茫，晚风吹动她柔发，从后脑向双颊边飘起。令狐冲见到她雪白的后颈，心中一荡，寻思："她对我一往情深，天下皆知，连东方不败也想到要擒拿了我，向她要胁，再以此要胁她爹爹。适才悬空寺天桥之上，她明知毒水中人即死，却挡在我身前，唯恐我受伤。有妻如此，令狐冲复有何求？"伸出双臂，便往她腰中抱去。

盈盈嗤的一笑，身子微侧，令狐冲便抱了个空。他剑法虽精，内力浑厚，但于拳脚、擒拿、轻身等等功夫，却差得远了。盈盈笑道："一派掌门大宗师，如此没规没矩吗？"

令狐冲笑道："普天下掌门人之中，以恒山派掌门最为莫名其妙，贻笑大方了。"

盈盈正色道："你为什么这样说？连少林方丈、武当掌门对你也礼敬有加，还有谁敢瞧你不起？你师父将你逐出华山门墙，你可别永远将这件事放在心头，自觉愧对于人。"

盈盈这几句话，正说中了令狐冲的心事，他生性虽然豁达，但于被逐出师门之事，却是一直既惭愧又痛心，不由得长叹一声，低下了头。

盈盈拉住他手，说道："你身为恒山掌门，已于天下英雄之前扬眉吐气。恒山华山两派向来齐名，难道堂堂恒山派掌门，还及不上一个华山派的弟子吗？"令狐冲道："多谢你相劝。只是我总觉做尼姑头儿，有些尴尬可笑。"盈盈道："今日已有近千名英雄好汉投入恒山派麾下，五岳剑派之中，说到声势之盛，只嵩山派尚可和你较量一下，泰山、衡山、华山三派，又怎能及得上你？"

令狐冲道："这件大事，我还没谢你呢。"盈盈微笑道："谢什么？"令狐冲道："你怕我做尼姑头儿不大体面光采，于是派遣手下好汉，投归恒山。若不是圣姑有令，这些放荡不羁、桀傲不驯的江湖朋友，怎肯来做大小尼姑的同门？来乖乖的受我约束？"盈盈抿嘴一笑，说道："那也未必尽然，你做他们的盟主，攻打少林寺，大伙儿都很服你呢。"

两人谈谈说说，离主庵已近，隐隐听到群豪笑语喧哗。盈盈停步道："咱们暂且分手，待爹爹大事已定，我再来见你。"

令狐冲胸口突然一热，说道："你去黑木崖吗？"盈盈道："是。"令狐冲道："我和你同去。"盈盈目光中放出十分喜悦的光采，却缓缓摇头。

令狐冲道："你不要我同去？"盈盈道："你今天刚做恒山派掌门，便和我一起去办日月教的事。虽说恒山派新掌门行事，令人莫测高深，但这样干，总未免过份些罢？"令狐冲道："对付东方不败，那是艰危之极的事，我难道能置身事外，忍心你去涉险？"盈盈道："那些江湖汉子住在恒山别院之中，难保他们不向恒山派的姑娘啰唣。"令狐冲道："只须你去传个号令，谅他们便有天大胆子，再也不敢。"

盈盈道："好，你肯和我同去，我代爹爹多谢了。"令狐冲笑道："咱二人你谢我、我谢你的，干么这样客气？"盈盈嫣然一笑，道："以后我对你不客气，可别怪我。"

走了一阵，盈盈道："我爹爹说过，你既不允入教，他去夺回教主之事，便不能要你相助，可是……可是……"说着红晕上脸。令狐冲道："我虽不属日月教，跟你却不是外人。就算你爹爹见了我，要撵我走，我也是厚了脸皮，死赖活挨。"盈盈微笑道："我爹爹得你相助，心中也一定挺欢喜的。"

二人回到见性峰上，分别向众弟子吩咐。令狐冲命诸弟子勤练武功，说自己要送盈盈一程，办完事后，即行回山。盈盈则叮嘱群豪，过了今天之后，若是有人踏上见性峰一步，上左足砍左足，上右足砍右足，双足都上便两腿齐砍。

次日清晨，令狐冲和盈盈跟众人别过，带同上官云及二十名教众，向黑木崖进发。

黑木崖是在河北境内，由恒山而东，不一日到了平定州。令狐冲和盈盈一路都分别坐在两辆大车之中，车帷低垂，以防为东方不败的耳目知觉。当晚盈盈和令狐冲在平定客店之中歇宿。该地和日月教总坛相去不远，城中颇多教众来往，上官云派遣四名得力部属，在客店前后把守，不许闲杂人等行近。

晚膳之时，盈盈陪着令狐冲小酌。店房中火盆里的熊熊火光映在盈盈脸上，更增娇艳。

令狐冲喝了几杯酒，说道："你爹爹那日在少林寺中，说道他于当世豪杰之中，佩服三个半人，其中以东方不败居首。此人既能从你爹爹手中夺得教主之位，自然是个才智极高之士。江湖上又向来传言，天下武功以东方不败为第一，不知此言真假如何？"

盈盈道："东方不败这厮极工心计，那是不必说了。武功到底如何，我却不大了然，近几年来我极少见到他面。"

令狐冲点头道："近几年你在洛阳城中绿竹巷住，自是少见他面。"盈盈道："那倒也不尽然。我虽在洛阳城，每年总回黑木崖一两次，但回到黑木崖，往往也见不着东方不败。听教中长老说，这些年来，越来越难见到教主。"令狐冲道："身居高位之人，往往装神弄鬼，令人不易见到，以示与众不同。"盈盈道："这自然是一个原因。但我猜想他是在苦练《葵花宝典》上的功夫，不愿教中的事务打扰他的心神。"令狐冲道："你爹爹曾说，当年他日夕苦思'吸星大法'中化解异种真气之法，不理教务，这才让东方不败篡夺了权位。难道东方不败又来重蹈覆辙么？"

盈盈道："东方不败自从不亲教务之后，这些年来，教中事务，尽归那姓杨的小子大权独揽了。这小子不会夺东方不败的权，重蹈覆辙之举，倒决不至于。"令狐冲道："姓杨的小子？那是谁啊？怎地我从来没听见过？"盈盈脸上忽现忸怩之色，微笑道："说起来没的污了口。教中知情之人，谁也不提；教外之人，谁也不知。你自然不会听见了。"

令狐冲好奇之心大起，道："好妹子，你便说给我听听。"盈盈道："那姓杨的叫做杨莲亭，只二十来岁年纪，武功既低，又无办事才干，但近来东方不败却对他宠信得很，真是莫名其妙。"说到这里，脸上一红，嘴角微斜，显得甚是鄙夷。

令狐冲恍然道："啊，这姓杨的是东方不败的男宠了。原来东方不败虽是英雄豪杰，却喜欢……喜欢娈童。"

盈盈道："别说啦，我不懂东方不败搞什么鬼。总之他把什么事儿都交给杨莲亭去办，教里很多兄弟都害在这姓杨的手上，当真该杀……"

突然之间，窗外有人笑道："这话错了，咱们该得多谢杨莲亭才是。"

盈盈喜叫："爹爹！"快步过去开门。

任我行和向问天走进房来。二人都穿着庄稼汉衣衫，头上破毡帽遮住了大半张脸，若非听到声音，当真见了面也认不出来。令狐冲上前拜见，命店小二重整杯筷，再加酒菜。

任我行精神勃勃，意气风发，说道："这些日子来，我和向兄弟联络教中旧人，竟出乎意料之外的容易。十个中倒有八个不胜之喜，均说东方不败近年来倒行逆施，已近于众叛亲离的地步。尤其那杨莲亭，本来不过是神教中一个无名小卒，只因巴结上东方不败，大权在手，作威作福，将教中不少功臣斥革的斥革，害死的害死。若不是限于教中严规，早已有人起来造反了。那姓杨的帮着咱们干了这桩大事，岂不是须得多谢他才是。"

盈盈道："正是。"又问："爹爹，你们怎知我们到了？"

任我行笑道："向兄弟和上官云打了一架，后来才知他已归降了你。"盈盈道："向叔叔，你没伤到他罢？"向问天微笑道："要伤到上官雕侠，可不是易事。"

正说到这里，忽听得外面嘘溜溜、嘘溜溜的哨子声响，静夜中听来，令人毛骨悚然。

盈盈道："难道东方不败知道我们到了？"转向令狐冲解说："这哨声是教中捉拿刺客、叛徒的讯号，本教教众一闻讯号，便当一体戒备，奋勇拿人。"

过了片刻，听得四匹马从长街上奔驰而过，马上乘者大声传令："教主有令：风雷堂长老童百熊勾结敌人，谋叛本教，立即擒拿归坛，如有违抗，格杀勿论。"

盈盈失声道："童伯伯！那怎么会？"只听得马蹄声渐远，号令一路传了下去。瞧这声势，日月教在这一带嚣张得很，简直没把地方官放在眼里。

任我行道："东方不败消息倒也灵通，咱们前天和童老会过面。"盈盈吁了口气，道："童伯伯也答应帮咱们？"任我行摇头道："他怎肯背叛东方不败？我和向兄弟二人跟他剖析利害，说了半天，最后童老说道：'我和东方兄弟是过命的交情，两位不是不知，今日跟我说这些话，那分明是瞧不起童百熊，把我当作了是出卖朋友之人。东方教主近来受小人之惑，的确干了不少错事。但就算他身败名裂，我姓童的也决不会做半件对不起他的事。姓童的不是两位敌手，要杀要剐，便请动手。'这位童老，果然是老姜越老越辣。"

令狐冲赞道："好汉子！"

盈盈道："他既不答应帮咱们，东方不败又怎地要拿他？"

向问天道："这就叫做倒行逆施了。东方不败年纪没怎么老，行事却已颠三倒四。像童老这么对他忠心耿耿的好朋友，普天下又哪里找去？"

任我行拍手笑道："连童老这样的人物，东方不败竟也和他翻脸，咱们大事必成！来，干一杯！"四个人一齐举杯喝干。

盈盈向令狐冲道："这位童伯伯是本教元老，昔年曾有大功，教中上下，人人对他甚是尊敬。他向来和爹爹不对，跟东方不败却交情极好。按情理说，他便犯了再大的过失，东方不败也决不会难为他。"

任我行兴高采烈，说道："东方不败捉拿童百熊，黑木崖上自是吵翻了天，咱们乘这时候上崖，当真最好不过。"向问天道："咱们请上官兄弟一起来商议商议。"任我行点头道："甚好。"向问天转身出房，随即和上官云一起进来。

上官云一见任我行，便即躬身行礼，说道："属下上官云，参见教主，教主千秋万载，一统江湖。"任我行笑道："上官兄弟，向来听说你是个不爱说话的硬汉子，怎地今日初次见面，却说这等话？"上官云一楞，道："属下不明，请教主指点。"

盈盈道："爹爹，你听上官叔叔说'教主千秋万载，一统江湖'，觉得这句话很突兀，是不是？"任我行道："什么千秋万载，一统江湖，当我是秦始皇吗？"

盈盈微笑道："这是东方不败想出来的玩意儿，他要下属众人见到他时，都说这句话，就是他不在跟前，教中兄弟们互相见面之时，也须这么说。那还是不久之前搞的花样。上官叔叔说惯了，对你也这么说了。"

任我行点头道："原来如此。千秋万载，一统江湖，倒想得挺美！但又不是神仙，哪里有千秋万载的事？上官兄弟，听说东方不败下了令要捉拿童老，料想黑木崖上甚是混乱，咱们今晚便上崖去，你说如何？"

上官云道："教主令旨英明，算无遗策，烛照天下，造福万民，战无不胜，攻无不克。属下谨奉令旨，忠心为主，万死不辞。"

任我行心下暗自嘀咕："江湖上多说'雕侠'上官云武功既高，为人又极耿直，怎地说起话来满口谀词，陈腔滥调，直似个不知廉耻的小人？难道江湖上传闻多误，他只是浪得虚名？"不由得皱起了眉头。

盈盈笑道："爹爹，咱们要混上黑木崖去，第一自须易容改装，别给人认了出来。可是更要紧的，却得学会一套黑木崖上的切口，否则你开口便错。"任我行道："什么叫做黑木崖上的切口？"盈盈道："上官叔叔说的什么'教主令旨英明，算无遗策'，什么'属下谨奉令旨，忠心为主，万死不辞'等等，便是近年来在黑木崖上流行的切口。这一套都是杨莲亭那厮想出来奉承东方不败的。他越听越喜欢，到得后来，只要有人不这么说，便是大逆不道的罪行，说得稍有不敬，立时便有杀身之祸。"任我行道："你见到东方不败之时，也说这些狗屁吗？"盈盈道："身在黑木崖上，不说又有什么法子？女儿所以常在洛阳城中住，便是听不得这些教人生气的言语。"

任我行道："上官兄弟，咱们之间，今后这一套全都免了。"上官云道："是。教主指示圣明，历百年而常新，垂万世而不替，如日月之光，布于天下，属下自当凛遵。"

盈盈抿着嘴，不敢笑出声来。

任我行道："你说咱们该当如何上崖才好？"上官云道："教主胸有成竹，神机妙算，当世无人能及万一。教主座前，属下如何敢参末议？"任我行皱眉道："东方不败会商教中大事之时，也是无人敢发一言吗？"盈盈道："东方不败才智超群，别人原不及他的见识。就算有人想到什么话，那也是谁都不敢乱说，免遭飞来横祸。"

任我行道："原来如此。那很好，好极了！上官兄弟，东方不败命你去捉拿令狐冲，当时如何指示？"上官云道："他说捉到令狐大侠，重重有赏，捉拿不到，提头来见。"任我行笑道："很好，你就绑了令狐冲去领赏。"

上官云退了一步，脸上大有惊惶之色，说道："令狐大侠是教主爱将，有大功于本教，属下何敢得罪？"任我行笑道："东方不败的居处，甚是难上，你绑缚了令狐冲去黑木崖，他定要传见。"

盈盈笑道："此计大妙，咱们便扮作上官叔叔的下属，一同去见东方不败。只要见到他面，大伙儿抽兵刃齐上，凭他武功再高，总是双拳难敌四手。"向问天道："令狐兄弟最好假装身受重伤，手足上绑了布带，染些血迹，咱们几个人用担架抬着他，一来好叫东方不败不防，二来担架之中可以暗藏兵器。"任我行道："甚好，甚好。"

只听得长街彼端传来马蹄声响，有人大呼："拿到风雷堂主了，拿到风雷堂主了！"

盈盈向令狐冲招了招手。两人走到客店大门之后，只见数十人骑在马上，高举火把，拥着一个身材魁梧的老者疾驰而过。那老者须发俱白，满脸是血，当是经过一番剧战。他双手被绑在背后，双目炯炯，有如要喷出火来，显是心中愤怒已极。盈盈低声道："五六年前，东方不败见到童伯伯时，熊兄长、熊兄短，亲热得不得了，哪想到今日竟会反脸无情。"

过不多时，上官云取来了担架等物。盈盈将令狐冲的手臂用白布包扎了，吊在他头颈之中，宰了口羊，将羊血洒得他满身都是。任我行和向问天都换上教中兄弟的衣服，盈盈也换上男装，涂黑了脸。各人饱餐之后，带同上官云的部属，向黑木崖进发。

离平定州西北四十余里，山石殷红如血，一片长滩，水流湍急，那便是有名的猩猩滩。更向北行，两边石壁如墙，中间仅有一道宽约五尺的石道。一路上日月教教众把守严密，但一见到上官云，都十分恭谨。一行人经过三处山道，来到一处水滩之前，上官云放出响箭，对岸摇过来三艘小船，将一行人接了过去。令狐冲暗想："日月教数百年基业，果然非同小可。若不是上官云作了内应，咱们要从外攻入，那是谈何容易？"

到得对岸，一路上山，道路陡峭。上官云等在过渡之时便已弃马不乘，一行人在松柴火把照耀下徒步上坡。盈盈守在担架之侧，手持双剑，全神监视。这一路上山，地势极险，抬担架之人倘若拼着性命不要，将担架往万丈深谷中一抛，令狐冲不免命丧宵小之手。

到得总坛时天尚未明，上官云命人向东方不败急报，说道奉行教主令旨，已成功而归。过了一会，半空中银铃声响，上官云立即站起，恭恭敬敬的等候。

盈盈拉了任我行一把，低声道："教主令旨到，快站起来。"任我行当即站起，放眼瞧去，只见总坛中一干教众在这刹那间突然都站在原地不动，便似中邪着魔一般。

银铃声从高而下的响将下来，十分迅速，铃声止歇不久，一名身穿黄衣的教徒走进来，双手展开一幅黄布，读道："日月神教文成武德、仁义英明教主东方令曰：贾布、上官云遵奉令旨，成功而归，殊堪嘉尚，着即带同俘虏，上崖进见。"

上官云躬身道："教主千秋万载，一统江湖。"

令狐冲见了这情景，暗暗好笑："这不是戏台上太监宣读圣旨吗？"

只听上官云大声道："教主赐属下进见，大恩大德，永不敢忘。"他属下众人一齐说道："教主赐属下进见，大恩大德，永不敢忘。"

任我行、向问天等随着众人动动嘴巴，肚中暗暗咒骂。

一行人沿着石级上崖，经过了三道铁门，每一处铁闸之前，均有人喝问当晚口令，检查腰牌。到得一道大石门前，只见两旁刻着两行大字，右首是"文成武德"，左首是"仁义英明"，横额上刻着"日月光明"四个大红字。

过了石门，只见地下放着一只大竹篓，足可装得十来石米。上官云喝道："把俘虏抬进去。"和任我行、向问天、盈盈三人弯腰抬了担架，跨进竹篓。

铜锣三响，竹篓缓缓升高。原来上有绞索绞盘，将竹篓绞了上去。

竹篓不住上升，令狐冲抬头上望，只见头顶有数点火星，这黑木崖着实高得厉害。盈盈伸出右手，握住了他左手。黑夜之中，仍可见到一片片轻云从头顶飘过，再过一会，身入云雾，俯视篓底，但见黑沉沉的一片，连灯火也望不到了。

过了良久，竹篓才停。上官云等抬着令狐冲踏出竹篓，向左走了数丈，又抬进了另一只竹篓，原来崖顶太高，中间有三处绞盘，共分四次才绞到崖顶。令狐冲心想："东方不败住得这样高，属下教众要见他一面自是为难之极。"

好容易到得崖顶，太阳已高高升起。日光从东射来，照上一座汉白玉的巨大牌楼，牌楼上四个金色大字"泽被苍生"，在阳光下发出闪闪金光，不由得令人肃然起敬。

令狐冲心想："东方不败这副排场，武林中确是无人能及。少林、嵩山，俱不能望其项背，华山、恒山，那更差得远了。他胸中大有学问，可不是寻常的草莽豪雄。"任我行轻声道："泽被苍生，哼！"

上官云朗声叫道："属下白虎堂长老上官云，奉教主之命，前来进谒。"

右首一间小石屋中出来四人，都是身穿紫袍，走了过来。为首一人道："恭喜上官长老立了大功，贾长老怎地没来？"上官云道："贾长老力战殉难，已报答了教主的大恩。"那人道："原来如此，然则上官长老立时便可升级了。"上官云道："若蒙教主提拔，决不敢忘了老兄的好处。"那人听他答应行贿，眉花眼笑的道："我们可先谢谢你啦！"他向令狐冲瞧了一眼，笑道："任大小姐瞧中的，便是这小子吗？我还道是潘安宋玉一般的容貌，原来也不过如此。青龙堂上官长老，请这边走。"上官云道："教主还没提拔我，可别叫得太早了，倘若传进了教主和杨总管耳中，那可吃罪不起。"那人伸了伸舌头，当先领路。

从牌楼到大门之前，是一条笔直的石板大路。进得大门后，另有两名紫衣人将五人引入后厅，说道："杨总管要见你，你在这里等着。"上官云道："是！"垂手而立。

过了良久，那"杨总管"始终没出来，上官云一直站着，不敢就座。令狐冲寻思："这上官长老在教中职位着实不低，可是上得崖来，人人没将他放在眼里，倒似一个厮养侍仆也比他威风些。那杨总管是什么人？多半便是那杨莲亭了，原来他只是个总管，那是打理杂务琐事的仆役头儿，可是日月教的白虎堂长老，竟要恭恭敬敬的站着，静候他到来。东方不败当真欺人太甚！"

又过良久，才听得脚步声响，步声显得这人下盘虚浮，无甚内功。一声咳嗽，屏风后转出一个人来。令狐冲斜眼瞧去，只见这人三十岁不到年纪，穿一件枣红色缎面皮袍，身形魁梧，满脸虬髯，形貌极为雄健威武。

令狐冲寻思："盈盈说东方不败对此人甚是宠信，又说二人之间，关系暧昧。我总道是个姑娘一般的美男子，哪知竟是个彪形大汉，那可大出意料之外了。难道他不是杨莲亭？"

只听这人说道："上官长老，你大功告成，擒了令狐冲而来，教主极是欢喜。"声音低沉，甚是悦耳动听。

上官云躬身道："那是托赖教主的洪福，杨总管事先的详细指点，属下只是遵照教主的令旨行事而已。"

令狐冲心下暗暗称奇："这人果然便是杨莲亭！"

杨莲亭走到担架之旁，向令狐冲脸上瞧去。令狐冲目光散涣，嘴巴微张，装得一副身受重伤后的痴呆模样。杨莲亭道："这人死样活气的，当真便是令狐冲，你可没弄错？"

上官云道："属下亲眼见到他接任恒山派掌门，并没弄错。只是他给贾长老点了三下重穴，又中了属下两掌，受伤甚重，一年半载之内，只怕不易复原。"杨莲亭笑道："你将任大小姐的心上人打成这副模样，小心她找你拼命。"上官云道："属下忠于教主，旁人的好恶，也顾不得了。若得能为尽忠于教主而死，那是属下毕生之愿，全家皆蒙荣宠。"

杨莲亭道："很好，很好。你这番忠心，我必告知教主知道，教主定然重重有赏。风雷堂堂主背叛教主、犯上作乱之事，想来你已知道了？"上官云道："属下不知其详，正要向总管请教。教主和总管若有差遣，属下奉命便行，赴汤蹈火，万死不辞。"

杨莲亭在椅中一坐，叹了口气，说道："童百熊这老儿，平日仗着教主善待于他，一直倚老卖老，把谁都不放在眼里。近年来他暗中营私结党，阴谋造反，我早已瞧出了端倪，哪知他越来越无法无天，竟然去和反教大逆任我行勾结，真正岂有此理。"

上官云道："他竟去和那……那姓任的勾结吗？"话声发颤，显然大为震惊。

杨莲亭道："上官长老，你为什么怕得这样厉害？那任我行也不是什么三头六臂之徒，教主昔年便将他玩弄于掌心之中，摆布得他服服贴贴。只因教主开恩，才容他活到今日。他不来黑木崖便罢，倘若胆敢到来，还不是像宰鸡一般的宰了。"上官云道："是，是。只不知童百熊如何暗中和他勾结？"杨莲亭道："童百熊和任我行偷偷相会，长谈了几个时辰，还有一名反教的大叛徒向问天在侧。那是有人亲眼目睹的。跟任我行、向问天这两个大叛徒有什么好谈的？那自是密谋反叛教主了。童百熊回到黑木崖来，我问他有无此事，他竟然一口认了！"上官云道："他竟一口承认，那自然不是冤枉的了。"

杨莲亭道："我问他既和任我行见过面，为什么不向教主禀报？他说：'任老弟瞧得起我姓童的，跟我客客气气的说话。他当我是朋友，我也当他是朋友，朋友之间说几句话，有什么了不起？'我问他：'任我行重入江湖，意欲和教主捣乱，这一节你又不是不知。他既然对不起教主，你怎可还当他是朋友？'他可回答得更加不成话了，他妈的，这老家伙竟说：'只怕是教主对不起人家，未必是人家对不起教主！'"

上官云道："这老儿胡说八道！教主义薄云天，对待朋友向来是最厚道的，怎会对不起人？那自然是忘恩负义之辈对不起教主。"这几句话在杨莲亭听来，自然以为"教主"二字是指东方不败，令狐冲等却知他是在讨好任我行，只听他又道："属下既决意向教主效忠，有哪个鼠辈胆敢言语中对教主他老人家稍有无礼，我上官云决计放他不过。"

这几句话，其实是当面在骂杨莲亭，可是他哪里知道，笑道："很好，教中众兄弟倘若都能像你上官长老一般，对教主忠心耿耿，何愁大事不成？你辛苦了，这就下去休息罢。"

上官云一怔，说道："属下很想参见教主。属下每见教主金面一次，便觉精神大振，做事特别有劲，全身发热，似乎功力修为陡增十年。"

杨莲亭淡淡一笑，说道："教主很忙，恐怕没空见你。"

上官云探手入怀，伸出来时，掌心中已多了十来颗大珍珠，走上几步，低声道："杨总管，属下这次出差，弄到了这十八颗珍珠，尽数孝敬了总管，只盼总管让我参见教主。教主一欢喜，说不定升我的职，那时再当重重酬谢。"

杨莲亭皮笑肉不笑的道："自己兄弟，又何必这么客气？那可多谢你了。"放低了喉咙道："教主座前，我尽力替你多说好话，劝他升你做青龙堂长老便了。"

上官云连连作揖，说道："此事若成，上官云终身不敢忘了教主和总管的大恩大德。"杨莲亭道："你在这里等着，待教主有空，便叫你进去。"上官云道："是，是，是！"将珍珠塞在他的手中，躬身退下。杨莲亭站起身来，大模大样的进内去了。

又过良久，一名紫衫侍者走了出来，居中一站，朗声说道："文成武德、仁义英明教主有令：着白虎堂长老上官云带同俘虏进见。"

上官云道："多谢教主恩典，愿教主千秋万载，一统江湖。"左手一摆，跟着那紫衫人向后进走去。任我行和向问天、盈盈抬了令狐冲跟在后面。

一路进去，走廊上排满了执戟武士，一共进了三道大铁门，来到一道长廊，数百名武士排列两旁，手中各挺一把明晃晃的长刀，交叉平举。上官云等从阵下弓腰低头而过，数百柄长刀中只要有一柄突然砍落，便不免身首异处。

任我行、向问天等身经百战，自不将这些武士放在眼里，但在见到东方不败之前先受如许屈辱，心下暗自不忿。令狐冲心想："东方不败待属下如此无礼，如何能令人为他尽忠效力？一干教众所以没有反叛，只是迫于淫威，不敢轻举妄动而已。东方不败轻视豪杰之士，焉得不败？"

走完刀阵，来到一座门前，门前悬着厚厚的帷幕。上官云伸手推幕，走了进去，突然之间寒光闪动，八杆枪分从左右交叉向他疾刺，四杆枪在他胸前掠过，四杆枪在他背后掠过，相去均不过数寸。

令狐冲看得明白，吃了一惊，伸手去握藏在大腿绷带下的长剑，却见上官云站立不动，朗声道："属下白虎堂长老上官云，参见文成武德、仁义英明教主！"

殿里有人说道："进见！"八名执枪武士便即退回两旁。令狐冲这才明白，原来这八枪齐出，还是吓唬人的，倘若进殿之人心怀不轨，眼前八枪刺到，立即抽兵刃招架，那便阴谋败露了。

进得大殿，令狐冲心道："好长的长殿！"殿堂阔不过三十来尺，纵深却有三百来尺，长殿彼端高设一座，坐着一个长须老者，那自是东方不败了。殿中无窗，殿口点着明晃晃的蜡烛，东方不败身边却只点着两盏油灯，两朵火焰忽明忽暗，相距既远，火光又暗，此人相貌如何便瞧不清楚。

上官云在阶下跪倒，说道："教主文成武德，仁义英明，中兴圣教，泽被苍生，属下白虎堂长老上官云叩见教主。"

东方不败身旁的紫衫侍从大声喝道："你属下小使，见了教主为何不跪？"

任我行心想："时刻未到，便跪你一跪，又有何妨？待会抽你的筋，剥你的皮。"当即低头跪下。向问天和盈盈见他都跪了，也即跪倒。

上官云道："属下那几个小使朝思暮想，只盼有幸一睹教主金面，今日得蒙教主赐见，真是他们祖宗十八代积的德，一见到教主，欢喜得浑身发抖，忘了跪下，教主恕罪。"

杨莲亭站在东方不败身旁，说道："贾长老如何力战殉教，你禀明教主。"

上官云道："贾长老和属下奉了教主令旨，都说我二人多年来身受教主培养提拔，大恩难报。此番教主又将这件大事交在我二人身上，想到教主平时的教诲，我二人心中的血也要沸了，均想教主算无遗策，不论派谁去擒拿令狐冲，仗着教主的威德，必定成功，教主所以派我二人去，那是无上的眷顾……"

令狐冲躺在担架之上，心中不住暗骂："肉麻，肉麻！上官云的外号之中，总算也有个'侠'字，说这等话居然脸不红，耳不赤，不知人间有羞耻事。"

　　便在此时，听得身后有人大声叫道："东方兄弟，当真是你派人将我捉拿吗?"这人声音苍老，但内力充沛，一句话说了出去，回音从大殿中震了回来，显得威猛之极，料想此人便是风雷堂堂主童百熊了。